装腔启示录

FAKE IT, TILL YOU MAKE IT

柳翠虎 著

CⓝS 湖南文艺出版社
HUNAN LITERATURE AND ART PUBLISHING HOUSE
博集天卷
CS-BOOKY

Fake it, till you make it.　　　　　　　　　装　腔　启　示　录

CONTENTS **目录**

第一章

在 装 腔 中 较 量

01

九千米的高空。

杭州飞北京。不到三小时的旅程，延误将近三个小时才起飞，旅客没精打采。经济舱空乘有秩序地派发餐食，简单的餐包、矿泉水、冰镇的圣女果和解腻的榨菜。唐影随意翻了一下餐盒，没有找到黄油，更加没精打采。

她坐在机身中间靠窗的位置，因为飞行，特地穿了宽松丝绒裤，布料软塌塌贴着肉。上身的花藏青套头针织衫本不适合黄皮肤，她出门前对着镜子思前想后，好在最后明智地系了藕粉色丝巾拯救一身行头。才一坐下，她便从包里抽出消毒纸巾给桌板、窗户和扶手消了毒，又悄悄在座位上喷了小众橙子味香水营造与世隔绝的空气。远远望着，气势足以称霸整个经济舱。

加上担心阳光太烈，唐影此刻连墨镜也未摘下。她铭记于心：二十五岁的女人，第一要务是防晒。

隆隆的飞机声里，她正在专注翻一本叫作《1843》的新杂志，《经济学人》杂志旗下刊物，报道的内容主要与生活有关，装帧符合现代审美，尽管早已发售了中文刊，但她依然费力气托不太熟的朋友从香港带回了英文版，配合机舱氛围，腔调更足。

唐影的新项目常常需要出差，里程很快攒出了VIP。同学里成为"空中飞人"的不多，她不禁开始将"出差"二字引以为荣耀。只是连续几周炫耀般将各家航空公司的飞机餐、空乘服饰与服务态度都公开评论一遍后，朋友圈的点赞数量开始慢慢减少。

于是她上周又开始在朋友圈宣布："身为律师，难得的放松时间就是在飞机上的时候：没有电话网络，没有必须回的邮件，可以偶尔专注生活，做一回自己，把这里当成我的空中移动图书馆。"

配图是座位小桌板上的一瓶圣培露矿泉水和《1843》杂志的封面，加了低饱和滤镜。

宣扬健康又老派的生活方式显然比做功课一般对比航空公司的飞机餐更有腔调。果然，原本已看腻"飞机"二字的朋友们再次耳目一新，那条朋友圈的点赞数又创新高。

有时候，她活在朋友圈里。

杂志唐影只买了一期，只要上飞机一定带在身上，认真装在她的小牛皮革托特包里。连杂志的页面也被精心洒了橙子味香水，如此高贵，以至她翻动书页时都忍不住矜持地蜷起小拇指。

只是英文杂志下了飞机后她是决不会翻开的。她决不会承认，虽然她此刻费力地阅读着品位杂志，在生词堆里艰难跳跃，但每周 iPhone 屏幕使用时间报告显示她使用最多的 App 是抖音和韩剧 TV。

没人知道唐影在空中图书馆里翻了两个月的杂志只看到了第二卷的第三行，生词出现得太频繁，语法太精妙，而她……嗯，抿了抿唇，只愿意对自己承认：她的英文并没有表现出来的那么好。

翻英文杂志翻到脑仁发疼，她摘了墨镜，将阅读材料换为座椅靠背后塞着的航空杂志。

第四十页，旅游指南，介绍的是刚刚新增航线的南方小城，宣扬它四季如春，历史悠久，标题很长，是"中国沿海开放港口城市、中国著名侨乡、中国投资环境百佳城市、中国品牌经济城市、国家知识产权工作示范城市、国家电子商务示范城市、国家信息消费试点城市……"。

她在心里嗤笑：哪怕稍微知名一点，都不需要用这么多称号来强调存在感。不过这座城市，也正好是唐影出生长大的地方。

她记得很清楚，第一次坐飞机的时候，这座小城市还未兴建机场。

那年唐影刚结束高考。漫长假期，父母让她尝试独立，打发她一个人带着行李从家乡飞到北方去找亲戚借住。带着兴奋又紧张的心情，折腾周转到省城机场，从坐上飞机开始，她便认真盯着前方座位上方悬着的播放安全事项的小小屏幕。

直到后来，她才从网站上流行的"飞机装腔十大指南"里读到，要想伪装成飞行老手，第一步就是绝对不读安全事项。

此刻飞机已经平稳飞行，下午的阳光从机身侧面射入，她忍不住支起手在眉前挡光。二十五岁的唐影可以从窗户往外看见飞机硕大的金属翅膀，背景是一望无际的软绵绵的云，银白色的机翼上打着细细密密的黑色钉子，不是很新，甚至有几处剥落了油漆，透露出里面灰暗的色泽。

窗外的一切在阳光下抖动出强烈又刺眼的金色，晃眼，她垂了眸子，却看到了窗玻璃里的自己：圆脸，肉鼻子，强光下雀斑明显，毛孔粗大，戴着厚厚的眼镜，哭丧着脸拧出八字眉毛……

她一愣，闭眼使劲摇了摇头，再睁开眼：消瘦许多的脸盘，近乎鹅蛋状，摘去了眼镜的眼睛有了美瞳加持抢走了大部分的注意力，说不上太精致的五官，但妆容一定是精致的，看不见毛孔雀斑，浓密的睫毛乱飞，大地色眼影，脸上扑着粉，红唇线条流畅。

她放下心来，这才是二十五岁的唐影。尽管 90% 的女孩在青春期都不会好看，但好在 80% 的女孩会在长大的过程中一点点学会把自己捯饬好看。

连邻座的男人也很快注意到她。

他饶有兴味地观察了很久，这位一上飞机就忙着消毒、往座位上喷橙子味香水的香橙女郎，长相说实话普通偏上。拥有一定阅历的男人早已练就了一套透过妆容看素颜的本事，何况他向来万花丛中过，吸引他的却是她的姿态——她像一团拧得过紧的麻绳，绷在座位上，用力得一丝不苟。

她有生人勿近的气势，他开始小心斟酌搭讪的话头。过了一会儿，见她若有所思地看着窗外，硕大的机翼上闪着金光，在靠近机翼尾端的地方，却有一处线条格外明显，他想到了……

"喂，香橙小姐，你看……"他前倾，拍了拍她的肩，因为靠近，闻到了发香，还是香橙味道。果然是香橙小姐。

怎么？她转头。

只见他抬了抬下巴，示意她看窗外。金光一片。他又伸了伸手指，越过她，对着窗玻璃的一处点了一点。他的手指很长，指节分明又好看，唐影的目光不由得在他的指尖上停了几秒，才缓缓转到他所指的方向。

这才发现，窗玻璃外，机翼尽头一处线条金灿灿反射着日光。她更仔细地看了看——那是一条胶带？

胶带？贴在机翼上？做什么？！

唐影睁大了眼，扭过头来，然后才注意到身边的这个男人：眉毛很浓，单眼皮，肤色干净，挺拔的鼻子让一张脸变得立体。

他戴着复古黑框眼镜，刘海柔顺地垂下，显得脸小，一件藏蓝色风衣外套，里面是松柏绿衬衫……她有点懊恼，自己在飞机上都在想什么？怎么没有早一点发现他？

不过，她即刻警惕起来。精致又好看的男人，还能主动搭讪，脑子转转，只能想到一个结论：呵，渣男？

"机翼有损，所以才贴了胶带修补。"他不知唐影心中变化莫测，见香橙小姐瞪大了眼睛看着自己，知鱼儿上钩，开始耐心讲述，"登机之前我在候机室看到，工作人员驾驶工作车，拿了一卷胶带刚刚贴上去的。"

他刻意制造她的小小恐慌。

"怎么可以用胶带修飞机！"唐影震惊，但尽量压低了声音，"这也……太不靠谱了吧？"她开始紧张。"要不要叫空乘？"

他淡淡笑了一下，嘴角弧度惑人，神色却有几分高深莫测，不回答她的问题。"我半年前从阿姆斯特丹飞柏林，起飞前，机师忽然宣布要快速修理客机，导致飞机延迟三十分钟起飞，结果你猜怎么样？"

唐影侧了侧头，表示疑惑。

"一会儿真来了个维修员，扛着个梯子，架在一旁，当着全体乘客的面，也是这样，刺啦，给引擎贴了一条胶带……"他讲得绘声绘色。

"啊？"

他笑，唐影又注意到他的唇，微笑的时候是两个连在一起的扁扁的"W"形状。"当时我们也是你这个表情。很多乘客拍下了照片，这件事甚至上了新闻。不过……"他顿了顿，"后来我才知道，用胶带修理飞机表面的维修方式，波音维修手册早已明文记录。你仔细看机翼上贴的那条胶带，是不是闪着金光？……嗯，因为这是一种金属胶带，又名镀铝胶带，不仅材质特殊，而且价格昂贵，常用于机身轻微损伤的临时处理。"他说话轻缓，记忆力极佳。

"所以……"唐影放心了，得出结论，"这只是飞机维修的常规操作，没什么好惊讶的。"

男人动了动眉毛，有些得意。"航空业几乎是我们所知安全规章最多、执行最好的行业了。如果没有经过严格的适航认证，是绝对不允许使用相关方案的。所以，对飞机上的胶带，我们大可放心。"他打算接下来介绍自己。

"所以……"唐影回过神了，转过脑袋认真打量了他一眼，打断了他，"这也是你的常规操作吗？"

"嗯？"

"你搭讪陌生女孩的常规操作？"她笑，勾着一边嘴角，满意于自己的结论：嗯，渣男。

伎俩被戳破，有一点惊讶，他没有否认，对唐影的挑衅报以宽容的笑，有几分赧然。"不，今天第一次使用。"然后他顺势伸出手，眼神很认真地看着她，"许子诠。"

唐影犹豫了半秒，只轻轻拍了他掌心一下。"唐影。"

他又问："接下来是不是应该交换名片？"

唐影笑。"又不是商务会面。"

许子诠点点头，拿出手机晃了晃说："可惜现在没法扫码。要不这样，我们老派一点，你告诉我微信号，我记下来。"

"你记得住？我可只说一遍。"

"相信我。"他眨了眨眼。

下飞机后，两人分别，唐影刻意迟迟不开机，直到许子诠的背影从唐影眼前消失的下一刻，开机屏幕亮起，"叮咚"，唐影的微信弹出一条好友申请：

"嘿，香橙小姐。"

耳边再次回响起他的声音，音色偏低，尾音很轻，习惯性带了一点点撒娇的味道。

唐影有点开心，满意于自己一贯浑身上下香橙香味的小小心机。她知道香水再多，也不如拥有独一无二的专属味道，不断强调，增加记忆点。而她深谙其法，把自己变成了别人任何时候一刀切下橙子时，就会想起来的那个女人。

北京的天气比杭州冷上许多，初秋季节，她应该多带一件风衣。

等出租车的时候她突发奇想，搜索了关键词"飞机 胶带修补"，果然，弹出一则新闻：

"2017 年 11 月 28 日，英国廉航易捷航空公司一架由荷兰阿姆斯特丹飞往德国柏林的客机临出发时，机师宣布要快速修理一下客机，所以导致短暂延误……"

耐着性子往下翻了翻，没想到新闻里还有几张乘客的照片。她注意到什么，放大，再放大——不太清晰，但显然是许子诠。只是，她眼尖地捕捉到旁边还有一位长鬈发美人，与他并肩坐着，美人侧过脸，鼻尖抵着他的耳，正小声说着些什么，姿态亲昵。

才不到两年以前的照片呢。哼，渣男。

唐影迅速打开微信通讯录，找到许子诠，迅速点击"设置"，再迅速点击"删除"，系统对话框弹了出来："是否确认删除好友？"

愤怒经不起确认。

她愣了一下，指尖僵在屏幕前一厘米处。算了吧。

毕竟，她承认，嗯，他还挺帅的。

02

出租车在东三环停下。唐影的家位于北京高档小区"棕榈泉国际公寓"对面的老式居民区筒子楼三层二居室的次卧。

次卧带着阳台，自如旗下，一个月 3000 元房租。小区虽然老，但地段让唐影比较满意：距离三里屯与蓝色港湾很近，步行即可到达。朝阳公园是她的后花园，周围公交地铁方便……最重要的是拉开窗户就能看到对面高高耸立着的棕榈泉大楼。娱乐圈传言这里住着明星，施行全封闭的管家制度，户型大多为三百平方米以上的平层，哪怕一居室的出租价格也要每个月一万元以上。

夜幕降临，她会习惯性地拉开窗帘，托腮将别人的灯火幻化成自己的风景，此刻棕榈泉国际公寓的每一扇窗户里近在咫尺的灯光后都是另一个遥不可及的世界。

但唐影不是没有接近它的时候：只要她在卧室躺着，打开微信定位，头顶上的卫星就会毫不犹豫地将她归类为棕榈泉的一员。

点击"我的位置"，显示"棕榈泉国际公寓"，再点击"确认"。

唐影，棕榈泉。

多么令人心醉的误会。

与唐影共享同一个定位的女孩，是住在主卧的林心姿。她就职于朝九晚五的大型央企，地点也位于国贸附近。两人年龄相仿，加上合租了一年多，相处算是融洽。

唐影到家的时候林心姿正在敷面膜。林心姿刚刚从朝阳公园跑步回来洗了澡，此刻正趴在客厅沙发上抱着 iPad 看剧。

林心姿是个实实在在的大美人，甚至连穿着家居服看爱情剧的样子都很好看，脖子纤长又白皙，自带闪光，让唐影想起小时候玉兰油广告女郎口中那句"皮肤像剥了壳的鸡蛋"，加上头小肩宽头发浓密，哪怕只远远看个轮廓，都让人想"哇"地喊一声"美女"。但林心姿也绝不是毫无瑕疵的，比如此刻，她身上随意裹着的那套儿童家居服和毛线袜就实在太丑。

林心姿的穿衣打扮实在称不上有腔调，但凡出门，穿的必定是衣柜中扯出的上下身随机组合，元素包括碎花、蕾丝、毛茸茸和蝴蝶结，外加水果色口红，黑发不染不烫，朴素地垂下。

一开始，唐影将林心姿的品味视为缺陷。林心姿明明颜值逆天，却只沉迷做个"阿依莲女孩"[1]。可随后唐影才发现，这种肤白貌美却衣品"感人"的美人类型，兼以柔顺甜美毫无攻击性为特点，近年开始在婚恋市场上异军突起，还有了独树一帜的风格——"好嫁风"。她们不在乎腔调，不在乎时髦，更不在乎同性的嫌弃，而一心只抓住异性的目光。

因项目飞杭州出差三天，唐影基本起早贪黑，在踏进门的一刹那，她就像被拔了橡皮塞的充气小人，重重呼出一口气，把高跟鞋胡乱踢飞，放任自己瘫进沙发里。

---

[1] 阿依莲是一个女装品牌，"阿依莲女孩"现在多用来指穿着打扮土气的女孩。

"回来啦？"身边沙发下陷，林心姿瞄她一眼，敷着面膜说话声音也是扁的。

"嗯……累死了，出差一趟，那个表姐又搞我……"她伸手覆住眼睛不愿多谈工作，有气无力地八卦了一句，"你今天竟然有心情敷面膜？"

"去年陈默陪我逛街时买的，今天收拾房间翻出来，再不用就得过期了。"林心姿顺手给她扔了一片，眼睛还盯着手里的 iPad。

唐影本是半闭着眼懒洋洋接过的，余光瞟了瞟包装，当即肃然起敬。这个牌子她知道，面膜一片 180 元。

陈默是林心姿的男朋友，斯文白净的大厂算法程序员，薪资极高，人也踏实。两人交往差不多一年。

"啧啧。"唐影由衷感叹，"陈默这样的男朋友哪里找？"

"没什么好羡慕的。今天吵架了。"林心姿放下手里的平板，想到陈默，又赌气给唐影多扔了两片面膜。

"这次又因为什么？"

"我觉得他一点也不爱我……"

唐影决定停止追问了。

因为每一次林心姿和陈默吵架，林心姿都能得出这个结论，理由包括"陈默忘记提前一周订好她最喜欢的那家餐厅来庆祝他们在一起第三百天""陈默明知她来着大姨妈，却在她坚持要吃冰激凌的时候没有阻止，而是心软答应"以及"陈默七夕买的礼物是宝格丽的经典打折款，而不是新版限量款"……

林心姿当然也问过唐影："你说我会不会太作了？"

唐影看了林心姿的漂亮脸蛋三秒，得出结论："你有这个资格。"

林心姿想了想回过味来说："其实也不算作，是吧？我只是在涉及'他爱不爱我'这个原则性问题时和他闹一闹。别的时候我还是很随和的对吧？"

唐影赶紧说"对对对"，心里想，只不过所有的小事，你最后都能闹到原则性问题上。

陈默的脾气也不是太好。此番两人冷战已经超过三小时，陈默还是没有发来一条微信。林心姿越加烦躁，关了平板开始发火："你说他真的不爱我了对不对？以前每次吵架，他都是半个小时内就来哄我。现在都这么久了！"

"可能忙呢？开会什么的？"唐影瞎猜。

林心姿一口咬定："就是不爱我了。"然后想到什么，又说："我今天在朝阳公园跑步，有一大叔和我搭讪来着。看着普普通通，但他和我聊了几句，说自己住在棕榈泉！"

唐影睁大了眼，一脸愿闻其详的表情。

"好像是个企业家，在全世界都有房子，最近因为北京的生意多，所以就住在北京了，别的时候一般都住在瑞士。"林心姿有些向往，又有些不好意思，"然后他要了我微信。我不太会拒绝，就给了。"

唐影忽然有些酸涩，她本早已相信这个社会的阶级固化：有钱人住棕榈泉，坐头等舱，出入高级会所，这是她永远也无法迈入的世界。消费能力是隐形的区间，将他们固定在各自的轨道上，独立运行。尽管共同生活在一个城市，可她与另一个阶层的人却遥远得像生活在不同次元，永远也不可能遇见。

是以她从来没有做过邂逅霸道总裁的春秋大梦，但她现在突然发现，这个次元不是永远固定的。对家境普通的年轻女孩而言，尚有一样东西能打破阶级的次元壁，那就是，足够高的颜值。

"那……他约你了吗？"唐影问。

"还没有。"林心姿摇摇头，"也许人家只是无聊加个微信呢。再说了，约了我也不可能出去啊。"

"是，你有陈默了。"唐影莫名松了一口气。

林心姿笑，牙齿白白，刚敷完面膜的一张脸白到发光。"对，我可是颜控好吗，对大叔不感兴趣！"

女人的成熟度，与她择偶时对对象颜值的要求程度成反比。而二十五岁的女人大多数处在半熟不熟的边缘，一方面热爱帅哥，另一方面也向往财富。

就像林心姿最终还是加了大叔的微信。毕竟，谁也不愿意拒绝生活中突然降临的更多可能性。带着诱惑的礼物哪怕永远不会打开，可每一个女孩，都渴望先收下。

八卦结束，唐影挥挥手上的面膜，对林心姿说："谢啦，我先洗澡。"

卫生间传来了哗哗的水声，唐影先用冷水洗了一遍脸，让皮肤收敛，上了一层精华促进吸收后，再用热水蒸气把毛孔唤醒，最后，郑重敷上那片临近过期的高贵面膜。

她在美容美妆上的执行力强得仿佛一名战士：哪怕工作到再晚，也要一丝不苟地卸妆，洗脸，护肤；而哪怕起得再早，也要认认真真地化妆，卷发，穿上刚熨完的小套装，踩上高跟鞋抖擞出门。

林心姿曾不解，问："你至于吗？"

唐影在心里说，你不懂，保持精致是CBD（中央商务区）女人的自我修养。

但她嘴上答的却是："哎呀，没办法，律所有着装规定啦。我也很想随便穿穿的。"

唐影不愿意在真正的美女面前显得用力过猛，尤其是每次她花半个小时精心勾勒出的浓浓裸妆面孔，却在只随便涂了防晒霜的林心姿面前一下子黯然失色的时候。因为颜值先天不足而付出的努力，让她倍感挫败。

唐影痛恨看见那些总爱嘲笑刘亦菲私服品味太差的娱乐媒体，媒体不知道，真正的美人根本无须衣品加持，她们的身体与脸蛋就已然是光芒。

邋遢，是大美人才配拥有的底气。

而她呢，她自知，因为平凡，才格外需要精致。

唐影裹着浴巾从卫生间出来的时候已经神清气爽，不仅面膜滋养了她的皮肤，面膜的价格也抚慰了她的心灵。她心血来潮拉着林心姿说："我们去三里屯散步好不好嘛？"

饭后去三里屯太古里散步是两人的常规项目。把北京网红模特的野生T台当作自己可以随便遛弯的后花园，是唐影心中又一块隐秘的骄傲。

因此她对散步的着装也自有一套讲究，比如：绝对不可以奇装异服浓妆艳抹——用力过猛只会显得自己过于重视，好像八百年才铆足了劲来一趟三里屯；也绝对不可以裤衩背心过于随意——容易被误解为无所事事的朝阳群众。

唐影的穿衣原则有点像腾格尔唱歌：用最大的力气发出最小的声音。她呢，是用最为精细的用心，来打造漫不经心。

林心姿心中倒没这么多复杂算计，她想得比较简单，散步时就是一身深色运动套装，暗不溜秋，只靠着一张脸镇住场面。唐影却穿了白色超短上衣，下身是一件高腰正红阔腿裤，色彩撞击强烈，青春浓丽，若有若无的肚脐小露性感。

林心姿见了都夸："你这件衣服好显腿长！"

呃。唐影面色一僵，然后决定对好友坦白："假象啦。"

"从你肚脐的位置就看出来了啊。肚脐高，腿长嘛。配上这个衣服简直脖子以下都是腿好不好。"林心姿还兴奋地伸手比画了一下，微酸，"喂，以前怎么没发现！"

唐影挽过林心姿的胳膊，坦白："嗯……肚脐，是我画的……"

"啊？"

"对……我用眼影和眉笔给自己重新画了一个肚脐，搭配高腰阔腿裤……显出腿长的假象……"

噗！

林心姿差点笑出声，仔仔细细看了一圈，倒是画得逼真。"你不说我真看不出来。"

女人的障眼法向来很多，化妆刷除了修容还可以画锁骨、填乳沟、一秒生成马甲线。林心姿没想到，心灵手巧者还能画个肚脐眼。

"你以为谁都像你，是天生大长腿啊？"唐影夸她，然后耸耸肩，"和你说也没关系啊。反正你又不是我的潜在目标……我们俩是室友，我长什么样你又不是不知道。"

此刻她们肩并肩走在工体北路，一旁的车道堵成勃艮第红色，司机不耐烦地摁着喇叭，声浪阵阵，漫过辅路上的悬铃木。两个美人所产生的视觉冲击远远大于一个美人，偶有过客把目光停在她们身上，流连一秒两秒，然后转开。

"潜在目标是指男人？"林心姿意识到回头率，眼神微妙。

唐影狡黠眨眼。"装嘛，是一门技术，要用在对的人身上。"

"懂了，你这叫作精准营销。"林心姿开心地总结。

唐影笑，没有否认。

伪装往往容易让人讨厌，唐影知道。倘若在颜值比自己高的人面前还试图刻意用伪装提高颜值，只会显得更加可怜。

高级别的装腔应当是一门"相对论"，在一些人面前死撑，却对另一些人坦诚。

就像此刻的大美人林心姿，挽着唐影的手，想起唐影对她袒露的小小心机，笑语盈盈，只觉得唐影可爱。

03

陈默还是没有来找林心姿。大男人五六个小时音信全无。

林心姿有了一点点不好的预感，拉着唐影的胳膊，紧张地问："他不会死了吧？"

随着时间流逝，两人吵架越发频繁。冷战开始，陈默从一开始不惜大半夜横跨半个北京从北五环奔赴东三环在楼下小区站成望夫石求她原谅；到舍下工作，一通长长的深夜电话煲将她哄到睡着，而后自己通宵加班；再到冷战后半小时微信一定发来长长的求原谅的小作文和数个金额1314元的转账；最后到现在，两人的对话框里还是五小时前林心姿那句气急败坏的"你给我有多远就滚多远"。

而陈默，始终沉默。

唐影为难，斟酌了半天说出自己都不信的安慰："可能……还在开会？毕竟……码农很忙的？"

唐影和林心姿此刻正坐在酒吧吧台，一人一杯酸酸甜甜的鸡尾酒。音乐沉沉，两人在高高的吧台椅子上晃动两双腿。

她们几分钟前本想散完步就回家，奈何太古里的气氛太躁动，最终经不住诱惑，唐影拉上林心姿拐入道旁胡同里一个小小酒吧。

用唐影的话说："老娘连肚脐都画了，这么走两步就回家，太可惜。"

这家酒吧唐影常一个人来，门面极不起眼，摁了门铃才会有侍者开门。破破旧旧的大铁门咯吱一声拉出一道小缝，进去才知别有一番天地。在北京检验酒吧腔调的标准之一，是店内洋人的数量。而这家，第一次来时就好几个金发碧眼的。唐影很满意，赶紧引以为秘密基地。

两人正解答爱情疑难，低头说男人坏话。不一会儿，吧台边上的椅子，又挂上了一双黑色西装裤腿。

男人长得不算帅，但也绝不丑，肤色干净，身材高挑，背部习惯性微微后仰着，手臂结实，显然是常常去健身房的成果。白色圆领 T 恤外罩着一件蓝白格纹美式西装，腕上紧紧箍着一块金属表，有几分雅痞的味道。再搭配梳到一侧的油头，与复古金属框眼镜相得益彰。

金融男装扮典范。

他看了一眼旁边两位女士花花绿绿的杯中酒，不动声色地勾了勾唇，伸手打了个响指，招呼侍者，点单："Macallan Sherry Oak 12（麦卡伦 12 年雪莉桶），加冰。"侍者点头，他又忍不住多调侃了一句："看看你们家冰球够不够撩人。"

他以此确保一番操作引得女孩注意。

男人的目标是唐影。

他早在远处观察许久。两个姑娘各有千秋：一个黑长直发，姿色浓丽，但衣着打扮看起来又娇又乖，让人不敢轻易招惹；另一个虽然姿色不及前者，但显然衣着打扮更加开放。毕竟男人搭讪的标准，除了要求颜值，更讲究成功率。

等侍者上了酒，他一只手支在吧台，另一只手的食指轻轻拨动古典杯里的冰球，眼神随意观察冰球球体，均衡无瑕。似乎对切割颇为满意，末了，他拿起杯子轻轻一嗅，闭眼，再睁眼，这才不疾不徐转过头，声音低沉地打了个招呼："嘿。"

林心姿被镇住了。

她想的是，这个男人太有腔调了吧。

唐影也被镇住了，不过她想的是这是哪里来的傻子？

男人没有读透她们眼中惊讶的含义，他有点得意，接着笑，目光深深看向唐影。"如果我们的语言是 whisky（威士忌），世界上很多事情都很容易。比如现在，我递过酒，你喝下，我想要说什么，你就都知道了。两位美女，不知道我有没有荣幸请你们多喝一杯 whisky？"

深情的眼眸，深情的腔调，他成功在唐影的心中激起了一阵风暴。

擅长装腔的人总是对每一个需要装腔的时刻都格外敏感，而这个男人无异于玩火，他彻底拉响了唐影心中开启"装腔模式"—较高低的警报。

"请我们？"唐影笑了，将杯里酸酸甜甜的鸡尾酒一饮而尽，歪头看他，"我口味很重的，确定请我喝 whisky？"

喝这种鸡尾酒的小姑娘口味能有多重？男人把唐影的杯子推开，凑上去，声音变低："那不正好？我教你。"他用一贯潇洒的手势招呼来侍者。"麻烦给她们点一杯一样的。谢谢。"

林心姿立刻摇头说："我酒量不好，看你们喝吧。"男人很温柔，说："那换成草莓奶昔好了。"

林心姿乖乖点头对他笑了，笑容香滑，比奶昔更甜。

唐影也摇了摇头，却问侍者："你们家的 Macallan 有桶强[1]的吗？"

专业词语进出，男人与侍者一愣。

唐影接着说："没有的话算了。我要一杯云顶 10 年桶强，straight[2]，谢谢。"她转头又对男人一笑。"我个人喜欢泥煤味重一些的，以前喝苏威认厂区，喝 Islay（伊斯莱岛）的多，后来瞎讲究，只愿意喝 OB[3]。好在现在回归朴实了，口感好的都愿意尝试。刚入门的时候也像你一样喜欢 Macallan Sherry 12，可惜久了觉得哪怕贵点，还是 18 的层次更好。"

装腔比拼的要诀，是滔滔不绝地用内行词语和私人见解展示自己深刻的认识，让对方无话可说。

以唐影的标准，成功噎住对方两个回合，即视为胜利。

林心姿听得一愣一愣的，但也明白了大概意思，绕来绕去，不过是说男人喝的酒是入门款，唐影不屑一顾。

男人的表情有些僵硬。他确实是在拿经典入门款装腔。公众号上教他的威士忌装腔三步走：第一步，英文点酒；第二步，"调戏"冰块；第三步，以"威士忌是一种语言"开启话题。

本来屡试不爽，没想到这次遭遇强敌。

侍者很快给唐影上了一个凯恩杯，面露促狭看着男人和唐影。酒体占了杯身不过四分之一，唐影随意晃了晃，轻抿一口，男人的窘迫带给了她阶段性胜利，她决定乘胜追击，声音慵懒："另外，纯饮才适合闻香，当然，入门款也没什么好闻。不过，我真是第一次见到有人晃着冰球闻香。"她学着他的姿态贴近他，声音放低，暧昧的语调带了挑衅："鼻子不冷吗？"

十秒后，男人黑着脸去了卫生间，再没回来。

大获全胜。

"我的天！"林心姿目瞪口呆，"你这么懂威士忌啊宝贝？"

唐影耸耸肩。"我一个人的时候经常来这儿喝威士忌。这次是陪你才喝小糖水啦。倒没想到真遇到一个爱装的。"

林心姿吐吐舌头说："那男的应该不会回来了吧？"

---

[1] 不加水稀释，从橡木桶取原酒直接装瓶的威士忌。

[2] Straight whisky，纯威士忌。

[3] Official Bottling，指原厂装瓶、自产自销的产品。

"要是我的话，估计再也不会来这个酒吧了。"唐影嗤笑。

"你会不会对人家太狠了？"林心姿心有不忍，"那男的明显是看上了你。我觉得啊，他条件也不错，你留着做备胎多好，干吗把他赶走？"

唐影顿了半秒，说："我不太适合养备胎。"

"为什么呀？女孩子不就应该漂漂亮亮被一群男生追求着，然后捧在手心吗？"林心姿很惊讶。

林心姿就是从小被男生捧在手心长大的娇娇女。她习惯被追求，习惯被照顾，并且习惯最大化女性的一切柔弱与娇艳，让异性为之折服。

任何一个男人的侃侃而谈，都会得到林心姿双手托腮外加星星眼的回应三连："真的？""是吗？""好棒啊！"

示弱，是她对待男人最拿手的武器。

但唐影相反。

唐影选择男人的标准是"慕强"。男人的夸夸其谈，稍有不慎就会触发她内心冷漠的鄙视三连："呵呵""笑话""大傻子"。

唐影只会爱上完完全全将自己征服的人，那个男人需要比自己更聪明，比自己更见多识广，也比自己更有腔调。

林心姿好奇了。"有这样的男人吗？"

当然有。不仅有，并且，我在很早很早的时候就遇到过了。

唐影想起的那个男人，名叫程恪。

唐影人生中的第一口威士忌是程恪带她喝的。那年她十六岁，他二十五岁。他揉着她软软的头发，蛊惑一般问："想要什么礼物？"她莫名其妙地说："大人才有的礼物。"与他在一起的时候，她迫切希望长大。

她以为他会送她一瓶香水或者一支口红。结果程恪带她来到酒吧，说："请你喝一杯酒。"酒单第一位是莫吉托，柠檬薄荷，朗姆酒底，夏天的清新香甜口感，少女的爱。她喝完毫无感觉，以为自己酒量超群，却不知道是他偷偷嘱咐服务员不要放朗姆酒。

她越战越勇，看上了他的杯中酒，问："这是什么？"还没等他回答，她就伸手夺过，有意无意不转杯子，将唇印在他刚刚喝过的地方。

入口苦涩辛辣，带了烟焦味道。她小脸皱成一团，却还强装淡定。他笑，眼神飘忽，最终落在她的嘴上，还有杯沿上。

从酒吧出来，他送了她一瓶尊尼获加。他说："我觉得你更适合威士忌。"甜酒柔情，威士忌刚硬，他了解她性格里的不服输与坚韧。但他又叮嘱："你要到十八岁才能打开。你十八岁生日那天，我陪你一起喝。"他眼神亮亮，二十五岁的男人，像个少年。

只是没想到她十八岁生日之前，他就说要结婚。她在一个深夜对他说"想你"，而他给她最后的消息是一句"呵呵"。放到如今的，还有一瓶积了灰的尊尼获加。

她想过扔掉，却还压在床底，从家乡辗转到大学宿舍，再到现在的出租屋。想起他的时候她会气，骂那瓶酒："哼，调和酒，不值钱的玩意儿。"

活在女人回忆里的男人总是被深深地又爱又恨，他有时候是白月光，有时候又变成剩饭粒。

在唐影回忆程恪的时候，林心姿去了一趟卫生间。

时间有点长，林心姿回来时表情怪怪的。唐影问："怎么了？陈默回复你了？"

林心姿一愣，说："啊没有，走吧，回家吧。"

她没告诉唐影，就在几分钟前，她从卫生间回来的路上，遇到了一个人，熟悉的油头与复古金属框眼镜，亚麻蓝白格纹西装，他用熟悉的深情语调，带了一点点窘迫，问她："草莓奶昔好喝吗？"

然后她的微信好友里，从此新增了一个人。叫徐家柏。

04

林心姿没想到会在从卫生间回来的路上碰见他。

酒吧格局奇特，通往卫生间的路上有一个露天走廊，天气好的时候适合客人抽烟。

地方实在太小，灯光正好打在徐家柏的头上，点亮他指尖夹着的一根烟。四目相对。他先有些不好意思地笑了下。

装腔失败然后尿遁的男人。

狭路相逢的感觉。

"嘿，不是说去卫生间吗？人就不见了？"林心姿硬着头皮打招呼，笑容浅浅。

"怕了怕了，你那位女伴太厉害。"他皱鼻子摇头，微举双手，开诚布公投降，"那些撩妹技巧都是骗人的。第一次用就惨遭滑铁卢。我回去得投诉他们。"

"哈哈哈哈。"林心姿大笑。她是极容易被逗笑的女孩，笑起来眼睛弯弯，更加漂亮。

"美"和"漂亮"是不一样的词。"美"存在疏离感，像是艺术品横陈，只能远远看着。"漂亮"却不同，"漂亮"这个词带着一点点亵玩的成分，也带了更多的亲近之意。

林心姿本是标准的美人体质，可她却厌恶被疏离。所以任何可以使一个女人产生距离感的元素，她一概摒弃。她脸上常常挂着笑，甚至说话的时候都含着笑，她的笑点极低，只要轻轻一句笑话，她就会"咯咯咯咯"地笑个不停。男人把逗笑一个女人视作偷心本事，而女人也把容易被男人逗笑视作相处技巧。

林心姿在竭尽全力让自己的"美"变成"漂亮"。毕竟美人绝世独立，漂亮又爱笑的小姑娘才有一堆人宠爱。

她的笑容让徐家柏放松下来。他晃了晃手中的烟问林心姿："你介意吗？"

林心姿很好脾气地摇了摇头，说："没关系。"

徐家柏又问："那你来一根吗？"

林心姿又摇了摇头说："我不抽烟。"

徐家柏顿了两秒，还是把手中燃着的半根烟掐了，笑。"不抽烟的人大多不喜欢烟味。"

林心姿也笑了。"也是有例外的啊。"她笑意盈盈地看着他，眸子在灯下闪了闪。

男人的心总是太容易撩拨，只要给他们一丁点暗示，再纵容他们胡思乱想就行。

那个刹那，徐家柏不由自主脑补了她眼神中的千百种含义。他发现自己一直以来的认知需要调整，比如要到一个妹子微信的成功率并不和她的颜值高低直接挂钩。但他也意识到，一些古语是绝对没错的，比如，塞翁失马，焉知非福。

在林心姿即将走回座位的时候，他终于开口："方不方便，加你的微信？"

他的语调比先前诚挚许多。

"……好啊。"大美人一愣，然后点头。毕竟，她真的不太会拒绝男人。

"啊？所以你加他微信了？！"唐影惊呆。

两人此时走在回家的路上。入夜微凉，唐影穿得少，微微蜷了背，双手互相抱着，却在听到林心姿说的话的瞬间挺直了腰。没说出口的后半句话是："那个男的很装！"

林心姿大概明白唐影的意思，说："是挺傻的。但真的觉得他有点惨兮兮啦。"

用"傻"字来形容异性，带了几分褒义甚至暧昧。毕竟对真正的愚蠢，人们说的不是"傻"，而是"大傻子"。

唐影笑说："你这是圣母转世，小心他以后黏上你。"

林心姿抬了抬眉毛说："这倒无所谓啊。"她顿了顿，眨眼睛补充："反正黏上我的人也不多这一个。"

永远也不要斩断和一个男人的全部可能性，这是林心姿的处世宗旨。因为你没有办法知道，这个你上一秒还不感兴趣的男人，你有没有可能下一秒就爱上他。

不如将所有的好感都提前收纳进微信通讯录里，有备无患。

林心姿在睡前还是没有等到陈默的任何消息。她气，狠狠删除了两人的聊天记录，然后飞快发了个朋友圈，是晚上的酒吧自拍，配文："和闺密超开心的夜晚。"搭配玫瑰、跳舞、吻和香槟的表情。这是变相的示威。

有人在第一秒点赞。

是徐家柏。

外加一条留言："希望你们的开心有一份来源于我。"配了一个哭笑不得的自嘲表情。

林心姿无声地笑了起来。一个人的时候，她的笑点会比在人前时稍微高一些，她没有"咯咯咯"笑成一团，只是稍稍弯了嘴角，略微感到被治愈。

只可惜徐家柏带来的治愈没有持续太久。五分钟以后，沉寂了大半天的陈默也难得更新了朋友圈。

他发的是一段十五秒视频，显然是在 KTV 里，灯红酒绿，人头攒动，一群互联网公司的青年男女聚集，视频里一个女孩正拿着话筒唱"Monsters"（《野兽》），高音卓越，四周尖叫不断。

载歌载舞。有力的反击。

唐影歪在床上刷手机的时候正好看到这出只间隔了五分钟的情侣斗法。她想，完了，这下林心姿得炸。

果然，没多久，林心姿"咚咚咚"敲了敲她的卧室门。

"你说陈默是不是不想活了?!"美人横眉怒目。

男人放弃求生欲，不是想死，更大的可能性是他只是不想陪你玩了。但唐影当然不会这么说，她只问："你打算怎么办？"

"我是绝对不会低头的。这个要是开了先例，以后吵架他再也不可能顺着我了。"

林心姿想，冷战已经升级成了决斗，从现在开始，比拼的就是谁更心狠，或者谁更爱谁。

唐影记得林心姿曾经说过，陈默是她早早选好了用来结婚的对象。

主要原因是他足够老实，次要原因是他各方面条件都很不错：清华本硕，大厂算法程序员，眉清目秀，家境优越，恋爱经历简单。

唐影曾经疑惑："你怎么会把老实当作择偶的第一标准？"

林心姿说："结婚嘛，是很漫长很无聊的，再有意思的人看久了也没有意思，不如找一个实心眼的，掏心掏肺对自己好。反正归根结底，我最爱的都是我自己。"

在她看来，"老实"就像数字前的那个1，剩下的薪资、颜值、家境，是1后面的0。诚然0太少了不行，但如果少了那个1，0再多，也只是一捧握不住的沙，放了也罢。

"但现在……"唐影分析，"他好像和你杠上了，你如果不去找他，他也不来找你。你们就这样耗下去了？"

"反正我可以耗，我不信他真能不来找我？"

次次都是对方低头。所以这一次，也应该是他。林心姿笃信自己一眼能看透陈默的心：实心的，里面满满的只有一个她。

送走林心姿后，唐影关灯准备睡觉，却没想到手机息屏后瞬间又亮了起来，她生出了不好的预感。

果然——

"宝贝，快来看看这个。"亲昵的语调，以及冰冷的文件。

是表姐。唐影很想就地砸了手机。

表姐真名叫刘美玲，是唐影对接的客户。对方是大公司 Z 集团的法务，Z 集团总部位于杭州，一年带给唐影老板团队的稳定收入就有 500 万元以上。业务多所以事情也多，光是公司要求对接的律师就不能少于三名，至少要包括合伙人一名，高年级律师一名，以及低年级律师一名。

根据级别，律师的分工也十分明确，比如合伙人负责敲定大体工作方向，高年级律师负责审核，而低年级律师，也就是唐影，负责执行以及其他一切琐事。

随着时间推移，唐影已经逐渐变成了刘美玲的私人助理，处理的事情不但包括律师分内的工作，也包括刘美玲法务分内的工作。

积怨已久，于是唐影背地里喊她"表姐"[1]。

专挑周五下午、节假日夜晚派活，是一切甲方的恶趣味。表姐更绝一些，常常选在睡前。唐影不敢装作没看到，毕竟律师没有所谓下班时间。

唐影只好骂骂咧咧地开了灯，骂骂咧咧地看了文件，又骂骂咧咧地开了电脑，忽然骂骂咧咧地想起了什么，再骂骂咧咧地拿起手机，最终骂骂咧咧地给表姐回复了一句：

"好的呢宝贝，立刻给您处理！"

05

要怎么说表姐呢？

比如表姐当然不知道自己的外号叫作"表姐"，毕竟她自认她把唐影放置的位置

---

[1]　此绰号含有嘲讽的意味，指刘美玲像烦人的亲戚一样事多。

应该是"闺密"。虽然在唐影看来，自己更像是表姐的丫鬟一枚。

表姐比唐影大两岁，皮肤极白。都说"一白遮三丑"，表姐的肤白遮住了她的绿豆眼与朝天鼻。她额头很宽，习惯戴着窄窄的无框眼镜，梳浓密的平刘海。衣服以宽松为主，料子各异，每当有人夸"美玲，你衣服好好看啊"的时候，她会有些开心地笑，苹果肌高高隆起，然后放低了声音说："哎呀，死贵死贵的啦。"

更多时候，表姐在北京办公室上班。她平时一个人住在北京，老公在杭州拥有一家私人牙科诊所。每隔几周，她便回杭州夫妻团圆，并美其名曰回总部 Z 集团汇报工作。

这次表姐半夜分享给唐影的文件，是她的年中总结报告。"涉及几个和你们所的项目的工作进度，麻烦你赶紧帮我填一下啦。明天要交的哟。"

唐影热情响应，心里却在想这样"划水"[1]工作的富贵闲人什么时候才能被开除。

但不考虑这些的话，唐影却有点喜欢和表姐保持工作之外的私人联络，原因有些微妙——表姐是一个很有腔调的人。

确切地说，表姐是一个很善于鄙视的人。

善于鄙视的特质可以让一个人时刻站在鄙视链的顶端。当然，这是一种更加鸡贼的装腔，毕竟当一个人对周遭一切高睨大谈之际，他就好像自动立于不败之地。

比如，唐影如果告诉表姐："我最近在听'喜马拉雅'上田老师讲古典音乐的付费课。每天睡前听三十分钟，这几天刚听她讲了巴赫。"

表姐则会缓缓闭上眼，再睁开，看向远处，与此同时嘴角勾起一个宽容的弧度，然后用鼻腔发出一声近似笑的"呵哼"，再意味深长地说一句："音乐学院的那个田老师啊。"

"田老师怎么了？"唐影紧张起来。

"就，嗯，挺好啦。"表姐捋捋头发，然后清了清嗓子，"可能因为我听古典乐比较早吧，从高中就开始了，所以如果听讲解，个人比较喜欢深入一点的，能从音乐史、乐理学的角度给我讲一讲的。田老师的话，嗯……"她皱了皱眉头，又舒展开，怜爱地看向唐影。"大概就是把每个音乐家翻出来说一说故事，谈谈想法，比较适合给古典乐小白充谈资啦。"

唐影有些尴尬，但还算坚强，摆弄了会儿手机，才干笑了两声说："对对，我也就是随便听着玩啦。前几天看到她的课在打折，就买了。听了几节，觉得确实还挺没劲的！"

"嗯嗯。"表姐笑着回看唐影，几秒后，大度地开启了新话题。

再比如唐影说到自己最近打算去看《复仇者联盟 4》，表姐会一愣，睁大了眼睛

---

[1] 网络用语，此处指上班时偷懒。

问："啥？"

唐影解释说："漫威的爆米花系列超级英雄电影，还挺燃的。"

表姐才悠然地"哦"一声，然后拉着唐影的手说："唉，有时候我特别讨厌自己，对这些大众文化一点都不感兴趣，好多好莱坞大制作都没看过，甚至完全不了解。"

唐影正想安慰说"没关系啊，谁都有弱点的"，表姐立刻又接着说："我不怎么看院线片啦，比较偏好的是欧洲艺术电影，经常一个人躲在自家影音室看特吕弗和布列松。"

表姐顿了顿，又接着说："当然啦，西奥·安哲罗普洛斯才是我的最爱……"这个大师的名字有点长，表姐说到他的时候特意放缓了速度，一字一顿，好像刚刚才把名字背下来。

久了以后，唐影才发现，越闷、越单调、越小众、越是凡人看起来不知所云的电影，表姐越声称喜欢。她似乎把看电影当成一项艰难的"熬鹰"，熬到全场观众睡着，她就是最有腔调的胜者。

林心姿常常听唐影吐槽表姐，有次听了表姐的最新事迹后认真指出："你这个外号取得不太准确，我看她根本不是表姐，应该是个装王……"

唐影哈哈哈大笑，然后说："她确实很喜欢装啦。但我也挺喜欢看她装的。"

林心姿不解，问："为什么？"

唐影说："因为装也是一种实力啊。虽然她展示实力的方式有点让人讨厌，但她展示的领域确实也是我不了解的。我如果能多看看她装，久而久之，是不是也能开阔视野，提升自己？"

林心姿惊呆了，佩服唐影。"你真的很励志。"

唐影很认真地回答她："对我们这种刚毕业的小姑娘来说，圈子比努力重要。要尽量搭上厉害的人，多见世面，才能有提高。"

林心姿摇摇头，说："我就做不到，我凡事都需要自己开心，和表姐这种人在一起，我会疯掉的。"

但林心姿还是遇到了足以让她疯掉的事情。陈默把所有关于她的朋友圈都删除了。

陈默很少主动发朋友圈，与林心姿在一起之前，基本维持半年三条朋友圈的频率。而与林心姿在一起之后，他主动发朋友圈的次数就更少了，但却不得不以一个月两条的频率被动更新朋友圈。

他被动更新的内容包括林心姿的自拍、他拍、两人之间的恩爱聊天记录，以及林心姿刷抖音、微博时无意中看到的各类爱妻文案，诸如"我的女孩永远是我的小公主，永远都是我先低头，只对你温柔"。一旦心血来潮，她就勒令陈默把这类文案发到朋友圈里。

林心姿本想截图一条写有这类文案的朋友圈发微博哀怨一句"男人说过的承诺从来不会算数",却没想到,点进陈默主页,发现他删光了与她有关的一切。

她急了。

她飞速拨通了陈默的电话,也顾不上考虑现在正是工作时间。

电话响的时候陈默正在开会。App正要改版,他已经熬了好几个通宵,产品经理依然就几个完全无法实现的问题拽着他们叨叨个不停,差点大吵一架。加上广告投放又惹出舆情,几个法务和品牌拽着他们开会问七问八,一时间办公软件钉钉响个不停,手头同时处理好几件事情正烦躁,等稍微从忙碌的劲头透出一口气,一看手机,十八个未接电话,全部来自他此刻最害怕的人,林心姿。

心里瞬间充斥不好的预感,任是再斯文,脾气再好,陈默都想骂一句脏话。

勉强忍住不爆粗口,下一秒,手机又响了。

还是林心姿。

唐影下班回家的时候,林心姿正陷在沙发里,头发披散在四周,看不见脸。她背对着唐影,跷着脚,双手托腮,面前的iPad很小声放着韩剧。

林心姿在央企上班,每天下午五点半准时吃晚饭,回家,到家后的程序也很固定:跑步,洗澡,看剧。

唐影回来的时候只觉得家里的氛围有一点点不同寻常,林心姿甚至在自己进门的时候都没有回头,依然对着面前的平板。

在电视剧声音的间隙里,唐影敏锐地听到"咔嚓咔嚓"的声音,走近两步,发现是林心姿的腮帮子在缓缓鼓动着,然后才看到,她面前放着一包薯片。

唐影一下子警觉起来。

林心姿几乎不吃垃圾食品,除非情绪极度低落,才愿意用放纵换取快乐。

台灯下,林心姿垂着眸子,睫毛扑闪在眼下投出阴影,她每咀嚼两下,就重重地吸一下鼻子。

"心姿?"唐影犹豫半秒,拍了她一下。

林心姿似乎这才发现唐影回来了,惊得一动,却没有立即抬头,慌忙拍了拍落在平板上的薯片屑,瓮声说:"哎你回来了,我都不知道呢!"

唐影问:"你没事吧?"

林心姿还是低着头吸了吸鼻子说:"没啊。"

唐影不知道怎么应对一个悲伤的人,唯一能想到的方法是给她足够的自由。可就在唐影打算离开的下一秒,林心姿一下伸出手,抓救命稻草一般拽住了唐影的袖子,呜咽着还是说出了那一句:

"……小影……我们分手了。"

然后她诚实地抬起头看向唐影，平日娇俏的脸上此刻满是泪痕。

梨花带雨，唐影的心也跟着揪了一下。

分手当然是陈默提出来的。

理由合理又伤人，他很直白平静地告诉林心姿："我受不了你了。"

不是不爱，而是受不了。好像是已经不爱了很久，久到"爱"字的一横一撇都褪色，变成忍受的"受"，再变成受不了，他才决定分开。

唐影没有问他们最后一次吵架的原因。那根本不重要。如果是受不了才分手，那么早在最后一次吵架之前，就埋下了分手的种子。

林心姿向来喜欢陈默的老实，但她却从未像此刻这么痛恨陈默的老实。毕竟一个油嘴滑舌的男人还会在分手的时候敷衍你"你很好，只是我配不上"。也只有真正的老实人才可以做到丝毫不顾及你的感受，让你在被抛弃的同时，还怀疑自己是不是真的无可救药。

林心姿瘪着嘴问唐影："其实，我还是没缓过来……他……他不是一直都特爱我，什么事情都顺着我吗？怎么突然间，毫无预兆地说分手就分手了呢？你说，如果我真有哪里做得不好，他不应该提前和我说说吗？"

毫无预兆？

唐影愣了愣，然后想，也许不是真的毫无预兆，只是你选择性忽略这些预兆。

男人在爱情里善于隐忍，而女人则善于自欺欺人。

她又想起程恪，在他当初说要结婚之际，她也惊讶，也以为一切真的毫无预兆。

06

程恪是唐影的高中课外物理补习老师。

唐影在少女时期的爱情就和别人有些不一样。就在大部分同龄人爱上篮球很棒、成绩很好的白衬衫少年时，唐影却喜欢上了清瘦如竹竿一般的程恪。

程恪的外表谈不上多么有吸引力，甚至他的面容也早已经在唐影的记忆里模糊。唐影隐隐约约想起的只有他的嘴，说话时一上一下，嘴唇颜色很好看，泛着光泽，十六岁的女孩不知道怎么形容。但二十五岁的唐影知道，她偶尔对林心姿提起这段往事时，说的是："他的嘴你看一眼就知道，是软嘟嘟的那种，特别亲。"

但那时候的唐影，爱的不仅是程恪的嘴，更是他嘴里吐出的腔调。

　　程恪是唐影腔调的启蒙人。但所谓启蒙，也只是指他在九年前的三线小城市里喜欢穿无印良品的亚麻衬衣，以及用 MP3 听无损音质的重金属摇滚和帕格尼尼。

　　那时他刚刚研究生毕业，正要备考省里的公务员。他住她楼下，他的父母和她的父母是同事。一次聊天听闻他是物理系的，唐影妈妈立刻撺掇着他给自己高二的女儿补习功课。一节课 100 块，他想闲着也是闲着。

　　补习的地点在唐影家，书房门虚掩，妈妈偶尔会来送一些水果，换一换茶。两个脑袋的距离不远不近，唐影很少看他的眼睛，只是低头盯着作业本上各个符号。他会在唐影做题的时候塞上耳机，隔音效果一般，"咿咿呀呀"的金属嘶吼声传到唐影耳朵里，她飞快从题目中抬头看他一眼，然后继续低头写算式。空气里涌动的都是陌生。

　　两人关系破冰是因为一次他有事迟到，到唐影家的时候她正在低头看《红楼梦》，课外阅读指定书目，估计是随手从旧书店买来的盗版书，厚厚一本，字又小又密。少女这番作态一下撞在了文艺青年的兴趣点上，他觉得好笑，还是耐着性子讲完了物理题，走之前没忍住开了口："对了……"他看向唐影手边的书，语气谆谆。

　　"读《红楼》其实有些讲究，比如要看脂批本才有意思，而且仅前八十回就够了，含有后续四十回的我们也叫程高本……"他眯了眯眼，"可以说是狗尾续貂，误人子弟。脂批《石头记》前几年出了庚辰校本，你试试能不能买到。我家还收藏着 2001 年的甲戌校本，作家出版社每隔几年就会出一个新校本，下一版看邓遂夫先生的意思，估计得好久以后……"

　　唐影记得那个下午，夕阳被窗户筛下，在程恪平淡无奇的脸上镀了一层金，照亮了他每一寸胡楂。他的嘴张张合合，吐出的是陌生的名词，但她突然意识到，那就是腔调，是眼界堆积出来的挑剔品味对一无所知的她的降维打击。

　　于是她的一双眼睛愣愣的，隔着厚厚的镜片，从他的嘴，游走到他的下巴，再转移到他说话时上下晃动的喉结。她面色泛红，心也开始扑通扑通地跳起来。

　　在很久以后，唐影喜欢和闺密们宣称：我只喜欢有品位的男人。与此同时，她也用这样的宣称来彰显自己的品位。

　　下一次程恪来的时候，他还没有意识到有什么不同，只是按照惯例让唐影做题，自己戴上耳机。沉浸在金属摇滚里。蓦地，前方伸过来一只手，抽过他右耳耳朵上的耳机，少女问："你在听什么？"

　　他一愣，然后想了想，将金属摇滚切成了小提琴协奏曲。一人一个耳机，古典音乐，唐影听到入迷，凑得有些近。她控制住呼吸，悄悄抬了头，又看到他的唇。在乐章之间，他似乎注意到唐影的目光，那张嘴很认真、很低沉地发出了声音。

　　"唐影，这是帕格尼尼，他用一根弦演奏，然后，再用另一根弦谋杀你的神经。"

　　那个时候，唐影还不知道装腔的两大法门：要么，用挑剔的品味来烘托出眼界开阔，就像之前；要么，用不凡的见解来彰显自己认知深远，比如此刻。

　　独到的评价被以一个恰当的形式输出，崇尚腔调的少女刹那间只觉得自己的心也要被他谋杀了。

　　后来他们的接触越发频繁，他不介意对一个比自己小九岁的姑娘坦然分享自己的偏好与见解，享受她的星星眼。唐影没有《洛丽塔》中少女的天真妩媚，勾不起血气方刚的危险邪念。相反，高中时期的她像一颗裹着粗砺皮囊的小核荔枝，文静又胖，气质庄重。

　　但好在她很主动。

　　林心姿曾经不理解这种主动，美人习惯在爱情上坐享其成，看追求者一一将心奉上。可唐影的观点却是，他们送上来的，是经过他们筛选的，我不要。我的恋人，我要自己选，自己追。

　　撩拨的尺度很难掌控，比如最初的唐影就有些惊人。

　　他给她讲物理电路题，提到"楞次定律"，说："可以理解为感应电流产生的磁场总是阻碍原磁通量的变化。听起来拗口，其实好记，记得这四个字就可以了——来拒去留。理解了吗？"

　　程恪很温柔，然后唐影点头。"我知道的，来拒去留。程恪，我觉得楞次定律说的就是女人在闹别扭啊：她生气的时候你想来找她，她不让你来；可当你真的要走了，她反而偏偏不让你走了。"

　　程恪一愣，想到他刚认识不久的作天作地的相亲对象，忍不住笑起来，拿笔敲她头。"你还真别说。"

　　"但是，我在网上搜了'来拒去留'，又看到一句话，这我就不太理解了……"唐影好奇的眸子看着他，眼睛眨巴，"也有人说楞次定律像女人，但他的观点却是：女人啊，进的时候不让你进，等你想拔出的时候又偏偏不让你出……"

　　还没等她故作单纯地问一句这是什么意思，程恪已然彻底僵住了。

　　唐影直到大学毕业了才明白，与一个男人调情时，应该让他害羞，而不是令他尴尬。

　　"我的天……那，后来呢？"

　　林心姿第一次听唐影讲述这段失败的初恋。两个人倒了酒，坐在客厅的米色双人布艺沙发上。客厅其实不大，没有窗，关了卧室门与厨房门就漆黑一片，唯一的照明设备是沙发边上的落地灯，纸质灯罩暖黄光。这屋子房东本是为出租设计的，装修一切从简从廉。她们刚搬进来后一起去了一趟宜家，逛上大半天，抱回大包小包的简易家具，其中就包括这盏落地灯，79 元的赫尔莫，性价比之王。

　　此刻，两个姑娘抱着膝盖躲在落地灯的暖黄光下谈往日心事。林心姿有些感激，唐影特意讲出了自己的伤心故事，作为安抚她失恋的小小特效药。

"后来……"唐影侧着脑袋想了想。他们一直相处得很好，唐影会和他说许多心事，他就当自己真的多了一个女学生，补习完物理，再补习腔调，却也在无形之间给唐影补习了情爱。

然后有一天，唐影表白。有一次她做对了全部物理题，他伸手揉她头发，她忽然表情有些僵硬，敛了笑，或者说换了个自以为甜美的笑，瞪大了眼，像拍摄大头贴一样把他的脸当作镜头，她说："程恪，我……我喜欢你……"

他怔住，大概三秒，但还是应对自如，抽回了手，清了清嗓子。"唐影，你才多大？你怎么知道什么叫真的喜欢？"

她说："我当然知道。"

他说："好啦，我们不讲这个了好不好？你啊，做对一次题就那么得意！"不知是不是把她当成小孩，他的语气里分明就有疼爱。

唐影后来想过该不该感激那时候他的拒绝太过委婉，委婉到让她一度误会他是要等她长大。她曾想过，如果程恪当初愿意说实话，那么凭她的骄傲，她一定不会再挂念他。

于是在那之后，唐影都靠着这句"你怎么知道什么叫真的喜欢"固执坚持对他的一腔迷恋，甚至妄想用更加努力地喜欢向他证明情意。直到很久很久以后，久到唐影不再固执，而是变得清醒，她才发现，当初程恪对她说的，是毫不犹豫的委婉拒绝。

而能让男人毫不犹豫地拒绝女人的真实理由永远只有一个，那就是——

她不够好看。

那所谓疼爱的错觉，大概也只是对臣服于自己魅力的备胎的一点点情感赏赐。

一下子，林心姿不知道怎么安慰唐影。后面的事情林心姿知道，唐影痴痴恋了他很久，他却几乎始终冷漠，只偶尔温情，把她高高吊起。然后他要结婚，就开始嫌弃她的爱情聒噪，她的炙热爱恋最终被当作无味的剩菜放进冰箱冷冷处理。过期的结局。

想了半天，林心姿终于迸出来一句还算真诚的："但是你现在很好看啊。我觉得他如果再见到，得后悔死！"

唐影摇摇头说："不会再见到了吧，他后来结婚生子，可能都有二胎了。"

林心姿赶紧又说："未来你值得更好的！"

唐影笑着点头说："是啊，我知道，如果再遇到喜欢的人，我还是会很主动。但有了经验，应该再不会太傻。"

八卦缓解了林心姿的伤心，相互卖惨，痛苦减半。相比之下，她的境况似乎比唐影好上那么一截。

但两周之后，陈默更新了朋友圈。

他恋爱了。

07

陈默第十次看到工位上摆好了的早餐的时候，犹豫了三秒，最终没有扔掉。坐在对面的码农隔着三个硕大屏幕还是忍不住要给他一个揶揄的暧昧眼色。陈默笑了笑。

三个月前，它第一次出现在他的桌上时，他给林心姿发了图片，外加一个问号。

半个小时后，林心姿回给他一个更大的问号："干吗啊？"

陈默一呆。"不是你送的？"

林心姿懒得理他。"什么啊？我怎么会给你送早餐？"

陈默歪歪嘴逗她："那看来是别的小姑娘送的咯。"

林心姿秒回："那就扔掉。"

她不放在心上。大美人眼里没有情敌，甚至有点心疼那个辛苦准备了早餐喂给垃圾桶的小姑娘。

陈默"哦"了一声，乖乖照办。早餐被"哗啦"倒进垃圾桶的时候，一张爱心形状的小纸片飞出来，他瞥见了落款，芳名茉莉。

他一愣，脑中浮现出一个中长发笑容乖巧的形象。如果没记错，产品开发部门的……部花？

第二次的早餐，他打开盖子看了看。小猪脸豆沙包，煎蛋饼上撒了白芝麻和细碎海苔，一小杯自磨豆浆。外加和昨天一样的桃心形状纸片，上面写的是："加油！早餐要吃好哟！"落款还是茉莉。

他当然还是遵照女朋友的指示扔掉。

同事看了一眼说："啧啧，暴殄天物。"另一个同事打趣，笑着说："明明是甜蜜的负担。"

在早餐第三次出现在桌子上的时候，陈默坐不住了，通过公司通讯录搜到了茉莉的名字。"在？"他问。"嗯！"那边秒回，带了一个感叹号，似乎期待已久。他顿了顿说："中午一起吃个午饭吧？"茉莉发了一个开心的小熊表情。

陈默很坦诚，他说："我有女朋友，在朝阳。"茉莉惊诧道："你喜欢异地恋啊?!"

陈默说："我们在一起一年了。"茉莉说："呀，够久了，该分了吧？"陈默无奈，说："你这样每天给我送早餐，给我造成了困扰。"

茉莉很高兴地回答："真的吗？困扰？不会吧，喂！你是不是心动了？好不好吃？哎，我一点也不会做饭，但为了给你做早餐，每天早上，六点起！你敢信？哇，你看我的手啊，都被刀划伤了……"她絮絮叨叨说着，他更加为难，最终脱口而出："我都倒掉了。"

然后她愣住，僵在那里，过了几秒，嘴一撇，眼泪哗啦哗啦掉。

陈默没见过女孩哭，林心姿不会哭，相反，林心姿更容易把他弄哭。

他手忙脚乱起来，递了纸巾。她本来气得也想扯来扔掉，泪汪汪看了他一眼，又摁在眼睛上，抽抽噎噎。"陈默，陈默，我好喜欢你……第一眼看到就喜欢，连脸都不要了……"

…………

第四次，桌上又出现了小小饭盒，和之前的不一样，不是一次性的，而是女孩惯常用的精致粉色日式便当盒。他叹一口气打开，一愣。便当里只有100元钱和一张便条，便条上写着："给你做什么你都扔，这次直接给你钱好了，想吃什么自己买，我包养你，哼！P.S.：便当盒是我最喜欢的，不许扔掉。"

他一哂。"茉莉……"他默默念着这个名字。

他把钱和便当盒一起还给她。茉莉问："你没吃早餐？"陈默摇摇头说："我起得迟，不习惯吃。"茉莉瞪他。"要被你气死，你就这么不心疼自己？"陈默摆摆手说："你别送早餐了，真的，我有女朋友了。"

可惜，茉莉不会听的。

于是有了第五次、第六次……陈默和林心姿提过几次，林心姿说："什么黑心小姑娘啊，光明正大抢人男朋友？是不是特丑？"

陈默顿了顿说："其实还行。可爱型的。"林心姿说："你自己处理啦！对啦，我最近刚看上一个包，好好看。"陈默笑道："那我给你买。"

林心姿一直以为，最好的鄙视就是无视。在爱情上，她喜欢不战而屈人之兵。

第七次的时候，陈默黑着眼圈来工位。同事问："昨晚加班？"陈默打着哈欠说："吵架了，哄女朋友。"他放下笔记本电脑，接上显示器，立刻陷入工作里，眼睛盯着屏幕，十指在键盘上翻飞。他习惯性拿起马克杯抿了一口水——热的，稠的，香的，还有淡淡的甜味。他一怔，看进杯子里，是热乎乎的杏仁芝麻燕麦粥。

"哦。茉莉给你泡的。"同事笑得贼眉鼠眼，"你来之前她还顺带帮你擦了桌子。她说你有胃病，必须要吃早餐。"

他一下子烦躁起来。

季度全员大会的时候，茉莉正好坐在他旁边，不知是有意还是无意。他低头玩手机想要避免交谈，茉莉探过脑袋调皮地抢他电脑，他一愣，正要阻止，只见她灵活地在桌面上创建了一个 TXT 文档，然后一行行输入代码，在他看来有些磕磕绊绊，甚至毫无基础，显然是早就背好的。他看着她笨拙地点击"保存"，然后修改文档后缀，点击"运行"。

运行失败。

她求助地看了他一眼。陈默无奈接过电脑，替她改了代码中的几个明显漏洞，重新运行。屏幕上出现了一个简单的小熊跳舞图案，旁边是一个心形图案，放大又缩小，放大又缩小，宛若正在跳动。

"陈默，喜欢吗？"她在他耳边悄悄问，"我花了好长时间才记下来的。"她嘟嘴抱怨。

他压下涌起的情绪低头不看她，问："费那个时间做什么？"

"哄你开心啊。"

屏幕上的小熊与心形继续一闪一闪。他没回答，伸手扣下电脑屏幕。

第八次，他还是将早餐倒掉。于是那天他一整天都心情不好，林心姿来找他说话，他态度冷淡，不出所料又开始吵架。

第九次，又在食堂碰见，两人坐在一起，他问茉莉："为什么一定要让我吃早餐？"茉莉一下难过起来，说她很早就注意到他，因为他的眼睛和眉毛长得像她的哥哥。一次她来送资料，路过他的工位，就见他趴在桌面上，眉头紧蹙，下意识就想到他是不是胃疼。陈默反驳，说："不是吧，我那时候应该就是困了，我的胃很好。"

茉莉可怜巴巴地看着他，说："可是我哥哥，他胃癌，晚期……"

不小心戳中别人的伤心事，陈默沉默了。

攻克了项目难题，部门之间聚餐，结束之后大家招呼陈默唱 K，其中一个人揶揄："不是这几天和女朋友闹别扭了吗？忙完了项目，'二十四孝'男朋友不去哄女朋友？"众人嬉笑看他，知道他是"老婆奴"，他却不由得将目光投向角落瞪大眼睛望着自己的茉莉，想了几秒，对大家说："走，唱歌呗。"

茉莉歌声很好听，一曲"Monsters"让全场尖叫。他没忍住，录了视频，发在朋友圈，发了之后才发现，五分钟前林心姿也发了自己在酒吧的照片。他第一个反应是心虚，觉得大事不好。

接着他突然破罐破摔起来，算了吧，反正永远都是吵架。心累了。

他闭了眼睛仰在沙发上，一会儿一个热气腾腾的人挪过来。不用睁开眼都知道是谁。

"陈默，我唱歌好听吗？"依然是软软糯糯的嗓音。

"嗯。"

"陈默，明天想吃什么呀？我给你做。"

"都好。"

"还会扔掉吗？会扔掉我就不做了，以后再也不做了。"

他睁开眼，坐直了回看向她。他犹豫了几秒——其实没有犹豫，只是想用拖延的时间让自己看起来慎重——终于开口："不扔了。以后你做什么，我都吃。"

爱一个人太累了，陈默想，他也想体会一把被爱。

KTV的灯光躁动暧昧，茉莉的脸映在他的眸子里，投影在心尖，最终，代替了另一个身影。

"啧啧啧啧，所以分手两周就正式宣布恋爱？这一对看来早就暗度陈仓，急不可耐！"

唐影尽可能让语气显得嘲讽一点，指着陈默朋友圈里茉莉的照片开始极尽恶毒之描述："脸好大啊！这只胳膊明显修过啊！我的天，但实话实说宝贝，她修图技术真的不行，头发也很多，该修的地方不修，而且头好大肩好窄整个姿势像挂在陈默脖子上的峨眉山母猴子……"

林心姿没说话。这个打击实在有点大。

尽管唐影极尽努力去诋毁茉莉的颜值，但这似乎不会让林心姿有一丝丝好过。你是希望抢了你男人的女人比你丑，还是比你美？

两个答案都各有悲哀。林心姿想，我只希望他们俩去死，原地爆炸！

从不相信到接受现实，最后痛恨渣男渣女。她没有告诉唐影，她愤怒到失去理智的时候，大半夜发了一长串话指责陈默无情无义。

然而对方没回复。连吵架都懒得继续。

愤怒像烟火迸射进太平洋里，前男友的沉默令她意识到自己就像个小丑。在"装死"这个技能上，男人天生就是一把好手。

她在夜里一个人一杯酒意识到："所以人和人之间的争吵是不是就像缘分一样次数有限？当次数满了之后，这个人就从你生命中彻底离开，连再见都来不及说……"

沮丧的情绪大概持续了几周。美人憔悴许多。

唐影劝她："你要不要出去走走，像以前一样跑一跑步，开始新的生活？"

林心姿苍白着嘴唇说："没有用的，我对爱情彻底失望了。"

唐影吓唬她："可是你最近一直待在家里，好像有一点点变胖了！胖了就不美了！"

林心姿后背往沙发上一仰，说："美有什么用？再美不也是要被抛弃？"

唐影安慰她："世界上的男人一大把啊，又不是只有陈默一个！"

林心姿说："都一样的，陈默那么老实都会出轨，对小狐狸精心动，天下乌鸦一般黑。"

唐影不知道说什么好了。

　　林心姿每天都躺在床上或沙发上看韩剧，姿态各异，她专挑各种悲情肥皂剧，屏幕里的男女主角为爱痴狂。她也哭哭啼啼笑笑，感同身受，毫无美人风骨。

　　有一回，她正在看的韩剧播到剧终，女主角患绝症死亡，男主角自杀，片尾字幕出现的时候唐影正好下班回家，推开门就见一个木偶美人坐在沙发上，伴随悲情钢琴声，睁大了眼，头发凌乱，转过头来，茫然地看着刚刚下班的唐影，梦呓般张开口："唐影，我发现了……我真的发现了……甜甜的爱情永远不会属于我……"她吸了一下鼻子。"我，我就是那种作天作地的女二号，不善解人意，不温柔可亲，只会折腾男人……上天会折磨我的对不对？我觉得永远不可能得到幸福……"

　　声音渐弱。唐影一方面觉得应该安慰，另一方面也觉得她的反思在理。

　　就在唐影犹犹豫豫不知道怎么开口时，"丁零"一声，林心姿的微信响了。

　　只见憔悴的大美人抽抽噎噎地拿起手机，却在下一瞬间怔住，一只手迅速揩了揩眼角的眼泪，也不抽噎了，瞪大了眼睛看着屏幕，仿佛没反应过来。

　　"陈默？他找你了？"唐影好奇，心下一动，又问，"复……复合了？"

　　"……"

　　林心姿摇了摇头，捋了捋头发，刚刚哭过，眼睛肿得像两个美丽核桃。她将手机递给唐影，带着浓浓鼻音开口："是……是上次跑步遇见的那个棕榈泉富豪，他……他问我有没有空一起……吃个饭。"

08

　　富豪叫马其远。

　　上次邂逅林心姿加了微信之后，他又出公差去了一趟日本。前几日回到北京，他一个人跑步，跑着跑着，又想起上次见到的小姑娘。

　　朴素又好看，没有人民币的味道。

　　只是好几日不见她。他忍不住发了微信，想约她出来吃饭。

　　林心姿把吃饭时间约在了周末。今天是周一，用她的话说，她需要一周的时间收拾心情和仪容。

　　然后，在爱情海里重新扬帆起航。

　　唐影点点头，目光恳切地说："祝你凯旋。"

　　马其远的出现给林心姿带来了动力，她很快振作起来。上帝给你关了一扇门，原来目的是给你开一扇三百六十度的豪宅落地玻璃窗。

来自另一个阶级的邀请就像一针强心剂，她最后看了一眼陈默那条秀恩爱的朋友圈，发出冷笑。

唐影问："你要不要删了这小子？"

林心姿恶狠狠地说："坚决不删，我要和他保持友好互动，然后请他看着我飞黄腾达。"说这话的时候她刚在家做完瑜伽，洗了澡敷上面膜，学习模特贴墙站立十分钟，练习挺拔身姿，一改往日颓唐。

很快，林心姿恢复单身的消息也被周围大多数跃跃欲试的男人知道。他们躁动起来，一时间林心姿的手机微信电话响个不停。

要微信的、问手机号的，还有许多通勤路上遇到的"野桃花"，她似乎来者不拒，重新恢复公主身份接受会见，要对追求者一一筛选。

她忙碌起来，下班后就被各种颜色的车子接走，吃饭、看电影，比唐影晚许久才能到家。周末与土豪见面之前的时间，她约满了"桃花"，用她的话说是："马其远是个大怪，我要在和他见面之前找其他小怪练习一下。"

"练习什么？"

"和男人交往啊！你不知道，我这一年多和陈默在一起，只记得怎么发火怎么撒娇了。"

"啧啧……"唐影感慨，短短几天林心姿焕然一新，"所以说，情伤还是有解药的，要么是一段新的恋情，要么，就是数量充裕的备胎。"

林心姿充满了夸张的斗志，她想，被陈默摔成碎片的自尊与信心，必须要在其他男人身上重新建立起来。

周末很快到来，出发之前，林心姿换了十多套衣服，唐影皱眉替她挑选，林心姿很紧张。"这套？这套？怎么样？"

林心姿的脸素净淡雅，笑起来眉眼弯弯，就是衣服怎么穿都不对。

粉色羊绒衫、蝴蝶结、毛茸茸的扣子吊坠或者黑色白色的蕾丝花边。唐影也很沮丧。

唐影问："你们是去哪里吃饭？"

林心姿说："他来接我。"

唐影"哦"一声，已经开始脑补迈凯伦、宾利或者加长版劳斯莱斯停在楼下，司机戴着白手套给林心姿开门的场景。

唐影说："要不你弄一套晚礼服吧！"

林心姿说："我现在哪里能搞到这种东西。"

唐影想了想。"那就稍微正式一点，穿件黑色的连衣裙肯定没错，然后系一条丝巾，穿高跟鞋，头发披着就好，宝贝过来……"唐影指挥，"我给你化个淡妆。"

　　林心姿临出门的时候确实很美，不像她平时的朴素打扮，黑色头发柔顺地披下，真丝裙子文雅包住膝盖。也绝对不是素面朝天，这次她涂了淡棕色眼影、眼线和粉色唇彩，抬眸间很有《金粉世家》里刘亦菲的气质，脖颈长长，又像天鹅。她随意拿了一个珠串手拿包，唐影的。她踩了七厘米的细跟高跟鞋，在十月底的北京依然勇敢光着小腿。

　　然后她收到马其远的微信："我到你楼下了。"

　　唐影都跟着激动起来，和富豪约会！林心姿方一出门，唐影就跑到卧室抻长了脖子往下看，从卧室窗户正好能看到小区门口，她们所在的楼层不高，窗前一棵巨大的梧桐树枝丫生长，郁郁葱葱，平日唐影喜欢听着梧桐树上麻雀的声音醒来，此刻却恨这棵树阻碍了她偷窥上流社会的视线。

　　大概是加长版劳斯莱斯或者凯迪拉克或者随便什么牌子的车车身太长了，进不了这破旧小区。唐影很沮丧，她什么都没有看到。

　　小区门口只有偷偷搭了一片砖头墙试图阻碍城管视线坐着摆摊卖菜的门卫大姐、遛弯的大爷，以及稀疏往来的几个行人和一个骑着共享单车的普通大叔。

　　没法看得远一些，唐影感到很遗憾。然后她看到了娉娉婷婷走出去的林心姿。她很失落，美人的背影入眼像是柠檬嘴，让她泛酸。

　　她叹一口气回屋开了电脑加班。

　　林心姿见到马其远的时候，着实吃了一惊。

　　马其远也一怔。

　　林心姿想象过一百遍富豪的车，款式、外观、座位的皮质，会不会有一杯香槟。她还谨记女人在豪车上千万不能做的蠢事十则，比如绝对不能自拍。但她死活没想过，富豪停在小区门口的车，竟然是共享单车。

　　马其远一身运动装扮，刚跑完步就在朝阳公园门口随便刷了一辆车来找她，运动完连澡都没洗，脖子上挂着一条毛巾，目光落在林心姿矜持又精致的细跟高跟鞋和真丝连衣裙上，场面霎时间变得有些尴尬起来。

　　林心姿一时不知道怎么接话，心里更多的是委屈——你就这样来约我？

　　约她的男人太多，排场向来不可以太小。陈默每次从海淀过来找她过周末，如若需要换两个以上的地方，必须租车，租的车也有门槛，至少奥迪 A6 起步。再譬如出去吃饭，黑珍珠榜单一一吃过。美人用条条框框划定爱情，是追逐者脚下的关卡。

　　马其远清了清嗓子，讪笑："今天……很美。"

　　林心姿忍住了委屈，也尽量盈盈一笑，说："谢谢，对了，我们去哪里呀？"

　　"不远处有一家餐厅不错，本来想叫你一起骑车过去，看你穿这样好像也不方便。"他顿了顿说，"我们打车吧。"

林心姿心想：还怪我太隆重？

却没想到马其远连打车软件都没有，他伸手招了半天出租车，一无所获。林心姿等到心烦意乱，大叔仿佛 20 世纪的人，用的手机——她瞥了一眼，快要心梗，竟然是 iPhone8？

大叔似乎也觉得有些苦恼，他掏出手机在地图上搜了一圈，发现要去的餐厅可以公交一站直达，有些高兴，对林心姿一笑，说："旁边就有公交站，我们乘公交吧。"

林心姿睁大了眼看了看大叔的手机屏幕问："那家餐厅叫什么啊？"

马其远递过手机。"简阳羊肉汤啊。我一成都朋友推荐的，入秋正适合贴秋膘。"

林心姿觉得自己要疯了。

简阳羊肉汤就位于大马路旁边，红底招牌上面白色大字。门面上贴着应该是用 Word 排版设计的海报，黑体大字写着"地道劲脆"，旁边是红色小字"生活就是这么美，日子才有滋有味"，隔着玻璃门能看到店内密密摆着的木制桌椅，瓷砖地板，20 世纪 80 年代装修气息。这家店距离林心姿住的地方不远，但她从来没进去过，甚至每次乘车路过，连招牌都懒得多看一眼。

美人自有准则："请我吃人均 300 元以下的餐厅，这个男的我绝对不会再见第二面。"

而简阳羊肉汤，人均 88 元。

当林心姿踩着七厘米的 Jimmy Choo（周仰杰）粉色高跟鞋勉力支撑了一站公交，又穿着黑色二十二姆米[1]真丝连衣裙坐在羊肉汤店的时候，她很珍惜地把唐影的珠串手拿包放在大腿上。

桌面实在太油，店里的浓浓羊肉气味将她的迪奥小姐香水的香味杀了个片甲不留。她前所未有地沮丧起来。

马其远感觉到她的情绪低落，问："你吃什么？他们家羊肉真的不错。"

我最恨羊肉味。她想。但她还是礼貌地开口："都行啦。"她情绪上涌，又补充了一句："我平时吃羊肉比较少。"

马其远顿了顿，问："我们要不要换个地方？"

林心姿的目光落在他平平无奇的脸上，再转移到他的脖子上、身上。他的衣服上被汗浸湿了的一大块快干了，只留下比衣服颜色稍深的印记。或许是因为常在国外喜爱阳光，他的皮肤泛着黝黑的色泽，加上岁月印刻的皱纹，使不再年轻的他与这个 20 世纪 80 年代氛围的路边小店毫无不协调感地融合在一起。

林心姿觉得被骗了。

他绝对不是什么富豪，不是什么三年待在瑞士一年待在日本时而回到北京豪宅

---

[1] 日本用于表示织物质量的单位。

的华侨企业家。他是罗中立画中的《父亲》，憨厚淳朴，属于大地，单车与公交代步，可以大口嚼着羊肉，随时放下筷子来一曲陕北民歌。

她疲惫地摇了摇头说："不用，就这儿吧。"她不想再浪费时间，想赶紧结束晚餐。

马其远敏锐地意识到她的兴味索然，大致猜测到她的想法，不以为意地笑笑，自顾自吃羊肉。美人在眼前蹙眉，他反而胃口极好，时不时提起话头，聊一聊老北京风土人情，又说自己在城中心的胡同里也有几套房产。

林心姿稍微提了兴致，多问一句："房产？城中心？"

他说："对，二环，那几个老胡同里，有几间平房。"

呵，平房。林心姿拉下了脸，不问了，提了筷子只小口小口吃一点点青菜。

临别的时候，他礼貌地问："要不要送你回家？"林心姿早已没有了敷衍的兴致，挥挥手说："不用啦，我习惯打车。"她特意争口气似的，叫来一辆专车，在大叔面前翩翩离去。

马其远看得好笑，摇摇头，心想现在的小姑娘果真和他想象的不一样。

车子过了红绿灯掉头，林心姿忍不住隔着窗玻璃看向马路对面。马其远穿了一件宝蓝色运动服，寸头，宽松运动裤下面是男士运动紧身裤，他的服装看不出品牌。林心姿想，应该就是山寨的吧。

她远远看着马其远走到一辆共享单车前，低头，扫码。远处的背景是简阳羊肉汤的简陋招牌，与他十分相称。

"唉。"坐在车内的林心姿微微叹了一口气，侧过头，鼻子轻轻嗅了嗅自己的肩膀和头发，一股羊肉浓汤味。

她没注意远处的马其远正刷着单车，接到电话。"喂？"

"先生，需要来接您吗？"是司机。

"不用了，我就在附近，骑车五分钟到家。今天运动出了些汗，你让管家安排好就行。"

"好的，先生。"那边语气恭敬，等他先挂了电话。

09

林心姿到家的时候，唐影正在一脸无奈地开电话会。

不是什么特别要紧的事情，但上司不知突然哪里来的工作热情，拽着好几个低年级律师没头没尾地开始开项目动员会。

唐影的上级律师姓王，平时大家叫她"大王"。大王从刚毕业时起就跟着唐影的老板，兢兢业业，搏出一身工伤，她将其视为勋章。

大王此刻正在电话里激情澎湃地开项目动员会："这个项目特别紧急，这次特地周末晚上把你们都拉进群里。未来的几周，包括周末，你们都将非常繁忙，当然，繁忙中也能学到许多，希望你们认真对待……"

唐影将手机公放并静音话筒，一边心不在焉听着，一边刷着笔记本电脑上的论坛帖子。

林心姿换了衣服，斜靠在唐影卧室门口等了一会儿，直到电话会结束。林心姿先问了一句："之后会很忙？"

唐影耸耸肩。"谁知道？她是表演型人格，没事就爱演一出。项目什么的，经常雷声大雨点小。"

唐影说完，一脸兴奋抬头看林心姿。"对了！今晚约会怎么样？"

林心姿垮下脸，随意抓了一个抱枕瘫在唐影卧室的懒人沙发上，说："还记不记得我出门前你和我说过什么？"

唐影说："初次约会有钱老男人的主要任务啊！"

"对！"林心姿伸出手来，比画了一下自己的无名指，"初次约会老男人的主要任务，观察他的无名指，看看有没有戒指的痕迹。"

唐影点点头，然后想到什么，惊呆。"难道……这个马其远手指上有戒痕？他有家室?!"

林心姿摇了摇头。"我都懒得看。以我此次的血泪经验来看，初次约会有钱老男人的主要任务，不是看他是否已婚……而是，先试探一下他到底是不是真正的有钱人。"

唐影不解，疑惑地看向林心姿。

林心姿绝望地说道："这个老男人应该是喜欢开空头支票瞎吹牛，说的和做的完全不是一回事，可能有妄想症吧。你猜他是用什么车来接我的？"

唐影愣愣地问："什么车？"

美人眼睛一闭。"共！享！单！车！"

唐影听了林心姿一番叙述，目瞪口呆。林心姿不解气似的，还把脑袋凑到唐影面前，说："你闻闻我的头发，人均88元的羊肉汤的味道！"

唐影本想说那家店其实她去过，还挺好吃的。但她知道林心姿的习惯，羊肉汤确实不太适合公主。

林心姿抱怨了一通，最终得出结论：这个马其远可以从名单里拉黑了，就是个伪富豪。

普通都市白领对有钱人的想象，90%来源于自家老板，剩下的对有钱人的认知，基本来源于幻想——互联网、电视剧、小说以及都市奇谈。

　　唐影在生活中接触不到所谓真正的有钱人。此刻她没有一双慧眼替林心姿鉴别真假。

　　但她只是觉得奇怪，想了想，对林心姿说："你有他朋友圈吗，我看看？"

　　马其远的朋友圈基本是空白，半年可见，仅能显示的是今年五月份发的一条带图状态，文绉绉的："春无踪迹谁知？除非问取黄鹂。百啭无人能解，因风飞过蔷薇。"个性签名也是一句诗："衣沾不足惜，但使愿无违。"

　　"……还……挺风雅的。"唐影犹犹豫豫说出结论。

　　其他的一切，无从判断。

　　林心姿拿回手机说："别想这个人了。要么就是假富豪，哪怕是个真有钱人，这个骑单车喝羊肉汤的品味我也绝对不敢恭维。"

　　马其远确实再也没有主动联系过林心姿。

　　男女之间能走多远，往往只取决于第一次见面，或者说，取决于第一次见面时目光交接的前三秒钟。

　　但林心姿也十分忙碌，她和唐影抱怨单位的大姐大哥们知道她单身后，个个踊跃地给她介绍对象：精英土著、留美帅哥、高校讲师……她现在头晕眼花，每周可以约会七八个男人不重样。

　　唐影打趣说："你好时髦啊，这么多男人这么多约会，要不要建立一个 Excel 文档来管理？"

　　林心姿这天难得有空闲，靠在沙发上晃荡长腿看剧，回答说："不用了。前几周都是'海选'，别看有的头衔好听，什么阿里 P8、人大副教授……结果一见真人，一个比一个歪瓜裂枣。我已经选一轮了，下周应该只有两个重点发展。"

　　唐影笑嘻嘻问："谁啊，淘汰下来的有没有好的，分我几个？"

　　"啊？"林心姿点她鼻子说，"你可看不上。我还不知道你？不声不响，眼高于顶。"接着，林心姿美滋滋掰着指头数起来。"一号选手，入围理由：长得帅，有品位，会哄女孩子欢心。做的投行前台，工作虽然挺忙，但是收入很高。只不过这类花言巧语且长得好看的男生，我觉得没有安全感，只能'短择'。"

　　唐影一愣。"什么叫'短择'？"

　　"情感大师的术语啦。"林心姿摸出手机说，"我关注了几个情感博主。'短择'对应的就是'长择'，短择是说只谈恋爱玩一玩，并不打算真的走入婚姻，而'长择'说的就是以婚姻为目的的恋爱啦。"

　　唐影花几秒消化了理论，又问："你想要哪个？"

　　"当然是以结婚为目的的恋爱咯。你不知道吗？女人最好要么在二十七岁之前结婚，要么永远不结。按照恋爱两年再结婚来算，我已经没时间和人谈恋爱玩一玩了。"

唐影笑起来。"理论真是一套又一套的。那这个一号选手,你不考虑了?"

林心姿又皱了皱眉头,犹豫起来。"我本来是想淘汰掉他……但是……那个一号选手……"

她和一号选手约会的地点在工体的一家西餐厅。

餐厅外表朴素,藏在有些萧条的三里屯 SOHO 里,内里装修却十分精致,鲜花装饰一整面墙,纹路细腻的木制桌椅,深秋点了暖暖壁炉。男女衣着整齐相对而坐,斯文地切着牛排和三文鱼,一人桌上一盏小小蜡烛,灯火摇曳,脸色影影绰绰。

刚刚从香港出差回来的一号选手很上道,等林心姿落座,他便拿出了机场买来的小礼物递上。美人欣然打开,发现是欧珑的赤霞橘光香水,笑容更甜。两个人交谈甚欢,男人不断套话,林心姿提到自己的伤心往事,小小的脸上垂了小小的泪,抱怨:"你们男人没有一个好东西。"

一号选手表示冤枉。"怎么连我也被株连?"

林心姿说:"前男友起码老实,你比他花言巧语得多,更不可信。"

一号选手感兴趣。"哦?他怎么个老实法?"

"他不抽烟不喝酒不逛夜店不打电动,周末在家也是一个人上网,偶尔刷剧……"

一号选手笑了,嗤之以鼻。"这样的男人不叫'老实',叫'无聊'。你错把无聊当作老实,难怪被伤。"

林心姿一怔。

一号选手继续洗脑:"无聊的男人习惯躲在自己的方寸世界里,受过的诱惑太少,往往经不住诱惑。而另一些男人就不一样,见惯了花花世界,更容易知道自己要什么。"

"可是……"

"没有可是。老实人的词典里永远没有'怜香惜玉'。"他无奈一叹,双眸注视她,"如果失败能累积成经验,心姿,答应我,下一次恋爱,千万别找那种看起来老实的无聊人,好不好?"

烛影摇晃,照着他的唇,林心姿的目光变成镜头拍起特写,他的皮肤极白,画面魅人。

"说得是有几分道理。"唐影回味林心姿的叙述,皱眉点头。

一号选手的段位,略高。

林心姿有些不好意思地嘻嘻笑了起来,蹦蹦跳跳地从房间里拿出一号选手送的那瓶赤霞橘光香橙味道香水。

唐影的专用香水。

"是不是你常用的那款？"林心姿问。

唐影点点头。清新夏日气息，血橙前调，檀香木与琥珀尾调，让她变成别人一刀切下橙子时会想起来的那个女人……还有"香橙小姐"，陌生男人递上的昵称。香水瓶冰凉，唐影莫名想起从杭州飞回北京时的那次搭讪，以及后来加了微信，却因他打过一次招呼，她没有回复而断掉的缘分。识趣的渣男。名字她还记得，叫许子诠。

"那二号选手呢？"唐影想起还有一个候选人。

"……嗯，你认识的。"林心姿有些不好意思，声音变小，"徐家柏。"

"谁？"

"酒吧那个……威士忌，金属框眼镜油头男……"

关键词匹配，唐影脑中浮现出大概轮廓，第一反应还是嫌弃。"他怎么通过的海选？"

"后来聊了几次天，觉得有意思就见面了。"

徐家柏的策略很是"舔狗"，基本上是日日点赞次次回复，每日"早安""晚安"问候公主。偏偏公主就吃这一套，遇到情伤，被舔狗嘘寒问暖，心扉打开，终于答应见面。聊天多了，林心姿得知徐家柏在四大银行之一上班，条件学历都拿得出手，又添好感。

"便宜他了。"唐影愤愤然，她戴了有色眼镜看徐家柏，已经开始站队，"我决定支持一号选手！希望他夺得芳心。"

"哈哈哈哈。"林心姿捂嘴笑，不好意思起来，想到什么又补充道，"对了，一号选手的名字也很好听啦。"

"叫什么？"唐影好奇地问。

"嗯……"林心姿微笑，"许子诠。"

"什……什么？"唐影好像没有听清。

"许子诠。"大美人一字一顿。

10

唐影没谈过恋爱。

二十五岁还"母胎单身"的女人，要么特别单纯，对爱情抱有混沌的憧憬；要么特别清醒，认为世界上大多数男人都是傻子。

而她，显然是后者。

唐影曾经和林心姿探讨过："为什么我从来没有想过要好好谈一场恋爱？"

林心姿皱皱鼻子对着唐影审视了一会儿，得出结论："我觉得吧，你不太适合恋爱，你的婚姻之路其实我规划好了……"

"啊？"

"对。"林心姿憧憬起来，"你就适合找一个各方面都特有腔调的大佬，让他手把手教导你。他年纪很大，但是欣赏你。你嫁给了他，学完了一切就专心等着他死，然后继承百亿资产，变成寂寞又有腔调的女人。每到深夜，你在城市里最豪华的公寓的落地窗前，抱着一只温驯的波斯猫，把北京踩在脚下，黯然看万家灯火。"

"……我的天。"唐影惊呆，"那我也太酷了吧？"

"加油啊。"林心姿眼神闪亮。

唐影没和林心姿说一号选手她认识，就是飞机上搭讪叫她"香橙小姐"的男人。这样的巧合会让双方尴尬。

暗示一个男人不靠谱有一百种方式，她没有必要选择最愚蠢的一种——上赶着告诉闺密，因为你的潜在发展对象曾对我感兴趣。

但她还是在几日后见到了许子诠，有些久别重逢的感觉。

北京的秋天很短，八九点月上树梢，她今夜加班回来时任性地不背电脑，乱七八糟复盘项目细节。她只抓了棕色皮革手抓包，千鸟格西装随意披在肩上，墨绿包臀皮裙，茶色绸质衬衣，鞋子是暗红色高跟鞋，踢踏踢踏踩在水泥路上。

这条小路两边都是老旧居民楼，20 世纪 80 年代时的国企员工宿舍，各小区名字都很老气，在砖头大门上刻上"纺织厂小区"或者"粮食局小区"，安安静静，居民大部分都是老人。这条路没有名字，是只能勉强容一辆车驶过的单行道，每次打车，司机都会嫌弃，皱着眉问："进去好掉头吗？要不然你在这里下车？"

她下了公交，路灯打在身上，远远看见一辆车从她住的小区驶出，然后经过她，再缓缓停下。车上跳下一个人，该死的个高腿长肩宽头小，他再走近一点，路灯匀出光给他，他浓密眉毛单眼皮，风衣快到膝盖，咧着嘴对她笑。

许子诠。

"香橙小姐？真是你？"他有几分惊喜。

唐影站定面对他，没有问他为什么会出现在这里。原因显而易见。她抬头看了看自己家，离这里五十米远的破旧筒子楼，三层，林心姿的卧室刚刚亮起灯光。他送林心姿回家。

唐影点点头，贴心地给他找了一个借口。"在附近有事？"

"不，送一个朋友回家。"他倒是坦诚。

唐影笑。"女朋友？"

"女性朋友。"他认真更正，双手插进风衣兜里，直直看向唐影的眼睛，"我目前单身，没有女朋友。"

很具有欺骗性的一张脸。她不吃他这一套，淡笑着戳穿："单身最好。心姿是我好朋友，我可不希望她被骗。"

许子诠赧然笑起来，低了头喃喃一句："世界真小。"唐影要走的时候，许子诠又上前两步，拦住她。"喂，你放心好了，我不会骗她的。"

她差点翻白眼，以为他要表忠心。却没想到接下来一句是："我对她不感兴趣。"

这下轮到唐影惊讶。

许子诠瞥了她一眼问："刚下班哟？是不是还没吃饭？"话尾带语气词的男人，总让人以为他在撒娇。"要不要一起？"

两人在小区附近的一家日料店坐下。小小的门头，一块蓝色帘子遮挡。店内只有一名厨师穿着和式工作服忙碌，菜单上是简单的手绘，画了鳗鱼饭和乌冬面，外加芥末章鱼这样的小菜，却有中英日三种语言。

唐影住的地段有些奇特：附近因有棕榈泉这样的豪宅，带起了一批产业，有顶级的写字楼、健身房、进口超市、私人酒馆与特色西餐厅；而仅隔着一条马路的对面就是唐影所租住的旧国营工厂员工小区，相伴而生的是农贸市场、五金店一条街和各色农产品小摊贩。马路像簪子划出的银河，隔出两个世界。

两人点了餐。唐影好奇地问："你们没一起吃饭？"

"我快要饿死了。林大小姐要看的那部电影只有七点四十五分场次的。看完了电影，附近商场餐厅基本歇业，她又不肯来这种小店将就吃饭，一路上生着闷气，我就赶紧送她回来了。"

唐影吐吐舌头，这做派确实很林心姿。"那只能说明你不够体贴啊。之前如果要看七点四十五分场次的电影，她男朋友基本六点多就会替她点好附近酒店的外卖，哄她吃饱了再去看电影。"

"是前男友……"许子诠扬了扬眉毛，语气微妙。

"不过，你对人家不感兴趣，为什么还三番五次约她？"

"也没有三番五次啦。"许子诠皱起眉头回想，"就……第一次约会，当然是因为她长得好看啦。见了一次觉得虽然有点作，但还能忍，第二次见面吧，发现更作，然后第三次就……"

"所以第四次？"

"没有第四次了。"许子诠捂着额头摇头，"这种娇娇女我吃不消的。"

唐影不愿闺密被人贬低，有意袒护。"你吃不消就算了，大把男人等着追呢。"

她想了想又补一句，"还不缺企业家。"

许子诠不以为意，笑笑说："那让他们追呗。"末了他似乎不信。"企业家？她搞得定哟？"

唐影扬了扬眉毛说："住棕榈泉的大款。不过，品味有点不好，爱骑单车吃路边小店。闺蜜看不上。"

许子诠感到好笑。"骑单车怎么了？你以为有钱人的生活和玛丽苏小说一样，出行永远配司机，吃了路边小店就要得肠胃炎吗？"

唐影一呆。"那也要有点基本的腔调吧？有钱人不是特挑剔吗？"她没忍住把林心姿和马其远的约会过程和许子诠说了一遍。

许子诠摇摇头，突然来了耐心与她八卦。"越是有钱人反而越不在乎腔调，越随心所欲，因为底气十足。尤其是这些创一代企业家，又不是电视剧，还真一天到晚吃鱼子酱尝狗爪螺？他们才无所谓，白手起家的人不会挑也懒得挑，他们就喜欢大大咧咧吃自己喜欢的，做自己喜欢的，就算穿人字拖去五星级酒店，也没有人敢诟病。林心姿美是美，可以她的性格拿不下企业家。我一个朋友，她前夫就住在棕榈泉。你知道如果是她，穿着高跟鞋第一次约会富豪却发现要骑单车，她会怎么做吗？"

唐影脸上是问号。

"她会立刻把高跟鞋脱了，裙子一扎，爽爽利利陪着人家骑车，吃路边摊。别说吃羊肉了，哪怕吃腰子，她都能奉陪到底。企业家找夫人，外表只是一方面，性格更重要。林心姿好看是好看，但太娇气了，不上道。别说企业家了，就我这样的都受不了。"

唐影听得一愣一愣的，想了半天才憋出一句："可你那朋友那么厉害，不也离婚了吗？"

"是离婚了。去年二婚嫁了个老外，已经移民。当时离婚，分了一套小两居和一辆玛莎拉蒂，外加前夫每月给的赡养费，算是财务自由。"许子诠低头好笑地看了她一眼。

唐影郁闷地低头喝了一口大麦茶。

形形色色的女人有形形色色的手段，这类故事很多，她每次听到，都怨恨自己单纯。

再听许子诠的话里话外，他似乎已然对林心姿毫无企图。她将恼怒迁回他身上。"喂，传说中的'塘主'是不是就是你这样的？广泛撒网，定期淘汰？"唐影皱眉看他。

"哪儿有？"他立刻换上一脸单纯的表情，"爱美之心，人皆有之。我只不过比较容易欣赏异性，也很乐于和她们交朋友而已。如果发现不适合发展，我肯定及早抽身。"

"做'中央空调'的同时也享受单身？"

"反正没有人会受伤害。"

"啧。"她点点头，再次确认，"渣男。"

"嫌弃我？"他问，又想通了，"难怪了，后来再不理我。"

"不应该吗？我代表广大女性同胞，抵制你这样处处留情的纵火犯。"唐影想要结账走人，却没想到许子诠手更快，刷了二维码付款。

唐影还没开口问"多少钱我转给你"，借机划清界限。许子诠却先说了："总共108块，你转我54块就行。"AA得坦然。

等唐影转了账，他才不紧不慢地开口："如果你有一个女性朋友，她喜欢和好看的男生搭讪，约他们吃饭，不占便宜，彼此开心，你也会觉得她很渣，想要远离？"

"这……倒也没有。"唐影顿了顿，反而觉得羡慕，毕竟洒脱。

"怎么换成男人，你就嫌弃，如此双标？"他问她，"还是骨子里觉得女性柔弱，容易被占便宜？"

她被噎住。

"我一直也只是想和你做朋友啦。欣赏你。"他笑，"没有别的意图。"

说完了他又发现有些冒犯。对一个妙龄女子声称对她没别的意图，好像是在否定她的魅力。

他赶紧改口："当然，如果你希望，也可以有别的意图的。"

末了他很真诚地看她，再加一句："真的。"

11

油嘴滑舌。唐影在心里骂。

唐影回家的时候，林心姿正在沙发上看剧，头发随便扎在头顶，厨房里放着刚刚吃完的泡面的空碗。

公主和别的男人在一起时讲究，一个人时却偏偏将就。唐影记得自己和林心姿讨论过这个问题，比如为什么和男人在一起的时候条条框框许多，可是一个人或和女性朋友在一起的时候反倒随和？

林心姿说："当然啦，和男人在一起时是折腾男人，也顺带检验真心。一个人的时候还瞎讲究，那不是折腾自己吗？"

唐影那时候笑说:"你这些小道理真多。"

林心姿似乎在等唐影回来,这边唐影刚扶着门框踢掉鞋子,那边林心姿就开始抱怨。"唐影,我觉得一号选手不行!"

"啊?"

"任性,不体贴,空头支票太多,光靠一张嘴就想哄女人开心。关键是他脾气好大。你知道吗?今天看完电影,我不想去路边小店吃饭,他立刻就有些不高兴了!他沉着脸送我回来,我跟他不欢而散。我觉得不会再跟他见面了。"

唐影一时不知道说什么好,想了半天蹦出来一句:"可……可淘汰了一号选手,不就只剩下徐家柏了?"

林心姿随意摆摆手说:"也不是的,追我的男人太多,我可以慢慢筛选。"

唐影稍微安心一点,笑起来。"那就好。你可要慢慢挑,别让徐家柏太快得逞。"

美人做一个鬼脸说:"早着呢。"

唐影洗完澡躺在床上的时候,拿出手机输入"别样公司 白橙之境",搜索这个小众牌子的香橙味香水。

她又想起许子诠。

他没刻意送她回家,顺路走到地铁口,暗黄灯光从头顶打在两人身上,像一出话剧。气氛却毫不旖旎。

唐影说:"我直走就到,你回吧。"他点头说:"好。"临别的时候,他忽然问:"对了,香橙小姐,怎么换香水了?"

"我不喜欢雷同。"他给林心姿买了同款香水,从那以后,她再没喷过那款香水。拥有独一无二的香水味道是她的宗旨,她才不愿意和比自己好看的女孩共享一个记忆点。在寻找到下一个专属香气之前,她只好狼狈地用味道浓烈的"斩男香"洗发水过渡。

他歉疚起来,解释:"我是真的很喜欢那个味道。"因为你。

"那你自己喷好了。到处送人。"唐影没好气。

"也好,不如换一个,那个牌子烂大街了,配不上你。"他说着拉她手。她诧异,还没反应过来,他就从口袋里摸出万宝龙钢笔在她掌心写下品牌。"回去试试?"

歪歪扭扭的字迹,她勉强认出是"The Different Company Limon de Cordoza",别样公司的白橙之境,香橙味香水。

"随便就拉女孩的手?"

"反正已经坐实渣男的名头。"

"下次再拉女孩手,记得塞一张银行卡,而不是写什么烂字。"她眨眼睛嘲笑他。

"我可不是什么霸道总裁。况且,小小把戏,也撩不动你。"他耸耸肩,双手插回口袋,后退两步,挥挥手,"试试吧,适合你。"搭配一贯的笑,嘴角弯弯翘起,像两个钩子。

莫名其妙信任他的品味，加上夜晚适合冲动消费，她迅速下单。收到香水是在两天以后，血橙味道比欧珑更纯粹，前调微苦，不俗不冶，升级版的香橙小姐。她挺开心，主动给许子诠发了微信。"喂，眼光可以。"

那边却之不恭。"那是。"

唐影回过味来。"怎么连女性香水都了如指掌？莫不是 gay（男同性恋）？"

十分钟以后对方才回复，却没有生气，反而得意。"那是。你知道吗？我可是直男的本质，gay 的素质。"

唐影大笑扔了手机，没再回复。

伴随许子诠的消息而来的是信用卡中心发来的本月账单，唐影差点吐血。不知不觉又要"月光"。

都说女人购物的快乐只有两个时刻，一个是下单付款时，另一个是拆开包装时。剩下的烦恼也有一个，是每月账单。

她奉行"精致生活"准则，公众号关注一堆，被月薪 5000 元的小编手把手教着过月薪 2 万元的生活。日日"种草安利"，必买的有口红眼影腮红香水丝巾还有包，偶尔的几个晚上她也会随大溜蹲在直播间盯李佳琦。他嘴巴张开又闭合，好似魔咒，她一冲动，迅速点点点，只记得买到就是赚到。互联网的一切推送、广告与欲望，最终凝结在女人小小的拇指上，摁上指纹，确认付款。

仔细计算，她发现这个月勉强还能剩下 200 块。

但"精致穷"也是一种骄傲。她坚信最宝贵的财富就是自己的未来，所以节约不如投资自我，攒钱买人生中第一个奢侈品包，用分期付款累积实力，变成踩着克里斯提·鲁布托牌鞋子的鞋比脚贵的都市女人。

刚刚毕业的女白领的腔调也要用人民币堆砌，当然有讨巧一些的做法，去知乎或者豆瓣搜索"腔调"，会有一群人教你如何花小钱装大腔。

唐影也曾这样做过，淘宝收藏夹里的店铺名称夹杂着"原单""外贸"之类的词，她坚信偏偏就有奢侈品的中国工厂被自己幸运找到。

她花 600 块钱买了一件真丝衬衫。卖家声称通过关系拿到了 Dior（迪奥）家的春款原单货，原价 2 万元，仅此两件，欲购从速。

她瞬间下单，收到衣服，真丝质地，图样花纹对照 T 台照片看起来"逼真"，唯一扎眼的是领口下方的标签，被商家剪去一部分，只留两个字母"Di"，用商家的话说这是"剪标"，服装界处理过剩库存的常见做法，只有"剪标"的才是正品，高仿哪儿知道这些。

她觉得一切合情合理，有些高兴，花小钱占到了大便宜。

只是衣服还没来得及上身，一周后她见到大王，瞠目结舌。大王身上套着和她买的那件一模一样的衬衫。

秘书 Amy（埃米）路过大王的工位，怪叫："你这件衬衫很花哨！"

大王瞪大了眼睛。"周末刚去 SKP 买的 Dior 新款好吗？"言下之意是你没资格对奢侈品指手画脚。

Amy 迅速被价格征服，改为嗫嚅："……就……还是有点花，显胖，感觉只适合竹竿模特。"

大王几年来用身体换取事业，攒出了一身过劳肥和收入自信，听了这话不太高兴，挤出笑反问："你倒是瘦高，要不要去买一件？"

"别别，买不起。哈哈哈。"秘书挥挥手离场。

唐影隔着两个工位看到，突然唏嘘起来。高年级律师花钱去商场买正品，而她抠抠搜搜买了"剪标"，这就是差距。

还没想太多，她就收到大王的消息。"过来一趟。"

唐影赶紧跑过去。大王正在电脑前跷着腿看唐影反馈过来的文件，刚染的栗色头发挽在脑后，脖子很短且肉，绷得身上那件衬衫略紧，深蓝牛仔裤，衬衫的领子经不住脖子的挤压奋力翻了出来。

大王说："你过来，这份文件有几个问题，需要和你说说。"

唐影走到大王身后，屏幕前，大王的声音清晰地响起，每一个尾音都透露着一个成熟律师的严谨与专业，唐影却莫名其妙走了神。

她看见大王的领子上，那个被脖子挤到变形的翻出来的高贵真丝衬衫的领子上，翻出了一道商标，却被剪去了一部分，只露出孤零零的、熟悉的两个字母：Di。

而不是 Dior。

"厉害啊！"

这是表姐听唐影八卦完大王的第一反应。当然，唐影有意无意地略去了她自己也买了衬衫的那一节，只说大王夸下海口在商场入手的正品衬衫，被她意外发现是淘宝上的"剪标"产品。

于是表姐的下一句话就是："怎么会有人真信这些原单、外贸、剪标的东西？"

唐影一愣，问："这些都是假的吗？"

"不然呢？"表姐拿起骨瓷杯子矜持地抿了一口咖啡，"你当奢侈品龙头是傻瓜吗？稍微成熟一些的品牌对过剩商品宁愿集中销毁也不愿放任它们流入市场，何况视品牌价值如命的奢侈品。本该是上万块一件的衣服变成几百块一件，穿在普通人身上，门槛降低，就是对品牌的最大贬损。"

唐影觉得不好受起来，她就是那个想穿奢侈品却买不起的普通人。

表姐觉察到什么，用熟悉的怜爱眼神看向她。"你要知道啦宝贝，商业社会，任何一件东西的珍稀程度都和它的'可获取性'成反比，越能让大多数人获得的东一定越便宜，也越不值得吹嘘。想要腔调，与其想着怎么样花小钱撞便宜买落单的奢侈品，不如多花时间，研究研究物美价廉的小众单品……"表姐打住话头，闭了眼笑，睫毛打下阴影，再睁开眼看向对面的唐影，连嘴角的弧度都优雅。

唐影知道表姐没说完的那句话是：用小众的品味与癖好，掩饰贫穷。

"或者……"表姐又开口，睫毛眨眨，嗔她，"豁出大力气买一件真品，也好过十件假货啊。"

那件"Di"牌衬衫自此被打入了唐影的衣橱最深层，再也没出现过。唐影在腔调上有着超乎常人的坚定追求。

而来自物欲的真实腔调，她想，终归要用钞票垒起。每一次勇敢刷卡，每一次咬牙账单分期，都是鼓励，是她贡献给腔调俱乐部的一个个会员积分。

Fake it, till you make it.（伪装一切，直到你成功。）

用位数好几个零的衣服将自己武装昂贵，抬高价码，自我投资绝不可以掺水，账单会迫使她更加努力。她坚信，终有一天，她的"精致"，不再有"穷"字做后缀。

12

投资自己以致存款为零的人生需要底气。而唐影的所有底气来源于工作。

CBD 律所的起薪不低，最有名的一句招聘口号是："希望我们的年轻律师能够刚踏入社会即拥有体面生活。"

她所在的律所 A 所算内资所的老牌，地段奢华，设施却老旧，但只要沾上了"CBD"三个字母，哪怕是个旧楼，也足以证明身份。

今日唐影匆匆赶到所里的时候，大王已经坐在了工位上，难得沉着脸，半转着身瞪着唐影。两边律师低头戴着耳机码字，像是宫女专心守在发怒的嬷嬷身边。

"王律师……"唐影放下包就抱着电脑跑到大王身边，声音哽咽。

大王粗粗吁了一口气说："我从来没见客户这么不满意过！还好她这次邮件没有抄送老板，否则这算投诉你知道吗？投诉！"

大王脸色难看，唐影抱着电脑的手也在轻轻发抖。

"半个小时后要和客户开会，你准备一下。"大王转过身去，不再看唐影，重重地叹一口气，像自言自语又像说给唐影听，"什么玩意儿，搞得我又要帮你擦屁股。"

唐影更羞愧。

表示不满的客户是刘美玲，也就是表姐。

国企上班比律所早许多，今天凌晨反馈给Z集团的合同，表姐上午就看到了，她像是突然雷达开启，侦察出一万个错误，接着一封邮件唰唰发过来：

"请问这份合同是哪个律师看的？麻烦注意一下：1. 存在常识性错误；2. 错别字太多；3. 第八条第五款分成条款完全是逻辑不通的胡言乱语。麻烦退回重审，谢谢！"

表姐发邮件的时间是上午九点整，是大部分律师刚从床上爬起来，蓬头垢面走向卫生间的时间。

而那时候的唐影，还在梦里。

每天上午闹钟响三遍，唐影才能艰难起床。她是夜猫子，能够熬夜却绝不能早起，好在律所讲究灵活办公，不督促考勤打卡。

九点二十分，她睡眼蒙眬从被窝里伸出手摁掉第三遍响起的闹铃的时候，才发现铃声和前两次不太一样。她惊觉大事不妙，跳起来掏出手机一看——

是大王的未接电话。

她悬着心回拨过去，大王声音冷峻，说："麻烦你查一下邮件，看看刘美玲对最新合同的反馈。然后马上来办公室一趟，我们给客户道个歉！"

唐影哆嗦着手打开电脑，看到表姐的指控，差点昏过去。那个合同是她昨天下午才收到的，因为表姐要得急，所以她加班在第一时间改好，而后迅速发给了大王二次审阅。她确认了一下发送时间，大王应该是凌晨三点才看完那份合同，直接给表姐返了过去。

想到表姐的指控，她一下自责起来，脸也来不及洗就飞奔到办公室，一路上只觉得心慌害怕，胡思乱想一通：是她昨天因为时间太晚而不够认真，导致出了太多错误？客户不满意会不会告诉老板？表姐有没有可能因为与她的私交而原谅她？

她开了和表姐微信的对话框，半天不知道该不该开口，犹豫了半天打了一句"嘿，宝贝"。

对方没理。

她心更凉。

半个小时后，她与大王在会议室坐定。个矮又胖的大王焦躁到开始抖腿，两腿快速抖动，像两个不安的马达，嗒嗒嗒制造低气压。两人静默，开着电脑等表姐上线。

大王耐性差，再次将表姐的那封邮件翻了出来，不住念叨："搞什么嘛，逻辑不通，常识性错误。我的天，我昨晚事情太多，没认真帮你看条款，前面的内容我随便一看就过了，以为你肯定不会犯低级错误，结果多久了？啊？工作多久了？还这样？"她又读了一遍表姐的邮件，看到最后一句话，更气。"第八条第五款分成条款？啊？那条我都帮你重写了你知道吗？我当时看就觉得有问题，结果我都帮你重写了，怎么还挽救不了？啊？"

　　一个个"啊"字像是一颗颗子弹，被大王用舌头发射，字字千钧，打在唐影的脸颊上，灼烧出一片通红。

　　唐影已经愧疚到把头低到尘埃里。目光越过桌沿，垂落在刷卡新买来的鞋子上，羊皮底，娇嫩到不能踩水，还好北京雨水少，她曾下了决心，遇到雨后水坑，是必然要脱了鞋子光脚涉过去的。可现在她突然发现，连她本人都没有比鞋子耐用多少，甚至更加虚弱，虚弱到一封来自客户的不满邮件就能让她手脚冰凉。她是高级而又廉价的劳动力，她把自己当人，但在 CBD 的写字楼里，更多时候她被当作一个工具，是时代与社会默许的，千万个运转着的小小齿轮之一。

　　唐影这么胡思乱想了半天，表姐终于上线。

　　电话那头声音冷漠，冰冷有助于表现专业，表姐先开口说了几句客套话，然后拿起腔调，指出第一个问题。

　　"常识性错误，说真的，两位律师，我要笑死了。这个合同截止日期填的是 2020 年 6 月 31 日，请问你们是谁想出来的？"

　　唐影一愣，猛地抬头看向大王。大王脖子短，缩在座位上的时候只有层层叠叠的肚子上一个圆鼓鼓的脑袋。而此刻，这个脑袋像被闪电击中，僵在原位。

　　日期，是大王写的。

　　唐影记得她审合同时问过大王："客户说过合同截止日期吗？"大王懒洋洋发来一句："没事我写吧，你关注法律条款就行。"

　　大王此刻表情变幻莫测，甚至求助地看了一眼唐影，期待唐影能拥有足够的觉悟帮自己背锅。

　　可惜唐影只是沉静地坐在位子上，平静地看向大王。

　　大王只好硬着头皮，撒娇为敬。"哎呀，不好意思啊，只记得刘老师你之前说的是 6 月的最后一天，我一不小心写错了，写成 31 号了，哈哈哈，6 月哪儿有 31 天，哈哈哈哈哈。"

　　只有大王在笑。有些尴尬，大王迅速瞥了唐影一眼，唐影只好赶紧附和地也挤了挤嘴角。

　　表姐冷冷笑着接着指出："哦，那第二个问题，这错别字呢？大写'壹佰伍拾万元'，'元'怎么写成'圆'了？这又是哪位律师？"

　　又是大王。

　　唐影的目光开始变得有些怜悯了，她记得自己昨晚也问过合同款项是否要填。大王挥挥手不耐烦地说："不用啦不用啦，问这么多干吗，我没告诉你的细节，你空着就行了啊，商务的事情你少关注，先学习把法律条款弄清楚好不好。"

　　此刻大王脸色如菜，又是干笑。"哎呀，这个……这个，我最近临摹魏碑写多了……繁体简体不分，你说呢，嘻！抱歉抱歉。马上改。"

往来邮件是铁的证据，锅没办法甩到唐影的背上。大王心里恼怒，祈求下一个问题和自己无关。

"然后呢，第三个问题，第八条第五款的分成，分成方式怎么写得乱七八糟的，我看修改痕迹是改了两次？第一次修改后应该是没有问题的呀，结果又第二次修改是怎么回事啊？你们内部审核机制是这样的？"

唐影早已放松了，改了坐姿，脊背终于舒展。她稍微往后仰了仰，二郎腿不露痕迹地跷起，胳膊肘支在会议室的椅子上，半侧着头，像是票友看戏，一出闹剧加悲剧，台上演员只有一个。

还是大王。

大王重重闭了眼，像在顺气，再睁开，终于挤出一句："抱歉抱歉，昨晚实在太困了，唉，连续几天熬夜到三点，今天也有点发烧，确实一时大意了，抱歉抱歉。以后一定不会有这样的错误了，这次的合同我们重新反馈一份，先前的计时费用都给贵公司免了好吗？抱歉抱歉。"大王这么说着，又可怜巴巴地重重咳嗽起来。

"鞠躬尽瘁，死而后已"的氛围霎时间笼罩了会议室。

唐影看得一愣一愣的，好久以后她才知道：咳嗽与发烧，是大王最爱的道具。

"啧啧啧，大王律师，真是个妙人好吗。"

会议结束后，唐影才收到了表姐的微信回复。表姐像是什么都没发生过，仿佛邮件捅的人从来不是唐影，焦点转移，兴致勃勃直接开始八卦起了大王。

唐影不敢介意，跑到楼下买了一杯咖啡压惊，把冷萃美式一口气喝干，才冷静下来回复表姐，一脸冷漠地在键盘上摁出亲昵语气："哈哈哈，大王律师，她以前就这样吗？"

表姐与唐影的老板的团队合作更久，久于唐影在 A 所的日子，与大王接触很多，却从不喜欢大王。

一个爱装的女人永远不会喜欢另一个更爱装的女人。何况用表姐的话说，大王的"装"深入骨髓。毕竟表演型人格的人，人生动力只有一个，那就是装。

唐影知道大王爱演，哪里都是舞台。

比如演鞠躬尽瘁的律师，告诉所有人自己今天要忙爆炸，哪怕此刻正发着高烧，也要坚定地在好几个微信群里回复客户："好的，今天无论多晚，哪怕不睡觉，我都给您处理了！"语气豪迈，要把客户感动。可你去找她说事，就可以看见她一瞬间从微博、豆瓣或淘宝等网站切换到桌面再切换到邮箱界面。她会自个儿念叨一句："哎，忙死我了！"再扭头故作镇定问你："嗯？你找我有事？"可惜没注意你的目光落在了她忘记关闭"喜马拉雅"音频直播的手机界面上。

表姐摇摇头说："这都不算什么。"她告诉唐影："你不知道吗？大王的演技名场面应该是——"

唐影胃口被吊高。"什么？"

"呵，灵堂会议。"

13

表姐和唐影几乎是在那天晚上同一时间收到了大王的微信。

大王为表歉意，提出周末亲自在家做饭，请唐影和表姐前来相聚。就在唐影和表姐答应后三秒钟，她俩被迅速拉进了一个微信群。

群名早已改好，叫作"王氏家宴第 5 期"。群名出现的瞬间，表姐私信给唐影一个白眼表情。

大王还有个外号叫"大厨"，她善做各类西餐，得闲了就在朋友圈晒精修美食照片，配文："偷得浮生半日闲，做个饭吧！"

也有的时候是晒书法，簪花小楷写在花笺上，娟秀工整。还有晒烘焙，新出炉的马卡龙或者流心可颂，诱人垂涎。当然这一切晒的都是摄影、滤镜还有修图功力。

唐影刚加入团队的时候很是羡慕她，觉得自己未来可期，上级律师不仅工作能力强，还是个生活家。工作与生活之间的平衡，是每一个社畜白领的梦想。

当然也有客户爱欺负大王，但凡她发的朋友圈透露出半个"闲"字，就会有人留言试探："王律师，说好的合同，什么时候给呢？"

大王大骂，说这些客户都是吃人不吐骨头的资本家，讨厌死人。

所以，唐影想，才会有灵堂会议这种"青史留名"的桥段？

灵堂会议发生在唐影入职之前，表姐也不幸成为参与人之一。那时候表姐所在的 Z 集团刚刚与唐影的老板签约达成合作，老板十分重视。

主要负责对接 Z 集团的律师就是大王，那时候她刚升中年级律师，勤劳肯干，热爱彻夜加班。传闻大王工作拼命到在办公室准备了行军床和牙刷牙膏，案子开庭前一天必然彻夜不归，埋头于案卷当中。北京干燥，可她却声称工作时应该尽量少喝水，节省下上厕所的时间用以服务客户。

大王这么拼，把自己乃至家人都排列在工作之后。直到有一天，代理 Z 集团的巨额标的案件马上要开庭，大王却在开庭前一周，接到了母亲的电话。

姨母病危。

大王一下慌张起来，大半夜发消息告诉老板需要回家一趟。只是回家路途遥远，她家在西北部城市，当时高铁未通，坐飞机回去也超过三个小时。老板应允，她连夜抱着两箱案卷，先是坐飞机然后包车一路颠簸回到家里，第二天一大早准时守到了姨母的病床前……

"等等。"唐影打断正说故事的表姐，表情复杂，"她和姨母感情很好？"在这种情况下，也不是……非要回去不可吧？

表姐耸耸肩说："谁知道。"又刻薄地加了一句："可能都是演技。"

姨母年纪大，病又来得急，能把远在天边的游子唤回去也是因为到了弥留之际。很快，大王的焦急变成眼泪，她悲痛地将朋友圈封面与头像换成了黑色。

案子开庭在即，她却在家中大恸，百忙之中不忘发长长小作文，用文言文写的，悼念姨母，诸如"拭泪执笔，拂涕铭文，勒石慰痛，记吾慈亲……"。

那篇悼文现在还能在她的朋友圈找到，之乎者也，很能体现语文功底，只是看不出她和姨母的亲密。悲情的氛围渲染得很足，有人叹息丧母也不过如此，一下子大家都不好意思打扰大王，老板想了想，首先提出："要不这样吧，后天就要开庭，我们赶紧把案子交接一下？大王你先处理家事，出庭人换成何律师？"言外之意是，你丧归丧，要不赶紧把重要资料寄回来，别耽误正事。

大王一个小时后才回复："抱歉刚刚在处理丧事。不用换人，这个案子我可以出庭，我已经订好了明天晚上的机票。今天我们可以开个会，诉讼策略我这几天已经想好，一会儿和大家说一下。"

兢兢业业。

大家还没缓过来，大王就火速拉群并发起了视频会议邀请。参会成员包括整个诉讼小组、作为客户法务的表姐以及老板。

表姐事后感慨，说自己从来没想过点开视频电话后见到的是这个场面。

蓬头垢面、双眼红肿的大王出现在镜头里，声音还带着哭腔，眼神当中却是坚毅。她盘踞在一个奇怪的角落里，四周摆满了案卷材料，背景声嘈杂，但掩盖不了大王的独特嗓音。

她用哽咽的声音勇敢地对所有人打招呼，眼角似乎有泪，头发油腻地挂在鼻梁上，她随意拨开头发，然后一字一顿地用哭腔梳理整个案件。

连表姐都肃然起敬。

镜头晃动，或许因为大王的手在颤抖，时不时拍到她身处的环境，更多道具被展示了出来，表姐心有余悸地怀疑角落那个黄色的不明物体是个硕大的花圈。接着远处传来几声哀号，伴有民间音乐敲敲打打遥遥响起，大王在这样的氛围中眼眶更红，泪珠热热滚下。但她只是抽了抽鼻子，胡乱抹了一把脸，然后继续在目瞪口呆的大家面前，探讨严肃的诉讼策略。

也有不懂事的小孩披麻戴孝，忽然出现在视频镜头里，打断会议，拉着大王的手嘤嘤哭泣叫姐姐。

老板舒了一口气，正想赶紧提出停止会议。

大王却第一时间严肃又悲苦地抱住小孩抓紧演一出生离死别，泪在眼中，声嘶力竭："囡囡你先去，这里需要姐姐，姐姐不能离开啊！"

处处都是舞台。

"后……后来呢？"唐影惊呆。表姐皱了皱眉头回忆。"后来她真的在第二天赶到了北京，头发上还戴了一朵麻布小花，面容枯槁，准时开庭……"

开庭结果？唐影还没开口问就想起来，后来的事她听说过。那个案子，大王准备充分，代理得漂亮，最终大获全胜。

"简直了，荒诞却又无可指摘。"

"那是以前的她啦。"表姐不屑，"现在的她工作越来越水，只不过每天在扮演律师罢了。"

两人一边八卦一边走，按照大王发在"王氏家宴第 5 期"里的地址来到一个普通小区。门卫裹着薄棉袄正在打瞌睡，随意打量了两人一眼便放行。摁电梯的时候，表姐又想起什么。"对了。"她说，"大王写的那篇悼文……"

"哦，我记得，她朋友圈里有。"唐影说。

"不只如此。她后来还把那篇文章投给了一个文艺周刊，对方给了她 500 块稿费，把文章发在了公众号上……"

"啊？"

"嗯，结果，一个月以后公众号把文章删了。"电梯数字变换，1、2、3、4……

"为什么？"

表姐眼神含笑看了唐影一眼，修长手指捋了捋头发，懒懒开口："抄袭。被人投诉了。"

唐影一愣。但她没有时间惊讶太久，"叮咚"，电梯到达大王所住楼层，表姐立即走了出去。

表姐步履款款，敲门，大王穿着一身厨师服装开了门。表姐顷刻已换好了一张热情面庞，喜气洋洋扑上去。"哎呀，亲爱的！你看你穿得……好隆重哟！"

唐影和表姐分别带了杯子蛋糕和甜酒，两个人落座桌前。大王像在角色扮演一般，依然身着笔挺的厨师服装在厨房忙碌，帽子高耸，通体洁白，除了身后不小心被油溅上了几滴污渍。

真的爱演。唐影唏嘘。

家里也是大王的小小舞台，灯光昏暗，厚厚的地毯踩在脚下，串珠帘子隔断低垂，一面墙挂满各种名画仿品，窗帘拉了一半，神神道道的气质，仪式感十足。所谓王氏家宴还配有用小楷手写的菜单，一人一份，置于铺好了桌布的桌面上，竖排娟秀小字写着：

前菜——奶油焗口蘑
主菜——北非炖蛋（素）与日式小砂锅炖牛肉（荤）
主食——西班牙小银鱼拌面
酒水——莫斯卡托甜白葡萄酒
甜点——椰汁枇果糯米羹

腔调很足。足到表姐一落座，目光就被粘在菜单上，对着花笺细细看了好几眼，总算想到什么，一笑，侧头捂着嘴对唐影说："呵，一看这字体啊，就知道她喜欢文徵明……"

唐影惊诧，难得见表姐夸人，果然，又听她说了下句："呵呵，初学者嘛，都这样。"

接着表姐又看菜单，眼睛很尖地抓住"西班牙小银鱼"这几个字，大声唏嘘起来："哇，珍贵食材啊。让大王破费了哟。"

大王在厨房里听到，有些高兴，笑起来做漫不经心状。"前阵子一个做料理的朋友顺带给我带的。也没问价格。"

表姐微微闭上眼睛，又在嘴角勾起的同时缓缓睁开，笑容轻慢。"那可得是能信赖的好朋友哟。这东西现在人工养殖的多，价格和野生的不能比呢！"

言语里半是恭维半是挑刺。唐影这才想起，西餐和书法，也是表姐往日的装腔主场。年龄差不多的都市女郎，爱好只有那么多，轻而易举就撞了类型。

同好相轻，总要分个高下。

大王没应表姐，直到悠悠将小银鱼拌面端上来时，才皱了眉头说："唉，我只吃过野生的呢，也不知道人工养殖的什么味道。要不，美玲，你快替我尝尝这是不是人工养殖的？"

大王眼神诚恳地看向表姐，好似表姐自小吃人工养殖的银鱼长大。

"哟，我哪里晓得人工养殖的什么味道啦。"表姐一边做荒诞表情，一边拿起筷子随意尝了一小口，咂咂嘴，笑容矜持，"嗯，味道虽然不如我在西班牙吃的好，但也还凑合啦……就是这个面，好像有点硬呢？"

"嗯？这个是 spaghetti（意大利面）的做法。你可能不太懂，就是要硬的。"

"spaghetti？！不会吧，好像不是很正宗，这个 sauce（酱汁）就不太对啊……"表姐皱眉想了想，"还有盐，你煮面的时候是不是忘了放盐？"

"哦，我放的是喜马拉雅玫瑰盐，一般人应该尝不太出来……"大王笑得宽容。

…………

两个装王的战争展开，唐影在边上默默喝了一口酒，她不幸或有幸，成了唯一的观众。

正当她走神之际，一条微信蹿了进来。"要不要给我打个电话？"

是许子诠。

唐影秒回了一个问号。

"救我。"

14

也不知道谁救谁。

装王争霸赛的赛场已经从餐厅转移到了大王的书房，比赛地点从书架转移到唱片架，把视觉和听觉都比拼完，最后两人谈到电影，决定手挽手看一部能闷死个人的四小时文艺片，力争把对方熬到瞌睡。

唐影趁机赶紧举着手机说："我有个朋友找我江湖救援，我就先走一步啦？唉，你们说的、看的都太深奥了，我一点也不懂！"

大王与表姐这才想起她的存在，同时投来怜爱的目光，化身世界上最温柔的大姐姐。"没事没事，你先走吧。"

她刚出小区，就给许子诠打了电话。

电话秒接通，她还没开口，另一头自顾自说了下去，一连串："唉唉，好好好，我马上过去，好好好……地址告诉我，我马上去找你……"

唐影翻了个白眼，看向不远处的建筑物，脑热开口："那就来瑰丽酒店吧。"

说完了她才发现不合适。许子诠也一愣，带着笑在电话那头接下去："好，那你等我。"

许子诠是在大概二十分钟后到达的。唐影已经坐在酒店大堂，找了舒服的姿势正闲闲地翻一本广告杂志。

"第一次约男人就在酒店？"来人打趣她。许子诠这次穿了芥子色高领毛衣，黑色西装外套，宽松西裤，大大咧咧坐在她沙发旁。

唐影笑，把广告杂志扔过去，指着其中一页说："我要这个。"

广告上用花体字写着"纵享法式怡情午后，北京瑰丽酒店推出法式黑金奢华下午茶，588 元 / 位"。

他这才知道自己被敲诈，眯眼看这个女人。

唐影眨巴睫毛长长的眼睛做单纯状。"不是说让我救命吗？难道你的命不值588 块？"

"是了，不要和律师争论。"他无奈笑笑，招来服务员。

她好奇他需要"救命"的原因，估计是再次胡乱约会了难缠的美女，一时情急想要脱身。

唐影说出猜测，许子诠竟有几分惊喜。"哇，你真的好懂我！"他笑，露出一排白牙齿，整整齐齐，弧度也刚刚好，完美得像是一个设定成熟的微笑小程序。

他在社交网站上认识了个靓女，聊得开心约出来吃早午餐。结果靓女美是美，可惜太装，一落座就开始显摆学历，高谈阔论投资和股市，红唇一连进出好几个英文词，发音却不够标准，听得人替她着急。许子诠叹息。"我对着那张脸过了赏味期限，我就忍不了了，到处找人救我。"

唐影似乎再次刷新了对他的认知，点点头。"你渣归渣，但也不是来者不拒啊？"

"那是。我眼光很高好不好？"他的声音又小了下去，"要不然怎么会一直单身？"

当然，她更好奇他选择她来"救命"的原因，毕竟，他们真的没有多熟。

"这个嘛……"许子诠用漂亮的手指挠挠头，说出口的话却令人讨厌，"其实我同时发给好多人啦，就你……嘿嘿……秒回。"

她要被他气到呕血。

他的渣，明明白白，又大大方方。

服务员依次端上茶点，周六下午，初冬天空开阔，一整面的巨大落地窗透过暖阳。唐影难得有一个不加班的周末，与一个不算讨厌的好看男人坐在同一张沙发上随意发呆，音乐轻缓，让人懒，她闭了眼。

"平时很忙？"他凑过来。

"嗯，难得不需要加班。"

"我看你还背着电脑。"

"随时准备回复邮件。"

"要不要看电影？"

"啊？"她睁开眼看他。

"你不是带了电脑嘛，看电影好不好？反正闲着也是闲着。"

"在这里吗？"她惊。

"不然呢？你想和我去电影院？在这里晒着太阳吃甜点看电影嘛。我带了耳机。"他真的从口袋摸出一对耳机，像是高中生，分给同桌一边，听喜欢的情歌。

唐影感到好笑，说："我正是不想和同事看电影，才溜出来找你的。"

"哦，他们看的什么？"

"说出来吓死你。"唐影从包里拿出电脑，"她们选了一部最闷的纪录片，要把对方看睡着。"

"那我们可不能看。"

"是啊。在你身边睡着是不是很危险？"

"也可能你比我危险。"他低头看她，忽然起身，稍微坐得离唐影近了一些。唐影一惊，才发现他只是倾了身看她的屏幕。他刚刚打开了一个视频平台，对着各大电影榜单，两人挑挑拣拣。

"你知道男女约会为什么要去电影院吗？"她忽然问。

"为什么？"

"不是因为电影，而是因为电影院的黑。黑暗庇护看电影的人，平时不敢放肆拥有的情绪与假装矜持，都可以借着黑暗得到抒发。包括不敢说出的喜欢与想要触碰的手，到了黑暗里，都有勇气不再收回。所以只要去电影院，不必在意是哪一部电影，情人们不在意看什么，只在乎和谁看。"

"可惜我们现在是在阳光下看电影。"他笑。

"是啊，我们是真的要看电影。所以，看什么很重要。"唐影把电脑放到许子诠身上，叮嘱，"你来好好选一部。不过，我很挑的，品位不高，我会鄙视你。"

许子诠的手指修长，在键盘上跳跃，显得键盘有些小了。指节均匀的手连打字都仿佛在弹钢琴，许子诠问："那你想要腔调，还是好看？"

"这两者不矛盾吧？"

"取决于你的鉴赏力咯。"许子诠眨眼，然后点击回车，屏幕变暗。他拿来面前小几上摆好的两杯香槟，递给唐影一杯，微微后仰，选了舒服的姿势靠在沙发上。

两个脑袋凑近，共享一对耳机。屏幕变亮，再熟悉不过的音乐响起来。唐影感到好笑，侧过头看了他一眼。

《千与千寻》？动画片？

"再有腔调的女人，都不会排斥动画片，因为她们内心永远住着一个女孩。"他仍专注地看着屏幕，察觉她的目光，一本正经地哄她。

阳光被酒店的玻璃切割成几何形状，四周是初冬下午的明亮光线，许子诠坐在身边靠窗的位置。从她的角度看过去，仿佛电影里唯美的逆光镜头，鼻子笔挺，喉结明显，他侧脸的轮廓尤为好看。

服了。她想，你长得好看，说什么都对。

于是这个下午，两个人当真在酒店悠然抱着抱枕，一边吃茶点喝酒一边看完了一部十多年前的经典动画片。

他们当然没有一起吃晚饭。

许子诠晚餐依然有约，地点是工体，用脚指头想也知道又是另一位美人。临别的时候他问她要不要送她回家。她反倒惊讶。"又不是约会，不需要这么周到吧？"

他说："反正顺路的。"

路上唐影的手机又开始振动，她估算时间，这是表姐和大王看完了电影，又开始派活了？

她埋头回复工作微信。许子诠看了她一会儿，忽然说："如果你不忙，晚上要不要一起吃饭？"

唐影差点吓个半死，猛一抬头。"和……你俩？三个人吃？"

"不是。"他看向窗外，又转回头看着唐影，"就我们，我们俩。"

"那你约会的姑娘呢？"

许子诠的眼神变了变，唐影忽然意识到他想说的是"我可以放她鸽子"。

她于心不忍，正要骂他渣男。

但好在许子诠没说出来，吁了一口气回她："算了，都约好了。下次你有空了我再找你。"

车到小区楼下，唐影下车的时候，又听他问："喂，下午的电影选得怎样？"

"很……"唐影抬了眉毛，无奈，"很鸡贼。"

都说了要有腔调，他偏偏选一部动画片，还拿"内心可爱"这样的说辞搪塞她。

结果许子诠却笑了，夕阳微斜，照着他半张脸。只听他认真回复："唐影，越有腔调，越是曲高和寡，让人趋近自我与孤独。而下午，我讨厌孤独，只想离你近一点。"

唐影穿过自家小区，直到抽钥匙开门时，还在回味着这句话。

她又想到林心姿给她规划好了的那条装腔之路——嫁给有钱有腔调的老男人，学完了一切专心等他死，做寂寞的单身女人。除了钱一无所有，当然不会有烦恼。

相比红尘滚滚，唐影还是觉得，明显是寂寞更好。

她摇了摇头，最终嗤之以鼻。难怪许子诠一天到晚约会各式美人，像个傻子一样迷茫得要死。他太眷恋世俗，又哪里知道曲高和寡的美妙？

他们是截然相反的两种人。

而她会爱上的，从不会是他这种人。

觉察到两人差异的瞬间，唐影心里充满了安全感。许子诠的吸引力不再散发危险的气息，他身上那些她绝对无法接受的部分，令他身上那些吸引她的部分变得和蔼可亲起来。

哪怕他是"优质渣男"，唐影知道，她也决不会真的爱上他。

不会爱上意味着没有麻烦，不会爱上就意味着可以放心相处。女人最输不起的是真心，好在如今，她不需要防备，他很安全。

唐影再次收到许子诠的邀约是两周以后的周四。临近下班时间，她收到微信，他问："晚上有空？一起吃饭。"

"好啊。"连续加班好几天，吃腻了楼下食堂，她也想换换口味，回复得很夸张，"我饿死了，能吃下一头牛。"

那边过了五分钟回过来一家国贸附近的和牛烧烤餐厅的地址，附加一句"不见不散"。

收拾完包和电脑，她又对着镜子补了个妆。一旁的同事惊讶，眼神转为暧昧。"有约会？"

"为什么这么说？"她常常下班补妆。

"今天是感恩节啊。总得是和特殊的人在一起吧？"

唐影一愣，倒没想到，许子诠在这么"重要"的日子竟然没有约会。她摇摇头。"不算什么特殊的人吧。"她背起包，捋捋头发，对同事挥手一笑，"就一个……秀色可餐的饭搭子。"

15

饭搭子早早就到了。他好像工作很闲，有钱和大把的时间约会不同女人。

他这次穿了黑色高领羊绒衫，仗着脖子长，领子直直抻过喉结，贴近下巴下一厘米，外套是卡其色粗呢大衣，西装裤，搭配深情款款的眼神就可以拍摄韩剧。

唐影落座的时候忍不住开口："你应该多约我吃饭。"

他诧异地问："想我了？"

"这几天对着案卷头晕眼花，看到你实在养眼。"她语气直白，像夸小狗可爱。

他感到好笑。"你是怎么做到把暧昧的话说得如此坦然的？"

"可能……"唐影拿过菜单翻了翻，想了一会儿才抬头看他，"因为我对你没有邪念？"

"啊？完蛋，那我还要再加把劲。"

可想而知，对许子诠有邪念的女人很多。因此他才更不着急定下心来。他比唐影年长几岁，留学回来即参加工作，这年头优质男生总是还在学校时就被早早预订，落得"英年早婚"下场。还能被剩下，且剩下这么多年的，唐影瞎猜，总得是有些怪癖。

许子诠上一次恋爱是在三年以前，之后就空窗到如今。唐影得知后睁大了眼。"你是一直在为前女友守身如玉？"

"那倒没有。那时候我不想结婚，她却着急且没安全感，最终只好不相为谋。"他侧侧头，拿夹子给肉翻面，撒上一点点盐，再将新烤完的肉放在唐影盘子里。和牛一盘盘端上，他负责烤，伺候得殷勤周到，游刃有余的架势。

唐影要了红酒，说："既然聊了感情史，还是得配酒。"

他也应允，两人一人一句情史，再碰杯。聊到深处，越加坦诚。

他说："我从来不想恋爱，但喜欢漂亮姑娘。维持表面关系，就没有义务被管束。"

唐影说："我懂，成年人的快乐和满足感完全能够自给自足，我也不想被人管。"

两人碰杯。

他又说："有人把不愿维持长久关系的心态叫作'爱无能'。但只要不是性无能，哪个男人在意呢？"

她说："在 2019 年，爱无能是所有钻石王老五的标配，就像所有 CBD 白领都悄悄以拥有轻微的厌食症为骄傲。"

两人碰杯。

他继续说："其实如果不是因为性，男人平时更愿意和哥们在一起打篮球玩游戏。"

她说："女人也一样，直男带来的多巴胺远远不及'爱豆'和'欧巴'甚至香奈儿的包带给我们的多。"

两人碰杯。

他还说："大部分情况下，我觉得女人缺爱缺安全感情绪不稳定，有一点点烦。"

她也说："而我也认为身边 90% 的男人又脏又懒狂妄自大，对生活品质没有半点追求。"

两人碰杯。

⋯⋯⋯⋯⋯⋯

两人兴致越发足，很快两瓶红酒下肚，许子诠的脸漫上酡红。烤肉在面前嗞嗞冒油，他还是执着地拿着夹子烤制，勤恳翻面，只是动作变笨，更笨，絮絮叨叨的声音变小，然后店内灯光在眼前模模糊糊，眼前人影移动，变成王家卫的复古摇晃镜头。他恍恍惚惚看到面前的女人说了几句什么，站起，离开⋯⋯

几分钟后唐影从卫生间回来的时候，许子诠已经趴在桌子上睡得安逸，手臂在面前搭了个小窝，脑袋埋于其中。她恍然意识到，这个男人，是醉了？

天，酒量好差，她无奈。

她叫来服务员买单，一看账单，心在滴血，两个人吃了1600元，一瓶面霜的价格。她咬牙利落地刷了卡，目光瞥到许子诠，心想："他酒醒会记得吧？记得把钱AA给我？"

"喂，许子诠，起来。"她推推他。

好几下，他才睁开蒙胧睡眼，看见一个女人带着笑的脸，潜意识里默默评价：妆容精致，衣品尤佳，眼睛和嘴巴好看，嗯，喜欢。过了好几秒，他才意识到那个好看嘴巴里说出的话是："走啦。走啦。许子诠！"

"哦。"

刚睡醒的男人很乖。

醉酒不忘绅士，他还记得替她推开商场玻璃门，凉风迎面一吹，他的身体才清醒，但不包括神志。他浑浑噩噩地跟着唐影。

两人有一搭没一搭地走着，手掌各自揣在兜里，手臂却时不时撞在一起，隔着厚厚的衣服，只能依稀感觉到身边的人是热的。不到十点，天上的月牙亮得分明，虚虚光芒笼在城市上空，霓虹灯、路灯、广告灯，光的色彩像油漆一般泼在路人脚下。静下心来能听见自己的脚步声，隔一段时间又有汽车鸣笛驶过。寂静与喧嚣共存的时刻。

醉了的许子诠兴致莫名高昂起来，话变多，说个没完，东拉西扯自己的破事。微醺让人快乐，唐影脸上挂着笑，乐呵呵地歪着脑袋听他叨叨，一边觉得他傻，一边又觉得他好玩。

许子诠絮叨完了，很是满意，拉着唐影最终得出结论："我觉得你可以，很可以！我们可以做朋友。"

"哈哈哈，你是不是笨？"唐影像是听到了笑话，大笑着提醒，"男女之间不存在纯洁友谊，如果存在，那必然是因为两个人都丑。"

许子诠一愣。"但我们不丑。"

唐影笑着说："对对，当然不丑。"她停顿几秒，再补一句："尤其是我。"她又想了想说："但我确实只会把你当成朋友。"

"为什么？"

"因为我清醒又聪明啊。"清醒地知道自己要什么，清醒地知道自己不会爱上你。

他像是没懂，愣了半拍，说："我也……也清醒。我也帮（把）你当成朋友。"

"不，你醉了。"唐影摇头。

"不，我没……没有。"许子诠更坚定地摇头。

"醉了。"唐影踮起脚伸手轻轻拍他头，捋顺刘海。

"没有！"

"醉。"

"没。"

喝醉的人总爱声称自己没醉，更固执一点的，是非要证明自己没醉。比如此刻的许子诠。他想证明自己清醒，也想证明自己发自内心把唐影当成朋友。于是他选择了最直接也最匪夷所思的方式。

他忽然止步，拉住唐影，侧头看向右边，两个人正好停在一家卡地亚店门前面。

然后，仿佛电影里的慢动作镜头，唐影眼睁睁看着这个一脸酡红，带着几分酒气与蠢气的男人，像小说里的霸道总裁一样，大步流星地拉着她，昂首走进了店里。

"欢迎光临！"

"啊？"唐影瞪大眼睛看着许子诠。

"麻烦来组对戒。"他对服务员说，买东西的时候倒是口齿利落。服务员殷勤接待。

"啊？"唐影一脸"你疯了吧"的表情。

"赠送你友谊之戒，收下……下，我们就是朋友。相信……信我。"他安抚唐影，神色坚定，但有一点大舌头。

"啊？"

"我很清醒，真的，真的。"他申明，又看向唐影，"还是你……你不喜欢？"

不不不，卡地亚我很喜欢，但是……她在心里迅速说，但是……她脑中回想起司法考试的奇葩题型，刑法、民法……喝醉酒的完全民事行为能力人，这算是有效赠与吗？

她狐疑地看向许子诠。这么阔气？还是这男的喝多了就想花钱？

服务员行动利落，三两下选好戒指。许子诠帅气刷卡的时候，唐影还僵在原地。她再三找服务员确认了退货事宜，最终，方方正正的经典红色包装袋被强行塞到她手上，她珍惜又心虚。

消费后的许子诠很高兴，笑露一排白白牙齿，嘴角弯弯勾起，只是此刻多了几分傻气。他对唐影摆了摆手炫耀戒指，走路东倒西歪。"你看，友……友谊之戒哟。唐……唐影，我帮（把）你当朋友，你相信了没有？"

"信了信了。"她点头，伸手扶他，心想等你明天知道自己做了什么，我们的友谊估计就走向灭亡了。

她默默瞎猜他是不是有一个从未对前女友求婚的遗憾，把情伤留在潜意识里，所以但凡醉酒，就要买一双对戒缅怀。

她又胡思乱想他家里的柜子里估计藏着一排排对戒，全拜醉酒所赐，夜深人静的时候他会打开戒指盒，戒指上碎钻的光芒晃了他的眼球，他流下深情的浪子眼泪……

最终，她还是很小家子气地想道："收了你的戒指也好，明天你找我退货的时候，我正好借机让你把晚饭的钱结算了。"

她闷头瞎想，最后替他叫了车先把醉汉送回家。

"喂，你住哪里呀？"她问许子诠。

他似是想了一会儿，才想起来。"嗯？星城国际……"

嚯，唐影小小翻了一个白眼，心里柠檬水冒泡：房价堪比棕榈泉的地方。

过了一会儿，车来，她已经定好目的地，把他哄上车，正要关上车门挥手告别，车里伸出来一只手，拽她袖子，他眼神像动物，搭配酒后酡红，仿佛智力只有五岁，问她："喂，你不陪我了？"

唐影到家的时候，林心姿已经一身家居服对着客厅的投影做瑜伽，兴致颇高。听到开门声，她转头，目光精准地落在唐影手中的袋子上。

"哇哇，卡地亚！"她尖叫，"谁送你这么贵重的礼物？"

唐影一愣，搪塞说："就……一个醉鬼。"

林心姿微酸。"错，是一个大方的醉鬼。"

她又看到唐影双颊泛红，显然是喝过了酒，忍不住八卦道："是谁是谁？哪朵桃花？"

唐影一下表情尴尬，不愿多说，敷衍两句回了房间，留林心姿一个人跟着视频里的维密天使抬腿、收腹、跳跃，折腾半天。

林心姿忽然烦躁。

她也不是没有收到过礼物。

林心姿的目光落在桌上的潘多拉手链上。只不过，比起卡地亚差了一个档次。

今晚的约会对象是徐家柏。他嘴甜又殷勤，事事周到，看她的眼神似乎有光，食物与礼物双双哄得她满意。她本来挺开心，只是女人厌恶对比却也热衷对比，她的目光又转到那条手链上，再看只觉得哪里都丑。

不喜欢不喜欢不喜欢。公主发一通脾气，最终拿出手机，对着手链拍了好几张照片，登录二手交易平台，点击"发布闲置"，上传照片。

淘到低价好货的秘诀，是在二手交易平台搜索栏输入"舔狗"。"舔狗送的礼物，全新低价出"是段子，也是追求者赋予"女神"的无理特权。

礼物太多，或收或转，林心姿从来玩得熟练，指尖在屏幕上翻飞，编辑标题，点击发布。

"收到的礼物不太喜欢，全新五折出，不包邮。"

她想了想，担心缺少关键词，又重新编辑，加上标签"舔狗"，再次发布。

然后洗澡，护肤，一整套流程走完。睡前，林心姿收到一条系统推送提醒："有人对你发布的宝贝感兴趣啦！"

这么快？

好奇点开界面，是一条匪夷所思的留言："嘿，太便宜了，能不能贵一点？全新的手链，不应该原价吗？"

第二章

爱情就像马拉松

01

"唐影，唐影……"有人叫她。

"许子诠?"她睁开眼，果真看见他。他一只手托腮，在距离她半米的位置看她，眼睛含着笑，身边放着一箱戒指，形状各样。硕大钻戒的光芒快要亮瞎她，许子诠有些得意，用手晃了晃箱子，宣布："唐影，这都是我们的友谊之戒! 喜欢吗?"

她一愣，手脚并用爬起来问："这是赠与吗? 要不要签个合同?"

许子诠摇摇头。"不用。根据《民通意见》，赠与关系的成立，以实际交付为准。"

她很高兴。"那咱快交付吧!"

他说"等等"，然后起身，凑近她，再凑近，灼热的气息喷到她的额头……

"我怎么……"唐影从床上一跃而起，双颊发热。阳光透过窗帘洒在脸上，窗外鸟叫，她从被窝里胡乱摸到手机，一看时间: 上午七点三十分。

远处桌面上的卡地亚戒指的红色包装袋静静望着她。小小的卧室一切安静，不见了许子诠。

她捂住额头，抓头发。怎么会做这么蠢的梦?

她又想到昨晚……

那句"喂，你不陪我了?"只换得她一个白眼。她狠下心关上车门，车子发动后，她忽然担心他酒后出事。她还依稀记得已经很久没接触的刑法，他若出事，她也有责任。最终她叫停司机，坐上副驾驶座，自己灌醉的人自己负责，把保姆做到底。

下了车，他步伐摇晃，重心不稳，有时往她身上靠，嘴里嘟嘟囔囔说话，靠近的时候有热气混在冰冷晚风里向她袭来，隐隐携了他身上的木质香调。这个男人，醉了也不安分。

然后他开门禁，开电梯，开房门，再开灯。

他家空旷。这是唐影的第一印象，而用"空旷"这两个字形容住宅，越是在寸土寸金的地方越是一种奢侈赞扬。

唐影很尽责地安顿他在沙发上坐好，又拉开冰箱找水，烧到温热后放在他面前的小几上。她做这一切的时候，他呈大字形靠在沙发上闭目养神，似在小憩。

酒友的义务履行完毕，她想。

"喂，许子诠，我走了？"

他轻轻点头，还闭着眼。

等唐影走到门口的时候，有一个声音唤她："喂，落下东西了。"

她一愣，回头，就见许子诠眼神清明看着她，脸色还有几分酡红。他抬了抬下巴示意——唐影悄悄将她的卡地亚"友谊之戒"留在了他面前的小几上。

他起身拎起红色包装袋，走到她面前塞回她手上，笑。"友谊之戒，别忘了。"吐字清晰，步履稳健，哪里有半分醉的影子？

"你……"

"喂，你不会真以为我醉了吧？"他抬抬眉毛对她笑，喝了酒后眼神带了朦胧水汽，看起来，嗯，智力正常。

"所以……你……装的？"

"一半一半。"他更近一步低头看她，目光变得深情了一些，试着提议，"还没谢谢你送我回来，这么晚了……要不要……"他伸手将她散落的头发捋到耳后，声音渐低。

被男人的气息笼罩，有不适的紧张感觉，唐影甚至闻出了他身上若有若无的香水气息，透明琥珀尾调，宝格丽大吉岭茶。明白他的意图，她听见自己声音干涩："那，现在，你是清醒的吗，许子诠？"

"当然。小傻瓜，我知道我在做什么。"习惯性撩人，指尖发烫，他的手从她耳后虚虚拂到下巴，"我，很清……"

"太好了！"

最后一个缠绵的"醒"字被唐影打断，旖旎氛围全无。许子诠一愣，又醒了三分酒劲，目瞪口呆地听这个女人欢欢喜喜对他说："那赶紧的，把吃饭的800块钱转给我吧！"

唐影再次收到许子诠的微信的时候，已经是午饭时间。对方发来一个猫咪表情，一脸委屈。

倒是印证了网络疯传的渣男特点：拥有超多猫咪表情包。

唐影先吃饭，饭后又和同事遛到奶茶店买了一杯少少糖波波茶，再过了一小时才懒懒回他一个问号。

许子诠："我昨晚喝多了……"

唐影："我知道。"

许子诠："我记得发生了什么，只是喝多了。"搭配一个捂脸的表情。

她没再回复，沉浸到工作里。

许子诠近几日不忙，来上班也是带薪上网，他酒量一般是真的，脑抽买戒指一大半是酒精作用，后来在车上睡了一觉，清醒大半，浪荡惯了，孤男寡女走在小区里，他凑近她说话，闻见清雅水果味道，是他推荐的香水。或许是夜，或许是酒精，又或许是女人香，他燃起别的想法。反正已经付出代价，具体刷卡金额忘了，印象里，戒指大概小一万块？

都市男女，情情爱爱，他从来都不会让女方吃亏。

直到将近下班时他才再次收到唐影的微信，是一条语音。

建国门路上车辆拥挤，川流不息，红灯黄灯照亮夜幕背景，最是放松的周五夜晚，他又赴另一个女人的约。

嘈杂的汽笛声中，他点开唐影的那条语音，电波让她的声音变糯，半是哀叹半是玩笑："……我把你当朋友，没想到你竟然想睡我。唉。"

尾音是一声轻轻叹息，幽幽。倒没真的生气。

他微窘，但也咂摸出趣味来，过了半天发过去一句："抱歉，下次一定注意。"

搭配渣男专用的猫咪表情。哄过千百个妹子的。

唐影秒回了个中老年人专用表情：盘着高高发髻的女子端一杯红酒在闪烁背景中祝愿"友谊地久天长"。

周五习惯准时下班，这是唐影对自己的小小宽容放纵。因为工作再多，也不妨推到周末，双休日不能休息是职业常态，她为自己保留的是周五几小时的璀璨夜生活。

大部分时候是一个人在酒吧，或者在家喝酒就一部电影。手机开飞行模式，小律师的幸福。

她在棕榈泉小区楼下的进口超市买了日本啤酒、麻辣鸭翅、杧果班戟和冰激凌。还没走到门口，就见林心姿扎了马尾，一身运动服要出门。

"去锻炼？"唐影诧异，这么晚了。

"不。"林心姿晃了晃手上的袋子，"出了个闲置，对方说见面交易。"

唐影一惊。"不会遇到坏人吧？"

"就约在前面商场的星巴克里，还好的，放心。"林心姿挥挥手，"你先回家，我一会儿就回来。"

林心姿的袋子里装着潘多拉手链，昨晚她一气之下把它挂在二手交易平台，没想到立即有人留言。

留言的人奇葩，嫌太便宜，又对林心姿说："贵一点呗，贵一点我就买。"

林心姿狐疑是不是遇到疯子，第二天上班才回他："那要多贵你才肯买？"

对方过了一会儿回："按照原价的两倍吧。我先拍下，一会儿你改了价格我再付款。"

那边刚说完，系统就提示："一位买家拍下了你的宝贝，但还没有付款哟。"

林心姿犹豫半天，想着试试吧，又不亏，真的把价格改成了原价的两倍。三分钟后，对方利落付款。

林心姿目瞪口呆。

再一看邮寄地址，就是棕榈泉小区旁一百米不到的写字楼里的星巴克。林心姿更觉诡异，截图发给对方确认："是这个收货地址？"

对方回了个"OK"表情。

林心姿犹豫了几秒，直接按照对方留下的手机号拨了过去。

陌生号码，响了许久才有人接听，一个陌生音色甜甜问了一句："喂？"

出乎意料，竟然是个女声。

"……我是手链卖家，嗯……不好意思，我想确认一下，您确实要这条手链吗？因为，我觉得有点诡异，不好意思，我是想知道，为什么有人会嫌手链便宜，坚持要用原价的两倍购买？"

"对，我确定要买。"女孩顿了顿，接着说，"至于为什么，可能……是我自己的情怀吧。"

"啊？"

"嗯，这个牌子这个款式的手链，以及现在这个价格，对我而言，都有特别的意义。"女孩说话声音细细，听起来天真无邪。

虽然匪夷所思，这话还是削减了林心姿一半戒心。又听那头说："所以，拜托小姐姐尽早发货吧。"

"着急？"

"嗯，很想快点拿到。"

犹豫三秒，林心姿开口："那我今天下班以后当面给你吧，那个地址我过去很方便的。"

"啊，太谢谢小姐姐了。"

挂断电话再看一遍收件人信息，买家的昵称叫作"徐猪猪"。

她们约在商场一层，气派黑色大楼。林心姿到的时候给徐猪猪打电话，一会儿跑来一个灵巧的女孩，长靴搭配短裙，卷翘栗色短发，气质和电话里相似。只是眉眼——林心姿近距离看她，感到有些奇怪。她的眉眼，有几分面熟。

徐猪猪对林心姿很亲昵，笑盈盈地看了林心姿好几眼，眼里有秘密。林心姿有些发毛，问："怎么一直看我？"

徐猪猪赶紧摇头说："没有没有，就是觉得小姐姐好看。"她接过袋子也不确认手链完好与否，慌里慌张就跑了。

她奔跑时挥动两只小小手臂，像是《动物世界》里的帝企鹅。

越发诡异。

林心姿想了半天，尝试通过她的手机号在微信添加好友，检索结果让林心姿一怔。

徐猪猪果然不叫徐猪猪，微信昵称是"徐家叶"。

林心姿脑子轰然作响。她……她和徐家柏什么关系？

"什么？所以你怀疑徐家柏找他妹妹高价买走了你在二手交易平台上卖的他新送的你不喜欢的潘多拉手链?!"唐影睁大了眼看林心姿。

两人此刻背靠沙发坐在地毯上，两瓶啤酒，甜点鸭翅薯片摆满，客厅的背景音是周末刚更新的综艺。听林心姿口述了卖手链的经过，爆点太多，唐影来不及梳理，只张大了嘴，呆呆给自己塞了一片薯片。

"但……"唐影又问，"他怎么知道你在二手交易平台发布闲置了呢？"

"我也想过这个问题。后来才知道，我和他是淘宝商城好友，所以我发布闲置，他都会收到好友动态提醒……"

唐影一脸吃瓜表情。

"嗯……而且，不是怀疑了。"林心姿捂着额头往沙发仰去，将手机递给唐影，费劲翻到徐家柏三年前的朋友圈，画面里是春节时他们一家四口的合影，她指着上面的年轻女孩，"这个，就是今天买我手链的小姑娘。"

"我的天，那徐家柏也……也太痴情了吧?!"

林心姿不回答了。她将脑袋平平仰靠在沙发坐垫上，表情复杂，嘬着嘴，只觉得心里又酸又胀。感动又愧疚。

"为什么？"直到睡前，林心姿才问徐家柏。

"什么为什么？"徐家柏装傻。

"徐家叶，是不是你妹妹？"她又附带发了两张截图：一张是徐家柏的朋友圈，另一张是徐家叶的手机号。

半个小时后，那边才回了一串省略号。

对话界面一直是"对方正在输入……"，林心姿等了很久，却一直没有等到消息。直到她快睡着，对方才发过来一段：

"写了删，删了又写。最后还是想说，心姿，什么我都想给你最好。如果我送的礼物你不喜欢，那么应该怪我没有做好。初衷只是想让你开心，没想到小叶粗心，反倒让你起疑。抱歉。心姿，你看我，就是这样，面对你时就会变笨，好像什么都做不好。是不是太傻？"

那段话，林心姿没有回复，至少在当天晚上没有。

在看到那段话的瞬间，她的心一下更疼，鼻子发酸。她责怪自己残酷。她披着睡袍拿着手机"咚咚"敲开唐影的门，递上显示着和徐家柏的聊天界面的手机，语气带一点点哽咽，问唐影："唐影，我是不是太作，太过分了？"

唐影没回答，只问："那……心姿，你喜欢他吗？"

"我……我也不知道。"她脑子纷乱。

灯光暗暗，窗户外是月牙，冬日的北京夜深露重。

那天晚上林心姿小小地失了眠。她不知道，徐家柏也在床上辗转，却是因为兴奋。

前一天。

"哥，干吗好端端让我拍这条手链啊？"

"少问。钱转你了。"

"我的天?! 两倍价格买，你疯了吧，会不会太夸张了？"

"夸张才对。你写这个地址，再强调希望尽早发货，她很可能就会约你当面交付。"

"好好好……"

"见面的时候多看她，还有，拿货的时候也千万别验货，不要显得你是真来买东西的，越让她怀疑越好。"

"知道了，复杂死啦。"

"对了，最后，把你的微信昵称改了，别用乱七八糟的表情和颜文字，改成你的真名。"

"哦……"

"嗯。"他挂断电话。拿起手机，默默闭上眼，心跳却加速。微信对话框置顶的名字是林心姿。

局已布好，他在等。请君入瓮。

02

徐家柏每天早晨醒来第一句"早安"，发给林心姿；每天睡前最后一句"晚安"，发给林心姿。

　　林心姿的每一条朋友圈他都点赞，但他很少评论，怕她不回。林心姿的每一张自拍他都保存，放在专门的相册里，名称叫"stealing beauty"，偷香窃玉。

　　他在微信界面将与她的对话置顶，点进去，满屏绿色框框，让人以为是自言自语。时不时有几个白色短短的对话方框夹杂其间，像是玩游戏时幸运抽中的SSR[1]，超稀有。他把她的每一条五个字以上的回复点击收藏，深夜诵读。还有她的爱好，她常用的牌子，他一一记下。林心姿，林心姿……这三个字，可以囊括他的全部秘密。

　　她是他跪拜的女神，而他是她身边最虔诚的狗。

　　徐家叶曾经说过："哥你不适合爱一个人，一旦爱上，就变窝囊。"

　　他说："不对，是爱上不爱我的人，才显得我窝囊。"

　　当然一开始绝不是这样，单身男女本该势均力敌。她对他温柔，笑容甜甜，他发微信她一定回应，热情又俏皮，时不时分享新段子和自己的小小心事，他耐心倾听。两个人见面约饭，她双手托腮，眼神像蘸了蜜的流星，隔着桌子朝他浓浓发射过来。

　　她爱我？

　　是他先有的错觉。

　　于是他被自己欺骗，率先陷入了甜蜜的网里，越加殷勤，越加迷恋。她依然赴他的每一个约会，除了娇气没有别的缺点。吃饭看电影逛公园，一起在烘焙课堂做蛋糕，她用沾了奶油的手指刮他的脸，去后海划船，在有星星的夜晚骑单车穿过长安街，她很少骑车，跟在他后面不停地摁铃，脆脆的声音喊"家柏等我，家柏，家柏……"，声音钻进他心底。

　　男女约会必做的一百件事情快要做了个遍，只是她依旧矜持，每当他暗示进一步发展，她永远轻巧转移话题。

　　他挠心抓肺。

　　她爱我？她不爱我？她爱我？她不爱我？……患得患失，他追逐得越加急切，迫不及待表明忠心，却只是将她推得更远。

　　"我想你。"他终于在一个深夜对她倾诉。

　　她却没回复，第二天醒来后装傻。"昨晚睡得好早，突然好想吃红丝绒蛋糕。"

　　失眠了一夜的他秒回："那我给你买！"

　　蛋糕收到，她欢欢喜喜拍照片发给他，说："好幸福，好想每天下午都吃甜甜小蛋糕！"他又回："那我每天给你买。"

---

　　[1]　卡牌类游戏中的一种卡牌稀有度级别分类。

他问她在做什么。她偶尔说在逛淘宝。他不知道怎么对她好，主动申请清空她的购物车，口红、粉底、香水、布娃娃，一堆小玩意儿。他主动说"我买我买我买我买"。东西不算值钱，她偶尔会笑着收下。

更多时候她嘴馋，需要男人跑腿。他陪她逛街，她试衣服时他就抱着一堆换下来的衣服等着，殷勤拎包，拍照加赞美。完事了她指挥道："我好想吃隔壁商场的冰激凌呀！"他很高兴，热络地说："那你等着，我给你买。"他跑两条街，再捧着冰激凌哼哧哼哧地跑回来，秋风里衬衫浸了薄汗，看她笑容很甜，他觉得欢喜。

投资越多，花费的时间和精力越多，他越难抽身。

她先撩的他？结果泥足深陷的却是他。

若即若离，猜不透她的心。满怀希望时，又被打入绝望。

被爱情套上枷锁，变得渺小又卑微，姿态低到恨不得对她吐舌头摇尾示好，男人退化成舔狗。

当然伤心过，知道两个人只是朋友，她同时也在约会其他男人。但林心姿也承认，目光暧昧地抚过他的发，很温柔地说："可家柏，你和他们不一样……"

于是他又被安抚。

感恩节的夜晚他送她礼物，潘多拉手链，他想她应该喜欢的，尽管相处越久，他越难判断她的喜好。她永远欢喜而神色天真，这是甜姐的惯用武器。

只是没想到当天晚上睡前上淘宝给她挑礼物，系统提示："你的好友上新了一个闲置，快去看看吧！"

潘多拉，是希腊神话中赫菲斯托斯用黏土做成的第一个女人，作为对普罗米修斯盗火的惩罚，送给人类。众神赠予使她拥有更诱人的魅力的礼物，可宙斯却在这完美的形象后注入了恶毒祸水。

她也成了他的潘多拉，魅惑而伤人。

二手交易平台上她的上新像是魔盒，点开后释放出羞辱、愤怒、不甘与委屈，情绪混杂，他胸口发闷。

他第一反应是想留言质问："如果不喜欢可以直说或者还给我，我可以原价拍。"

还好他很快冷静下来，屈辱感早已达到顶峰，舔狗做久了，他也想逆袭。

不是没有人喜欢舔狗，而是姿态太低，情绪太满，付出就变得廉价。他无法对她冷淡，但他可以让她感动。

下一瞬间，他豁然开朗，找到妹妹。

"家叶，把你淘宝账号给我。帮我个忙。"

"大半夜做什么？"

他勾勾嘴角。"嗯，给你追个嫂子。"

　　唐影不知道怎么会突然和许子诠聊起林心姿了。

　　这天她一整天都在发律师函投诉侵权，脑袋爆炸。表姐叽叽喳喳派活，说好几家财经类微信公众号擅自拿 Z 集团的财报大做文章，严重损害名誉权，需要唐影立即发函处理。

　　唐影一面腹诽"不知道是真侵犯了名誉权，还是只因为对方说了你不爱听的话"，一面积极响应："好的！马上给您处理。"

　　她刚刚投诉完毕，收到许子诠的微信，说碰巧来国贸见完客户，问唐影要不要下楼喝杯咖啡。

　　唐影半站起身，悄悄看了看，老板不在，于是伸伸懒腰说："好，你帮我买杯冰美式，我马上下来。"

　　三点后的阳光极亮，透过玻璃晃得人眼睛疼，写字楼的玻璃反射阳光，四周是一片蓝，混着冰凉到刺鼻的冬日空气。她突发奇想，感到仿佛置身南极。

　　两人喝着咖啡绕着写字楼散步。远处有一个垃圾桶，远远站着几个白领，正在苦闷抽烟。唐影想起林心姿和徐家柏的故事，八卦起来，当然重点是赞扬徐家柏的深情。

　　许子诠不以为意地笑笑，说："也可能是套路呢？"

　　唐影说："怎么可能，林心姿一直说徐家柏对她特别好。"

　　"有多好？"

　　"比你对她好一万倍？哈哈。反正，我觉得林心姿昨晚特别感动。"

　　他侧了眸看她。"女人是不是都这样，分不清心动与感动？"

　　"不会啊，我就不可能接受追我的男人。更不可能因为感动而心动。"

　　"哦？"

　　唐影歪了歪头，吸管抵着唇，像是不知道怎么解释。"就……你能理解吗？我不太能接受'被追求'。一个人会追求你，必然是因为你身上有他需要的东西。而你之所以对他没兴趣，是因为他身上没有吸引或者你需要的东西。但如果仅仅因为他对你好，或者对你实施了'追求'这个行为，你就改变你的初衷去和他在一起，想来想去总觉得……"

　　"被他占便宜了？"许子诠接话，语气带笑。

　　"嗯……或者说，违背了自己的本心。我总觉得人应该去追逐更高的目标，应该向更好的人看齐，而不是选择将就。被男人的花把式追到手，就很像将就。"

　　他点头笑，说："你这个想法就很别致。"

　　"有多别致？"

　　许子诠说："充满了野心的那种别致。"

　　听起来不像夸奖，唐影皱了眉头。"男人是不是都不太喜欢有野心的女人？"

"未必。他们只是不喜欢比自己还有野心的女人。大部分男人很务实，你懂的，择偶标准只有一个：能掌控住就行……"

"还有一个，长得美。"唐影笑着补充。

"这个标准你可以无视的。"许子诠认真看她，一贯的深情神色，"只要是长了眼睛的男人，都会觉得你美。"

浪子的赞美，聪明一点就当作礼貌。唐影笑笑，没说话。

绕着大厦走了两圈，他们在一个垃圾桶前停下。其实咖啡早已喝完，她晃着杯子里的碎冰听响，但整个大厦周围只有一个垃圾桶，他们只好又走了半圈，才将空咖啡杯扔进垃圾桶里。一下子，没有了继续散步的理由，彼此默契地打算告别。

"对了，怎么没戴？"他又起话头，目光看向她的手。指尖被冰美式与寒风冻得微红，唐影一时没反应过来。"戴什么？"

"友谊之戒啊。"他晃了晃自己的手，金色卡地亚戒指戴在右手食指，gay气很足。

唐影叹气。"你知道为什么通常只有恋人与夫妻才戴戒指吗？"

"又有知识点？"

她笑。"对。因为戒指代表束缚，束缚欲望和人性，去遵循世俗所需的一夫一妻制度。然而只有爱情才需要束缚，友谊是不需要的，我们每个人都可以有很多朋友。"

"可是我只有你一个异性朋友啊。"

她一愣。"但……我有很多。"

"没关系的。"他很宽容，伸手将她被风刮乱的头发理了理，倒菱角形状的嘴笑得弯弯，"戴了一个友谊之戒，你还剩下九根手指头。"言下之意是你还能接着和别人戴友谊之戒。

她无奈了。

更无奈的是她回到工位时，突然又想起一个问题，脑抽地给许子诠发微信问："为什么你只有我一个异性朋友？那其他姑娘是什么？"

那边过了会儿才回，似乎诧异唐影会问这么一个问题，而答案是："当然是……情人啊。"

她白眼翻到天上。

下一秒钟，电话响起，又是大王，语气匆忙。"Z集团又要找我们开电话会了，我预约了2号会议室，五分钟后见。"

唐影习惯性神经紧绷。"好，我准备一下。"

电脑显示此刻是下午五点。

Z集团和表姐一个气质，都喜欢在临近下班时派活开会，唐影习以为常。只是她没想到，这竟然是她和大王一起参加的最后一次电话会。

03

　　在唐影还是实习生的时候，她对"与客户开会"这样的行为，有着近乎神圣的职场幻想。

　　比如必定西装革履，包臀裙子或长西裤熨出两条直挺褶痕，拎着电脑和皮包，走路生风。

　　比如客户必定多金，聪明而睿智，谈吐优雅又刚刚好被自己的美色与睿智吸引。对不签单子的刁钻客户，可以用眼泪征服。

　　再比如，开会就是一场聪明大脑的火力碰撞，会有激情澎湃的演讲者拿着马克笔用英文在会议室的白板上画满关系图。大家认真聆听，时时点头，中国面孔中还会夹杂着几个洋人，竖大拇指说"good（好）"。

　　工作久了以后她才发现，大部分会议冗长到足够打瞌睡玩手机，大家衣着随便，神情萎靡，永远会有几个话痨，叽里呱啦一通，不知所云。

　　去年一次跨境电话会议开了足足五个小时，考验的不再是智力与专业度，而是耐力与膀胱，对方热衷于揪着小问题叨叨不停。结束以后大王翻着白眼对唐影说："我怀疑电话那头的香港人只是想借着开会锻炼他的普通话吧？"

　　唐影耸耸肩说："反正他们公司出钱买我们时间，直接开小时单咯。"完事她打着哈欠打开电脑登录系统，记录：某项目，某时间，某会议，时长五小时，括号里的小时单价是 2700 元人民币。

　　CBD 律师的小时单很华丽，带来昂贵的错觉，不过，钱全部哐啷进入老板口袋。什么都是外衣。

　　当然不是所有公司的钱都这么好赚。

　　客户类型很多，乙方也会在心中划分三六九等：事少给钱爽快的是上等客户；话多事多给钱又抠的是下等客户，最让人烦躁。

　　后者比如此刻的 Z 集团。

　　大王和唐影在 2 号会议室里和 Z 集团高层与法务开电话会，归根结底还是因为今天 Z 集团高层因为几个财经类公众号的文章而龙颜大怒。

　　几篇文章标题夺目，基本是在唱衰 Z 集团，说 Z 集团这几年大势已去，并将原因归结为集团领导昏庸，频频决策失误。文章语言犀利，但所引述的内容全部来自公开新闻报道以及Z集团公布的财报，内容正当，合法合规。

Z集团高层领导张总震怒了一天，急急联系律师发函。只可惜函虽发了，那几篇文章却依然被挂在网上，舆论有愈演愈烈之势。

大王只好再为张总普法："首先，对方语言虽然比较犀利，但基本是在公民言论自由的范畴之内的。张总，从法律上来说，侵犯名誉权的行为主要有两个类型，一是侮辱，二是诽谤。而从目前来看，对方的言论应该是不构成侮辱的……"

张总愤怒打断："都说我们公司大势已去了，听起来像要倒闭一样，还说我们公司股票一直跌，这还不是侮辱？这跟诅咒人死了有什么区别?!"

大王默默仰天翻了个白眼，和唐影对视一眼，再耐心解释："对对，张总，我们理解您的想法。但是，根据法律规定，'侮辱'的含义主要是贬损、丑化他人人格。从目前的情况来看，对方这几篇文章虽然写了一些负面评价，但相对客观，暂时没有到贬损贵司名誉的程度。当然，我们今天也以侵犯名誉权的理由给对方发了律师函，但基于目前的事实以及法律规定，对方确实有理由不立即删除文章的……"

"不删除你们就告！我们就起诉！"张总上头，骂骂咧咧起来。大王无奈，摁了静音键，关闭话筒，开始和唐影吐槽："我要疯了，这个人一点都不懂法，道理完全讲不通！"

唐影对大王干巴巴地一笑，她今天也被折腾了好久。

电话那头张总情绪越加昂扬，已经决定起诉，号称要用法律手段惩罚"刁民"。大王关闭了静音键，恢复耐心语气，对着话筒说："起诉的话，我们这边理解贵司的心情。律师建议是，如果要以侵犯名誉权这个案由来起诉，一定要找能稳赢的案子，否则引发的舆论危机更大。而如果以发目前这几篇文章的公众号的所有者作为被告，应该存在一定的败诉风险。也就是说，起诉可以，但我们一定要找准被告……"

建议中肯，张总似乎听进了几句，心情平缓了一些，又问："那关于对被告的选择，律师这边有什么好的想法吗？"

大王见自己有效平复了Z集团高层的心情，燃起几分得意，顿了顿，继续说："在我看来，这几篇文章因为涉及贵司的话题而阅读量暴增，应该很快会有其他公众号跟风。近年来公众号文章里胡写的很多，标题和内容肯定不会都那么严谨，跟风者只要有一处捏造事实，就可能涉嫌构成诽谤，到时候再起诉，无论是在法理上还是在舆论上，我们都能站住脚。"

张总顿了几秒，似乎在回味大王提出的方案，接着很快满意起来。"行，这个方法好。那就劳烦两位律师这几天做个检索，找到合适的被告，我们立刻起诉。"

大王眉眼里已然全是得色，仿佛又拥有了小小舞台，声音圆润又专业地回应："好的，张总您放心吧。"

称职律师的角色饰演完毕，会议结束。大王随手点了屏幕，仰在座椅上，长吁一口气，开始饰演受尽折磨的乙方，大声感叹："终于完事了，最烦和这种蠢货打交道了！"

她顺势伸了个懒腰，再低头活动活动脖子，神清气爽。她忽然觉得气氛有些奇怪，抬头看向唐影。

只见唐影像见了鬼一样看着她，脸色苍白，嘴巴微微动了几下，却不敢出声，只是默默伸着手指。

大王心头腾起不好的预感，目光顺着唐影手指的方向爬向桌子。然后，她也猛然变了神色，像见鬼一样看着桌面上的手机。

手机里传来微不可闻的窸窸窣窣声。电话没有被挂断。

而方才被称作"蠢货"的客户，一直都在线上。

秘书 Amy 在三天后的午休时间偷偷告诉唐影，老板可能决定雇大王。

大王从刚毕业时起就跟着老板，律所人员变动迅速，团队成员往往三年一换，可大王跟着老板已逾五年，算是团队元老级人物。唐影不信，问 Amy："这事这么严重？"

午休时间，两人加热了便当躲在会议室吃饭。快到月底，钱包里已经几乎分文不剩，唐影前两天痛定思痛买了一周份的西蓝花、胡萝卜和冰冻虾仁，开水烫过后撒盐撒胡椒粉，装在迷你保鲜盒里分成七份，每天上班带一小盒。

人人见了都要夸："好精致！好健康！"唐影嘿嘿干笑说："还可以啦，最近减肥。"

国贸群楼做风景，今天天阴，让人犯困。两人对着窗，Amy 分了一块餐盒里的烧排骨给唐影，说："我妈做的，你尝尝。"然后 Amy 又小声继续八卦："这事只是一个导火索。按理来说，辱骂客户这个，大不了以后不让她对接 Z 集团就完事了，但本质上，是老板嫌大王生产力下降了……"

"找借口开人？"唐影一呆，排骨叼在嘴里，两眼瞪着 Amy。

"哎呀，我做秘书这么多年，卸磨杀驴很常见。你看看大王这两年这个状态，是认真工作的样子吗……"

这个唐影承认。"但在一起工作这么多年，总得有点情分？"

"老板本质是商人，又不是你家亲戚。你们是他花钱买的劳动力，在他眼里和他的汽车、电脑没什么区别，好用就接着用，不好用就修，修不好就扔。雇佣关系里只有本分，哪里来的情分？如果有，那也只是不立即开除，而是拖到现在找借口开除咯。"Amy 又扔给唐影一块排骨，顺带从唐影那里夹走一粒虾仁，"你知道大王最近几个月的有效工作小时是多少吗？"

律师的成本是时间，小时单是唯一指标，不仅是对客户收费的依据，也是对律师工作的检验。这几个月大家都忙，光是唐影的月度小时单就超过一百二十小时。唐影听 Amy 这么问，心里比较了一下，说了个偏低的数字："一百？"

"嚯。"Amy 露出个夸张的眼神，放下筷子比画了一个手势，"八十！"

"这……也太少了吧……"少到对不起工资。

"而且，除了 Z 集团，还有好多客户投诉她呢。"Amy 平时嘴严，事情到了她嘴里就封成罐头，八卦撬不出半个。而如今大王要走，标为"大王"的那个罐头立刻被麻利打开，"咔嗒"一声，陈年的八卦倒在唐影面前。"上次好几个项目同时运转，她却和每一个客户都说忙，项目全部因她而耽搁了，结果一个相熟的客户扒出来下午她声称'最忙'的时候，其实是在微博上给好几个当红炸子鸡[1] 的视频和搞笑段子点赞。"

"……"唐影表情变得复杂。

"还有，你知道 A 集团老总的事情吗？去年我们和好几家律所竞标 A 集团的项目，A 集团嘛，他们老总是上过福布斯富豪榜的，六十多岁了，德高望重的你知道吧。当时开会一群人坐一起穿西装板着脸都好严肃，好几米长的会议桌，老总坐一头，我们老板和大王远远坐另一头，结果，要签署文件时，老总忽然问：'你们谁有笔呀？'"

"然后？"

"肯定所有人都把笔掏出来了嘛！"Amy 讲得绘声绘色，"包括大王，率先喊出来：'我有笔！'"

"那不是挺好……"在客户面前刷第一波存在感。

"呵，挺好？"Amy 冷笑，"结果，她不知道是不是脑抽，担心别人先把笔递过去，几米长的会议桌，她啊——"Amy 做了一个投掷动作。"从桌子这头直直把笔往老总坐的那头'嗖'地扔了过去！"

唐影一呆。

"那支钢笔，最后'啪嗒'砸在老总面前，笔帽掉下来，墨水溅得文件上到处都是……"

当时全场都安静了，参会的都是企业与律所的中高层，大家全部目瞪口呆地看着大王，老总那个六十多岁的老人差点吓出心脏病。

唐影想象着那个场景，有些想笑，更多的是费解。"所以……所以，后来 A 集团那个项目就黄了？"

"出师未捷身先死咯。"Amy 乱用典故，吃掉碗里最后一块排骨，最后八卦一句，"我估计从那时候起，老板就想开她了。丢人。"

---

[1] 指时下正走红的人或事物。

唐影沉默了好久，在收拾桌子打算离开的时候唏嘘道："只是，不知道她走了以后老板会招谁来？"

Amy抽了湿巾将桌子认真擦干净，侧着头看桌面反光检查是否还有油污印记，又伸手把会议室窗户开了一角缝隙通风散去饭味。听了这话，她犹豫半秒，决定再贡献出一个秘密，勾勾手指，示意唐影过来："人都选好了。"

"啊？"

"也姓王，但……"Amy眼神变得迷离憧憬起来，"但这个王律师……啧啧，帅死了呢。"

04

唐影回家的时候屋里有些暗，厨房门和卧室门关着，只有客厅里的落地灯发出暖黄光，背景音乐是流行歌曲。林心姿穿着粉色天鹅绒运动服盘腿坐在地毯上，在电脑前托着腮，时不时敲键盘打字。

唐影诧异。"你今天加班？"

林心姿从屏幕前抬起头，哀怨地瞥了唐影一眼，很苦恼。"我在搞研究。"

研究男人。

唐影好笑，揶揄她："甜蜜的烦恼哟。"

林心姿在国企战略部门，每年制作幻灯片是工作常态。因而她研究男人的方式也很富有战略气息：男人被她分解成数据，一一生成柱状统计图，展开于屏幕前。他们如同创业者寻求投资一样寻求美人的青睐，而她咬着笔，是手握千金的董事长，郑重评估每一位候选人，择优托付真心。

唐影看到的正巧是徐家柏的评估页面，幻灯片标题写着"徐家柏潜力综合评估"。她发现林心姿甚至给和徐家柏的每一次约会都打了分，数据多到足够一键生成一张柱状统计图，横坐标是每次约会的时间，纵坐标是分数，他的分数本来平平，却忽然在感恩节后猛增。唐影回顾了一下历史事件——那天徐家柏让妹妹高价买下了林心姿挂在二手交易平台上的潘多拉手链。徐家柏的最新分数已经高达89.9分，碾压其他候选人。

唐影好奇地问："为什么差了0.1分，没到90分？"

美人噘嘴，有一点委屈，回答："昨天晚上我和他说了晚安，结果他过了三分钟才回复我，以前都是秒回的！我当时有点生气，半夜爬起来开电脑扣了他 0.1 分。"

唐影差点笑出声来。林心姿又示意唐影看。"我选男人的评判标准有六个，分别是智商、情商、身材、外形、资产和长期承诺，满分 10 分。我根据情感博主的标准，结合自己的标准进行整理。鉴于臭渣男是我之前的结婚对象，所以一切评判标准以他的分数为基准，但凡综合分数超过他的，就可以作为结婚候选人。"

唐影瞥了一眼屏幕，发现"外形"和"身材"这两个评判标准，有些好奇。"这两个有什么不同啊？"

"这个……"林心姿噎住，有些不自在，"外形就是外在的啊，身高、脸蛋这些，直观能看到的。身材就是……稍微内在一点的……"

尺寸、技术和时长。

唐影会意，意味深长地看了一眼陈默的分数，语气幽幽："6 分……及格分？"再看"候选人"的该项分数，空着。

她坏笑着鼓励林心姿："哎呀赶紧，这项数据赶紧拿到哟。"

林心姿瞪她，看向屏幕，又叹一口气。"这样算下来，目前徐家柏的综合分数是高于陈默的。但我不知道为什么，还是没办法下定决心。"

"数据是死的，人是活的。"唐影安慰林心姿，"至少从这个表格来看，徐家柏客观上是符合你条件的结婚对象。你先不要着急，先和他相处，然后听听自己的心声。"

林心姿点头，将笔记本电脑拿到一边，抱着膝盖，将下巴枕在上边，小声宣布："那我决定了，以后稍微对他好一点。"

暖黄色灯光照在林心姿的身上，给她脖子上的细小绒毛打了一层轮廓光。她本是冷白皮，此刻被刷上溏心色，变成乳黄奶油蛋糕，诱人来咬。唐影看着她，想伸手轻轻戳一下她的脸，看会不会塌陷下一块。

大王要离开的消息很快公开。

唐影收到大王的私信，询问要不要一起喝杯咖啡。唐影点点头说"好"，两人在电梯间碰面。

大王穿着一件紧身连衣裙，长款毛衣外套覆到膝盖，外套本该是宽松的，但因为她的身材而显得紧绷，让她看起来像是新手裹的粽子。她脖子短，似乎扭动的时候都费力。自从被客户投诉之后，她好几天没来所里，两人此刻第一次碰面，唐影以为她会难过，没想到她看上去情绪尚好。

大王很自然地说："我最后一次请你喝咖啡了。"

唐影赶紧说："我请您吧。"

大王摇摇头，从口袋里摸出两张优惠券，说："瑞幸咖啡的券还没用完，反正之后我就不在这儿了。"

唐影一下不知道回答什么，先摁了电梯，盯着跳动的红色数字，数了会儿楼层，开口："那您之后有什么新打算吗？"

A 所是业内顶尖律所，这次事件不会存档。大王只是被劝退，名义上还是主动辞职，加上几年来的项目经验，履历依然好看。她换一个律所，照旧能做得风生水起。

没想到大王摇摇头。"累了，我不想再做律师了。"

唐影一惊。"那是做法务？"

大王继续摇头，脖子很短，却扭得坚定。"也不是。"

唐影说："嗯，我知道了，您是想休息一阵。"

瑞幸咖啡在另一栋写字楼。北京的冬天很冷，楼宇之间穿堂风一吹，让唐影缩起细长脖子。她很畏寒地穿了黑色开司米打底，叠穿着牙色棉质衬衫，再套一件浅灰色格纹呢西装大衣，裤子紧窄，更显人瘦高。她和大王并肩迎着风顽强地走着，两人沉默地抵御寒冷，像武侠小说里的胖头陀和瘦头陀。

直到进了另一座写字楼，暖融融的空调冲去两人身上的冷气，大王才重新开口，继续上一个话题。"我不打算做律师也不打算做法务，更不打算休息。"她顿了顿，接着说，"我想去追求梦想。"

她停下来，却在看到唐影表情的刹那，突然意识到这个词听起来不太庄重。成年人的世界少有梦想，如果有，那也只出现在大企业家和创业者的嘴里，是被贩卖的对象。一个合格的社畜不会去谈论梦想，但一旦谈论了，也说明她不再甘愿做一个社畜了。

于是大王又对唐影解释了一下："我想去做我真正想做的事情。"

"做什么呢？"

两人来到咖啡柜台前，一人一杯热美式，咖啡杯紧贴着冰凉的手掌。两人找了个偏僻位置坐下，大王想了想，很郑重地对唐影说："我想要做博主，美食博主。"

在属于自己的舞台上表演。

唐影一愣，接着真诚地说："很适合您啊。"

大王有点高兴，摸出手机，兴致满满。"你看，这是我的微博，我已经发了好几条视频。我还买了专门的 vlog（视频博客）设备，自己学着做后期。"

微博账号叫"大王喊我来做饭"，唐影眼尖瞄到主页显示的粉丝数量：15 万。唐影被数字惊呆，脱口而出："您也太棒了吧，悄无声息做网红！"

大王却有些尴尬，没回答，只点开她做饭的视频。画面里的她穿着洁白的厨师服，人比在办公室时活泼许多，一边闲扯一边做菜，自得其乐的样子。唐影看着觉得有趣，不时发出笑声。

视频播到一半，大王忽然摁了暂停键，下定决心坦诚地说："呃……15 万粉丝，都是我买的。"

"啊？"

"我从三十岁生日那天起，每一次生日，都会给自己买一批粉丝做礼物。"大王两只手转着咖啡杯，低头没看唐影，"1元钱10个粉丝，算是对梦想的投资。工作再累的时候，只要看到粉丝数……"她自嘲地一笑。"哈，虽然知道是假的，但假钻石也有光芒不是？只要看到那光芒，我就会振奋，想起自己真正热爱的事情，然后不再迷茫。"

她接着说："会有这样的想法，完全是因为三十岁生日的几个月之前，因为一个项目，我熬了好几个通宵，那一阵压力大，熬到半夜只想吃垃圾食品，连续一个月吃炸鸡喝可乐，用命工作，终于案子胜诉，同时老天还奖励我十二斤肥肉。胖倒是其次，接下来是身体造反，神经衰弱，半夜一直失眠，严重的时候靠安眠药续命。饮食不规律导致胃也有病，因为把可乐、咖啡当水喝，还动过一次肾结石手术……"

劳累与疾病就像将军背上的刀疤，稍微资深一点的白领都不好意思说没有，它们见证往昔，越是狰狞，越显敬业。

她展示病历，然后说："三十岁生日那天我差点脑出血，还好发现得及时，最后是在医院度过的。"

她始终记得她当时睡醒睁开眼，看到一片白茫茫的病房，第一个反应是担心耽误工作，第二个反应是心疼医药费用。

她挣扎着起身，差点昏死过去。她突然心累，觉得搏命工作无非是为了工资卡余额后面的几个零，但当一场大病来袭，这些就全部被轻易夺去。年轻时可以透支一切，但躺在病床上的三十岁的她，面对身体讨债，突然惜命起来，想要为自己而活，追求梦想，比如，做个博主，被更多人看到。

她笑，她了解自己，表演型人格，有强烈的表演欲望。

于是，一场大病过后，所谓"梦想"就此落地生根。律师反倒成了副业，为他人打工，她越加不上心。小错在老板心中积攒成大的不满意，信任用完，最终，两人一拍两散。

大王讲完，长吁一口气。"这次事件虽是意外，对我来说却是一个机会。如果不是这样，我还不知道什么时候才能下决心离职呢。我平时花钱少，攒下许多钱做各类投资，这些年攒的钱足够我专心做两年博主。两年是我给自己的时间期限，如果能养活自己，那我就专注走下去。"

唐影愣愣听着，没想到背后还有这样的故事。

她一时唏嘘，又想起一开始大王口中唐突出现的"梦想"二字。她突然发现，再没有比在CBD提"梦想"更荒诞的事情了，留在这里的人只有目标，五年目标、十年目标，遇事权衡利弊，想法现实又理性。想要梦想的疯子们早已逃离了这里。

而大王，是正在逃离的那一个。

　　这天加班很少，工作竟然早早做完。唐影特地在楼下便利店买了一瓶啤酒回家，躲进每一个不需要加班的缝隙里喘息。付款的时候她又想起大王，再想想自己，突然庆幸自己还年轻，并且，身体很好。

　　当天视频网站正在播一部国产律政剧，屏幕里的精英律师们梳硬挺发型，西装永远连褶皱都没有，高跟鞋敲击大理石地面像勃朗宁手枪发射，把写字楼大堂当成 T 台走得神气活现，不把全世界放在眼里。

　　唐影仰在沙发上，开始审视这部热播剧，没忍住，侧头对林心姿吐槽："好假啊。主角眼角眉梢都是矜持和得意，精英哪里是这个样子。"

　　林心姿说："怎会假？很帅啊，大家理想中的精英就是这样，牛气哄哄。"

　　唐影说："可能刚毕业的小毛头会这样吧，以为自己了不起。但只要稍微久一点，就会发现在这个城市，自己实在渺小又幼稚，牛人太多，人人都可以吊打自己。大多数人名校毕业奋斗大半辈子，还挤不进 CBD 办公室的小小窗户里。"

　　她接着下了结论："在我看来，一个标准精英的眼神里，最多的应该是疲惫。"

　　责任与压力缠身的疲惫。

　　她突发奇想，发微信给许子诠："喂，你相信梦想吗？"

　　"当然咯。"那边过了半小时才回，理所当然的语气，唐影甚至可以想象他此时的表情。

　　"是什么？"

　　"自我实现呗。做一些对社会以及人类有用的事情，而不是仅满足于一日三餐。"理想主义说辞。

　　"也是，你这张脸一看就没被生活伤害过。"唐影评价。

　　"哪儿有？我肯定被生活伤害过的。"他反驳，过了一会儿又贱兮兮补上一句话，"我只是，没有被女人伤害过。"

　　话里有几分得意。

　　唐影撇嘴，指尖嗒嗒灵巧敲击屏幕，发过去一句："那你过来，我刺你一刀。"

05

　　许子诠真的来了。

　　十多分钟后，他演偶像剧般给唐影回了句："我在你楼下。"

唐影看到消息后愣了半秒，心跳漏了一拍，还好立刻反应过来：十几分钟就到，显然他就在附近。

她在家居服外面裹了一条粗花针织毛衣和厚厚的围巾就往下跑。林心姿诧异。"现在出门？"

"……呃，对，有个朋友刚好在楼下。"她对着门口的镜子理了理头发，搽一层淡色唇膏。林心姿了然。"男的？啧啧，你先去，回来审你。"

唐影很自觉，坦白从宽："你认识，许子诠。意外变得有点熟，但我们只是朋友！"

看林心姿愣在原地，唐影迅速留下一句："你先消化消化。"她有些心虚地关上门，踩着毛拖鞋啪啪跑下楼梯。

楼道灯是声控的，每到一层都要大声跺脚或咳嗽，像开启通关密钥。许子诠站在楼下静静看着，三楼的门响，然后楼道灯亮，再然后是二楼的灯亮，最后一楼的灯亮。"啪嗒"，面前破旧的铁门打开，逆光里跳出一个裹得无比严实的姑娘，像是一场简陋的魔术。许子诠觉得有趣，微微笑起来。

他一手拎着一袋东西，看上去沉甸甸的，另一只手揣在大衣口袋里。唐影好奇，问他："怎么在我楼下？"

他说有事经过，晃了晃手里的袋子说："来投食的。"

"喂我？"唐影愣在那里。

他奇怪地看她一眼，感到好笑，轻轻推她的头。"喂小猫的，你是吗？"

他手上的袋子里装的是猫罐头。

之前许子诠送林心姿回来时，小区里好几只流浪猫围着他喵喵叫。野猫敏锐，看人眼光刁钻，知道他温柔且不善于拒绝。果然他当下就买了罐头喂它们。今天恰好路过，他又想起这几只磨人猫咪，加上唐影也住在这里，干脆发消息让她下来一起喂猫。

许子诠在楼下站了一会儿，立刻吸引来几只猫咪，它们竖着尾巴喵喵叫着，声音魅惑，半是勾引半是朝拜。

他的气质不仅吸引猫一样的女人，也吸引猫。

她撇嘴。她在这里住了大半年，流浪猫们见了她只远远警惕看一眼，但凡她靠近一小步，它们便撒腿就跑。

这回她沾了许子诠的光。

两人蹲在小区角落的路灯下，将罐头一一打开，分散开放在地面上。猫咪们也守规矩，耐心排队等候，一个脑袋埋在一个罐头里，吃得迅速，喉咙里发出"咕噜咕噜"的惬意声音，此起彼伏。

唐影托腮看得入神。许子诠推了推她，小声问："还有一个罐头，你要不要？"

她瞪他。

"你也是小猫咪啊。"他笑，一边说着，一边挪了半步，靠近她。

北京的冬天很冷，夜晚常常风大，许子诠挪动位置，刚刚好替唐影挡住侧面扑来的一阵冷风。他的体温应该比她高，呼吸也是热的。唐影心里浮起毛毛躁躁的感觉，像是心被人温柔熟练地摘下，然后用毛刷子上上下下刷了一遍，力度不重不轻，本来抗拒，却又不得不承认有点舒服。

于是她也忍不住朝许子诠的方向挪了半步。本就只有一步之遥，现在各自靠近半步，两人此刻蹲在水泥地板上，他的左手臂贴着她的右手臂，他们的眼睛盯着猫，心却不知盯着哪里，猫咪发出的"咕噜咕噜"声与舌尖舔罐头的声音成了伴奏。

唐影觉得好玩，伸脑袋在他的胳膊上蹭蹭，也学了一声："喵。"

许子诠"噗"地笑了，抬起胳膊摸了摸她的头，手掌很大，配合地说："小影乖。"

距离太近，他如果稍微低一低胳膊，就像将她搂在怀里。然后唐影闻到他身上飘来若有若无的味道。

是陌生的，和上次他喝醉酒时身上的香水味不一样。

也是熟悉的，女香——解放橘郡的 You or Someone Like You（你或像你的人）。小众香水，醋栗叶、绿叶、希蒂莺、玫瑰混合中调，闻过一次就不会忘。

唐影这才猛然想起他说的"有事经过"，明白了是什么事。他又结束了一次约会，闻香猜女人，这次还是一个时髦女郎。

她一下扫兴。

许子诠却还不知道，他凑近了她的发，呼吸喷到她发间，想要更凑近一些的时候，唐影却猛地站起来了。

她揉揉膝盖踢了踢腿，声音大到不自然："哎！蹲久了我腿都麻了。"

许子诠差点被她撞了下巴，也赶紧站起来，说："嗯……是有点麻。"

两人默契地又各自站远了半步，专心踢腿、拉衣服，掩盖片刻前的小小心思。许子诠突然问："唐影，你怕我吗？"

唐影正把地上的罐头一个个收拾好，猫咪吃饱散去，只剩下一两只胆子大的在原地舔爪。

她听见许子诠的问题，站起来。"为什么这么问？"

"靠你近一点，就觉得你在躲我。"

她将未开封的罐头塞进袋子里，随口说："对啊，怕自己爱上你啊。某人总是不自觉撩人，芳心杀手，很吓人的。"

许子诠笑，走上前来接过她手里的袋子，非常不经意地开口："嗯，我也怕。唐影，我怕你爱上我。"

唐影抬头看他，只听他接着说："那样我就没有朋友了。"

绝对认真的语气。

他有一个可以随意投入的怀抱，欢迎每一个可爱女人。廉租公寓一样的心，太容易获得，没有门槛，人人都住过，可也住不长。

当然，有另外一个位置可以一直保留，条件严苛一点——不会动心，只做朋友，永远无关风月。

他很敏锐，感觉到她先前的动心与亲昵，却不阻止，而是进一步靠近，诱惑她，试探她是否会真的爱上他，然后搬进廉租公寓。

渣又坦诚，危险也惑人。

只是此刻，许子诠的担忧激发起了唐影莫名的斗志，她不愿意被看轻。

唐影记得自己最后说的是："放心。"

她走近他，踮起脚，刚刚洗过的头发在月光下绸缎一般抖动，很香，斩男香。当然，再锋利的斩男香都只能在他心里劈一道小口子，于是她打算亲自把那个口子扯得大一些。她认真理了理许子诠的领子，指尖堪堪触到他颈上肌肤，再贴近他的脸，距离暧昧。

"相比害怕自己爱上你，我更害怕的是……"她念他名字，尾音很轻，"许子诠，你会不小心爱上我呀。"温柔的气息喷在他的喉结。

意料之外的动作，让许子诠愣在那里。

月光下她眼睛很亮，她的嘴距离他只有几厘米，她笑起来的时候像他，在嘴角形成两个钩子。天生的微笑唇。

他们有一模一样的唇形。他收集的唇里没有这一款，所以，吻起来是什么滋味？

等许子诠再反应过来的时候，唐影已经在几步之外了，拉着破旧的铁门，对他挥了挥手，声音洒脱："晚安啦，纯友谊。"

他还是站在原地，看着楼道里的灯光和一个拾级而上的黑影，一层亮，二层亮，三层亮，然后是"砰"的一声利落关门声。

然后一层暗，二层暗，三层暗。

像表演结束，魔术师退场。

小区的路灯不太好，忽明忽暗。此刻路灯忽然不亮了，他的头顶只有月光。

唐影回屋的时候林心姿已经睡了，客厅的落地灯开着。

桌上有她走前未喝完的啤酒，她拿起灌了一口，一屁股陷进沙发里，从口袋里摸出手机，一条条看未读消息。

有两条林心姿的留言，大概是说自己困了先睡，抽空再一起八卦许子诠。

满不在意的样子，唐影略微放心。

另几条微信来自 Amy。

她和 Amy 的私人联系不多，工作基本都在群里沟通，很少发私信，正好奇 Amy 会和她说什么，点进对话就看到一张照片。

黑色西装套装，头发极短，一只耳朵戴着耳钉，表情有几分魅惑狂放的气息，对着屏幕另一端的人放电。气质浮夸，像是偶像练习生打算出道。

唐影回过去一个问号。

Amy 有点兴奋。"新来的王律师！"

"啊？他叫什么？"

"王玊王。"推箱子一样的名字，唐影百度了一下才知道最后一个字与"素"同音，喊，故弄玄虚。

唐影又回："嗯……看着年龄不大啊，接得了大王的班吗？"

"三十岁！是比大王小两岁啦，不过是从法国留学回来的，之前在美国也是藤校毕业，会说法语，会做法餐，好洋气的有没有……"Amy 絮絮叨叨一堆，意识到话题关键，"对了，很帅是不是？我们都疯了，老板说下周入职！"

法语、法餐都是和工作没什么关系的花把式。骗姑娘的手段。

唐影有点冷淡。"嗯，我对这种男人不太感冒。"

"男人？呵！"Amy 冷笑，使出撒手锏，"傻了吧？她是个女人！"

06

唐影又梦到许子诠。

她喜欢猫，猫喜欢许子诠，如果许子诠喜欢她，那正好构成了一个闭环三角恋。只可惜许子诠也喜欢猫，猫和许子诠是恩爱的双箭头。她有点孤单，只好说："我不喜欢猫，更不喜欢许子诠。"

梦里面的许子诠拿着一根火柴，划出火举到她胸前，要在她心里纵火，她立刻泼下一桶冰水浇熄心头火焰。许子诠再掏出一根火柴点燃，她再奋力浇熄。他点燃，她浇熄，反复好几次，她要力竭，气喘吁吁。许子诠却表情自得，接着从口袋里摸出一大把火柴。

他说："唐影，你可千万别爱上我。"同时划亮手中火柴，刹那间火光冲天，她差点灰飞烟灭。

她吓得在午夜醒来，一身夸张冷汗。

她重新躺回床上，往枕头上喷了睡眠喷雾，深呼吸后躺下，侧过身对着窗。窗帘透过夜色，楼下有车轮碾过水泥地面的声音与引擎声，伴随零星狗吠。她又想起高中时候。

程恪家住五楼，那时候居民楼已有电梯，唐影却为了减肥，每日固执地爬楼梯上下楼。当然还有少女怀春的小小心思：爬楼梯能经过心上人的家门口，从楼梯间微微探过脑袋，看到他家的深色大门、倒贴着的红色福字与春联，她都觉得满足。

一日放学回家，五楼的楼梯间却坐了一个女孩。确切地说是一个美丽女人，染着那个时候最流行的发色，厚刘海，穿着打扮集合了当时的时髦元素。只是女人很伤心，用手捂着脸，呜呜哭泣着。接着程恪家的门打开，他一身家居服从里面走出来，表情严肃，像是要出来发飙，却意外看到唐影，一下把火气咽下去，问她："你怎么在这里？"

唐影扯着书包带子说："我……我经常走楼梯的。"她眼睛转转，又看向坐在台阶上抽噎的女人。程恪有些不自在，赶紧驱赶唐影，拉过她把她往台阶上推。"那赶紧回家吧。大人的事，小孩别管。"

"哦。"唐影点点头，最后看了那个女人一眼。女人也半抬起头看着唐影。唐影想，女人五官端正，尽管因为悲伤而扭曲，却仍旧死守着该在的位置。但此刻这张脸却一点也不会让人觉得美，女人满脸泪痕又无助，酝酿着下一波歇斯底里，蹲在楼梯间尊严扫地。这个女人像一朵被粗暴摘下又扔在地上的花，零落成泥，只有狼狈。

等唐影走到楼上了，程恪才开口，语调很冷："你走吧。我该说的都说了。"

那个女人又开始纠缠，发出尖锐的声音："刚才那个小姑娘是谁？"

程恪叹气。"你简直不可理喻！去教务部问到我家地址打扰我家人，已经触犯了我的底线。麻烦你走吧，我不会再理你了。"

"我们的过去就这样算了吗？"女人眼睛含泪，眼巴巴地望着他。

很久以后程恪才回答："结束了。我说过了。"

然后他再也没看那个女人一眼，转身进了家门。伴随"砰"一声关门声的，是女人动物一般的哀号。

六楼楼梯间的门虚掩着，唐影目睹一切，心里有种莫名的滋味。据程恪妈妈说，那个女人一大早找上门来，发出巨大声响，在楼梯间坐了几乎一整天，等不到想要的结果，最后黯然离开。语气带了嫌弃，连程恪妈妈都觉得丢人。

第二天程恪给唐影补习的时候，唐影心不在焉，过了半天开启话题："昨天那个姐姐……"

　　程恪语调冷淡："前女友。以为和平分手，没想到是这种人。"

　　唐影问："你是不是伤害她了？她的样子，看起来好狼狈。"

　　程恪顿了好久没回答，半天才说："没有人能伤害她，只有她自己才能伤害自己。"

　　唐影没懂。"她怎么伤害自己了？"

　　"爱上了不该爱的人，该放手的时候却学不会放手。这就是自我伤害。"程恪看向唐影，用笔敲她头，"你啊，可千万别学她。"

　　只是她最后还是学了。

　　落得被程恪全面拉黑的下场。眼泪与嘶吼换不到爱情，可怜得要死。

　　后来她才明白，哪怕你再妆容精致，举止文雅，气质高冷成天山雪莲，但凡你爱上了不该爱的人，再有腔调的衣服与品位也遮不住你的狼狈。坠入情网又不被珍视的女人就像一条落水狗，摇晃着湿淋淋的尾巴乞求爱情，人人皆可鄙薄之。

　　回忆入梦，她接着睡着，迷迷糊糊中告诉自己：千万千万，不要再一次成为那样的人。

　　"记住……"唐影翻了个身，在涌上的睡意将全部潜意识淹没时喃喃自语，"嗯，谁都不爱的女人才最高贵……"

　　第二天早上，唐影收到表姐微信，表姐突然问："唐影宝贝，你晚上有空吗？"

　　"不加班就有，怎么了？"

　　"太好啦！那几个合同你可以过两天再反馈，晚上我请你吃饭嘛！"

　　唐影一愣，不知道表姐葫芦里卖的什么药，犹犹豫豫又问一句："公事？私事？"

　　表姐过了半天才回，语气神神秘秘。"私事啦。而且，是好事哟。"半秒后她又迅速补上一句，"哎呀你不来也没关系的，反正是私事啦。"

　　甲方乙方的身份摆在那里，鬼才相信"你不来也没关系"。唐影尽管对表姐口中的"好事"持有一千分的怀疑，也只能硬着头皮，做喜气洋洋状回复："哈哈哈哈哈哈哈，怎么可能不来呢！咱晚上见！"

　　表姐秒发了个餐厅链接。"今晚六点半，不见不散哟，爱你。"

　　"收到。"唐影还搭配了三个抱拳的表情。

　　此刻唐影正在通勤路上，高峰时期的地铁挤得不行，四处是人，车厢是流动生产线上的压缩罐头。唐影昨夜没睡好，她特地找了角落歪着，发完微信就将手机扔进包里，一只手高举起来握着扶杆，脑袋靠在手臂上，半合着眼补眠，一脸萎靡不振。

　　大概是神态过于萎靡，让人以为有了可乘之机，有人瞄上唐影，借着人流挤到她身侧。

她今天穿了一套粗花呢黑色西装套装，仿香奈儿的经典款式，裙子长度到大腿中间，打底丝袜。地铁拥挤，她对陌生人之间的触碰习以为常，没太放在心上。

等她发觉不对劲的时候，那人已经将她视作"不太敢反抗"的胆怯女人，得寸进尺，摸够了大腿，又试探着将手往裙子里更深处够。

"×！你他妈手放哪儿呢你？！"

那人这才一惊，猛地缩回了手，心虚地看向唐影。片刻前还任君采撷的女人一下变了一张面孔，横眉怒目瞪着他，声音尖锐。与此同时，他脚上一疼——这女人穿着细跟高跟鞋，对准他的脚面就是利落一脚，他脸皱成一团，庆幸现在是冬天，鞋厚。

反应过来后，刚刚被触碰过的地方像是被一群蠕虫扭动着爬过，唐影一阵恶心，情绪转成愤怒，半仰着脸死死瞪着那人。他比她高上半个头，一副小眼镜架在鼻梁上，看起来文文弱弱，没想到人面兽心。两人的动静引起其他人注意，大家纷纷从手机视频与地铁读物里抽出几分注意力，不动声色围观起来。

"你刚刚手摸哪里呢？"唐影拽那人的领子，又问了一遍。

她从来不是好欺负的女人，网络上的防色狼指南很多，她学过一些，应对关键是要硬气，你硬了，他们就软，反之亦然。

那人穿了一件暗褐色毛衣，领子被唐影不留情地扯长，露出里层破了洞的肮脏秋衣。众目睽睽之下，他感到难堪，扭了脖子，半天挤出来一句："干吗？我哪儿有摸你？"

"还没？！"

"我摸你干吗？！"谎话多重复几遍，那人也有了底气。

唐影急起来，扯他领子。"怎么没？！你别想不承认，下站下车了你跟我去找警察。"

那人听见"警察"两个字，一下也着急起来，狠狠打掉唐影的手，又推了她一把，大骂："有证据吗？你拍下来了吗，就说我摸你？是你想被男人摸想疯了吧？"他指着唐影，破口大骂："大冬天穿这么短的裙子挤地铁，不就是等着男人来摸的吗？"

他声音更大更激烈，一下子，所有人的目光都集中在唐影的腿上，带了几分暧昧的审视——丝袜，短裙，细跟高跟鞋……

唐影没想到他会有如此言论，"荡妇羞辱"外加"受害者有罪论"轰炸得她一下子不知所措起来。

"荡妇"在这个社会始终是一个危险的词，任何一个女人一旦被划入其中，便是人人喊打，永世不得翻身。

众人的目光落在她身上，来自同性的、来自异性的，眼神里都藏了微妙。她甚至可以想象出此刻他们内心的评价：这个男人是不是色狼不知道，但这个女的好像也不怎么检点啊。

从受害者一下变成众人评头论足的对象，各种情绪交织，她脸憋得通红，一颗心慌乱地跳。

男人迅速意识到自己占了上风，总有一类人习惯性依靠羞辱他人来获得优越感。加上认定唐影没有证据，他愈加来劲，指着她的鼻子接着骂："我才不想摸你呢！你这样的女人，求我我也不摸！你这个骚……"

"啪！"

他想说的是"骚货"。

只可惜"货"字还没出口，他就被人狠狠扇了一巴掌。

"嘴这么臭，我替你撕了？"一个女声。女人从人群中走出，沉稳冷静。

女人手劲太大，他差点被打蒙，眼镜歪到一边，脸上霎时间红肿，出现一个夸张的手印，火辣辣地疼。

这是一个身高和他差不多的女人，头发整整齐齐梳在脑后，长马尾，下颌角尖锐，眉眼上扬，烈焰般的红唇搭配一身黑衣，气势慑人，极度不好惹的样子。

男人一下瑟缩起来。

"想要证据是不是？"女人皮笑肉不笑地问他。他不敢应。女人挥了挥手机，眯眼看他。"我刚刚的位置就在你们旁边，你做了什么都在视频里。包括你刚刚当众辱骂人的衰样，我也录下来了。上次地铁里的'咸猪手'被判强制猥亵还上了热搜，我估计你这次也可以大火一把了。"

镇住全场。

众人自觉在唐影、女人、男人之间围成了一个小圈。没想到上班路上还有一出好戏，好几个人已经偷偷拿了手机记录。唐影也赶紧拍下色狼照片。

地铁开始减速，下一站是国贸。

换乘站上下车的人都很多，男人想趁机溜走，后领子却被人扯住，身后传来一声："去哪儿呢？想再挨一巴掌？"他不敢妄动，脸还肿着，像一条丧家犬。

"给我老实一点！"女人声音严厉又凶，重重往后一搡，男人被领子勒疼喉咙，垂下头，从丧家犬变成了鸡崽。

女人看了唐影一眼，声音转柔："国贸附近就有个派出所，一起去做个笔录？会耽误你们上班吗？"

唐影赶紧摇摇头。"没关系，我们不打卡。"

"好。"女人冲唐影一笑，空着的那只手拉住唐影的手腕。温热的触感。

出了地铁站，冬日上午的阳光洒下。黑衣女人走在唐影面前，仿佛走在光里，走得气宇轩昂又大步流星，一只手拽着已经被驯服的地铁色狼，另一只手牵着唐影。

极富漫画感的画面，唐影愣愣看着自己和她交握着的手，这个女人的手骨节分明而有力量，直直马尾随着步伐甩动得干脆利落。她穿一双铆钉高跟靴，长度到膝盖，靴上铆钉在阳光下反射光芒，黑色皮质双肩包，黑色皮衣，铁骨铮铮，像是杀手。

派出所就在地铁附近。

两人报案，分别录了笔录，剩下的事情移交公安。

唐影出来的时候，看见女人正在派出所门口的垃圾桶旁抽烟，便走上前去也要了一根。

她笑，替唐影点了火，起了话头："你今天这套衣服很显气质。尤其是裙子，我特别喜欢！"

唐影知道她的意思，抿了抿唇，憋出一句："……谢谢。真的，今天如果不是你……"

唐影不太会抽烟，姿势生涩，凑上来借火单纯是想要自然地表示感谢。

"不客气。女性是利益共同体嘛。"

唐影有些丧气。"我一直以为自己足够强势了……"

"你已经很勇敢了。是那个男的太不要脸。"她鼓励唐影，伸手对着垃圾桶弹了弹烟灰，"我一直觉得，女性之所以会遭受异性的欺凌，无论是性骚扰、强奸、家暴还是别的什么，归根结底是因为女性的体能天生弱于男性。在假设你打不过他、难以反抗他的情况下，男人就会有侵犯你的动机。"

"可这是生理差异，没办法的。"

"的确是天生的。但我们可以改变。我始终相信，要反抗来自异性的欺凌，关键只有一个：暴力。要比男人更凶悍，更有力量。现代社会科技发达，但理念依然很原始，动物迷信体能的强大，因而对来自男人的挑衅，我崇尚——"她对唐影一笑，"以暴制暴。"

她将烟头丢入垃圾桶。

唐影一愣，说："可这是法治社会，我是律师，要讲法律。"

"在法律无法触及的地方，我相信暴力。"她伸出手，"很巧，我也是律师，不过正在 gap（间隔期），还没入职，今天恰巧来附近见一个朋友。"

"哦？"唐影很惊喜，也伸手自我介绍，"我叫唐影，A 所知识产权部。"

女人眼神亮了亮，与唐影双手交握。"看来以后要请你多多关照了。"

"嗯？"

"你应该认识我？"她眨眼，这个表情让唐影突然感到有几分面熟。下一秒便听到她揭示谜底："我叫王玉玉。"说完了，她瞥一眼唐影手上基本是自燃而亡的半根烟，笑了笑："下次我教你。"

07

唐影当天下午就报了一个泰拳班。信用卡分期。

用王玉王的话说，单从生理上而言，以女人的体力确实无法和成年男性抗衡，但我们至少要做到让他们知道什么叫疼痛。他们只有体会了疼痛，才会敬畏我们，进而学会尊重我们。

唐影刷卡的时候安慰自己，都说女权，或许女人有了拳，才更容易有权。她这不是消费，而是为权利而斗争。

如果不是表姐在下班时再次发来提醒，唐影差点忘记两人晚上有约。

大王刚走，新的王律师还未上任，过渡时期的工作全部压在唐影身上，她几乎要窒息而亡。

表姐难得对她如此上心，甚至选了她的律所附近的餐厅，从律所步行就能到达的粤菜馆，利苑。

唐影又问："为什么请我吃饭啊？还是大餐？"

表姐依然神秘，说："你来就行，准保有好事。"

唐影只好呵呵干笑，心想如果真是好事，您一定早说了。

到了餐厅，唐影和服务员说刘小姐订位，服务员引导她到角落卡座，小方桌上铺着白桌布，已经到了两个人，其中一个人是表姐，另一个人面生——男士，斯文儒雅，戴无框眼镜，白色衬衫领子从深棕色毛衣里翻出，将两只手交握放在桌上，见了唐影，更加局促起来。

唐影心里涌上不好的预感。

表姐热情地跳起来打招呼，拉过唐影做亲昵状，对男士介绍："终于来啦！这是我好闺密，美女律师哟！"

男士赶紧站起，想握手，又有些不好意思，手僵在面前，口中赶紧吐出几句："幸会幸会，久仰久仰。"

唐影也僵笑着对他点点头。

男人叫章以文，今年六月份从麻省理工学院博士毕业，刚作为人才被引进到北航做讲师。他是表姐的发小，用表姐的话说："做讲师只是暂时的啦，过两年妥妥能当上副教授。"

表姐让唐影坐在自己身边，与章以文面对面。灯光直直打下，将唐影和章以文的面目照得清清楚楚。如此的座次安排加上开场白，唐影大概明白表姐的意图了。

这是给她相亲呢？

章以文表现殷勤，席间周到，积极给两位女性布菜，大多数时候都在听表姐说话。唐影为了掩饰尴尬，大部分时候都在打趣表姐，女人之间话题离不开美容护肤明星八卦，直男不好加入，他便全程面带微笑听着，时不时点个头，脾气极好。

也是，脾气不好的男人，很难做到和表姐从小青梅竹马，就这么一直相处十来年吧？唐影刻薄地想。没办法不生气，本来工作一堆，被迫参加饭局已是不爽至极，没想到还是个毫无心理准备的相亲局。

但窝火是一回事，认怂却是另外一回事。唐影心里骂了表姐一百遍，也只敢等章以文去上卫生间的时候，狠狠掐一下表姐的腰，然后半真半假地嗔她："哎呀，美玲姐你也不早说？介绍帅哥给我，你提前说一声我打扮好看一点嘛！"

表姐笑得真诚，眼睛眯成两条弯弯长线。"宝贝我这是给你惊喜呀！喜不喜欢？"

嗯……

不敢不喜欢。

表姐似乎兴致极高，话头在两个人身上来回切换，像一根穿了线的针，来回穿梭，带着势必要把两个陌生人缝补在一起的劲头，一会儿夸唐影平日工作认真、做事仔细，惋惜她事业心太强导致没空恋爱，一会儿话头一转又说："我们章以文也是啊，醉心学业无心私事，马上都要三十岁了还没个女朋友。"

说到这儿，表姐眼波一转，迅速瞟了一眼坐在对面的男人。

章以文一愣，接着一笑，说："我确实还没想这事。"

表姐又娇娇地开口："你记得我们小时候吗，总爱去英语老师家，听她爷爷弹钢琴。结果老爷子还会看相，说你啊，会在三十岁之前遇到真爱，然后结婚的。"

表姐说话的时候，服务员端上来一锅老母鸡炖猪肚汤。章以文先给唐影盛了一碗，又拿起表姐的碗，一边盛汤，一边想了想才答："是吗？我都忘了。"

"我可都记得清清楚楚呢！"表姐掰着指头数，指甲涂成了莫兰迪灰粉色，不安分的颜色，"你看啊，你过了年就二十九岁了，再过一年就三十岁了，是不是要抓紧？"

章以文没给自己盛汤就坐下了，抿了一口茶，无所谓的样子。"如果还没遇到，那只能说老爷子算命不准啊。"

"怎么不准?！"表姐着急起来，"算我就算得可准了呢，他说我二十五岁结婚，你看我二十五岁就结了不是？"

章以文脱口而出："那人家还算你婚姻不幸福呢……"

话音未落，三个人都愣在那里。唐影本是埋头喝汤，听了这话，当即用余光瞥了表姐一眼，见她难得褪去精明的样子，睁大了眼，嘴巴半张不张，但第一时间还是努力笑了出来，脸皮笑到酸，总算憋出一句："啊？！是吗？哎呀！我都忘了呢……"接着，她做无所谓状，拿勺子胡乱搅了搅碗里的猪肚，说："嘻……是……是不准，嘻……可不是吗？你不提我都忘了这茬呢……呵呵呵笑死个人……"

接收到信号，唐影和章以文才敢跟着嘿嘿干笑起来，说："是啊是啊，不准极了，封建迷信害死人！"

在此之前，唐影一直以为表姐婚姻幸福。

她记得表姐和她说过自己的爱情故事。

那时表姐还是学生，在杭州上大学，是学生会外联社一个勤勤恳恳的小透明。而那时的表姐夫已是当地牙医界的中流砥柱，和朋友共同经营的几家诊所就在表姐学校附近。据表姐说，她第一次见到未来的老公时，一心只想为部里拉外联的，但没想到，表姐夫当即就对二十岁的表姐"见色起意"。

"可能我年轻的时候确实还挺好看的？"当时表姐眨着眼睛回忆，有几分害羞，"小姑娘胶原蛋白很多嘛，皮肤又白，他就说他特别喜欢白的女孩子。那次见面，他说，他见到我的第一眼就大脑空白，'轰'一声！活了这么久从没这样过。然后他都没有听我说什么，全程只在盯着我看呢！"

"哇——"

"嗯。然后他就给我们部里投钱了……"表姐又说，"一次性投了10万块！哇，那真的是好大一笔钱了，我一个人拉来的。当时部里面都疯了，说我是大功臣。但是他也有条件啦……"表姐俏脸一红。"他说不要宣传不要广告不要传单，只要……我陪他吃饭。"

"嚯——"

于是，顺理成章，第一次见面是烛光晚餐，第二次见面是包了场的小小电影院，第三次见面是后备厢一整车的鲜花，第四次见面……

现实版总裁和少女的故事，表姐很快陷入爱情，再陷入婚姻，自此被人细心安放，妥帖收藏。她从一块普普通通的石头，被表姐夫洗涤、雕刻，打磨成玉石，最后恨不得被他镶嵌成牙，日日含在嘴里。

婚后，表姐夫仍给表姐最深切的爱意：西瓜中间最沙最甜的地方永远留给表姐，盘子里最后一颗樱桃、最后一块蛋糕，也一定属于表姐。哪怕现在两地分居，但据表姐透露，她每次回家，无论多晚到机场，表姐夫都会来机场接她回家，家里的每一个房间都摆满了鲜花，厨房里咕噜咕噜煲着熬了十二个小时的老火靓汤。表姐说：

"因为 12 是我的幸运数字，所以我们家的汤，都要熬十二个小时的。"

她还说："我老公是有信仰的男人，他相信命中注定，在见到我之前从未想要结婚，而从见到我的第一眼起，就从未想过要娶别的女人。"

最有腔调的表姐，拥有一份最为稀有的爱情。

这个是唐影一直以为的表姐的婚姻故事版本。

"这……你信吗？"林心姿问。

唐影一愣。"这是她以前亲口告诉我的呀？"

"我天，这你都能信？我看是《知音》里偷来的桥段吧。"林心姿嗤之以鼻。

唐影回家和林心姿提起这次匪夷所思的约会，本是内心愤懑，但好歹发现了表姐的八卦，算是今晚唯一的收获。两人八卦，林心姿一口咬定，表姐今晚的反应才是真的，之前那些玛丽苏烂俗言情故事，绝对都是骗小姑娘眼泪用的。

唐影不置可否，只说："我也搞不懂，她做事一直挺奇怪的。比如今晚这个局，就莫名其妙啊。"

林心姿想了一会儿，也不明白。"对啊，为什么呀？我听你的描述，这章以文也不像急着找对象的样子。"

唐影摇摇头说："我也看不出来，我反而觉得，表姐不是真心要给我介绍对象。"

"怎么说？"

唐影想了想说："也许是我太敏感了？"

这次饭局只持续了不到两小时。章以文的一时嘴快让表姐的兴致没了大半，气氛尴尬，大家谦恭有礼地将一顿饭吃完，心里都巴不得立刻走人。等到出了餐厅打算各自回去的时候，表姐礼节性发表总结陈词，说："你们俩今天就算认识了，以后可要常常联系啊！"

唐影心想连联系方式都没有留呢。

章以文明显也注意到了这个问题，于是在下一秒用胳膊肘碰了碰唐影，笑道："那我加一下你微信吧？"

"啊？好。"唐影只好掏出手机。

"你知道吗！"唐影眯着眼睛对林心姿说，"就在这个时候！我感觉旁边的表姐唰的一下猛抬起头，狠狠剜了我一眼！"

"啊？"林心姿一脸不理解。

"对，就在章以文向我要微信的时候。"唐影认真回忆，"我真的真的觉得，表姐她，非常不——开——心！"

甚至有杀气。

08

王玉王在下周一准时入职。

这次倒不是一身皮衣铆钉靴的朋克风，一身正经红棕色西装套装，裤腿直直垂下，火焰一般从电梯间直直烧进合伙人办公室，再一路烧到唐影面前，指关节嗒嗒叩了两下唐影桌面，留下一颗半岛酒店的翠绿薄荷糖，扬下巴一笑，算是打了招呼。

Amy却有点失望。王玉王的样子和照片里不太一样，头发留长，多了几分女人味，加上红唇，气质从魅惑变得妩媚起来。她对着照片花痴好久，今天为了迎接王玉王入职特地穿了一身低调的旗袍，勾勒出玲珑曲线，结果要迎接的人反而比她更媚。她一下沮丧了。

但王玉王没放过她，见了面就直夸她旗袍合身，是今天所见最养眼的装扮。Amy燃起几分兴致，说："我可以把店名告诉你呀，这家设计很棒的。"

王玉王却摇摇头说："不用的，相比自己穿，我更喜欢看漂亮小姑娘穿。心情不好的时候看一看你，这一整天工作都有劲了。"

自己一个人夸还嫌不够，王玉王又侧头看了看唐影，加一句："唐影，你说是不是？"

唐影赶紧点头附和："那可不，Amy每天都美！她可是我们的团队福利之一。"

"是吗？老板不早说，早知道团队姑娘都这样，我降薪也要来。"

两人一人一句，把Amy哄得心花怒放。王玉王拿好入职文件离开Amy工位的时候，照例留下一颗翠绿薄荷糖。

Amy笑盈盈地剥开糖纸，糖含入口中，甜到心里。

啧啧。唐影目睹了这番操作，悄悄发微信给许子诠。"我新来的上司有点像你，不过你是渣男，她是渣女。但一样是'中央空调'型的芳心纵火犯！"

"是吗？那不是很配？"

"配不起，配不起。"唐影无情戳穿，"你会被她打死的。"

王玉王接替的是大王的职位，可Amy吃饭时悄悄八卦说，她看了王玉王的合同，虽然职级和大王一样，但工资却高了不少。

她神秘兮兮地说："据说，王律师是老板重金从别的律所挖来的。"

"这么厉害？"唐影讶异，"她可比大王小了两岁呢。"

Amy耸耸肩。"资历又不代表能力。职场上最可怕的就是空有资历，却没有配得上资历的能力。"

A所培养律师施行的是"导师制"，每名三年级以上的律师都负责带一名低年级律师，一方面低年级律师会分担导师的工作，另一方面由导师负责对低年级律师的绩效进行考评。唐影自加入A所后就跟着大王，现在王玉王来了，以后理所当然跟着王玉王干活。

下午三点，王玉王笑盈盈地拉唐影下楼喝咖啡，顺带把团队的大概情况、大王以往对接的客户都问了一遍。

老板张泽锐之下的高年级律师有两名，一名是之前的大王，另一名叫韩涵，两人各自带着几名低年级律师。韩涵两年前加入团队，声势却猛，趁着大王的事业式微，一口气抢走了大王手头全部外国客户，接着又以业务太多人手不够为由，开始抢大王手下的低年级律师，一番"烧杀抢掠"，大王几乎成了光杆司令，下面只有唐影一个人。

这几年大王手头的客户只剩几位国企大佬，以表姐所在的Z集团为例，通通是事情多付钱抠的主儿，大王被纠缠得狼狈不堪。

两人一人一杯咖啡倚着栏杆，王玉王听唐影半是抱怨地介绍，只是点头，低头安静啜一杯冰美式，直到听唐影提到Z集团的表姐难缠，表情才微妙起来。

"刘美玲？"

"你认识？"唐影一惊。

"嗯……我学妹……"王玉王用手抓抓头发，"不过好几年没联系了，倒没想到现在这么巧。"

"成咱甲方了。"唐影摇摇头，"她可难伺候了。"

王玉王笑笑，拍了拍唐影的肩说："没关系。虽然听你这么说，我们俩的处境还挺凄凉的，但我喜欢挑战。我们慢慢来。"

唐影说："好。"

王玉王又问："对了，韩涵为什么从没来拉拢过你？"

唐影撇了撇嘴。"拉拢过，但我当时说，我还想跟着大王干活。"

"这么忠心耿耿？"

"嗯……也不是，主要是觉得，韩涵虽然能力强，但人……"

"人品不好？"

"不，这不是最主要的。"唐影犹豫了半秒，还是开口，"最主要的是，她啊，太没有腔调了……一边做律师一边还和别人合伙做微商，朋友圈里全是卖减肥药的广告，钻进钱眼里去了。"

王玉王愣了半秒，大笑起来。"这算什么鬼理由？"

"对啊，腔调是我检验一切的标准。做人呢，能力是一方面，更重要的是对自己有要求。有要求才会有格调，有所为，有所不为，就像古代君子的自我约束，在现代，我们把这个叫作腔调。"

王玉王被这番理论逗笑，笑着拍了拍唐影的头问："那我呢？我可以吗？"

唐影后退一步，认真将王玉王审视了一遍：一身华伦天奴红棕色西装搭配米色衬衫，冬天也勇敢地光脚踩高跟鞋，无论搭配还是气势都是满分。

最后唐影郑重地点点头，评价："嗯，你还行。"

完了似是不放心，唐影又问了王玉王一句："你不做微商吧？"

"啊？"王玉王一愣。两人哈哈哈笑作一团。

唐影临近下班的时候竟然收到了章以文的微信。他说今天正巧就在附近，问有没有空一起吃个晚餐。

唐影想了想，答应了。

她对章以文的印象不差，他是典型的理工学霸型男人，不苟言笑，看着老实好说话，但凡事自己心中有计较。用林心姿的眼光来看，章以文是很好的结婚对象：年龄合适，职业稳定，北京户口加上学校分的教职工住房，还有高校讲师身份，可以解决未来儿女上学问题。

"无论表姐是不是真心实意介绍，这章以文绝对是值得认识的人。"林心姿曾总结，"当然讲师现在是穷了一些，但如果科研方向好，未来还是'钱'途无量的！"

两人约在国贸商场里见面，似乎谁也没把这次会见当成一次正式约会。唐影会赴约，很大程度上是因为好奇。当代社交守则之一：一个不太熟的男人忽然约你吃饭，不是有事，就是有情。而章以文实在不太像是后者。

两人在地下一层见面，沿着商场扶梯一层层往上，两人都安静又客气。章以文几次起了话头想要打破尴尬，可惜话头太短，无法延伸。无非"近来忙吗？""今天好冷""这两年雾霾少了些"……唐影应一声，他的话又断了，像两个人在蹩脚地练习中文，令气氛更加尴尬。

"你想吃点什么？"他问。

"我都行的。"

"嗯……那我们再看看？"

"好。"

扶梯一点点向上，他们始终礼貌地间隔一个人的距离。她甚至开始走神，乱想，如果是许子诠，这时候一定会兴致勃勃地列出方圆三百米内哪家餐厅哪些菜不错，还没等唐影反应过来就拉着她去。和许子诠吃过几次饭，唐影已被惯坏，吃饭习惯不带脑子，连点菜都懒得点，舌头更是刁了不少。

最后眼看到达商场顶层，唐影心里叹了一口气，说："要不这家越南菜怎么样？"

"好……好。"章以文如获大赦。

两人坐在靠窗位置。唐影本以为章以文会在落座后步入正题，没想到他却自顾自开始说自己在麻省理工学院读书时的经历以及科研课题，洋洋洒洒半小时。唐影听到快走神，才开口打断："章老师，其实上次赴约之前，我不知道会有你在。我以为只有我和美玲姐两个人。"

她想说清楚自己目前没有恋爱的打算。

章以文一愣，才说："其实，我也不知道。她……她之前每次都开玩笑说给我介绍女朋友，没想到上次真的带了。"

唐影八卦起来："你们关系很好？"

章以文点点头。"我们是发小。小时候都是我照顾她，感情一直很深，后来她结婚了……那时候我在美国，那天本来要参加一个学术会议，我特地请假，可惜飞机晚点，到机场的时候，已经错过了婚礼时间。"他有些惋惜，"可能她因此有些怨我，后来见面的次数就少了。"

"其实这两年我们的联系才又多了起来，她经常半夜在微信上找我说话。因为时差，她睡不着的时候正好是我在实验室最闲的时段，我们俩也因此聊得比较多。可能是年纪大了，更希望能有人陪自己说说小时候。提到小时候……"章以文眼里有了笑，不再木讷，"没想到我们记忆力那么好，可有时候分明是同一件事情，偏偏细节我们俩又记得不一样。比如我总记得我第一次不小心弄哭她的时候她穿的是一件红色的小裙子，她非说不是，说是宝蓝色的背带裤……我们俩啊，就要在微信上争论半天。我都奇怪，她天天晚上不睡觉的吗？也不担心对身体不好……"

他又轻轻皱了皱眉头，喝了口水，没看唐影，接着说下去："今年我回国，她刚好在北京，我们见了几次面……"章以文忽然笑了。"我发现她一点都没变，还是和小时候一样。直来直去的，又聪明，永远都是个小女孩。"

唐影听得一愣一愣的，没想到她只是用"刘美玲"起了个话头，他竟然能自顾自不停说下去，像一场深情寂寞又无聊的脱口秀。

直到隔壁桌的人先后离开，服务员委婉地提醒餐厅厨师马上下班，问是否还要续菜，章以文才发现不对，从回忆中醒来，对唐影带着歉意地笑了笑。"不好意思，提到小时候的事情就刹不住车了。"

唐影摇摇头说"没关系"，好脾气地招呼服务员给他续了水。就见他换了个坐姿，上身微倾，看着她。"还是说回我们吧。"

话锋一转，就在唐影还没反应过来时，章以文顺势将放在桌面上的一只手向唐影的方向探了探，满眼认真透过无框眼镜，十分诚恳。

"正巧我们也单身，既然美玲有意撮合我们在一起，要不，我们就试试吧？"

"啊？"她以为自己听错，又问，"什么？"

　　他看见对面的女人睁大了眼愣在那里，担心自己是不是不够深情，于是打算让自己的表白更认真一些，比如加上这个女人的名字。想了想，最后他说："你愿意吗？唐英。"

09

　　唐影不是没有接受过表白。

　　她只是没有接受过这么将就的表白。相亲对象当着她的面夸了另一个女人半小时，然后得出"要不在一起试试"的结论，还记错了她的名字。

　　她很想同样诚恳地掸回去："章老师你知道我为什么一直单身吗？就是因为不想随随便便就和人试一试啊。"

　　她的回应也很直接。她先十分明显地往椅背上仰了仰，行动上拒绝章以文的亲昵，然后是语言上的拒绝，干脆利落。"不要。"

　　章以文没想到她会这么直白，呆了好几秒，面色发窘。唐影接着问："你是急着结婚吗？"

　　章以文抿了一口水，挪动双腿换了个坐姿，说："不急。我只是觉得……这是缘分。既然是美玲介绍的……"

　　唐影打断他："或许她那天拉我来见你只是因为我有空，不是因为我适合你？"

　　"对，是……但是既然那天来的是你，而不是别人，不是缘分是什么……"章以文还在强调。

　　唐影实在有些不耐烦，说出实话："况且，我觉得美玲姐不是真心给你介绍对象。你们俩既然互相都有意思，就没必要拉着我掺和。用我打掩护吗？"

　　却没想到这个男人像是听到了不可思议的事情，睁大眼看她。"你……你说什么？"

　　唐影注意到他眼里闪过的情绪，没懂他的问题。"什么说什么？"

　　章以文深吸一口气，双手交叠放在桌上，尽可能让自己镇定，扯出礼貌笑容。"你怎么会觉得我们互相都有意思呢？她明明已经结婚，唐英，你这样说，对她名声不好。"

　　被人第二次叫错名字，唐影更加烦躁起来，索性直接说："首先，如果真是认真介绍对象，不会死死瞒着不说，跟闹着玩一样。相比介绍，更像是试探。其次，一个女人在意别人的时候是什么样，你感觉不出来，旁人可一清二楚……"她再次想起那日章以文向她要微信时表姐瞪向她的眼神，心有余悸，补了一句："你自己都没发现吗？她对你有很强的占有欲……"

"我……"

章以文的脸色一下子复杂起来，两颊的肌肉动了动。唐影过了一会儿才意识到，他的脸色里透露着的是一股被压抑的狂喜。章以文酝酿了半天，才接着说："这些，美玲……美玲和你说过吗？"

他有几分坐立难安地盯着唐影。再明显不过的意思。

"这倒没有。可我有脑子和眼睛。"唐影又拿起杯子，才发现杯子已空，不自在的时候她习惯用喝水掩饰，于是今晚，水喝得太快。

她将杯子放下，又问："你不觉得她安排的相亲太过儿戏了吗？"

章以文没否认。

唐影回看他。"还有刚刚，虽然你几分钟前问我要不要在一起，但显然，你其实有点喜欢她？"

章以文平静地摇了摇头，否认道："不是喜欢。"

唐影差点翻了个白眼说"你有什么好掩饰的"，就见章以文像是需要声明什么一般，认真看着唐影，用前所未有的郑重语调纠正："是爱。我爱她。"

在唐影震惊的目光中，他颓唐地低下头，半晌才说："可她结婚了。而且，她现在应该很幸福，我的感情只是负担。"

没想到是一出高校讲师爱上有夫之妇的戏。又或者是，青梅竹马的不了情。

"所以，你从来没和美玲姐说过？"两人对视，此刻终于坦诚。

"她一定能感觉到的。她不傻。可她装作不知道，我也明白她的意思了。"

唐影点点头说："嗯，真爱就像咳嗽，是掩盖不了的。连我都能看出来，何况她呢？"

章以文今天穿着一件彩色条纹北欧风毛衣，毛衣里探出两片白色衬衫领子。两人对坐，他比唐影高半个头，微微驼背，脸是典型"别人家孩子"的端正老实长相。

他垂了眼叹气。"有时候，不回应也是一种回应。"

唐影一时不知道怎么安慰。他的爱情涉及了另一段婚姻，她不敢鼓励，也不好叫人家死心。

她唯一好奇的是，他既然爱着表姐，为什么还要约她吃饭，问她要不要在一起试试？

两人已经站在商场门口，各自准备打车。

章以文听了这个问题，说出了唐影今晚听到的最近似情话的一个理由，当然，这句情话并不是给她的。

他看着逆光的唐影，回答："我想的是，如果这辈子注定不能和她在一起，那么，就不妨和她为我选择的人在一起试试。"

他吐了一口气，像下决心。"我想好了，我接受一切她给我的结局。"

"果然啊……"

唐影坐在回程的出租车里感叹："说情话还是需要真情实感。和我说的就是什么在一起试试的屁话，说表姐就是什么我接受一切她给我的结局。高下立见！看来还是真爱造就文豪。"

两旁灯光流动，城市霓虹被防窥玻璃窗滤掉大半，只透进微弱的光。窗外是她的风景，同样，一闪而过的车里的她也是别人的过客与风景。像是一场梦，她莫名其妙钻进了别人的故事里，变成痴男怨女的道具，感到有几分落寞。

手机振动。

传来一条消息，没头没尾。"那个书呆子不适合你。"

来自许子诠。

唐影一愣，秒回复："你偷窥我？"

那边直接打电话过来，他的声音隔着电波沙沙的，尾音上扬变得明显，有更强烈的撒娇气息。他表示冤枉，说："哪儿有？我也在国贸吃饭，碰巧看见你和人约会。"

"哦，我知道了。"唐影说，"你是不是也在约会？和上次那个解放橘郡香水的小姐姐？"

许子诠一愣。"哪个？我都忘了。"他轻轻笑了一声，逗她，"我现在只记得你。"

唐影顿了顿问："那你还在国贸附近吗？"

"对。"

"你别走，我去找你。"

"做什么嘛？"

"陪我喝酒！"她转转戴着的友谊之戒命令，"履行朋友职责。"

唐影下车就看见许子诠一身藏蓝西装外套着白色羽绒服，殷红色的布洛克皮鞋，他在一家便利店门前双手插兜站着，冲她挥挥手，看起来格外精神。

他语气疑似带几分酸，说："晚上刚见完客户从电梯出来，就看见你在商场门口和别的男人依依惜别。"

唐影望天感叹说："我哪儿有什么正经桃花。"

两人并肩走着，两旁道路树木秃得只剩下枝丫。许子诠没想到唐影的"桃花"如此丧气，也如此有情趣——人妻和讲师。他俩上演着微妙吊诡的感情戏，拿唐影当炮灰。

他半是好笑半是心疼，捏了她的脸问："怎么都欺负你，是不是你平时太好说话？"

"对客户当然好说话，他们是爸爸嘛。"唐影拍开他的手，"对客户以外的人，我是很有原则的。我就是觉得他们太不尊重我了，尤其是章以文，拿我去自我感动，暗恋不成还要拉上我，说什么接受结局，讨厌死了！"

许子诠点头。"换了我，我也会生气，说不定当场就扑上去和他打一架，撕他脸。"

唐影被许子诠的泼妇架势逗笑，哈哈哈笑出声来，说："你如果是女的，估计也是个祸害。"

许子诠却揪出关键词，声讨："什么叫'也是'？我现在祸害谁了？"

"你祸害的人可多啦。"她笑，"你自己心里没数吗？"

"哦？会包括你吗？"他忽然问。

唐影却像没听到一样，没回答，只往两边看着说："怎么办，找不到酒馆，我们去哪儿喝酒？"

许子诠顿了顿才说："我知道附近有一家。走吧。"

许子诠口中的酒馆开在一栋公寓楼里，距离当前位置一千多米。北京冬天的室外温度实在不够友好，唐影只穿着一条黑色灯芯绒阔腿裤，冷风飕飕从裤管里往上灌，她走了一会儿，被冻到小腿发麻。

地点隐秘的私人小酒馆，据许子诠说，会通宵营业，老板娘手巧，酒全是自酿的，冬天特色是温热的桂花酒、梅花酒搭配糟卤鸭舌，深得妹子们欢心。她一路上被冻得跳脚，一直问许子诠："到没到？到没到？"

许子诠安慰她："马上马上，那家不仅酒好喝，卤味也特别好吃。"

唐影将脑袋缩在领子里摇头。"我不吃卤味，我要喝酒，热乎乎的酒，从喉咙暖到胃。"

许子诠说："好好，要两壶，一壶桂花，一壶梅花。"他瞥了她一眼，好奇地问："你这么冷，是不是没穿秋裤？"

唐影严肃地看他一眼，正色道："仙女怎么可能穿秋裤？！"

他笑。"是了，美丽'冻'人。"

要温暖还是要好看，在不危及生命的前提下，大多数女人会选择好看。许子诠见了这样的女人，所以往常约会时，他会多系一条围巾，在女伴被寒风吹得瑟瑟发抖时，体贴地将沾了温度的围巾从自己脖子上解下，再替女伴温柔地系上，从她的颈温暖到她的心。

屡试不爽的招数。

可惜今天本不准备约会女郎，他的取暖物品仅一件羽绒服，而以唐影的身份，她也实在不适合被裹进他的怀里取暖。

他这么想着，好像束手无策，只能安慰。

唐影不知他心中考量，自顾自乱想，突然眼睛一转，用自己的胳膊肘撞着他的胳膊问："喂，那你呢？许子诠，你穿秋裤了吗？"

他一愣，支吾起来："……这……这不是很正常吗？西装裤又不保暖。得老寒腿怎么办？"他的表情有几分不自然。

"哇，还说自己是 gay 的素质，太不精致了。时尚男孩的词典里可没有'秋裤'。"唐影大喊，嫌弃他，絮絮叨叨，忘记了冷，想到什么，又坏笑问，"欸，那你秋裤什么颜色的？"

许子诠一脸震惊。"干吗……干吗告诉你？"

唐影难得见他吃瘪，欢天喜地开始乱猜："深蓝色？紫色？灰色？啧啧，还是骚红色呢……欸，你知道秋裤有一种专门的颜色吗？叫'秋裤灰'，我姥姥、姥爷最喜欢这颜色了，喂，你穿的是不是同款？"

他霎时间不知如何反击，面色发窘，半天才挤出一句："唐影，你太猥琐了！"

一声控诉，很快淹没在女人没心没肺的笑声里。

两人走了十多分钟，总算到达那栋公寓。灰黑色的楼蠢立着，隐没在夜里，像一只安静的兽。因为是住宅，外来人员需要经过楼下保安，报酒馆门牌号才能上楼。

没想到刚和楼下保安打了招呼，就听保安说酒馆这一阵停业装修，下个月才开门。

唐影目瞪口呆看向许子诠。"怎么办？"

许子诠也很诧异，想了一会儿，说："那去下一家？也不远。"

唐影缩了缩脖子。"我冷死了。"

"那我们打车？"

唐影突然沮丧起来，摇摇头，已经没了喝酒的心情，说："再走两个路口都到我家了，晚上还要加班，我回家喝好了。"

"说好陪你喝酒……"许子诠也有些惋惜，想到什么，又说"那你等等"，让唐影在公寓大厅站着，自己跑了出去。

公寓的保安头发发白，钻在一件军大衣里取暖。保安室里有一台旧平板，小声播着连续剧，背景音热热闹闹。唐影在外头站着，保安抬头懒懒看了她一眼。"男朋友？"

"不是。"她笑着摇头。

"嗬，还挺帅。"保安评价一声，又将注意力转回到电视剧里。

许子诠回来的时候手上多了一个袋子，里边装着两瓶啤酒。他把袋子递给她。"喏，回家一边加班一边喝，算我陪你咯。"另一只手还抓着什么，他拆开包装，是便利店里出售的毛线手套。

"戴上。"他把手套递给她，"还剩两个路口，我送你回家。"

然后他隔着厚厚的毛线手套，小心牵起她的手，用力握了握。

10

唐影没想到回家还会有惊喜。

当然，更像是惊吓。

将近晚上十点，唐影所住的小区的居民大部分是老年人，已早早歇下，只有几户亮着灯。许子诠隔着手套牵着她的手，两人一前一后，隔小半步距离。

忽然他停下步子，唐影差点撞上他，问："怎……"

她还没说完，就被捂住嘴。

许子诠往后退了两步，凑过来，贴着她小声说："你看。"

门禁前不远处，一对男女，在路灯下接吻。

男人闭着眼，满脸深情，一只手搭在女人的腰上，另一只手伸进女人头发里。女人半仰着头，头发披散垂到腰际，黑而浓密，皮肤在路灯的映照下发亮，像是刷了一层蜜。

偶像剧般的画面。而碰巧，这对男女她都认识。

"林心姿……"她瞪大了眼，将脸转向许子诠，忘记他的手还捂着她的嘴，说话的热气喷进他的掌心，他感到麻酥酥地痒。

许子诠一顿，将手撤回，摒去心头的异样，点点头，问她："那个男人你认识吗？"

"嗯……"只是不太喜欢而已，"他叫徐家柏。"

他们所在的位置正好在唐影家的门禁前，大概是一场忘情的吻别。许子诠揶揄地看了唐影一眼，拉着她往后走。"看来，你得过一会儿才能回家了。"

"没想到他们这么快就在一起了。"唐影唏嘘。

"怎么？你不太乐意？"他很敏锐。

"我觉得他不是很好，配不上心姿。"她将第一次见徐家柏的场景描述给许子诠，说徐家柏太装，偏偏又装得不太好，太没腔调。

许子诠笑了。"你有没有想过，你会觉得一个男人有腔调，只是因为你火候不够，看不出他装而已。就像林心姿，或许她也喜欢有腔调的男人，只不过她看不出徐家柏在装而已。腔调本来就是一个比较级。林心姿喜欢就行。”

“完了。”唐影也看着他笑，“我一直觉得你很有腔调。”

许子诠没想到她会这么说，顺势捏了捏她的脸，夸道：“那你还挺有眼光。”

“不。”唐影摇头，“是我层次太低，看不出您在装。”

两人大笑起来。

“不过，”唐影又好奇地问，“如果说到腔调，你比徐家柏强多了呀，林心姿怎么对你不怎么感冒？”

许子诠耸耸肩问：“那个徐家柏是不是对林心姿特别好？”

“当然了！”唐影语气夸张起来，“简直是面面俱到！而且林心姿再怎么折腾他，他都一副甘之如饴的样子。”

“那就对了。娇气大美人的克星你知道是什么吗？”

“什么？”唐影好奇地问。

他示意她靠近一点，在她耳边说出答案：“舔狗。”

许子诠拉着唐影围绕棕榈泉走了一圈，担心她冷，两人隔着一个毛线手套挽着手蹦蹦跳跳，美其名曰加快新陈代谢，促进脂肪燃烧发热。

他们边玩边闹，再次回到小区门口时，那对接吻的男女总算已经不在。唐影长吁一口气，对许子诠说：“我上楼了，晚上得好好审她。”

他笑了笑，掏出手机打了辆车，说：“快上楼吧，记得早点睡觉。”

林心姿后来不是没和唐影聊过许子诠。她对许子诠的评价不差，诸如样貌好看、知情识趣、讨女人欢心。然而她话锋一转，又指出：许子诠讨女人欢心，更多时候是在卖乖和讨巧，在不损害自己的利益，不触碰自己的底线的情况下，他能有一堆好看又不费力的花把式让你开心；可但凡你的行为逾越了他的底线，他就立刻翻脸不认人，下一秒撇清关系。

最后林心姿总结：“许子诠不懂得爱，他只懂得撩拨。爱是需要双方付出的痛并快乐的过程，而许子诠只贪恋其中的男女欢愉，不敢也不愿认真。他啊，对真正的爱情敬而远之。”

唐影记得那时候自己还不太在意，穿着一身家居服，抱着一杯热牛奶坐在沙发上，做无所谓状。“还好我只是把他当朋友。”

可就在今天，她告别了许子诠，一级一级爬上自家楼梯，楼道的灯光随着她脚下的动静一层层变亮的时候，她想起林心姿与恋人在路灯下的吻，看了看手上许子诠买的毛线手套，米色与紫色混纺的图样。

她忽然鬼使神差，把脑袋从楼道的窗户探出去往下看。她不期待能看见什么，只是单纯想往下再看一看。正巧三楼楼道的灯光在那个瞬间熄灭，她隐藏在一片黑暗里，楼下的人看不见她，而她却可以很清晰地看见楼下：一个男人在月光与路灯下，半仰着头，双手插在兜里，静静看向她的位置。

他没有走。

一楼楼道的灯光熄灭，然后二楼灯光熄灭，最后三楼灯光熄灭。

整个楼道归于黑暗。

可许子诠依然站在那里，望向三楼，像是知道她正在看着他。

下一秒手机振动，她收到一条微信，来自他。"你没有回屋吗？"

她一惊，差点问"你怎么知道"。

对方接着又说："我没有等到你关门的声音。"

唐影一时脑子纷乱，写了又删，删了又写，最后只轻描淡写地掩饰道："因为我小小小小小声关了门，仙女嘛，轻手轻脚。"

"哈哈。"他笑，然后说，"好。"

楼下传来车喇叭声音，车开着双闪。唐影探着头往外看，见许子诠收起手机转身上了车。

直到车灯光芒穿过树丛，过了路口，再融入夜色中的北京街道，唐影才回过神来，掏钥匙开门，然后真的小小小小小声地关了门。

那双被他牵过的毛线手套，此刻被她捂在脸上，手心热意袭来，不知是谁的温度。脑袋里还是刚刚在楼下的那个影子，敞开穿的羽绒服，个子很高，从高处往下看，头小肩宽。许子诠。她默默念。

唐影知道这是什么感觉。

她也在这个瞬间意识到，原来心动，真的和腔调无关。

林心姿没想到洗完澡出来会遇到在沙发上发呆的唐影。唐影连家居服都没换，只是脱了外套，甚至妆都没卸，盘腿歪在沙发上，拿一瓶啤酒。

"想什么呢？"林心姿在她面前挥挥手。

唐影一愣，见了林心姿才缓过来，想到什么，眯起眼。"还问我呢？来坐下。"她拍拍沙发一侧，"你，是不是有事瞒我？"

林心姿一呆，马上知道唐影是指什么，拿毛巾擦了擦头发，有几分不好意思。"你都知道啦？"

"谁叫被我撞见了嘛。情难自抑的热恋小情侣。"唐影咂嘴，"应该给你们拍下来，那场景要是下点雪，就更唯美了。"

林心姿推了她一下，怪叫："你很烦。"

"多久了啊？"

"嗯，也没有很久吧。"林心姿换了一个舒服的姿势在沙发上坐下，用厚毛巾把头发盘成海螺形状，打算讲一个说来话长的故事。

　　林心姿答应徐家柏是在一个月之前。

　　女神与舔狗的游戏玩了几个月。当然也不是毫无结果，不过是一场恋爱攻防战。他竖起了高高的忠诚与痴心围墙，将所有达不到标准的竞争者排除在外。林心姿和别人约会的次数越来越少，回复他微信的次数越来越多。

　　她开始对他倾吐心事，甚至有事没事问他在做什么。

　　当代男女交往守则："做什么"或者"在干吗"，潜台词无非就是"想你了"。

　　成功似乎触手可及。

　　他用他的无微不至编织成巨大情网，她的心迟早是他的。只是他恨她顽固，他已经做到了极致，她却死不松口，反复磨炼他的耐心。他好像已经不能对她更好，美人心思难测，最后的拉锯。

　　徐家柏越发急躁，有几次对话时不再虔诚，甚至开始无端发怒，想要索取更多。结果显然，只会将她推得更远。

　　于是两人整整一周没再联系。

　　"我当时以为啊，我们可能就这样了。他太着急了。"林心姿从厨房端出炖了一晚上的枸杞银耳羹，给唐影盛了一碗，"然后我就开始见别的男生了。"

　　"其实当时我心里有一点点惋惜。但可能我比较任性吧，我就是不能接受对方强迫我做任何事。总感觉他那个时候是不想做备胎了，急着上位……让我觉得特别烦。"

　　林心姿吹了吹银耳羹，小小尝了一勺，接着说："结果我和我们一个男同事一起下班吃饭，走得稍微近一点点，他就吃醋了！"

　　这是林心姿后来才知道的。

　　与林心姿失联的日子里，徐家柏只要有空，就会在林心姿的公司附近转悠，等待一场邂逅，却没想到，等到的是一场场心灵暴击：林心姿没事人一般，照样常常和不同的男人约会吃饭，生活惬意。

　　他无比沮丧。

　　林心姿再次收到关于徐家柏的消息，来自徐家叶，徐家柏的妹妹。徐家叶的声音很细，带着点小心翼翼，说很冒昧来打扰她，但是哥哥住院了。

　　林心姿一呆，问："怎么回事？"

　　徐家柏开始酗酒，本来胃就不好，连续几场大醉，他一下严重胃出血住院。徐家叶说："虽然知道生病应该找医生，但显然，他现得的是心病。你才是他的心药。"

　　徐家叶留下医院地址和床位号，挂了电话。

　　林心姿心情复杂，对自己说，似乎有必要去看看。

　　她带了白色玫瑰、蛋糕，想了想，又从餐厅订了一份猪肚汤。她见到徐家柏的时候，他正平躺在床上发呆，她远远看着，还以为他是睡着了。直到她走近，他还是呆着的，表情里有几分不可思议，睁大了眼看着她。

"心姿……"他挣扎着就要起身。

那一天徐家柏的目光一刻都没有离开过林心姿。因为住院，他的头发不像往常一样油油梳在头顶，刘海柔顺垂下，再加上穿着宽松条纹病号服，他一下显得脆弱而可亲。

她坐在床边责备："为什么喝那么多酒？"

他只看着她。"现在我觉得值得了。如果能让你有一丝丝心疼我，再住院十次我都愿意。"

林心姿怔了怔，垂下头。

"和他们吃饭开心吗？"他很认真地问她。

她说："你问这个干吗？"

"反正我难过得要死。"他指着自己的胸口，"这里疼，像有刀在狠狠绞。"他将目光转向她，因为生病，他嘴唇与脸色都很苍白，说话声音也轻，可却坚定。"但如果心姿你开心，我再疼，也没有关系的。"

她一下不知道说什么。

"是个女人都不知道说什么啊！"唐影唏嘘，"简直是言情小说的桥段，我心都要化掉了。"

当时林心姿的心也一下化了。

她开始前所未有地相信这个男人爱她，全心全意，用超越他自己生命的力量来爱她。他通过了她所有关于爱情的考验，将她摆在一切的首位。这样的人，林心姿想，只有傻子才会放弃。

但下一秒，他又开口了，红着眼看向她。

"可我没有办法再继续坚持了。心姿，很高兴今天你能来见我，让我觉得我所付出的一切算是有一点点回报。这几天我也想通了，很多事情不能勉强。所以，我决定了，心姿。"他努力对她扯了一下嘴角，"我……我从今天开始，正式放弃对你的追求。"

林心姿一愣，睁大了美丽的眼睛看着他，似乎没听清他在说什么。

徐家柏狠狠心不看她，垂下头，像背诵一般强迫自己说出剩下的话。"我没有办法再对你更好了。我已经拿出了我全部的爱和激情，对这个结局，我再不甘心，也必须接受。心姿，不要勉强你的感情，更不要被我感动。你……"他顿了顿，声音变小，似乎自己也不相信，"你会遇到一个对你更好的人。"

"不，不会的。"林心姿使劲摇头，眼泪漫出眼眶，眸子像清晨森林里被露水浸湿的黑色玫瑰。

她感到前所未有的惶恐。

安静的病房里，只有一个女人的哭泣声，断断续续地说："不会的，我再也遇不到比你对我更好的人了。"男人回以沉默，呼吸变粗，像是在强忍哽咽。他不敢多看她一眼，光是她的哭声，就足以令他心碎。

可是她依然不停地哭着，固执地念着："不会……不会了。再也不会了。"

"心姿，你别哭。"他试着安慰，没有效果。他抬了抬手，想要触碰，最终又放下。

安抚流泪的女人的，从来不是语言。于是下一刻，他没忍住，伸手将她纳入怀里。

她的泪水浸湿了他的胸口。冰凉一片。

她像一汪温水，软而缠绵，是上帝用香水制成的女人。不知过了多久，怀里的人哭累了，半仰起头眼巴巴望着他，双手攀上他的肩，贴近，再贴近。他无法拒绝。

咸的、软的、热的，是她的泪、她的唇、她的舌尖。

下午的病房里，一束光从窗外射入，照亮空气里飘散飞舞的细细尘埃。病房很空，只有靠窗的位置有一对男女，女人坐在床边的椅子上，上身向前倾，靠在男人的怀里，闭着眼。她像一块珍宝被人拢在怀中，拥吻她的人在用尽全力克制自己：想要用力抱紧，却舍不得用力。

此刻的林心姿什么都没有想，她做出了决定，只专心闻着恋人病号服上淡淡的消毒水的味道。

所以她没有注意到，徐家柏的嘴角，在吻她的间隙里，微不可察地上扬。

11

唐影没忍住将林心姿的爱情故事转述给了许子诠，啧啧感叹道："你知道吧，偶像剧里，男主角都要为女主角住一回医院。这是铁律，表示这个男的爱这个女人爱得连命都不要。"

许子诠不以为然。"太夸张了吧。连自己都不爱的男人，能有多爱别人？"

唐影反驳："那也比只爱自己的人好。"

许子诠不回复了。

过了半天，他才发来一句："这你还别说。唐影，我们俩有一点挺像的。"

我们都只爱自己。

唐影收到那条微信的时候在和王玉王开会，没来得及多想就将手机静音扔进口袋里。

王玉王定下了新规矩：每周一上午十点两人碰面，总结上周的工作并讲述本周的安排。王玉王做事节奏和大王完全不同。

"律师的唯一成本是时间，要用在刀刃上。我们花时间一样要追求性价比。如果在开会的时候就整理出会议记录要点，那么在会议结束的十分钟后就能发送给客户，言简意赅，一样能达到很好的效果。"会议结束，王玉王看唐影一眼，扣上电脑，"我做事的方式是 short and sweet（简单明了），记住：既然是计时收费，一切浪费时间的低效行为都是要流氓。"

王玉王还说："做这行也有一个玄学。"

唐影竖起耳朵："你快说来听听。"

王玉王说："你要每天告诉自己，自己的时间无比宝贵，每一分每一秒都是人民币，经不起浪费。"

"然后？"

"Fake it, till you make it. 先假装你的时间宝贵，你就会主动珍惜时间，尽可能提高效率，然后有一天，你的时间就会真的变得昂贵。你就增值了。"王玉王一本正经。

"有依据？"

"都说了是玄学！"王玉王敲唐影，然后拉着她说，"走呗，吃午饭去。楼下新开了一家鲜食肉铺，现煎牛排，我今天上午买咖啡时路过，馋死我了。"

但两人还是没能吃成鲜食肉铺。

唐影刚走到楼下就收到表姐微信，说下午参加另一个红圈所的讲座，正巧在这附近，可以约唐影吃饭。

唐影将微信界面递到王玉王面前，王玉王凑过来皱眉看了一眼。"那你让她来呗。我们一起。"她想了想又吐槽唐影，"你和她说话真谄媚。"

唐影嗒嗒嗒给表姐回了微信，约定吃饭地点，嘴上回答王玉王："她可是我爸爸啊。"

客户爸爸。

唐影又歪头瞥了一眼王玉王。"哪怕你是她师姐，她甲方的位置摆在那里，你见了她不也要敬她三分？"

王玉王却扬扬眉毛没应唐影，盯着手机里的"大众点评"喃喃道："那附近什么好吃？"

　　最终约在了一家泰国餐厅。

　　表姐没想到唐影口中的同事就是王玉王。

　　表姐本是风风火火地赶来，一身名牌 logo（标志）闪闪发光，更衬托得她皮肤雪白。她新修剪的齐刘海乌溜溜垂在睫毛上方，走路的时候缎子似的抖动，一路抖到唐影和王玉王跟前，却在看到王玉王时表情猛地凝固。

　　表姐张大了嘴。"师……"她还没说出"姐"字，便紧急改了口，"玉王？"

　　"好久不见啊。"座位上的人随意摆了摆手，一脸热情地站起，仗着身高优势俯视着表姐，把表姐衬托成了五头身的霍比特人，语气惊喜，"没想到现在和美玲合作关系，实在很有缘分，是不是？"

　　唐影明显看到表姐嘴角抽了抽。而后，表姐干笑一声："哈哈。"表姐挑了距离唐影更近的位置落座，有几分对师姐敬而远之的意思。

　　事后唐影和王玉王说起，这是自己和表姐认识这么久以来，见过的表姐最狼狈的一顿午餐。

　　表姐的特色，是习惯嫌弃一切，口味挑剔，往常吃个午餐都让唐影战战兢兢。但久而久之也能发现与表姐相处的套路。

　　首要一条就是，绝对不可以当着表姐的面，称赞任何与表姐无关的人或物。

　　什么意思？

　　就是你和她在一起时，只能夸她。如果餐厅是她选的，你可以夸餐厅好；但如果餐厅是你选的，你一旦当着她的面说半句餐厅好，她就会……

　　会怎么样？

　　会小小踩你一下。

　　怎么踩？

　　比如，在你面前装个腔。

　　中午的泰国菜，是唐影选的餐厅，三个女人一台戏，气氛微妙。唐影只好将注意力放在菜肴之上，席间不慎随口赞扬了一句这家店的冬阴功汤好喝，话音刚落，心里暗叫不好。

　　果然，这句无意的赞美立即触发了表姐的装腔模式。只见身边的女人手上动作变慢，缓缓闭了眼微笑，再在睁开眼睛的同时，从鼻子里轻轻发出一声近似"呵哼"的声音，用特有的轻慢语调开了口："嗯？这家的冬阴功汤啊……呵……香茅草不对，辣椒也不正宗，骗骗不懂的人还可以的。"

　　唐影被表姐一句轻描淡写的"香茅草不对"噎住，表情尴尬起来。

　　装腔启示之一：你永远也阻止不了一个铁了心在你面前装腔的人，但有两个办法可以终结他的装腔，其一是热情洋溢地赞美他，其二是比他更能装。

　　唐影当然选择前者，她抿了抿嘴，刚想对着表姐放出一套彩虹屁。

她却忘了，今天王玉王也在。

王玉王抢在唐影之前发话，声音淡淡的，只问："这香茅草哪里不对了？"说完一脸认真地看向表姐。

唐影也一愣，充满求知欲的目光投向表姐。

表姐没想到王玉王会这么问，掩饰住慌乱，顿了两秒才说："……尝着就不对啊，一尝就知道不是泰国进口食材，吃多了正宗的你就知道了嘛，舌尖记忆是很明显也很难解释的。"

王玉王笑了笑，拿勺子舀了半勺冬阴功汤，细细一品，对表姐说："这家用的是中国香茅，所以后味偏涩。说来也巧，我在法国学厨的时候曾跟一家泰国米其林餐厅的 chef（厨师）聊过香茅。厨师比较喜欢用的除了这种中国香茅，还有欧洲香茅和越南香茅，欧香后味更酸，而越香酸中带甜，看个人喜好。说白了，冬阴功汤这种味道偏重，以酸辣为主口感的汤品，不同的品种各有所长，别说中国厨师了，就连泰国厨师也未必能说出哪种香茅更加正宗。"

王玉王轻轻瞥了表姐一眼。

唐影这才想起来 Amy 曾和她八卦过，王玉王在法国留学时读过一年"蓝带"，是法餐好手。

她这才同情地看了一眼表姐，表姐正一脸班门弄斧的窘迫，仿佛遭受了巨大打击。

唐影于心不忍起来，为了缓解表姐的尴尬，迅速将话题引到王玉王身上，热情赞美："哇，你懂得好多！"

王玉王耸耸肩，给唐影舀了一碗冬阴功汤，换了个像哄小孩般的温柔语气说："觉得好喝就多喝点。"

唐影小声说："够啦，已经好饱了。"

王玉王继续轻声哄："多吃点嘛，你太瘦了。"

两人一来一回的对话将时间填满，给表姐留下了整理心情与思路的契机。几分钟后，稍微振作了一些的表姐清清嗓子，朗声说回原话题："嗯，对，你说的我都知道。我也觉得这三种香茅都可以做冬阴功汤，但可能问题在我自己吧，我的味蕾太崇洋媚外了，吃惯了欧洲香茅的口味，所以啊，对中国香茅不太适应。"

表姐顺带轻微皱了皱眉头。

她决定将装腔进行到底，替自己挽回尊严。

只可惜，王玉王没有给她这个机会。

唐影事后回想此役，不禁感慨，自己的上司真是狠人一个。

只见王玉王一脸惊讶地看向表姐，又看了看唐影，然后"扑哧"一声笑了出来。

"怎么啦？"唐影和表姐不明所以。

　　下一秒，王玉王有模有样地摆出表姐常用的表情：闭眼缓缓微笑，并在睁眼的同时用鼻腔发出一声近似"呵哼"的声音，语气轻慢又饱含怜爱地开口。

　　"嗯……没有欧洲香茅。不好意思，这个词，是我刚刚瞎编的。"

12

　　表姐连饭都没吃完，就推托说有事，离开了。

　　唐影在跟着王玉王回所里的路上，内心还是极度惴惴不安，像猛喝了一杯港式奶茶，心如擂鼓，跳得飞快。

　　一方面是因为兴奋，见表姐吃瘪而感到兴奋。表姐当时的表情太过精彩，以至作为观众的唐影也很难形容当时的心情，像是观看了一场喜剧，感到可笑的同时又觉得主人公可悲，对其心生同情。

　　但另一方面，是因为害怕。这姐们可是唐影平时当作祖宗供着的，哪怕今天作弄她的只是王玉王，唐影自知，自己作为观众也很难不被迁怒。

　　思前想后，唐影扯了扯王玉王的袖子。

　　"不过，你有没有想过，她再怎么说都是我们的客户，未来记仇怎么办？"

　　王玉王耸耸肩。"我知道她太多乱七八糟的黑历史，她躲我还来不及，拿什么记仇？"

　　"那她要是想换律师怎么办？"唐影紧张地问，"Z集团可是大客户。"

　　"Z集团是国企，国企找法律顾问是招标的，决定权不在她。她就是前台跳梁小丑，你给她办事不出错就行，没必要讨好她。"

　　唐影讷讷道："可我们是服务行业，不应该讨好每一个甲方吗？"

　　"那也得分人啊，看人下菜碟。你现在就重点对接她一个，时间多，想怎么跪舔都行。可未来你成了高年级律师或者合伙人，你要维护的客户多了去了，你就一条舌头，舔得过来吗？"

　　两人正沿着原路返回律所，正午的太阳照在头顶，暖洋洋的。

　　唐影觉得这个比喻粗俗，但理不糙，想了想问："所以……我之前过于讨好她了？"

　　王玉王抬了抬眉毛，点拨唐影："对待客户最聪明的方式永远不是讨好，而是调教。"

"……调教？"唐影嫌弃，"这个词是不是有点色情？"

"是你的小脑瓜在乱想。"王玉王勾嘴角，红指甲盖点了点唐影的头，顺势伸手揽了她的肩，开始教诲，"甲方和乙方的关系和男女关系很像，要想长久，第一步就是确定彼此的底线，以及彼此的习惯，然后互相磨合。也就是我说的'调教'，将沟通成本降到最低，等到彼此都成为最了解对方的那个人，这样的合作关系也一定是别人无法替代的咯。"

唐影心领神会，点了点头，下定决心。"好！那我明天就开始调教刘美玲。"

这回轮到王玉王嫌弃了，将唐影推开半步，训斥她："色情！"

…………

两人一路聊着工作吃着冰激凌回到 A 所写字楼楼下。王玉王说："你先上去吧，我抽根烟。"

唐影忽然想起什么，换上一张八卦脸："对了，你刚才提到刘美玲乱七八糟的黑历史。那是什么？"

王玉王拿打火机点了一根烟，话语伴随烟雾被轻飘飘吐出："也就'绿茶'那点破事。"

原来表姐口中的美满爱情，还存在另一个版本。

表姐的确是在上大学时认识她的牙医老公的。而牙医也的的确确对女大学生一见钟情，但钟情的对象却不是表姐，而是王玉王的室友，当时与表姐同在外联部的部长兼部花 S 姐。

王玉王撇撇嘴，眼带嘲讽。"但刘美玲是有手段的，一眼看出牙医的心思，小眼睛一转，计上心来，主动请缨要帮牙医追 S 姐，一来二去就和牙医熟悉了。说是帮忙，但当然醉翁之意不在酒，嚷嚷着要做红娘，最后她成了新娘。"

唐影一愣，也没太惊讶。这像是表姐能干出来的事。

"那这个牙医和 S 姐呢？没后续了？"

"牙医似乎十分单纯，不知道刘美玲用了什么办法，牙医很快移情，眼里只装得下她。当时这事还在外联部闹了一场风波。好在 S 姐对牙医也没什么感觉，两人也就错过了。"王玉王说到这里，忽然想到什么，笑起来，"不过 S 姐也是个神人，总和医生特别有缘，最后嫁的也是个医生，只不过不是牙医。"

"那是什么？"

"中医。"王玉王泛起个古怪的笑容，凑近唐影，憋着笑，神秘兮兮的，"据说是个圣手，专治……哈哈哈……男人隐疾。"

唐影跟着浮起笑容，两个女人脑袋靠近，叽里咕噜说了会儿关于"隐疾"的八卦后，唐影注意力又回到表姐身上，问："那这个牙医，婚后对刘美玲应该不太好吧？"

她又想起那次吃饭，章以文无意中说出的那句"那人家还算你婚姻不幸福呢"，像一根针戳破表姐的面具，再想起表姐平日列举的幸福生活细节，简直完美无瑕如同网文。

用林心姿的话说："真的幸福不是靠嘴说出来的。越是嘴上强调细节，说明这个人越是心虚。这人哪，越是炫耀什么，就越是说明在掩饰什么。"

唐影越想越笃定，却没想到王玉王摇了摇头，似是不满上天安排。

"那个牙医啊……没想到，对刘美玲是真的好！"王玉王皱起眉头。刘美玲因为这事在同学圈里成为名人，靠着牙医在大学就拎名牌包，香车出入，与同龄女生拉开距离。男朋友是事业有成的学术精英，偏偏还对她言听计从，表姐一下成为校园传奇。后来同学聚会，有些做了太太的女同学还会常常聊到表姐，只不过语气从不屑变成了艳羡。婚后几年，牙医对她依然如故，唯一变了的是牙医的钱包与事业，越来越鼓胀。

在把选男人当作终身投资的战场里，表姐自此一战封神。

唐影听完目瞪口呆。"所以她老公真的很宠她?！"

王玉王点头，灭了烟头很肯定地说："是的，很宠。"

"所以他们很幸福?！"

王玉王点头。"在我知道的婚姻八卦里，我想不出谁会比她更幸福了。"

唐影低头不说话了，像是还是无法接受。

只是没想到，一个月之后，唐影再次邂逅表姐，发现一个更加无法接受的事实。

那天恰逢 A 所应律协要求，需要在北大法学院召开知识产权年度学术论坛。老板作为受邀嘉宾出席会议，便让唐影跟着一起去，也算让唐影回一趟母校。会议时长八小时，唐影全程埋头苦苦记录、录音，整理成笔记发送到团队工作群里供大家学习。

奋战到了会议结束，她头晕眼花。她裹着厚厚的围巾，背着电脑，双手插兜。难得有机会来海淀，她特地穿得像个学生，淡紫色羽绒服，鹅黄毛线帽子，颜色粉嫩，远远看着，让人以为尚未大学毕业。

她这么沾沾自喜，双手插兜蹦蹦跳跳，却没注意，夜色温柔掩映了她，将另外两个熟悉的身影送到她面前。

表姐和……章以文。

他们是发小，走在一起很正常。

只是，章以文在北航教书，却和表姐一起出现在北大附近，有点不正常。

更加不正常的是，表姐的手紧紧挽着章以文的手臂，整个人依偎在章以文的怀里。

他的左腿与她的右腿像被绑在一起般同步，两人以十分一致的步伐向前走着。

此刻恋人完全陷入私语呢喃，根本没有注意到周遭淡紫鹅黄颜色的小姑娘竟可能会是熟人。

而最最不正常的是——唐影已经愣在了原地，眼睁睁看着不远处这对鸳鸯迈着步子，走入了前方二十米处的旅馆。

她又想起一个月前王玉王提起表姐时说的话。"那时候才上大三吧，我们啥都不知道的时候，她就用上全套香奈儿化妆品了。听她同学吐槽，毕业旅行的时候，大家一起挤青年旅社，她却住不惯，最后自己出钱，花近千元住到了街对面的希尔顿。她当时还留下一句名言，大意就是：我睡五星级以下酒店的床铺会过敏。呵，人家从灰姑娘一步登天成了豌豆公主。"

而现在呢？

唐影皱着眉头，难以置信地看向表姐和章以文相伴走向的甜蜜终点。

小年轻最爱的经济连锁快捷酒店。

13

唐影当即拿着手机要给王玉王发微信八卦，语气刻意夸张："天哪！表姐下凡出轨了！我竟然亲眼看到她和发小去了快捷酒店开房！"

却没想到许子诠在那个瞬间弹入对话，蹦出一句："刚从你家楼下经过，下来喂猫？"

唐影一愣，手抖，不小心把刚编辑完的劲爆八卦消息粘贴发给了对方。

完了，她想，暴露了自己的本性。

那边果然秒回了一个问号，外带一句调侃："你正趴在人家酒店床底下吗？"

唐影两只手抓着手机勤恳打字，试图解释："发错了。和我同事分享一个八卦后续。"

许子诠笑。"也和我说说？"

"你这么八卦？"

那边不回了，直接拨了电话过来，声音淡淡的："也不是八卦，主要想和你说说话。"

夜风将他的声音送来，唐影心脏莫名漏跳一拍，熟悉的感觉，她又想起那天夜晚，他站在楼下静静看向她的身影。

她听见自己的声音问："说什么？"

他语带笑意："你说什么都好，表姐的八卦也可以。"

唐影想了想，忽然开口："不说她了，说我们吧。"

许子诠一愣。

就听电话另一头唐影继续说："你听我说说我对你心动的次数？"

听筒传来对方呼吸的声音，唐影半低着头，找了一根路灯背靠着，开始数："第一次心动，是你在飞机上，叫我香橙小姐；第二次心动，是你非要拉我，给我买戒指；第三次心动，是你提着猫粮在我楼下喂猫；第四次心动，是上次你隔着手套牵我的手送我回家；第五次心动，是刚刚忽然听到你的声音……"

她停下，听筒里只有电波的沙沙声。

冬天的风一吹，她背靠路灯，却有了凉爽的错觉，用手背碰了碰自己的脸，才知双颊已发烫。

许子诠一直安静，半晌才开口叫了一声："唐影。"

"嗯？"

他的声音带了安抚："这么重要的事情，我们应该当面说的。"

话音才落，又似乎觉得这个回复像在逃避，许子诠担心唐影乱想，迅速补了一句："你现在在哪儿？我去……"

他却被唐影笑着打断。"这些不重要的。"她随意抓了抓头发，认真告诉他，"许子诠，真正的心动，是不会说出口的。说得出口的心动，不叫心动。只有不在意了不当回事了，才敢告诉你。"

他没想到是这个回答，僵在原处。

"嗯，我们不是说好要做朋友吗？既然都戴了友谊之戒，就不能瞎心动。所以，我要把这些'心动'当成笑话告诉你，也请你当成笑话听。等我们说笑完了，依然只有友谊。"

她一只手插兜，抬头看着天。城市的夜空没有星星，路灯在头顶，像一个小型的太阳。

"……就这样？"那头半天才传来他的声音，低叹，"你这脑回路还真是奇特。"

"对啊。你虽然渣，但人确实挺好，加上我又是一个没有正经恋爱过的菜鸡，对你这种人心动很正常。所以啊，我调整好心态了，但凡我管不住自己，我就和你说一声，我们一起说说笑笑，这事就翻篇了。你看这办法是不是特好？对得起你送我的 10000 块的友谊之戒吧？"

她自顾自絮叨起来，那边却越听越烦。"好好好。特别好。"

唐影听了这话住嘴，想到什么又问："对了，那你呢？"

她的声音从听筒飘来，尾音发糯，单纯又好奇。"那，许子诠，你对我，有没有心动过？"

或许是他的错觉，他觉得她的语调里带了试探与期待，他不由得呼吸一滞，没有回答。

下一秒，他坚信这确实是错觉，因为电话那头的女人接着大大咧咧地说："如果有的话，你也可以当作笑话说出来的。我不嫌弃你！我知道的，我嘛，怎么说也是个妙龄独立女性，不小心散发了该死的魅力也很正常，如果你……"

"没有。"电话那头直截了当地打断，像是赌气。

然后忙音传来——他竟直接撂了电话。

唐影好笑地看了一眼手机，将它和手一起塞进羽绒服口袋里。再往前走是苏州街地铁站，坐 10 号线换乘 6 号线到朝阳公园附近下车，路上是一个小时，她可以在地铁里再加会儿班。

她打开电脑的时候莫名其妙走神，想起她电话里对许子诠言之凿凿的那句："真正的心动，是不会说出口的。"

这是实话。

所以，那天他送她回家，她突发奇想站在三楼漆黑的楼道里往下看时，看见路灯下安静站立的他的那个瞬间……

她想，那一次心动，她永远不会告诉他。

尽管工作繁多，唐影还是在百忙之中抽空和王玉王八卦了表姐。

两个人饭后绕着写字楼散步晒太阳，王玉王听了事情始末，一脸嫌弃。"那刘美玲也太没良心了吧？"

唐影也不可思议。"既然她老公对她那么好，那她为什么还要出轨？"

"我怎么知道……"王玉王晃了晃杯里奶茶，"贪得无厌？"

"是贪心吗？"唐影摇头，"我怎么觉得更像是……真爱？"

一个女人开始不在意做什么，也不在意去哪里，那必然是因为遇到了对的人。

"住惯了五星级酒店的女人会愿意上连锁酒店开房……"唐影咂咂嘴，"如果我是她，只有一个男人能让我心甘情愿这样。"

"谁？"王玉王侧过头看她。

"吴彦祖。"唐影目光坚定，外加一句，"还得是二十年前的颜值加体力！"

章以文当然不是吴彦祖。

他只是普普通通的大学讲师，但他或许就是情人眼里的吴彦祖。唐影乱猜。

表姐自从被王玉王捉弄后，再加上忙于出轨，这一阵极少折腾唐影。原本那些与律师工作无关的打杂事项，唐影也学乖了。

上周末表姐又让唐影帮她起草一份关于大数据发展的调研报告，唐影直接回复邮件并抄送了老板，表示："根据聘用律师合同约定，草拟报告属于专项服务，不在常年法律顾问服务范围内，需要额外收费，项目预计需要十小时，将计入本月小时单，请知悉。"

表姐一见邮件差点吓死。起草这份调研报告本就是她的本职工作，她只是偷懒想要塞给唐影。上级若知道她拿真金白银聘请外部律师做这种事情，不知会怎么想她。

她赶紧私信唐影说有误会，这个"项目"先搁置就行。

这么一折腾，表姐来找唐影的次数更少。王玉王得知后大笑，奖励小狗一般摸头夸唐影："这个就是我说的调教，你学得不错嘛。"

来自表姐的杂事变少。但唐影也没闲下来。

王玉王盯上了韩涵手上那几个客户，奈何人家霸占得紧，她只好拉着唐影筹谋开发新客户，瞄准了行业里备受关注的几个新法律问题，让唐影一遍遍查资料，检索国外法规，写行业资讯，然后编辑成杂志形式，每周发给潜在客户。

用她的话说："勾搭客户就要把自己当作渣男，广泛撒网，一旦发现有意思的，就重点拿下。"

唐影曾不理解地问她："大姐，销售是拿提成的，使劲抢客户我还能理解。我们拿死工资，多一个客户还得多干活，你为什么要那么替老板操心？"

王玉王皱眉看了唐影一眼，忍住白眼。"做律师、做下属就是要操心！做律师要为客户操心，做下属要为老板操心。当你把老板烦心的事情时时刻刻挂在心上，把它看得比你自己的事情还重要，忠心耿耿并一腔热血，老板不给你升职加薪，给谁？"

唐影羞愧了，虚心求教："那……是怎么个操心法？"

王玉王面带微笑地说："秘诀有一个，但一般人做不到。"

"啊?!"

"把自己想象成忠犬，"王玉王看着唐影，谆谆教诲，"再把老板想象成你的主人，他说的每一句话你都当作圣旨去办。他说往东，你就坚定不移地往东；他说停下，你就毫不犹豫地停下；他想赚钱，你就勤勤恳恳替他搬砖拉磨……时时回应，事事周到，甚至在他放松睡觉的时候，你也充满了警觉，竖着一只耳朵替他看家护院，忠心到让他离不开你。那么，你升职加薪的日子就来了。"

唐影点点头，领会了。"我知道了。我们要做职场上的忠犬。"

"你说对了。职场是很残酷的，最讨厌玻璃心和所谓尊严。做条忠心耿耿的忠犬，才能人见人爱。"王玉王勾唇一笑，暗红色唇釉，她看了看时间，又冷下脸，踹了踹唐影的椅子脚，不耐烦地催促，"都快三点了，让你做的两个调研赶紧发我。"

"得令。"唐影现学现卖,迅速从椅子上站起,抱着电脑弓着背,在出会议室之前,凑到王玉王耳朵边轻轻地叫了一声:"汪。"

14

唐影没想到王玉王让自己每周编写的行业资讯与新兴法律问题分析竟然真的收到了几家公司的回复。

自发开拓案源的行为令老板非常惊喜。唯一不满的是韩涵,她被王玉王抢了风头,又不知从哪里打听到王玉王的工资,得知比自己的高了一截后,不禁将王玉王视为劲敌,开始找机会冷嘲热讽。

王玉王懒得计较,唐影看不过去,偶尔提起韩涵,都是奚落。"是了,你们境界不一样,你把雇佣关系的本质看成'主从',人家却把老板当成伴侣,恨你分了宠,把自己当妃呢。"

王玉王"扑哧"一声。"惹不起惹不起,咱还是老老实实做条忠犬吧。"

"得令!"

唐影牙尖,之后背地里就把韩涵称作涵贵妃,和王玉王吃饭遛弯时没事就播报涵贵妃的最新动态,说涵贵妃最近又对哪个低年级律师苛刻,或者又逼哭了哪个实习生。

她有时也和许子诠八卦,他知道后笑她:"又是表姐,又是贵妃,好像周围的人个个都被你取了外号。"

唐影微弱地反驳:"哪儿有。"

许子诠又问:"那我呢?你背地里叫我什么?"

唐影不小心脱口而出:"渣男。"

他一愣,然后笑起来,眼神揶揄。"这个称呼听着,好像怨气很重?"

唐影没应,只撞他胳膊肘,发出灵魂拷问:"你是不是还挺得意?被称作渣男……"

"渣男"这个词,明面上是指一个男人不靠谱,潜台词却是这个男人多金、有魅力却不负责。渣男的招牌屹立在无数芳心碎片堆积而成的土地上,闪闪发亮。他是情感战争里永恒的迷人反派。

再老实巴交的男人,都会有几个瞬间,忍不住在深夜的论坛致信情感博主:"请问,如何才能成为渣男?"

而此刻许子诠只是一脸无所谓，逗她：“如果这个称呼里确实藏着那么几丝你对我爱而不得的怨气，那我可能会挺得意。”

唐影微笑看着他，缓缓吐出两个字：“做梦。”

不过唐影最近确实常常做梦，好在是与许子诠无关的梦。梦里全是黑压压的工作。

王玉王的办法揽来不少客户邀约，她野心变大，不断勒令唐影学习。

唐影工作越发繁忙，身体劳累，心却兴奋，仿佛在跟着王玉王开疆拓土打江山，连续几周都过了十二点才回家。林心姿甚至怀疑地问：“你这熬夜还打鸡血的样子，真是在工作？我怀疑你在外面养了男人。”

唐影这才想起，虽然同住一个屋檐下，她却好久没和林心姿见面了。每晚她回家时，林心姿早已睡下；早晨林心姿出门时，她已经离家。而到了周末，林心姿外出和徐家柏甜蜜约会，她睡醒了依然在家抱着电脑加班。

若不是这天晚上林心姿特地熬夜等她回来，唐影差点忘记上次两人见面是在何年何月。

只不过一见面，林心姿就提醒：“宝贝，我等你回来是因为有要事相商。”

两人的房子马上要到期了。

林心姿有些为难，拉过唐影坐下。“我可能要搬走了……”

唐影一愣。

林心姿接着说：“我应该……打算和徐家柏住一起试试。”

“这样会不会太快了？”唐影歪着脑袋算了算，他们在一起不到三个月。

林心姿顿了顿。她起初也觉得太快，只是徐家柏总有促使她下定决心的本领。

一个月前，徐家柏忽然对林心姿很冷淡，作息也开始混乱：他每天下班后本会去健身房举铁，或者来找她吃饭看电影，那一阵却总是推说有事，语气与行踪神秘。

林心姿好奇地问他：“最近一阵是在忙什么吗？”

他也只是敷衍，说：“以后你就知道了。”完了他反问她：“宝宝，你不会不相信我吧？”

林心姿噘嘴，说：“不会。”

徐家柏满意地安抚道：“宝宝，哪怕不相信我，也要相信你自己呀。有了你，我就有了全世界。”

林心姿不信。“既然都有了全世界，那你还要忙什么？”

他说：“为你挣得一个世界。”

猜破脑袋，林心姿也没想到徐家柏口中的挣得世界，竟然是指为她买房。

那日他接林心姿下班，拉着她偏说要散步，两人从她的单位所在的写字楼出门，走了十来分钟来到一个小区。徐家柏忽然问："要不要进去看看？"

林心姿莫名其妙。"去这里干吗？"

徐家柏说"你别问"，硬拉着她走过门卫，刷卡，摁电梯，来到七层一户门前，在林心姿惊愕的目光中，笑着往她手里塞了一串钥匙。

他用温柔的声音说："打开。"

干干净净、空空荡荡的一室一厅，只有卧室里有一张双人大床，三面有窗，采光明亮，地处 CBD 的后花园。林心姿从此可以走路去上班。他这一个月来找了许多中介，一番苦心得来如今的成果。

林心姿一下明白了这一段时间他的疏离与忙碌的原因，她本来还有许多怨言，而此刻通通化成惊喜与愧疚，连美人的背影都写满"感动"二字。

徐家柏缓缓上前，从身后抱住早已一脸呆愣的林心姿，在她耳边吹气。"这是送你的小小礼物。心姿，宝宝，以后你就是这里的女主人。"

"然后呢？"

唐影追问，她着实被徐家柏的宠妻套路震惊。

就见林心姿忽然害羞，不愿回答。

唐影顿了两秒猜到后续，眼神暧昧起来。

"哦——幸好，当时你们屋里有一张大床。"

徐家柏不是土豪，但算是家中殷实，去年刚拿下户口，父母给了资金，他本就打算在北京买房，只是原计划买偏远一些的二居室，但一时恋爱脑上头，为了讨好林心姿，斥重金在寸土寸金的国贸附近买了一套一居室，倾尽家财只为美人一笑。

用他的原话来说："你都和我在一起了，没有房子怎么可以。可如果是远一些的房子，你上班不方便怎么办？日后我虽然还贷款有点吃力，但只要是为你，我什么都愿意。"

"心姿。"他在欢爱中呢喃，一百遍、一万遍强调，"为了你，我什么都可以。"

深情将她化作春水。

于是连唐影也理解了林心姿的决定。他都为她付出这么多了，再拒绝，确实于心不忍。

后来在一次喝酒时，唐影无意间和许子诠说起这件事，唏嘘徐家柏情深，用爱做笼，让林心姿心甘情愿画地为牢。

许大渣男却皱了眉头，理性分析："这会不会太夸张了？首先，两个人确实没必要那么早同居；其次，只是为了林心姿上班方便就把二居换成一居，买房子不是小事，他这么做听起来有些意气用事；最后，我怎么觉得这像是用爱绑架，林心姿本不想答应同居，碍于他的付出才答应的？"最后他又看唐影一眼。"而且你是律师，你知道，这种婚前买的房子，钥匙给她又怎样，其实和林心姿没有半毛钱关系……"

　　唐影越听越扫兴，简直无奈。"说真的，你太不浪漫了吧。要是都算那么清楚，还有什么意思？那就是做生意，不是谈恋爱了。你要知道，爱从来都不理性。爱是心甘情愿付出所有而不计回报。"

　　许子诠摇摇头，一脸不理解。"爱情不理性，可人的思维理性。正常的人就是会谈沉没成本，谈边际效益，谈付出与收益。全靠一时脑热的关系浪漫是浪漫，但凭什么长久？你们不能一边希望男人聪明果决在社会叱咤风云，另一边，却嫌弃他们的计较与理性。"

　　唐影呆在那里，忽然觉得他单身三年也是有理由的。她深吸一口气，大发慈悲地决定教育他。

　　"你不知道了吧？"唐影看向许子诠，"无论现实里怎样，无论时代怎么发展，一个男人爱你超越爱生命、爱你爱到疯狂、爱你爱成了傻瓜的故事，永远是我们女人的最爱。"

　　许子诠不说话了。

　　正当唐影以为他已大彻大悟的时候，渣男得出了新的结论："以我的经验来看，轻易在爱情里沦为傻瓜的男人，在社会上必然也聪明不到哪里去。"

　　顿了顿，最终，他费解地看了她一眼。

　　"所以，你们女人……都喜欢傻子吗？"

15

　　唐影当然不喜欢傻子。

　　在爱情里，她主动选择的往往是"困难模式"。

　　在她二十多年的人生里，唯一与爱情有关的经历中，她曾很认真地追求过程恪。当然只是小女孩的把戏。

　　起初喜欢一个人的时候思想单纯，只知道怎么对他好。后来但凡他来家里替她补习，她一定收拾得干净漂亮，摆上满桌零食，水果切出花来，桌上倒两杯自制花茶，虔诚又整齐，乍一看以为是祭祖。

　　程恪笑，似乎忘记这个女孩昨天才对他表白过。"这么隆重啊？"

　　唐影半抬了头看他，眼神害羞又坚定。"嗯。"

　　他补习物理，她就死磕物理。成绩上去，她特地打扮了，欢欢喜喜拿着卷子去他家敲门。周末中午，他正在卧室用电脑看电影，大白天拉着窗帘。他一身淡蓝家居服，头发乱乱的，见了她，点击暂停，认真看她的卷子，对上她小狗般祈求夸奖的眸子，笑笑，大度地揉了揉她的头发，夸道："真不错呀。"

唐影问："你在看什么？"

她第一次进男人的卧室，嗅觉敏锐，即刻捕捉到典型的"别人家"的味道：空气里混杂着木地板的气息、南方夏天潮湿空气、摆放着的龟背竹的气味、清新剂的气味与日常起居气息交融的气息，她将此定义为"程恪的味道"，是清清爽爽的荷尔蒙。他的床摆在卧室进门的右侧，被子随意翻开，米色棉麻四件套，枕头上有浅浅陷进一个脑袋的痕迹，显然他刚刚睡醒，枕头上似有余温。她在等待程恪回答的同时莫名咽了咽口水，忍住想要闭上眼嗅一下他的枕头，收集残留着的心上人味道的冲动。

爱情是最万能的滤镜，他本该平凡的一切，在十六岁的她眼里都如此神圣又美好。

程恪回答："《太阳照常升起》，姜文的。"

她赶紧问："我也想一起看，可以吗？"

程恪当然说"好"，又嘱咐，看电影要乖。唐影跑到客厅搬来小椅子，庄重地并肩坐在程恪旁边。电影刚放了个开头，她只记得屏幕里的光比窗外下午的光更加明亮，讲述另一个时代的年轻人、疯子、女人、男人、死人，或疯狂或争吵……魔幻的故事，十六岁的女孩看不懂，而因为不懂，更觉崇拜。

两个小时的时长，足够她睡一个午觉。她越看越困，脑袋与眼皮沉沉的，背景音乐变成催眠曲。迷迷蒙蒙的梦中，她好像把脑袋埋进了程恪的枕头里，四周全是他的气息。

"然后，等我睁开眼的时候，我发现……"唐影对许子诠说，"我睡着的时候，他一直用手托着我的脑袋，怕我摔着。"

她的呼吸喷在他的掌心，她的呼吸是他捧着的空气。

"我是用鼻子去记忆一个人的。"唐影这么对许子诠说。两个小时的电影时长让她在梦里记住了程恪的味道，在以后无数的日子里，哪怕差点忘记了他的脸，她仍可以用嗅觉调动思念。

此时两人在一家酒吧肩并肩坐着，港式装潢，霓虹灯闪亮，黑白相间的复古瓷砖，特地营造20世纪90年代香港茶室逼仄的气氛。

许子诠歪着头听她的故事，暗红旋转灯球打在他抿着的唇上。他问："那后来呢？"

从程恪掌心抬起脑袋的唐影有些不好意思，值得庆幸的是程恪的掌心似乎干爽，只是被她枕到温热，没有口水的痕迹。屏幕已经在放演员表，她揉揉眼睛问程恪：

"电影结束了？"程恪点头，笑道："你睡醒了？怕你醒，刚刚一直没动。手都酸了。"声音温柔，正如窗外阳光。

她越发心动。

她过了好久才想起一开始去程恪家的目的：原本是想让他多喜欢她一点，而结果却是，她反而变得更喜欢他。在不对等的感情里，每一次触碰、较量、交手，都加重了他让她成为输家的筹码，泥足深陷的始终是她。

陷到最后，输得难看。

唐影叹了一口气，看向许子诠，说："后来我才知道，男人偶尔的温情不代表爱情。哪怕他托着我的脑袋托了一个世纪，也不必然代表他对我动心。所以，我从此下定决心，远离一切不可控的感情，再也不做爱情里自不量力的傻瓜。"她认真看着许子诠。

对方愣了愣，却笑起来。"难怪你这么多年没有恋爱。一方面是因为不愿意屈就追求者，另一方面又害怕不可控的感情。追你的你看不上，段位高的你不敢爱，高不成低不就，到底要怎样？"

他不是没有诧异过唐影为何从来不对他动感情。明明从未恋爱过，却像老手，无视他的所有套路与撩拨。狡猾的男人洞察女人心，如今才知道她不是不会动心，而是不敢动心，在感情上也小心翼翼追求腔调，不愿将就，又拒绝遭遇情伤的可能，生怕姿态低入尘埃里，迷失自己。

他的话让唐影一呆，她倒没意识到自己在感情上如此拧巴，脑中一时混乱。"也许是……"她忽然想起林心姿给她筹划的未来，胡扯起来，"我可能要找一个腔调很足的有钱老头。因为老，我没法真正爱上他；而因为有钱又腔调，我没办法拒绝他。我好好守着这个人，等他死，然后在亿万家财里耗尽我的青春。"

她说到后面，两个人都笑了。许子诠手指无聊地敲击桌面，侧过身，目光看向前方，轻轻唏嘘一句："如果你真找了这样的老男人，那么你说的那个程恪，就成了你这辈子唯一真心爱过的人了。"

不知是不是错觉，唐影竟从他的语气里听出几分酸意，诧异起来。"你还挺羡慕他？"

"我没被姑娘这么装在心里过。"他扬了扬眉毛，没否认。

唐影喜欢了程恪好多年，把他的名字刻在心里，伤透了心，印记才深。许子诠却自认自己的心是一块沙地，女孩用指尖就能写下名字，然后风一吹便消散，迎接下一个名字。一向好聚好散。吃惯了爱情快餐，也会羡慕法式大餐：一百分的仪式感、一百分的期待，以及可能遭遇的一百分的代价。他也期待刻下长久的名字。

于是他纠正道："也不是羡慕。"他再看向她，眼神诚恳。"而是，嫉妒。"

就在唐影没反应过来时，许子诠已然靠近了一些，对她说："其实，我倒有另外一条路推荐你。"

　　酒吧声音嘈杂，他却故意放低了声音，让彼此之间的靠近变得理所当然，男人的气息包围住她，声音低低的："高不成低不就，那就取中间，唐影，你真的想要的绝不是有钱老头，你在等……"他用笃定的眼神看着她。"唐影，你在等一个和你棋逢对手的人。"

　　不怕将就，不怕受伤，成为彼此的软肋，刻骨真挚并长久。他想，或许，他也是？

　　酒吧放的音乐是粤语老歌，关淑怡的《难得有情人》。"含情待放那岁月，空出了痴心，令人动心。"声音暧昧，搭配酒精的氛围，距离太近，于是两人的眼里只装得下彼此，他甚至注意到她瞳孔的颜色，微浅，在灯球下流光溢彩。

　　而棋逢对手的人选……

　　"比如谁？"唐影抬头看他，心跳漏了一拍，眼有期待。

　　比如我。

　　他本应该这么说，再用坚定的眼神注视她，直到打破她的心防，再不管不顾地吻下去……

　　可惜他没有，精心营造的氛围在下一秒被打破。一段电话铃声不合时宜地撞了进来，两个人惊醒一般各自后仰，装模作样各自找手机，找到一半，唐影才想起这个手机铃声完全陌生。她看向许子诠。

　　许子诠手上握着手机，正一脸迷茫地盯着屏幕，而屏幕太大，该死，于是唐影也注意到那一长串来电显示的名字——

　　"人间最甜水蜜桃"。

　　屏幕里溢出的甜蜜气息让此刻气氛霎时间尴尬。

　　水蜜桃？

　　缓过来后，唐影调整呼吸，抓了抓头发后靠在沙发背上，跷起二郎腿玩味地看了表情扭曲的许子诠一眼，像在问："啧，到底有多甜？"

　　他捂脸。"呃……如果说是……卖水果的……你信吗？"渣男做最后的挣扎，想要挽回尊严。

　　下一秒就收到对方看傻子般的目光，许子诠赶紧坦白从宽："好吧，是个妹子。只见过两面！昵称是她拿我手机改的。真名我都忘了！"

　　兴致已然全无，唐影收拾包和手机，唤服务员结账。"难得你陪我逛了半天，酒我请。"

　　许子诠想拦，可惜电话又响，来电显示还是那个水蜜桃，配合铃声，像是撒娇，势要将许子诠团团围住。

　　"我先走了。"唐影利落地叫了车，挎着包三步并作两步走出酒吧。她脑子纷乱，似是憋着气，又觉得荒谬，一切行动似乎全凭潜意识。

　　唐影记得她最后和许子诠说的话是："对了，如果想要做一个合格塘主，还是记清楚塘里每一条鱼的名字、年龄、爱好和职业比较专业。忘记了鱼的名字的塘主，可成不了海王。"

　　许子诠还想再追，她已经利索地拉开了车门。

　　"拜拜，有时间再联系。"

　　顿了顿，她又咬牙狠狠补上三个字。

　　"纯——友——谊。"

第三章

暧 昧 保 质 期

01

"人间最甜水蜜桃"的电话，许子诠最终还是接了。

几天前的聚会上认识的小姑娘，聊了几句觉得投契，印象中那个妹子也是玩咖，性格外向，当时抢过他的手机主动输入自己的电话，外加长长的昵称，娇娇地命令许子诠一定要约她。他忘了约，于是空空等待了几天的妹子才主动打进电话。听筒那头"水蜜桃"声音嗲嗲地问要不要见面，他看着载着唐影离去的汽车的尾灯，疲惫地说："算了，最近忙。"姑娘识趣不再纠缠，偏偏许子诠在即将挂电话的时候心不在焉地问了一句："对了，你叫什么？我改一下联系人姓名。"

问完他才意识到死定了。

那头"水蜜桃"顿了几秒，换了冰冷的声音回答："哦，您不记得了呀？得，那咱互删吧。"

电话"嘟嘟"只剩下忙音，许子诠丧气地将手机塞进口袋，走在路上。他应该再喝一瓶啤酒浇愁。接连吃亏，他想不通是女人变难搞了，还是他的手段变差了。

许子诠后来又找过唐影几次，试探性发几个惯用撩妹猫咪表情，她不搭理，于是他开始拿行业法律问题烦她，她公事公办解答。有几次许子诠好不容易将话题拐到那天的事情上，她立刻甩出网络流行的渣女表情包。

一个复古红唇漫画女郎低头自语："我很高贵，男人没有机会。"

许子诠无奈，又给她打了电话。唐影秒挂断后，再发来一个表情包。

还是那个渣女，一边抽烟一边说的是："别爱我，没结果。"

他扶额，问："你什么时候才能消气？"

唐影干巴巴地回："没生你的气。"

这是实话。与其气他诱惑她，更应该气她自己，一度真的被他诱惑。

他赶紧追问："不生气为什么不见我？"

唐影只回了一个字："忙。"

听着像是托词，却是真的。房子两个月后就要到期，唐影却陷入忙碌的工作当中，差点脚不沾地。她已经自暴自弃，想着要不咬牙续租，在破旧老楼里做一个拥有二居室的简陋富婆。

林心姿已经搬空了小窝，与徐家柏共筑爱巢。临别时两人最后在楼下吃了一顿火锅，林心姿唏嘘道："一旦同居生活开始，才真代表着少女时代过去了。"

唐影打趣说："现在后悔还来得及的。"毕竟她也觉得，现在同居，多多少少有些不理智。

林心姿却摇摇头，从锅里捞出一片毛肚。"有什么好后悔的，房子虽然不是写我的名字，但是我又不要交租金啊，离我办公室十分钟路程，上班很方便的。住过去后日常开销都用他的，每个月省一大笔钱。这么多好处，为什么不同居？"

唐影一愣。"我以为你是被他感动了，完全不考虑现实方面。"却没想到，美人也知道计较。

林心姿笑起来，大眼睛看着她。"你当我是傻子吗？我又不是没有被男人感动过。而且我觉得他为我买房子才好傻啊。"

"怎么说？"唐影夹着肥牛停在红锅里，烫过半熟，见林心姿这个反应，抬头看林心姿。

"如果是想要和我结婚，那买房就应该和我商量，找一个适合家庭或者有升值潜力的房子，而不是傻乎乎直接买在离我的单位近的地方。还是个一居室，他不考虑以后生孩子怎么办？而且还不是学区房！"林心姿摇摇头，用恨铁不成钢的语气说，"我还问我同事了，这时候买房价格又高，而且那小区太老，基本没有增值空间。他这样的投资理财思维，要是以后真嫁给他，我们家肯定越过越穷。"

唐影将肥牛捞起，在香油里蘸了蘸，发现已经老了。她又问林心姿："那你还和他同居？"

美人笑了笑，脸露甜蜜。"傻是傻了些，但因为是为了我犯傻，我还是觉得挺可爱的！"林心姿一边给唐影烫了块肥牛，一边说，"而且婚前同居也是必需的呀。刚刚恋爱的男女，总喜欢互相伪装，对另一半拥有太多幻想。而只有柴米油盐的琐碎才能打破幻想。回归现实，你才能判断这个人是不是真的值得过一辈子。所谓同居，不过是互相审核。"

唐影点点头，两人碰杯。"那我预祝你，早日审核完毕！"

热热闹闹的火锅店，热气蒸腾到两个女孩年轻的脸上。她们带着笑容与憧憬彼此对视，嘴角与眉梢都充满了对未来的祝愿。

火锅吃完，林心姿终究正式告别了这间房子。此后回家时客厅再没有一盏亮着的灯。加班的深夜，屋子也冷，唐影好几次宁可在办公室加班，也迟迟不愿意回家。

"一个人住的时候，北漂的感觉太强烈了。我还是需要一个室友。"她感叹，突然问王玉王，"你呢，一个人住，不会偶尔觉得空虚寂寞冷吗？"

王玉王想了想，点头说："会啊。"

"怎么克服？"

王玉王的眼神暧昧起来。就在唐影以为王玉王会建议她找个男人的时候，王律师指点她："养猫吧。"

养猫是独居白领不动声色对抗寂寞的方式。

两人此刻吃过饭在楼下抽烟，春日北京飘着烦人的柳絮，唐影伸手撇去眼前飞舞的毛茸茸颗粒，问王玉王："所以你养猫了吗？"

"嗯。"上司微微点头，漫不经心吐出烟圈，回答她，"今年刚养了第三只。"

"哟。"唐影斗胆挑衅，"那您这是寂寞的三次方啊。"话未说完，王玉王眯起眼抬腿作势要踹她。

唐影夸张地后退一步，本打算接着挑衅，下一秒，两人的手机振动，发出一样的提醒声音。来邮件了。

又是一家新公司。

自从唐影按照王玉王的要求"广泛撒网"之后，类似的业务邮件接连不断。唐影草草读了正文，邮件很长，她直接拉到最下方，留意到发件人姓名。

是 MA 公司 CEO（首席执行官）的签名——

"Ma Qiyuan"。

嗯……马其远？

她似乎在哪里听过？

来自 MA 公司的业务有些复杂。唐影在回到工位后又仔细研究了一下对方的邮件，仔细梳理了一遍。

MA 公司本是瑞士公司，其在韩国控股一家公司，而这家韩国公司又与另一家新加坡公司共同在迪拜运营一个大型机械厂。现在 MA 公司希望把韩国公司与新加坡公司运营的迪拜的大型机械业务剥离出售给中国的买家，在交易的过程中，MA 公司作为卖家，希望得到中国律师的协助。

唐影读完了邮件都要头晕，且显然涉及的是公司并购问题，是她完全没有接触过的领域。她正要问王玉王要不要推了这个项目，下一秒，屏幕弹出新邮件，只见王玉王直接回复了老板一个报价表以及项目时间进度表，并抄送给她。

报价表内容包括项目涉及的几个法律问题、可能涉及的小时数以及团队律师，项目预计费用 170 万元。唐影目瞪口呆地发现王玉玉在团队律师栏里只写了三个人：老板、王玉玉和唐影。

她一口老血涌上：上司这是想把这项业务领域之外的工作全部自己扛下?!

她愣了愣，第一时间给王玉玉发了消息："你懂跨境并购和公司法？"

王玉玉回了句"正在懂"，接着传来好几个文件包，勒令唐影："这些是我刚找做跨境并购的同学要来的资料，其实不复杂，你也看看。"

唐影怀着恐惧的心情打开王玉玉口中"不复杂"的 100MB 文档，黑压压全是英文。她想：完了，这几天别睡觉了。

她战战兢兢又问王玉玉："咱俩能行吗？"

那头训斥："别屄好吗。律师本来就是边干边学。"

MA 公司 CEO 在收到报价表后仍然表现出合作意愿，希望与王玉玉正式会面。王律师眼明手快将会议时间敲定在第二天上午，唐影火速向行政预约了景观最好的一间会议室。事情似乎进展顺利。

直到下班时唐影还是不敢相信，目瞪口呆看向王玉玉。"所以，不在我们业务范畴内的事情，我们也得做?!"

并非业务领域内的项目，她的第一反应是拒绝，而王玉玉则是硬接。一个放弃机会，另一个则不断把握机会。两相对比，高下立见。

王玉玉抬了抬眉毛，又告诉她一条道理。

"既然是服务行业，麻烦你牢记一件事情，客户比渣男还渣，是不会给你拒绝第二次的机会的。在任何情况下，宁愿自己辛苦，也不能对客户说不！"

拒绝别人的次数越来越少，路才能越走越宽。

夕阳下，王玉玉勾着唐影的肩膀，心情满足，发出邀请："走，一起吃饭。然后回去好好加班，今晚估计要熬大夜，得吃顿好的。"

"吃什么呀？"唐影好奇地问。

"吃……我最喜欢吃的。"王玉玉神神秘秘，又转移话题，"对了，还要叫上我同学，S 姐，正好今天她来北京出差。"

"S 姐……"唐影想了会儿才从记忆里抓出这个名字来，惊讶到捂住嘴，眼里兴奋地闪烁着八卦的光芒，"哦！是你大学同学，被刘美玲抢了牙医老公的那个?！"

"嘘。"王玉玉做了个噤声手势，嘱咐她，"一会儿你可别主动提这茬。"

但"刘美玲"三个字还是出现在了饭桌上。

主动提的人是 S 姐。

与王玉玉久别重逢的 S 姐一头大波浪，身上流光溢彩，是走在三里屯会被要求街拍的装扮。她在杭州待久，在春天的北京已经勇敢地光腿穿热裤。唐影习惯性第一眼先看女人的鞋子，再看包和首饰，毕竟细节才见真章。上下打量了一番，感叹又是一位嫁入豪门的太太。

没想到S姐走的却是女强人路线。她早年做民事诉讼，替曾经入狱的黑道大哥追债，兢兢业业，案子从浙江高院打到最高法院，又从最高法院重审发回，从头开始，从一审再打到最高法院的二审。来来回回好几年，她为黑道大哥奔波，替大哥委屈，庭审提及黑道大哥的风雨经历，次次泪洒法庭，让对方律师瞠目。最终，她成为大哥的心腹。

"然后呢，我做了大哥的律师，不愁案源，这几年利润高又事少的案子他通通塞给我，够吃一辈子。"S姐谈起昔日，轻描淡写，纤纤手指拿着一根竹扦，一口咬下一块烤腰子。

三人挤在东四十条街一家简陋老店里，门面破旧，摆满了旧木桌子，门外已经排满了长队，生意兴隆。唐影死活也料不到，拿了法国蓝带证书的王玉王心中排名第一的食物，竟然是面前足足超过二十串的烤腰子。

"哈，你不知道吗？"S姐大笑着看着一脸震惊的唐影，"王玉王读书时就是我们法学院的'腰王'。她对腰子的热爱，无人能敌。"

王玉王对唐影眨眼。"一切内脏都是我的爱。"她说完又敦促，"最近要熬夜，伤肝伤肾，多补补。"

唐影有一点抗拒。"好像有股臊气……"

王玉王试图劝服："好吃的就是这股臊……你仔细闻闻，烤得刚好！"

接着S姐忽然冒出来一句："刘美玲也不吃腰子……"S姐又撇了撇嘴。"但她是装着不爱吃，其实可喜欢了。"

唐影和王玉王一愣，没想到S姐率先提起表姐，一时不知道怎么接。又听S姐接着说："对了，我最近刚知道她一个八卦……"

S姐性格泼辣好胜，当初因为表姐用手段抢走追求者，她愤愤许久，甚至直接找借口将表姐赶出外联部。但金龟婿已经到手，哪怕被扫地出门，表姐也是得意姿态。于是S姐自此将刘美玲划入黑名单，凡是有她的地方，"刘美玲"三个字跟着的消息只能报忧不能报喜。可偏偏这几年来围绕刘美玲的，只有"喜事"。

听S姐这么开口，唐影和王玉王迅速对视一眼，也赶紧说："我们正好也知道她一个八卦。"只是拿不准，表姐出轨这样的消息，对S姐来说是喜是忧。

S姐顿了几秒，自信地开口："我这个八卦是独家的，你们的肯定不如我的劲爆。"

唐影赶紧说："我这个也是独家的，千载难逢偏偏就被我遇到。"

臊腰子的味道对唐影来说不是很友好，她在王玉王和S姐的鄙视眼神下坚持点了鱼豆腐和鸡翅。S姐没耐心等她啃完一根鸡翅，就脱口而出："刘美玲她老公……不行！"

唐影差点被鸡骨头卡到喉咙，听到王玉王也惊讶地问："什么不行？"

"一个男人还能有什么不行？"S姐表情猥琐起来，凑近二人，声音幽幽，"当然是……那方面。"

唐影和王玉王急急对视了一眼，两个人想到一处去了，同款震惊脸看着S姐。

"你……你把她老公睡了?!"

否则怎么可能知道人家老公不行？

S姐正打开一罐北冰洋仰头喝着，听到这个结论差点没呛死，一边咳嗽一边瞪着二人着急地澄清："你们想哪里去了？忘记我老公做什么的了？"

唐影一时没反应过来，直到看到王玉王的表情从恍然大悟转向意味深长再变得和之前的S姐一样猥琐，这才想起王玉王曾经提及，S姐的老公是一名中医，专治男性隐疾。

我的天！唐影捂嘴。"所以？"

"嗯……意外咯，发现刘美玲老公是我老公的……多年老客户。"S姐重新拿起一串烤腰子。

"老客户"三个字听到耳中，又别有一番意味。三个女人都一身职业装，难得十分不职业地，热络地在猪腰子堆里八卦别人老公的腰子。

"所以难怪……"唐影点了点头，下一个八卦也应时而出，"她出轨了自己的青梅竹马。"

这回轮到S姐惊讶了。"啊？"

表姐的八卦像一张拼图，三人各自贡献线索，一番梳理后似乎拼出全貌：人前伉俪情深的夫妻，人后却是丈夫床第不举的现实。丈夫心虚，自知肾亏理亏，于是生活里对表姐殷勤，床上满足不了她的，床下一定事事补足，这才有了外人眼里"贴心"丈夫的佳话。只不过敢食咸鱼的人却抵不了渴，琴瑟和鸣的表象背后，是少妇躁动不安的身体与心，寂寞太深，进化成了中国版的《昼颜》。

八卦完毕，王玉王报以白眼。"人生哪儿能事事如意，又想老公有钱，又想他对你好，还要他是威猛先生，所有好处都让你占了，真当自己是天选玛丽苏？"

S姐拿起烤盘里最后一串烤腰子，用筷子分给王玉王一半，跟着咂嘴摇头。"哪怕有再多理由，也没办法正当化出轨的行为。要么离婚，要么忠诚，不可能两边都要。"

而唐影却角度奇特，喝完最后一口北冰洋后唏嘘道："性生活这么重要的吗？"

S姐像见鬼了似的看了一眼唐影，反问："不然呢？"她想到什么，又说："不过我教你，看男人也有窍门的——"她勾勾手指，凑近唐影，悄悄说："经验之谈——看鼻子。"

唐影不信，看向王玉王寻求确认，却没想到王玉王对自己眨了眨眼，也凑过来说："还有一个，男人比画'八'时，看他拇指与食指指尖的距离。"

"结……结论是，要找鼻子挺、手指长的男人？"唐影睁大眼总结。

"嗯哼，你周围有吗？"S姐眯着眼看她。

她甚至不需要搜索记忆库，就能找到一个完美符合条件的人。"当然，许……"唐影差点脱口而出，被自己吓到，赶紧否认，"没！还没有！"

"哦——哟——"两个人精一样的姐姐看着她，笑得暧昧。

回家的路上，唐影又想起表姐。自从上次撞见表姐与章以文之后，表姐似乎已经从唐影的世界里消失许久。表姐派来的活变少，甚至连朋友圈里的她都低调起来。

唐影好奇表姐最近的动向，可打开她的朋友圈，竟发现她不知何时设置了三天可见。唐影感到几分不可思议。记得表姐曾自矜表态："朋友圈这东西本来就是要给人看的，不想给人看的话，要么就别发，要么就发在别的地方。又想发在这儿又害怕别人看，不拧巴吗？"

表姐的朋友圈也一直是腔调范本：一周有且只有一次更新，只发高级餐厅、音乐会或者自己的兴趣爱好，要么坐飞机三小时只为了上一堂大师的书法课，要么在杭州自家院子的花园里用黄油煎空运的新鲜松茸。慵懒贵妇生活昭然可见。

唐影记得自己当时有些尴尬，恨不得立刻把自己仅半年可见的朋友圈解除封印，支支吾吾地辩驳："可微信既然开通了这个功能，说明还是有很多人喜欢这样的。也许是因为每个人都有自己不愿公开的一面？"

彼时表姐露出经典的闭目淡淡微笑，用一贯的怜悯语气说："那干脆把朋友圈关了最好。我生活里的一切，都没什么不好对人言的。"

可如今，唐影想，刘美玲终究还是有了无法对人言的一面。

02【表姐番外】

刘美玲知道自己不够美。

她有一张刻薄的嘴，但她从不会用那张嘴评价自己的脸。她愿意承认的是，尽管上天只给了她一张及格分以上的脸，但却给了她一百分自私的基因。她拼尽全力爱着自己，并发誓要给自己最好的一切。人活在世，就算拿到再差的牌，只要够自私，活得都不会太差。更何况，她想，她手中的牌从不算差劲。

她老公是牙医，姓张。她在背地里叫他姓张的，不愿叫名字。他不配。但人前，她叫他亲爱的，两人依然合力扮演最佳爱侣。

她曾经深深爱过他，在年少时候，否则不会费力从别人手中抢下他的心。他应该也一度爱过她，否则也不会娶她，承诺让她做他的妻。新婚宴尔时期，他唤她"我的小糖豆"。

他们在灵魂深处有过共鸣，比如都爱装。她用"装"来换得女人的羡慕，甜蜜婚姻与靓丽衣裳的光鲜外衣填补内心空白。而他也爱装——

"没想到吧？"他酒后和兄弟交流把妹经验，"其实宠妻男的人设最讨女人欢心。"

他是远近闻名的牙医，口罩遮住半张脸，只露出一双深情眉眼。女病人们前来拜访，坐在椅子上，他轻轻用手托她们灵巧的下巴，眼睛贴近她们的口腔，温柔地说一声："啊——"女患者们心颤，柔柔张嘴叫一声："啊——"一旁的小护士们看得心痒，也恨不得跟着怯怯叫一声："啊——"

他多金且温柔。更要命的是，如此完美的男人还宠妻，宠那个高傲的跋扈的不漂亮的妻。

女患者们和小护士们在背地里啧啧感叹，羡慕嫉妒他的妻，心动之后心思也活动："那个位置，明明更应该属于我。"

面对接连不断的微信好友申请，他不得不新买一个手机。送上门来的新鲜女人太多，娇嫩的花朵在面前绽开，不采摘似乎都是罪恶。没办法，妻的位置仅有一个，所以他只好多交几个女朋友。

不同的女人能被同一套组合招式降伏。第一次见面时，他扮演痴心男人，开口闭口都是自己的妻：说自己的妻子很懒，又笨，事事都要他照顾；又说自己的妻子脾气暴躁，但他一定能够迁就；还会在点菜时不经意提起自己口味偏咸，是因为笨蛋妻子做的饭菜永远放太多盐，但他一定吃得最香。他深情款款又带一点骄傲地告诉约会的女人："你知道吗？我老婆给我做的每一道菜，都是世界上最好吃的菜。"

女人心中震动，嘴上唏嘘。"张医生，你是真的爱她。"语气羡慕心疼又酸涩。

树立好人设，他再低下头，话锋一转，神色黯然起来。"可惜，她弃之如敝屣。现在她出差越来越频繁，对我越加冷淡。我能感受出来，她已经不爱我了，所以我只能加倍对她好，妄想挽回她的心。"

女人惊讶又着急，美丽的五指捂住了嘴。"天啊，她竟然如此身在福中不知福?!"她不配。女人为他不值，低声浅语安慰。他顺理成章低头喝闷酒，一杯又一杯，直到把自己和对方灌醉。

他最后一定会说："你真好。这么久以来，我第一次在人前敞开心扉。可能是意外地与你投契。"

女人心下欢喜，含羞说："那以后你有心事一定找我。"

他又叹气，想到什么，像是难以启齿。诱导女人追问后，他再开口："其实……我和我的妻子已经很久没有……我……她对我的冷淡，让我……"他很犹豫。"有时候我怀疑自己到底还是不是个男人……"

他言语含蓄，适度引导，埋下伏笔，再多喝几回闷酒，当然一切男女关系的终点都是床榻。女人爱心泛滥，终究被他引诱，以为自己是救赎不幸男人的天使，其实不过是飞进了他的笼子。

事后他点上一支烟，一定也会拥抱着女人感激地说："谢谢你，让我这么多年来第一次觉得自己像个男人。"

女人沉浸在救赎的满足里，当然原谅包容他不尽如人意的表现，然后柔情蜜意地听他唤自己："哦，我的小糖豆。"

结婚五年，张牙医收集了一百多颗糖豆，藏在手机里。

直到有一天，刘美玲意外翻到了他的另一部手机，在微信界面搜索栏输入"小糖豆"，意外地见到了上千条检索结果：与不同女人的对话，她们是他的红的黄的蓝的绿的黑的糖豆。

果然，没有一段爱情能够活着从对方手机里走出来。

得知了真相的她双手发颤，想要尖叫，想要在微博上曝光一切，撕破他的假面。当然她只是想想。他是家里的经济支柱，是她一切衣食住行的来源，她是攀附于他的藤蔓，他若恼火，不介意一刀剪断。

她庆幸自己的自私，在发现爱人出轨后第一时间想到的是自己的衣食住行与优渥生活。她庆幸自己能装，用颤抖的手将手机放回原位，然后低眉顺眼继续扮演被人宠上天的太太。

还是夜深人静的时候最诚实，眼泪离家出走，等反应过来时，嘴角已经尝到泪水咸湿。于是她开始在失眠的深夜里打开微信，找许久未联系的朋友说话。偏偏还真能找到，许久未联系的发小，远在美国，隔着十二个小时的时差，愿意倾听她无聊的碎碎念。

他不太会说话，她乐意开启话头，两人在深夜东拉西扯，隔着网线彼此安慰。

"章以文，谢谢你。"她好几次这么说。

"美玲，你真的一点都没有变呢。"他也好几次感叹。

爱情无法隐瞒，她能隐隐感觉到他的在意，她没戳破，但无比珍惜。这份感情，是野火燎原后的一片焦土中破土而出的一小株绿芽，生于绝望之中的希望。

她当然尝试过拯救婚姻，端起正室范儿捉拿小三，像一只母鸡暗暗保卫领地。可惜浪荡男人的艳遇就像野狗身上的跳蚤，抓也抓不完。她的婚姻，人前光鲜，背地里却满是辛酸。她心累，心累时的安慰是章以文发来的憨憨消息。

他很认真又欣喜地告诉她："今天一出门就遇到一只松鼠！"他还特地为她拍下了抱着大大的松果的松鼠的身影。

好无聊啊。她想。但是收到时，又好欢喜。

嫁给了玩弄感情的聪明人，她开始发现笨拙的人的好，至少对她诚心诚意。

她照旧杭州与北京两头跑，不在杭州的日子里，可想而知家里会发生什么。别人问起她老公，她依然端着甜蜜架势，一遍遍大声渲染他们的完美婚姻。只不过女明星X痛骂渣男男友Y的微博冲上热搜时，她默默给X点了赞，又切了小号破口大骂Y无情无义。她突发奇想将这个八卦新闻转发给章以文，考验他。"喂，你怎么看？"

理工博士只憨憨地回一句："X是谁？"

然后他告诉她："我下个月回国，我们见一面？"

那个瞬间，她突然意识到，曾经于焦土之中长出的小芽已经在日日灌溉中生长，长出枝丫，日渐苗壮。

她见了他，他的面孔与年少记忆里一般，他们回忆童年，谈论现在。他从来不问她的丈夫，只会偶尔认真问她："这些年，你过得好吗？"她当然嘴硬说"好"，又搬出说了一百遍的甜蜜婚姻。他眼神变暗，点头小声说："那就好。"她忽然泄气，赌气提出："那我给你介绍女朋友吧？"

"哦……"他心一沉，没有反对，"嗯，好。"

然后她拉来了唯她马首是瞻的唐影。她不告诉唐影这是相亲局，希望唐影不要打扮，丑一点最好。结果饭局结束后这两人竟然真的互相留下联系方式，她恨不得用眼神杀死这个小律师。

但结果也有惊喜，章以文不知哪里开了窍，跑来对她表白，说他愿意接受一切她给的命运。只要是她介绍的女孩，无论如何他都会去努力接触。

她愣在原地。

半晌，她反应过来，拉住他说："不要。"他睁大眼，似不理解。她着急忙慌地把话说满："不要，我不要你接触别的女孩子。"

她知道，生长于焦土之中的小树苗早已于无形中变成参天大树，遮蔽烈日与暴雨，成为她绝望的心中唯一的依靠。

她第一次握住他的手，眼神坚定。他的愕然转成欣喜与微笑。他们的久别重逢是命运赠送给彼此的礼物。

于是，世间情动，最终也指向床铺。

自私的女人也有现实考量：章以文是普通讲师，走学术路线，混得好一些未来是小康，混得差一点或许就是清贫。他给不了她锦衣玉食，他曾问她："你想好了吗？"

她犹豫了。

结果她乘临时改的航班回到杭州，被迫"突袭"，毫不意外上演一场"捉奸在床"，闹得声势浩大。这才知道纸从来包不住火，一直以来勉力支撑的完美婚姻假象，在亲朋邻里眼中早已是笑话，骗骗外人与自己罢了。

最后的伪装都被打破，难堪与羞愤下，她终于与丈夫大吵一架，极尽刻薄之能事，她讽刺他："你知道吗？只有不行的男人才需要不断在床上证明自己。"

他被戳伤，大骂让她滚蛋。

她冷笑着收拾了全部家当（当然极怒之际仍不忘挑拣贵的带走），手上忙活，嘴里也不闲着："滚就滚，你以为这些年只有我在戴绿帽？"

他一下愣住。

最后她摔门而走的时候狠狠撂下一句话，包藏这么多年的怨恨。

"姓张的你知道吗？你是你所有朋友、同事当中，最小的！最最最最最小的！"

复仇愉快。

当然只是逞口舌之快。

她立刻飞去了北京，章以文来接她。机场人来人往，他高瘦个头，穿着一件格子衬衫，在人群中笑得憨憨的，似乎从来不介意她的犹豫。

刘美玲一下委屈，拖着昂贵的行李箱跑过去紧紧抱住他，哭着问："你爱我吗？"章以文诚恳点头，上交自己的银行卡，叽里呱啦说了一串话，甚至连未来两人的孩子上学、父母养老的问题都想好了。她只记得他最后那句话："虽然它们不是世界上最好的，但是一定是我所能给的最好的。"

她声音哽咽笑着说："你真的好傻。"

章以文抱着她说："你聪明就好。"

她将眼泪鼻涕抹在他的毛糙格子衬衫上，捶他胸口说："你衣服穿得一点都没有品味。"

章以文却很开心，笑着说："那以后你给我搭好不好？"

她当然说："好。"

她是虚荣的肤浅的有心机的相貌平平的自私女人，厌恶她的人看不到她身上一丝一毫的优点，但那又有什么呢？

偏偏世间有同样平凡的男人愿意包容这一切。

不完美的她，依然值得一份爱。

03

唐影一早上都鸡飞狗跳的。

昨晚与王玉玉、S 姐吃完腰子，又一个人在家看材料到半夜，忘记设定闹钟，上午起迟。约了 MA 公司 CEO 十点整在所里见面，醒来就已经九点五十分。唐影第一时间发消息给王玉玉告假说自己会迟到。必然又会招来一顿臭骂，她急到手抖，飞速拢了头发，连妆都没化，只涂了淡淡的口红。

上下班高峰期的北京打不到车，好在她幸运地在小区门口刷开一辆共享单车，飞速向前。头发在初春的风里扬起，一身明黄毛衣开衫配上不要命的疾驰，适合幻想自己是个美团外卖小妹。

可惜小妹车技不精，在下一个路口心焦，才出了小区到棕榈泉国际公寓门口拐弯，冲刺红绿灯时没注意侧方来车，一下子被剐蹭，摔在地上，姿态有一点狼狈，人仰车翻。

下一秒疼痛袭来。

肇事者也没有好到哪里去，被共享单车车头蹭下了车牌。

"砰——"一声碰撞后，时间仿佛静止。

瘫在地上的唐影第一反应是：完了，这下彻底迟到。若在平日，身为律师，她必然要第一时间拍下现场照片：机动车与自行车发生事故，她再有过错，也是受害者。而身为受害者，唯一要做的就是躺在地上呻吟，再让车主在自己的呻吟声中诚惶诚恐提出和解方案。

更何况撞到的是个"彩票"——骄傲又低调的奔驰标志耸立在她面前。

只不过此刻，对即将迟到错过会议的担忧让她变得淳朴起来。几秒后，淳朴的唐影在目瞪口呆的车主面前龇牙咧嘴地站起，然后，捡起车主被蹭落的车牌，一瘸一拐，敲开车窗，递了上去。

"不好意思，蹭掉了。"

"……您……您好，您没事吧？"司机没见过如此坚强又热情的受害者，受宠若惊，赶紧双手接过唐影递来的车牌。

"没事……"唐影揉揉腿，反倒先道歉，"抱歉，上班太急，没看清你……们。"她这才发现后座还坐着一个男人，简单平头，暗色西装，一半脸藏在阴影里。

唐影转身准备一瘸一拐扶起单车完成冲刺时，后座的人和司机说了什么，紧接着司机下车，迈着小碎步殷勤走到唐影面前，替她扶起了歪脖子单车，然后邀请道："小姐，要不我们送您一程吧？"

事后唐影和王玉玉形容这个场面。"原本我一心只急着上班，可在司机替我打开车门的那个瞬间，我突然不着急了。你知道吗？我突然意识到哪怕付出迟到或者被你骂的代价，我也不想错过一次爬上豪车的机会。"她托着腮帮子一脸憧憬，"而且我真的觉得，后座那个西装革履看起来很贵的男人的周围，好像有光……"

男人不贵，只是车贵。

车后座上那个看起来周身有光的男人正是马其远，当然那时候唐影并不知道。

她坐得笔直，见一身西装的男人对她颔首，说："抱歉，没伤着吧？"他声音低沉，又问唐影目的地。

说出目的地后，唐影才明白来自命运的礼物究竟有多么奇妙。听到她的回答，男人略微惊讶，笑起来。"你也去 A 所？你是律师？"

唐影点点头，不忘掏出名片。"A 所知识产权部，唐影。"职业习惯使然，她开始介绍新近业务，末了补充一句，"如果您或者您的公司有相关法律需求，我们可以协商合作的。"

马其远笑了，牙齿白白的。他伸出手道："原来是唐律师，没想到在这里提前见面了。"他也掏出名片，MA 公司 CEO。

唐影这才惊觉——他就是她今天要见的客户？！

"您就是马总？我天，这也太巧了……"她不由得张大了嘴，睁大了眼，满脸难以置信，半秒后才发现这个表情太傻，赶紧改为一个适合商务与职场的适度惊讶状，体现沉稳，与此同时翻过细细的手腕盖住嘴看他，小小的脸上只余下一双大眼睛，体现美丽。

她今天虽然几乎素颜，好在前几天刚接了日式自然睫毛，顾盼时忽闪忽闪，再搭配眸子，盈盈有光。

虚荣心总如此，希望在所谓"权贵"面前，留下一个好印象。

老男人一眼看透她的表情变化，阅历与身份摆在那里，遇见的女孩太多，他一贯抱以欣赏的态度。唐影在他眼里不算好看，但却特别，否则他也不会邀请她同乘。

竟然又是律师，天降缘分。

马其远脸上浮起笑，颔首回答："是的，很巧。"然后叫她名字，不再是"唐律师"，而是"唐影"。

王玉王没想到唐影迟到也能迟出花样来，本打算下午训斥她一顿，结果人家转眼和要见的客户一脸相谈甚欢的表情来到了会议室，语气熟稔，宛如老友。

会面也异常顺利，马其远说话随和，时不时还能说个段子，毫无架子，形容举止甚至毫不洋气。而他的履历却实在洋气：在美国土生土长的美籍华人，私立贵族高中，二十年前斯坦福大学机械系的优秀毕业生；这十多年来赶上房地产、股票、比特币的浪潮，投资对路，转眼财务自由，从富二代翻身成了富一代；大多时间都在国外，导致英文水平甚至略高于中文水平，但咧嘴一笑，却是憨憨的，搭配黝黑皮肤，好像下一秒就可以挽起裤脚拎着锄头下田种地。

马其远曾在多年前与唐影的老板有过合作，这次公司业务并购涉及中国法律问题，理所当然想到了唐影的老板。王玉王发过来的报价单与合作方案他基本满意。却没想到，除了收获律师之外，他也收获了一朵小小"桃花"。马路上不小心撞到的小姑娘，莫名对上了他的胃口。

会议结束，唐影与王玉王承诺会在今天之内把会议记录以及更新后的项目进度表发送给他。马其远笑笑说"好"，顿了顿，越过王玉王直接看向唐影："我们加个微信吧。"

唐影很勤快，赶紧递上手机说"好"，没注意王玉王看向她的目光刹那间由惊讶变成了意味深长。

"人家看上你了。"

楼下抽烟时，王玉王点了烟直奔主题。

唐影一愣，微弱地反驳："不过就是要一个微信，又不是表白，不需要这么自作多情吧？"

"越是大佬做事越直接，无论投资还是商场争斗，人家骨子里都是狼性，做事习惯稳准狠。这种人一旦发现目标，就会迅速出击；相反，对没什么兴趣的人，甚至不会多看一眼。"王玉王弹了弹烟灰，笑，"若只把你当成一个小喽啰，怎么会要你的微信？"

"真的？"唐影不确定。

企业家喜欢的女人，在唐影心中应当以林心姿的颜值为标准，是清纯又素净的美好，永远明艳在窗前的白月光。她却不是的，她的脸往好了说是"高级脸"，带了个性与邪，嘴角弯起时藏着狡黠。她不丑，但绝不具备企业家夫人必备的端庄温婉。

嫁入豪门的梦，每个少女都曾做过。曾经有朋友给她推荐过一款约会富豪的小众 App，广告宣称，只有颜值在前 1% 的女性才能够通过注册。

注册要求严格，需要上传多角度素颜未经 PS 照片、年龄以及个人信息，由工作人员严格审核。一旦通过，就可以匹配以同样严苛标准入选的男性富豪。

当时唐影笑说："这个 App 还是有点用，起码可以借由是否通过注册，了解自己的颜值水平。"结果她当真无聊在 App 里上传了用苹果手机前置摄像头拍的素颜照片，审核期限三天，最后她遗憾收到通知：抱歉，唐女士，你没有办法通过我们的注册。

她的颜值排列在 1% 之外。

她当时哈哈一笑扔了手机，有几分不甘心，重新化了全妆，又用心美颜，确保照片的美丽程度超出了自己真实容貌的 50%，然后上传照片。结果三天后通知下来，还是"抱歉"。

唐影收到通知后只是扬了扬眉毛，然后若无其事地卸载了 App，扑入工作里，在移动鼠标的间隙不得不承认：确实有一点点沮丧。

走不了靠脸吃饭的路线，命中注定只能搬砖。

此刻唐影坐在工位上低头看马其远发来的微信，果然如王玉王所说，干脆又直接。

"唐影，周末晚上一起吃饭？"

她当然想说"好"。命运的青睐虽然令人惶恐，却也令人无法拒绝。

只是，唐影看着马其远的头像发呆，始终想不通，自己这张甚至不符合一个不知真假的 App 的注册标准的脸，为何偏偏能符合货真价实的企业家的标准？

马姓企业家的头像很简单，蓝天背景下一个骑越野山地车的身影，微信昵称叫"MA"。她又看他的名片，"马其远"，依然觉得这个名字有些熟悉。

"单车老男人……"唐影自言自语，顺势点进马其远的朋友圈主页。基本是空白，半年可见，个性签名是一句诗："衣沾不足惜，但使愿无违。"

——陶渊明的《归园田居》。

唐影一愣，怎么觉得这句诗有点熟悉？忽然脑中灵光一现，几个线索让遥远的记忆突然被唤醒，她当即截图了马其远的头像，刻意语气轻松，发给林心姿。

"宝贝，我们所刚对接一客户，你看看，是不是之前跟你约会喝羊肉汤的那个棕榈泉土豪呀？"

心跳飞快起来，她捂住发热的脸，紧紧盯着微信界面。

林心姿与马其远的回复几乎是同时到的。

沉浸在恋爱里的大美人似乎早就忘记了那个单车老男人，满不在意发出确认的消息："哦，对。这么巧啊，成客户了？厉害！"

而马其远的回复只轻描淡写地说了一句："那你想吃什么？"

两条微信让唐影怔在桌前，指尖都在微微颤抖。原本惶惶然的心跳到喉咙，唐影在工位上深呼吸了好久才平静下来。然后她点开马其远的对话框，呼出一口气。尽管她没有林心姿的脸蛋，没有前 1% 的颜值，但是她拥有比一张漂亮脸蛋更能决定第一次约会结果的杀器，比如——

她知道这个问题的正确答案。

于是，她十分郑重地，几乎是用食指一个一个点下字母，在屏幕上打下了语气随意的几句话。"啊，随便吃点就行啦，我家附近刚好有一家羊肉汤店我特喜欢！要不要试试？"

她附带发送了一个大众点评网链接：人均 88 元的"简阳羊肉汤"。

04

许子诠最近没事总想起唐影。

他把这番念头总结为愧疚，愧疚上次无端诱惑了她。说好了只做朋友，他还是忍不住撩人，怪自己。

习惯在一堆女孩子里周旋，取次花丛，他记得唐影问过他："许子诠，你真知道自己想要什么样的感情吗？"

渣男答案明确："当然，甜甜的爱情啊。"

而现实却是，女孩们很甜，爱情却不足够甜。尝鲜尝久，对"新鲜"两个字也会厌倦。

原本计划出差小一个月，结果项目一周就完成，他上飞机前莫名有些轻松，再想到自己之前说过的那句"如果不是因为性，男人平时更愿意和哥们在一起"，忽然不能更认同。

比如现在，他发现，相比见到一群活色生香的女朋友，他更想见到的反而是"纯友谊"。

他带着笑给"纯友谊"发微信说："提前回北京了，明天找你吃饭？"

等了十多分钟，不见那头回复。

飞机关闭舱门后到起飞前，是信号最差，乘客也最无聊的一段时间，微弱的通信信号似乎只能支持文字聊天。许子诠刷不开朋友圈，忽然想到什么，打开和唐影的对话框，开始倒着往上翻两人的聊天记录。

聊天记录里有所有他们相识以来的文字与图片，还有许多乱七八糟的链接。唐影有时候会发来几双鞋子的照片，说她在商场挑花了眼，麻烦具备"gay的素质"的好友挑选一双。他记得当时他真的认真挑了一双，然后过几天两人吃饭，她还特地踩了那双鞋，搭配一身同风格连衣裙，颜色和配饰搭配满分。他当时夸："好品味。"唐影笑道："你也不赖。"

还有的时候，两个人会互相交流餐厅，他偶尔收到唐影发过来的几个餐厅或者酒店链接，被她调侃："下次可以带姑娘去哇。"他有时候会回："这家是网红酒店，只是图片好看，实际不怎么样。"也有时候他会反调戏一番："这家酒店看着不错啊，约一个？"唐影说："好啊，你请客。"然后过几天，戴着友谊之戒的两个人老老实实在酒店的餐厅吃了个饭，吃完各自回家。

他们是饭友，孤男寡女却始终维持着清白边界。

飞机起飞，开启飞行模式，许子诠却依然对着聊天记录看出趣味来，拇指缓缓上滑聊天界面。偶尔顿住，看她发来的自拍，点开大图，指尖从她脸上摩挲而过，放大，四目相对，没注意自己嘴角弯弯上扬，眼神也温柔。

最近的对话停留在他出差之前。他出差两周，两人近乎失联。他皱眉，某人最近似乎也很忙？

飞机在一个小时后落地北京，还在滑行状态。窗外是朦朦胧胧的夜色，他第一时间关闭飞行模式打开微信，好几条未读消息，但还是未见唐影回复。

　　他扬扬眉毛，手指动动，回完未读消息，将手机揣进兜里，忽然有些心不在焉，一只手拖着拉杆箱，另一只手又忍不住将手机拿出握在手里，仍是没事就解锁屏幕，盯着微信界面，期待那个头像燃起一颗红点。

　　而结果，让他有一点失落。

　　粗心如许子诠都意识到唐影最近难约许多，不仅微信回复慢，连叫她吃饭她都说没空，几天后他忍不住好奇地问："你最近工作这么忙？"

　　唐影回答："也不算是工作吧。"她顿了顿，又发来一句："怎么我就只能有工作了？我不可以有男人吗?!"

　　许子诠"哧"一声笑起来，嘴角弯弯有得色。"我不信我天天在你身边转悠，你还能看上别的男人。"

　　他不知道，2020年的都市女白领，对赚钱的兴趣远远大于择偶。而比赚钱更让她们投入的事情，则是择一名有钱的偶。

　　唐影回答他："还真有一个，而且特别难对付，我都用上战略性思维开始检索并学习案例了。"

　　许子诠僵了半秒，不信。"真的假的？你真在追男人?!"

　　唐影不回了。

　　大周末的，她正和王玉王忙里偷闲讨论约会马其远的战略。

　　王玉王刚刚搬了家，唐影想着周末正好有几个工作问题需要和她讨论，索性扮演一把殷勤下属，周末早上屁颠儿屁颠儿来替上司搬家。说是帮忙，其实只是口头上的，夸一夸她新家好看，问一问屋子角落那堆衣服是要扔了还是忘了……剩余的体力活还是交给搬家公司，两人在一旁做监工，一人拿一杯"芝芝莓莓"奶茶，抱一只猫，探讨征服男人的手段。

　　王玉王对待男女问题与职场问题，用的理念始终是同一套，尤其对待马其远这种男人，她说："当两个人经济实力的差距达到一定程度了，你想要搞定这个男人，就不能把他当作爱人，而要把他当作老板。摒去你的一切玻璃心和感情，只管向'钱'看。"

　　她还说："这个和职场是一码事，绑住老板的心的关键是什么你知道吗？"

　　唐影摇头。

　　"是核心竞争力。当然，每个人的核心竞争力不一样，比如有些人的是专业能力强，有些人的是做事圆滑玲珑和客户关系好。放到男女这事上也一样，有的女人的核心竞争力是性格好，有的女人则是脸蛋好，还有的女人是身材好。但关键是，你不知道大佬看重的是哪一点。"

　　唐影问："那怎么办？"

　　"所以第一步，就是要找到你的核心竞争力，然后，"王玉王指出，"无限强化它！对付大佬不适用木桶原理，只要你的长处足够显眼，对方就会自动忽略你的短板。相反，如果你的缺点和优点显眼程度差不多，那么，在他们眼里就是平平无奇，缺少记忆点。"

唐影连连点头，恨不得拿笔记下，想了想，提出："所以，这一次约会马其远的关键就是，知道他到底看上了我什么。然后在之后的约会中，不断强调我的这个优点，也就是核心竞争力！"

王玉王却摇头了。"错。你得尽快发现他到底看上你什么了，并且在第一次约会的时候就不断强化，否则，他可能没有兴趣和你进行第二次约会。小姑娘，不要高估大佬们对女人的耐心。"

唐影沮丧。"这也太难了，我怎么知道马其远看上我什么了？"她顿了顿，说道，"反正肯定不是脸。"

王玉王手上的猫忽然不耐烦，胖乎乎的脑袋从主人怀里弹起，又被主人摁下。"其实多少也能猜出来，大佬感兴趣的人，要么能为他提供实用价值，要么能为他提供情绪价值。实用价值是事业辅助，取决于你的家庭、个人能力以及人脉。他第一次见面就对你这样的小妮子感兴趣，显然他看上的不是你的实用价值。"

"那就是情绪价值了？"

"对，情绪价值也可以大致分成两种，一种是外貌带来的愉悦，另一种是性格带来的愉悦。你的话……"

唐影笃定地说："明显是后者。他觉得我人挺有意思的，所以约出来吃个饭？"

"嗯哼。"王玉王勾唇笑笑，没有否认，"针对你们这种情况，给你一个参考案例，你可以回家研习。"

唐影乖乖接收王玉王发过来的链接，是一篇港媒八卦，题目是《详细解密：香港女首富甘比的逆袭之路》。

唐影大概听过这个名字。她迅速翻了翻内容，说的是平平无奇的一介娱乐记者甘比，如何用十几年的时间打败一众女明星与高学历美人，最终成为赢家，抱得富商归，成为女首富。

王玉王叮嘱她："在和马其远吃饭之前，麻烦你拿出做尽职调查的干劲来，把她的经历吃透，总结出她的成功之道，好好学习背诵一百遍！记住，和大佬的约会不是约会，是面试。"

压力当前，唐影一下挺直了背，表示："收到！"

准备面试的时间已经不多，她拿出参与案件的干劲与专业度，检索成功案例并逐一查看。想嫁入豪门的女人千千万，可最终如愿的只有那几个，而在这些人当中，能给予唐影参考价值的更是少，比如，她们绝对不可以太美。

翻来翻去，好像只有甘比一个。

唐影认真给甘比的传奇画了时间轴，费心梳理出她生平遇到的几大障碍，再总结出她应对与化解的办法，连世人对她的褒贬评价也不放过，一一研究消化。

功课足足有二十页 Word 文档，唐影用心调整了格式、标题、小标题以及页眉页脚，最后郑重转成 PDF 文档发送王玉王审阅。

唐影战战兢兢问一句："可以吗？"

半个小时后王玉王发来一个"OK"表情，赞赏道："不错，征战职场的职业女性征服男人，就该有这个气势。"

唐影却忽然厌了，问王玉王："你觉得我至于这样吗？"

王玉王似乎一下子没理解，发来三个问号："？？？ 怎么不至于？ 你以为有钱男人是送上门来的？ 每年成功嫁入豪门的女性占全部女性的比例远远低于清华录取率，你拿出准备高考的劲头都不过分。"

唐影很诚实。"可我为了和有钱男人吃饭，拿出这样的干劲，是不是很拜金？"

王玉王感到好笑。"你喜欢他的钱吗？ 说实话。"

人们都喜欢自己没有的东西，何况稍微有一点社会阅历，就会明白，足够高级的腔调与足够开阔的眼界，其基础只有一个，那就是足够多的人民币。拥有鼓鼓囊囊的钱包，是装腔的资本。

唐影向往腔调，所以也向往钱。

所以唐影回答："当然……"

王玉王不说话了。

唐影心里一沉，又问："你会不会看不起我？"

那头顿了一会儿。唐影心惊胆战地拿手机等着，发现对话界面显示"对方正在输入……"

唐影想，估计是一番振聋发聩的行为指导，便赶紧双手快速摁键盘解释起来："我觉得喜欢钱可能还挺正常的，因为我们工作也是为了钱不是？ 他又没有结婚，现在对我感兴趣，我就……就很想好好把握一下……我如果能一下子搞定他，那不是把婚姻和事业都拿下了吗……"

这一串别扭的解释还未发出，就见王玉王难得发了一大串话过来，果然是"教育"，可她说的却是：

"为什么要看不起你？ 每个人都有欲望，对钱的欲望也是欲望，甚至是绝大多数人的欲望。对一件事情的向往，说难听一点叫欲望，说好听一点就叫理想。

"你喜欢钱很好，你有自己的目的很好，你现在正在为了自己的目标去努力，有谁可以指摘你？

"现代社会的自由就是，只要不伤害别人，你可以做任何你想做的事情，追求任何你想追求的东西。我永远不会看不起为了自己的野心而努力的人。同时，我也认为，没有人有资格去鄙视那些为了理想与欲望而献身的人。"

唐影没想到她会突然说那么多，怔了半天才回一句："那……那你会看不起什么样的人？"

对方秒回："那些没有欲望没有追求，吃不到葡萄就说葡萄酸，左右摇摆眼高手低不敢承认欲望甚至也没勇气为欲望做任何努力的人。"

王玉王干脆地抛出结论："这样的人，才是最可怜的人。"

05

唐影与马其远第一次约会的地点最终未选在人均 88 元的简阳羊肉汤。

当然，马其远在收到唐影的微信的刹那确实是惊喜的，一方面对唐影竟然也住在棕榈泉附近感到巧合，另一方面对她也喜欢这家羊肉汤店感到巧合。

他对年轻女孩总难免带着一种固执坚持，希望她们纯粹，没有人民币的味道。与此同时，他骨子里却也深知，在背后支撑着吸引年轻女孩的那些所谓老男人的品位、阅历、气度等一切魅力的，也正是足够多的人民币。

毕竟，男人的身体与钱包，总要有一样坚挺。

马其远因为唐影那条微信带给他的情绪价值，很开心地将吃饭地点选在了景山顶的一家私人餐厅，当然吃的还是羊肉汤，不过是人均 888 元的羊肉汤了。

唐影将自己的核心竞争力拆解为幽默、上进与坚韧，为了强调上述特质，她翻看了马其远公司以及行业的全部资料与新闻，甚至结合论坛资讯编出几个段子以备不时之需。

她想起甘比的例子。网传身为八卦记者的甘比第一次见到富豪刘銮雄时，试图采访大刘问出其绯闻，结果摄像机镜头太近，大刘怒斥："你干什么那么近？"

甘比却没害怕，嘻嘻一笑，反问："你怕我拍到你的大痣吗？"

这一问一下让大刘哑然，从此记住这个女人。

唐影研读案例时，将这个例子标黄加粗，写下感想："如果你的脸不能让一个男人开心，那就用嘴。"

毕竟，最好的下属，对老板如恋人一般呵护周全；而最好的女伴，对男人如下属一般言听计从。

约会前两天，她特地对着小红书上的美妆视频研究四十岁男人最喜欢的妆容与服饰搭配。当然，表情管理也很重要，用王玉王的话说，一场完美的面试就是一场完美的表演，面试者什么时候音调拔高，什么时候声音变低，配合措辞，都有讲究。

"还有，"王玉王叮嘱她，"你提前看好场地，注意灯光位置与明暗，确保你的脸能在灯光下显出最美的样子。"

"……会不会太夸张了？"唐影也曾质疑。

"不！"王玉王用指尖轻轻点她头，"成功只属于追求极致的人。"

上天确实犒赏了唐影的努力。

与马其远会面像是参加一场大考，而因为她准备充分，每一道题都在复习范围之内。

唐影了解他的公司与行业。她性格温和，约会时睫毛长长的眼睛含情脉脉地看着他，灯光将她的皮肤映得雪白。对他的观点，她也能提出自己的见解，想法虽然略微幼稚，但却幽默可爱。他眼里的她是上进的姑娘，眼神热忱而干净。

他问唐影爱好，她笑起来说："我爱好老土，喜欢喝茶。"马其远一愣，说："年轻人喜欢喝茶的不多呀？"

他的确有几分不信。没想到唐影真的懂茶，能说出凤凰单枞与岩茶的门道，观茶底就能区分出白牡丹和贡眉，听得马其远连连点头。

回答完，唐影内心捏把汗。没想到押题也能成功。家乡那边的人爱喝工夫茶，她从小耳濡目染知道一些，在打车前来的路上也没闲着，刷了抖音里几个茶艺博主的视频，硬是记下几个知识点。

马其远本来对唐影只有三分兴趣，因为这次见面，兴趣增加到了七分。两人相谈甚欢，他送她回家，男女规规矩矩坐在豪车后座，唐影突然开口："可惜最近太冷，等北京再暖和一些，骑车经过长安街才好。"

"你也喜欢骑车？"马其远果然燃起几分兴趣。

"对啊。夜晚的长安街实在太美。骑车经过的时候，老是会想起郁达夫那篇《春风沉醉的晚上》。"唐影看着车窗外，想到什么，又不好意思起来，"可惜了，我车技不好，否则上次也不会撞到您。"

马其远哈哈大笑，笑完换了关心语气问："没受伤吧？"

"没有没有，我比较皮实。"她自嘲，眼睛与嘴角弯弯。

马其远不说话了，回应藏在他的眼睛里与嘴角上。

他此刻的表情，唐影不能再熟悉。她想起了从小到大参加的每一场面试：北大自主招生、校内社团面试、实习面试、入职 A 所的面试……每一场面试前，她都同样精心准备，她看了太多结束后面试官的表情，无一不是微笑、满意与欣赏。而这次也确实不是错觉：她在三天后收到了马其远的下一个邀约。

马其远朋友的女儿借了他在胡同内的房子改造成画廊，下周末画廊开业，马其远邀请唐影前来。

"哇！"收到微信后，唐影立刻与王玉玉分享喜悦，"姐！！我进入第二轮面试了！"企业家默许两人的进一步发展。

王玉玉却皱起眉头，翻来覆去地看着邀约，咂咂嘴，告诫她："这不是普通二面。"

王玉玉是这么分析的："朋友女儿的画廊开业庆典，现场应该是年轻姑娘占多数，加上马其远钻石王老五的身份，受邀的客人当中对他有主意的漂亮姑娘必定不少。面试官与面试者不再是一对一，而是一对多，你要做的是脱颖而出，倘若被人盖了风头，这 offer（录用通知）应该就与你无缘了。"

"宝贝，这一轮，是群面！"

唐影一下子心惊胆战起来，开始连夜检索群面技巧。

律师的职业习惯使然，检索是基本功，但凡遇到无法应对的难题，她优先求助于互联网，在浩瀚的信息世界里小心摸索，善用逻辑，整理出自己的一套解决方式。

群面又叫"无领导小组讨论"，十多个面试者组成小组，各自分工，对面试题进行讨论并解答，面试官在一边以局外人姿态围观全程，再给每个人打分。

唐影在调研之前，应对群面的策略是越张扬越吸睛越好——夺取了面试官的眼球，你就是制霸全场的最闪耀的灯球。

可看完了攻略她才发现，面试官通过群面选择的是自己的同事，而不是女团成员，就像马其远选择的是自己的伴侣，让人舒适的相处、温和睿智的观点远比咄咄逼人的言辞更得人心。

于是策略变成温柔，要变成懂艺术并且也懂得低调的女人，有光芒，但光芒却藏在盒子里，盒盖揭开一半，愿意探索的男人就能看到里头若隐若现的光。

既然是画展，唐影想，先把贡布里希的《艺术的故事》粗略翻一遍，掌握基础知识，恶补艺术细胞。然后她又上大都会艺术博物馆旗舰店买了帆布包周边。她特地在豆瓣找了最"艺术"的网红，模仿其风格：穿浅灰高腰宽松阔腿裤，脏粉色贴身开司米针织衫，毛茸拖鞋，一身莫兰迪色系，头发蓬蓬松松扎在头顶，妆容淡淡透着欲望，温婉如同一杯醇香奶茶。

她出门前信心十足地给王玉玉发了照片，请上司把关。那边秒回一个大拇指，表示鼓励。"难得见到不是一身劲装的唐律师，如此打扮也有惊喜。"

唐影笑，回答王玉玉："对，我今天不是唐律师，请叫我'唐艺术'。"

只是唐艺术万万没有想到，今日画廊里 90% 的女孩都很艺术，甚至 70% 以上的女孩都背着艺术帆布包，同样头发蓬蓬松松扎在头顶，同样一身莫兰迪色系，同样妆容清纯中带了欲望。她不幸撞了同款。

同款当中比她好看又腿长的大有人在，唐艺术慌张起来。

画廊地处北锣鼓巷的胡同内，是被割裂的小小四合院中的一个房间，院内种有一棵老槐树，树干一人环抱，歪歪斜斜穿过一层屋顶，从二层的露台中央破空探出。

小院内装修随意，刻意营造不羁的氛围，墙上挂着色彩明艳的艺术涂抹作品。

唐影混在一堆莫兰迪女人中巡睃了一会儿，发现马其远还未出现，当下决定先悄悄溜到附近的小店随意买点单品，改个色调，换个风格，一会儿再做姗姗来迟的姿态步入画廊，与这群女人彻底区别开来。

她却没发现角落里有一个男人早注意到了她，饶有兴味地看着她眼珠子乱转的样子。

唐影甚至自己都不知道，她想事情的时候，眼睛总习惯性地向上看，再往右边转，嘴巴不自觉用力，微微噘着。接着，像是想到了什么坏点子，她嘴角放松，有几分得意地上扬，迈着鬼祟的步伐，从角落溜了出去。

男人觉得好笑，跟了出去。

“喂，去哪儿啊？”

有人拍她，声音熟悉。唐影猛地转身，见到来人——许子诠。

好久未见，他的脸甚至陌生了起来。他今天一身复古格纹西装三件套，戴着斯文金框眼镜，笑着看向她，嘴角弯弯很好看。

“你怎么也在?!”唐影震惊地问。

“和朋友来的嘛。”见唐影一脸意味深长，他赶紧又解释，“男性朋友。”他想了想问她：“你也是和朋友一起？”

唐影点头，又摇头。“他还没到。”她打量了一番许子诠，拉住他，“走走走，你眼光好，陪我去买点东西。”

他没想到唐影迅速拐进了不远处一家二手店，买的全是耳环耳钉丝巾这样的小物件。她随意地在镜子前将盘起的头发放下，又拿深红色丝巾束了一圈，再戴上高饱和色系祖母绿耳环，瞬间变换了风格。

他笑着调侃：“哟，这是怎么了？突发奇想换个头？”

唐影一边对着镜子摆弄头发，一边说：“一进画廊就发现撞风格了，你没发现来参加的小姑娘都是差不多的打扮吗？”

“是吗？”他侧着头看她，“奇怪，那我怎么偏偏一眼就认出你来了？”

唐影手顿了顿，没接茬，只顾指挥他：“喂，你别光顾着说，再替我挑个外套嘛。”她本是一身低饱和色系，整个人像一抹淡黄奶油，显得轻飘飘的，与刚换上的明艳丝巾和绿耳环明显不搭，看起来头重脚轻。唐影着急找件深色外套镇住场面，却见许子诠上下看了她一眼，也不看货架，直接迈步上前，脱了自己身上的西装外套披在她身上，双手扶她肩，和她一起看向镜子。“这样呢？”

许子诠的裤子与西装外套本是一套，脱下外套后里面是同花纹马甲，此刻西装外套披在唐影身上，乍一看两人宛如穿着情侣装。镜子里的男女一高一矮，像在依偎，一样的弯弯嘴角，两人不由得怔住，危险的想法浮上脑海——似乎，有点般配……

这个念头下一秒就被唐影果断扼杀，她嘻嘻一笑脱了西装外套塞回许子诠手上，摇头。"码数不合适，仙女只穿最小码的。"

"好好好。"许子诠笑笑，将西装外套搭在手上，另一只手摆弄货架上的衣服，这回认真给她选了一件墨绿短外套，与耳环颜色相得益彰。

完事了他满意地看着镜子里的她，忍不住问："这么用心？只因为和人撞了风格就要重买一套衣服？"

"女人的衣服不仅是衣服，也是战袍。"唐影回答他，一边让店员结账。二手饰物与衣服不便宜，一对耳环、一条丝巾与一件薄外套，店员开出单子：3420元。唐影咬咬牙，果断刷卡。毕竟是参加面试。

许子诠双手插兜在旁边笑。"战袍？"他回味了这个词一会儿，又低身凑过来问她，"是为了哪个战利品？"

"当然是……重要的人了。"唐影眨眼，转过身对着镜子再次理了理一身行头，没注意身后的男人听了这句话，嘴角笑容大大绽开，似有些不好意思地摸了摸耳朵，似抱怨又似得意，小声喃喃了一句什么。

这边收拾完了新造型的唐影心情正佳，拉着许子诠出了店，在小小胡同里转了个圈，仰头问他："好看吗？"

"嗯。"他点头，伸手捏她脸，"你平时也好看。"停了几秒，他又认真补一句："不需要这么认真的，其实，你平时的样子就很好，哪怕和别人风格一样，我也能一眼就……"

话还没说完，就见唐影转移了注意力。她的目光不知何时早已凝滞在了几十米远的画廊门口：那里出现了一个普普通通中年男人的身影。

接着，他看见身边这个女人脸上泛起笑，是那种喜悦而憧憬的笑容，眼睛变亮，像是眼前有火，而火光灼热了她的眸子。然后，她随意地冲他挥挥手，语气已经心不在焉。"我先去画廊了，就不和你一道进去啦。"

她三步并作两步地从他面前跑过。

跑向离这里几十米远的那个普普通通的中年男人。

06

北京的春天与秋天太像，总会让人产生错觉，比如此时此刻许子诠僵在原地，忽然觉得有些冷。是冬天要来了吗？

　　他第一次觉得唐影笑起来的时候特别好看，眼里的光芒耀眼，那张和他相似的唇弯弯勾起惑人弧度。美中不足的是，那样的笑对着另一个男人。

　　她倒是……他有些酸溜溜地想，她倒是从来没对他这样笑过。

　　他将手插回兜里，果断往相反方向走去，身姿依然潇洒，只是脑子有几分空白。他大步流星，也不知去哪儿，就只顾走着，走到胡同另一端出口才想起自己本是要来参观画廊的。

　　而此刻画廊就在自己身后，他却不太愿意回去。他发觉自己心乱。

　　唐影没有注意到那天许子诠的表情，甚至都忘记了那天后来他做了什么，只记得自己陪着马其远聊艺术聊人生的时候，无意中瞥见不远处的那个人。他双手插兜，一贯姿态，与人交谈时目光似乎偶尔远远朝她投来，可等她向他看去时，他却只专注看着面前人，似乎从没多朝她看一眼。

　　她也很快转开脸，没有太在意。

　　她早已将全副心思都押在这一场"群面"上。如果问她这辈子最引以为豪的特质是什么，她的答案一定是专心。一旦决定做一件事情，她就全力以赴，用上全部的热情与注意力。过去她曾如此追求腔调，爱上程恪；而现在她也要如法炮制，拿下马其远。

　　她记得王玉王诧异地问过她："你真是第一次谈恋爱吗？还挺上道。"

　　唐影点头，把锅甩到上司肩上。"这个怪你。你让我把他的心当作项目攻克，这下我反而觉得是个挑战。你知道吗……用逻辑和战术，让原本对你只有几分兴趣的人一点点变得喜欢你，这就是……"她想了半天，想出个词，"征服的快乐！"

　　王玉王一乐，说："弄不好你将来真能成大事。"

　　唐影抿着唇不说话了。她的自信在于知道自己要什么，或者说，她以为她知道自己要的是什么。而对内心欲望的每一个落脚点，她都愿意脚踏实地、心无旁骛地追寻。

　　这样追寻的结果当然没有辜负她的努力。马其远喜欢她，那种喜欢她能看出：饱含前浪对后浪的赞赏，与男人对女人的好奇。

　　于是吃过高档餐厅之后又约了街边大排档，两人从满是油腻荤腥味道的苍蝇馆出来，在春风沉醉的夜晚骑单车穿越长安街，一起唱属于他的年代的金曲，追忆青春。

　　唐影连发朋友圈都有讲究。她从不发高级餐厅的摆盘与环境，也从不炫耀马其远偶尔送她的小小礼物。毕竟在朋友圈里装腔的方式千千万，秀物质是最低端的操作：要么是基于"内心自卑"，要么是因为"突然拥有"。越是急切而直接地炫富，越是暴露贫穷。

　　唐影当然也要秀，但秀的是与成功人士相识相知的感情：是一次简单的聊天，他用智慧为幼稚迷茫的她指点迷津；是无意间听他提起早年的神奇经历，而心生向往；是从前辈身上发现自己性格中的不足，朋友圈里发长长的小作文勉励自己要不断努力。

她深知，与他的相识与相知，本身就代表着腔调。

聊得多了，马其远会说起自己的爱好。大叔的腔调在于喜欢徒步、攀岩，因为在国外长大，喜欢骑马，但却死活对高尔夫球不感冒。知道他偏爱爵士胜过摇滚，于是唐影会在深夜睡不着的时候分享一首"What a Wonderful World"（《世界多美好》），再静静等待大佬点赞。

当然，大佬很忙，不是每一次都看朋友圈。

她尽量把对他的向往与崇拜当作深情。听说他年轻的时候还组过乐队，手机里存着翻拍的老相片，唐影在一次抽烟时和王玉王形容："哇，你知道吗，他以前真的好像黑豹时期的窦唯！"

王玉王笑了笑，只说："喂，你可别光顾着约会，把工作落下。"

唐影赶紧摇头说："这个你放心，我现在发现了，无论是男人还是老板，都是一回事，你使劲给他们提供价值就完了。看他们眼色说话行事，把个人情绪抛诸脑后，大家都轻松。"

她从甘比身上学到最多的一点是，甘比完完全全把自己当成了金主的下属，服侍得尽心尽力，把爱马仕的包当成奖状，无论有多少个，都珍惜地捧在胸前，作为"年度优秀员工"的奖章。而甘比的美艳又高学历的对手们，则把金主当成爱人，要名分要唯一要钱还要心，要得越多，最后失去得越多。

某些时候，这个世界总希望你要得少一点，付出多一些。于是聪明一点的人，选择暂且踏实，等待暴利。

上司笑了笑，瞄了唐影一眼，朝垃圾桶里弹弹烟灰。"追男人这种事情，如果不想走心，走脑子确实更容易一些。"

唐影一愣，忽然心虚起来，辩解："我也是在用心追男人。"

只不过，没有动心。

把爱情当作事业来运营是一件性价比很高的事情，它像世间的一切捷径，高效率，低成本，很快能见到结果，付出的只有辛苦，而没有心痛。甚至无所谓他是不是真的爱你，因为你不爱他，所以永远得体。

唐影接着说："我觉得这就是我想要的感情。"找一个有钱、有腔调的老男人，学完了一切，再专心等他死。

王玉王不说话了，耸耸肩，把烟头扔进垃圾桶里，拉着她回到写字楼。春日的天大多时候阴沉沉的，高楼耸立在密匝匝的云朵之间。

她听到王玉王对她轻描淡写地说："总之，感情的事你自己看。我只希望你不要因此影响工作。"

马其远这周末没有约唐影，说是有事出差，回来了再联系她。唐影当然温顺地说"好"，也不问他去做什么，更不会问也不在意他什么时候回来。

虽然他们尚未确立情侣关系，但她毫不患得患失。她看着手机有几分满意：这就是传说中心智成熟的感情。

只是两个小时后，临近下班的时间，她收到许子诠的消息。

两人上一次的聊天记录还停留在半个月前。在画廊见面之后，许子诠没有再来找过她。而这期间，对她发出的几条"正能量"朋友圈，他也像屏蔽了一样，不回复不点赞，大有绝交的势头。

这次他发的却是："要不要一起吃饭？正好在你们楼下。"像是这一阵的疏离都被略过，忽然回到从前。

唐影顿了顿，回复说"好"。

北京的春天性子太急，匆匆踏了地面一脚就走了。气温不稳定，骤升骤降，刚换上短袖，到了夜晚又迅速凉下来。唐影见到许子诠的时候，他戴着黑色口罩，只露出半张脸，白色衬衫外随意套了件西装外套。

"怎么戴上口罩了？"太久没见，她差点没认出他。

他瓮声瓮气地说："感冒了。最近没休息好。"

唐影第一次见到这样的许子诠，他平日总是时尚又好看，没心没肺的样子，这回见面时却莫名有点虚弱，像受了不小打击。对他的几分恶趣味让她忍不住想要逗他，她侧着头问："这是太忙还是为情所困？"

结果他停了几秒，转过头认真看了她一眼，声音低低地回答："这回，还真是被人伤到了。"

唐影被他这眼神看得心脏漏跳一拍，识趣地闭嘴了。

可对方并没有放过她，凑过来补了一句："怎么不问问，是谁这么大本事？"

两人正沿着通惠河边走着。白昼越发长，夕阳下山后天还未黑，河边人少，岸边有垂柳，两人这么并肩而行，伴一轮月亮，让萧瑟的北京也莫名沾染了几分风花雪月的气氛。他凑近，哪怕隔着口罩，她都能感觉到他的气息。

唐影忽然不敢回答他，只含糊地说："不用问也知道，是个厉害姑娘。"

"扑哧——"许子诠被她逗笑了，伸手揉她头发，然后用很温柔的语气开口，"哪儿有人这么夸自己的？"

唐影一下僵在那里，停了步子，侧过头干笑着问："你什么意思？"

许子诠露出黯然神色来，专注地看着她的眼睛说："唐影，你伤了我的心。"

"为……为什么？"她有些发毛，她没见过这样的许子诠。她竭力做出不可思议又自然的样子，目光越过他，落在他身后一棵树的树梢，就是不看他。

他也站住，与她面对面，伸手想碰她的脸，最终却只是摘了自己的口罩，一只手扶着她的肩膀，低头看她。"我不喜欢看到你和别人在一起，唐影。"

像是命令，又像是撒娇。

身体里像是因为这句话而涌入了热水，心也被包裹，在热水里浮浮沉沉。她终究让目光落到了他的眼里。两个人在树下，天还有着微光，这份微光，足够他们眼里装下彼此。

然后，他凑近来，他的脸在她眼前放大。

她开始意识到，这是他温柔的网。或许他今天根本没想约她吃饭，只是想在她面前，亲口告诉她，她伤了他的心。

而意外又毫不意外的是，她并未因此愧疚，反而有一丝丝欣喜。这份欣喜让她变笨，也浑身变轻，好似能飘浮在空气里。

她见他动了动唇，像在叫她的名字，耳朵却屏蔽了声音。

下一秒，落在她唇上的，柔软温柔，是他的吻。

他的手环住她的腰，轻轻地将她贴近自己。她像是被蛊惑了一般，而他向来有蛊惑她的本事。唐影只觉得周围的空气都在发颤，脚也发软。她半仰着头，想往后躲，或许因为紧张，指头死死拽着裙子。他似乎察觉，又将她往自己怀里揽了揽，伸出另一只手钩住她的指尖，十指交扣，抵在他的腰侧。

他嘴里的气息喷在她的唇上，她听见他含含糊糊地对她说："别走……"语气有几分急切。

于是她真的没再动。

她就这么被许子诠抱在怀里吻着。不知过了多久，久到气息从乱变得平稳，唐影决定偷偷睁开眼，看一看他：近在咫尺的他仍闭着眼，乖又专注的样子。她的心霎时间像是融化了的榛子巧克力，又软又甜，但又充满力量地咚咚响着。

"许子诠……"好久后，她叫他，眼睛雾蒙蒙的。此刻的天已经彻底暗下来，他的眸子在月色下一片晶亮。

"嗯……"他虚虚应了一声，却像是还没反应过来，忘了自己此行的目的，只顾将她搂在自己怀里，让她听快速的心跳。

他的怀抱是热的。直到耳边的心跳声一点点平息下来，变得规律，唐影才又叫他一声，声音糯糯："喂……许子诠。"

她后退一小步，半仰着头看他，想了想，决定先声讨："这是我的初吻。"

"嗯？"

缓过来的许子诠用前所未有的认真神色看着她。

他伸手抚上她的脸。就在唐影以为他要表白的时候，她听见这个刚刚吻完她的男人，用一贯好听的，微微带一点撒娇语气的沉沉嗓音对她开了口。

"唐影，你伤了我的心。所以，我也想伤你的心。"

07

许子诠第一次深刻认识到唐影不是一般人。

比如她被人骗了初吻，愣怔几秒，下一句话竟然是："你要怎么伤我的心？故意在感冒时吻我？"

她没哭，没气，似乎也没露出多心碎的表情，反而看起来有点蒙。连带着许子诠也不太清醒，这么四目相对了一会儿，他才想起要解释一下："我这是着凉引发的感冒，不传染。"

唐影狐疑地看他。

他当然不能承认自己的所谓"感冒"是在撒谎。

他只好接着扯："得是病毒性感冒才能传染。我百度过了。感冒还分风寒和风热。"

说完了才发现说这些实在有些傻气，他看着唐影，回到正题，试探地问："你……不生气吗？"

她应该生气的。换作别的姑娘，被他吻完了听到这种话，下一秒就能毫不犹豫地抽他耳光。她却缓缓摇了摇头，很诚实。"我忘了。"她抿了抿唇，低头认真分析起来，"可能是……第一次接吻，没想到这么好……软软的，还挺香，加上你吻技也好……"

看她的表情似乎还挺回味？

许子诠没想到她是这个反应，哭笑不得，差点顺着她的话头承认说"其实我也感觉很好"，好在忍住了嘴，却没忍住伸手揽她。可下一秒，唐影已经反抓了他的手，麻利地从他手上摘下了友谊之戒，冷静地宣布："但这样的话，你不应该戴着它了。"

戒指在手上戴了许久，褪去后留下浅浅痕迹。唐影的手比他的小上许多，又凉又滑。不知是舍不得戒指，还是舍不得她的温度，他忽又伸指钩住她的指头，见她抬头看着他，他顿了顿说："好，先放你那儿吧。"

他仍抓着她的手，过了一会儿才舍得放开。

唐影将他的戒指揣进包的内袋里，两个人继续沿着通惠河走。许子诠似乎这才发现她一直背着电脑，还踩着高跟鞋。河边的道路本就不平，他干脆伸手抢过她的包，拎在距离她远的那一侧。

唐影也没说话，任他抢过她的包。两个人有一搭没一搭地走着，袖子时不时擦过，嘴角还残留着彼此的气息，不说话，气息就被风轻轻带走。

半天她似乎才反应过来，推测他的意图。"我知道了，你是打算让我喜欢上你，再把我甩了吗？"

许子诠没应，想了一会儿才问："这样是不是太渣了？"

唐影点头。"不仅渣，而且小气。"

他大概也这么觉得，可又有几分不甘心，停了一会儿说："但我也不愿白白让你伤我的心。"

言情小说里的男主角，总是付出而不问回报，纯粹又深情，别说稍稍伤了他的心，哪怕拿刀子在他心上剜出一座精绝古城，剜完了他仍爱你。她向来知道许子诠不是徐家柏，对待感情讲究平等而不是付出。他只是现实里条件优越的普通男人，是趋利避害的理性人，归根结底，最爱自己。

但她也没什么好与他计较的，毕竟她最爱的，从来也只是自己。

于是唐影决定大度一点，规劝他："如果我伤了你的心，你要不要试着原谅我，而不是报复我？"

许子诠摇头，很果断。"不要。"

唐影睁大眼。"所以你还是要报复我？"

许子诠一脸理所当然的表情。"反正就不是原谅。"

唐影无奈了。"那你吻我？吻了就能伤我的心吗？喂，我的心也不是那么好伤的。"她想起马其远，理直气壮起来，"我也可能是个厉害的渣女，鱼塘里有好几条鱼。"

许子诠不说话了，他也想到了马其远，那个普普通通的中年男人，她对那个人笑得灿烂。他心口发堵，脚步越发快了。

过了一会儿，他才很坦白地说："我真以为，吻了你，再告诉你'我只想让你伤心'，就能伤你的心了。然后……然后我可能就会好过一些，继续把你当成朋友。"

你打我一拳，我也还你一拳，心结解开，还能继续喝酒。他以为与"纯友谊"的感情，也像是小时候与兄弟抢玩具。

"难怪林心姿说你不懂爱。"唐影叹了一口气，"当然，我也不太懂。但让我伤心了，你就平衡了？"她想了想，又补一句质问："而且，既然喜欢我，你不该心疼吗？"

许子诠一呆，见唐影自顾自得出这个结论，下意识反驳："谁说我喜欢你？"

"那你伤什么心？"她迅速反问。律师的逻辑能力太强，许子诠不说话了。

两个人沿着河边不知走了多久，似乎已经忘记他们本是要去吃饭的。只是他们都想这么漫无目的地走下去。此时路边人少，夜色也正好，没有人来打扰。

等再穿过一条人烟稀少的路后，许子诠像是终于想通了什么，忽然停下，拉住唐影的手，将她再次拽到自己面前。"你说得也对，也许不是呢。"他看着唐影，"也许我不是想让你伤心呢。也许我只是……"话到嘴边，他又有些难以启齿，与她对视，一样的距离，他脑中浮现出刚刚他吻完她时她那双雾蒙蒙的眼。

她的手腕极细，这么被他的手握着，让他生出一种她很柔弱的错觉来，刹那间他觉得承认也不算什么，于是他看向她的眼睛，坦诚地说："也许……我是说也许，我只是……想要你的心。"

唐影那天晚上失眠了。

她发现人是有肌肉记忆的，甚至每一个细胞都是有记忆的，比如说孤单了二十多年的唇，忽然碰见了世界上另一张唇，这样的相遇，带来了迫切与兴奋。

她才没有想他，但禁不住她的唇在想他的唇。

她头发乱蓬蓬，在被窝里听杨千嬅，半夜粤语女声由耳机传入心底："一吻便偷一个心，一吻便杀一个人。"也不知是怨是赞。

她这才知道许子诠的厉害。那个不安好心的吻，确实让她想起他的频率比平常多了许多许多倍。

更讨厌的是，许子诠说完那句"想要你的心"，便转身走了，连续一周音信全无。偶像剧在萧条的通惠河边落幕，过了很久唐影才听某人不太情愿地提起：自己当时只顾要帅，忘记了那条路太难打车，又逢北京晚高峰，最后硬是故作潇洒走了十几分钟，才勉强找到地铁站，混入人流脱离苦海。

"简直像个傻子。"他决定怪到她头上。

她后来笑到差点胃抽筋。

而在许子诠失联的那一周里，她也没闲着。马其远公司的项目做了一半，进展顺利。那天刚结束会议，恰逢他项目团队每月聚餐，顺带也叫上了王玉王与唐影一起。马其远心情好，想起自己后备厢里还放着几瓶红酒，叮嘱司机选其中一瓶拿上来。

开席后司机匆匆送来一瓶酒，唐影坐在马其远身边，顺手替他用开瓶器打开，往醒酒器里倒，侍酒姿势潇洒。马其远正欣赏着，忽然目光落在酒瓶上，神色一变，脱口而出："哟，怎么拿了这瓶？"

大家一怔，唐影也愣在那里，进退两难。马其远语气颇为惋惜地说："这瓶啊，是打算收藏的，前几天刚到手，一直放在车里。"

老板没说价格，大家对"打算收藏"的酒的价格没有概念。王玉王瞥了一眼瓶身，抬了眉毛笑起来。"啸鹰酒庄的啊，看这年份，价格至少 10 万。"

是司机没注意，拿错了酒。

大家听王玉玉说明价格，表情严肃起来，可又透出一点希冀——毕竟倒都倒了。

眼看着从瓶子里哗哗流出的液体变成了人民币，唐影也心惊肉跳，不知道该继续倒，还是把醒酒器里的酒再倒回去物归原主。好在下一刻，马其远笑了笑，看大家一眼，大度地表示："今天便宜你们了。"

的确是 10 万，只不过是美元。他懒得多说。

众人霎时间放松，都喜上眉梢，感谢马老板外加感慨自己走运，一人恭恭敬敬拿一个高脚杯盛上小半杯，怀着神圣心情抿上一口，连平日声称自己酒精过敏的女下属也不再推托，瞪大眼睛说："一小口都得几百元，那必须得尝尝，尝尝。"本来拘谨的气氛因为这瓶酒变得欢快起来，又上了别的酒，大家越喝越多，几巡过去，等项目团队众人轮番敬完老板，唐影也晃晃杯子对马其远笑着说："让您破费了。"喝了酒的唐影脸泛着红，鼻子尖也是粉的，与平日不同，马其远看了她一会儿，淡淡地说："没事，本来收它，也是想等哪天跟你一起喝的。"

好在当时周围人声鼎沸，没人注意到他们。唐影听了这话不由得低头捂了捂脸，觉得更烫，不敢与马其远对视。

原来老男人也会撩人。

接着一群人喝高了又起哄要唱 K，马其远也同意了。KTV 的一方天地里当然也有装腔技巧，唐影本来就爱唱歌，对这些技巧十分熟悉。入门一点的，只点冷门歌曲，一个人拿着麦克风哼哼，众人皆醉我独醒的架势；进阶一点的，点热门经典翻唱歌曲，第一段唱翻唱中文版本，第二段唱粤语、韩语或日语版，先用传唱度高的调子吸引众人注意力，再用腔调镇住全场。

但赤裸裸地装腔往往会引起大家的反感，高级别的装腔讲究的是让观众心悦诚服。所以唐影走的一向是"曲高和寡奠定地位，再平易近人赢得民心"的路线：先用冷门歌曲或者外文歌曲吸引目光，诱人另眼相看；再唱几首热门又不落俗套的歌曲，刻意走下神坛，洗脱装腔嫌疑；等到活动接近尾声，拿出看家本领唱一首练过一百遍的 20 世纪 90 年代怀旧金曲，打出岁月情怀牌，作为今夜的完美收尾。三个步骤走下来，建立起有腔调又不爱腔调的人设，总能收获青睐无数。

一起出来玩的时间长了，王玉玉也识得唐影套路，只坐在角落与马其远有一搭没一搭地聊着。注意到马其远的眼神总往不远处被众人围着的唐影身上飘，王玉玉扬了扬眉毛，笑得了然。

唐影这边刚走完"平易近人赢得民心"的步骤，几首歌唱完，喝彩一片。偏偏马其远的团队成员基本五音不全，她倒是成了歌王，一只手抓一瓶啤酒，正欢天喜地埋头选一首怀旧金曲，打算以此结束今晚的表演，忽然也意识到不远处的目光，很快锁定目光主人，视线与马其远短暂相接。她心里莫名空了一拍。

却是因为害怕。

四十岁以上的企业家用炽热的目光看人，很少会让人联想到爱情，目光里更多的是占有欲，像看中心仪的物品。那是在商场上搏杀许久，不经意间流露出来的狼性，是看猎物一般的眼神。

马其远第一次对她流露出这样的眼神：不同于往日带着礼貌的欣赏，而是赤裸裸的占有欲。她这才惊觉，她终于把自己"作"成了他最感兴趣的猎物。

等结束唱歌，唐影拉着王玉王去卫生间的时候，王玉王直接点出："你们今晚有戏了。"

"什么戏?!"唐影正拿水泼脸，本喝了太多酒，被这句话吓醒大半。

"床戏?"王玉王感到好笑，"一会儿你坐他的车回家，约会对象顺理成章转情人，估计明天就能收到爱马仕的包。"

唐影像是还没反应过来，红红的脸上挂了水珠，半张着嘴一动不动。王玉王又补充了一句："我看他之前只是觉得你好玩，没动太多心思，但今晚这个眼神……"她睨了唐影一眼。"啧啧，火热了……"

她正打算恭喜唐影傍得大款，祝唐影把握好机会，再一飞冲天……却不料唐影脸色铁青，像是经历了天人交战，最终，拉了拉她的袖子，努力挤出邀请语气。

"欸，那啥……还是……要不，玉姐，今晚，我……我陪你睡?"

08

最后两人安排的戏码是，王玉王佯装喝醉，被唐影从卫生间搀扶着出来。唐影鼓足勇气无视马其远意味深长的眼神，故作遗憾地对各位说："抱歉抱歉，上司酒量不行，都不省人事了，我估计得送她回家了。"

马老板提议："要不我先和你一起送她回去? 反正我们住得近……"

话音未落，王玉王"哇——"一声作势要吐，配合迷离的眼神，吓得唐影赶紧将上司往后抱，嘴上一个劲说："别了别了，她这样弄脏您的车怎么办?"唐影挣扎着麻利地在路边拦了一辆车，将王玉王往车上一推，自己奋力往里挤，逃命一般关了车门。

"真尿。"

出租车发动，王玉王凉凉地看了唐影一眼，调整坐姿，对着后视镜理了理头发。

　　唐影拍心口缓和心跳，嘴上却不承认。"没尿，我就是……觉得今天状态不好……不适合献身。"

　　"你怎么状态不好了？来大姨妈了？"

　　"这倒没有，就是……"唐影想了半天，憋出一句，"我今天忘穿成套内衣了！"她看了王玉王一眼，着急地解释："穿的是优衣库的纯棉高腰四角裤，还是肉色的……呃，可能还有些松垮……"

　　王玉王懒得理她，拿出手机查询几个邮件，眉眼也不抬就说："你自己看看办吧。大佬的耐心可没多久，欲拒还迎那套不管用。得快准狠睡了他！"

　　唐影顺从点头，嘴上瞎应："嗯嗯，我以后保准每天在包里放一套性感内衣，以备不时之需。"

　　最后是王玉王送的她，车停在破旧小区门口，唐影跳下车挥了挥手告别。初夏的北京夜晚凉爽，她只穿一件天青色连衣裙，迎面凉风一吹，脸依然发烫。小区门口的路灯一直无人来修，出租车车灯远去，带走了脚下光明。

　　体内酒精作祟，所以她借着月光脚步不稳地走向破旧铁门的时候，着实被门口站立着的身影吓了一跳。

　　许子诠?!

　　消失一周的人忽然出现，见面就拉过她。

　　"你来这儿干吗啊？"她睁大眼睛。

　　"怕你忘了我。"他又开始演偶像剧，低头看她。他好像在她楼下等了一夜。

　　唐影撇嘴，警惕地后仰看他。"那你上次把我扔路边，然后消失一周？"

　　他嘴角弯弯笑起来。"嗯，故意的，怕你不想我。"

　　套路真多。唐影不说话了。她的身上都是淡淡酒气，笼罩着他，两人贴得近，他皱眉问："喝酒了？"

　　她点点头。"嗯。一群人喝酒，可快乐了！"她仰头看他，带几分挑衅，"所以你失策了，我没有怎么想你。"

　　许子诠却没介意，反而笑了笑。"没关系。我还有 plan B（计划 B）。"

　　两人就在门禁外面相对站着，距离楼道太近，说话声点亮了声控灯，一下子，淡黄的光透过旧铁门洒在二人身上。许子诠逆光对着唐影，眉目间被刷上一层滤镜……唐影莫名其妙想起来，这是几个月前林心姿和徐家柏站着接吻的位置，一样的距离，差不多的姿势，于是她问："……什么是 plan B？"

　　再吻我一次吗？

　　下一秒，许子诠用实际行动回答了她。

　　可再下一秒，才轻触到她嘴唇的男人，就嫌弃地往后移了移……

　　"全是酒味……"他皱了眉头。

唐影有些不满，伸指头捏住他的唇，也皱着眉头道："这不是普通的酒，是一瓶10万元的……好贵的。"

热气喷在他唇上。

"哦？"他扬起眉毛，拉过她不安分的手，十指交扣，垂着眸子只看着她的嘴，"那我尝尝？"

他又凑上来。

在唇齿缠绵的间隙，是唐影含糊不清的嘟囔："你……尝一点就行……嗯……贵……"

"然后呢?!"林心姿问。

两人坐在建外 SOHO 的一家泰餐店。碰巧今天徐家柏出差，林心姿约了唐影吃饭。听了唐影和许子诠的"壮举"，美人的漂亮眼睛简直要落到碟子里。

唐影冷笑。"然后……哼，他又走了。"

风一样来了，吻了就走，是担心之前杀不透她，特地补了一刀。

若不是后来他也骗走了她的那枚友谊之戒，她简直以为那天晚上在醉酒状态下看到的月光下、楼道门前的他是个幻觉。偏偏他骗走戒指的理由也很充分。

"这次你也主动了，没有资格再戴戒指。还给我。"他顿了顿，又加一句，"乖。"

"拔舌无情。"林心姿总结。

唐影点头，骂他渣男，想了想又评价："但是吻技好是真的……"

林心姿摇头。"吻技好坏是个比较级，你又没有对比，怎么知道他吻技好？"

也对。唐影想了想说："也可能确实是因为……回味无穷？"

许子诠的攻心策略她大概摸清了：赤裸裸地色诱，如果一个吻不能解决问题，那么隔上几天，再送上门来第二个。

她没和林心姿说的是，在许子诠突袭吻完她的那个晚上，她梦里全是他。第二天醒来，还是想他，她握着手机傻傻等了小半日，果然盼不到来自渣男的一条微信。她总算清醒，意识到这是他的计谋，让她等，骗她猜，逼她在他身上耗费心思，心思花多，心也被他骗走。

她若只是拒绝，就会成为被动的那一个，从最初的抗拒，变成接受，变成期待，变成望夫石，再变成树墩……人是会被驯化的，心也是。

唐影像讨厌被人追求一样讨厌被人诱惑，感情的世界里，一味防守只能延缓失败的时间，与其想方设法不爱他，不如让他爱你。

男女之间的事情很简单，他可以撩你，你也可以撩他。打来打去，都是嘴炮，反正情话说一百遍也不需要钱。

于是第三天她决定反击，脑子转转，刷了一整天抖音情感博主的渣女行为指南与微博土味情话，终于有了主意。她定下夜里三点半的闹钟，然后早早睡下。夜里闹钟尖叫，她坚定爬起，怀揣恶意装作陷入爱情的懵懂少女，用哀怨的语气给许子诠发过去一句："唉，半夜想你想到睡不着，怎么办才好呢？"

情感博主的理论很简单：撩拨他，不过就是让他误以为你爱他。她打算先举起白旗，骗他放松警惕。

消息发出。夜半窗外只有树影，远远的路灯像是阵前将军帐。爱情的攻防战里，两军对阵，她趁夜袭营，又是兴奋又是得意：等他明天睡醒看到消息，再一看发送时间，是个男人都会浮想联翩，小鹿撞到喜马拉雅山。

她即将赢得一局。

唐影安心地锁了手机屏幕，心满意足，重新戴上真丝眼罩打算高贵地滑入梦里，不料刚关了灯，手机就振动起来。

许子诠回了消息？！

她大惊，慌乱爬起看手机，打开对话框就发现自己输了：敌军更绝，发的还是语音。

她颤抖着心点开，渣男的声音被夜色温柔包边，带了沙沙的磁性。他款款回了她一句："这么巧？傻瓜……我也是。"

像是被毛刷子轻轻扫了心，唐影一愣，下一刻差点把手机从床头扔下去。

过了几分钟，那边见她没有反应，直接语音电话拨来。手机在床上"嗡嗡嗡"响个不停，像是对方在阵前叫骂，让人不敢不应。唐影这才发觉自己是无脑菜鸡将军，读了几本兵书就擅自袭营，果然被老江湖瓮中捉鳖。

电话铃声颤颤，她想起《倾城之恋》里的白流苏和范柳原，男女心彼此猜测，也是夜半琅琅的电话铃声，声声挠人心。她起了怒意，喊，老套的伎俩谁不会呀？手机的振动声让她烦躁，越烦躁越燃起斗志，唐影决定嗤之以鼻，把心一横，抓起手机，对着听筒脱口就是一句："我爱你。"

果然，把两个人都唬住了。

那头只有浅浅的呼吸声，忽然一滞，过了好一会儿，他才问："真的？"

唐影深深呼吸吐纳，努力褪去脸上绯红，决定诚恳一点，回复："假的。"

两个人又不说话了。

他又问："那想我想得睡不着呢？"这回声音带了笑意。

唐影索性放弃，躺平任嘲。"也是假的。我特地定了三点半的闹钟，其实不到十二点就睡了，睡得很香。睡前还喝了牛奶，点赞了好几个腹肌猛男短视频。"

那头又安静了，熟悉的呼吸声透过听筒，执着地要传入她的心底。唐影烦躁起来，试图反攻："那你呢？你前面说的话，是真的假的？"

那头干巴巴地回答："我才不会那么无聊，设定闹钟搞这个幺蛾子。"停了几秒，他继续说："我是打魔兽到现在。"

唐影简直想把手机从窗户扔出去。她白眼还没翻上天，那头又补充了一句："不过，唐影，你猜猜，我刚才哪句话是真的？"

她被噎住，心头又紧。

三秒后，她"啪"一声狠狠挂了电话。

"渣男太难斗了……"唐影咬着吸管，和林心姿总结。她们俩对着巨大落地窗并排坐着，长腿悬下，成了路人眼里的风景。

还只是初夏，林心姿就早早穿了短裤，她皮肤雪白，腿又直，轻易就能收获男女老少的殷切眼神，心满意足。她小声对唐影说："徐家柏出差了我才有机会穿短裤！你都不知道平时他管我多少！暴露衣服通通不许穿，小气死个人。"

唐影笑起来。"难怪了。我本来还想你以前最怕冷的，怎么今天反倒不怕了。"

林心姿摇头抱怨："天啊，你不知道我多想我的短裤短裙露肩吊带们！穿衣服本来就是给自己看的嘛，结果因为他，我被迫告别了它们。"

"那你可以反抗啊？"唐影好奇地说。

"算了吧。"林心姿摇了摇头，认真给唐影上课，"恋人在一起总要互相迁就的啊。他迁就我那么多，我也该迁就迁就他呢。就把他当作小孩咯。"

说到这里，似乎想到什么，林心姿忽然又将话题转到了唐影身上："对了，说到斗渣男我还是有一点点经验的！你要不要试着找几个备胎转移注意力？"

"啊？"

"对呀，你周围得有点其他人……"大美人乌溜溜的眼睛看向唐影，"宝贝，你现在有别的暧昧对象吗？"

唐影一愣，最终，看着闺密，摇了摇头，回答："没……没有。"

她没和林心姿提起过马其远。

09

唐影实在不知道怎么开口。

你曾经约会的看不上的男人实际上真是个土豪，并且对我感兴趣。

于是她将马其远的事情瞒到现在。撒一个谎的代价是需要用越来越多的谎言去弥补，她不想撒谎，选择不说。隐瞒是被动的谎言。

避而不谈的事情就像一只停在屋子里的大象，隔着这只大象，似乎不再好意思与闺密交心。唐影觉得有几分尴尬，话题也因这份尴尬由热烈变得冷下来，十多分钟后，两人放下筷子，决定告别。

林心姿娉娉婷婷回家的时候，没想到徐家柏已经回来了。他只脱了西装坐在沙发上，袖子挽起，露出结实的小臂，正拿着手机拨号，紧紧抿着嘴。见林心姿开门，他表情终于松弛了一些，紧紧抿着的嘴松开了，打算绽开一抹微笑，可见到她整个人，那抹笑又被狠狠擦去。他将手机扔到一边，问："怎么穿着这个？"

林心姿做了个鬼脸，知道犯错，踢了鞋子露出无辜神色试图转移话题："宝贝，你怎么提前回来啦？"

徐家柏又问："怎么穿着这个？"声音低了八度。

"好几天没见，你也不抱抱我！"林心姿抱怨了一句，发现他仍盯着她的短裤，躲不过去只好说，"平时你都不让我穿这些衣服……我只好等你不在家偷偷穿。"声音越发小。

徐家柏凉了神色。"所以你今天和谁出去吃饭了？"

她一下没反应过来这两个问题间的关系，愣了愣才说："唐影啊。"

徐家柏敏锐抓住她的犹豫，不信任地问："真的？没骗我？"

"为什么要骗你啊？"美人诧异，走过去，攀上他的手臂软软撒娇，"宝贝，你今天怎么了嘛？"

徐家柏仔仔细细看了她一会儿，最终虚虚揽了揽她，坐在沙发上，扯开领带，有些颓然。"事情没办完，但我今天提前回来了……"

"为什么？"

"我……我……"他有些难以启齿，"我昨晚做了梦，梦见你……你和别的男人跑了……一晚上没睡好。今天上午我立刻就告假赶回来了，一回家你也不在……"他又瞥了林心姿白溜溜的大腿一眼。"结果发现，你还穿成这样出门。"

林心姿愣住。"那不是会影响工作吗？你领导没意见？"

徐家柏顿了顿，认真扳过她的肩膀。"还好吧。什么事能比你重要？"

"工作也很重要啊。"林心姿无奈了，觉得他傻，用指尖戳他脑袋，"唉，你每天到底都在想什么啊？"

"想你。"

徐家柏把头埋进美人的怀里，撒娇："宝宝，你千万不可以离开我……"

林心姿心变软，拍着他的头说："乖，你不要每天胡思乱想。吃饭了吗？我去给你煮面吃好不好？"

大美人向来远离厨房，唯一擅长的是煮方便面，自从同居以来，都是徐家柏做饭，只有极其偶尔的时候，比如现在，大美人会屈尊为爱人洗手做一回羹汤。

于是徐家柏当然乖巧说好，轻轻吻了女朋友的额头，放她去了厨房，目光也虔诚地追随她的背影。直到厨房里传来锅碗碰撞的声音，他才将爱意满满的目光收回，慢慢落在林心姿先前随意扔在沙发上的手机上。

密码他当然知道：940322。

是大美人的生日。

徐家柏自己都忘了偷看对方手机的习惯是什么时候养成的。

费心夺来的芳心没能给他足够的安全感。于是他想方设法将美人困在怀里，藏在眼皮子底下最为稳妥。只是没想到，他拥有她越多，占有欲越强，不安也越多。她手中握着的小小手机是他无法触及的另一个世界。

2020 年的人总有好几面：实体的、虚拟的、线下的、线上的。他不甘心只能占有一半。手机里的那个林心姿，他亦想触碰。

女神对舔狗少有防备，总能留下机会让他记下锁屏密码。于是忘记是在哪个夜晚，他趁她熟睡，就着月光悄悄拿起她的手机，手轻轻颤抖，像第一次解她衣裳。

好在女神没有秘密，徐家柏长长吁出一口气。尽管招惹她的臭男人不少，但她统一用娴熟语气敷衍："哦""呵呵""哈"。对比与他聊天时的"哇""爱你""么么哒"，他总算心满意足。他放下手机，爬上床，调整躺卧姿势，将熟睡的美人搂在怀里。

"我爱你，宝宝。"他用新收获的小小安全感，在她耳边表白。

久而久之，变成仪式。就像异地恋恋人通过"早安"与"晚安"每日确认彼此心意，徐家柏也在每一天的夜里，一次次用林心姿的手机测试忠诚。

他想起小时候看的香港老电影，《大话西游》里紫霞仙子跳进至尊宝的心里，问至尊宝爱谁，心不会说谎，告诉她答案。他当时羡慕，恨不得也能跳进每一个深爱女孩的心中，确认心意。当然只是幻想。可惜几十年后的人们依然没有发明出适合情侣使用的测谎仪，但好在有了智能手机。都市男女早就养成习惯，若有怀疑，与其问你的嘴，不如问一问你的手机。

手机，是当代《大话西游》里至尊宝那颗不会说谎的心。

此刻，客厅的电视声与厨房传来的声音混合成嘈杂的背景音。徐家柏迅速看了厨房一眼，门虚掩着，传来抽油烟机的声音。时机正好，他扑上去，娴熟解锁，打开对话框找到联系人"唐影"，心里隐藏着巨大的恐惧。他松了一口气，好在她没骗他，今晚和她一起吃饭的人，确实是唐影。

眼神重新恢复了爱意，他将林心姿的手机放回原处，安心靠在沙发上，打开电视。下一秒，林心姿的手机振动了两下，又收到两条微信消息……

林心姿在厨房里用剪刀剪下芝士包装的时候，徐家柏开门溜了进来，吸吸鼻子，说："宝贝做的面好香啊！"

话音未落，他就发现林心姿没戴手套，心疼起来。"不是专门给你买了橡胶手套吗？你这样下厨房，手糙了怎么办？"

林心姿摆摆手说："没事啦，好麻烦的，一年也进不了几次厨房，糙不了的。"

徐家柏从背后搂住林心姿的腰，轻轻吻她的脖子，喃喃道："那我也心疼。"

林心姿笑盈盈躲了躲说："别闹，乖乖去座位上等着。"

"哦……"徐家柏嘴上应着，却没动，递上林心姿的手机说，"刚才你手机振动了两下，应该是来微信了。"

林心姿忙着下厨，一边往咕噜咕噜冒热气的锅里扔芝士，一边说："是吗？我现在没空，你替我看看是不是重要消息。"

"怎么看？"徐家柏刻意一愣，晃了晃锁着屏的手机。

"我告诉你密码，是94……"美人才开了口，就被爱人打断。

"不要。"徐家柏摇头拒绝，十分坚定，将林心姿的手机放在离灶台远一些的位置，继续专注搂着她，声音深情，"宝宝，我不要看你的手机，也不要知道你的手机密码。两个人应该有各自的秘密，你的手机是你的小小世界，我应该尊重。"

"知道啦，知道啦。"又是一番表明心迹，徐家柏说了很多遍，林心姿听到耳朵长茧，知道拗不过他，不再勉强，只侧头轻轻吻了吻他。

抽油烟机"哗哗"叫着，沸腾的锅冒起细细的烟，她认真往锅里撒下细碎葱花。小小的厨房与餐厅都盈满暖黄色的灯光，是徐家柏和林心姿当初一起在宜家选择的颜色。林心姿曾在两种颜色里犹豫，徐家柏却坚定选择暖黄色，他说暖黄色光温馨，是家的感觉。

二人等待泡面出锅。

"小心烫！"

徐家柏拦住爱人，殷切地戴上隔热手套，将这碗带了浓浓爱意的面条端到餐厅。跟在后面的林心姿拿起手机查看微信，两条未读消息，是同事来询问工作，对方是单位新来的领导，姓胡，说话幽默风趣，备受女人们青睐。

他语气平淡有礼，说自己初来乍到，为了了解工作，这周三中午想请部门聚餐，询问林心姿是否参加。

再正常不过的邀请，她用手背捂了捂脸，双手敲击键盘认真回复："好的，没有问题。"

她没有注意到一旁的恋人瞥向她时的表情，当然，更听不见他的心声。

所以，林心姿不知道，此刻埋头幸福吃面的徐家柏想的是：只有让你完全放松警惕，你的手机才不会掩盖秘密。

然而只可惜——

徐家柏忘记，更多人的秘密，藏在心里。

10

林心姿不知道，梦中出轨，算不算出轨。

梦里面的人虽然脸很模糊，也不知名字，但明显不是徐家柏。梦中，男人牵着她的手在一片山地上奔跑，明媚的太阳与鲜艳绿地，像是在北欧拍摄婚纱广告。光晃得她看不见眼前人，他停下来，吻她，嘴唇柔软又清凉。再然后，梦里的人抱住她，修长手指沿着她的腰际上滑，上滑，滑到让她面色绯红的地方……接着他的唇下移，下移，移到和手指同一个地方。她身体发软，一脚踏空……

夜半惊醒。她猛睁开眼，捂住胸口，被这样香艳的梦吓到。

身边安睡的人感知到她的动静，沉着呼吸揽了揽她。林心姿侧过头，看着徐家柏，皱了皱眉毛。她伸出指尖勾勒他的侧面眉眼。他是好看的，她想。她认真为自己的梦愧疚起来。

她有时候觉得自己不知好歹。比如在爱情里，她从来希望另一半百依百顺。可对这样的感情习以为常后，她反而不再自在。身边睡着的这个男人早就为她付出了一切，成为她的战俘。爱情的战争结束，和平年代，只剩下空虚。

所以，这些真的是你想要的吗？

她偶尔问自己。

早晨林心姿醒来的时候，床头柜上已经放了一杯温水，她揉揉眼睛，喝水唤醒自己。外头刚做完早餐的徐家柏听见动静，围着围裙进屋，吻了吻她的额头。他起得早，洗漱完毕，穿白色衬衫，喷了发胶，看着美人的眼神里全是爱意。他问："宝宝醒啦？"

"嗯……"林心姿点头，一边喝水一边滑动手机界面看朋友圈，指挥徐家柏将窗帘拉开。清晨的阳光落在床上，是过了筛的柔光。她伸个懒腰问："今天吃什么呀？"

"鸡蛋、可颂和牛奶。"徐家柏走到床边，准备抱她。

"鸡蛋要溏心的。"美人强调。

"当然，我拿着计时器煮的，守在那里一刻也不敢走。一定是溏心的。"他一心想将她喂胖，甚至为了她报了烹饪班，学做她爱吃的杭帮菜。

"家柏你真好……"林心姿笑着扑进徐家柏怀里，被徐家柏从床上抱到卫生间，嘴里说着，"小时候我爸爸也是这么给我做溏心蛋的！他特别宠我！"

"嗯，我也要学习，好好宠我们家宝宝。"徐家柏笑容温柔，将女神轻轻放下。洗漱台前是已经挤好了的牙膏、装好水的牙缸。美人头发蓬蓬，对着镜子抓了抓头发，拍拍脸又问徐家柏："今天早上脸上好油啊。是不是很丑？"

"哪里！明明光彩照人。"他揉揉她的发，又叮嘱，"刷完了牙来吃饭。"

徐家柏给予的温柔周到，像是国贸写字楼的空调设定，一年四季，每天温度都一样。吃完了早饭，他收拾洗碗，她穿衣打扮，然后他们一起出门，永远十指交握。徐家柏没必要那么早上班的，但林心姿的起居作息，才是家里唯一的标准。

她被他的爱层层围住。

相恋小半年，她所有的要求，他一概回以"好的宝贝"；她所有的胡闹，他一概对以"我错了宝贝"。

她的女同事们都羡慕嫉妒她，男同事们都识趣地远离她——知道她男朋友体贴又霸道，头顶醋缸。

当然，还是有例外。新来的胡领导年轻有为，平步青云，第一眼就看上了科室美人。

科室聚餐是借口，其实他只是想约她。

中午几人约在世贸天阶的日料店，胡领导好巧不巧就坐在她旁边。大家七嘴八舌点了日本雪蟹，胡领导本是上海人，对各类河鲜海鲜都有讲究，一只手抓着蟹脚，优雅灵活地拧下，用小叉子娴熟地剔出蟹肉，与此同时舌灿莲花，说得头头是道。

他声音温润，人又俊朗，大家叫他"胡哥"，他满嘴进出的知识点在"Brainy is the new sexy"（智慧是性感的新潮流）的年代，换得科室女性集体的星星眼，似乎连他的脸也变成了胡歌的脸。

光芒由他独占，在场男士心中发酸——喊，不就是装吗？

但本来，雄性装腔的方式就那么几种：鸟类炫耀羽毛，人类炫耀财力。而展示阅历则是展示财力的最优雅方式。

手上剥蟹不停，嘴上说话不停，胡哥倒是忘了吃。坐在身边的林心姿忍不住提醒："胡哥你也别光说啊，蟹都剥一盘子了。"

"对嘛对嘛，胡哥你快吃。"大家也注意到他盘子里满到快溢出来的蟹肉，纷纷劝起来。

胡哥一愣，看着满满一盘子蟹肉，一脸惊讶。"还真是……"他对大家笑起来，"我这个人就这样，只爱剥，不爱吃，不知不觉剥这么多了，来来来大家一起吃……"他一边说着，一边将盘子里剥好的蟹肉的大半不由分说扫到林心姿盘子里，再将剩下一小盘递给另一边的男同事，让男同事分给别人。

过于明显的差别对待。同事们眼神纷纷暧昧起来。连林心姿都不自在了。

终于有女同事试图打破尴尬的局面，起了一句："哇，胡哥你这只爱剥蟹不爱吃蟹的习惯太棒了吧，以后谁做你女朋友肯定幸福！"

"是吗？"胡哥一笑，看向身边美人。

还没等林心姿点头，另外两名同事立刻起哄："可不是，林心姿的男朋友就是这样，对她百依百顺，别说剥蟹了，就是蜘蛛都能替她去皮！"

"哦？原来心姿有男朋友啦！"胡哥扬了扬眉毛，笑容不动，立刻又小声叹了句，"也是，这样的美女，单身反而奇怪。是不是？"

林心姿听了他上半句话，本想连连点头承认自己不是单身，可下半句话冒出，她反而不好附和了，只好摇摇头回答："胡哥别笑话了。"

众人话题立刻转到徐家柏平日如何宠女朋友的夸张传闻上。胡哥一边听着，一边只看着林心姿笑，固执地让目光落在她的肩上。

午餐结束，众人热热闹闹离开。胡哥特意落在队尾，与林心姿并肩，忽然低声问一句："每天都在拍偶像剧，不腻吗？"

林心姿一愣，若无其事地解释："每个人想要的爱情不一样。"

"所以这是你最想要的？"胡哥锲而不舍。

"不是吗？难道你不希望有人对你百依百顺，爱你胜过爱自己？"

"当然不。维系一段感情的从来不是单方面的付出。"胡哥笑起来。

林心姿抬头问他："那应该是什么？"

胡哥却不答了，只含笑看着她，刻意卖关子。

林心姿撇撇嘴，气他故弄玄虚。

两人并肩走到单位楼下。其他同事占满了前一班电梯，恰好胡哥与林心姿慢了一步，只好乘下一班。一方狭小空间里只剩下两个人。

共处一室的暧昧让林心姿忍不住挪开了半步。

胡哥这才手握成拳，伸到林心姿面前，半笑不笑。"喂，你刚才想知道的那个答案，我变个魔术告诉你？"美人诧异地看向他。就听他语气神秘，提起刚才的话茬，看着她说："其实很简单，维系一段关系的基础，与爱上一个人的理由相同。都是——"与此同时，他的手掌在眼前张开，里面却空无一物。林心姿疑惑地看他，不知其意，只听他说："好奇心。"

这么说着，胡哥忽然将手掌反转，颤巍巍地悬着一串彩宝项链，在林心姿眼前晃晃。是她之前吃饭时和同事提到的喜欢的款式。她一愣，又听他说："以及，吸引力。"

他将项链推向林心姿，还没等林心姿拒绝，又将项链收了回来，揣进口袋里。"这本是买来送给我喜欢的女孩的。只可惜，她目前不是单身。"

叮咚，电梯门开。胡哥昂然大步走了出去。

留林心姿一个人愣在那里，电梯门开了许久，又自动关上……

半晌，林心姿噘了噘嘴，表情不屑，小声吐槽了一句："喊，油腻……"

11

林心姿在两天后和唐影约了个午餐，顺带悄悄和唐影说了胡哥的事情，但重点在于胡哥的那些理论，诸如：恋人之间保持足够的吸引力，是爱情的前提。

唐影点头说："我觉得他说得挺有道理的。"

二人中午吃的是代餐奶昔。她们坐在写字楼下辟出的人工花园的长椅上，叼着吸管，初夏正午的阳光被树叶筛过，斑驳地落在她们身上。唐影坚守防晒原则，忍不住撑了一把迷你遮阳伞，林心姿却仍要不打伞坐在树荫下。美人表示："晒晒太阳对身体好，有助于补钙。"

话题接着回到爱情本身。林心姿细声细气总结："我以前选男朋友，觉得对我好才是一切的前提。但现在真有个对我百依百顺的男朋友，我反而觉得不对劲了。胡哥那些话，放在过去，我绝对嗤之以鼻！可现在，还真能让我有些小思考。"

唐影惊讶。"你是觉得徐家柏对你没有吸引力吗？"

"我觉得他对我的顺从程度远远超过了他的吸引力。"林心姿想了想，"这是很可怕的事情。我举个例子，如果你最喜欢的男明星每天对你点头哈腰，事事殷勤，打不还手，骂不还口，你还会觉得他很帅很有魅力吗？"

当然不会。

唐影想想也是，毕竟，保持吸引力的前提是彼此平等的关系。否则，再帅气多金的舔狗，也只能是狗。

她看了林心姿一眼。"那你既然都想通了，之后有什么打算吗？"

"没有。"美人摇了摇头，"虽然现在的感情不如我当初想象的那样完美，但人的想象与现实本来就有差距嘛。而且归根结底，我确实割舍不下他对我的这份好。"

毕竟这世界上，想撩你的男人千千万万，可真心爱你疼你惜你的人，才是独一无二的。

"……那胡哥呢？"

"他啊……"美人懒懒喝完最后一口奶昔，"他也就是嘴上说得好听，追女人靠花把式，靠诱惑，像极了你的那个谁……"

"谁？"唐影心里咯噔一下，咬着吸管装傻。

"许子诠咯。"

林心姿拍了拍闺密的肩膀，叮嘱道："和这样的男人玩心，就是一场危险的爱情游戏。玩的时候心跳加速欲罢不能，但要小心，倘若段位不够，最后怎么死的都不知道。"

"但也可能……"林心姿狡黠地瞟了一眼唐影，"人家可舍不得你死。"

唐影不说话了。

许子诠又有好些天没来找她。当然她也没有主动去找他。他们彼此吊着，放任思念蔓延，像是神仙斗法，敌不动，我亦不动。唯一不同的或许是，两人都各自期待着：下一次敌人何时会动，以及会怎么动。

许子诠把时间选在了周六中午。

睡完懒觉起来，他摸到床头手机，迷迷糊糊给久未联系的唐影发了消息，像是汇报自己的一举一动。

"唐影，我睡醒了。"

与他的对话框弹出，陌生又熟悉，她的心也跟着跳起。她咬着嘴唇盯了手机半响，先发制人扣上帽子。"你又勾引我？"

与渣男斗智斗勇一阵，她掌握了经验，比如千万不能被动，要主动并且比他更主动。狭路相逢勇者胜。再勇敢点迸出些骚话，或许能镇住场面，有幸乱拳打死老师傅。

只是她没想到，"老司机"永远比她主动。消息才发出，他即刻拨了电话过来。大周末中午，两个人都在被窝里，睡到骨头都要融化。

他倒是没否认她的指责，轻轻笑："你发现了就好。"没收到唐影的回复，许子诠又问："你醒了？"

唐影好久没听见他的声音了。她正躺在床上，将手机换了一边耳朵，看着窗外斑驳树影，很乖地应了一声："嗯。"

"下午有空吗？"

"做什么？"

"来我家？"

唐影一惊，从床上坐起。"啊？"

许子诠又蛊惑道："来我家看电影好不好？法国片。然后我们在家吃火锅，点海底捞火锅外卖，可以喝冰啤酒。我好久没吃了，你不想吃吗？"

唐影被说动，但嘴上还是拒绝："不要，夏天吃火锅，要热死的。"

"我们开空调，开20摄氏度，假装是在秋天？"

唐影接着拒绝："不要，我太懒。不愿意出门。"

渣男继续劝她："我给你叫专车，等车开到你小区门口了，你再穿上衣服下楼。"

事事都妥当，唐影还要反驳："为什么非要我去？"

他停了几秒，认真地说："因为想你了，想见你。你不想见我吗？"

她不应了，咬着唇，握着手机重新倒回床上，头发乱蓬蓬的脑袋蹭了蹭枕头，想了想，还是不太情愿，抱怨："……那，为什么是我送上门去？"

"你是希望我过去？好啊。"他更主动。

唐影赶紧拒绝："别！"她从床上跃起，挂电话前丢下几句："火锅我要吃肥牛午餐肉鸭血鸭肠，海底捞家的豆腐也好吃，清油锅中辣，你记得点了！"

许子诠叫的车在二十分钟后到达唐影家楼下，她换好衣服化好妆下楼的时候，莫名有些战战兢兢。大概是前两次的吻太美好，唇也上瘾，她再见到他，不知道会做出什么事，何况地点还是在他家。

孤男寡女共处一室，加上对方还是"老司机"……她略尿，拍拍脸，勒令自己不要多想。

好在作为律师，风险意识深入骨髓，对未知的一切，她习惯做最彻底的准备，比如这次，她事先武装了成套性感内衣。

这是她第二次来许子诠家。

他家依然空旷。正是下午，他在两侧开了窗，阳光照进客厅，落在乳白瓷砖上。象牙色沙发前铺了水色枯色混纺地毯，四周的色调发淡，在她眼里甘愿淡成背景，只有许子诠一个人是鲜明的。他穿了一件宽松茶色T恤、一条居家裤子，开门见到唐影的时候只是笑，嘴角上扬，难得看起来有些憨。

笑容混着日光。

唐影的目光落在他的唇上，嘴角也忍不住跟着上扬。两人这么对着笑了半天。许子诠又拉过她，笑容一点点敛下，变得专注，就在唐影以为他要低下头的时候，他最终只是笑了笑，用手将她的碎发捋到耳后，问："热不热？"

她摇头。"不热。"

他带她在屋子里逛了一圈，二居室，一间卧室，一间书房，书房里摆了大块头HiFi音箱。他家不小，是早些年买的房子，那时候价格只是现在的三分之一。飞速增长的房价落在新一代年轻人的肩膀上，凝结成时代的眼泪。

后人只有羡慕。

许子诠的卧室尚拉着窗帘，被窝乱乱的。唐影走到门口，只敢瞄了一眼，想着一个小时之前他就是在这里给她打的电话，脸颊发热。许子诠睨她。"你还是离床远一点……"

"干吗?！"

"免得把持不住……"

她恨不得伸腿踹他。"你不要自恋了……"

"喂喂。"他躲开,"我没说谁把持不住呢。你慌什么?"

他大笑着跑到客厅沙发前坐下,拍拍身侧沙发,招呼她:"过来。"

唐影不太情愿地往客厅走的时候,许子诠又掏出个遥控器摁了摁,四周安静垂着的湖蓝色遮光窗帘像是宫廷剧里的太监,听命"唰——"一声延展身体,将午后阳光牢牢挡在外面。偌大的客厅一下子暗了下来。

唐影吓一跳。"做什么?"

"看电影啊……某人不是说过,男女约会时之所以会去电影院,不是真为了看电影,而是为了电影院的黑。"

唐影不说话了,慢悠悠挪到沙发旁,在距离许子诠一格的地方落座,认真问:"所以,这算是……约会吗?"

许子诠本靠着沙发拿遥控器对着屏幕摁着,听她这么问,放下遥控器认真看她。"不然呢? 我会随便请女孩来家里吗?"

"哦——"唐影不说话了,尽量绷着脸,一把抓过抱枕,调整了个舒服姿势,努力专注地盯着屏幕。

电影马上开始,画面漆黑。

几秒后身边传来动静,只听那个人凑过来,贴着她问了一句:"喂,你在偷偷笑什么?"

…………

他们看的是《美好年代》。浪漫到恨不得配酒。

唐影没想到,许子诠看电影的时候比平时正经一百倍,整个人全神贯注,甚至连手机都静音。他一本正经地表示,看电影本来就是需要全身心投入的事情,对艺术没有敬畏的人才会借着黑摸女孩子手。

电影结束,许子诠又拉开了窗帘,黄昏的北京成为此刻的布景,太阳半悬,红霞满天。唐影正蹲在茶几旁,一边从箱子里一盒盒端出几分钟前海底捞送来的火锅外卖,一边听许子诠滔滔不绝说着观后感,嘴上应:"没想到你还是文艺男青年?"

他否认:"不算吧?"想了想又承认:"不过偶尔也会追一追言情小说。"

唐影得出结论:"那你不是文艺,应该是少女心。"她一边说着,从箱子里掏出锅放在茶几上布置好的电磁炉上,指挥许子诠往里加热水。

许子诠抬了抬眉毛,没否认。毕竟都已经被贴上了"gay 的素质"的标签,不差一个"少女心"了。

两个人此时热络地准备涮火锅的气氛与往常戴着友谊之戒时并无差别。如果不是因为一个小小意外——

唐影才发现这个男人有时也傻，比如让他移一移锅，他直接上手。好在收回得及时，只是两手指尖烫红。唐影吃惊，叫起来："快捏耳朵！"

"啊？"

唐影着急地解释："有科学依据，手烫到了要捏耳朵的。快捏，快捏。"

"这是什么奇怪理论？"许子诠不理解，加上烫伤不太严重，感到好笑，"捏谁的耳朵？你的可以吗？"

唐影一愣，想了想，说："谁的都行吧……关键是耳……"

她还未说完，许子诠走上前一步，像是拥抱般，双手轻轻捏住了她的两个耳垂。热意从他的指尖蔓延到她的耳际，又涌上她的心尖。面对面的距离，他们能听到彼此的呼吸声。

脸似乎被灼烧，她抬头看他，对上他的双眸。

"……有……好一些吗？"她动了动唇，又将他的目光吸引到她的唇上。

"好多了。"他低声说。

"嗯……"

两个人不再说话，彼此盯着。他的手还捏着她的耳垂，红红软软，他忍不住捻了捻。

"刚才如果不是光顾着看你，也不至于被烫伤。"他还是盯着她，她的脸在眼前一点点放大。

捏她耳垂的指尖松开，他的手掌轻轻捧住她的脸——他要吻她。

他思念她的唇齿，灯光打在她的脸上，如此清晰。他在她的眸子里找到自己，喉结滚动，如果不是下一秒……

电话又响。

这回响的是唐影的手机。来电人也足以破坏旖旎氛围。是马其远。

唐影瞬间严肃起来。似乎连让手机多响几声都是罪恶，她赶忙后退一步接听，严肃地应一声："喂？马总……"

马其远几乎没有打过电话给她，私人交往一般使用微信，如果打电话，大概率是因为工作。

没想到那头声音此刻却很闲适："小影，现在方便吗？"

"没问题的，您说。"

"哈哈，好，方便的话，出来一下？我把地址发给你。"

唐影一愣，也不敢问事由，只说："好……那……您微信发我就行。"她似乎又有些不乐意，补了一句："大概需要几点过去？我现在……"她恨不得说自己此刻在京郊在河北在天津在尼加拉瓜在南半球在太空漫游，怀着希冀期待马其远读懂她委婉语气里透着的犹豫。

那头只是打断。"尽快吧。我等你。"

"哦……好……好的。"

电话挂断。唐影的背影都写满不情愿。

"客户？"许子诠凑过来。手机隔音不是很好，许子诠听到了对话的大半。

唐影点头，为难半晌。"我……可能得走了……"她看了一眼屋子里刚刚摆好的火锅——咕噜咕噜冒泡，以及面前这个男人——嘴唇红润，十分好亲。

她感到十二分不舍。"抱歉……"

"好。"许子诠点点头，"没事的。如果是工作的话，确实比较为难。没关系，我们下次再吃。"他勾指头刮刮她的脸。

"虽然是客户……也可能不是因为工作……"她小声说了一句。大概率不是。

许子诠看了她半晌，八九不离十猜到来电话的男人是谁。他只是笑笑。"如果能拒绝，或者想拒绝，你刚才就在电话里直接拒绝了。看你这不太乐意赴约的样子，估计是拒绝不了的邀约。"

唐影撇撇嘴，低头拿手机叫车，刚进入打车页面，手机就被许子诠夺走。

她一怔，就见他替她选好了上车地点，叮嘱："南门离这里更近一些，别走绕了。"

他跟着唐影走到门口，在距离她两步的地方抱胸站着，看她低头穿鞋。她穿的是黑色穆勒鞋，浅灰法式连衣裙。她一只手扶着门口的鞋柜，穿完了一边再换另一边。身后客厅里的火锅沸腾了，咕噜咕噜冒泡。他也不急着去关火，看着唐影，想说"晚上回家了和我说"，想说"注意安全"，想说"要乖"……最后却一句都没说出口。

唐影穿上鞋子，打开门，说："车到了。"

许子诠点点头说："好，慢走。"他勾起嘴角对她笑了笑，弯弯上扬一个好看弧度，挥手与她告别。

"砰"的关门声。

屋里又剩他一个人。还有咕噜咕噜沸腾的火锅。

他伸手将电源拔了，仰躺在沙发上。

过了几分钟，微信响起，是之前熟悉的妹子。

"许大帅哥，要不要一起吃晚饭？"

他扔了手机。

过了一会儿，他还是决定拿起。

"吃什么？"

"火锅呗！最近馋火锅了。"

他看了看面前摆了满满一桌的火锅宴席，啤酒还是冰镇的，似乎正等待另一个客人。他抿抿唇。

"好啊。"三分钟以后，他回。

但最终，他又补充了一句："去三里屯那家新开的店怎么样？这会儿家里有点东西需要收拾，一小时后见？"

12

马其远发来的地点在王府中环。

人均2000多元的粤菜馆，"好酒好蔡"，算是北京粤菜餐厅的巅峰。

服务员将唐影引到包厢。马其远正坐在一旁沙发上刷手机，见到唐影，他有些开心，伸手招呼。唐影见餐桌不小，座位上还摆着四副餐具，好奇地问："还有别人？"

他点点头说："还有两个人。朋友说带了女伴，我想那正好，这家餐厅你应该没来过，就叫你一起了。"

言谈间流露出带唐影见见世面的意思。唐影反倒被激发出斗志来，干巴巴地笑了笑，想着难怪让我尽快过来，原来是让我来承恩。她恭敬坐在马其远身旁的椅子上。

又想起马其远的朋友，唐影多问一句："他也没结婚？"

包厢开了四方小窗，日暮时分，远处密密树林映衬天空，二环难得见到的安逸景致。马其远本看着窗外，听了这句话，睨唐影一眼，笑笑回答："结了。妻子在国外。"

然后，他欣赏起小姑娘得知八卦后惊讶又偏偏强装镇定的表情。

和马其远一起吃饭谈事的男人姓李，是做钢材的，据说是个老饕，嘴刁又爱各种餐厅。李老板带来的小姑娘显然尽力装扮过了，化全套妆，踩红底高跟鞋，顶着一张被现代医学流水线与网红审美雕琢过的脸，用又短又粗的胳膊挽住老板的手臂，风风火火地进来。

姑娘十分热情，利索地与马其远打过招呼后，拉着唐影的手自我介绍说自己叫Michelle（米歇尔），是一名互联网新媒体从业者，眼里闪过矜持。似乎担心唐影没懂，李老板又替Michelle补充了一句："她啊，是个网红。"

"哇！"唐影点头，提起兴致来。

都市白领普遍八卦，因为工作沉闷压抑，急需排解，于是对八卦横生的演艺圈总是怀着向往，渴望一窥其中风景。唐影好奇地问："你叫什么？我去关注你。"

Michelle 迅速发来自己的微博、小红书、抖音、微信公众号、B 站主页链接，热情地宣传道："我是文字、视频多栖发展的。你可以都关注一下！"

唐影被镇住，客气地逐一加完关注，发现 Michelle 的微博粉丝数足足 40 万，但每条微博回复几乎只有个位数，莫名想起大王……又听耳边声音热情响起："对了我还有粉丝群，你要不要加？"

唐影一愣，对上马其远和李老板的笑意。马其远见她犹豫，笑着劝说："加一个呗。我们都加了。"

她更震惊，只好恭恭敬敬扫了码，进入一个一百二十人的安静小群里。

马其远与李老板似习以为常，看 Michelle 与唐影寒暄完，接着聊起生意，留两个女人大眼瞪小眼。好在 Michelle 健谈，新得了粉丝心情好，与唐影攀谈起来。"你做什么呀？"

唐影回答："律师。"

"哟嗬！那好厉害的，那你不会吃亏的，男人都不敢和你吵架对不对？"Michelle 眼睛瞪大，新粘的假睫毛忽闪，但没能掩饰住新割的欧式大双眼皮的鬼斧刀工。

唐影干笑，说："可能逻辑能力强一些，做事顾虑多一些。"

Michelle 点点头，又把话题引到自己身上。"我们家以前也有家族律师的。但我现在和父母决裂出来，凡事要靠自己，沦为打工仔。"她恰当露出苦闷却坚强的神色。

话已至此，唐影表情微变，装腔警铃大作，又看了对方一眼。在装腔技巧逐步发展的今天，装王们终于创造出了委婉又矜持的"凡尔赛文学"装腔法，重点在于含蓄。大抵是用无奈的语气，明贬实褒，看似抱怨，却在不动声色之间，流露出腔调。

而以客套方式对待凡尔赛文学式装腔的关键，是拥有一双透过现象看本质的慧眼，像小时候阅读古诗词一样找到整句话中最关键的那个词。

比如现在，唐影熟练并准确地恭维道："哇，家族律师?！那很厉害啊。"面露足够惊讶。

Michelle 果然满意，笑盈盈摆手。"还好啦，就是我家嘛，比较复杂……"她耸耸肩，摆出忸怩姿态，幽幽道，"其实，我们是中国最后的贵族。你如果见了我妈妈就知道，什么叫真正的上流社会的女人。"

唐影被"贵族"与"上流社会"这两个词震惊，正不知如何应对，恰好服务员上了头盘小碟与开胃汤，大家安静下来。

就见 Michelle 熟练地拿出手机拍了照片，又打开视频，开始对着菜肴一个个介绍。她拍摄得小心，只拍菜品，不让人物入镜。马其远与李老板在一旁饶有兴致地看着，早就习惯，甚至还与她搭话，问一句："这菜你怎么评价呀？"

Michelle 则会跷着兰花指入镜，很认真品尝一口，在镜头下朗声品评："淡淡的清香与柔韧爽滑质感，形成混合，充盈在我的口中，汤汁层次丰富，令我想起孔明的《诫子书》。喀。"她清清喉咙，另一只手趁机打开桌上小抄，朗诵起来："静以修身，俭以养德。非淡泊无以明志，非宁静无以致远。"她顿了顿，似乎还嫌不够，又翻了翻小抄，读出驴唇不对马嘴的另一句："八方各异气，千里殊风雨。剧哉边海民，寄身于草野。"最后她郑重总结："这道菜，就是这个感觉！"

马其远与李老板大笑起来，在旁捧场鼓掌，说："好好好，评得到位！"

Michelle 得意一笑，停了视频，盈盈瞥了唐影一眼。

唐影全程握着筷子，半张着嘴看她，几秒后发现似乎不礼貌，赶紧也跟着两位大佬鼓掌，尽量称赞："你……你挺有内容的。"

"哎呀，我就是做内容的嘛。现在自媒体竞争激烈，普通内容都不吃香了，要有钱有腔调有噱头才有人看。"

唐影忍不住逗她。"可这样不会有人觉得你装吗？"唐影意有所指地补了一句，"现代人最烦装。"

"哟，这你就才疏学浅了吧？"Michelle 握着筷子在面前的空气中轻轻一点，仿佛她面前停留着一个虚拟的知识点，似乎被人揭穿，她忍不住带了攻击性，"现代人最烦看别人装没错，但他们喜欢自个儿装啊！他们要是不喜欢装，那些个社交网站早就倒闭了。你觉得社交网站是用来干吗的？不就是让人光明正大装一把的吗。比如你，你别说你不喜欢装啊？"

唐影一愣，被问住。Michelle 的问题设计得巧妙，毕竟，如果一个人声称自己从不装，这种行为，本身就是一种装。

Michelle 喝了口水，似乎对"装"这个话题有些敏感，接着抗议："而且，关注我的都是些老百姓嘛，不知道世界上有这种生活，让他们开开眼界不好吗？反正这就是我的日常生活，你要是觉得装，可能就是你过得还不太行咯……"

唐影屡次被 Michelle 的用词击中，瞥了眼二位大佬，见他们已经接着谈事，不再关注两人。又听贵族少女接着驳斥，似乎已经把唐影当成了指责她装的假想敌。她说："其实，我这种阶级的，也很好奇现在普通老百姓的生活啊。听说，大部分人，也就是白领们，上班都还得坐地铁，没有私家车的。而且我刷微博才知道，这个年代，还有人不坐飞机，没有出过国！"她的神色越发夸张。

唐影挤了挤嘴角，跟着哈哈笑了笑，忽然觉得有些没劲。

一直以来，唐影对待赤裸裸的装腔行径只有两种应对方式：要么装回去，比拼一场，教育对方做人，比如她曾经在酒吧对待徐家柏的方式；要么干脆认怂，双手鼓掌眼里冒出星星，化身观众，将装王捧杀，比如她曾经对待表姐的方式。

可现在，她看着面前急切地用一种近乎反智的方式标榜自我的女孩，莫名产生了一种类似心疼的感觉。拙劣的身份伪装，像是脸上同样粗劣的双眼皮刀口。唐影在各类都市八卦里听说过许多这样的女孩，把脸费力伪装之后，也要把祖上十八代一并伪装，试图让血统配得上野心。毕竟这个年头，灰姑娘人设已不吃香，小红书里的贵族如雨后春笋冒出。大家心知肚明，扮上流社会才会有众多拥趸。

面前那张虚荣又用力过猛的脸，以及因为听到"装"这个字就竖起的浑身的刺，不过是倒立行走的自卑。唐影在那个瞬间意识到，应对一场刻意装腔的最有腔调的方式，是用一颗包容而怜悯的心来回应。

毕竟，和人比拼，是把他当作对手；而怜悯他，才是真正将他踩在脚下。

"心疼"二字，是装王真正的克星。

最后，唐影干巴巴地对 Michelle 一笑，直白回应："我觉得地铁挺好的，造价好几十亿元呢。比劳斯莱斯贵得多，更适合贵族。"可没等她再加一句"不过，在这个年代，以是否乘坐公共交通工具来划分资产与阶级，其实浅薄又可笑"，对方就夸张地看着她。"哇！真的吗?！你可是我周围唯一坐地铁的！快告诉我，地铁里什么样?！我听说很臭？"

唐影嘴角抽搐，不说话了。

"Michelle 是不是很有意思？"晚餐结束，马其远问唐影。

整个晚上，但凡上菜，Michelle 都会掏出手机拍摄几段视频，而马其远与李老板也会在她拍摄视频期间停止交谈，之后再大笑鼓掌。

仿佛他们让 Michelle 来吃饭，就是为了看她逗趣。

唐影笑了笑，说："是有意思。把人民群众称呼为'老百姓'。像是梦回大清。"

马其远跟着哈哈哈笑起来。"这丫头本来是餐厅服务员，前两年意外跟了老李之后，见了点世面，越发有意思。我们平日无聊时就喜欢叫她出来逗乐。"

唐影抬了抬眉毛，没说话。

两人此刻坐在马其远的汽车后座。夏夜晚风宜人，车窗半开，窗外是游动的长安街。她在马其远身边一向像个下属，挺直脊背坐着陪他聊天，连手机都不敢掏出。

唐影想到 Michelle 从当一个小小的服务员到如今有钱拿刀子动脸，包也是名牌，感叹："那这样看来，她还是运气不错。哪怕李老板最后没有选择她，她有了这段经历，也算是小小地逆天改命了……起码她肩上背着的 CF 手袋就是硬通货……"

马其远见唐影一本正经跟他分析，尽量装作世故，却反而暴露了天真，被小姑娘逗笑，忍不住和她多说几句。"确实运气好。她本来是个月薪 3000 块的服务员，跟了老李，混成小网红，偶尔拿个推广，月入一两万块不是问题。"他话锋一转，"但你说到名牌包，你想想，既然她已经大大赚了便宜，老李哪儿会再诚心送她包？"

唐影惊道："所以她的包是？"

"假的。"马其远笑起来，食指竖在唇前比画个"嘘"的手势，接着说，"老李在广东那边有生意，熟悉许多 A 货工厂，买给这些小姑娘的，都是 A 货。"他又摇头叹道："他精得很，给自己的老婆女儿才舍得买真货。"

不是没钱送包，只是觉得你不值得被送包。大佬驰骋商场多年，不做亏本买卖，对每一件商品的价格，早就计量在心。

唐影心灰，反而有些替 Michelle 不平。在这些中年男人眼里，小姑娘的青春肉体不值多少钱。她不解，转头认真看向马其远。"可……可是，如果只是玩玩，不打算动真感情，那李老板为什么还要让她跟着自己？他……他好好陪着自己的老婆不好吗？"

"因为人生总有一些快乐，是伴侣难以满足的。特别是那些拥有很多的人，拥有越多，世界上能够满足他们的事情就越少。"他看了她一眼。

唐影不说话了。

马其远笑起来，表示："所以我很羡慕你。"

"羡慕我？"她不解。只身奋斗在北京的社畜，没有户口，买不起房，摇不到号，工作是一切身份、骄傲与立足的根本，有什么好羡慕的？

"对，羡慕你。"马其远胳膊肘撑在靠椅上，侧对着她，有几分真诚，"你相信吗？如果我能选择收入，月入 5 万块最好，再高不要！为什么呢？月入 5 万块，既能保持舒适的生活，不愁吃穿，同时也能对人生有着足够的期待与奋斗的动力。收入再高，反而就空虚了。"

这个答案让她瞪大眼。

马其远希望月入 5 万块的发言，在她耳朵里，怎么听，怎么与那句名言"钱对我不重要，对钱没兴趣"异曲同工。她这才发现：有钱人从不会用"有钱"来装，缺钱的人才会。有钱人装腔的思路更为超脱一些，炫耀自己财富的终极方式，是淡淡地表达，自己一点也不在意钱。

唐影憋了一会儿，忍不住说："我想起之前马云接受采访时说的那句话了。他说，他人生中最快乐的日子，就是每个月领 91 块工资的时候。"

马其远一怔，露出志同道合的神色，笑起来。"你别说！我还真能理解！你想想，人生活在这世上，让我们坚持下去的是什么？不就是个'念想'！可当你什么都有了，你还能有个什么念想呢？人生最可怕的不是一无所有，而是一无所求。"

她点点头，尽可能领会大佬的境界，忽然想起什么来。"所以，你们才需要不断通过新鲜的小姑娘来寻找刺激？"

兴致正浓，马其远没意识到这是传说中的"送命题"，反而顺着话题聊了下去。他并未否认唐影的说法，只是接着说："你知道有个故事吗？叫《烧仓房》……"

还没说完，他就发现唐影表情变得难看。他及时住了嘴，看向她。

唐影抿了抿唇，终于说出来："我一直以为，你约我吃饭什么的，是因为……

喜欢我……"

"当然是。"他点头，想了想，安抚似的拉住她的手，没注意她稍微往后缩了缩，又补充，"而且，唐影你知道我最喜欢你什么吗？"

她愣在那里，怔怔看着马其远，听他淡淡笑着告诉她："不是外貌，不是学历，而是你身上那股子劲，那股一心绷着向上蹿的劲。"然后，他等着唐影露出感动神色。

却不料她反问："类似 Michelle 那种？"

马其远被她问住。

"你怎么会这样想呢？"他将目光转到她身后的车窗玻璃上，再转回对上她的眸子，想了想，又说，"你们，有很多不一样的地方。"

唐影隐隐猜到，他没说出口的那句话是：但你们，在我眼里一样。

13

马其远随口提到的《烧仓房》的故事，唐影碰巧读过。

什么是"烧仓房"？故事里的富二代描述："其实很简单。浇上汽油，扔上擦燃的火柴，看它忽地起火——这就完事了。"

"但仓房是不是已没用，不该由你判断吧？"故事里的男主角得知富二代的这项爱好，这样说道。富二代却说："我不做什么判断。那东西等人去烧，我只是接受下来罢了。"

"下次烧的仓房已经定了？"

"是啊。已经定了。"

两人的对话很快结束。第二天，富二代带着新交的女朋友扬长而去。而此后，男主角再也没有见过那个女孩。

初读那个故事时，唐影并不理解其中的隐喻，直到此刻她才明白，马其远们口中的"仓房"，不过是指富二代交往的那些怀揣着野心与渴望的，好看又贫穷的女孩。

她们相信自己始终知道自己要什么。可她们不知道，他们爱的就是这份自信。那种向上的欲望、渴求寻求捷径的野心，是他们眼里最值得一烧的仓房。

爱情的快乐早就尝腻，各式各样的姑娘，再不能激起别样心情。但毁灭可以，毁灭的快乐，是最奢侈又新鲜的刺激。

他们喜欢带着她们领略另一个世界：私人飞机、游艇、奢华服饰与食材……

再看着她们一点点从单纯、努力到被物质沾染，等她们习惯这种生活之后，再提出分手，看她们绝望、落泪、恳求，丢掉仅有的尊严。不同的女孩，有着不同的崩溃风景。摧毁一个年轻姑娘的意志，就像烧掉一座仓房。

试图跨越阶级的感情，不过是一场残酷游戏。

唐影这才发现，食得咸鱼抵得渴，大佬的票子，从来不是好赚的。

她天真地以为自己掌握了傍大款的终极奥义——把他当成老板，却不知多一个老板一点也不难，难的是，与此同时接受他把你当成一个玩物，以及作为一个玩物可能面临的结局。

也是，她和 Michelle 本质上又有什么区别呢？同样是年轻姑娘，同样野心勃勃地怀揣着那点情绪价值试图换得另一个世界的入场券。李老板不会真心爱 Michelle，马其远又何尝不是如此？他们的眼睛锐利得像鹰，一眼看穿她们的伎俩。

做人附庸终究与替人打工不同，出卖的不仅是青春、身体、心力，还有尊严与独自站立在世间的能力。

唐影表情越发凉。

连司机都能感受到气氛变冷，顺手在调高音箱音量的同时把车内空调温度也调高了一摄氏度。

马其远看得出唐影此时的落寞心情，自己也没了趣味。毕竟，到了他这个年纪，与年轻姑娘相处更多是为了找乐子，而非寻烦恼。"闹别扭"这样的词，于他永远是消极的词语，他之前所期待的情绪价值，转眼变成负数。他希望迅速结束这次会面，让唐影将这份情绪自我消化掉。

两人默契地不再说话。司机知趣地加速行驶，将唐影送到楼下时，马其远莫名提了一句："我之前跑步认识的一个女孩，也住在这个小区。"

唐影很想硬气地回上一句："林心姿是吧？我知道。她是我室友。哈，大叔你们有没有想过，你们把我们小姑娘当玩具的同时，我们也只是将你们当饭票呢？"

当然结果她还是怂了。

她点点头，用最后一点心力恭维："是吗？那还真是有缘分。"

马其远笑了笑，说："你早点休息。"司机应声下来，替唐影开了车门。

迈巴赫牌车子发动，随着油门声响起，车轮从她单薄的影子上狠狠碾过。

唐影回家的时候，只有力气倒在床上，想就这么睡死过去，可惜不行。她挣扎了半天，总算起身从床头柜一侧扯出一张卸妆湿巾，胡乱抹在脸上，眉粉眼影睫毛膏腮红口红将卸妆纸揉成狼狈的调色盘。另一只手习惯性地掏出手机，刷遍微博微信朋友圈豆瓣，脑子转速跟不上手速，最后还是打开淘宝。

她想起替王玉王搬家的时候，翻出一大堆吊牌未拆的衣服和化妆品。她当时惊讶地问："你囤这么多东西是要摆摊吗？"

　　王玉王摇头，说："这些是我的药。不是有句话这么说吗？女人的心理健康程度和她的购物欲成反比。工作特压抑或者半夜加完班特脆弱的时候，我就上淘宝，买买买买买，支付的那一刻，就会被治愈。"

　　当时唐影如遇知音，恨不得拽着王玉王的手说："我懂！只是我工资低，买得少一些。但花钱确实能让我开心。"

　　购物网站贩卖的欲望，多多少少填补、滋养着白领的内心。

　　只可惜，现在不行了。

　　唐影歪在床上刷了半天的淘宝，商品琳琅满目，却激不起她一点一滴的购买欲望。拇指漫无目的地在商品界面上滑动，心却飘到另一个地方。

　　当你爱上一个人，他便成了你唯一的药。

　　下一刻，等唐影反应过来的时候，她已经坐在了车里，像病入膏肓的病人去求药。夜晚实在方便叫车，趁她的冲动还未被理智蚕食，车到楼下，她"噔噔噔"跑下楼，北京初夏的风从耳边吹过，像是一场梦幻灭后另一场罗曼蒂克的私奔，车里在放蔡琴的老歌，适合夜晚也适合思念。

　　再过十分钟，她站在许子诠的小区前。

　　她的脚步莫名地着急，像是怕十二点后魔法消退，一切被打回原形的灰姑娘。

　　她记得车里刚刚放着的蔡琴，在唱："莫等夕阳西下点点残霞，只剩下无尽的牵挂。"

　　声音遗在脑子里，脚步像是走动的分秒针。

　　随着步伐，理智又一点点回来，她踌躇起来：在 2020 年，别说单身男女，哪怕恋人之间都有一项心照不宣的禁忌——突然袭击。男女之间任何时刻的突袭，都可能换来惊吓。

　　就在她伸手将要摁门铃的前一秒，脑中罗曼蒂克的背景音乐消失，只剩楼道里孤零零的穿堂风声。风吹凉了她的一时脑热。

　　要是开门的是个裸女怎么办？

　　唐影彻底冷静下来。

　　最终她站在许子诠家门前，将耳朵小心贴在门上，尽可能捕捉屋内动静。声控灯暗了下来，四周变得安静。她扒着他的门，像一只壁虎。

　　想了很久，她避开门铃，终于很小心很小心地冲门缝喊了一声："许子诠——"

　　回答她的，是楼道里重新亮起的声控灯。

　　他出门了。

　　她抿抿唇，泄气，背靠在他家门上，忽然觉得命运着实残酷。

　　性感内衣还穿在身上，约会却没有了重新开始的机会。

　　她低头掏出手机，犹豫半天，最后只给他发了一句："今天抱歉了，下次请你吃火锅赔罪。"

没想到对方秒拨了语音电话过来，劈头就是一句："你回家了？"

唐影一愣，心虚地支支吾吾道："对……刚……刚到家。"

那头像是信号不好，过了会儿才响起许子诠的声音。"哦。"他顿了顿，又问，"你，嗯……和他吃完饭了？"

唐影点点头。楼道的地板太硬，她换了个姿势，遥遥望着窗外月亮，说："嗯，吃完了。你呢？你不在家吗？"

他也不掩饰，声音轻轻的："嗯，我没在家，后来和朋友出去吃的火锅。"

他似乎还担心唐影不想歪，又补充一句："和一个妹子。"

他再补一句："长得挺好看的。"

三句话一句比一句讨厌，她顿了几秒，恨不得直接伸腿踹他家门，干巴巴地说："哦。忘记你后宫佳丽三千。"

"是吧？"他笑了笑，嘱咐，"麻烦下次好好珍惜我。"

许子诠此刻站在破旧的楼道里，一只手插兜，另一只手拿着电话。楼道的灯随着他的跺脚声亮起，他又轻轻敲了敲门，没有人应。

想起她口中那句"刚到家"，他有些嘲讽地勾了勾嘴。旧小区筒子楼的楼道窗户很大，能看到对面高高的棕榈泉大楼，以及楼顶上一轮模糊的圆月，他看着月亮，一级一级走下楼梯。

唐影耳边贴着他的声音，不满他的快乐，只问："所以今晚的火锅，你吃得很开心？"

吃到现在还舍不得回家。

"你猜。不过说真的，今晚的毛肚很嫩，鸭血也新鲜。最棒的是他们家的脑花，那叫一个入口即化……下次得带你去吃。当然了，如果你再放我鸽子，我只好再叫别的妹子陪我去吃。"他这么东拉西扯，顿了顿，才问，"你呢？我怎么听你的语气，像是不怎么开心？"

窗外的月亮被一块乌云遮住了，唐影扶着楼道里的窗，凉凉地对他说："是啊，我今晚确实很不开心，但听你说你和别的姑娘吃得开心，我也稍微替你开心一些了。"

"哟——"许子诠笑起来，"我这么重要？"

"你很重要的。你不知道吗？"她也笑，笑自己三更半夜主动送上门却被拒之门外。

他走到楼下，回头看了一眼唐影家的窗，三楼一片漆黑。他嘴角勾了勾，又垂下，忽然认真道："我不相信。既然我这么重要，为什么你今天还丢下我？"

既然在乎我，为什么骗我已经回家？

她一怔，迅速反问："既然你这么介意我丢下你，今天怎么不让我留下来？"

既然介意，为什么转身又约别人？

两个人都不说话了。

过了一会儿许子诠才说："唐影，我……我不太会挽留。"

头顶的月亮被棕榈泉大楼挡住，她小区的破路灯还没有修好。他在一片黑暗里对着电话认真解释："我长这么大，从来不知道什么叫勉强。你说这是装也好，说是自信也好，确实如此，凡事我喜欢顺其自然，无论是感情还是其他。我信奉强扭的瓜不甜，或许是出于一种底气。因为自始至终，上天给我的一切，从来都不会太差。"

这世上，是你的，终归是你的；不是你的，也无须强求。他从来不相信什么独一无二，毕竟拥有得太多，已不怕错过。

"可我却相反。"黑暗侵袭了楼道，她站在黑暗里，以同样认真的语气告诉他，"我特别喜欢强求。我和你不太一样，我生来普通，长得也普通。我生命里一切闪闪发光的东西，都是我奋力强求来的。不是所有人都有资本对这个社会说一句'顺其自然'，绝大多数人都在逆水行舟。你口中的不勉强，倘若放在我身上，就是甘于平庸。"

所以她不舍也不会放弃从身边游过的任何一个哪怕渺茫的机会，她是自下溯流而上奋斗不息的人，任何一根稻草，都可能是救赎。

"那么……"她记得最后，许子诠问她，"唐影，你有没有考虑过，强求一下我？"

漆黑的楼道里，只有电梯上上下下的小小红色指示灯发出光芒。唐影伸手摁电梯。他的问题更令她觉得可笑。

在电梯数字变换的时间里，她对许子诠说："又或者你呢，许子诠，你有没有考虑过，学着勉强？"

两个人都没再说话。

在电梯门关的那一刻，信号断了。唐影抱胸站在电梯里，唏嘘今晚真是神奇，一场幻灭紧跟着另一场幻灭。你奋力追逐的人，从骨子里看轻你；而令你动心的人，只愿意站在原地。不是每一场冲动的奔赴都能迎来一个好结局。至少，唉，她应该庆幸的：被拒之门外，也好过开门的是一个裸女。

电梯门开，唐影叫车回家，车流融入北京的夜里。

许子诠也没有继续站在原地。

语音通话突然挂断，两个人默契地不再继续纠缠。他将手机揣进兜里，走在沉睡的水泥马路上。一盏盏路灯与一辆辆车，从头顶与身旁滑过。他想笑自己傻，心不在焉吃完了火锅，就赶到她家楼下，想等她、见她、守着她……冲动轻易让理智离家出走。

他明明已经在学着勉强。而结果，却是失望。

他灰心地沿街走了很久，才想起要掏出手机叫车，这时才发现手机振动，收到好几条提醒。

是 360 智能门锁。

十多分钟前收到系统消息："逗留警报请查收。发现有人在家门口可疑逗留，点击详情查看完整视频。防止恶性事件发生，智能看家守护您的安全。"

14

许子诠站在黑夜里，路灯的光浮在他的头顶，隔着道路两旁树影。

月亮不见了，滑入他的心里。

他盯着手机屏幕，监控视频没有色调，电子眼冷硬记录下的画面里，那个女人在他家门口走来走去，时不时停下脚步，时不时看向窗外。确实形迹可疑，像在实施一场毫无准备的犯罪。

在他心里犯罪。

嘴角慢慢勾起，他又压下，将手机塞进兜里，若无其事地向前走去。

2020 年的北京街道，很多地方都有监控。从许子诠身后的那个监控摄像头里看去，会看到空荡荡的马路上，一个头小肩宽、身形极好的男子双手插兜，步伐高傲，走着走着，却像压不住心底的欢快似的，脚步轻快起来，然后小跑几步，突然跳跃比画一个投篮动作。再然后，他似乎意识到自己有点蠢，看了看四周，步伐再次高傲起来。又过了会儿，就在他马上要走出监控画面时，他似乎才想起要打车。他挠了挠头，停在路边，掏出手机叫了一辆出租车。

在等车的时间里，他专注地低头看手机——看手机里他已经看了一百遍的无聊监控视频。

唐影在睡觉前，莫名其妙收到来自许子诠的一句："晚安，好梦。"搭配一个微笑的表情符号。

她一愣，没懂。他似乎还挺高兴？

她扔了手机，没好气，仰躺回床上，在心里骂了一句："渣男。"

"许子诠就是渣男啊。"

林心姿看了唐影一眼，有几分无奈。周日上午，两个人正在大望路瑜伽馆的更衣室里。夏天已到，女士们又想着上健身房，把减脂塑形提上日程。林心姿心血来潮看上了这家新开的门店，豪爽地刷徐家柏的亲密付买了一年会员，还能带上闺密来体验课程。难得这周末有空，她拉着唐影一起上课。

唐影和林心姿说了昨晚的故事，当然省略了大部分细节，只说他约她吃火锅，结果她临时有事放他鸽子，等她返回想找他再续前缘时，他已经转身约了其他漂亮妹子。

"你没和他说你就在他家门口吗？"林心姿又问。

"没。我才不要那么上赶着。"唐影脱了短袖，调整肩带，换上一件运动内衣，"要是让他知道我大半夜找他，很丢脸好不好？"

"也是哟，他估计得意死。"

爱情的游戏不过是谁先主动谁就输。不想输的人，哪怕再想主动，也要装作不主动。

林心姿点了点唐影的脑袋，很认真地说："我还是那个意见，你别在他这棵树上吊死。但凡你周围不是只有他这一个男人，他绝对不会像现在这样掉以轻心。"

唐影愣了愣，又想到马其远，不回答了，只是低头"啪"地关上柜门，设定密码。

美人见她不应，以为她不屑于搞这些幺蛾子，无奈地叹了一口气，满脸怜爱。"宝贝，你就是太单纯了。"

换完装，林心姿便伸手收走两人的手机。这家瑜伽馆上课不让带电子设备，她让唐影去服务处拿消毒好的毛巾，自己则走到教室另一端，将两人的手机锁在密码柜里。瑜伽馆设计贴心，柜里还有专门给手机充电的接口。

林心姿把唐影的手机插上接口的瞬间，屏幕亮起，正好一条微信消息弹出。

林心姿到达教室的时候，课程马上要开始。唐影挥着毛巾招呼她过来，没注意到美人闺密难得面色不善。

林心姿紧抿着嘴，只对唐影点了点头，盘腿坐下，不再看唐影一眼。

瑜伽课的音乐舒缓，林心姿的眉却拧得越来越深。

老师察觉到林心姿的不稳，从她面前走过，抚了抚她的眉，叮嘱："注意保持表情柔和。放松。"

林心姿睁眼，不期然对上旁边瑜伽毯上唐影的眸子，见唐影对她笑了笑。更像讽刺。她越发生气起来。

唐影手机里弹出的那条消息来自马其远。

而内容，在她看来更为讽刺。马其远问的是："小影，今晚一起喝简阳羊肉汤？"

她很难形容那时的心情。有关马其远与唐影的一切回忆被联系到了一起，前因后果显现。她最后成了试错石，像是古代给皇帝和老佛爷餐前试毒的太监，一项一项试出马其远的喜好与背景，等她"死透"了，再换唐影去抄一条近道。她从微信消息的字里行间敏锐看出这两个人的亲昵，心口像是被人狠狠一拧，仿佛被窃取了什么，却又无处可说。

想到这里，她心中冷笑起来。对，还有许子诠。许子诠不也是？唐影倒是聪明，光从她那里捡漏，打探了信息，再投其所好。鸡贼又鬼祟！

她想起唐影曾形容过自己是一个勇于拼搏的人，这样的人每一个脚步都憋着劲向上踩着，向上的决心有多么强大，脚下踩踏的力量便有多么狠厉。而她，无形中成了被唐影踩在脚底下的那个人。

而唐影却始终瞒着她。呵，所谓好友。她竟然还觉得唐影单纯？

一堂瑜伽课六十分钟。

结束后林心姿佯装疲惫，一副因为课程强度太大而懒得说话的样子。唐影见她不语，也不提别的话茬，问她下午的打算。林心姿没精打采地说："回家吧。"

两人走到教室另一头的密码柜取手机。林心姿利索地开了柜子拿出手机扔给唐影。

她顿了顿，又问唐影："你呢？晚上怎么安排？"

唐影习惯性翻了翻微信新消息，一小时的时间里，收到好几条未读消息，大部分来自工作群与项目同事。她先点开王玉王发的，发现又出了新状况，一下子紧张起来，注意力都在工作上，嘴上只回："加班咯。还能有什么别的安排？"

林心姿笑了一声。"哟，不去喝羊肉汤啊？"

唐影光顾着看王玉王发来的大段工作安排与文档，未听出弦外之音，依旧漫不经心地回答："大夏天喝什么羊肉汤啊。"

林心姿不回答了，嘴角噙着冷笑，挺直脊背，一个人走向了更衣室。

等唐影反应过来的时候，林心姿已经不声不响地走了。

唐影一脸震惊，想着这丫头这是怎么了？她掏出手机要给林心姿发消息，这才看到马其远一个小时前发来的，被淹没在一连串工作消息里的那句："小影，今晚一起喝简阳羊肉汤？"

心里咯噔一下，她想，完了。

她赶紧打电话给林心姿，想要解释，结果对方秒挂断。她又战战兢兢试探性地发了一条微信，果不其然，回复她的是系统。

"消息已发出，但被对方拒收了。"

唐影叹气，坐回休息室的沙发，倒没有特别担心。林心姿拉黑人是家常便饭，过去但凡和陈默吵架，一定第一时间拉黑，等气消了，再将人放出来。生气时的她是高高在上的女王，用黑名单关押罪人。

她想着大不了等美人闺密消了气，再好好解释，反正她和马其远也必定没有后续。正准备起身回家，微信"嘀嗒"一声又冒出来一条消息。唐影本有些没精打采，一看消息顿感疑惑。

发消息的是许子诠。

他发的是一个视频，经过精心剪辑与处理，配上了当红"鬼畜"音乐《无价之姐》，视频的画面陌生又熟悉，黑白画面。她很嫌弃地发现视频主人公是一个邋遢女人，素颜，穿一条连衣裙，头发松松绑成一个丸子，在楼道里随着音乐节奏快速站起又坐下，站起又坐下，并伴随卡点时不时靠近又远离镜头……一段被认真制作成鬼畜舞蹈的监控视频。

看第一遍的时候唐影皱起眉头，心里暗道："这是哪里来的野女人在跳舞？"

视频自动播放第二遍，直到放到第三遍的时候，唐影"噌"的一下从沙发椅上站起来，脸也"噌"的一下变红，没忍住出口就是一句："他妈的……"

她认出了画面里那个跳舞的野女人。

是昨晚在许子诠家门口的她自己。

对方估计她应该看到了视频，好死不死又补了消息过来，一副美滋滋的样子。"你是不是超傻的，哈哈哈哈哈哈哈哈哈哈。"

唐影闭眼，杀人的心都有。

对方兴致盎然地继续说："我做了好久才做出来这个视频。哈哈哈哈哈哈，喜欢吗？"

唐影没回，告诉自己要冷静。

对方接着说："特搞笑有没有？我要一直存着，哈哈哈哈哈哈哈！"

唐影冷冷盯着微信界面上许子诠的头像与对话框，怎么看怎么觉得这个男人讨人厌，一副得意又开心的样子，像极了地主家的傻儿子。她当机立断，决定拿出大美人的气场，手起刀落，将许子诠关进了黑名单。

此刻的她恨不得把手机扔了，脸上滚烫，无比窘迫。她第一次懂了什么叫恼羞成怒。她鼓足勇气再次点开视频，捂着脸，每多看一秒钟，都想尖叫着穿越过去再杀自己一次。

没过两分钟，许子诠就打了电话过来，声音委屈："喂，你怎么拉黑我？"

她心累。"我想静静。"

渣男听出了她的疲惫语气，这才意识到玩过火了，赶紧解释："不是，我是想表达我很高兴……你昨天来找我……"

唐影不说话了。她只觉得窘迫。

许子诠静了静，又问："你在哪儿？我去找你。"他又补充："我有很重要的话要对你说。"

她不应。

他低声唤她名字："唐影，唐影。"温柔里带一点焦急。

唐影低着头，半晌才答他："我在 SKP 旁边的瑜伽馆。"

挂了电话，她趴在桌面上，脑子还是纷乱，充斥窘迫与懊恼。用这种方式拆开女孩心思，他简直是绝世的大傻子。而她更介意的是，自己为什么不好好化个妆再去找他。恨完了他，只能接着恨自己昨晚跑得太急，只顾关心内衣好不好看，监控摄像头里的她穿得像个在做康复训练的病患，看不出腿看不出胸看不出屁股……

一边恨，一边听到旁边的脚步声与沙发椅移动的声音，她抬起头，意外看到熟悉身影。那人察觉到目光，也注意到她。

两人对视。

"唐影！！"来人惊喜地发出夸张尖叫。

她怔住，抬手招呼："……嘿，Michelle。"

15

唐影没想到会遇见 Michelle。

昨晚才在马其远的局上见到，今天又在瑜伽馆巧遇。

Michelle 的脸在阳光下呈现出新的变化，唐影肉眼辨认估计是垫了假体，下巴突兀地尖出一块，被日光照出半透明色泽。她今天穿一身运动服，应该也是刚刚做完瑜伽，衣服把身材勾勒得惹火，见了唐影，奔放地手舞足蹈起来。她身体管理能力超群，舞动手臂时身上该抖动的地方放肆抖动，不该抖动的地方则紧紧绷住，夺得一旁路过的男士的目光。

Michelle 很热情，用夸张的语调说："小影，你竟然也在这里！！"

唐影努力寒暄："是啊。刚健身完。"

Michelle 又邀请道："我也是，现在想吃饭，你要不要一起？"唐影一愣，说："我叫了朋友呢。"

还没等唐影接着说下去，Michelle 就看到一个男人朝她们走来。许子诠今天穿着短袖与牛仔裤，像是着急出门，头发只随便抓了抓。他皮肤白，脸小，脖子又长，轮廓分明，总能在人群中显得出众。

"好货色哟！" Michelle 半是嫉妒，半是热情，掐了唐影一把。

"你还有朋友一起？" 走近了的许子诠意外发现竟然还有一个女孩。

唐影刚想开口解释，Michelle 已学会抢答："我们是好朋友呢！刚刚碰到，我想约她吃饭，这位帅哥你行行好，把小影让给我呗。"

Michelle 对着猎物的时候是好手，说话时歪头看人，腻着嗓子，声音软绵绵的。她看许子诠的眼神半是撒娇，半是挑衅。撒娇激发人的保护欲，挑衅唤起人的征服欲，二者相加，博一份关注。

许子诠笑起来。"那可不行。我有话要对她说的，你把她让给我吧。"

Michelle 把唐影拽得更紧，嗔他："你这个男人好小气哟。算了，我批准你和我们一起吃饭。你想说什么，一会儿在餐桌上说啊！" 她转头就拉着唐影说："我们选餐厅吧。" 唐影被她拽走，没走几步，Michelle 又回头命令许子诠："喂，你呀，快跟上。"

Michelle 俏丽眨眼，声音依然腻里带滑。

唐影听得都心颤，她回头看了许子诠一眼，见他真的跟上，表情里有几分无奈，又有几分饶有兴致。这份 "兴致" 让她忽然觉得灰心起来，她想起那些情感理论——只撩你却又不着急确定关系的男人，一定不是只撩拨你一个。他对她这样，对一起吃火锅的姑娘、对 Michelle，是不是也都一样？

三人选了一家澳门猪排饭店。Michelle 确实不负众望：她本和唐影坐在一侧，刚坐下来，就拿出手机要拍照，一边拍一边说自己是个博主，去哪里都得照相积累素材。可拍了半天，总不满意，她眼睛转转，终于坐到许子诠身边，拿摄像头一比画，开心起来。"哎呀，这个位置光好很多了对不对？"

她自拍了十几张，又软软地贴着许子诠哀求："小哥哥，你帮我挑一张嘛，哪张好？"

她的香水味野心勃勃地向他袭来，许子诠本能地要拒绝，向后缩了缩。"你让唐影给你选，我不懂这些。"

可对面女人却开口，像在和他赌气，一脸看热闹不嫌事大的表情。"你怎么不懂了？你是直男的本质，gay 的素质啊。"

许子诠没想到自己就这样被放弃，还没来得及瞪唐影一眼，Michelle 已经握着手机扑来。"对嘛对嘛，小哥哥你不要找借口，是不是不敢看我的自拍？"

退无可退，许子诠只好一张一张替她看，两个人的头凑在一起，从唐影的方向上看去，像一对亲亲昵昵的小情侣。

唐影在对面孤零零地叼着吸管喝水，这一幕仿佛火上浇油，她脚下没忍住，在桌子底下狠狠踹了许子诠一脚。

她鞋头本就尖，猝不及防的这一下，力道惊人。接着她如愿看到桌子对面的那个男人吃痛地眉头一皱。但他嘴上仍如常，看着 Michelle 相册里的一张张自拍，端出 gay 的素质评论："这张笑得太夸张了""这张眼角有皱纹""这张颈纹深了""这张看起来双眼皮很不自然"……

Michelle 被他评价得不自然，强笑说："你好讨厌哟。"

唐影心里翻白眼，要抽回脚，这才发现动弹不了：她派出去偷袭的那只脚，被对方以一个巧妙的角度钩住。他们坐的是方桌，面积不大，又垂着桌布，掩盖住两人的暧昧角力。她试着使劲硬拔，结果对方力气更大，稳如泰山。

她今天穿着裙子，小腿光溜溜，套一双尖头平底鞋，这会儿一脚悬空被他制住，不安全感袭来。唐影这才明白，为什么那么多情色场景都热衷于以桌子为道具：桌上衣冠楚楚体面交谈，桌下看不见的地方，下半身正好肆无忌惮。

他穿着牛仔裤的腿扣着她的腿，他的体温隔着粗糙布料温热摩挲她的小腿肚子，别样的温度，任她怎么使劲都纹丝不动，仿佛两个人本是一体。这样的想法入脑，下一秒，唐影的脸倏地红起来。

"选好照片啦!! 谢谢小哥哥。"Michelle 快乐宣布，又贴着许子诠小声撒娇，"谢谢你哟，可不可以加你微信？"

许子诠睨唐影一眼。"你不是有吗？推给人家。"

话虽这么说，他脚下又使劲，将她往自己的方向扯了扯，像是警告。

唐影差点被从椅子上拽下，扶着桌子沿，咬牙切齿地对 Michelle 说："哦，好啊，以后推给你。"

"以后"是一个含义很模糊的词，类似"有空再约"，可以直接理解为"再也不见"。

许子诠满意了，勾唇冲唐影笑，眼睛也弯弯。像是终于玩够，他往椅子上一仰，变换坐姿，释放俘房。

一顿饭吃了不到一小时就结束了。三人走向商场门口的时候，Michelle 只顾黏着许子诠说话，从自己家的两只猫胡乱扯到区块链、MCN（多频道网络）和粉丝经济，又说起自己的贵族家世，比如自己家在美国有一座哈利·波特式的古堡建筑。许子诠正要开口问两人怎么回家，Michelle 脚下精准踩空，伴随一声尖叫，她成功崴了脚。

她似乎是真的疼，但也不排除她平日修习过戏剧表演课程的可能。Michelle 眼眶泛红，浅棕色美瞳下的泪眼望着许子诠，就连下巴里新塞入的假体都有戏，勾勒出凄苦的弧度。

她一只手抓着许子诠的衣角，呜咽着恳求："小哥哥，我起不来了……"

许子诠无奈地看了唐影一眼，伸手拉住 Michelle。下一秒，她稳稳扑进了许子诠怀里，发出"唑唑"的诱人抽气声。

"诠，送我回家好不好？"

声音酥到唐影都腿软。

此刻许子诠面对的考验有些像两千多年前的柳下惠所面对的，只不过历史上下五千年，坐过龙椅的男人有几百个，坐怀不乱的男人却只有一个。唐影这才悲哀地承认：他只是一个男人，会犯所有普通男人都会犯的错。何况他还是一个喜欢美女且对美女来者不拒的男人，他犯错的概率，甚至远远大于普通男人。

她心酸起来。

她在这个瞬间不是没有想过，也像 Michelle 一样崴个脚或者摔个跟头，哭哭啼啼与她争宠。

但又有什么意义呢？

活了这么多年的经验告诫她，和傻子较劲是一件非常危险的事情。

这件事情的愚蠢与无力程度可以类比在互联网上和陌生人认真地吵架。但凡你认真地将一个自己都看不起的人当成敌手，就不得不和他们使用同一套规则，而在他们的 BGM（背景音乐）里，没有人能够与之为敌。

女主角没有义务与群演争宠，属于女主角的腔调，是在发现男主角犹豫时，当机立断，帅气地转身离去。

所以最后，她对着空旷的水泥地面，没看许子诠也没看 Michelle，用尽量轻松的语气说："行吧，那你送她回家。我先走一步了。"

16

唐影是蹬着共享单车回家的。

她背影挺拔又决绝，不敢回头看一眼。她也幻想过，如果这时候她不小心也摔一跤，许子诠会不会扔下那颗肉弹冲向她，再珍惜地将她抱起？

只可惜唐律师天生下盘稳健，健步如飞。她走到下一个路口，刷开单车。夏夜的北京适合骑行，她蹬得用力，耳边的风呼呼吹着，导航里的女声冷静指挥。大概是车旧了，她踩得双腿发酸，接着很快，这酸涩蔓延到了眼睛，她的眼睛也开始泛酸，在夜里悄然变红。

到家的时候已经将近九点，她疲惫地进屋，甩了包躺在床上。她以前总开玩笑说床头的台灯是这个房间里最贵的家具，价值 10069.99 元。

毕竟上面的挂坠是 10000 元的卡地亚，从许子诠手上摘下来的友谊之戒。

在过去早睡的、迟睡的每一个夜晚，唐影都会轻轻拉下台灯，手指触碰冰凉的戒指，在夜色闯入眼前的时刻，小声说一句："晚安，许子诠。"

而此刻，她侧过身，将台灯上挂着的戒指取下，松松套在指间。

一路的伤心让她忽然决定软弱，比如承认她真的很喜欢他。到家后，仍有期待，唐影又将许子诠从微信黑名单里放了出来。

而他此刻在做什么？和小网红拥抱、接吻，送她回家？回她家？或者没回家，直接在她的楼道里畅快地翻云覆雨？

唐影没有想太久，手机振动打断了她的脑内剧场。她心里一动，迅速接起，甚至来不及看一眼来电显示，却在听到电话那头"喂"字的刹那，露出失望神色。

是房屋中介。

"美女，房子续约那个事情……"

"怎么了？"她和林心姿的房子下周就要到期，她和中介商量续租，已经约好明天去签约。

那头解释："房东前几天回国了，说急着卖房，宁愿承担违约金也要把房子收回……"

"……所以？"表情像海潮，一点点从唐影的脸上退去，只留下凝重。

"这个续租的事情，可能不成了……"

"那你们现在才和我说？房子下周到期我现在去哪里找房子搬到哪里去?！"她着急起来，叽里呱啦说了一串话，同时脑子里迅速闪过法律谚语"买卖不破租赁"，一边抓着手机一边就翻箱倒柜翻出租赁合同试图找到相应条款与对方辩驳。

"这个……确实是不好意思啊，我们也没有想到，但不是还有几天嘛，最近房子好租，美女您搬家最多一天就行，我这边也给您物色物色好房子……"

唐影没再听了，她认真翻着合同，可惜无论是从违约条款还是合同期限里，都没办法找到论据。对方属于合法不续租，房屋到期，她就得走人。

巨大的绝望感向她袭来，她垂下手指，"叮当"一声，友谊之戒落在地上，滚到桌子底下。

她心里挂念合同与租约，失魂落魄俯下身去捡，大概是变笨了，不小心撞到桌脚，差点掀翻小桌板。桌上的水杯应声迎头砸下，堪堪避开她的头，坠到瓷砖地面上，发出碎裂撞击声，霎时间水洒了满地，玻璃碎片四射，似乎也撞进眼睛里。地板和裤子湿漉漉的，她趴在地上，莫名想要尖叫。好在坚强，她红着眼，跑到阳台去拿抹布，但大概是脚步太急，地板又湿，她不小心一打滑，终于整个人向前扑在落地晾衣架上，衣架倾翻，满满的洗好晾干的外衣、内衣、袜子唰唰落在积了灰尘的阳台地板上。拥抱肮脏。

狼狈到了极点。

她已经心灰到麻木，缓慢地爬起，坐在乱七八糟的地上，机械地从身下、地上将落了满地的外衣、内衣、袜子一件一件捡起。有几件缠在了一起，她也不看，就用力扯开。可这几件衣服像是与她作对，缠缠绵绵死活要黏在一起，像是臭不要脸的Michelle与许子诠。这个比喻太扎心，她更用力去扯，下死力，最后听到"刺啦"一声。

她猛地低头，发现扯裂的是新买来的真丝吊带睡裙，那条她花呗三期免息分期花了2000元买的刚下了水一次都没穿过的裙子。真丝的，贵的，新的，毁了。

花呗却他妈的还得还。

这个细长的裂痕如同最后一根稻草，终于压死了骆驼，像是一个从天而降的缺口，让一切发泄都有了理由。她终于忍无可忍，在一间马上就不属于她的老旧出租屋里，在一堆等待重新洗涤与整理的衣服里，号啕大哭。

她的哭声回荡在破旧的屋子里，起先有点含蓄，后来逐渐奔放，世界被她丢到脑后。再后来似乎哭累了，她停下来抽了抽鼻子，打算哭第二轮。就在抽噎酝酿的间隙里，她听见奇怪的声音。

嗡嗡嗡。嗡嗡嗡。

是手机在地板上执着振动。

她吸吸鼻子，想着还有什么事情能够更加糟心，比如客户来活了。等她从满地狼藉中翻出手机，看到来电显示的那一刻，她忽然更想哭了，整颗心盛满酸水，像鼓鼓囊囊要爆裂的气球，被人狠狠捏了一下。

来电话的人，是许子诠。

"喂？"她瓮声瓮气地说。

那头沉默片刻，只说了两个字："开门。"

许子诠本来带着半肚子气，好不容易打发完那个野路数，就打车来唐影家楼下，原计划抓她下楼喂猫的，没想到她微信不回，电话也不接。他见她房间亮着灯，直接上来，又敲了半天门，也没人应。隐隐约约从屋子里传来"嗷嗷呜呜"的声音，他还抬头向四周看了看，以为是这楼太旧，管道漏风。

见到唐影的时候，许子诠没想到她的表情能这么委屈。

妆没卸，但已经花成了一团。她穿着宽松棉质连衣裙，光着脚，双眼红肿，抿着嘴可怜巴巴地看着他。他的心猛地一缩，下意识就想抱她，心里满满都是想对她说的话，可他刚开口说了句"我……"，她就呜咽一声打断。

"你们上完床了？"

他气又起，一肚子话咽下，伸出的手改为狠狠推了她脑袋一下。"你满脑子都是上床啊？"

过了会儿，他反应过来。"微信不回，电话不接，敲门你也听不见。原来在家哭呢？"

唐影只顾仰头看着他，感到几分不真实，想伸手戳戳他的脸，又忍住。他就像她的电池，一旦出现，她又一点点振作起来，有了生命力与铠甲。

于是电量满格的唐律师抽了抽鼻子，委屈消失，腔调回来，语气也变得镇静，她抹了抹眼睛。"嗯，对，刚刚遭遇了一场都市独居女性的常规崩溃，中介说房子不让续租了，水打翻了，地板湿了，戒指掉进桌子底下，洗干净的衣服脏了，新买的睡衣扯了……"她转身拿了拖鞋让他进屋。

许子诠点头。"因为这些？"

"不然呢？"她看他，"还有别的理由吗？"

"有啊，比如吃一些奇奇怪怪的飞醋。"两人对视，没等唐影反驳，他便屈着指头，揩去她眼角残余的泪，然后捏了捏她的脸，将她往屋里推，"来，我先帮你一起收拾。"

许子诠做家务的样子像个做值日的小学生，笨拙又认真。他们一起擦了地，扫了满地玻璃碴。唐影将需要手洗的衣服泡进水里，将可以机洗的衣服扔进洗衣机。最后许子诠钻进桌子下，替她找回那枚丢失的戒指。

他弹去戒指上的灰，用纸擦拭干净后递给唐影。"喏。"

这枚卡地亚戒指是那次在通惠河边，他居心叵测吻了她后，她从他手上顺走的。后来在她家楼下，她主动吻了他，他也将她的戒指没收。圆环交换，是他们旖旎的契约。

结果此刻，唐影摇了摇头，说："你戴上吧，本来就是你的，物归原主。"

许子诠僵在原地。"什么意思？"

唐影继续说："许子诠，我想了一下，虽然之前我们有过一些越轨行为，但折腾这么久，我想通了，我们还是老老实实再把戒指戴上，做回朋友最合适。我是恋爱菜鸡，不会搞暧昧，搞着搞着就把我自己搞进去。心姿说得对，我和你这样的老司机玩心很危险，怎么死的都不知道。"

她坐在卧室的懒人沙发上，半仰着头，一脸坚定地看着他，宣布一个结果。许子诠愣了一会儿，像是在整理思路。然后，他收回手，将戒指放在唐影桌上，又随手扯了个垫子，在唐影面前坐下。

"你想清楚了？"

她意思很明确，郑重地看着他。"对，我不想搞暧昧了。退一步做回朋友最好。"

他也点头，表示了解，回应却比她还明确。他说："可我一点也不想和你做回朋友。"

"那你想和我做什么？"

她脱口而出，问完了才觉得这问题对大半夜的孤男寡女而言充满了挑逗意味。许子诠动了动眉毛，笑起来。"这个问题……"

她赶紧改口，有些支支吾吾。

"不……我……我是说，那你什么计划，关于，我们俩？"

她的脊背一点点挺直，看着他，眼里有小心翼翼又无法掩盖的期待。

可他却犹豫了。

"我……"

这份犹豫被唐影敏锐捕捉。刚刚燃起的希望一点点坍塌下去，她心烦意乱地打断他："算了，别说了。"

她早该知道的，他就是这样的人。喜欢撩拨，喜欢诱惑，却不喜欢束缚与责任。真想和你在一起的人早该在吻你那一刻就握紧你的手，优柔寡断不过是在找借口，爱你的男人从不舍得让你患得患失。女人对感情的所有犹豫、怀疑与不确定，归根结底还不是因为这份爱情的答案，本就是一个否定句。

恋人未满这么久，是因为他只想暧昧。

唐影懒得多说，起身从桌上拿起那枚戒指，又扳过许子诠的手，霸王硬上弓就往他指尖套。许子诠没想到她直接上手，一边抗拒，一边惊诧道："你干吗？"

"戴上！"

他不肯，她力气越发大，他本坐在地毯的垫子上，被唐影一扑，两人顺势就往地毯上倒。哪怕人仰马翻，唐影还是要抓着他的手，双方像过招一般纠缠。许子诠忍不住伸手直接将她两只爪子束在身后，哭笑不得。"你到底是在拒绝我还是在勾引我？"

此刻唐影已经骑在他身上，双手却被他往后抓着。她挣了挣，没挣开，只好伸脚蹬他。"嗯，我算是认清你了许子诠，你就是渣啊。喜欢全世界的小姑娘，来者不拒，还人尽可'骑'。既然不喜欢我，大半夜送上门来做什么？"

这个姿势别扭，脚上不好使劲，她软绵绵地踹着他的大腿外侧，手却被他抓着背在身后，怎么看怎么像一场旖旎的审讯。

他被她那句"人尽可'骑'"镇住，愣了一会儿才说："我……我就是想见你。有话要对你说。"

"表白吗？"

他被她的直白吓到，这姑娘永远不按套路出牌。他才张了口，就听唐影面无表情接着说："许子诠，不是表白就别说了。暧昧的话我不想听。撩拨是有保质期的，偶尔玩一玩可以，但只要过了保质期，再继续，只会让人恶心。"

他仔细体会了一会儿这番话。"所以我们的暧昧快到保质期了吗？"他看着她眼睛。

"嗯，马上就到了，今晚。"唐影很认真，"所以我不想再听什么'想见你''我想你'，不想再接受作为恋人未满的任何亲昵与关心。我希望听到的，要么是'我们在一起'，要么是'就做回朋友好不好'。做朋友或者做恋人我都行，但如果你还想暧昧，那么我腻了，宁愿换一个人继续。"

许子诠不说话了。他一只手撑着地毯，另一只手抓着她的手腕。他想了想，松开手说："你……先从我身上下来吧。"

毕竟这个姿势，实在不适合继续做朋友，也不适合继续表白。

唐影手中还握着那枚友谊之戒，她没坐回沙发，也扯了一个垫子，坐在许子诠身边。她将友谊之戒递给他。

接或不接，是他的答案。

许子诠看了很久，最终叹一口气，拿起戒指，套在左手无名指上，承认："是，你说得对，我之前就喜欢随便撩拨小姑娘。"

唐影震惊地看他。

他接着说了下去。

"而且我也不敢轻易和人确定一段关系。我怕负责，我怕麻烦，也怕受伤。

"你叫我渣男，其实没错。说好了做朋友，我却总是来诱惑你。我吻你，撩你，暗示你，却迟迟不确定关系。我确实挺渣的。

"之前你放我鸽子，我耐不住寂寞，就约别人吃火锅。扑上来的小姑娘，即便我不喜欢，可碍于面子和礼貌，我也不会忍心让她难堪。

"我记得一开始我就和你说过，好几年不恋爱，或许是爱无能，不知道如何建立一段亲密关系。"

…………

他自顾自，说了个彻底。

她愣在原地，心更灰。

许子诠一边坦白，一边上前，最后用那只戴了友谊之戒的手拉住她。"只是唐影，全北京有无数个漂亮姑娘，我每天上班、工作、刷朋友圈、刷微博、看综艺，都能见到无数漂亮姑娘。这个世界上新鲜又好看的妹子太多了，看都看不过来，我这种渣男应该一个接一个撩拨过去的。可为什么我现在对她们一点兴趣也没有，偏偏只想着你？"

他说："唐影，我知道我缺点很多，有一些事我需要慢慢学。我本来想让你给我一些时间，但如果我们的暧昧今晚就到保质期，如果一定要一个选择，那么，我告诉你我的答案。"

他取下脖子上挂着的银色链子，链子上是一个小小的圆环。他将圆环取下。

是她的那枚卡地亚。

他苦笑着叹一口气。"不知道未来我会不会搞砸它。但，总比现在就搞砸了好。"

他抓过她的手，将戒指套在她指尖。

"戒指的意义还是恢复本身吧。之前是友谊之戒，以后……"两只戴着对戒的手握在一起，十指交扣，他声音低低地问她，"以后是情侣戒，好吗？"

夜色在窗外轻轻呼吸，小小卧室的光从窗帘中晕出。窗外的老树枝干被风吹得沙沙响，枝叶遮蔽一角月亮。夜晚的星星那么多，可我们只能看清楚月亮。从月亮的位置往窗户里望去，可以看见一个男人与一个女人的身影。他们面对面坐在地上，他轻轻扣住她的手。

唐影愣了好久，才像反应过来一般，看着许子诠。

"你一直把……这枚戒指挂在项链上？"

"对啊。"他点头，嘴角弯弯笑起来问她，"很感动？"

"嗯……"她低下头，的确是感动，但还是决定诚实地说，"其实……有点 gay……"

17

唐影第一次感到和许子诠在一起有些尴尬。

比如他们在深夜的小卧室里互诉衷肠，两人的眼睛因为兴奋而发亮，目光纠缠，手也牵在一起。大概笃定此时绝对不会有人来打扰，所以孤男寡女反而开始犹豫——要不要接个吻？

当然他们犹豫的并不是接吻本身，而是犹豫接吻之后可能会发生的事情。

在双方暗自犹豫的时间里，他们只好并肩坐在床边的地毯上，背靠着墙看着窗外，开始闲扯。比如，唐影开始八卦 Michelle，她尽量兴致勃勃地吐槽，许子诠也尽量兴致勃勃地听。两人嘴上是此起彼伏的："哈哈哈，她这么逗呢！"心里却是一声高似一声的挣扎："到底要不要亲，要不要亲？"

像一场话剧，两人演了一阵都开始觉得没劲，她声音渐弱，他也走神，在她不说话的时候，他的注意力就转移到了她的嘴上，再沿着她的嘴一路下行，溜进她的领口。再往下，他决定打住。

许子诠咳了一声，转过脸看着唐影屋子里的懒人沙发与毛绒小猪玩偶，转移话题："对了，你明天做什么？"

唐影这才想起什么来，懊恼地拍地。"啊，差点忘了，明天要去看房子。"

"怎么又要租房了？"

"本来想续租，结果房东临时要卖房，告诉我不能续了。下周之前我就得搬家……"

"那你怎么打算？"

"找一找附近的啊……"

许子诠侧过头看了她一眼，又正过脸，倾身捡起身旁地毯上放着的小猪玩偶，一边低头捏小猪的耳朵一边开口："附近不太好找吧？加上时间太紧，一时半会儿估计找不到好房子。弄不好得和别人合租，室友还可能生活习惯不好……"

唐影被他越说越烦，伸腿踹了他一脚。"要你说啊。"她抢过他手上的小猪玩偶，仰头靠着床沿感叹，"我估计要流落街头了。"

"是啊……你现在情况危急，很有可能流落街头。"许子诠看了看她沮丧的样子，没忍住勾了勾唇，也仰靠在床沿上，与她并肩，又说，"除非……"

"除非什么？"

"除非，这时候有个善良又靠谱且有二居室的好人，愿意收留你。"

他的语速难得地慢，郑重又小心。

唐影猛地扭头看着许子诠，一脸震惊。"你要包养我?!"

"不……不，我是说，或许，你如果不介意男室友的话，我可以把我的次卧租给你，而且我家有两个卫生间，也不会不方便……"这话说出口，他自己也有些心虚，似乎担心她误解，又赶紧加了一句，"我没有别的意思，我们可以签合同，你按市场价给我租金就行。"

唐影不说话了，重新倒向床沿，小心地将漫上嘴角的笑容一点点吃掉，也慢条斯理起来。"合同啊，倒是没问题。毕竟蹭了你的房子，不可以亏待你，租金押一付三，保洁费我出，水电费取暖费物业费平摊。"

"好啊。都听你的。"他轻声答。嘴角勾起，又被他压下，可却忍不住再次弯弯勾起。两人肩并肩看天花板，心跳如鼓，却极力装作平静。

"嗯，做室友啊，那不是以后每天都得待在一起？"她盯着天花板，慢悠悠地问。

"是吧，可能抬头不见低头见，你不想见我了，还得见……"他也盯着天花板，慢悠悠地答，想到什么，侧过头瞥了她一眼，"喂，你脚不臭吧？否则我可能忍不了太久……"

"不臭！特香！"唐影拧了眉毛蹬腿又要踹他，没踹着，可还是开心。她有一下没一下地捏着手里的小猪玩偶，觉得玩偶也在对她笑。

没过多久，唐影忽然问："对了，你家书房什么样来着？我都忘了。"

许子诠掏出手机说："我给你翻翻相册，好久之前拍过一次。"唐影在一旁等着，目光落在他专注的侧脸、他的耳朵、他分明的下颌线，她忍不住托着腮看他。

"许子诠……"

"嗯？"他还在低头翻手机相册。

"我觉得，连你的耳朵都是我的理想型。"

许子诠本来随意翻相册的手明显一顿，他侧头瞥了她一眼，见她直直瞧着他，整个人都不自在起来，赶紧低头接着看手机。

然后他听到唐影恼人的声音又在耳边响起。

"欸？理想型耳朵红了啊……"

他侧过头瞪她，揉乱她头发，说："大半夜的你能不能老实点？"

总算翻到，他将手机扔给她，说："喏，照片。"他又看了看四周，比较一下后说道："面积我记得有小二十平方米，比你这间大了不少，连着阳台，侧面还有窗户和写字台，方便你加班。"

照片是黄昏时拍的，泛着柔和的色调。他家楼层高，照片的窗外有不远不近印着"A 所"的写字楼、中央电视台总部大楼，还有中国尊。房间空旷，像在等人，每一个角落，都像被黄昏淋上一层稠稠的蜂蜜。

唐影认认真真看着照片，忽然放下手机，侧身，抱住了许子诠。

"喂……"他猝不及防，怔在那里。

唐影将脑袋在他怀里蹭，声音柔柔地说："你不要多想，我不是要大半夜勾引你，我就是想谢谢你。"

谢谢你今晚拯救了我受伤的心。

许子诠摸了摸她的头发，说："不客气。"他两只手虚虚揽着她，她在怀里，柔软的头发搅得他心痒。

就在他决定也抱住她的时候，唐影忽然开口，说了一句："许子诠，你好硬啊。"

"……什……什么？你说什么?!"他僵在原地，刚刚恢复原状的耳根再次泛红。他迅速反思自己。"不是……没有，我刚刚……"他脑子发蒙，嘴上胡乱解释，就差低头一探究竟……

"真的好硬啊。"好死不死又重复了一遍，唐影从怀中抬起头望着许子诠，一边用手戳着他的腰，睁大了眼睛问，"你是不是在健身，所以抱起来硬得像一块铁板？"

四目相对。

他仔仔细细看着她。她一脸纯真，还冲他无辜地眨了眨眼。耳边响起她那句"我不是要大半夜勾引你"，许子诠认真地想要骂人。

"你在想什么？"唐影又问。她贴得更近了一些，手还在他腰上乱捏，像是在认真试探他的硬度。许子诠越发僵住，不答。

唐影抿着嘴，不让自己笑，抬眼看他，小声说："我猜，你在想一句特别烂俗的台词。"

"什么？"

她靠近他的耳朵，拿腔拿调，气息喷入他的耳。她缓缓道："女人，你这是在玩火。"

话音刚落，就被人抓着不老实的手摁在床沿，唐影猝不及防叫了一声。许子诠一只手扣着她，另一只手撑着床沿，从高处瞪她，半是好笑半是气。"这么心急？"

她有些窘，目光落在许子诠唇上，又飘上他的眸子，承认："嗯……是有点馋……毕竟久旷之躯。我也好奇。"

"会吗？"他眯眼看她。

她顿了顿，老实说："理论丰富，实践没有……你可以教我嘛。"像是怕他不愿意，她又加了一句："许老师。"

这个颇有情趣意味的称呼叫出，尾音带一点上扬。许子诠听得发毛，皱起眉头。"你都哪里学的？！"

"小电影？各类文学艺术作品？"她眨眨眼，"我知识可丰富了。"

他扬扬眉毛，松了她的手，好笑道："哟，这么厉害？"

两个人此刻已经半身在床，许子诠本扣着她，才一松开，她的手就不安分地缠到许子诠脖子上。她又贴着他耳朵喃喃道："你要不要，试一试？"

也是孟浪，说完了这句，她张口就咬了下去。

许子诠只记得脑袋"嗡"的一声，本来一直绷着的弦"啪"一声断裂。两人从此刻开始失控，纷乱的先是心，燥热的，然后是两个人的吻，像是被风吹落的樱花纷纷乱乱撒在两个人身上。他伸手箍住她的腰，另一只手捧着她的脸，又从她脸上拂过，五指梳进她的发里。

唐影似乎陷入一望无际的热浪中，被他的气息侵袭得片甲不留，连呼吸都是他的吻。她的唇、脖子、耳朵乃至每寸肌肤，被他一口一口吃掉。他的舌尖滑过，又轻轻勾起，让她心尖也发颤。她只记得自己紧紧攀着他的脖子，在海浪中颠簸起伏，这才发现理论与实践永远是两码事。

理论知识丰富的唐影溃不成军。

等许子诠的手想要更进一步的时候，唐影才猛地想起了什么，一下子清明起来。她猛地隔着衣服按住它，轻声叫停："……不，不行。"

"怎么了？"他声音微哑，有几分不满，吻顺着脖子往下，手还是想动。唐影咬了咬唇。"内衣……不对。"

她闭眼，无奈。今天她该死地穿着那件肉色纯棉无痕旧内衣，而搭配的内裤……她努力回想……×！也不是成套的。

许子诠皱起眉头，将头埋进她的脖子与发间，献上解决方案。"内衣不对，脱了就好啊。"他搂着她的手更紧，侧过脸又吻她，另一只手固执地向前。

唐影越发清醒起来，坚决将他的手往外推，摇头。"不行不行不行，我得有一个华丽的开场，不能留下遗憾。而且，"想到什么，她眯着眼看许子诠，"你带套了吗？"

这才把许子诠问住。他也一僵，松手，抬起头看她。"今天出门出得急……确实
忘了……"

唐影准确抓住潜台词。"你是说以前出门都会随身带着？"两只手又赌气乱掐他
的腰。

许子诠气得牙痒，捏她的脸。"你每天都乱想什么呀。"

成人活动被迫终止，两个人坐在乱糟糟的床上，人也乱糟糟，望着彼此的眸子里，
都有几分淡淡的遗憾。等气息平稳，许子诠叹了口气，将唐影拉进怀里，顿了顿说：
"挺好的。以后的时间很长，我们不需要太着急。"

唐影的耳朵贴着他的胸口，他说话时，她能够听到他的胸腔轻轻振动，像是每
一句话都从他的心口发出。她忍不住扬了嘴角，伸手甜甜环住他的腰，点头，也给
他承诺。"嗯，下次我选一套好看的内衣。"想到什么，她又仰头问他，"喂，你有什
么偏好？"

"内衣吗？"他一怔，笑起来，"还能私人定制的？"

"你是我的 VIP 嘛。"她竟然有些认真，从他怀里挣脱了就要往衣柜边挪，一脸
兴致勃勃，"我买了好几种布料和款式的，你要不现在选一个喜欢的款式？下次天时
地利人和我们大干一场……"

他哭笑不得，拉住她，把她圈在怀里。"你穿什么都好。我都喜欢。"

"真的？"她不信。

"真的。"他很认真地看她，想说，我不在意内衣的款式，只要是你就行；想说，
遇见对的人时散发的荷尔蒙与冲动超过一万件性感内衣能带来的。

当然，他还没来得及说，唐影就抢答了。

只见这个女人倚在他怀里，抱着他的腰，奔放又甜蜜地分析："对哟，反正穿什
么，都得一下就被你扒了。"

"……"他怔在那里。

几秒后，许子诠将下巴抵在她柔软的头发里，箍在她腰上的手变紧，想到什么，
嘴角不自觉勾起，心里默默想：嗯，也是。

18

许子诠还是在当晚离开了唐影家。两个人夜半拉着手在门口道别，他约定下周

来替她搬家。

周一上班的抽烟时间，唐影与王玉王聊起马其远，顺带提了一句林心姿的事。

"所以，马其远的那条微信，后来你回复了吗？"王玉王好奇地问。

夏天天气越发热，两人不愿意继续在露天抽烟，悄悄躲到了写字楼人很少的楼道里。这周老板出差，两人忙里偷闲，特意去买了咖啡，一口尼古丁一口咖啡因。天窗的一方阳光照耀进来，将头发映成红棕色。

唐影一怔，才想起周末光顾着坠入爱河，竟然忘了回复。

马其远当然没想过那天无心的几句话给唐影带来的影响。他只以为虽是不欢而散，但一天过去，他眼中的唐影显然已经收拾好了心情，但凡他给出台阶，她便又会殷勤前来提供情绪价值。

却没想到，那条微信石沉大海。他也没在意。直到周一下午，他才收到唐影的回复。"啊不好意思啊马老板，周末有事，抱歉，才看到消息。等过一阵我和玉姐一起请您吃饭！抱歉抱歉。"

写这条看似轻松的消息耗费了唐影十几分钟。她遣词造句，几易其稿，想起实习时拒绝另一个世界五百强公司的 offer 时的患得患失心情。她甚至拿出了律师写公开函的认真劲来，每一个标点都有含义，比如："才看到消息"表示"我周末没有期待您的约会"；"和玉姐一起"代表着"我们以后尽量不要单独相处"；"您"字，则礼貌又不动声色地拉开距离。

她发出消息时，手都是颤抖的，心里担忧：马其远生气了怎么办？他要是继续邀请怎么办？他要是直接打电话来怎么办？他如果想要从工作上为难我怎么办？他会不会发现我是喜欢上别人了？他……

十万个像烟花一样爆发的担忧，终结在一分钟后马其远的回复里。这回复却完全超出唐影的预料。

他似乎连字都懒得再打，只在收到消息后，回了个"OK"手势。

意思明确，他表示：哦，随你。

你主动贴上来，他带你玩；你若说要走，他只说请便。连这份告别，都轻率得像一场游戏。她这才发现，那些试图跨越阶层，向更上一层阶级进发的梦想与幻想，终究只是笑话。

如果不自量力的后果是受伤，那还算是好一些的结局。事实是，这世界上绝大多数的不自量力，都像白日里的烟火，奋力绽放，却无人注意。她与马其远的相识与道别，也像一场盛放在闹市晴空的烟花，她用尽了力气，而他，从未真正在意。

唐影看着马其远的回复。她应该觉得轻松的，可惜更觉得自己悲哀。

这件事的收梢最终落到与王玉王的八卦时间，唐影耸耸肩，将对话界面递给王玉王，冷笑。"我算是看出来了，有钱人眼里的小姑娘就是商品。他们的词典里没有

'爱情'。我还是算了吧，吃不了那碗饭。"

王玉王一愣，笑起来，明白唐影这是情感受挫。

"这碗饭确实不是谁都吃得了的。大多数小姑娘都有贼心没贼胆，或者有贼胆没脑子。要么是你这样，心、胆子和脑子都有了，却没那个决心和魄力。"王玉王也不多问始末，只说，"至于你口中的爱情……人到了一定年纪，就会发现爱情是最可有可无的东西。十八岁的姑娘们聚在一起聊的不是八卦就是爱情，可二十八岁的女人们凑在一起，聊的基本上是怎样暴富以及老板傻 ×。人生中比爱情更能带来快乐的东西太多了，连你，二十六岁了吧？都不太会把爱情放在第一位。"

唐影想了想，点头说："对，还好我也不爱马其远。"

王玉王幽幽地瞥唐影一眼。"嗯。其实，他应该也能看出来。"所以，也别怪别人不够珍视你。

唐影不说话了。

王玉王比唐影高小半个头，俯视着唐影，看她在自己面前半垂着眼帘，姿态有点小伤心。王玉王想安慰，但更多的是担心——担心她因为个人情绪影响工作。

想了一会儿，王玉王决定提点她一下："虽然你和他可能没啥下文了，但个人情绪是一回事，工作是另一回事……虽然你们私交断了，但项目……"

却没想到唐影抬起头认真看着上司。"不，这俩其实是一回事。我这回还真就要把个人情绪带到工作中来！"

王玉王一惊，就听唐影接着郑重宣布："尽管小姑娘永远别想从老男人身上占到便宜，但乙方却有大大的机会从甲方身上占到便宜！这个项目，我就得带着个人情绪好好做、狠狠做，使劲记录小时单！大笔大笔收他的钱！"

王玉王愣了半秒，赶紧附和："对对对！咱大笔大笔收他的钱！"

王玉王哑然失笑。

讲完马其远的八卦，两人准备返回楼道时，王玉王想起什么来，又多问了几句："对了，你那个美人闺密不是有男朋友了吗？那她拉黑你干啥？她这么重视马其远？"

唐影拉开安全通道门，拍去手上灰尘，猜道："大概，介意我隐瞒吧？"

林心姿也弄不清楚自己拉黑唐影时的心情。如果非要和马其远扯上关系，那么林心姿认为，她拉黑唐影，绝不是因为重视马其远，相反，却是因为太轻视马其远。

她记得小时候看电视剧，俗套剧情里的姐妹总是轻易因为男人而翻脸，反手用长指甲打对方耳光，对男人谄媚，对女人狠毒。女人为了男人相争甚至相残的情节在现在的林心姿看来，实在有些魔幻：一方面，它看起来似乎物化了女性，她们将自己认作男人的附庸；可另一方面，它似乎也物化了男性，他们被视作女性的生存资源。

身为美人的腔调，无非在于对一切追求者发自内心地不屑一顾。毕竟异性的好感总是来得轻而易举，拥有太多不必要的真心与青睐，也是烦心事情。

比如，她的新领导胡哥。

胡哥依旧奉行他口中的"吸引力法则"，时不时在林心姿面前展示他的所谓吸引力。他虽是部门领导，年龄却没比大家大多少，加上本人毫无架子，又爱开玩笑，熟识之后，很快和大家打成一片。面对追求，林心姿也敢偶尔公开吐槽一声："胡领导，你真的很油腻。"

"是吗？那咱以后午饭还是吃清淡一点吧。反正——"胡哥摸了摸新留出来的小胡子，眨了眨眼，"我已经够油了……"

人间"油"物胡哥在下班前给林心姿发来一张照片。

他人虽油，却有才华。据说胡哥是一名业余风景摄影师，曾经因公外派非洲，还得过几项专业大奖。他曾在办公室吹嘘："拍多了风景，我才发现人才是最美的风景。所以我近几年，改拍人像……"语调带了神秘。大家结合他的一贯作风，心知肚明。"胡哥，说老实话，是不是专门给小模特拍私房照呢？"

胡哥眨眼。"确实是私房，又小又嫩，穿得还少！拍着拍着，都想咬一口。"

这话说得露骨又风骚，众人大叫起哄要看模特，林心姿撇嘴。

下一秒，胡哥嬉皮笑脸在群里发出他的样片，大家饱含热情一看，瞬间失望。还真是又小又嫩衣着暴露的小模特，只不过，刚刚满月。

"我平时兼职婴儿摄影师，你们生了宝宝可以找我。"胡哥得意一笑，魅惑中带油。

这回胡哥发来的照片，是用手机拍摄的埋头认真工作的美人：平直肩膀，头发柔顺垂到颈上，被挽在一侧，露出白皙的耳朵。她低头的弧度温柔，侧面更美。

虽然画质一般，打光也全凭室内自然光，但构图有意境，光影巧妙配合美人侧影，静谧得像是油画。

林心姿对着屏幕看了半天，也不得不承认这张照片确实将她拍得好看。

"下午路过你工位时随手拍的。"胡哥解释，过了会儿，又深情地问，"你知道你这么美吗？"

林心姿不答，只发了一张金龙鱼油的图片过去。

胡哥识趣地住嘴，知道人家又讽刺他油腻。

林心姿继续认真回复："我们是职场上下级关系，领导还是要注意言辞，不要让人误以为你在骚扰。"

胡哥凛然道："我只是实话实说，'骚扰'这个词当不起！"他顿了顿，又贼兮兮来一句："不过你放心，我以后尽量把我的心思埋在肚子里。好不好？"

　　林心姿不理他了。

　　林心姿再见到胡哥时，正是将近下班的时候。林心姿去休息室洗杯子，出门就撞到了胡哥。胡哥一愣，虚虚伸手护住她，以为她会为了避嫌而迅速躲开，却见林心姿抬头对他一笑，他还没来得及心神荡漾，一个趔趄，领子就被她的纤手拽住，被一个劲往楼道里拖。

　　没料到平时娇弱的美人会对自己有如此举动，胡哥一下子慌了神，眼神四处乱飘，担心路人看到，嘴上小声劝阻："喂喂，你干吗呢！非礼吗？"

　　林心姿不应，到了楼道才松手，一脸嘲讽。"我以为你敢骚扰我，胆子应该不小？"

　　他们所在的楼层不算高，加上国企员工本就热爱健身，主张少搭乘电梯，又临近下班时间，楼道里脚步声不停，往来的都是上下层有些脸熟的同事。见这两个人站在楼道里，男的油腻，女的清丽，过者无不投来好奇的目光。

　　胡哥无奈地辩解："我哪里是骚扰，我是明目张胆地追求你。"

　　"我已经有男朋友了，说了一万遍。还是胡领导，你——"林心姿逼近他，歪头审视，"就喜欢人妻？嗯，偷来的人，格外刺激？好这一口，领导，这么重口味？"

　　美人习惯甜美，这会儿是被逼急了，一脸凌厉，成了带刺的玫瑰。

　　胡哥一愣，被她逼视得浑身不自在，再加上往来同事的目光，多多少少有些心虚，平日油腔滑调的他也难得磕巴起来。"不……不，你怎么能这样妄自菲薄？我追……追你，是因为，喜欢你……"

　　林心姿听了这话，差点把白眼翻上天。"全世界的单身好看姑娘都死光了吗？非要来挖别人墙脚？你小心挖到自个儿的脚！"

　　她懒得再说，转身要走。

　　身后胡哥声音响起，试图叫住她："我也知道不对，可我就是忍不住。"

　　林心姿连白眼都懒得翻了。接下来的套路她也熟悉，他将一脸真诚地对她表示自己情难自抑，挖墙脚是因为无法控制自己汹涌的感情。

　　就在林心姿拉开楼道安全门准备出去的时候，胡哥接着说了下去，语气认真："心姿，我不忍心眼睁睁看你在一段错误的关系里一错再错。"

　　林心姿脚步一顿。

　　楼道里此刻只剩下他们。在林心姿转过头疑惑地看过来的刹那，胡哥迅速恢复了往日的油腻，搭配熟练的眨眼动作，深情款款。

　　"相信我，这绝不是你要的爱情。所以，让我救赎你，好不好？"

第四章

给 生 活 一 点 甜

01

回应胡哥的，是林心姿响亮的关门声。

徐家柏下班来接林心姿的时候，正巧胡哥也在附近。写字楼张开口，将下班的白领们一串串吐出。夏天穿得花红柳绿的人群里，林心姿与胡哥隔着不近不远的距离。

林心姿先是看到了徐家柏，挥挥手，然后瞥了胡哥一眼，特意蝴蝶一般朝着徐家柏甜蜜飞去，两人夸张拥抱。

俊男美女加上偶像剧般的画面，一时写字楼下往来白领的目光纷纷落在他们身上。他们成为焦点。

徐家柏感到好笑。"今儿个是怎么了？"他的手环在她腰上。

林心姿捂脸，有一些害羞。"会不会太夸张？"

"不夸张，我喜欢。"他轻轻抚摩她的发。

林心姿笑，挽着徐家柏的手臂悄悄说："我新来的部门领导总对我说些奇奇怪怪的话。刚刚他在附近，咱们秀他一脸咯！"

徐家柏身体僵了一下，装作不经意地往四周瞥了瞥，试图找到林心姿口中那个领导，嘴上冷笑。"那个姓胡的小子是吧？"

没想到身边人怔住。"你怎么知道？"

"我……"徐家柏一顿，随口糊弄，"不是你上次自己告诉我的吗？"

胡哥已经从不远处朝着他们走了过来，发现他们俩看着他，他还挥了挥手，加快步伐。

胡哥脸上还挂着笑，像是刚被塞了满满一嘴狗粮却仍然喜气洋洋的狐狸，似乎那口狗粮还不够吃，非要亲自上来，再讨教一番。那双平日精明的眼睛里，印满了

"搞事情"三个字。

胡哥在二人面前站定，露出一贯的谦和笑容。他先看向美人，打招呼："嘿，心姿。"再做殷勤姿态与徐家柏握手。"嘿，这位帅哥大概就是传说中的护花使者了吧？久仰久仰。心姿总和我提起你！"

徐家柏也露出职业微笑，一脸诚恳。"您好，您是哪位？抱歉，心姿从来没和我说起过您。"

两人虽笑着握手，但显然暗潮汹涌，敌意满满。

"哟，这就不对了。"胡哥责备地看了一眼一旁快要翻白眼的美人，语气刻意亲昵，"我们俩的事，有什么不好说的？"

还没等徐家柏翻脸，胡哥又满脸是笑。"我姓胡，是心姿的部门领导，她平时叫我胡哥。你叫我一声哥就行。"

徐家柏这回不理他了，只伸手揽住林心姿，笑问："你们领导平日就这么轻浮？"

胡哥脸上挂了笑，也看向林心姿。

"不，我只对她这样。不过用现在的小姑娘的话说，这好像不叫轻浮，叫，嗯……"他摸了摸下巴上的胡楂，对徐家柏炫耀，"油腻！心姿，你今天在楼梯间里是这么和我说的对吧？"

"楼梯间"三个字暧昧，引人浮想联翩。

胡哥满意地看到面前两个人因为这三个字倏然色变，等欣赏完徐家柏的表情，才添一句："你别误会，我们俩在楼梯间只聊了工作，别的什么也没聊。"

此刻徐家柏牵着林心姿的手站在胡哥对面，胡哥与他差不多个头，彼此的微笑里都藏着剑拔弩张的气息。胡哥若有若无的潜台词像一管打气筒，将他的心脏当作一个气球，一下又一下地打气，他胸口发闷要爆炸，肺的位置被侵占，连呼吸都费力。他手心渗出汗来，可表面上还是尽量装作镇静，挤出小小微笑，看着林心姿，问："宝宝，你，嗯……你不好好上班跑楼梯间去干什么？"

他声音发虚。

林心姿看出他的反应，往后拽他，说："家柏，我们先回家吧。这里太热了，我还好饿呢。"

徐家柏一动不动。

"家柏？"林心姿摇了摇他的胳膊。

徐家柏没理她，直直地看着胡哥。"既然您是她的领导，还是希望您注意言行，不要给心姿太多压力。我理解爱美之心，人皆有之，但既然做人，还是要有底线。否则……"

他没说下去。但大家都明白了他的意思。

胡哥愣了愣，反而笑起来，双手插兜，换了个轻松的站姿。"你放心，我不会给她压力。另外，刚刚我是开玩笑的，心姿拉我去楼道里，只是为了拒绝我。我这条爱美之路，看来很难走。好了，不打扰。"

说完他潇洒转身，而离开前，他又瞥了林心姿一眼，面带微笑又温温柔柔地丢下一句："心姿，明天见。"

暮色降临，周遭人匆匆行走，偶有注意到他们的人，也看不出其中的暗潮汹涌，以为一派和谐。

"你们那个领导……如果他真的在追你……"

徐家柏再次提起这个话题，是在晚饭之后。他在厨房洗碗，林心姿在一旁剥荔枝，喂到他嘴里。他开了个话头，又不继续，想了半天，还是决定开口："宝宝，你有没有想过辞职？"

"你说什么？"林心姿剥荔枝的手停住，以为自己没有听清。

徐家柏劝导："做全职太太也不错呀。宝宝，我们之后结婚，你就在家，反正我过两年升职，工资又能多一些，努努力，还是能养活你……"

林心姿沉下脸。"徐家柏，你不至于吧？因为这个，你让我辞职？"

徐家柏着急起来。"可他是你领导，和你朝夕相处，这样我真的不放心！"

"我实在不理解你的不放心从何而来，是我没给你足够的安全感吗？"

徐家柏不回答了。

他听出了林心姿的怒意，赶紧缓和语气，将过错引到自己身上。"宝宝，你很好，你做得很好。可能原因在我……我付出了太多才得以和你在一起，这些日子像是我骗来的一样……你太好了，好得让我没有安全感。是我的原因，对不起，宝宝，对不起。你不愿意辞职就算了，我尊重你，虽然痛苦，但我会努力克服。宝宝，我不希望你有一丝一毫的勉强……"

林心姿侧过脸，不想再继续这个话题。

她忽然泄气。徐家柏似乎总不愿对她袒露他的真实想法。他拒绝沟通，喜欢卑微地付出，再以付出为由向她索取，而一旦他索取的东西超出了她能容忍的界限，他便立即后退一步，卑微认错，再开始新一轮的卑微付出。

他似乎享受卑微，并熟练地假借卑微来掌控她。

"我现在越来越觉得，我的感情，好像有一点不正常了。"

她下意识地想和唐影吐槽。可刚冒出这个念头，她就想起，她已经把唐影拉黑了。

碰巧另一条微信适时弹出。

"我发现你们确实恩爱，实在令人羡慕，我决定痛改前非，收回我的追求。"

是胡哥。

林心姿抬了抬眉毛，识破他的套路，无情地指出："你这是又想出新招了？"

那边愣了愣，承认："对，今天打击太重。我痛定思痛，决定换一个人设，从霸道总裁改为知心大哥。"

"比如？"

知心胡哥款款回答："比如，大妹子，你在感情生活里遇到什么困难，不妨和大哥吐槽吐槽？"

02

林心姿当然不会找胡哥做知心大哥。

她不傻。和一个男人的感情遇到问题时，求助于另一个男人（何况还是摆明了对她居心叵测的男人）的做法，绝对不会解决问题，只会让问题更多。

当然，能独立解决的仅限于爱情上的问题，工作上的问题，却不得不时时刻刻求助于人。

唐影明显意识到这周王玉玉的状态不是很好。

王玉玉平日总是精神抖擞，全套妆容，最早到达办公室。但这几日她却几乎素颜，戴一副黑框眼镜，头发低低绑一条马尾，当然美还是美的，只是抹去了凌厉，衣着也简单起来，少了花里胡哨锐利逼人的职业套装，只有黑色或白色的 T 恤加同色西装裤。

唐影忍不住给她递烟，小心地问："您最近怎么了？"

王玉玉顿了顿说："家里的事。"

她和母亲断绝联系三年。三年来她从未回家，只管寄钱，每逢春节，她便寻找朋友结伴旅游。

王玉玉低头抽着烟，过了一会儿接着说："只是因为被他们催得烦了，加上他们管不住我，我干脆几年没回家。但这回我爸打电话回来，说妈妈上周出车祸……"她抿了抿嘴。"她买菜时被电动车撞了。"

唐影一怔。"严重吗？"

回答她的是沉默。她发誓她听出王玉玉的声音带了哽咽，嘴里的烟没吐出，似乎随着眼泪被吞了下去。平日凌厉的王玉玉过了很久才说："她……摔倒时磕到了后脑勺。现在还昏迷着。"

王玉玉三年未见母亲，再见时母亲已在病床。唐影忙着唏嘘时间不等人，正心酸着，却没想到随之而来的蝴蝶效应。

"所以……"王玉王对唐影说，"我得回家一趟。之后的工作，需要辛苦你了。"

王玉王要休年假的决定来得突然，在下午的团队周会上正式宣布。老板体恤她，希望这段时间尽量不打扰她处理家事，在周会上顺带将她休假期间的工作分配到位；同事也体恤她，比如韩涵，得知王玉王要走，恨不得大包大揽，将王玉王手头客户全部收入囊中。

这几个月来，王玉王手中的项目越发多，眼看事业如日中天，韩涵觊觎已久。只不过大部分是中长期项目，在王玉王休假期间几乎不会有难处理的工作。唯一着急的，是马其远公司的并购项目。

韩涵确实没有并购经验，但好在她有装腔的经验。她在会议室郑重地表示既然王玉王家里有事，唐影年级又太低，加上马其远公司接洽的买方是一家中国公司，而那家公司的老总的妹妹的邻居的前男友的二姨又正好和她沾亲带故，那么由她来接替这个工作，是最恰当的选择。

事情紧急，老板最终拍板，将唐影与马其远的项目一起归入了韩涵麾下。

韩涵前脚挥别了王玉王，后脚就热情地来约唐影吃午饭，一起的还有韩涵专用的实习生崔子尧。

三个人约在荣小馆，韩涵笑嘻嘻地说："今天我请客啊，跟我做项目，都是我请客！唐影你问问子尧，子尧，我对你们好吧？"

崔子尧在一旁点了点头，文文静静地补充："每次韩涵姐还会给我们买小礼物呢。"

虽然在一个团队，唐影与崔子尧却不熟识。崔子尧高个头，细长脖子，平日也常穿素白衣服，像一只羽毛洁白的小小鸟，说话也细声细气。她平日总和韩涵在一起。

韩涵得意大笑起来，飞速瞟了唐影一眼，说："所以我人缘好呀。"

韩涵确实很会经营各类上下级关系，吃完饭又迅速给唐影和崔子尧专门拉了个微信群，取名"姐妹愉快下午茶"，三点过后又张罗着要买奶茶吃蛋糕，点了奶茶、咖啡和各类零食，在群里喊崔子尧下去拿外卖。唐影见了不太好意思，在电梯间截住崔子尧。"我和你一起吧？"

崔子尧依然细声细气说："好。"

电梯下行，里面只有两个人，唐影随意搭讪："和韩涵姐干活好滋润啊。每天请客加下午茶。"

唐影与王玉王腻在一起的时间偏多。而韩涵热衷于搞小团体，微信群拉了一个又一个，执着地把同事变成姐妹。唐影第一次有幸加入其中。

"嗯……"崔子尧握着手机，表情古怪地看了唐影一眼，"我跟着韩涵姐干了一年，这期间她还带过另外三个短期实习生，他们走前，没有一个不说希望跟着玉王姐和你干活的。"

"啊？"

"嗯……韩涵姐生活里对人好，但工作上……"崔子尧顿了顿，又问，"你信不信，我这几天每天上午都是八点到的所里。"崔子尧慢慢说，眼睛还是盯着电梯数字。"因为韩涵姐说有急事，让我务必八点前到。"

"这么辛苦啊？"

律师加班是常态，名义上是十点上班，可实际上是二十四小时工作制，遇到事情多的时候早到一两个小时也正常。唐影听崔子尧的语气有几分介怀，以为是小朋友怕吃苦，正要教育，没想到对方接着说："她的急事，就是让我替她开电脑……"

"啊？"唐影一下子没明白。

"对，就是字面意思。用手指摁一下开机键。一分钟后电脑开机。"崔子尧特地比画了一个戳的姿势，见唐影还是一脸匪夷所思，笑了笑，接着说，"韩涵姐说她的时间宝贵，一分钟都不能浪费，所以只要项目着急，她就让我每天早到两小时，替她开电脑，再打开 Word，这样就能替她节省一分钟的开机时间。"

"这都可以？她差这一分钟?!"

崔子尧不说话了，回以一个"你懂的"的神情。

"叮咚"，电梯门开，崔子尧率先迈出，找到外卖小哥，拿了下午茶，然后看一眼唐影。"韩涵姐喜欢别人对她绝对服从。她控制欲很强的，女王心态。唐影姐你跟着她干活要有个心理准备。"

韩涵请的奶茶还没喝完，唐影已经感受到了崔子尧口中的控制欲。马其远公司的并购项目到了收尾阶段，他们作为卖方中国律师，需要按照中国法律对买方公司进行法律背景调查，并出具法律意见。

唐影正热火朝天看着买方公司的资料，来自韩涵的电话响起。"亲爱的，背调意见什么时候给我？"

唐影一愣，正色道："可能要等明天。对方昨天才把材料发来，可能一时看不完。"

"太慢了。下午下班前给我啊。"韩涵匆匆命令道，又说，"我大概了解了一下，这家买方公司不是国企，也没有上市，不存在要报国资委审批或者证监会审批的情形，基本没什么风险。你大概过一遍就行，给我弄快点啊……"

唐影无奈，挂了电话，见不远处崔子尧正看着自己。两个人隔空对视，目光飘向韩涵，又互相做了个鬼脸，大有同病相怜的意思。

碍于韩涵逼迫，唐影只好迅速浏览完对方的材料，除了几个文件需要细看，其他地方确实没有太大风险。她拟了法律意见后，又将几项可能需要进一步把握的风险列举出来，总算在下班前发给韩涵。

半个小时后，唐影收到韩涵的反馈，一打开文档，心态就炸了。韩涵用修订模式将她的意见改得面目全非，然而修改的却是标点、字体、格式，以及一些文字表达，改得换汤不换药，诸如把"以下三种情况需要注意"改成了"需要进一步注意以下三种情况"……除了意思不变，表达全变。

而唐影列举的需要进一步把握的风险，韩涵则一眼没看，直接删除。

唐影怒从心头起，当即截了图问崔子尧："韩涵律师改文件是这个风格？不改法律意见，专门改标点符号和错别字？她是语文老师还是律师？"

崔子尧顿了顿，发来一句："息怒，她就这样。"而应对这种人的办法——崔子尧告诉唐影："接受对方的全部修订。她说什么都是对的。"

服务行业工作的精髓在于体现价值。而作为高年级律师，展示价值的最佳办法，就是将低年级律师呈上来的文件，用修订模式改得满篇红。

唐影捂着额头吐槽："她简直是在强奸我的文档。"

崔子尧回复："话糙理不糙，这与强奸本质上还是有相似之处的，二者都是用暴力宣告自己的地位。"

已经过了下班时间，零零散散走了不少律师。唐影见崔子尧还坐在工位上不准备下班，好奇地问了一句："你在忙什么呀？"

"检查错别字……"崔子尧发了截图过来，唐影认出是一份 C 公司关于移动互联网的法律风险指引，这几个月由韩涵带着崔子尧草拟，已经进入完稿阶段。完稿将近一百页，中英双语，由崔子尧一个人核查，工作量极大。

唐影多问一句："你一个人可以吗？"

那边发来："没问题的。检查第五遍了。"过了一会儿，崔子尧又说："你知道韩涵姐是怎么训练我们的吗？我们刚来的时候，交给她的文档不能有一个错别字，一旦她发现一个，她就会当着我们的面把文档扔进垃圾桶。"

唐影目瞪口呆。"这不是办公室欺凌吗?！"

崔子尧文文静静发来一句："她说，是狼性训练。"

唐影无语了，正准备找韩涵确认一下马其远公司并购项目的几个细节，手机振动，收到邮件——韩涵已经将法律意见发了出去。韩涵在邮件中说明：律师已经对买方公司的资质进行了充分的法律调查，认为对方完全符合本项目下合格买方应具备的条件，本次交易无问题。

唐影心里发堵，第一时间就想对王玉王大骂一声"韩涵没脑子"。

她手中还抓着好几份买方公司发来的尽调文件没看，明明交易风险未知，韩涵却已经充分展示了自己的狼性。唐影隐隐约约能猜到，韩涵如此着急，多多少少是因为希望在王玉王休假期间能够让项目有突破性进展，好及时向老板邀功。

对韩涵的急功近利，唐影除了无奈，能想到的唯一应对方式是更认真地对待自己的工作，比如，在明天早上之前，把买方公司提供的文件全部看一遍，如果没问题最好，一旦发现问题，她也能第一时间补救。

许子诠本来要找唐影吃饭，被唐影干脆拒绝，她说："事业当前，我这一周应该都没有时间见你。等到周末再见。"

唐律师当真在办公室熬到了凌晨三点多，将所有背调文件以及工商档案逐一看过。手表指针指向四点的时候，她看向窗外远处。北京的早晨刚刚睁开第一只眼，混沌的边界，偌大的办公区里只有自己一个人，头顶的灯与眼前的屏幕光芒微微。截至目前看过的所有文件里她都没有发现风险，唐影伸了个懒腰，决定看最后一份文件，是一份早年投资协议。

熬了一整夜的人，在临近天亮的时刻是最困倦的。一寸寸亮起来的天，仿佛在诱惑人闭眼。可此刻的唐影，一个人坐在办公室，却前所未有地清醒。

这份投资协议有问题。

她看了三遍，最终确认，这份投资协议中的一项条款明确指出买方公司存在股权代持情形，也就是买方事实上只是一个壳公司，其实际控制权根本不在股东手中，这个买家无法进行实际的购买操作。韩涵昨晚发出的那份邮件，存在重大失误。

她的心一下凉了半截。

她第一时间打电话给韩涵，只是现在是凌晨四点，三通电话拨过，无人接听。唐影的心咚咚跳着，她想，完蛋了，这个时候哪个正常人能醒着?!

一个念头忽至，唐影突发奇想：倒是有一种人的作息和普通人不太一样，与其找老板或找韩涵，还不如釜底抽薪。

她深吸一口气，给马其远发了微信。

"马总好，关于贵司的并购项目，有一件重要事项需要和您沟通。您看您什么时候方便?"

消息发出三分钟。

手机振动。

企业家果然不负唐影的期望，回了一句："我刚醒，你来找我一下?"

03

企业家似乎都不在正常时间睡眠。这是都市传说。

毕竟体格与精力都要异于常人，才能掌管巨额财富。有人说他们熟练运用达·芬奇睡眠法或者来自斯坦福大学的高效睡眠法，一天中随机选择四个小时进入浅度睡眠；也有人说，他们习惯在天亮前起床，锻炼，看新闻，吃早餐，然后开始一天的工作。

马其远也在这个传说之内。他通常在凌晨四点醒来，游泳，跑步，然后听着经济新闻吃早餐。他倒没想到一醒来就收到了女人的消息——来自唐影。

她前两天刚发了别扭的回复委婉拒绝他，这次竟然上赶着来找他，他略微诧异。仔细一看消息，他感到好笑，原来是为了工作。

唐影出发前先给老板发了邮件，解释来龙去脉。她想了想，又抄送给了王玉王与韩涵。接着，她抱着一大堆文件与电脑，打车来到了棕榈泉。

马其远正在游泳，得知唐影来了，让她去一旁的酒吧等他。凌晨四点，营业的只有酒吧。

唐影找了靠窗座位。天空依旧是青的，但比之前亮了不少。她许久没有见过清晨，将醒未醒的北京不像首都，像每一个游子的家乡。高楼掩映的间隙露出了北京的一圈天空，天边泛着粉色，是今年流行的桃花眼影，北京的塌眼皮下藏着一缕灿金，一会儿张开了，又是流光溢彩的新的一天。

她满脑子都是一会儿要和马其远说的话：如何解释韩涵的那封邮件，如何说明买方公司可能存在的问题。她打完腹稿，整整齐齐在桌上摆好资料的时候，马其远刚好迈步进来。

他依旧一身休闲装，神清气爽，叫她："唐律师。"

唐影赶紧站起。"马总好，抱歉这时候打扰您。"

马其远目光落在她身上，没忍住笑起来。

"昨晚通宵加班？"他在她对面坐下。他见过她几次，她没有一次不是精心打扮，妆容与衣着时刻拿捏分寸，微笑像是刻好了角度，声音像是调好了音量。这样也不是不好，马其远想，只是这样会让他想到自己的秘书——毕恭毕敬，分毫不差，但却没有人气。他约小姑娘本来是想放松，结果每回见了她，反倒像是在工作。

这次却不一样了，她大概有急事，凌晨匆匆过来，鼻子上还架着半框平光眼镜，抱一沓案卷，头发也乱，随意在脑袋上扎成个丸子，像是临时抱佛脚通宵复习备考的考生，刚刚手忙脚乱赶到考场。她一夜没睡，眼眶发青，脸色发白，但到底是年轻女孩子，哪怕通宵，双眼仍亮闪闪地看着他。马其远忽然想到自己上大学时的师姐。

让中年男人回忆起青春，是一件很致命的事情，就像美食家对一份食物的最高赞美是"它令我想起妈妈做的菜"。马其远看唐影的眼色多了几分意味深长，带了情怀。他先给唐影叫了一杯热牛奶，语气也温柔："不急，你慢慢说。"

唐影把椅子往马其远的方向移了移，方便一边说一边将资料递给马其远。她先道歉说昨晚韩涵发送的邮件存在问题，再说她通宵看了买方的全部资料，从买方提供的工商档案里发现了一份投资协议，买方公司存在股权代持的情况，目前接洽的买方股东并不是实际持股人，本质上没有购买力。鉴于买方公司的行为，她初步判断对方或许存有恶意。

"恶意？"马其远一直听着，这时才抬头看了她一眼。

"对。"唐影一边说，一边又往马其远的方向靠了靠，凑过去给他看她收集的资料，"通过这份投资协议，我发现这家买方公司的实际控制人是 F。我又在公开渠道查到了 F 名下的公司信息，最后发现他名下的一家公司去年被一家叫作 H 的跨国公司收购。而这家 H 公司，我查了新闻，发现他们的产品和 MA 公司新推出的产品存在竞争关系，并且你们在 2016 至 2018 年期间有过两次诉讼……"

马其远拿过唐影带来的资料，逐一仔细看了一遍，又问了两个问题，沉默一会儿，说："好的，我知道了。你稍等，我去打个电话。"

唐影看不出马其远的表情，心里想着只要大佬能及时止损，不把气撒到律师身上就行。她想了想，低头又给老板以及王玉王发了微信汇报进度。她刚编辑完消息，服务员就过来了，端来两份早餐说："刚刚马先生替您点的。"

唐影愣了几秒，刚伸手移了移盘子，马其远就回来了。她还是紧张。"没有给你们造成麻烦吧？"

他看了她一会儿才说："还好唐律师挽救及时……将功补过。"他笑起来。

唐影长长吁一口气，放松了。"那就好。"

她松了腰板，拿起叉子戳了一根德式香肠一口吞进嘴里。沾了食物，她才发觉自己饿了。这份早餐像是老板突然接到指派临时准备的，西式炒蛋上放着几根黑胡椒芦笋，新煎的贝果点缀着小香肠，热气腾腾。

唐影埋头吃了一会儿，意识到马其远在看她，抬头。他一脸好笑。"你这是真饿了？"他又伸手给唐影递了纸巾。

他从没对她这么殷勤过，唐影抬头接纸巾的时候，两人目光与指尖交接，刹那间她竟然从马其远的眼里读出藏着的几丝……宠溺？

我 ×。唐影心里咯噔一下。

她嘴里塞满食物，愣愣地接过纸巾，半晌憋出一句："原来您……您喜欢这类型的啊？"

"嗯。"马其远顿了顿，没否认，抬了眉毛问，"这是哪种类型？"

"网红宅男女神？"她试着分析，"就大口大口吃饭，不拘小节，特别有青春活力的那种。"

她见马其远没回答，估计他不认识几个红宅男女神，正想找一个符合他那个年代的傻白甜当例子，就听马其远摇头否认："不，不是什么网红，你没那么好看。"

唐影被噎住，狠狠又咬下一口鸡蛋，对马其远说："谢谢啊。"

马其远失笑，看了她一会儿又问："怎么之前追我的时候就不这样呢？"他这回是兴致盎然了。

唐影正喝着牛奶，差点因为这句话呛到，她拍了拍脸，索性敞开说："我以为您喜欢那种懂事的。就特别贴心那种，把您当成老板。没想到您好这一口。还真和玛丽苏小说里写的一样啊。那什么，霸道总裁傻白甜。见面就先泼您一身咖啡，估计就能成功引起您的注意。"

"哈哈哈哈，你别说，手下那么多员工每天恭恭敬敬给我递咖啡，要是哪天真有个小姑娘泼我一身，我估计会觉得有点意思。"马其远笑起来，换了个坐姿，"但无论是懂事，还是你说的什么傻白甜，归根结底，人都喜欢真实的。"

相比精密计算如攻略面试一般地示好，赤诚坦荡又热烈的爱意，显然更得他的欢心。

唐影有点丧气。"所以我是不是太假了？"

"你啊，哈，我发现一个词特适合你，好像叫拧巴。"

天已经基本亮了，酒吧更换门前小黑板，上面的内容改成早餐午餐和今日特调咖啡。晨光照在两人身上，马其远甚至能看见唐影脸颊的边缘泛着微微绒光。他难得这么有兴致和她说话。"你总是喜欢在心里想太多，其实可以简单一些的。这个世界没有你想象中那么复杂。但没关系，年轻时本来就会很拧巴，我二十年前也这样。"

"可我记着，您以前还说喜欢我那股力争上游的劲来着。"

"是喜欢，但那种喜欢更接近欣赏。"马其远拍了拍手中的面包屑，抿了一口红茶，往椅子背上靠了靠，看了她一眼，"不是心动。"

"所以今天是心动了？"她傻愣愣接了下去。

马其远笑起来。"你确定要继续这个话题吗？"

他瞥到唐影无名指上的小小戒指。大佬一向目光凌厉，笑容淡去，他有些认真地试探一句："情侣戒？"

唐影想到许子诠，脸上不自觉泛起笑，大大方方张开手掌对着马其远秀了戒指承认："对啊。"

"难怪干脆拒绝和我一起喝羊肉汤。原来已经名花有主。"他叹。

"是呢，现在的小姑娘可坏了，都是多线程发展。哪怕倒追，也不会只追一个。"她眨眼，吃了早饭放松下来，胳膊肘支在桌面上，托着腮，半是开玩笑半是认真地给他授课，"您以后遇到了要多小心，别被小姑娘们骗了。金庸的小说早就说过，越漂亮的女人越会骗人。"

马其远没读过金庸的小说，他自小看得更多的是希腊神话。"越漂亮的女人越会骗人"这句话乍一听新鲜，接着回味时想起自己的经历，他越发觉得有趣起来。

"原来还有这个理？那我要小心了。"

两人相视而笑。在笑声的尾巴里，马其远的视线落在唐影戴了戒指的手指上，他的笑容也渐渐敛起。

耳边是唐影继续叽里呱啦说着金庸，推荐他一读。她声音轻轻脆脆，对他说："金庸特别适合直男，各个年龄段的男人都能在里面找到自己。武侠小说里有江湖，而江湖之于我们的童年，相当于漫威与魔法世界之于你们的童年……"

他摆出洗耳恭听的架势，像是十分感兴趣。可心里满满涌出的情感，他想，应该有几分叫作惋惜。

唐影第一次发现和马其远聊天其实很轻松，不像之前那样习惯性地紧绷着神经。大概是因为曾经心有所求，所以她不得不为求所困。而当她纯粹把他当成一个甲方，公事处理完毕后，她反倒能自在地与他闲扯几句。

唐影拎包要走的时候，彻底醒来的北京已经进入了早高峰。

"对了，唐律师，这次谢谢你，辛苦了。"马其远起身，很认真地看她。

唐影一愣，这才发现，她曾经试图作为一个女人从一个男人那里得到的认可，如今终于通过认真当一个乙方而从甲方那里取得。与其把他的心当成项目来攻克，不如直接攻克他的项目。爱情与荷尔蒙从来不是女人最可怕的武器，但脑子是，事业也是。

唐影笑起来。"马总不客气，我应该的。"她准备挥手告别。

马其远点点头，却不急着告别，像是有话要说，顿了顿，还是问出："所以，你真的不和我一起喝羊肉汤吗？"

马其远语气轻松，眼神却牢牢锁着她。她的勤恳、随意与她的拒绝，如今忽然都变成了诱惑。他忍不住再找机会，试探性捕捉这些诱惑。

两个人站在餐厅玻璃窗边。

棕榈泉小区绿化极好，满眼的绿意能让人恍然忘记是在北京。夏日的晨光斜斜照在两个人身上。

马其远的邀约让唐影愣在原地。一年前的许多许多天里，她常常在棕榈泉小区的外墙或是破旧小区里的自家窗前，仰望棕榈泉小区里一栋栋高耸入云的建筑。它们华丽无比，每一块砖都高贵。她总是抻长了脖子，试图窥探每一扇窗户里另一个世界的令人向往的生活。

而今天，当她终于名正言顺迈入这个小区，刚才因为着急工作来不及审视，而此刻她才发现，在明晃晃的日光下，滤镜破碎，它似乎也不过如此——钢筋水泥树木、做作腔调与桀骜的行人。它有些旧，有些老，有些过时，也有些平凡。

所以，大概是这次审视给了唐影勇气。

装腔的勇气。

　　过去的她总以为，认识富豪才代表腔调。而此刻她才发现，年轻女孩与富豪之间最有腔调的动词绝对不是"傍得"，不是"约会"，更不是"讨好"，而是"拒绝"。

　　傍得富豪、约会富豪、讨好富豪，远不如"姐姐我曾经拒绝富豪"的功勋章闪亮。装腔的底气是保证独立，绝不是成为附庸，要做最有腔调的妞，当然要果决对有钱人说"不"。

　　夏日的阳光里，熬了一整夜的唐律师，抱着电脑与厚厚的资料，头发乱糟糟，似乎毫无腔调可言。可她却笑容灿烂地回头，对那位身家不知道多少亿元的富豪，壮着胆子，说出了一直埋藏在心里、想说又不敢说的话。

　　"哎，不喝了。别天天喝羊肉汤，大夏天的，您不上火吗?"

04【王玉王番外：上】

　　一直以来，王玉王总是将自己过年不回家的理由大而化小，比如借口自己不愿意恋爱，甚至，借口自己喜欢女人。

　　这样世俗又不轻不重的矛盾借口，总好过对别人承认，她曾恨自己的母亲，更恨自己越来越像母亲。

　　家里第一个倒下的人其实是父亲。记忆很清楚，在她二十七岁那年，他出车祸，双腿瘫痪，后半生离不开轮椅。起因是吵架，母亲照例半夜将他赶出家门。

　　再接到电话时，人已经在医院，据说是喝了酒，糊里糊涂横穿马路撞到了疾驶的货车。

　　母亲自此成了家里的顶梁柱。当然，母亲一直都是，记忆中的母亲总是坚韧强悍又无比固执。母亲高大，枯藤一样的手死死掌控每一个人。也是，温柔的女人哪里会半夜将丈夫赶出家门。

　　而现在，这个曾经固执霸道的女人躺在病床上，在一米宽的床上都显得瘦小，眼睛紧紧闭着，眉间拧出一道浓浓的"川"字纹，那是岁月送给操劳一辈子的女人的礼物。王玉王慢慢俯身，试图用指尖温柔抹平这份赠礼。

　　她曾经厌恶母亲的强势，并将父亲的车祸归咎于此。可她不得不承认，母亲的这份强势早已融进自己的骨子里，塑造了今天的自己。

　　才被她抹去皱纹的眉头，没多久，又一点点皱出"川"字，大半辈子的肌肉记忆，改不了。

她怨母亲："你连生病了都这么固执呢。"她顿了顿，叫出那句陌生又熟悉的"妈"。

王玉王在家待了一周，照顾父母。医生说母亲的病情在一点点稳定，如果能够苏醒，就能回到正常生活。

工作邮箱与微信群不停振动，每天有上百条消息。她在医院的日子里，一边加班，一边给母亲读她的项目报告，大多时候读的是英文，防止泄密。毕竟医生叮嘱，要常常和病人说话。

假期临近，她对父亲说："我可以接你们来北京的，我照顾你俩。"

父亲摇头，坐在轮椅上，发顶斑白刺眼。"有亲戚帮忙的，你回去吧。玉王，你有自己的路要走。"

她给家里请护工，请保姆，打点亲戚与病房，又不放心，给家里与母亲的病房前各处都悄悄安装了监控。

临别时她叮嘱爸爸，说："我会每天给你打电话。"哪怕再不舍，她还是将这份挂念化成背影。

她早该知道的，所有的亲子缘分，终究是一场渐行渐远的别离。

回北京后，她常常深夜一个人喝酒。她习惯把悲伤与压力淹死在工作与酒精里，过惯了"007"的日程表，她庆幸楼下的居酒屋从不打烊。

只是没想到，竟然会有男人来搭讪。

她惊讶的当然不是自己的魅力，而是搭讪者的胆识。搭讪者眉清目秀，看起来比她小两岁，戴斯文眼镜，很瘦，休闲装扮，拉了椅子坐在她旁边，问："要不要一起喝一杯？"

她笑，杯子里映着她红唇的倒影，危险魅惑。"你确定？"

他也笑，不回避的眼神，伸手招呼服务员，要了一瓶日威，年份可观，价格不便宜。倒是大方。

他们喝酒聊天，她不谈工作不谈家庭，只是闲扯，在心里堆砌高墙。他对她有问必答，被挖了个透彻。他睫毛很长，被镜片遮挡，需要近距离才能看到。王玉王没在意他说了什么，当然他的声音确实好听，语速轻缓，像是大学时学长在给她讲题。

他专心说话的时候，她在专心数他的睫毛。两人喝完半瓶酒，他还欲再加。她制止道："别喝啦，再喝就醉了。"

"不应该不醉不归吗？"他问。

"当然不。真醉了，别的事情还怎么做？"她起身，对他笑笑，勾手指像在哄小孩，"把酒存了，去下一场。"

下一场在隔壁酒店。男人不是不惊讶。

送上门来的可爱猎物，她哪里舍得让他走。"当然，你现在后悔也来得及的。"她看他。

他这才发现她喜欢眯着眼看人，专注的时候像猫，睥睨的时候也像。浸过了酒精的眼神坦然而赤裸，带了侵略属性，和照片里，不太一样。

他摸摸鼻子，小声说："那……听你的。"

进了房间，她熟门熟路让他去洗澡，然后掏出手机，踢了鞋子，坐在沙发上开始看家里监控视频。信号隔着千里从家乡传来，此刻父亲早就睡下，她快速回放今天的视频。

每天看视频时她都是害怕的，怕照顾她父母的亲戚懈怠，怕两个老人被护工欺负，更怕不经意间又捕捉到父母的衰老。

因为恐惧滋生，所以沉溺放纵。

"喂……"那个男人打断她的思绪。

光溜溜的长腿延伸到沙发下，王玉王只套一件薄款风衣，横陈在沙发之上。男人愣了半天，喉结滚动，吞一口唾沫，问："你……经常这样？"

她这才发觉他还没去洗澡，抬起头，对他的问题感到疑惑。"你是第一次吗？"

"不，我不……我……只是觉得我们才见面……"他有些羞赧地解释，"我可以……可以留个微信，然后明天我来接你下班，我们一起吃饭，周末我再来找你看一场电影……"

在搭讪之前，他本来是这么计划着的。

"你好磨蹭。"她被他逗笑，放下手机，起身解开风衣。他眼睛瞪得更大。风衣里只有一件黑色吊带睡裙，真丝细滑拢住她的身体，寸寸勾勒诱惑。她散了头发，意识到什么，对他解释："哦，因为只想下来喝杯酒的，就在睡裙外随意加件了外套。"

她将风衣扔下，踩着拖鞋往卫生间走，一只手拉着门，回眸道："你的提议我不是很感兴趣。我现在去洗澡，你如果想走，随时都行。如果等我出来时你还在，那就按照我的提议执行？"

卫生间的门关上，传来哗哗的水声。他双手插兜，看了看门，最终坐下，叹一口气。这个女人太强势。

他感慨着，努力甩开心底冉冉升起的那几丝期待。

他的表现不算差……

哦，甚至可以说是可圈可点。

第二天王玉王起床时，才意识到满地狼藉，毕竟，难得放纵。她伸手够到手机，发现已经过了八点。下午还要去海淀参加讲座，她起身套上风衣。男人还在梦里。

临走的时候，她看了他一眼。他熟睡的时候睫毛更长，褪去眼镜，比昨晚看着又年轻了几岁。二十五岁？二十六岁？她乱猜。她不是没有考虑过把他拍醒加个微信，发展成长期关系。

转念一想，算了，年轻人难缠。

她轻手轻脚地离开，带上了门。

下午的讲座在清华，关于电子商务与大数据，会聚学界人士以及司法机关人士、律师等法律从业者。王玉玉坐在前排，一只耳朵听讲座，另一只耳朵抽空听客户语音，眼睛还要盯着电脑屏幕里的文档与邮件，工作令她应接不暇。客户噼里啪啦发来一通指示，她皱着眉去听，碰巧轮到下一个演讲者上台，观众掌声雷动。她不耐烦地往讲台看了一眼，只一眼，她吓得差点扔掉手机。

在台上站着做报告的西装革履的男人，正是昨晚那个……叫什么？她捂脸，连名字都没问。

而他明显早就注意到了她，视线相遇，他不易察觉地对她笑了笑，欣赏她难得的愕然。

他叫严吕宁，三十三岁，清华大学法学院副教授，耶鲁 JD（法律博士），刚被引进回国不久，从事互联网与电子商务领域法律研究，参与相关法律以及规章修订，算是业界新秀。

严吕宁的报告一共讲了十五分钟。前五分钟里，王玉玉从震惊到冷静，然后迅速从互联网上检索到他的全部公开信息；而后十分钟，她干脆扣上电脑，跷起二郎腿，一只手肘撑着椅子扶手，手托着腮，歪头专心听他讲课。

她嘴角若有若无勾着笑，眼睛却专注地望着他。他每说三句，她便点一下头，眼神直勾勾的，一脸求知若渴的迷妹神情。

反倒是严吕宁心虚起来，确切地说，应该是害羞。严副教授顿了顿，摸摸鼻子，尽量不去看她，集中注意力完成报告。

"严教授好，我是 A 所知识产权部律师王玉玉。方便加您一个微信？"

讲座结束，各位嘉宾与听众交流。严吕宁很快被律师与法务们围住，王玉玉也在其中，大家做友好的学术交流，她顺带递上名片，对他笑得一脸坦荡。

白天的她穿粗花呢套装，穿着高跟鞋只比他矮几厘米，眼睛依然像猫，不过此时像是一只家猫。而他知道她是一只豹子，她的样貌有些奇特，脸部线条锐利得像被削过一样，可眼睛与嘴巴的线条却是钝的。尤其是她的唇，唇峰模糊，嫣红的颜色在唇的边界自发晕开，就像……他接过名片的时候在想：就像刚刚被吻过——

被他吻过。

严吕宁难得心神不定。

聊到新修改的《电子商务法》，严吕宁提起自己参与修订时提出的几点建议和对几处修改的理解。围着的几位律师适时拍出彩虹屁，夸严教授辛苦，王玉王也附和，点点头加一句："是啊，严教授都有黑眼圈了。昨晚没睡好吧？"她歪头看他，眸子清亮。

严吕宁瞥她一眼。旁边其他几个律师立刻接话："还真是，一定没休息好。严教授辛苦。"

"前几日还好。只昨晚有点事。"严吕宁礼貌应付，摸了摸鼻子，目光最终落在那个女人身上，"确实……操劳。"

王玉王刚出了报告厅就被人叫住。

她转身，带着笑点头。"严教授好。"

他一脸严肃，看了她一会儿。"我送你，顺路。"

将近北京晚高峰时间，四环五环都十分拥堵。王玉王坐在副驾驶座，吸了吸鼻子，一股花露水的味道。严吕宁的车载香水竟然是花露水，国民品牌六神，让她莫名想起小时候的夏天。

"严教授住哪儿？"

"叫我吕宁就行。"他专注开车，顿了顿才说，"前门附近。"

"那昨天怎么会在我家楼下？"她歪了歪头，问他。

他没答，等了两个红绿灯才干巴巴地说："碰巧有事。"

车流停滞不前，眼看着要等第三个红绿灯。王玉王直接开了手机热点，端出电脑开始加班。

严吕宁看了她一眼，好奇地问："这么忙？"

"嗯。"王玉王注意力全在屏幕上，噼里啪啦打下一行字，又和唐影通了个电话，才扭头对已经快变成透明人的严吕宁说，"一会儿聊，急事。"

严吕宁没应，掏出手机随便刷了几下，感到有几分烦躁，又摁了两声喇叭。她从没注意过他，曾经如此，如今也一样。

王玉王收起电脑的时候，已经过了两个路口。严吕宁开车不疾不徐，在高峰拥堵时的北京也依然保持耐心。

她这才想起他好像有话要和她说，开口："对了，严教授刚刚想说什么？"

"没什么。"他干巴巴地应一声，见她忙完，腾出一只手拧开车载音响，粤语老歌，是陈百强的《偏偏喜欢你》。他更烦躁，想要切歌，刚伸出手就被王玉王阻止。

"听完这首嘛。我喜欢。"

他侧过头看了她一眼，接着开车。王玉王找了个舒服姿势靠在副驾驶座的椅背上。她喜欢他的车，凉凉空调风，花露水香味，像是回到了童年夏天的竹席床。

舒服得令人困倦。她想起自己已经有好久没睡过一个好觉了。

黄昏的光被车窗过滤，她的生物钟被社畜生活驯化，白天清醒，夜晚清醒，唯独夕阳下山的时刻疲倦。音乐正好，车子稳当。于是，她就这么睡着了。

等王玉玊醒来的时候，天已经完全黑了。耳边还是那首陈百强的《偏偏喜欢你》，小声循环播放。

车子停在路边，东城区的老街，两旁是热闹喧嚣的服装店、小吃摊，路人络绎不绝，被隔绝在了车窗外面。

隐隐约约的气味，似乎是花露水的味道，她反应了一会儿才想起身在何方。

往常她醒来后的第一反应是看手机查邮件与微信。而此刻，有人夺去了她的注意力。

严吕宁一直坐在驾驶座，安静地守着她。他没叫醒她，只是将车小心停在路边，等她醒来。他看着她，眼神变幻。

"严教……"她还未完全清醒。

他打断："叫我吕宁。"

她弯起嘴角无奈地笑起来，说："好，吕宁。"她也回看他，说出结论："吕宁，你喜欢我？"

明明是疑问句，却被她说得像肯定句。

王玉玊的眼睛像猫，因为背着光，眸子亮晶晶的，毫不掩饰地盯着他。

他忽然无法直视这样的眼神，伸手覆盖住她的眼，叹了口气。

他的掌心有些微的茧，覆在眼前，略微毛糙的触感。

下一秒，她听到他的声音在耳边低低响起。

"王玉玊，我暗恋你，整整六年了。"

05【王玉玊番外：下】

王玉玊怔了片刻。

在王玉玊发愣的时间里，严吕宁的手掌仍覆在她的眼前，他能感觉到她的睫毛像蝴蝶振翅，轻轻从他的生命线上刷过。

然后王玉玊拉下了他的手，试图回忆。"……六年前？那时候我在法国交换留学，你……"

严吕宁抽回手，坐正，看着前方。"对，那时候我在美国，放暑假时我们一群人去欧洲旅游，刚到巴黎，张若旭就给你打电话了……"

张若旭是王玉王的师兄，也是她历任男朋友中的一任。听严吕宁这么一说，她才想起来。当时她已喜欢张若旭许久，难得男神师兄带着一群同学来巴黎，她热情招待，但注意力全在师兄身上。她带着他们七八人在巴黎玩了三天，旅行结束，她顺利拿下师兄。不过，因为异国，那段感情只维系了不到半年，之后她和当时一起玩的那些人也几乎没有联系了。她现在才知道，原来严吕宁那时也在其中。

"现在有印象了吗？"他苦笑着问她。

王玉王耸耸肩，有些不好意思。"抱歉。"

"没什么好抱歉的。毕竟王律师当初心有所属。"这话说得微酸。他摁开车窗，夜晚街道热闹的声音涌入狭小空间。

"不是因为这个。抱歉的是昨晚。"王玉王将头发撩到耳后，侧过脸看他，眸光流转，充满了被偏爱的有恃无恐，"抱歉，昨晚，是不是毁了你暗恋多年的完美女神形象？"

严吕宁一愣，笑起来，也侧头看她。"那要看哪一方面了。性格方面确实出乎意料。但别的方面嘛……"他顿了几秒，凑近她耳边，"远胜于我之前的每次想象。"

"每次"一词意味深长。

王玉王有些瘆得慌，往后靠了靠，捏了捏耳朵，对此人刮目相看。"可以啊，严教授。"

严吕宁长相斯文，哪怕坏笑时看起来也像好人。他一边发动车子，一边说："饿了吗？我昨天晚上就找好了餐厅，想着带你一起去。"

"昨晚？"

"对，找你搭讪之前。"

"看来严教授这次是有备而来？"

"嗯……"他两手把控方向盘，风灌进车厢内。他打开车载广播，忽然想到什么，瞥了她一眼，用十分不经意的语气说："对了，王律师，现在没男朋友吧？"

"工作算吗？"

"算吧……"他似乎松了一口气，嘴角勾起，"我争取和它和睦共处。"

老城区的晚风吹拂在两人的脸上，车速均匀，两旁树影映衬着烟火。车载广播放的是周星驰的电影《美人鱼》改编的广播剧，正巧播到张雨绮的台词："我有钱有身材，追我的人从这里排到了法国……"

严吕宁忽然一笑。

"怎么了？"王玉王诧异。

他打了下方向盘，自嘲道："我从法国排了六年排到这里，好在，总算在 2020 年拿到了号码牌。"

王玉王第三次见严吕宁是在两天后，在 A 所。

老板说请了自己的好友学界新秀严吕宁教授来给大家说说新修订的《电子商务法》。团队秘书给大家买了麦当劳午餐，订了十人会议室。结果别的团队得知严吕宁要来，多方打听午餐会时间，最后屋子里挤了一大堆人。他们无奈地把会议地点换到顶楼最大的会议室。

严吕宁进屋的刹那，王玉王就收到了唐影的微信。

"天哪！好帅。比照片帅!! 白白净净斯斯文文的，帅死我了。"

王玉王自己都没意识到自己勾起的嘴角，高傲地给唐影回了一个问号。

"啊?? 不帅吗?! 你知道为啥今天爆满吗！和电商八竿子打不着的专利、商标团队都来了！就是来看他的！"唐影激动不已。

"人气这么高？"

"嗬！十万律师少女心中的梦。"唐影夸张地说。

王玉王不再回复，把手机揣进西装口袋。她环顾周围，确实女孩占大多数。再看台上认真讲解的严吕宁，她忽然感到几分不痛快。

"喊，十万律师少女心中的梦又怎么样……"王律师扬了扬眉毛，有一下没一下地用手中钢笔点着额头，歪头看着台上，一个幼稚又得意的想法冒出。

反正，这个男人心中唯一的梦，是我。

"十万律师少女心中的梦"在讲座结束后就被少女们团团围住，她们向他咨询问题，和他探讨学术，要求添加微信。王玉王抱着电脑直接下楼，昂首踩着恨天高从他们面前路过。

工作了一会儿，她收到微信。

是严吕宁发来的。"我在你们附近的咖啡馆。等你下班？"

"……行。"她尽量让自己的语气显得勉强。

上了严吕宁的车，他说带她去第二家餐厅。王玉王好奇地问："你到底准备了多少家餐厅？"

"十家。"他笑，一只手开车，另一只手拧开音箱，"吃完这十家餐厅，你要是还不喜欢我，我就放弃。"

王玉王摇头。"等了六年，却只用十家餐厅的时间，是不是不太划算？"

对方不说话了。车里放着梅艳芳的《似是故人来》，两人听完一小节，严吕宁才有些黯然地开口："十家已经够多了。感情的事情无法勉强。是否可能爱上一个人，第一次见面时就知道。十家餐厅，不过是最后说服自己放弃的借口而已。"

王玉王看了他一会儿，忽然好奇，凑过去了一些。"严教授人气这么高，这六年来不会都没恋爱过吧？"

他没应，哼了一声，过一会儿，睨她一眼。"感动吗？"

"这么情根深种？"她哈哈哈大笑起来，难得像个小姑娘。

"未必是这个原因。你少得意。"他被她的笑声感染，扯了扯嘴角，又说，"也可能是因为'未完成的愿望'。你知道的，未完成的愿望是一个魔咒，人偏执起来比犯毒瘾还可怕。"

王玉王点点头，附和道："哦我懂了，有可能哪天真的实现了，你就会觉得，唉，她不过如此嘛。"

"对，是这个道理。"严吕宁笑。

王玉王不说话了，扭过脖子去看窗外。

"怎么了？"严吕宁问。

"没。"她干巴巴地回答。

车继续行驶，滑过北京的黄昏。

"哟。"严吕宁看右后视镜的时候顺势瞥了她一眼，明白过来了，"这时候就开始担心我始乱终弃了？"

"……"

第二家餐厅到第十家餐厅，他们在两周之内吃完。

这些餐厅有王玉王从来没听说过的，有她感兴趣但一直没时间去的，也有她最喜欢的。

吃饭时，他们大部分时间都在说话，而谈话始终围绕着《电子商务法》这个主题。王玉王手头新接的客户都涉足电商领域，类似咨询不断，她刚刚涉猎这个领域，正好抓着学界大神问个不停。

严吕宁始终有问必答。

仰仗学术身份，他虽然刚刚回国，但认识的律所圈与司法界大佬不少，对行业也有研究，有关业务与前景，他娓娓道来，像是给她上课。

她在小小方桌的另一头，双手肘靠着桌沿，歪着头安静听他讲话。她那猫一样的眸子里装的都是他，他每说三句，她便认真点两次头，像个学生，眼神专注，似乎早就忽略了桌上玻璃杯里放着的那枝玫瑰。

很偶尔很偶尔，他们会谈论生活。在他深夜送她回家的车里，她会打开手机监控，十倍速回看父母一整天的时光。他们在小小的屏幕里迅速过完一整天，十倍速放大了他们的脆弱。

那时候车厢里的气氛会凝固下来。

他能明显感觉到王玉王的呼吸会在看视频的时候变重，像是隐忍的抽咽，呼吸间都带了水汽。

车到她家楼下，他熄火，斟酌很久，还是很老土地问："要不要借一个肩膀给你？"

她没动。

但开始说自己的故事。

比如二十七岁那年是她人生的低谷。那时她刚工作两年，尚未在职场站稳脚跟，薪水不高，压力却大，每天熬夜。父亲又突然出车祸倒下，本打算在北京买一套一居室的首付钱"嗖嗖"变成了轮椅与医疗费用。她当初暧昧的对象也是个律师，本已经与她干柴烈火，却在做项目时被董事长千金相中，毅然奔赴似锦前程……家中出了变故，事业与爱情也双双失意。

"还挺惨吧？"她问，歪头看着严吕宁。

严吕宁点点头。他确实看不出来闪闪发亮的她也有颓丧的过去。又听她接着说："好在，都已经是过去了。"

"你知道吗？我一直相信人生有一个'黑暗定律'：没有人是可以一辈子顺风顺水的，每个人都会在年轻的时候遭遇一段或者几段痛苦、迷茫、无助的黑暗时光。这段时间的长短因人而异，可能是一个月，也可能是一年、两年。这段黑暗时光，就像是蝴蝶厚厚的茧，我们能做的，只有等待、挣扎，然后熬过去。

"幸运的是，那时经历这段黑暗时光的我，正巧处于一生中最年轻、有力的时候。那时候我一无所有，所以不怕失去。那段时间里，我每天都对自己说：'它来了，但是没关系，它会过去的。'然后真的不知不觉，一切就慢慢过去了。工作顺利了，升职加薪，爸爸的病情稳定了，他又能接着和我妈吵架了……

"所以人生还挺简单的是吧？当你把一切痛苦和麻烦都看成理所当然的，那么你面对它们的时候，就会心平气和，像是招待老友，对痛苦、厄运、麻烦们说一声：'嘿，您又来啦，来了就坐会儿呗。嘿，您又走啦？'结果就能挺过来了。"

王玉王对严吕宁一笑。

"今年我三十岁，它们又来了。"王玉王晃晃显示着监控视频的手机，苦笑着对严吕宁说，"我妈出事了，住院，深度昏迷。我爸又……"她抽抽鼻子，鼻尖发红。她看向他。"但我知道，它们过一阵就会走的。只要我还没有倒下，只要我还不倒下。一切事情都会慢慢变好，当然也可能会变坏，但属于我的苦难，它们终究都会走的。"

而每个人的人生，也不过是一条一步一步走向孤独与隐忍的道路。只要他不倒下。

"对吧？"

安安静静的车里，严吕宁看了她许久，然后伸手摸了摸她的头发，告诉她："对。是这样的。你掌握了人生苦难的软肋。它们更害怕你。"

王玉王"扑哧"一声笑了出来，眸子晶亮，说："谢谢你。"她想了想，又问："我还挺棒的对不对？"

严吕宁认真回答："是的，你很棒。"

你也不赖啊。王玉王笑笑，伸手拍拍他的肩，夸的却是："你眼光不赖。"

严吕宁被她逗笑。

车停在王玉王的小区门口，双闪灯一闪一闪地亮着。

王玉王拉开车门的时候，严吕宁忽然叫住她，提醒道："今天……嗯，是第十家餐厅。"

嗯？王玉王反应了一会儿才明白他的意思，回过头，有几分惊讶。"你当初说的是认真的吗？"

十家餐厅的时限。

"当然。"严吕宁叹气，"我对你说的每一句话都是认真的。"

"但就像你说的，是否可能爱上一个人，第一次见面时就知道……"王玉王说。

他心里一梗，闷到发苦，回答她："对。所以……我知道了……"

他猜她的答案是一个否定句。

没想到王玉王接着说："所以，你知道的，对你不感兴趣的女人，绝对不会老老实实和你吃十顿饭。她们会在一开始就干脆地拒绝你……"

严吕宁抬头看她，一脸难以置信的表情。"我以为你是……为了《电子商务法》……"

她诧异地笑起来。"啊？你以为那些加你微信的女律师，也只是为了《电子商务法》吗？"

他摸摸鼻子，清俊的脸上是掩饰不住的笑意。

"一对男女两周约了十次饭。"王玉王看着他，无奈地说，"在这个年代，唯一能解释二人动机的理由，就是爱情。"

夏夜微凉。

从两旁的草地传来吱吱蝉鸣声，保安岗亭的灯亮着，时不时有车进出小区，从他们面前驶过，车灯的光芒透过窗玻璃，将他们涂成暖黄色。

他们相视，慢慢微笑。

王玉王看着身边的男人。她承认，这实在不是一个适合恋爱的时机。家中出了变故，她又处于事业上升期而压力巨大，此刻的她，处在人生中又一个小小的谷底。

突然降临的爱情，在都市里，一贯被视作奢侈品。拥抱爱情的男女，总要掂量无数现实问题。

但那又怎么样呢？

毕竟她是王玉玉，她自信，她值得这世界上所有的奢侈品。

06

唐影后来才知道，韩涵当天就被马其远点名投诉了。

临近午休时，崔子尧在休息室里偷偷告诉唐影："MA公司董事长大清早单独给老板发了很长的邮件，指责韩涵做事不够仔细负责，大发雷霆。"崔子尧又看了一眼唐影，补充道："然后在邮件末尾，单单表扬了你。"

唐影还没问崔子尧是从哪里知道的内幕消息，韩涵就过来了。韩涵面色严肃，瞪了唐影一眼，想说什么，千言万语却只能化成鼻孔出气。

律所环境相对简单，一切靠实力说话，合伙人与律师之间基本是扁平化管理：只要能把工作做好，替老板将客户搞定，就是最称职的职员。这次事件孰是孰非，老板心知肚明，韩涵也心知肚明。若非唐影力挽狂澜，MA公司投诉的将不仅是韩涵一个人，因而哪怕再不爽，韩涵也没有理由找唐影出气。

于是韩涵只好找另一个人出气。下午唐影打算去楼道里抽烟的时候，撞到了红肿着眼睛的崔子尧。

崔子尧似乎没想到此刻会有别人来，仓皇地转过脸，发现是唐影，才轻轻松了口气。

唐影怔了怔，最后非常"社会"地给崔子尧递了一根烟。"试试？"

她本以为崔子尧会拒绝，结果下一秒，文文弱弱的小姑娘点了点头，接过她的烟，姿态娴熟地抽了起来。

唐影惊讶，笑起来。"哟，我以为你是好女孩。"

"我是呀。"崔子尧睁大眼睛看她，"俗话说得好，我抽烟喝酒烫头，但是我是好女孩。"

两人大笑。

唐影又说："其实这话还挺奇怪的。判断一个女孩是不是好女孩的标准，从来不应该是她怎么对待自己，而应该是她如何对待别人。只要与人为善，哪怕抽烟喝酒文身，也是好女孩。"

两人此刻并排坐在楼道台阶上，指尖点燃尼古丁，像两只小小的萤火虫。唐影说："对了，你等等。"她站起来"噔噔噔"爬了两层，从楼梯间的隐秘角落里翻出一个烟灰缸，眨着眼对崔子尧说："我之前和玉姐经常偷偷在这里抽烟，所以这里藏着一个烟灰缸。"

崔子尧露出羡慕的神色。"你俩关系真好。"

唐影笑了笑，将烟灰缸放在两人之间，弹了弹灰，继续刚才的话题。"来，说吧，韩涵姐又怎么了？"

崔子尧擦擦眼角，沉默了一会儿，总算开口："这次是这样的。C 公司的那份大数据行业报告，对其中一处法律问题，韩涵和我的思路存在明显差异，但我没有坚持自己的观点，按照她的想法写了意见书。结果后来和客户开会，这一点被客户质疑了。韩涵把锅甩到了我的头上。"

"你是在后悔没有坚持自己的想法？"唐影问。

崔子尧点点头。"是。结果这次项目快要完结，又出了个岔子。我和韩涵的意见不一致，我还是觉得我是对的。但我永远说不过她，最后背锅、熬夜辛苦修改的又得是我。"

唐影想了想，告诉她："要不这样，你提前做好两个大致方案，一个按照她的思路做，一个按照你的思路做。先把按照她的思路写的文本给她，然后告诉她按照这个思路做可能存在哪些问题。这时候，如果她问你的看法，你就可以拿出你准备的另一个版本了。"

崔子尧顿了一会儿，又问："那如果她不问呢？"

"不问也没关系，只要上述邮件你记得同时抄送老板就行。既然你已经做了必要风险提示，她不听，之后也怪不到你头上。"

崔子尧这才明白过来，想起什么，佩服起来。"难怪了，MA 公司这个项目，韩涵再怎么想甩锅，都拿你没办法。"她将烟掐灭，看着唐影，由衷地说道，"唐影姐，你好厉害。我今年就毕业了，要是以后能跟着你和玉姐工作就好了。"

两人休息得差不多了，起身拍了拍裤子。唐影笑起来。"有事你可以随时问我们啊。以后还能一起抽烟。但……换导师这个……可能行不通。你无缘无故换过来，韩涵姐脸上估计不好看。"

崔子尧白白净净的脸上的表情黯淡下来。她殷勤地伸手替唐影拍了拍裤子边上残余的一点灰，似乎有点沮丧，点点头，过了许久才说："嗯……也是……"

唐影拉开楼道安全门的时候，好像听见崔子尧小声说了一句："要是……韩涵姐不在就好了。"

唐影下班的时候将近晚上九点。老板先是将韩涵叫到办公室，之后又发邮件给唐影，让她负责完结马其远公司的并购项目。按照之前为客户提供的工作计划，今天下午就是项目的最后期限。唐影只好又咬牙灌了两杯咖啡，挣扎着修改法律意见书。

邮件发出的时候，天已经彻底黑了。唐影看了看手机，两个未接来电，是许子诠打来的。

她简直佩服自己，这周沉迷工作无法自拔，差点忘了自己还有一个男朋友。

许子诠的电话是两个小时前打来的。他在微信上问唐影要不要吃饭。两人本约好等周末搬家时再见，许子诠却等不了，非说自己今天正巧就在附近，千方百计要跟她见上一面。她照了照镜子，由于连续熬夜，她的眼睛红得像兔子，再多粉底也掩盖不了黑眼圈。她还是在卫生间里强行给自己补了个妆，尽量让自己看起来光彩照人。

唐影回了电话问他在哪儿。许子诠说："你们办公室楼下商场的 Costa（咖世家）。快下来，我要饿死了。"

为了等她吃饭，他生生等到晚上八点。

工作日夜晚的国贸地下商城仍旧热闹，下班的那一刻是每一天的高光时刻，空气里泛着愉快的气息。闲逛的白领如鱼一般游来游去，游向各自的目的地。许子诠混在其中，过分扎眼，一眼就能认出。

唐影走到他面前的时候，他一把揪住她的脸仔仔细细看了一圈，看得唐影心里发毛。"干吗？"

"看看你有没有猝死的征兆。"他一本正经，一边看还一边捏她的脸，"还好够皮实，经得起高压折腾。"

他知道她这几天接连熬夜，忙到吐血，给她发消息，往往半个小时以后才能收到回复。他为表关心，有事没事就给她发几篇标题诸如《震惊！女律师家中猝死，告诉你精英生活有多拼！》《可悲可叹！一年十五名律师猝死，法律行业竟成高危行业?！》的微信公众号文章，以示警醒。

两人确实将近一周没见了。唐影看了许子诠一会儿，恍然大悟。"你是不是特心疼我？"

他一愣，扭过头去，抓起她的手腕，说："吃完饭带你去个地方。"

"哪里？"

"开房。"

许子诠真的带唐影开房去了。这话说得直接，行动也直接，唐影一脸蒙，傻傻地被他牵着走。两人随便吃了日式拉面，还未消化完，就一副猴急奔赴床榻的姿态。

大概是许子诠表情太坦荡，人也好看，哪怕在酒店大堂登记入住的时刻，唐影还是有几分稳赚不亏的心态。

她一边怀疑他是不是故弄玄虚，一边自我审视内衣是否合适。等许子诠用门卡刷开房门，酒店套房特有的味道扑面而来，两米长的大床映入眼帘，唐影才震惊地看向许子诠。"真的开房？"

"不然呢？"他关上房门，插上门卡。

"做什么？！"她目瞪口呆。

"监督你睡觉。免得你又一个人偷偷加班去。"他伸手夺下唐影的包，拽着她坐到床边，"你昨晚一夜没睡，现在给我好好睡觉。"

为了表示自己绝无其他想法，许子诠特地要了两床被子。

唐影规规矩矩洗完了澡，裹上酒店的浴袍，钻进被窝里。一人卷成一条春卷的形状。宽大的双人床上，两人只露出两个脑袋，像是等待进化的毛毛虫。她被许子诠没收了手机，一副待宰羔羊的模样。许子诠却在一旁愉快地刷着论坛。房间里的灯关了，他的屏幕是唯一的光源，手机的幽幽亮光打在他脸上。唐影原本确实困到了极点，但此刻看着他，忽然又不困了。

她蠕动到他身旁，试探性地叫了一声："许子诠……"

"嗯？"他从屏幕中抽出注意力，瞟了她一眼，命令道，"睡觉。"

"那个，我今天穿的是成套内衣。"她委婉提醒。

"嗯，黑色的……"他慢条斯理地将手机放到一边，侧过身看着目瞪口呆的她，"刚才你换衣服的时候，我虽然背过身，但从窗户的反光里看到了。"

她一脸问号。

他接着揶揄："你眼光挺好，是我喜欢的款式。"

她怔了半天，憋出一句："那你现在……是不是忍得很辛苦？"

他被逗笑，伸手捏了捏她的脸，说："还行吧，撑得住。"

唐影有点失望，裹着厚被子扭了扭。"我们这个恋爱谈得太素了……"

"哟，你还想有多荤？"

唐影涌起几分兴致，诱导他说："我们都来开房了，却连对方的手都碰不到，是不是有点遗憾？"

许子诠笑起来，从被窝里钻出来一些，腾出两只手，隔着被子将她揽在怀里，问："这样呢？荤一些了？"

"荤一些了。"唐影点点头，脑袋在他怀里拱了拱，深深吸了一口气，闻他怀里的味道。

过一会儿她又叹气，仰头看他。"唉，虽然碰到了手，可是连男朋友的嘴也碰不到。还是太素。"

许子诠知道她的心思，勾起嘴角，低头在她唇上啄了一口，问："这样呢？是不是更荤了？"

唐影满意了。

她挣扎着从被窝里伸出手搂住他的脖子，顿了一会儿，又温温柔柔地问："许子诠，你是不是不行啊？连开房都开得像纯爱片。"

"……"

他深情的表情僵住，揪着她的脸警告："还会激将法呢？后果很严重，劝你不要轻易尝试。"

唐影吐了吐舌头，这回神色认真起来，又问："喂许子诠，那你是不是特别行？"

毕竟，他曾经以渣男自居。

她的问题一个比一个劲爆。

他皱着眉头伸手揉乱了她的头发。"你满脑子都是什么？"

"我这是尽职调查啊。"唐影腾出手将被他弄乱的头发理顺，开始捏他的脸玩，满嘴跑火车，"总得了解一下我未来夜生活质量会如何吧？"

她畅想着，脸上的笑容因为这越发脱离实际的畅想而荡漾起来。

许子诠懒得理她，掰下她的手，又将她不老实的爪子塞进被窝里，重新将她裹成一个长条。"你以后试试就知道了。"他睨了她一眼，伸手刮了刮她的鼻子，"要是不满意，唐律师您再退货也来得及。"

唐影见他躺到一旁重新拿起手机，一副手机比女朋友更好玩的姿态，感到难以置信，再次确认道："你真不打算今天试?!"

"不试。都说了让你好好睡觉的。你快睡。"他看着手机屏幕，伸出一只手覆在她眼帘上，遮住她那双不安分的眼睛。

"那为什么要来酒店睡?!"她眼睛被盖住，仰着脖子控诉，"我一个人在家也能睡啊！"她挣扎着躲开他覆在她脸上的手，张嘴就要咬。

咬是湿漉漉又凶狠的吻。她的舌尖唇齿从他的掌心湿湿钩过，惹得他心底发麻。

上次也是这样被她咬到失控。许子诠在下一秒掀开自己的被子，起身上前贴近她，从高处俯视着她，语气危险："又来？"

可惜这个女人却一点也不害怕他，只顾哀怨地叹气。"唉，我实在意难平……怎么说也是一个妙龄女子，洗干净了跟古代妃子侍寝一样躺在你身边，你竟然对我毫无欲念……"

他哭笑不得。"那你想让我怎么样？展示对你的欲念？"

唐影点点头。"小说里都这样，一男一女共处一室，或者被下了什么合欢香，男的明明欲火焚身，却死死咬牙硬撑。这种桥段我最喜欢。"

许子诠感到匪夷所思，看着唐影无奈地说："你的喜好还真是别致。"

"那是，不然怎么会喜欢你。"

她接得顺畅，像是不假思索。他一下愣在那里。

下一秒，嘴角不自觉地勾起，许子诠拧了拧她的耳朵，鼻尖贴近她。"这话我还是第一次听你说。"

他呼出的气息是热的，轻轻撩得她鼻子发痒。唐影安静了。

她与他的鼻尖碰在一起。许子诠承认："这一周都没怎么联系，我很想你。你呢？"

四目相对，两人不由自主都垂了眼，目光落在对方的唇上。唐影弯弯嘴角，没有回答。她抬了抬下巴，凑上他的唇。

这是带着同一家酒店牙膏味道的吻，薄荷味的，还浅浅沾染了彼此的味道。唇齿相交，她的手脚被周身的被子死死缚住，压抑又温柔。先是小心翼翼，而后呼吸变重，带上了几丝粗暴，他熟练地掠夺走她的空气，辗转厮磨间，身体燃成火焰。他是擅长玩火的人：知道如何点燃，又知道如何在一切失控之前熄灭。

蔓延着的不可收拾的纠缠，最后化作轻轻一点。

他抚着她的脸看她，看她混混沌沌迷迷蒙蒙沾了水汽的眼，手指梳进她的发。

"唐影。"他轻轻叫，"晚安。"

一觉睡了十个小时，闹钟响起时，许子诠睁开眼，发现唐影不知什么时候早已醒来，正低头开着微信界面，一脸严肃。

一百多条未读消息，来自所里的工作群。她迅速将全部消息看了一遍，才知道出事了。

"怎么了？"许子诠问。

唐影叹了一口气，点开其中一个链接，将手机递给了许子诠。

界面上是一份常规的公开法律风险研究报告，印着 C 公司的 logo。报告很长，有几十页。他仔细一看才发现，在界面上显示的那一页，中间一行文字里出现了一大串莫名其妙的"哈哈哈哈哈哈哈哈哈哈哈哈哈哈哈哈哈哈哈哈"，像是一句刻薄嘲笑，混在严肃的公开法律风险研究报告里，触目惊心。

许子诠惊讶道："这……是不小心摁上去的吗？"

唐影点头。"应该是吧。但不知道为什么没能检查出来。报告是昨天晚上下班时发出去的，结果有人第一时间研读，发现了这处失误，大清早当作笑话截图发出来。这张截图一上午就在朋友圈传遍了。"

"这下 C 公司可丢人丢大发了。"许子诠叹道。

没想到唐影捂着脸摇了摇头。"不只如此。这份报告是我们团队做的。"

享受报告上署名权利的人是韩涵。还有一个挂名的，是老板。

这份法律报告算是韩涵近期手头较大的项目之一，她拉着崔子尧前前后后折腾了将近两个月才完成。据崔子尧昨天在楼梯间里吐槽，韩涵对大方向把控不多，反而注重文本细节，一旦发现错别字或者格式问题，必定当面斥责崔子尧。

只是没想到她这次竟然犯了这么严重的低级错误。还是公开文本，给客户闹了笑话。

"防不胜防。"两人唏嘘。

唐影到律所的时候，发现气氛诡异，所有人却难得地安静。平日里，这时候大家打电话的打电话，敲键盘的敲键盘，讨论问题也是大大方方的。此刻大家却各自沉默地盯着屏幕或者盯着手机，不时交头接耳。

C公司作为互联网巨头，不仅是老板的重要客户，也是A所的重要客户。闹出这样的岔子，大家因顶级律所律师身份而怀有的优越感，多多少少蒙上了几丝阴霾。

上午事情曝光之后，韩涵便在群里不断道歉认错。主动负责项目的是她，给C公司发最终完稿的是她，在成稿报告上署名的也是她，还连累了挂名的老板。一下子，她被千夫所指。

舆论愈演愈烈，等唐影在工位坐下的时候，甚至微博上都出现了相关话题。客户已经暴跳如雷，好几封邮件"嗖嗖"涌入老板的收件箱。大家津津乐道的谈资从C公司变成了A所，甚至有人已经开始在律协的官网上检索韩涵和老板的名字。坏事传千里。

韩涵在一周内接连犯下两个错误，难辞其咎，一下子成了罪人。

唐影打水路过秘书Amy的工位时，Amy突然叫住唐影。"唐影宝贝，我们玉姐什么时候休完假回来呀？"

唐影一愣，想了想。"应该下周三回来？"

Amy点点头说："好。"她又神秘莫测地对唐影说了一句："那你这几天要辛苦了。"

什么意思？

Amy往韩涵的工位上瞟了一眼，唐影刚想转过头，就被Amy小声急促地制止："别那么明显！"Amy小声补充："韩涵在老板办公室呢。她一来就进去了，到现在都没出来。"

似乎担心唐影没理解，Amy比画了一个"嘘"的手势。"可能要走人。"

唐影震惊。这么严重?! 她想了一会儿，也是，倘若是普通的客户投诉，老板或许还能忍受，可这回是彻彻底底闹了大笑话，韩涵自己名誉扫地不说，还连累了律所与老板的名声。

越低级的错误越让人难以容忍。而越高级别的律师，越无法承受低级错误带来的代价。

任何服务行业做到最后，出路无非是打造出有力的个人品牌。而韩涵这次的失误，无异于让自己亲手在这个领域打造多年的个人品牌，以上演一出喜剧的方式毁于一旦。

思及此，唐影看了 Amy 一眼。哪怕再不喜欢韩涵，两个人都忍不住为她感到可惜。

老板的办公室就在 Amy 的工位旁边。合伙人办公室统一使用磨砂玻璃，又虚虚拉下一层百叶窗帘，从外面看去，只能看到里面亮着的白炽灯，以及晃动的人影。

里面的人本来安静地说着话，接着似乎发生了争执，爆发出几句略微尖厉的叫声。Amy 与唐影被吸引了注意力，屏息静听。过了一会儿，房间内又响起脚步声。脚步声逐渐逼近，里面的人要出来了。

唐影赶紧站直，准备回到自己的工位。"咔嗒"，老板办公室的门被拧动了门把手。

出来的人却是崔子尧。

崔子尧一脸平静，对唐影点点头。崔子尧关门的时候，唐影眼尖地瞥见韩涵还在里面。韩涵坐在老板面前的椅子上，腰倔强地挺得笔直，头发有些毛糙，一只手紧紧拽着纸巾，腿上放着一台笔记本电脑。

唐影与崔子尧对视一眼，做了个口型。"没事吧？"

"没事。"崔子尧摇摇头。似乎知道唐影担心她，她偷偷用手指了指楼梯间的方向，示意："一起？"

两人十分钟后在楼梯间碰头。

崔子尧早到几分钟，本坐在楼梯上，这回见了唐影，她立刻"噔噔噔"跑上楼梯，从上次唐影藏烟灰缸的地方熟练地翻出烟灰缸来，又"噔噔噔"跑到唐影面前，在一旁的台阶上垫了两张 A4 纸，热情招呼："唐影姐，坐这里。"

等唐影坐下，她从口袋里掏出打火机、烟，整整齐齐摆在两人中间。

唐影一下子没反应过来，只顾看着崔子尧，她似乎有点兴奋。

"C 公司这事……"唐影试着开口。

"这事真的吓死我了。没想到这么严重。"崔子尧拍拍胸口，语速飞快，"昨晚韩涵姐让我检查了好几遍，我都一个字一个字地核对了。最后就按照你说的那样，把终稿发送给了韩涵姐，并抄送老板。"

"刚刚他们叫你去办公室，就是问你这事？"

"对呀。查了邮件……老板训斥我们的时候，韩涵姐非说这个错误是我犯的。"崔子尧耸耸肩，"最后我们三个人打开邮件对质……"

"结果？"

"我发给韩涵姐的邮件里的终稿没有问题，一个错别字都没有。"崔子尧有些高兴，看着唐影，将烟递过去，"姐，要不要？"

唐影摇了摇头，说："我今天嗓子有点疼。"

崔子尧关心地问："严不严重？我给你买药吃？"见唐影摇了摇头，她接着八卦道："对了，你不知道韩涵姐当时那个表情，愣在那里，嘴张得大大的，然后还非说是我……急得脸都红了。老板本来就烦躁，看到她那样，更烦了。"

"嗯，不过我觉得挺神奇的，韩涵做事一向仔细，怎么会犯这样的低级错误？"

崔子尧一愣，移开视线。"估计是太累了吧。忙过了头。"

"这次的事情比想象中严重很多，不出意外，她应该要离职了。"唐影瞥了小姑娘一眼，忽然笑了笑，"其实我还挺好奇的，到底是什么事情能让韩涵出这样的岔子。"

崔子尧干巴巴地赔笑了一会儿，又小心地看了唐影一眼。"其实大家是不是都不太喜欢韩涵姐？"

"她那个性格……你觉得呢？"

崔子尧不回答了。见上司不抽烟，自己也不好意思接着抽烟，在沉默的时间里，她拿着打火机在手上转着玩，玩了一会儿后又"扑哧扑哧"一下下摁动出火焰。

火苗贪婪地舔舐周遭空气。沉默让氧气变得稀薄。

过了很久，崔子尧才犹豫着开口："唐影姐，我偷偷和你说个事……"

"是你。对吧？"唐影打断。

唐影侧过头，看着崔子尧。

07

崔子尧讨厌死了韩涵。

那种厌恶，像《甄嬛传》里的安陵容对皇后与华妃的痛恨，畏缩又刻骨，隐忍又强烈。

崔子尧从来相信自己是天之骄子。她聪明，漂亮，是落地的白天鹅，骨子里却有狼性。她在和千军万马的竞争中考上北大，又打败一批应届生进入 A 所实习。竞争与淘汰是家常便饭，适者生存是她的宗旨。她怀揣着梦想从校园迈入 CBD，渴望看见闪闪发光的一切。只可惜加入团队的第一天她就感到沮丧，她看不起她的导师：领英上最炫目的学历是高中，朋友圈里是减肥药广告。

韩涵尽量在他们面前展示精明能干的势头，用资历与掌控欲调教新人。她害怕露怯，色厉内荏。崔子尧表面恭顺，内心却不屑。"再过三年，我在这个领域，一定干得比你好。"韩涵似乎察觉到了这小小的心声，开始害怕来自后浪的威胁。而前浪的手段也足够粗暴，她知道如何用大把的琐碎事情磨光他们的耐心。

比如让他们提前来办公室替自己开电脑；比如让他们一遍遍检查文本中有没有错别字；比如让他们贴发票，做杂事，撰写团队新闻稿……日复一日用低级而烦琐的工作溺毙他们的野心。

好在崔子尧擅长隐忍。她告诉自己，适者生存的社会里，每一个人都是对手。咬牙忍受韩涵的每一天里，她发誓："如果你没有办法让我滚蛋，那么，总有一天，离开的那个人就会是你。"

"跟了她半年，我熟悉她的工作习惯。她做事确实仔细，所有文本在发送前一定检查两遍。"崔子尧看了一眼唐影，"但她懒。你知道吧。她喜欢在各种小事上犯懒，比如懒得自己开电脑，甚至懒得改文件名。我用邮件把给 C 公司的报告终稿发给她以后，她又仔仔细细检查了两遍，确认没问题后，她让我把文件名改了发给她。"

律所内部文件和发给客户的最终文件一般是用不同的方式命名的。唐影看了一眼崔子尧。"所以你就在改名之后，顺带在里面加了点东西？"

"对。因为这类只是改了个名的文件，她从来不让我用邮件发给她并抄送老板，而是让我通过 AirDrop（隔空投送）发给她。而这份终稿她早就检查了两遍，加上时间紧张，所以她当时直接就把改过名的文件发给了客户。"

"难怪。"唐影点点头，"你们邮件往来的稿子全都是没问题的。但你用 AirDrop 发给她的文稿，她电脑上可以找到啊？"

崔子尧发出"呵"的一声嗤笑。"她不是让我每天早上替她开电脑吗？我今天早上八点替她开电脑的时候，顺便把那份文档替换了。"

"啧，死无对证。"唐影叹息。

"这不是很好吗？"崔子尧侧过身，认真地看着唐影，"韩涵现在必走无疑，她手头的客户短期内只能留给你和玉姐。我从入行之前就知道，干律师这行，全靠积累经验，越早接触大量的活，才能越早实现业务自由。从这个角度上来说，她走了，对你们只有好处，没有坏处。"

唐影不说话了。崔子尧说得没错，别说她一点也不喜欢韩涵，哪怕喜欢，也不妨碍她觊觎韩涵手中的客户与案源。

崔子尧在这份沉默里，忽然变得有些不安。

"唐影姐……你……你会告诉老板吗？"

"你放心。"唐影顿了顿，起身，"韩涵这件事就这样吧。我们先把手头的工作做完。估计这几天需要和她交接。"

崔子尧点了点头，长吁一口气，也跟着站起来。她麻利地收拾好地上的A4纸，又"噔噔噔"跑上楼将烟灰缸藏在老地方，再"噔噔噔"跑下楼将烟和打火机放进口袋里。高跟鞋踩踏楼梯，发出欢快的声音。

唐影静静站在原地，等崔子尧收拾完这一切之后，伸手拉开楼梯间的安全门，冷气与光在刹那间涌了进来。唐影小声对崔子尧说了句："以后加油呀，子尧。"

"嗯！"小姑娘挺起了背，弯弯嘴角回应，"唐影姐，我们一起加油！"

唐影不应了。

与韩涵的工作交接是在下午。

老板将唐影叫到办公室，言简意赅地表示韩涵可能在短期内离职，通常情况下律所会有一到三个月的离职交接期，但韩涵这次情况特殊，不太方便让她继续对接客户，再加上王玉玉休假未归，这几日要辛苦唐影先尽快和韩涵做一下交接。

唐影点头答应，老板嘱咐了几句。正当她准备离开的时候，老板忽然又问："对了，你觉得崔子尧怎么样？"

她一愣，就听老板接着说："她下个月就要毕业了。她来我们这里实习的时间也不短了，正好今年校招还有留用名额，本来她一直跟着韩涵干，留用评估按理说也是韩涵来做。但现在韩涵似乎对崔子尧有些情绪，我想了一下，这个评估之后可能需要你多费心。"

下午的光透过老板办公室的落地窗照在面前的红木桌上，依稀能看到空气里细细扬起的灰尘。屋里开着空调，连阳光也让人觉得有些冷。唐影坐在上午韩涵坐的那张椅子上，拉了拉肩上搭着的米色空调衫，将膝盖上的电脑的屏幕扣下，起身说："好，我知道了。"

"这事确实让人有点为难啊。"

许子诠给唐影递来冰可乐。他坐在唐影家里，听她叙述昨日C公司事件的八卦后续。说好今天帮唐影搬家，大周末上午的，唐影还没醒，他便在门口敲门。唐影睡眼惺忪地开了门，见他穿一件深绯色上衣喜气洋洋地站在门口，忍不住笑起来。"今天真红。"

"那是。"他笑，"像不像迎亲？"

许子诠来得太早，搬家公司还没到。唐影只好一边收拾剩下的行李，一边和许子诠聊天。

话题回到崔子尧的事上。唐影摇了摇许子诠的胳膊。"喂，那换成你，你会怎么办？"

许子诠从唐影手上拿过可乐，喝了一口，直截了当地说："开除她。"

唐影目瞪口呆地看着许子诠。

"干吗？她这个行为犯了职场大忌。不惜牺牲律所的名声公报私仇，这种人你敢用？谁知道下一个搞的会不会是你？"许子诠又喝了一口可乐。

"不是……"唐影闹别扭，"你干吗喝我的可乐！"

他一愣。"这不是……我们……早接过吻了都……"

"接吻是接吻，可乐是可乐！"唐影瞪他，伸手就要去夺。许子诠一闪身，起了玩心，又接着喝了一大口，干脆站起身将可乐高高举起，逗小狗一般逗她："你来呀，来呀。"

唐影跳跃了几次，奈何被许子诠的身高压制。她干脆扑到他身上咬他胳膊。他号叫一声，骂："你这家伙还真是狗妖转世！"

狭小的房间临近搬家时刻，本就混乱一片，小情侣只顾着打闹，不小心撞翻了一旁的柜子。出租屋里常用的塑料抽屉顺势开口一歪，"哗啦啦"撒下一堆东西，动静巨大。两人一愣，齐刷刷看向地板，然后齐刷刷安静了。

地板上，是散落一地的冈本安全套。

"……这是？"许子诠看着唐影，露出审问一般的表情，仿佛在说"坦白从宽，抗拒从严"。一个声称没谈过恋爱的女人，家里藏着这么多安全套，这到底是人性的扭曲还是道德的沦丧？

"……"她忽然想要装死。

许子诠慢条斯理地俯身捡起一个，一看，更想吐血。"哟，真行。还 XXL 号？"

他忍住骂人的冲动，又瞥了一眼唐影。这个女人一脸不自在地站着，双手双脚似乎都在错误的位置，浑身上下都流露着尴尬。

"性伴侣？"他问。

心里不是不酸。他扔了安全套，坐在一边，重新开了一瓶可乐。

"啊？"唐影一时没跟上他的脑回路。

"还联系吗？要是不联系了，我就当不知道这事。"他苦哈哈地喝了一口可乐。

唐影这才明白许子诠的误会，忍住笑，坐在他身边逗他："要不，我现在去断了联系？"

"还真有这个人啊?!"他瞪她。

"没没没没。您放心。"她一下子老实了，吐吐舌头，承认，"那一盒……是我昨晚刚买的……"

许子诠一脸问号。

"我担心嘛。担心我们这次干柴烈火把持不住……就提前做好风险防范了。"

心里的结被一下解开，连呼吸都顺畅了。许子诠看了唐影一眼，想到什么，又问："那……"他有几分不自在。"那个型号是怎么回事？"

"哦。我找了好几家便利店，特地买了最大码的。"她笑盈盈地看着他，一脸猥琐少女的憧憬表情，"寄托一下美好愿望！结账的时候都挺自豪！喂你知道吗，收银员大姐看我的眼神里都是，啧，羡慕！"

他闭了眼，又睁开，叹气，一脸无奈。"您可真行。"

"怎么了？买大了吗？"她睁大眼，没等到他的回答。几秒后，似乎琢磨出他的表情的含义来，她不禁露出失望但又体贴理解的神色。"没事，下次我会记得买小一些的……嗯，没事。"

"……"

接连被她挑衅，许子诠的目光变得危险。他一点点接近她。"要不你试试？"

"现在？"

"嗯，今天是……"他伸手拉过她，"成套内衣吗？"

她一愣，点头，伸手拉了拉领子，露出肩带示意。"黑色的，还是你喜欢的款式。"

黑色肩带把皮肤衬托得雪白，这个动作像是邀请，许子诠眸子黑了黑，揽过她就从肩膀吻了下去。

唐影猝不及防，肩膀敏感，腿也发软，脑中空白，只关心一个问题。

"喂……XXL 号的你能……能用吗？"

他的唇滚烫，纵火犯将火从她的心里燃到了每一寸被他吻过的肌肤。舌尖与舌尖纠缠，难舍难分，这世界上最好吃的食物，从来都是恋人的吻。

"嗯，一会儿就知道了……"他专注地吻她。

"那……嗯……不能用怎么办？"

他的唇从她的锁骨沿着脖颈一路往上，堵住她的嘴，惩罚似的咬了一口。"不怕。我也准备了。"

狭小又混乱的房间里温度飙升，彼此喘息，交换的空气如果有颜色，那么将是满室晚霞，粉的、红的、浓烈的春情。她像在水里浮沉。他干脆将她打横抱到床上。

只不过一切的不可控制，又总要被控制。

下一秒，门铃响。

小小床榻上重叠着的两人同时一僵。衣裳半褪，唯一值得庆幸的是，两人的进展似乎比上次多了那么一点——他的手已经成功伸到她的衣服里，覆在她的胸上。只可惜吻还未来得及落下。

两人心里叹气。

"……搬家公司。"她捂脸。

门口的搬家公司的人有些急躁，见无人开门，又叫了两声，声音洪亮又热情。

　　许子诠将脸埋在唐影的肩头，气息喷洒，惹得她发痒。她动了动，想到什么，忽然问："总这样，你会不会得病？"

　　"……别有下次了。"他半天才开口，声音闷闷的。

　　她抱了抱他，摸着他后脑勺上的头发安慰："不怕，病了我给你买药。蓝色小药丸吧？我知道的。"

　　"……"

　　搬家公司的人在第三次喊门后终于得到了回应。开门的是一对表情有些苦闷的青年情侣，衣着略微凌乱，以他的经验推断，两人似乎刚刚吵完架。

　　他对他们憨厚一笑，麻利地干起活来。

　　在搬家公司大叔忙碌的时间里，唐影收到了秘书 Amy 发给她的《实习生崔子尧评估表》。她想了想，直接将评估表截图发给了崔子尧。

　　"哇！"崔子尧秒回，"由唐影姐来评估我啦？"

　　"嗯。"

　　"那我就放心啦！爱你。下周我请你吃饭好不好？"

　　唐影过了很久才回复她："不用，我请你吧。我们谈谈。"

　　之后她发过去的是另一张截图——一份已经填写完毕的崔子尧的评估结果，最后一行用小四号宋体字写着："评估意见：不建议留用。"

08

　　崔子尧的下一条回复是："方便我现在去找您吗？"

　　语气已然客气。

　　唐影想了会儿，将附近星巴克的地址发了过去。那边干脆利落地说："我十分钟后就到。"

　　搬家公司大叔上上下下，看这架势估计还有两小时才能结束。唐影看了许子诠一眼，讨好地说："我去星巴克给你买杯咖啡？"

　　"啧，无事献殷勤？"他斜了她一眼，却见唐影已经挎上了一只小背包，拿了遮阳伞准备出门，说话间人已经到了门口，回头对他挥了挥手。"去处理一下实习生那件事。你帮我盯着点。我一小时内回来！"

　　"勉强答应。"许子诠扬了扬眉毛，大大咧咧地坐在她的懒人沙发上，随意从书架上抽了一本书翻了翻。想到什么，他又对正在门口穿鞋的她说了一句："对了，一会儿你可记得千万别点热饮。喝点冰的就行。"

"为什么？"唐影一愣，起身看他，"好的男朋友不是应该嘱咐女朋友少吃冰的多喝热水吗？"

许子诠慢条斯理地翻了翻书的目录，抬起头。"嗯……我是怕她一时控制不住，泼你一身咖啡。"

崔子尧看起来比唐影想象中镇定许多。

周末的咖啡厅人不多。唐影特意选了靠窗靠门的位置，甚至规划了一下撤退路线。日光照着往来行人，周边景物与天空明晃晃的，饱和度过高，像是身在漫画中。过了一会儿，崔子尧文文静静地来了。她穿一件淡黄色无袖衬衫和一条牛仔短裤，似乎刚洗完头，半干的头发扎成辫子垂在肩上，与平时职业装扮的样子判若两人，看起来更显小。

她在唐影面前落座，先解释："我也住在这附近。韩涵让我每天八点到，学校太远了，所以我干脆在这儿租房住。"

唐影说："我给你点了咖啡，冰美式。"

崔子尧说："好。"唐影坚定地不先开口，两人在狭小的木桌子前对视了一会儿，还是崔子尧忍不住先问："所以，嗯……您觉得我这事做错了是吗？"

"想听实话？"唐影看了她一眼，认真地说，"大错特错。你牺牲老板和律所的名声公报私仇，让律所丢人。团队上下级之间是合作关系，哪怕存在竞争，在大事上也应该坚持一致对外。合作的基础从来都是互相信任，韩涵的确有缺点，但你千不该万不该拿她的信任做文章。说白了，这要是行军打仗，你身为军师却从背后捅了将军一刀，导致战败，你认为罪魁祸首是谁？"

崔子尧张了张嘴，正要说些什么，听见星巴克的收银员喊了一声："唐女士您的咖啡好了。"还没等唐影动，崔子尧便赶紧站起来，热情地喊了一声："来了来了。"

她殷勤地跑过去把咖啡端回来，落座的时候，很诚恳地看着唐影。"姐，我知道错了！您说得有道理，我可以改的。保证以后不这样了。这是您教我的第一课，我以后保证跟着您和玉姐好好学。"

唐影摇摇头，纠正道："这是最后一课。"

崔子尧愣在那里。"什么意思？"

她在出发前仔细分析过唐影的动机。唐影如果真要开除她，直接将表格发给老板就行，没必要多此一举把截图发给她。既然唐影还愿意和她谈，她就笃信事情还有转机。

"就是，子尧……"唐影看着她，叹了口气，"你恐怕不适合继续留在 A 所了。但你放心，这件事我不会告诉任何人。距离毕业还有两个月，凭你的履历，找同等律所没有问题。"

唐影的声音在耳边渐渐消下去，崔子尧坐在那里，似乎什么都没有听清，似乎不愿意听清，耳中轰鸣，噪声混杂，各类尖锐叫声从脑中向外传开。她拿着咖啡的手在发抖，她不得不用另一只手竭力遏制住自己的颤抖，将近正午的阳光将她的皮肤照耀得越发惨白。唐影能清楚地看到这个女孩手背上突起的青筋，与屈指时手背上凸起的一根根细小如伞骨的骨头。脆弱又可怜。

唐影有些于心不忍。

"子尧……"她想说些什么安慰。

"是，我确实错了。"崔子尧猛地抬起头，眼眶泛红，眼神却锐利，"唐影姐，我错就错在不应该告诉你太多。你说我辜负了韩涵的信任，但你呢？你怎么对待我对你的信任？一边享受韩涵离职的红利，一边大义凛然地替律所除害。这一招'又当又立'，您才是真的厉害。"

唐影一愣，下意识地看崔子尧的手与她手上的咖啡。

"您要开除我，算我失策。但我真不觉得我有错。韩涵这样的人，除了资历与年龄一无是处，凭什么就可以一直骑在我的头上？凭我倒霉吗？"崔子尧偏着头看着唐影，脸上是似笑非笑的神情，眼睛里却噙了水汽。

她偏不服气。

"或许，还真就凭她的年龄比你大，资历比你深。在这个社会上，能骑在你身上的人，就是有骑在你身上的理由。'凭什么'三个字，只能暴露你的无知。"唐影看了她一眼，"有时候你和韩涵其实挺像的。你们似乎都以为这个世界上只有'零和游戏'，一方受益必然意味着另一方的损失。但事实是，她对你的压迫，绝不会妨碍你的成长。阻挡在前面的石头，小孩才会选择一脚踢开，成年人的做法是学会隐忍，迂回绕道。"

"踢开才省力气。"

"不，踢开太傻。"唐影看着崔子尧的眼睛，"你应该庆幸自己对我诚实。这件事情你做得鲁莽，别说我，韩涵、玉姐、老板都能一眼看穿。"

崔子尧一愣。

"否则为什么你的实习评估表那么快就被发给我？韩涵与老板不提，是因为这事没有证据。他们合作多年，老板了解韩涵的做事方式，出了这事，你最可疑。现在你的私心让团队几个月的努力最后变成一场笑话，谁敢留你？商业社会讲的是规则与诚信，你有招可以，但路子太野，谁都害怕。"

"……既然这样，为什么还要来找我？"崔子尧扯着嘴角笑了笑，充满嘲讽意味，

"直接辞退我不就完了吗？大周末的，只是为了给我上课？"

"不叫上课，算是做个分享吧。"唐影拿起咖啡喝了一口，话已至此，她起身准备离开，"和你说说我们对这件事的真实感受。将来你当然可以坚持自我，但也要做好吃亏的准备。"

崔子尧不说话了，白白净净的脸上，嘴角微微下垂。她在想事。

就在唐影已经站起身的时候，她终于忍不住开口："唐影姐，如果你是我，面对韩涵这样的上司，你会怎么办？"

"虽然这话可能有点像鸡汤，但我会忍。"唐影垂头看着坐着的崔子尧，"会想办法跟她磨合，适应她的节奏，让她无错可挑。我会把征服她当成挑战，把她当成我的客户，千方百计哄她、调教她，让她开心的同时也让自己开心。"

"咝——"崔子尧呲嘴，不屑，"这样好丧。像是卑躬屈膝地妥协。"

"成年人的世界本来就充满妥协，怎么可能像热血漫画一样，随随便便就能把邪恶势力干翻？可能再过久一点你就会明白，面对生活里避无可避的反派，学会与他共存，是远比试图打败他更聪明的做法。现在你的反派是韩涵，你可以用手段逼她离职。但总有一天，你的反派可能是付你工资的老板，是给你订单的客户，你能拿他们怎么办？除了妥协和放弃，你没有第三种选择。成长本来就是学会妥协的过程。而更聪明一点的人，会学会利用妥协谋利。"

那些一早呐喊着要干翻这个世界的人，总是很快就被这个世界收拾得服服帖帖；而那些表面上看起来对这个世界服服帖帖的人，或许就在不动声色间干翻这个世界。

越是年长，越能领会到以柔克刚的道理，老庄之道千年来鼓励我们学会圆滑处世。

"这样做，会有成就感吗？"崔子尧不理解。

唐影想了想，回答："钱算不算？"

"啊？"

"对，把你痛恨的人当成一个小目标，在与之磨合的过程中不断提升自己，等自己哪一天超越他，升职加薪，在比他年轻的时候挣比他更多的钱。当你成为比他更优秀的人，钱包鼓鼓，事业有成，你再看他，只会觉得他可怜。"

"这是？"崔子尧愣在原地。

"对。"唐影很认真地告诉她，"这是我对待生活中一切反派的方法。"

不与恶龙缠斗，也不与傻 × 较劲。

决不成为和他们一样的人，而是坚决成为比他们更有腔调、更牛的人。那些只能靠所谓资历与虚高的级别压迫你的人，在往后的人生里每一天都在走下坡路：精力消退，体力衰减，跟不上时代步伐；而你不是，此后的每一天里你都在成长，你年轻苗壮，未来可期。

你应该相信的，崔子尧，总有一天，你会爬到他们的头顶，居高临下地怜悯他们。

落地窗外是盛夏的风景。

不远处隔着一条马路的朝阳公园为视野提供茫茫绿意。唐影转身离去的时候，崔子尧还坐在原地，一只手握住咖啡杯，低头小口吸着吸管，文文静静的，一如唐影第一次见她时的样子。但又似乎有些不一样。

"你觉得，她会喝你的鸡汤吗？"

事后许子诠问她。搬家工作已经完成得差不多了，此刻两人正坐在沙发上闲聊着八卦，等中介来收房。

唐影不确定，转过脸看他。"你呢？吃这一套吗？"

"我再年轻十岁的话也许会吃这套？"许子诠想了想，"但每个人有每个人的路。哪怕虚长几岁，也未必有资格对后辈的人生指手画脚。"

唐影点点头。"我的经验未必适用于她。但愿她走出自己的路。"

中介小哥在半个小时后到达，转了一圈后收了房，约定退押金的时间。上交钥匙的时候，唐影没忍住给空荡荡的房子拍了一张照片，发在朋友圈，配文是："再见，一小段曾经。"照片上的窗户里依稀能看到不远处的棕榈泉大楼。微信朋友圈自动提示定位："棕榈泉国际公寓。"唐影笑了笑，删除了定位。

曾经仰望着的、羡慕着的，已经成为过去。每一个在大城市单打独斗的女孩，都在不断摸索着，在欲望与困难中，寻找适合自己的道路。

刚刚发出朋友圈，就收到了一个点赞。

唐影一愣。点赞的是一个在她看来最不可能的人——林心姿。

点赞一向是大美人和男朋友吵架时的和好暗号。当初与陈默在一起时，但凡吵架，林心姿必定拉黑他，被关在黑名单里的陈默只能默默等待，再发送一条表达"孤单寂寞思念冷"的朋友圈。一般是两天到三天之后，美人消了气，就会到那条朋友圈下，高贵地点下一个赞。

这个赞往往是在表示：我已经初步消气了，允许你现在过来，进一步取悦我。

两人已经冷战了几周，唐影这次理亏，收到信号，赶紧知情识趣地给林心姿发了一个讨好的表情，并谄媚地表示："什么时候有空，宝贝我请你吃个饭？"

没想到美人秒回："今晚吧！你马上来找我！我已经从家里搬出来了！"

唐影一惊。这是什么爆炸新闻？

"你和徐家柏怎么了？"

"吵架。大吵了一架。他触犯到我的底线了。"

"啥？"

林心姿冷笑。"我没有想到，每天半夜，这厮都在偷偷看我手机。"

09

唐影敏锐地注意到林心姿对徐家柏的称呼已经变成了"这厮"。她问了林心姿地址，说好先回家收拾行李，再去见林心姿。

搬家公司的车就停在楼下，唐影上了车，有些不放心，特地又拨了电话。"你现在一个人不要紧吧？我尽快过去。"

许子诠见她心不在焉，又转身看了看房子里有没有什么落下的东西。最后关门的时候，他看见楼道站着一个有几分面熟的男人，气质不错，戴金属框眼镜。男人见出来的是许子诠，愣了愣。"您好，请问一下，您是住这屋吗？"

男人脸上是打量的神色。

许子诠一下子反应过来这个人是谁，摇了摇头。"这屋之前住的是个姑娘，今天搬走了。"

"她一个人？"徐家柏又问。

"不。"许子诠笑了笑，"还有我，我们两个人。"

徐家柏不问了，露出黯然的神色。

许子诠上车的时候，唐影还在和林心姿打电话。大美人声音带了几分虚弱，得知唐影还在搬家路上，尽量贴心地表示："嗯，我现在有人一起呢。你忙完了再过来就行。"

"当事人情绪如何？"唐影挂断电话后，许子诠问。

"算是……情绪稳定。"唐影叹气。

车子发动，许子诠回头看了看，问："你猜我刚刚在你家门口看见谁了？"

唐影一愣，不好的预感涌上心头。"徐家柏?！"

许子诠点了点头，伸手捏她的脸。"还好你搬家了，否则他大概会天天上门找你，怀疑你窝藏美人。"

搬家公司大叔将唐影的行李全部堆放进次卧的时候，已经将近下午五点。两人坐在书房地板上，双手撑在身后，并肩看着窗外的北京黄昏。哪怕摆了一地行李，屋子仍然空旷，这时，这对孤男寡女才假装刚刚想起一个重要事实。

"嚯！忘记买床了！"

唐影看了许子诠一眼。

他拍了拍头，演技生硬。"哎，我好像也忘记这事了……"

唐影赶紧说我现在下单，说着掏出手机佯装急切地摁了一阵，然后略微遗憾地抬起头。"完了，这床最早也要明天送达。"

"那今晚……只能……"睡我的床了。

"好像……嗯……是的，只能……"睡你的床了。

两人心照不宣，感到喜悦。

"其实，我也可以睡沙发。"许子诠做最后的礼让。

"不不，你是主人……你睡沙发，床会不高兴的。"

"你说得很有道理。"他一本正经地点头，"我应该考虑床的感受。"

"是啊……毕竟是双人床……"

两人有一搭没一搭地说着。许子诠本来两只手撑着地面，他弯了弯嘴角，靠近唐影的那只手伸向她的肩，将她往自己的方向揽了揽。他们彼此的侧脸与胸腔都被夕阳搽上了溏心色、蜂蜜色、流油的鸭蛋黄色、刚刚烘烤出炉的面包色——世间一切温暖的颜色。爱情的颜色。

唐影将脑袋侧靠在许子诠的肩膀上。恋人不语，直到林心姿的电话打破了此刻的安静。

大美人在电话那头娇声娇气地说："宝贝！都五点了！你什么时候来找我？"

林心姿就住在不远处的酒店式公寓。唐影骑着共享单车到了那里，楼下保安严格地核查了身份证并确认过拜访事宜后，才许可唐影入内。

唐影见到林心姿的时候才知道，林心姿先前说的那句"有人一起"，指的是谁。

美人的状态比唐影想象中要好上许多，她本抱着膝盖坐在飘窗上发呆，见了唐影，嘴巴一扁，眼泪汪汪就要唐影抱。

胡哥正在不远处的沙发上看电视，见了闺密相拥的场面后哑哑嘴。"为什么我来的时候就没有这个待遇？"

林心姿在人前表现得坚强又冷静。

她昨天突然委托胡哥帮忙在爱彼迎上替她订一套短租公寓，说身份证不在身边，而她因故需要从现在的住处搬出去。胡哥当然殷勤应允，抓紧机会帮着忙前忙后。他找的公寓不大，布局类似酒店套房，地处闹市，距离林心姿上班的地方也近，算是安全。

他一路上试图撬开林心姿的嘴，问出她和"二十四孝"男朋友吵架的缘由，不料大美人只是面色铁青地说他们需要彼此静静。他将美人护送到公寓，还不舍得走，在一旁待命。

唐影哄完林心姿，才注意到一边的胡哥。他的气质很奇妙，的确油腻，但是一种不讨人厌的油腻，非要类比的话，唐影想，胡哥就像油炸食品，一开始就将含油指数展示得明明白白，姑娘们嘴上嫌腻，吃起来却欢喜。

胡哥殷勤地与唐影打招呼，一脸诚恳。"你叫我胡哥就行。心姿好像和她男朋友吵架了，刚好我正在追求她，所以我打算在这儿多待一会儿。你们俩有什么事随时叫我就行。"

"你这是……"

"对，抓紧机会，乘虚而入。"胡哥露出狐狸般的微笑，顺带对唐影眨了眨眼。

唐影震惊。"这么坦白吗？"

胡哥认真地点点头。"对，既然喜欢，诚实不是必需的吗？"

说完，他意有所指地看了林心姿一眼，果然见美人皱了皱眉头。唐影摇头感叹，也是个厉害角色。

林心姿几乎是从家里逃出来的。

她会永远记得那一幕。前天晚上她忽然醒来，看见身边的人以一个诡异的姿势窝在床边，身体高高拱起，用手肘支撑着身体的大部分重量。他的脸直直对着前方，被蓝光照得铁青，而蓝光的来源是她的手机。

他目光贪婪，像是小时候课本里刻苦的学子，正凿壁偷光，凿破她的密码，偷看她的秘密。情绪翻江倒海地涌上来，她起初不敢相信，声音发寒，打破宁静。"家柏，你在做什么？"

她看到身边人明显一惊，像是一尊被冷不丁晃动的雕塑。他转向她，露出慌张的神色。林心姿的心被紧随而来的一腔愤怒占据。她一把抢过手机，界面正是和胡哥的聊天页面。

一股恶心的感觉涌了上来。

"你怎么知道我的手机密码？你每天都这样偷看我的手机？"

他嘴上说着"不是不是""没有""宝宝你误会了"，目光却慌乱地四处游移。他努力地想寻找一个理由。可是来不及了，林心姿翻身下床就开始收拾行李。

他冲上去一把抱住林心姿，手都在颤抖，就差跪下了。他死死抱着她，就像溺水的人抱紧浮木。他声音发虚，却很执拗。"宝宝，你别走。你去哪儿？这么晚了……"

林心姿感觉到他的恐慌，深深吸了一口气，眼泪掉下，问自己也问他："徐家柏，你怎么是这种人呢？"

他感到心被狠狠揪了一下，也僵在那里。

最终的结果是徐家柏被赶出卧室。林心姿做出了妥协，说："你今晚睡沙发吧，如果你不想让我走。"他当然赶紧说"好",拿起一件外套就往客厅去,还不忘轻轻关上卧室门,低头小声说了句:"宝贝,对不起,晚安。"

林心姿当然安不了,她在床上翻来覆去,又是气,又是委屈。直到天蒙蒙亮的时候,她终于起身,踩着拖鞋拉开卧室门。晨光照在屋内,她差点吓了一跳。徐家柏顺着门倒在了她脚边,身上还披着那件外套。

他没在沙发上睡,他就坐在房间门口守了一夜。

他有些迷糊地醒来,目光先触到林心姿的脚,然后慌乱地站起,伸手拉住她,又是新一轮挽留。"宝宝,你别走!你要走了吗?"

林心姿盯着他,没说话。他眼圈乌青,下巴冒出青色胡楂。他们在一起之后,他永远早起,穿戴整齐,一脸清爽地等她醒来。而如今,她第一次见到他这么狼狈的模样。她叹了一口气,忍住心疼,尽量让语气冰冷而生硬。"我饿了,要吃饭。"

习惯性地付出的人总是把付出的机会视为赏赐,就像此刻的徐家柏,他承蒙需要,赶紧又殷勤忙碌,做好了早餐,问林心姿:"宝宝,你一会儿要去上班吗?"

林心姿抬头看了一眼徐家柏,点头说:"嗯。"

徐家柏有些担心。"宝宝,你昨晚没睡好,要不今天请假?"他给她倒了牛奶,主动提出,"我也请假一天,我们今天都在家待着成不成?"

"家柏,你是怕我离家出走吗?"她认真地看他。林心姿有一双水汪汪的眸子,看人时会习惯性地露出专注的眼神。她一向重视仪态,坐下时永远肩背笔直,露出分明的一字锁骨,白色皮肤在清晨泛着光。这样的美人往常总是温柔地看他,这回却带了防备。他心更痛。

"是。我搞砸了,心姿。"他承认,"我们今天在家聊一聊好不好?"

林心姿低头想了想。"我们先静静吧。晚上回来再聊?"

徐家柏又要说话。林心姿安抚他道:"你放心,我不会离家出走的。真要走,昨晚就走了。今天单位比较忙,实在不方便请假。"

两人尽量真诚地对视,最后徐家柏妥协,说:"那我送你上班。"

徐家柏进卧室换衣服的时候,林心姿对着卫生间的镜子抹了唇膏。她平时一向懒得化妆,只是今天实在憔悴。

几分钟后,收拾完的徐家柏站在门口,递上林心姿的包,说:"宝宝,我们走吧。"

"所以……他就是在那时候拿走你身份证的?!"唐影吃惊地问。

她们此刻正坐在胡哥替林心姿新租的小公寓里。胡哥说女孩心情不好就要多吃甜食,给她们订了满满一茶几的甜品与奶茶,而后伸手做了个"请"的手势,自觉退到一旁,美其名曰让闺密谈心,他服侍就行。当然,他像狐狸一样竖起了耳朵。

林心姿点头。"之后我去上班，发现包里的身份证不见了。他应该是在出门前偷偷拿走了我的身份证，因为怕我离家出走去住酒店。"

"结果没想到你发现身份证不见了，当机立断就找了我。"胡哥凑过来，笑得开心，"心姿，他是不是没想到你心里这么依赖我？"

林心姿没理他，对唐影说："我本来真的想要晚上回去和他好好谈的，却发现他又偷偷拿走了我的身份证！你说他是不是疯了？既然这样，就更有必要好好冷静一下了。而且我现在还在气头上，一点也不想见到他。"

唐影点点头。"半夜看手机就已经够瘆人了。他现在能拿走你的身份证，之后就能拿走你的手机，再限制你的自由。你搬出来没问题。让他好好反思。"

胡哥赶紧补充："我同意。"

美人反应迅速，昨天第一时间向胡哥请了假，偷偷回家收拾好必要的行李。她被人宠坏，对爱人叛逆，想着你怕我走，我就偏偏要走。连衣服她都专挑暴露的带走，一边收拾一边赌气：不让我穿暴露的衣服是不是？那我气死你！

她怕徐家柏联系她，出门前果断拉黑他的微信号、手机号，只在桌上留下一张手写便条，上面写着："家柏，我觉得我们还是都冷静一下吧。以后再联系。"

胡哥听到这里抬起眉毛，一脸兴奋。"你把他拉黑了？确定分手?！"

唐影瞥他一眼。"别高兴得太早，心姿微信黑名单的日均吞吐量可以媲美一个5A级景区……"见林心姿瞪她，唐影吐吐舌头，接着说，"嘿，我也刚从里面七日游出来。"

根据胡哥和唐影的分析，徐家柏偷看恋人手机、扣押身份证以及爱吃醋等几大"罪行"都是极富占有欲的表现。如今林心姿从他的爱巢中私逃，就是在挑战他的占有欲。

而占有欲被挑战的男人会做出什么？大家不约而同想到的形象只有《不要和陌生人说话》里的男主角安嘉和，万千九零后的童年阴影。

连胡哥都沉默了。

"而且，他本来就爱你爱得死去活来。"唐影皱眉，"一回家看到你不见了，他一定会豁出命来找你。等到发现被你拉黑，你觉得他会怎样？"

此刻距离林心姿搬出家已经将近一天一夜。知道真相时急火攻心，搬出来后又担惊受怕，美人一直没睡好，脸上黑眼圈浓重。

她听了两人的分析后更怕，一脸惊恐。"怎么办，他会不会找到这里？"

"嗯，凭借他的能耐与毅力，应该是迟早的事情。"胡哥实话实说。

唐影想了想，还是决定告诉她："我今天搬家的时候……徐家柏已经找上门了……"

林心姿瞪大了眼，仿佛徐家柏已经成了安嘉和的化身。她垂着头坐在沙发中央，漂亮的手因为紧张而胡乱绞着。她尽可能放缓呼吸，消化恐惧情绪，挣扎半晌，看了一眼胡哥，终究还是拉住闺密，开始哀求。

"宝贝，这几天……或者，或者就今晚！"她提出不情之请，"你能不能暂时住在这里，陪陪我？"

10

唐影一愣。"啊？"

她想起自己出门前许子诠略微沮丧的神色。当时她还安慰他："我陪她吃个饭就回来。"许子诠不应。她继续安慰："乖，激情总在后半夜。"

这话总算把许子诠逗笑，他推了推她的脑袋，叮嘱道："我在家等你，早去早回。"

见唐影一脸犹豫，林心姿这才反应过来。"对了宝贝，之前的房子不续租了，你现在住在哪里？"

唐影犹犹豫豫地说："那个……许子诠家。"

"啧……同居了？"

唐影赶紧强调："没有！他只是租了一间次卧给我！我们会签合同的！"

林心姿笑了笑，不说话了。不用问也知道，唐影和许子诠的爱情比她的爱情要美满得多。胡哥已经知趣地离开，明天下午他还会过来。她心里清楚，之所以求助胡哥，是出于习惯，她习惯滥用爱情的力量。这世上不涉及血缘关系的感情都需要等价交换，唯一廉价的是追求者的爱。他们不求回报，只渴望付出，因为他们爱你，却还得不到你。

"得不到"三个字，就像牢牢悬挂在拉磨的驴眼前的那颗苹果，是驱使他们辛勤劳动的全部动力。

过了很久，林心姿才说："其实……你和许子诠这样挺好的。至少……比我和徐家柏好得多。"

夜幕低垂，唐影和林心姿抱着膝盖坐在窗前。有人给天空挂上了月亮，又难得在入夜后的宝蓝天边撒了几颗凌乱的星星。星星是城市的稀有风景，等到北京的灯火亮起，星光又将躲回夜幕之后。

唐影想起傍晚与许子诠一起看的夕阳。几分钟后，她忽然开口："我这几天可以陪你，但现在要先回家一趟。"

"回去做什么？"

"回家拿洗面奶、护肤品、换洗衣服还有真丝睡衣。"她顿了顿，绕口令般说了一串话。

"非要回去？你可以用我的啊。"

"嗯……我还是回去一趟吧。"唐影看了林心姿一眼，"徐家柏这件事我不太放心，这几天我打算多陪陪你。其实别的都没什么，我主要是想——"

"想要见许子诠一面？"林心姿戳破她的心思，笑起来。

"是啊。光是想想之后几天见不到他，我就……"唐影点头承认，"很想他。"

唐影骑着单车去许子诠家的路上，路灯的光像星光一样洒在她的头顶，一同盘旋在她头顶的，还有预支的思念。

这是她做过的最没有腔调的事情——在一天之内骑着单车来来回回地奔波，为了友谊，为了爱情。有腔调的女人应该高傲又孤独，时刻干干净净，没有人能够驱使。夜色浅浅，道路上行人很少，她在夏夜的晚风中再一次想起林心姿曾给她规划的未来。

嫁给一个充满腔调的有钱老男人，在他死后，她在城市的顶级公寓里，抱一只比自己还骄傲的名贵品种猫，俯视万家灯火。

而此刻，她踩着一辆破破烂烂的共享单车，北京的马路上满是泥灰的空气蹿入鼻子、眼睛、头发里。因为搬家，她今天就穿着一件松垮旧 T 恤和一条破洞牛仔裤，脚上踩着同样旧的凉鞋，甚至忘了在出门前多涂一层防晒霜。她的头发随意扎成马尾挂在脑后，风的手抚过她的领口，触摸到冰凉的、被汗浸湿的皮肤。

没有高贵，没有孤独，没有腔调。

有的只是俗事缠身，爱情、友情与鸡毛蒜皮。唐影没有发现，在不知不觉间，她早已在越发偏离过去所追求的腔调的道路上，热忱又兴致盎然地一往无前。

可惜许子诠不在家。

还有些陌生的房子空空荡荡，客厅开着灯，她叫了几声，却没有人应。她发了微信，等不到回复，只好先收拾了行李。在等他的时间里，她闻到自己身上的汗味，皱了皱眉。

许子诠家算是平层，两室两厅两卫，唐影霸占的书房隔壁就有卫生间，另一个卫生间在主卧里。房子买得早，哪怕换了软装，依然可以从细节里看出这是已经有些过时的酒店式装潢。比如卫生间，明黄色的大理石背板与洗手台，红木柜门，四面与天花板都铺着乳白色瓷砖，一排暖气片正对马桶，上面挂着几条早已干巴巴的毛巾。

　　或许是因为太累，镜子前的唐影看起来有些疲惫。她关上卫生间的门，打开淋浴喷头，小小的世界里霎时间大雨倾盆，屏蔽了一切声音。温水将她从头到脚包裹起来，她闭着眼在水幕里站了不知多久，直到身体光滑得像是瀑布下的鹅卵石。她关了水，用起磨砂膏、沐浴露，然后是洗发水、护发素。洗干净之后，又是崭新的自己。

　　洗澡洗的从来都不只是身体，它还是一场低成本的心灵 spa（水疗），让人暂时告别疲惫和沮丧。

　　终于神清气爽的唐律师没有想到，洗完澡，推开卫生间硕大厚重的实木门时，只在胸前裹了一条浴巾的她，会撞见只在腰上裹了浴巾，正大大咧咧又着腿在客厅沙发上看电视的许子诠。

　　"……我 × ，你什么时候回来的?！"

　　两人异口同声。

　　接着，他们才下意识地护住重要部位，捂住自己重要部位的同时，也忍不住看向对方的重要部位。

　　两人距离不到三米，各向前走一步再伸长手臂就能够到彼此。最初的慌乱过后，两人勉强整理好仪容，面对面站着。

　　许子诠挠了挠头，往前走一步，看着唐影。"我刚才去健身了……我……我以为你要迟一些才回来。"

　　唐影抓了抓半干的头发，低着头说："那个，我……我今天晚上得陪着心姿。"她语气遗憾。

　　许子诠一愣。"你又要抛弃我?"他有几分委屈，想了一会儿，忍不住质问，"那你还回来做什么?！"

　　还回来做什么?

　　这个问题林心姿也问过。一个小时前，唐影心里的答案是如此纯情——回来见许子诠。然而对一个二十六岁的女人来说，纯情早已不是本性。

　　深陷爱情的人，骨子里涌动着、叫嚣着的始终是欲望、自由与性。十六岁的春日午后的樱花雨变成二十六岁的夏夜的咸湿海风。她仰着头，灯光下的漆黑瞳孔看着一米开外的恋人，靠近一些，回答他："或许是想要……做……爱做的事情……"

　　真正的天时地利人和，不需要成套内衣，甚至不需要内衣。

　　于是忘记是谁先把吻印在对方的唇上，忘记是谁的浴巾先滑落，然后纠缠满地。湿淋淋地披在她肩上的先是头发，然后是他的吻，再然后是从肌肤每一寸毛孔中渗出的汗水。

　　带了荷尔蒙的潮湿气息。

一切都发生得太快，或许是因为失去意识，大脑空白，只记得强调每一处皮肤神经。彼此抚摸时，身体像过电一般。

他的吻沿着她身体的曲线自上而下，让她的身体变成了一条路，被探索出幽暗潮湿又蜿蜒的路径。路的尽头是海，是夏日汹涌的浪潮。

许子诠的卧室没有开灯，唯一的光源是窗外的月亮。夜色里，她像他身下的一尾银鱼。他的吻是她的水与空气，而他本身，是一条流淌的白色的河，河水流过的地方，散落着爱欲与星光。

直到许子诠翻身在床头柜里找什么东西的时候，唐影才有了些微的意识。

"唐影……唐影……"他在唇齿相接的间隙里念她的名字。

她的脑子里却残存着上一帧画面，他的动作熟练而流畅，意味着一个稍显陌生的过去。

下一秒，陌生的触感让她有些惊慌。她不由得往后退了退。

"害怕？"他敏锐地感觉到，又低头吻她。她点了点头。

"没事，慢慢来。"许子诠也不勉强，干脆侧身躺到她身边。两人此刻忽然变得不再猴急，只是拥抱，目光追随指腹一点点滑过对方身体。

"许子诠……"过了一会儿，唐影抱怨，"你是不是老司机？"

"我技术很好？"他竟然得意起来。

"咻，我说了不算……我又没有比较的对象。"唐影忽然想到什么，语气有几分别扭地问他，"那……有别的女孩夸过你技术好吗？"

他闻到醋味，眨了眨眼不答。"这是送命题，你以为我不知道？"

唐影笑起来，在他胸前咬了一口。"送命题也有标准答案，你快想想怎么回答。"

许子诠不说话了，将吻从她的肩上转移到她的锁骨，过了会儿才憋出一个答案，含含糊糊地说："嗯……我应该答，别人说好不重要，我只希望你觉得我技术好？"

他刚说完，腰上就被掐了一下。唐影生气地说："你这就是默认了！肯定有一堆姑娘说你技术好！大渣男！"

许子诠正闭着眼吻她，听了这话一下子不满起来。"你怎么都这时候了还逻辑满分呢？这么清醒?! 看来我技术还是不行。"他干脆将脑袋埋到她颈下，不客气地咬吻。

嚣张的撩拨是外衣，骨子里却是温柔珍惜。唐影又一次在他的攻势里丧失了自己的逻辑，爱与性在大脑里攻城略地，当双脚不再触碰地面，道德与衣裳都无法将之束缚，人类便又能安心享受属于所有动物的肤浅又强烈的乐趣。

下一个瞬间，金风玉露的相遇像是合并的榫卯，又像是武陵人初入桃花源，夹岸而行，初极狭，才通人，复行数十步，豁然开朗。他的身体是一把火，将早已融化成液体的她从上而下瞬间点燃。在一片深情里，她如同枝蔓缠绕，在规律与不规律的晃动中从树干的身上吸取养分。

　　忘记过了多久，结束后，唐影像是刚跑完一场马拉松，浑身虚脱。许子诠清理完，回过身抱住她。她转过身，闻了闻他身上的汗味。

　　她说："我们一会儿要再洗一次澡。"

　　他说："好。"

　　她问："下次能不能多试几种姿势？"

　　他伸手玩她的耳朵。"你先把新手村解锁了再说。"

　　她接着问："我在新手村，你在哪里？光明顶吗？"

　　他笑起来。"不管我之前在哪里，以后你在哪里，我就陪你在哪里。"

　　月亮被乌云遮住，屋子里唯一发亮的，是他们交叠在一起的手指上的对戒。欲望消退，人类文明、逻辑与罗曼蒂克情怀又占据上风，他们在床上拥抱，闻着彼此的味道，听着对方有力的心跳。此刻唐影有很多很多问题，比如"许子诠你爱我吗？"，比如"为什么是我呢？"，再比如"你会爱我多久？""如果哪一天不爱了怎么办？"……

　　但这些问题她最终一个也没有问出口，带有索取承诺意味的问题，只能暴露她缺乏安全感的事实。又何况设身处地，她自己也不知道答案。相知、相爱始终是太复杂的事情，他们能做的，唯有在这个过程中一点点加深彼此间的感情。

　　最后唐影问的是："喂，许子诠，你怎么看待爱情？"

　　"怎么这时候问我这个？"他侧过脸看她。

　　唐影动了动靠在他胳膊上的脑袋，换了一个舒服姿势，理直气壮地说："这不是'贤者时间'吗？适合思考哲学问题。"

　　许子诠弯着嘴角，手指摸着她的头发，认真想了一会儿。"我觉得，爱情有点像打游戏。啊，你别误会。我是说爱情本身的机制，就是在两个人之间做积分累计。每经历一次愉快的相处，好感度或者心动指数提升，就累积一次积分；而每经历一次不愉快的相处，或者对方逾越了底线，就扣除一次积分。如果两个人很久很久没有联系，那么也会扣除一次积分。直到最后，这个世界上和你之间的积分最高的那个人，就是你此生最爱或者说最应该爱的人。"

　　唐影想了一会儿，摇头。"你这套理论有缺陷，许多人相处了一辈子，攒了那么久的积分，最后不还是被人乘虚而入？"

　　许子诠用另一只手梳着她的头发，解释道："但人和人之间的初始积分不一样啊。有些人偏偏就能让你第一眼就心动，而有些人就算相处了一辈子，也不能累积哪怕一次积分。"

　　这话让唐影忽然想起在飞机上初遇他时他的搭讪。她低头抿着嘴角忍住笑，又抬头问他："那我们呢？许子诠，我们现在是世界上彼此积分最高的人吗？"

　　"不然呢？"他低头吻她的唇。

唐影有些高兴，又问："那我们今天这样，是给彼此累积积分，还是扣除积分啊？"

许子诠皱了皱眉，拍了她一下。"你刚才都那样了，这要再扣我分，也太不厚道了吧？"

唐影一愣。"真的？我这么爽的？"

许子诠眼里全是笑，低头又要用吻回答她。唐影在乱七八糟的吻里，兴奋地开始总结："我还以为会特别疼的你知道吗？结果好像还行。你当时在我耳边说骚话，是不是就是为了转移我的注意力？"

"嗯。"他光顾着吻她。

"这个原理我知道。"她竭力在他的吻里保持清醒，"我之前看过一个视频，一个医生给小孩打针时也是这样，先拿玩具逗他，然后趁他不注意，'啪'，就一针下去！小孩都忘记哭了。"说到这里，她忍不住伸手推他。"许子诠许子诠，你刚才这样，是不是也像……"

话音未落，她就被结结实实地咬了一口。

11

许子诠送唐影到林心姿家的时候，已经将近晚上十一点。

刚进小区，夜色幽幽，唐影还忍不住左顾右盼，蹑手蹑脚，拉着许子诠问："徐家柏有没有可能跟踪我们？"

许子诠失笑，一只手拖着她的小箱子，另一只手推她的头。"现在方圆十里内最鬼祟的人应该是你。"

两人出了电梯，楼道里冷冷清清。唐影先轻轻敲了两下门，从屋里传来林心姿的声音。"谁呀？"

唐影用嘴贴着门回答："淡黄的长裙，蓬松的头发。"

许子诠一愣，还没来得及问这是什么莫名其妙的回答，门就从里面打开了。

林心姿露出一张贴着白色面膜的脸，声音被面膜纸压瘪。"答对暗号。欢迎回家。"

唐影扭过头向许子诠解释说："非常时期，我们约定了进门暗号。机智吧？"

许子诠差点笑出声来。"这种形式主义的暗号，也就你们想得出来。"

　　林心姿侧身拉开门让唐影进屋，又瞥了许子诠一眼。林心姿和许子诠这大半年里就再也没见过，此刻倒也不觉得尴尬，随意打了个招呼。林心姿邀请道："要进来喝杯茶，吻别了再走吗？"

　　许子诠笑着摇摇头，看向唐影。"不用了。出门前就吻过了。"

　　唐影带着小小的行李箱进屋，换了拖鞋，回头看门口的许子诠。"我也不介意再多吻几次。"

　　两人隔着半米不到站着，嘴角勾起，眼眸闪亮，眼里只有彼此，一来一回给美人塞了一嘴狗粮。

　　林心姿翻了个白眼，迈步就往卫生间走。"得，我去洗脸了，你俩自便吧。"

　　许子诠一只手扶着门框说："我周一要出差，过两天回来再来找你。"

　　唐影点点头说"好"，只顾抬头看着他。

　　许子诠想到什么，欲言又止，最后说："嗯……你有没有哪里不舒服？"

　　唐影愣了会儿才明白他的意思，想了想答："还好……能走能跳行动自如。不过和小说里写的不太一样……"她睨了许子诠一眼。"如果是厉害的男主角，大婚之后第二天，女主角一般是下不来床的……"

　　他笑了一声，忍不住轻轻拍了一下她的脸，警告说："你啊，不作死就不会死。"

　　屋子里的灯光是冷白色的，楼道里的灯光是暖黄色的，他们隔着一道门框，在冷暖光的交界里话别。

　　许子诠的手指从她的下颌一点点滑到嘴唇，他说："我不在的时候……你要想我。"像叮嘱，又像命令。

　　楼道里的穿堂风从两人之间吹过，吹起他的袖子和她的刘海。他们从一栋高楼转移到另一栋高楼，但窗外仍然是同一轮月亮，是那个从一开始就看着他们微笑的月亮。

　　胡哥在第二天上午十点准时到达林心姿家。听见敲门声，林心姿照例问："谁呀？"

　　门外低沉而又不失油腻的声音响起："淡黄的长裙，蓬松的头发。"

　　唐影正坐在沙发上加班，听了这句话忍不住笑了出来。林心姿开了门，胡哥走进屋里换鞋，手上还拎着替两个姑娘买的桃园眷村的早餐。

　　唐影呱呱嘴拆开包装，对胡哥说："你也走起殷勤路线了？"

　　"不不。"胡哥摇摇头，"我的体贴，一向只使在刀刃上。这叫高效温柔。"他说着又向唐影眨了眨眼。

　　三人正围着沙发茶几吃早餐，面前摆着豆浆、油条和肉松饭团。唐影被胡哥的眨眼震到，心惊胆战地与林心姿对视一眼，忍不住问他："喂，你知道你做这个表情的时候是什么样子吗？"她学着胡哥的样子也对他眨了眨眼。"就是，这个……这个表情。"

胡哥一愣。"怎么了？不够有魅力？"

"太油腻。"唐影循循善诱，"高质量的眨眼考验的是整张脸的肌肉控制力，除了眨眼的那只眼睛，剩下的部位应该保持静止。你知道你为什么会显得油腻吗？"

胡哥呆呆地问："为什么？"

"知识点来了。"唐影拿起一根油条，看着他，"你眨眼的时候，半张脸的肌肉都在动，眉毛眼睛挤成一团不说，嘴角也在那个瞬间歪了一歪。这么多肌肉同时动起来，不叫眨眼，叫——"她忍不住摇了摇头，面露嫌弃。

"叫什么？"胡哥大惊。

"面部抽搐。"林心姿补充，低头喝了一口豆浆。

"……"

"对的。"唐影无情地指出，"你想想，哪个姑娘会想看见一个男人忽然对着自己抽搐？"

胡哥沮丧起来。

两个姑娘心血来潮，干脆拿来一面镜子，让胡哥对着镜子练习表情管理。胡哥被逼无奈，对着镜子连眨了十几下眼，终于身心俱疲地放弃。"×，看不下去了，太他妈油腻了！"

林心姿和唐影大笑起来。

小小屋子里的笑声掩盖了敲门声，"咚咚咚"的规律敲门声混杂在两人清脆的笑声里，直到笑声减弱，胡哥才问："是不是有人敲门？"

"谁呀？"林心姿面带笑意，大声问了一句。

女孩们周末聚在一起，总爱点零食和饮料的外卖，唐影甚至还订了两束花。快递外卖小哥们敲门时往往自报家门。可这时，门外静了静，一个陌生的声音干瘪地回答："淡——黄——的长裙，蓬——松——的头发。"

门外的人念得慢，拖着的声音一点点从门缝传来，像是一条蛇，沿着三个人的脊背往上爬着。现在本是夏日，但三个人霎时间后背发凉，怔在原地。

愣了半秒后，胡哥快速跑到门口，试图透过猫眼一探究竟，没想到猫眼早就被人挡住。

接着是"扑通"一声，箱子落地的声音。

然后是皮鞋"啪嗒啪嗒"踩着地面离去的脚步声。过了一分钟左右，"叮咚"，那个人乘电梯离开了。

三个人面面相觑。

"我……我去开个门？他好像留下了什么东西。"胡哥也被这番操作吓到，过了会儿，征求林心姿的意见。

林心姿没回答，一只手紧紧拽着唐影，像是落难的白鹭。

"没事，我们有三个人。即使他还在，也不敢做什么的。"唐影安慰。

深吸一口气后，美人总算点头。

陌生人留下的，是一个精心包装过的粉色礼盒纸箱。胡哥将箱子上上下下检查了一番后，放在客厅地上。

唐影拿剪刀将包装划开，揭开盖子后，三个人都一愣。

是满满一箱的女士夏装。桃红柳白的裙子、上衣、裤子，还有睡衣，被整整齐齐地堆叠在一起。它们似乎被认真地洗涤干净，认真地整理好，再被温柔折叠，装进粉色箱子运送到这里。

唐影翻了翻，眼尖地认出几件衣服，一脸惊讶。"心姿，这些是……"

"我的衣服。是我放在家里的衣服。"林心姿闭上眼，瘫坐在地上，绝望地得出结论，"他早就找到我了。"

屋子里空调的温度有点低，凉风飕飕，唐影忍不住伸手拿遥控器摁了关机，"嘀"的一声，屋子里霎时间安静下来，空气仿佛静止了。气氛令人窒息，连唐影和胡哥也后怕起来。

这个暗号是他们昨天才约定的，昨天晚上与今天上午，唐影与胡哥才分别第一次使用。本来是三个人闹着玩的游戏，没想到自始至终，徐家柏都在暗处。

"要不要报警？"唐影下意识地问。

胡哥摇了摇头。"和男朋友吵架离家出走，结果男朋友只是给自己送了一箱衣服。没吵架没威胁没暴力的，这事搁警察那儿，也没法给你处理啊。况且……"他瞄了林心姿一眼，"你忍心报警吗？"

林心姿当然还是沉默，她把十只手指都抓入头发里，低着头，尽量平复思绪。

过了许久，她终于抬起头，长吁一口气，一脸平静地将箱子里的衣服一件件拿出，抖了抖，再扔到床上，仿佛这些衣服就是她让徐家柏送过来的一样。等到拿出第八件的时候，白底柠檬图案的吊带裙子里轻飘飘滑出一封信，信封的颜色是和礼盒的包装纸同色系的粉色。

里面夹着的纸，是林心姿离家出走前写的那张便条。"家柏，我觉得我们还是都冷静一下吧。以后再联系。"

而如今，那句话下面被用钢笔加上了一行娟秀的字："心姿，我等你回家。"

林心姿拿着信看了几秒，抽了抽鼻子，又将纸随意塞回信封里。

唐影与胡哥坐在一边，默默看着林心姿收拾这箱在他们看来有点瘆人的衣服。他俩对视一眼，最终什么话也没说出口。

林心姿将所有的衣服收拾完之后，转身看着唐影与胡哥，脸上还是刚才的平静神色。"收拾完了，咱出门吃饭去吧。"

唐影与胡哥还没反应过来，美人接着说："反正他都知道我住这儿了，也没什么好躲的，不如出去下馆子好了。"

唐影点点头。"也是，人多的地方更好。"

午后的阳光明晃晃地照在屋子里，巨大的落地窗外是世界，他们宛如被人观看的橱窗玩偶。三个人都浑身不自在起来。

这栋公寓是一梯两户，楼道虽然长，但一眼就能望到尽头，极少有能让人藏身的隐蔽之处。胡哥率先出门，在楼道里寻找了一圈，一无所获。安全出口的楼梯门在距离林心姿所住公寓较近的地方，哪怕躲在楼梯间里，隔着厚厚的安全门，也绝对无法听到他们说话的声音。

三人等电梯的时候，唐影仍然百思不得其解。"徐家柏怎么会知道我们的暗号？"

林心姿摇了摇头。

楼道的穿堂风吹过，唐影忍不住抱了抱胳膊，接着说："现在站在这个楼道里，感觉就像正被监视着一样……"

"监视"一词似乎提醒了胡哥。他一拍脑袋说："我知道了。"

他大步走到林心姿公寓门前，打开手机的手电筒，对着门框、天花板、门对面的墙和消防栓认认真真照了一通。

唐影和林心姿对视一眼，立刻也明白了是怎么回事——移动摄像头。徐家柏不需要躲在暗处，只需要在这里悄悄粘贴一枚迷你摄像头。

十几分钟后，胡哥从门对面的消防栓上取下一枚黑色的小圆片。乌溜溜的，像是一只跳蚤。他将那枚迷你摄像头递给林心姿的时候，连唐影都不敢看林心姿的表情。

美人将它紧紧握在手心，长指甲嵌入肉里。"叮咚"，电梯到达。

林心姿昂首率先走了进去。

"心姿，你打算怎么办？"

三人选了一家打边炉[1]，热热闹闹的港式餐厅。此刻，越是世俗喧嚣的地方，越能给他们安全感。

林心姿犹豫了一下，拿起碗给自己盛了一份汤，动作生涩。她好久没自己盛过汤了。以往在家，她要任何东西，都只需要动动嘴即可。美人声音虚弱："我……再考虑一下。"

胡哥看不下去林心姿的笨拙动作，抢过碗和汤勺，替她盛了一碗。"还舍不得分手呢？"

---

[1]　广东人对火锅的俗称。

林心姿不说话了。

唐影震惊地看了闺密一眼。"徐家柏这样有点恐怖,你和他在一起不怕吗?"

"可是,可是他对我真的很好……"林心姿摇了摇头,"虽然有一些出格的行为,虽然他掌控欲太强,但他真的很爱我……"

"你想要这样的感情吗?一个偷看你手机、跟踪你、监视你的人的感情?"唐影难以理解。

"任何感情都有缺点。家柏也有好的地方,不能一下子就全盘否定一个人。偷看手机这件事虽然严重,但没有到必须分手的地步。和他在一起的时候我考虑了很多,所以现在哪怕真的要分手,我也需要考虑。"

唐影不说话。她想起当时林心姿做幻灯片,各种分析,将约会候选人从海选到淘汰赛一路筛选,唯有徐家柏一个人一路过关斩将,成功抱得美人归。如今自己用量化的数据亲手选出的爱情被证明是一个错误,任何人都需要时间平复心情。

胡哥也不说话了。毕竟他野心昭昭,这时候说再多情敌的坏话,都只会起相反的效果,林心姿会下意识地认为他别有用心。人一旦处于防备状态,就会有逆反心理。所以他想了想,决定反其道而行之,开始对着林心姿历数徐家柏的优点。

他清了清嗓子,说:"其实,我觉得你的想法很有道理,毕竟你是最了解他的人。有时候他做的事情,尽管我们不理解,但初衷可能都是为了你好。而且,他看起来斯斯文文的,还戴一副眼镜,怎么看都是有教养、有文化、有内涵的那种男人,绝对不会心术不正。哪怕在你家门口安装摄像头,应该也是为了关注你的安全……"

唐影越听越觉得离谱,正准备打断,没想到胡哥露出认真的神色,又接着说:"关于徐家柏这件事,你做任何决定我都支持。尽管做出了这些事情,但我相信他确实不会太坏……"

"你又不了解他。"唐影打断。

"对,我确实不了解他。"他转头看向林心姿,"但我相信你。"

三人在圆圆的木桌子边环绕而坐,桌子中央是热气腾腾的火锅。林心姿隔着缭绕的水蒸气与胡哥对视。

他这一次难得知趣地不眨眼,只是很认真地看着林心姿,嘴角泛着浅浅的笑。

他们没有对视太久,就被胡哥的手机铃声打断。

胡哥接起电话"喂"了几声,语气熟稔。听对话内容,似乎是久别的朋友突然来北京要见面。胡哥说了自己的位置,没想到那个人也在附近。电话里传出笑声,说那不如一起吃顿饭。胡哥想了想,放下电话。"我有个朋友来找我,一会儿我可能要先走。"

林心姿和唐影对视一眼,说:"找你吃饭吗?方便的话可以叫他一起啊。"

"你们不介意?"胡哥高兴地问。

林心姿和唐影摇摇头。"反正我们才刚开始吃。多个人还能多加点菜。"

胡哥立刻对电话那头说了地址。那边是一个声音低沉的男人，说十分钟后到。

挂了电话，胡哥拿起盘子下了一份活虾，笑起来。"是我大学时的室友，之前一直在南方，最近来北京出差。好几年没见了。"

唐影也是南方人，便随口问了一句："哪个城市呀？"

"S市。"

林心姿看了唐影一眼。"那不是你老乡？"

胡哥惊讶地说："哟，这么巧，那一会儿可要好好认识认识，加个微信，哈哈哈。"

林心姿撇撇嘴。"唐影都有男朋友了。"

"哎呀，有男朋友就有男朋友嘛，人家也有家室了。单纯就是老乡互相认识一下。"胡哥晃了晃漏勺，给林心姿和唐影各分了一份煮完的虾。

那是一份九节虾，红黑的条纹，学名斑节对虾，是家乡特产。唐影来北京之后，就越发少吃海鲜。一切关于家乡的记忆都源于十八岁以前，包括那时候的虾、螃蟹、荔枝、枇杷、妈妈做的饭与奶奶包的粽子，温暖的海边的家乡的一切，与无疾而终的年少时候的爱情。

她麻利地拧下虾头，用指尖剥开虾壳，与虾壳一起被剥落的，还有记忆的外壳。

她似乎在抬头的瞬间，看到了程恪。

不是2010年，而是2020年的程恪，老了，不对，是成熟了，但仍穿着简单的亚麻T恤和卡其色裤子，她偏偏能在人群里一眼将他认出。刹那间仿佛时光飞逝，仿佛斗转星移，她以为自己出现了幻觉。

下一秒，胡哥的声音将她震醒。他开心地挥了挥手，对程恪招呼道："程恪程恪，来，在这儿！"

12

程恪比以往更加好看。

毕竟评价三十岁以上的男人的外貌时，五官优劣所占的比重很低。成熟男人的魅力不在于像欧美人一般的深邃眼睛、笔挺的鼻子或者雕塑一般的下颌线条，而更多体现在气质、气场与精神状态上。如果说女人三十岁之后的容貌是自己给的，那么男人三十岁之后的容貌就是社会给的。日常生活里好看的男人未必拥有漫画角色一样的五官，但至少都拥有一张春风得意的脸。

好在，唐影想，她也比十年前的自己好看得多。

她一眼就认出了他，而他显然没有。程恪和胡哥打了招呼，看了林心姿和唐影一眼，礼貌地点头笑笑，然后随意拉了一张椅子，就坐在唐影与胡哥之间。

他身上有淡淡的松木香气，熟悉又陌生。胡哥笑盈盈地对程恪介绍两位女士。社会人士的常见寒暄，介绍职业、单位，再加一句溢美之词。

"唐律师好。"听胡哥介绍说他们是老乡，他侧头看她，眼里分明就有笑。

"程总好。"她也叫他。记得十年前他本要考省里的公务员，没想到他后来却去了一家互联网公司，印象中那家公司去年刚刚在美国上市，他作为老员工，想必手中期权早已转化成股票，应该混得风生水起。

胡哥对着两个姑娘调笑程恪，说："我这个哥们脾气随和，但就是爱讲究，上学时就一套套的。"程恪低头笑了笑，说："我那都是瞎讲究。"两人久别重逢，顺带说起住大学宿舍时的趣事来。

听见"讲究"二字，林心姿忍不住瞄了一眼程恪身上的衣服，看不出牌子，但胜在料子精良。男人讲究的要么是鞋，要么是表。互联网的真大佬戴的往往是电子表，简单高效。程恪戴的是机械表，虽然是简约的入门款，但 logo 下的"1735"却很醒目，果然闷骚。

她看了唐影一眼，没想到唐影只顾垂头剥虾，若有所思。

程恪与胡哥聊了会儿，拿菜单让服务员加菜。被问到需要什么饮料的时候，程恪合上酒水单，指了指一旁的唐影喝的咸柠七，突然问："喜欢喝这个？"

唐影一愣。"还行吧。"

程恪点点头，转向服务员，淡淡道："和她一样就行。"

这话说得有几分暧昧，一下子三个人都看向程恪。

"怎么了？"程恪笑起来。

胡哥还没来得及开口说您这撩妹的伎俩太低级，也不问问人家有没有男朋友，就见程恪伸手拍拍唐影的头，半是抱怨半是开玩笑地问："你是真没认出我还是假没认出我？"

他顺便转头向林心姿与胡哥介绍道："这个小丫头不仅是我老乡，还是我邻居。十年前我还替她补习过物理呢。"

"这么巧?！"胡哥吃惊地说。

林心姿听了这介绍，瞬间反应过来是谁，看向唐影——不会吧?！

唐影笑了笑，也看向程恪。"我也以为你没认出我来。"

"确实差点没认出，女大十八变。"他侧过头看她，声音温温和和的，像是只希望她听见，"可坐你旁边就知道了。你认真剥虾的样子和以前写物理题时的样子一模一样。"

回忆是最致命的武器。它占据过往，逼人留恋，能让一个人的心瞬间柔软。唐影忽然很难形容自己与程恪阔别十年后又见到他的心情，有几分亲切、几分感慨，还有几分莫名其妙想要在他面前争一口气的冲动。

于是，她剥虾的手顿了顿，下一秒将剥完的虾扔进程恪的碗里，歪头对他一笑。"但我现在剥虾的水平，比以前做物理题的水平高多了呀。"

程恪一愣，最终乐呵呵地拿筷子夹起来尝了一口，对唐影点了点头。"嗯，确实好吃。"

唐影不说话了，敛起笑容又别扭起来。

林心姿在和唐影去卫生间的时候问唐影："你还好吗？突如其来邂逅白月光啊。"

唐影先认认真真地在镜子前补了口红，又从包里拿出气垫霜薄薄在脸上扑了一小层，过了会儿才回答："还好。"

林心姿问："他结婚了？"

唐影点头。"孩子都能打酱油了吧。"

林心姿说："那你还撩他？"

"有吗？"

"没有吗？"

唐影单手"啪嗒"扣上气垫，想了想，承认："我就是……有点不甘心。"

"不甘心"三个字是诱惑男女在爱情战争里犯贱的陷阱。哪怕认清，也忍不住踏入。任何一个曾经因对方"爱搭不理"而破碎的心灵都发誓终有一日让他"高攀不起"的赌咒誓言。过去他忽视她，无情地对待她。后来她努力了很多年，再次遇到他时，已经变成了更好的自己——更美，更聪明，更强大。此时不再是一个小女孩面对补习老师，而是一个成年女人面对一个成年男人，她忍不住希望从那个当初毫不犹豫拒绝自己的人眼里看到后悔的神情。

他的后悔将成为对她的认可。这种渴望得到认可的幼稚心态类似一场报复，一场对过往委屈的宣泄，她更想亲口问问程恪："再次看到我，你有没有感到后悔？"

当然，她更怕他的答案是没有。

卫生间的灯光打在两人头顶，照在唐影的年轻面庞与精致妆容上。一旁的林心姿不太理解这份不甘心，想了会儿说："那你应该让他看看你过得有多好多幸福。"

唐影点头，很坚定地告诉林心姿："我会的。"

如果不让他后悔，那么这场相遇还有什么意义？没有结果的较劲，争来争去，无非就是争一口气。

唐影和林心姿从卫生间出来的时候，胡哥正好和程恪聊到徐家柏的事。两个女孩来了兴趣，问程恪的看法。

程恪想了想，对林心姿说："你这样躲着也不是办法。一来他已经知道了你住在哪里，躲已经失去意义；二来，一些问题越拖反而越会激化情绪。"

唐影点头说："有道理。他现在是怎么想的，其实我们完全不了解。如果一直躲着，有点被动。"

林心姿默默低头喝了一会儿饮料，抬起头说："其实，我打算明天就去他的单位找他。"

三个人齐刷刷看向她。

"我想和他当面聊聊。这几件事情加在一起让我觉得很恐怖。我想正式和他提出分手，好聚好散。"

"但是……你不担心自己的人身安全？要不要我陪你一起？"胡哥问。

"见面地点在他的单位。家柏不太敢对我怎么样。"林心姿抬头对胡哥笑了笑，"你陪我去的话，反而可能需要担心一下你的人身安全。"

胡哥被噎住了。

程恪笑起来，瞟了一眼曾经的室友。"别看现在的小姑娘一个个文文静静的，都比我们有主意多了。"

程恪说前半句时看着胡哥，说到后半句又瞥向唐影，眼里含笑看她，颇有几分"我家有女初长成"的意思。依然是十年前的温柔。

四人吃完饭走在路上的时候，程恪见胡哥紧跟着林心姿，自己特地落在了后面。他双手插兜，看了会儿身旁半米远处的唐影，才叹了口气寒暄："好久不见。"

空气里飘着夏天的味道。北京比南方干爽太多，连空气都像被烘烤过一样，在夜晚蓬松舒展。他们就走在这样的夜色里。唐影深吸一口气，回答："挺久了，距离你拉黑我，将近十年。"

她也学着他，把手揣进连衣裙口袋里。她穿一件复古绿白格纹吊带鱼尾裙，胯上有两个方方正正的小口袋，只能塞进去三根手指，小指与拇指调皮地翘在口袋之外。

程恪听出怨气，反倒松了口气，笑着说："这事可不怪我。你那时候才多大，总给我发些奇怪的消息。如果不拉黑你，你能考上北大吗？"

"哟，那还要谢谢你了？"唐影侧过脸瞧他。

他戴着眼镜，路灯下，镜片反光，只能看见他的下半张脸。他最好看的地方是嘴。唐影记得她曾这么和闺密形容过："软嘟嘟的那种，特别好亲。"

"不客气。"那张看起来特别好亲的嘴弯了弯，正对她笑。

唐影转过脸，不看他了。两人继续安静前行，有一搭没一搭地踩着胡哥与林心姿的影子。

怕一直沉默会太尴尬，她又问了一句："那……这些年，你过得好吗？"她想了想，又补充："是不是遇到久别重逢的剧情，都该问这么一句？"

"不太好。"老套的问题，他却没有给出老套的答案。

唐影一下不知道怎么回答，过了会儿，干巴巴地问："欸，你怎么不问我过得好不好？"

"你啊……不用问也知道。"程恪语调偏低，说话缓缓的，总让人觉得有一点忧郁，像是活在文艺片里，"我不在的这几年里，你应该过得很好。"

晚风将他的声音吹到耳边，唐影又不说话了。他总有本事让她觉得自己拧巴。她希望他在意她，又不需要他在意她。她抛出的招式，他无论接或不接，都无法令她满意。

他始终是她的意难平，牢牢提醒着她失败的过去。她不知如何处理。

四人沿着路灯前后走在路上，吃得太饱而晚风又恰好，他们干脆漫无目的地走着，就当是遛弯。林心姿和唐影就住在附近，拐过一栋楼，再过红绿灯，就是她们住的公寓。胡哥打算护送她们上楼再转身离开，想到什么，问程恪住哪里。

程恪指了指不远处的标志性大楼说，就在国贸饭店里，最近在北京逗留的时间长，大家离得近，有事可以随时找他。

说这话的时候，他又看向唐影，然后拿出手机，走到她身边，笑了笑。"喂，有没有机会，再加个微信？"

唐影也从包里拿出手机，嘴上说的却是："如果还会被拉黑就先不加了。"

"你啊。"程恪叹，"真记仇。"

林心姿第二天上午就去了徐家柏的单位。这一天是工作日，她特地请了假，选了接近午休的时间。

她曾经去过一次徐家柏的单位。国企写字楼管理森严，她在楼下登记了身份信息，拿了临时门卡，作为未预约的访客拜访。

午休时分，写字楼大厅行人如织，西装革履的白领来来往往，抽空放松，四周喧嚣，给她安全感。她一边等电梯，一边四处观望，想看见又怕看见人群中混着徐家柏。

徐家柏所在的楼层是三十四层。

前台小妹刚吃完饭，在刷淘宝，见林心姿拿着临时门卡，问她找谁。

"徐家柏。"

"哪个部门的？我找找。"

"金融事业部的。"

前台小妹低头在电脑里找了一圈，又抬头问她："他名字怎么写呀？"

林心姿一个字一个字地说完，有些紧张，又叮嘱："你电话转接他，说有位女士在前台等他就行。"

　　没想到前台小妹一脸困惑地抬起头问："您确定是 × 银行北京分行吗？"

　　不好的预感涌上心头，林心姿愣了愣。"怎么了？"

　　查无此人。

　　前台小妹是上周新来的，她按照林心姿说的名字在系统里搜索了好几遍，都显示查无此人。尽管才来这里上班没几天，但往来同事也见了不少，印象里确实没有这个人。

　　她见林心姿的表情越发冰冷，心下不忍，问："要不我帮您问问？"

　　"那……辛苦你了。"

　　林心姿走在回家路上的时候还是四肢发冷。夏天的正午，她甚至忘记打伞，忘记打车，只是抱着手臂走着。大概是写字楼的空调温度太低，被太阳晒了许久，她的手臂仍然冰冷一片，触感也很陌生，像是从冰箱里拿出来的肉。

　　前台小妹的话回荡在耳边。

　　"我替您打听了一下，徐家柏在两周前就被劝退了。

　　"他确实对工作不上心，和同事相处也一直有问题，还被客户投诉过几次。上个月他犯了一次大错，所以最后被劝退了……

　　"对，他确实已经两周没来上班了。"

　　…………

　　正午的街道行人很少，她能听见自己深深的呼吸声，还有鞋子踩在水泥地砖上的脚步声。林心姿心里乱得不行，注意力涣散。她走得极慢，甚至没有看脚下的路。

　　大概是拐入一条小胡同的时候，身后传来几声急促的脚步声，熟悉的气息忽然涌上，有人突然从身后抱住了她——

　　徐家柏?!

13

　　徐家柏手上用了劲，林心姿尖叫起来。

　　正值中午的胡同小道，两旁的红木居民住宅的门都紧紧关着。叫破喉咙或许会有人应。

徐家柏双手紧紧箍在林心姿的腰上，下巴抵着她的肩。是最缠绵的拥抱方式。

他见林心姿尖叫，只是低声说："是我。你别怕。"

他身上发烫，声音压抑又急切。

林心姿挣扎了几下，命令道："你给我松手！"

他不应，手箍得更紧，下巴固执地抵在她的肩上。

林心姿沉下脸，语气很不耐烦。"徐家柏你把我弄疼了！"

他向来怕她生气，怔了怔，手上的力道松了些。林心姿当即劈开他环住自己的手，从他怀里挣脱，后退一步再对他说："我就是来找你的。你放心，我不会走。"

徐家柏垂下头。"你终于来找我了。我每天都把家里收拾得很干净，每次出门都买你喜欢吃的零食、点心和水果带回家里，你不在的时候，家里空荡荡的，夏天也让人觉得冷。"他叹一口气，"宝宝，回家好不好？"

他说话的时候，林心姿只顾低头整理衣服。太阳明晃晃照下来，将他们的影子打得很短。她没理会徐家柏的温言软语，只冷声说："我刚刚去你单位找你，他们说你离职了。"

徐家柏脸色变白，又靠近了一步。"我们回家说？"

"你这样我怎么敢跟你回家？！"林心姿皱起眉头，"你偷看我手机，跟踪我，在我公寓门口装摄像头，离职那么久却一直瞒着我，你……"她越说越发慌，刚刚在徐家柏面前建立起的威信又因恐惧而瓦解。她不自觉地看了一下四周，又后退了一步。

"你在怕我？"

"是你太可怕。"

"那你来找我做什么？"他逼近，"你不在的这几天里，我一直都在想你。心姿，你没有想我吗？"

"我需要找你谈谈。"

徐家柏深吸一口气，迈步向前，声音发颤："谈？谈什么？"

林心姿拽紧了手上的包说："我们先去人多的地方再说吧。"

几天没见的徐家柏穿着宽松T恤、过膝短裤和运动鞋。居家装扮。刘海不像上班时那样认真梳在脑后，在额前垂了几缕。金属框眼镜改成了黑色玳瑁全框镜，依然是颓丧斯文气质。

林心姿打量他时的神情，像一只充满防备的猫。

她本该是他捧在手里的温顺宠物，但她此刻却不再信任他。

徐家柏顿了顿，心里满是悲伤与不好的预感。他问："哪里人多？你在哪里会觉得安全？"

林心姿沉默地想了半天，说："天……天安门广场吧。要不我们去那儿？"

他一脸无奈，想摸摸她的脸，可刚伸出手，她又警惕地一躲。徐家柏的手僵在空中，他叹了口气。"你真傻……你相不相信，哪怕伤害自己，我都不舍得伤害你。"

恋人之间总会有最熟悉的感觉，这是在长久的相处中逐渐形成的默契。这份默契能在两人相遇的瞬间，将他们之间的空气调整到最适宜的浓度与温度，不至于太稀薄，也不至于太冷清，与彼此的体温与喜好相兼容并适应，像是为彼此量身定做的衣衫一样服帖。

徐家柏在说这句话的瞬间认真地看着林心姿，他的眼神将两人之间的空气调整成熟悉的浓度与温度。

他对她伸出手。"走吧。"

"去哪里？"林心姿不敢握他的手。

他缩回手，插进口袋里，转身说："地铁站。不是要去天安门谈吗？"

他们一前一后走在西城区的辅路上。偏偏这一段树少，距离地铁站还有几百米，盛夏的太阳将一切晒成苍茫的白。林心姿不习惯打伞，以前出门时向来是徐家柏多带一把阳伞，殷勤地打在她的头顶。他总说："我家媳妇皮肤那么白，被晒黑了多可惜。"他将她视为珍宝，可惜今天他也忘了带伞。

徐家柏在前面走了一阵后，忍不住转头问她："晒不晒？"

林心姿不答，默默举起包挡住大半张脸。

徐家柏叹了口气，干脆走到她身旁，不由分说地抢过她的包，揽着她的肩，另一只手支在她的额前。他的手掌很大，直直照下的阳光被挡住大半，她小小的脸安静地躲在他掌心下的方寸阴凉世界里。她抿了抿唇。

他们紧紧靠在一起走着，最熟悉的气息，毕竟还是情侣。林心姿没有说话，直到徐家柏打破沉默。"你突然来找我，无非两种可能，要么是回家，要么是……"他有些哽咽，声音低了八度，"是分手。"

林心姿还是沉默，用冰冷的态度掩盖一瞬间的心软。

在地铁站里过安检的时候，她回顾了每一次主动提分手的经历：有微信上彼此辱骂不欢而散的，有电话里冷淡地说一句"那就这样吧"然后再也不联系的，也有拜托闺密向对方转达"我不想继续了"的……想了很久，才想起来，她好像没有当面说过分手。

主动给一段感情画上句号，永远比开始一段新的感情还需要勇气。而她又是习惯心软的女人，总忍不住想要医治男人受伤的心。

她也顺便回顾了徐家柏和她说过的每一段分手经历。恋爱史就像一个人的网页浏览记录，暴露偏好与习惯：比如他从来不是主动提分手的那一个，比如他对每一任女朋友都无比殷勤，比如他说自己总是在一段感情中习惯性地付出一切却永远吃力不讨好……

"那……分手后，你能放下吗？"林心姿记得她曾经问他。那时徐家柏黯然低头。"能不能是一回事。但我必须放下。"

此刻的地铁站台空空荡荡的。

老旧的一号线地铁站里是 20 世纪 80 年代的地砖与呼啸而过的风。站台两旁零零散散站着一些人，都在低头玩手机。两侧墙上的广告牌闪耀着，喜气洋洋地播放"618 购物节"的消息。

徐家柏忽然指着站台中间的两张不锈钢长凳说："要不我们在这里说吧？"

林心姿愣了愣。

徐家柏接着说："天安门广场的太阳烈，我怕你晒伤。反正地铁站有监控，有安保，不用担心我对你怎么样。这两旁每隔三分钟就有一班地铁，你若害怕了，随时可以上车走人。心姿，我们就在这里谈，好不好？"

林心姿很难形容此时的心情，侧头看了他一眼，点点头，走到长凳上坐下。

徐家柏坐在她的身侧。直到一班地铁停下，拾起站台两边的乘客，再轰隆隆开走后，他才说："我好像应该先对你道歉。对不起，心姿，我不应该偷看你的手机。"

"嗯。"

徐家柏接着说："这是错事，被你抓了现行，我无法辩解。我是一个很没有安全感的人，尤其面对你的时候。"他侧头，苦笑起来。"我忍不住自卑。你总有办法让我觉得卑微——不是说你不好，而是相反，心姿，你太好了。而人总想把最好的，牢牢攥在手里。"

"你的手机里每天都有无数的追求者，撩你、缠你，试图从我们当中寻找缝隙。我已经对你足够好了，我没有办法再对你更好了。面对他们的时候，我只觉得无力。每一天，我总是忍不住问自己：你会怎么看待他们呢？你又是怎么看待我的呢？你会在心里将我和他们逐一对比吗？你会……"

林心姿打断他的排比句，有些不耐烦。"你这是在自讨苦吃。我既然选择了你，就有我的理由，你质疑自己的同时，也是在质疑我的选择。我希望我的另一半有足够的信心，至少……"她很认真地看他，"徐家柏，'自卑'两个字在爱情里，从来不是一个优点。"

他点了点头，说："对。"

他们的位置正对着上下行步梯，几个大学生模样的男孩背着书包往下走，见了他们，随意打量，目光落在林心姿的脸上，转开，走了几步，又忍不住回头看了一眼，可目光还没黏上美人，就注意到她身旁的那个男人正冷冷地瞪着他们。男孩们赶紧走远了。

徐家柏收回目光，迅速瞥了林心姿一眼。

林心姿垂着眸子，没注意到这一切，叹了口气又问："那么你在我公寓门口装监控，也是因为没有信心吗？"

"因为害怕。"他低头看自己的鞋，语气有些着急，"我……我知道你去找那个姓胡的之后，都快疯了。我不知道他会对你做出什么事情来。你二十四小时里一刻都不在我身边，我会乱想，我不喜欢失控的感觉。我害怕……"

"可这个行为很吓人。"林心姿提醒。

"是吧？"徐家柏惆怅地看向她，"可你要知道，心姿，我所经历的恐惧，一点都不比你少。"

林心姿不说话了。

两旁的地铁依次往来，轰隆隆进站又轰隆隆开走，他们目送了一批又一批乘客：情侣、朋友、单身男女、学生、老人、小孩……他们从没在地铁站里坐过这么久。徐家柏不断开启新的话题，他害怕沉默，害怕林心姿先开口。她的开口将是对他的宣判。

她想了很久，才问："你这样……不累吗？"

感情本应该是一场轻松又势均力敌的角力，他却不断让恐惧与占有欲绑住自己。

他一愣，苦涩地笑了。"累啊。但我不由自主，并且心甘情愿。我总忍不住做许许多多让你，甚至让事后的我自己都感到费解的事。而我做的这些事，无一不是为了拥有你，或者拥有你久一点……"

"比如？"林心姿看他，"还有别的我不知道的事吗？"

徐家柏扯了扯嘴角，勉强地笑笑。"你都要知道吗？"

"当然。"

"你想知道，我就都告诉你。"他把身体往前倾了倾，胳膊肘分别支在两边的大腿上，两只手翻来覆去地把玩着手中的手机。他低声一件件数："追你的时候，你转眼就把我送你的潘多拉手链挂在二手交易平台上卖了，还加了个'舔狗'标签。"

这件事情林心姿理亏，她抿了抿嘴。"你不是让你妹妹去买回来了吗？"

"嗯……故意的。"徐家柏苦笑，侧过头看她，"苦肉计。就为了让你心疼。"

林心姿被噎住了。"你……还真坦诚。"

"对啊。你想知道嘛。我就都告诉你了。我或许是那种不达目的不罢休的人，一旦产生了执念，就会想方设法得到。心姿，你就是我的执念，说我玩弄手段、心计也好，甚至说我表里不一也好，我做的所有你喜欢的、不喜欢的事情，都只有一个目的——

"得到你，把你守在身边，宠你、爱你，一辈子和你在一起。

"我除了用我的生命、灵魂、金钱、未来爱你，也用我阴暗的、没有底线的、龌龊的手段爱你，这些都是我。我做的所有事情，无论你是否认可，你都应该相信，我绝对不会伤害你。哪怕这些天我给你带来恐惧和不安，但你要相信，我承受的恐惧和不安，绝对不比你少。

"所以，宝宝，你不能接受我偷看手机，我以后就不看；你不能接受我对你隐瞒，我以后就不隐瞒。我可以为了你改变一切。我知道我做事没有边界，占有欲强，甚至你可以说我人格残缺，但我对你的爱，不比这世界上的任何一个人少。"

…………

轰隆隆的声音里，又是一班地铁进站。徐家柏露出前所未有的认真表情看着她。耳边是他的情话，也是他的实话。情话对一个女人来说未必致命，真正致命的是，她相信这些情话，也正是他的实话。

林心姿信了。

她愣在那里，脑子迷乱得像是被熨斗熨过，炙热的蒸汽把思绪都烤煳了。她看见徐家柏拉住她的手，将她揽在怀里，问她："所以，宝宝，你原谅我，和我回家好不好？"

他轻轻吻着她的头发，嘴唇微微颤抖，每一根发丝，对他来说都是久别重逢。

在他的拥吻里，林心姿想起自己的爱情理想——找一个对她好的人，对她百分百服从的人。这个人会无条件地爱她、宠她、呵护她，免她惊、免她苦、免她颠沛流离、免她无枝可依，将她细心安放、妥帖收藏。哪怕他不完美，但他对她的爱却是完美的。

而徐家柏，就是这样的人。"你找到了。"一个小小的声音在对她说。

地铁又卷走了一群乘客。乘客们低着头上车，再各自转向一个方向，继续低着头看手中的一方屏幕。如果这时候面向站台的乘客们稍微抬一抬头，就会看到站台中央的不锈钢椅子上一对拥抱的男女，他们般配又情深。那个男人低垂着头看着那个女人，面向站台的乘客们看不清他的表情。他的嘴角似乎弯弯勾起，又似乎没有；他的神情似乎狡黠，又似乎深情。

但可以确定的是，他对着那个女人的耳边说了一句话。

"心姿，我承认我阴暗、善妒又肮脏。我本来就是活在阴暗角落的人，但心姿……"他紧了紧手臂，"你是我生命里唯一的阳光。"

"所以，永远留在我的身边，救赎我，好不好？"

下一秒，林心姿推开了他的手臂。

"救赎你？"林心姿侧头看他，"做你生命里唯一的阳光？因为你爱我，所以我要接受你的阴暗、善妒与肮脏？"

林心姿站起身看着徐家柏。

"不，徐家柏。我做不到。'爱我'不代表一切——虽然我曾经以为它能代表一切。你让我发现了自己过去错得多么离谱。一段健康的感情，不会是其中一方一味地服从与付出。想不承担爱情的义务，就必然要承受可能随之而来的麻烦与痛苦。

"家柏，你说得没错，百分百服从的爱情，或许这个世界上只有你能给我。但抱歉，这样的你，我没有办法接受。我做不了救世主，不想去做另一个阴暗灵魂的唯一救赎。我生命里的光不多，照亮自己都不够，没有力气去照亮别人。

"归根结底，人应该学着自救。"

他的爱如此诱人，但她知道，那分明是毒药，接受这份爱，无异于饮鸩止渴。

又是一班地铁进站。

林心姿说完这番话后，已经拎包站在了徐家柏的面前。徐家柏半仰着头看着她。她眼神坚定，不再有回旋的余地。

他心一凉。下一句话从她好看的嘴里吐出，那是对他下的最后判决。

"所以，徐家柏，我们分手吧。"

不要把爱人当成救赎，也许你会多一点快乐。

两旁乘客陆续上车，林心姿对徐家柏点了点头，也转身走向车门。

他还是坐在原地，看着她的背影。她扎着低马尾，皮肤雪白，肩旁平直。她真美。

他想站起来，可是脚上无力。心里也无力。唯一的力气在他的眼神，他鼻子泛酸，努力盯着她的背影。视野开始模糊。

他以为他永远失去她了，但就在下一刻，那个背影转过身。

她又直直向他走来。

他以为是幻觉。

"对了。"林心姿再一次出现在他面前，对他伸出手。"家柏。"她叫他。

他心跳猛地停了一拍。她有话要对他说?!

她确实有话，说的却是："家柏，我的身份证还在你那里。麻烦你还给我。"

"……"他似乎反应了几秒，才意识到应该做什么，"哦……"

徐家柏呆呆地掏了掏口袋，似乎十分费力才能拿出卡包。卡包里，她的身份证和他的紧紧贴在一起。他盯着它们，手也开始颤抖。隐藏的、累积的绝望情绪充斥他的脑海，像江河乱涌。他竭力控制自己的表情与身体，他害怕自己失控。

"给……给你。"

他递上身份证。她去拿，却发现他死死拽着身份证不松手。她一愣，更用力地往回拽了拽。两个人用力抢夺之时，"啪嗒"，一滴泪掉在身份证上。

林心姿僵在那里。她慌乱间想抬头看他，他却瞬间松了手，转身。

"再见。"

他声音低低的，说得极快。林心姿差点没有听清。

对面的地铁门开着，响着警示铃。她看见徐家柏小跑几步，钻进了车厢里。

下一刻，这边的地铁也到了。随着人流上车时，林心姿最后回头看了一眼，却什么也没看见。

她只记得刚刚瞥见的，他红着的眼。

轰隆隆的声响里，两班地铁朝两个相反的方向行驶。巨大的噪声掩盖了徐家柏的怒吼、悲伤、颤抖与绝望。

列车一站一站行驶，身边的人更替，没有人注意到这个绝望又颓丧的男人。不知过了多久，模糊的光影里，他看着窗玻璃上映出的自己的脸：垂下的刘海混乱，面容因为悲伤而扭曲，眼睛赤红，不住颤抖的手捂着嘴。

太过熟悉的滋味与表情。

这是第几次了呢？第三次？第四次？被拒绝，被放弃，付出所有依然得不到所求。上一次，是什么时候呢？

哦，是那个她与他分手，那时他感受到的是与现在一模一样的绝望心情。他把自己关在房间里整整三天。夜晚他去酒吧，遇见了唐影和林心姿。那个晚上，林心姿对他甜甜地笑。他曾一次次相信，下一个她，就是他的光。

而如今，又一个循环。他想，他终究又回到了阴影里。

但没有关系的。他很快缓了过来。第一次伤心他难过了一年，第二次只难过了半年，然后是三个月，再变成一周、三天……他在悲伤里变得强大，也许这一次他不到一天就能恢复。

他环顾四周。地铁里的女孩那么多，北京的女孩那么多，她们单纯、听话、善良。徐家柏扯了扯嘴角，泪痕未干，他却凉凉地笑了。

他总会找到的，那缕救赎自己的光。

14

"我们分手了。"

"恭喜。"

在地铁里，林心姿给唐影发了语音。窗户外是闪烁的广告牌。语音只有三秒，是一段伴随着嘈杂背景音的宣告。她的声音细细的，带一点悲伤。好像所有的分别，都让人感伤。

但关于分别的悲伤，从来不应该属于年轻人。年轻时的分别意味着更多选择与可能，也意味着那个曾经错误的自己，还有机会从头来过。

林心姿笑起来，问："那我们是不是应该找时间庆祝一下？"

"应该的。这是好事。"

庆祝分手的仪式在两天之后举行，林心姿叫上了胡哥，胡哥又叫上了程恪。

四个人端正地坐在工体路上的上海菜馆。他们都对这个人员配置莫名觉得有些别扭。

林心姿忍不住问了唐影一句："你男人呢？要不要叫他一起？"

程恪一愣，也转过头看唐影。

唐影笑了笑。"他去上海出差了，周五才能回来。"

"有男朋友了？"程恪果然问。

唐影说："嗯。"程恪叹了一口气说："女大不中留。"

唐影夹了一块醉鸡，瞥他一眼，又补了一句："不仅有男朋友，还很帅。您放心吧。"

程恪"扑哧"一声笑了出来，摇摇头。"帅我就不放心了，你这丫头镇得住他吗？什么时候带我去见见他，我审核一下？"

"他又不是妖怪，镇什么镇。"

"如果伤害你了，那就是妖怪。"程恪认真地说。

她烦躁起来，"啪嗒"一声利索地拧下一块醉蟹的脚，回呛道："嗬！那这么说来，你才是最大的妖怪。"

程恪不回答了，一脸认怂的表情点点头，低头专心剥蟹，忽然又转头找胡哥说话，但显然挺高兴的样子。

胡哥没注意程恪跟他说了什么，此刻他的眼里只有林心姿。

他们围坐在上海菜馆里的一张方桌旁，四个人各自占据一边。胡哥的边挨着林心姿的边，他正和她从桌上的响油鳝糊讲到淮扬菜里的软兜长鱼、红烧马鞍鞒，再讲到杭州的虾爆鳝面与四川的鳝鱼火锅，滔滔不绝，眼里有光。

林心姿用一只手支着下颌，看着他发挥，老练地露出星星眼与嘴角弯弯的微笑。美人将露出认真倾听的神色当作礼貌，光是"她崇拜我"的错觉就能让夸夸其谈的男人激动不已。而她深谙此道。

话题的间隙里，四个人举杯，大家祝林心姿分手快乐。

听到"分手"两个字的美人，神色里还是掠过一抹黯然。

胡哥直白地劝说："旧的不去，新的不来。你应该高兴。"

林心姿瞟了他一眼。

见这句安慰没起效果，程恪打趣好友道："可能正是因为想到那个'新的'可能是你，所以人家才高兴不起来。"

唐影和林心姿同时笑出声。众人嬉闹间，胡哥依然严肃又深情，他承诺："我可以等。"

"可你需要他等吗？"

许子诠出差，唐影这几日干脆继续住在林心姿那里。入睡前，两人在床上敷面膜，床前电视放着无脑综艺节目。她们看着看着，于是聊到爱情。

林心姿习惯搜罗备胎。往常她直接引入打分机制，用量化标准衡量候选人，数据漂亮的男人拥有优先被爱的权利。标准的第一条曾经是：他是否会无条件对我好？

而与徐家柏相恋的经历，让她不得不改动标准。无条件爱她的男人或许有，但这样的人显然不会是正常人。她开始明白，择偶的本质不过是找丘比特做等价交换，男女逐一摆出手上筹码：容貌、背景、智商、性情、品行、感情……运气足够好，才能换得一个势均力敌、恰当契合的恋人。

任何一段感情都是双方博弈的结果，爱情不过是对彼此的一场图谋，各取所需才能携手。哪怕是女神与舔狗相恋的故事里，也不会有绝对的赢家。

"他想等就等吧。"林心姿拍了拍怀里抱着的枕头，转过身对唐影说，"其实……我还挺好奇的，付出是什么样的感觉？我想，下一段恋爱，我是不是也可以试一下付出？"

唐影点点头说："当然。"过了会儿，她探出八卦脸。"打算找胡哥吗？"

"怎么可能?!"美人一下坐直了瞪她，反应太大，面膜都差点掉了，"爱情里的大忌，就是从一个备胎无缝衔接到另一个备胎。"

暖黄色台灯照着室内，灯光打在她们淡紫鹅黄的睡衣与脏粉色被罩上。深夜的女生宿舍，永远是糖果色。

唐影和林心姿找了个舒服的姿势陷在床里。屏幕上播放着的无脑综艺节目里的嘉宾永远开心，时不时爆发出一阵笑声。这一刻，她们忽然想起之前一起住在棕榈泉对面的老旧小区里的时光。

刚刚工作又怀揣梦想的少女，期待爱情，期待未来，期待命运带来的惊喜。

她们在每一日的期待中依次拆开命运之神砸下的"礼物"，五彩的包装，红的、黄的、粉的、蓝的，里面可能是惊喜、快乐与奇遇，当然也可能是烦恼、麻烦与困境。但没关系的，她们有大把的时间，而年轻，本来就是犯错的底气。她们会在一次次拆开包装的过程里积攒经验，变得聪明、勇敢又敏锐，迎接属于她们的惊喜。

林心姿将手肘弯曲，枕在脑后，说：“我决定了，下一段恋爱，我试试找一个能让我学会付出的男人。不行的话大不了再分手！干脆迟一些结婚好了。”

唐影笑起来，隔着面膜只能看到弯弯的眼睛，说：“好呀好呀。”

“我总会找到适合我的那个人吧？会吧？”

“当然会。古龙金句——爱笑的女孩，运气不会太差。”

夜风敲着她们的窗。

在城市的高楼里，半夜依然能听到车辆行驶的声音。窗户对面是别人的灯火，可以看见浅的、白的、黄的光，装点各自的悲喜。熄灯后的房间里，从两片窗帘的缝隙能看见窗外影影绰绰的大楼与深红棕色的天空。高楼的影子错落，唐影忽然固执地觉得其中一栋里就有许子诠的家。不对，是她和许子诠的家。

她抱了抱被子，忽然有些想念他。

此刻林心姿已经睡着。唐影突发奇想，拿起手机悄悄走到门外。十二点零一分。往常这时候许子诠应该还没睡。

她踩着拖鞋站在空空的楼道里，像是大学生在恋爱。她甜甜蜜蜜地拨出电话，心里满是对爱侣的思念。

许子诠接电话时的声音很轻，环境十分安静。

“我明天晚上回去。”他说，顿了顿又问，“你有没有乖乖想我？”

唐影说：“没有很乖吧。很乖的话，也不会大半夜给你打电话。”她站在窗前，夜半的月亮高高悬在天上，从这个角度，她需要将脖子探出窗外，奋力抬头才能看到。但她还是拿着电话，很努力地将脖子探了出去。她想，只要我们看着同一轮月亮。

可惜许子诠此刻却看不见月亮。

他正躲在酒吧的卫生间里。外面声音嘈杂，他便在卫生间里接唐影的电话。

和唐影打完电话后，他推开卫生间的门时，已经有人在等他。

“去那么久？我以为你偷偷溜号了呢。”说话的人声音滑滑的，背对着镜子，一头黑色波浪，波浪下的身体包裹着一层薄薄的布料，布料比她的声音还滑。

“嗯，接女朋友电话。”

她漂亮的眼睛睁大。“你恋爱了?!”她噘嘴命令，“啊，我要看照片！”

许子诠想了想，点开唐影的头像，将手机递了过去。

“嗯……”女人将图片放大，仔仔细细看了看，从唐影的裙子看到下巴、眼睛、鼻子还有眉梢，用她的打分标准一点一点评判。

过了一会儿，她忽然笑起来，露出两颗尖尖的虎牙，眉梢里的风情在她微笑时一股脑从她的身上倾泻而下。她快快乐乐地走了两步，再回头，将手机利索地扔进许子诠怀里的同时，丢下轻轻松松的一句：“没我漂亮还没我有钱，啧，许子诠，你瞎不瞎呀？”

15

许子诠的眉毛动了动。无法否认，于川川的话让他的心情有一点不好。

于川川走了两步，尽量在步履之间摇曳出腰臀曲线，高跟鞋叩击地面。然后她转身，见许子诠还在原地，笑起来。"生气啦？"

许子诠不说话。

她又上前拉他，仰着头撒娇说："好啦好啦。下次去北京，我给她买礼物赔罪？刚好她身上那件裙子过时了，我给她买件新款的好不好？我就是酸了嘛，原谅我，原谅我，行不行？"

于川川生得美，他一向知道。此刻她抬起像月亮一样的脸庞望着他，他不由得往后略仰了仰，感到好笑。"你酸什么？"

她忽然不闹了，松开手，脸上飞红，又拿指尖戳他的胸口。"你可别装作不知道！"

她一扭腰，一溜烟钻进人堆里。

许子诠来上海出差，回去之前顺便见了见上海的朋友。今晚一群男女见面，于川川也在其中。他们俩认识的时间不短，过去算是暧昧。他单身的时间里，她间歇性地恋爱。但凡她处于空窗期，但凡他在上海，她会找他吃饭，习惯穿布料少一点的衣服，长长的脖子上系一根缎带，吊带裙子露出锁骨与香肩，坐在他面前拿一根玫瑰金色的甜品小勺搅动咖啡，喜滋滋地调侃他："许子诠你就像是我的千斤顶，换备胎的时候用一下。"她说话的时候眼睛忽闪，男人只识得娇憨。

于是他总是笑笑，不与她计较，回以："是吗？那我也很荣幸。"

但若说到喜欢，他从来不觉得于川川会有多喜欢他。

许子诠没再待太久，就和众人告辞先回酒店。于川川见状也提了包追出来，说："我送你嘛。"许子诠想了想说："好。"他知道她的脾气，倘若拒绝，她非得八爪鱼一般缠上。于川川是开车来的，但她喝了酒，只好打电话叫司机来接。

两人等车的时候，外滩的凉风迎面吹来。她歪着头一个劲地问他的爱情故事。

"你们怎么在一起的？"

他回答："顺其自然。"

"你喜欢她什么呀？"

他说："什么都好。"

“这次你是认真的，还是只是玩玩？要不要带回家见妈妈？”

他顿了顿。“暂时还没有想到这个。”

“那她见过你的朋友吗？”

他答：“才在一起不久。之后当然会见。”

“那……你们在一起开心吗？”

“当然。”

她不问了，噘着嘴开始分析敌情。

司机驱车来到他们面前，两人一路无言。等到许子诠下车的时候，于川川像是忽然下定了决心，将脑袋探出窗户，握拳“咣咣”敲了敲车门，叫住他：“喂！许子诠！”

他转身。

只见她小半个身体都挂在车窗外，风吹乱她的头发，像是电影情节。她的眼睛因为突然兴奋的心情而闪闪发亮。她将两只手在嘴边扩成喇叭形状，干干脆脆地喊了出来：“许子诠，我是不是忘记和你说了？我喜欢你。特别喜欢！你和你女朋友分手，我们在一起吧！”

他一下愣在那里。

下一刻，于川川将脑袋缩了回去，对司机说了句什么，然后车子缓缓开动。她又探出头来，对许子诠挥了挥手，小喇叭接着喊话：“不用这么快给我回应！我会等你的！拜——”

车子渐远，最后反倒是许子诠目送她离开。

夜色里，霓虹灯像油漆一样泼在地上。南方空气湿润，许子诠一只手插兜站在原地，半晌，用另一只手抓了抓头发：“……妖怪吧？”

“妖怪！”

程恪出现在唐影办公室楼下的时候，唐影脱口而出。

程恪反倒笑起来，问：“你是悟空吗？”唐影没应。程恪又问：“妖怪来找你吃饭，走不走？”

周五晚上，天将黑未黑，淡淡晚霞被撕碎粘在天边。程恪穿一件银鼠色衬衫与三宅一生经典褶皱黑下装，手里拿着咖啡，像是等了许久。

他说可能下周就得回广东，这几天闲了，刚好来看看她。

唐影点点头说：“好。”

他在互联网公司做用户数据分析，而她做的是互联网法律相关工作，最近的项目离不开大数据与用户隐私，吃饭时两人顺势聊起工作，从法律谈到行业政策与方向。聊着聊着，他忽然将目光聚焦到她身上，面带微笑听她滔滔不绝地讲新做的几个项目。

"怎么了？"她忽然发现说话的只有自己，一愣。

他喝了一口水才说："有时候感觉你还像十年前的小女孩，有时候又觉得有些陌生。果然啊，我们唐影长大了。"

她回避他语气中的暧昧，耸耸肩，只答："毕竟十年不见，陌生是正常的。"

"陌生也好，算是我们新的开始。"

话题又变得暧昧，唐影不应，她不习惯程恪带了旖旎暗示的一次又一次试探。过了会儿，她干脆转移话题，八卦胡哥。程恪也顺着她的话题，温和地说起他们上学时的故事来，说："别看他吊儿郎当的，其实他读的是中文系，是系里公认的才子，上学的时候就眼高于顶。"唐影插了一句："自古才子都爱美人，难怪。"

程恪笑出声来。"可不是？他追的姑娘向来在校花级别以上。"

"成功过吗？"

程恪认真回忆了一会儿，摇头道："那倒没有。"他转而嫌弃起来。"那家伙始终是那几个套路，除非运气好，撞上偏偏就肯吃他那一套的姑娘。"

两人面对面坐在大望路附近的台湾火锅店里。夏天的天色暗得慢，过了八点才将近全黑。其间程恪接了一个电话，声音霎时间温柔起来。他看了唐影一眼，又低头缓慢地和那头的人说话。唐影听出是一个小女孩的声音，软软糯糯地在电话那头喊他爸比。

小女孩问："爸比，你吃饭了吗？"

程恪用和她一样的幼稚声音答："爸比在和一个漂亮阿姨吃饭呢。"他笑着瞥了唐影一眼，却没想到唐影怒目瞪他。他一下反应过来，改口对电话那头说："不是阿姨，是姐姐，是漂亮姐姐。"

唐影满意了，低头拿手机翻邮件，不去管面前的父慈女孝。

等到吃完饭出门的时候，程恪似乎才想起来什么，问了一句："对了，那你觉得，胡哥有戏吗？"

成人之间的约会总是很微妙。男女见面的原则是"无事不来"，毕竟大家都忙。可意图也从来不会直白地写在脑门上。怀揣目的的人总是习惯先淡定地闲扯，不厌其烦地从诗词歌赋谈到人生哲理，但总会寻一个时机，将话题一点点扯到题眼上——大家这才装作漫不经心地提起正事，谈拢，或谈不拢，有了眉目，再接着闲扯。

"企图"这两个字生来尖锐，因而在成人的世界里总是被厚厚包装。

比如程恪这次找唐影吃饭，两人东拉西扯了一个小时，唐影猜，他就是为了替胡哥打探消息。

她很认真地想了想，回答："我估计可能性不大。心姿向来不太喜欢这种类型。"

　　程恪沉默。唐影正准备展开分析时，他却像是早已猜到这个答案似的，转移了话题，侧头问她："那你呢？你喜欢什么样的类型？"

　　两人正并肩走在景华街的人行道上，中间隔着小半个人的距离。唐影听了这问题，只觉得可笑。她看了程恪一眼，说："我以为你知道。"

　　他将双手插在兜里，顿了顿，又问："现在还是吗？"

　　唐影摇头。"反正不是已婚的。"

　　身侧急急驶过一辆电动摩托车，险些碰到唐影，程恪伸手替她挡了挡，语气平平静静，却进出惊人句子。他说："我离婚了。就在三个月前。"

　　唐影一愣，猛地转过脑袋看他。

　　"这么惊讶？"他反倒笑了。

　　"……有点。"

　　两人不再说话。程恪本以为唐影会有一大堆问题问自己，但唐影只是沉默。唐影这才发现程恪来找她吃饭的真实目的——告诉她，他离婚了。是暗示？是诱惑？是邀约？或者只是一个通知？曾经无疾而终的少女恋情，现在化成一根疑似让她做后妈的橄榄枝……她因自己的猜测而烦躁起来。

　　沿着景华街穿过公园，快到星城国际时，唐影指了指面前的高楼说："我到了。"

　　言下之意是你可以走了。

　　程恪抬头看了看，结合地段，大致猜到房价不菲。他挑了挑眉毛，笑起来。"啧，看来北京的律师是高收入人士。"

　　唐影没应，只是说："你在前面那个路口左拐，再直走，就能到你住的地方。"

　　程恪点头，却还不想走。他双手插兜，踢了踢地面，斟酌着开口："其实，我想要离婚已经很久了。不知道你还记不记得，我……我和她当初是相亲认识的。我当时太年轻，着急结婚，结果很快发现彼此不合适，她根本不懂我……那一阵我每天都特别苦闷，夜深人静的时候，我孤枕难眠，常常想到的反而是你，唐影——"

　　这段话说得深情，他迅速抬头看了唐影一眼，却没想到唐影没看他，似乎也完全没在听他说话。她在看不远处一对看似在闹别扭的情侣。

　　程恪怔了怔，接着注意力也被吸引。

　　那是一对长相出众的男女，距离不远，灯光又恰好打在他们头顶，看起来像是在上演一出舞台剧。隐隐约约能听见他们说话的声音。唐影和程恪的位置正好在阴影里，是观众席上的黄金位置。

　　舞台上，女主角嘴里不断重复着："别走，别走。"语气卑微。而男主角却一脸无奈。

　　程恪叹了口气，明白过来，问唐影："你是不是从这对情侣身上，看到了过去的自己？"

唐影没应，仍紧紧盯着那对男女。

程恪正要安慰，却听唐影问了一句："情侣？你为什么觉得他们是情侣？"

程恪一脸理所当然的表情。"郎才女貌，正常人都会觉得般配啊。而且……"

他还没说完，舞台上的女主角忽然紧紧抱住了男主角的腰，哭着说："我爱你。"

程恪一脸"我就说吧！"的表情看向唐影，却见身旁的这个女人微微笑了笑。那笑容让人感觉凉飕飕的。

下一秒，舞台上的男主角皱着眉头，将身上的女主角奋力扯下，后退一步。"我已经把话说得很清楚了。你没必要这样。"

唐影深吸一口气，转向程恪。"你看吧？明明是那个女的缠着他。"

下一刻，女主角垂下头，抽抽噎噎地哭起来。

她咕咕哝哝说了一大串话，唐影和程恪一个字都没听清。舞台上，男主角的脸色也逐渐变得不耐烦。最后，女主角总算哽咽着提出要求："你……你可不可以最后抱抱我？给我最后一个拥抱，然后我就彻底……彻底忘记你。"

"你说，他会抱吗？"程恪问唐影。

"渣男才抱吧！"唐影咬牙切齿。

没想到话音刚落，舞台上的男主角叹了口气，伸手轻轻抱住了女主角。

男主角一副风尘仆仆的样子，他穿着在路灯下被加了溏心滤镜的衬衣，西装裤，身旁还立着一个二十寸的小型行李箱。女主角的衣服布料偏少，于是男主角在拥抱她的时候，不免触碰到她双肩凉凉的肌肤。

这真是唐影在 2020 年看过的最难看的一出戏。

下一刻，女主角从男主角怀里钻出，擦干了眼泪。就在唐影和程恪都以为这出舞台剧已接近尾声的时候，女主角忽然从怀里掏出了一枚硬币，将硬币塞到男主角的手上。

女主角的声音已然恢复娇媚。"不行，我改变主意了！我还是眷恋你的怀抱。让老天来决定我们的感情吧。你抛一抛这枚硬币：如果是正面，我就放弃你；如果是反面，我还要继续坚持。"

"这不是耍赖吗?!"程恪惊讶，赞叹道，"这招可以。"

唐影"啧"了一声，表面淡定，心里已经大骂了一百遍"不要脸"。

舞台上，男主角推开女主角的手，一脸疲惫。"你走吧。我不会抛的。别玩这一套了。"

"最后一次，就抛一次！"

女主角不依，拽过男主角的手就要将硬币往他手里塞。

推搡之间，硬币掉到地上，又好死不死地顺着水泥路哚溜溜一路滚到正在不远处看戏的唐影和程恪脚下，"啪嗒"一声躺在二人面前。

像一场光明正大的碰瓷。

四个人都愣在原地。

男女主角这才注意到黑暗中站着的另一对男女。唐影和程恪一会儿看他们，一会儿看地上的硬币。女主角踩着高跟鞋"噔噔噔"跑了过来，嘴上喊着："别动！别动！麻烦帮我看看是正面还是反面！"

唐影白了目瞪口呆的男主角一眼，掏出手机打开手电筒，利落往地上一照，宣布："正面。"

"真的？"女主角漂亮的脸蛋上露出失望的神情。

程恪也低头看了看。"确实是正面。"

男主角松了口气。"结果出来了，你看，老天都让你放弃。"他说完又赶紧瞥了唐影一眼。

有了观众，似乎不便耍赖，女主角决定暂时放弃。她想到什么，转身看了男主角一眼，娇声宣告："我刚刚忘记说了，这枚硬币只能决定今天我是否放弃你！明天，嗯，我会再来！"

"比你以前还会耍赖。"程恪想到什么，笑了笑，悄悄凑近唐影耳边调侃一句。温温热热的陌生气息忽然扑在唐影的耳朵上，让她吓了一跳。她猛地后退一步，下意识地回头看了男主角一眼。

他的目光从来就没离开过她，本来惊讶的神情此刻已经变成玩味的表情。他似笑非笑，还对唐影挑了挑眉。

×！这下师出无名了。她在心里骂。

舞台剧落幕。

女主角妖娆的背影消失在三个人的视线里。下一刻，男主角一只手插兜，另一只手推着行李箱，走向另外两人。

嘴角弯弯勾起，他笑了笑，问唐影："不介绍一下？"

"你们认识？"程恪惊讶地问。

唐影火气未消，干脆靠近程恪，向面前的男人介绍道："哦，这位，就是我和你提过一百遍的初恋兼暗恋对象白月光意难平，程恪。"她又指了指那个男人对程恪说："而这位，刚刚和不知名美女在大街上搂搂抱抱藕断丝连的……"

她干巴巴地笑了笑。

"是我的同居室友，许子诠。"

16

"久仰。"

许子诠没看唐影，只笑着对程恪伸出手。

程恪也礼貌地握手，说："幸会。"

两人目光相遇，用笑容掩饰审视，商业性地互相询问过对方的职业，又接着商业互吹。沉默的间隙里，他们在脑海中汇总并评估关于对方的信息，继续彼此审视。两个男人心里都有事，草草酝酿着告别的话。

程恪转头看了唐影一眼，忽然开口："那我过两天再找你。"他伸手摸了摸她的头，然后转身就走了。

"白月光？意难平？初恋兼暗恋对象？啧。可以啊。"

等程恪的背影变成一个小点，许子诠一只手搭上行李箱的扶手，倾过身看唐影，先发制人。他的目光落在唐影被程恪抓乱的头发上。怎么看怎么碍眼。

唐影瞥了他一眼，没应，只弯腰拾起那枚硬币，用一只手的拇指与食指捏起，另一只手把硬币往空中一弹。"叮"的一声，硬币落回唐影的掌心，她捧着硬币，学着于川川的语气，娇声娇气地对许子诠说："正面我就放弃，反面我就继续坚持。唉，谁让我眷恋你的怀抱？"

许子诠愣在那里，脸上青一阵白一阵。

唐影瞥了一眼掌心的硬币，唏嘘道："哎呀，正面。"然后她抬起眸子看他。

许子诠一把抓过唐影手上的那枚硬币扔在地上，拽着她就往家里走。唐影嘴上还学着川川滑腻腻的声音叫唤："哎呀哎呀坏哥哥，你乱扔垃圾。"

许子诠淡淡地说："谁爱捡谁捡。"

唐影抿着嘴不说话了。

许子诠也不说话。

一个趁着男朋友出差私会白月光，另一个和向自己表白的女生藕断丝连当街拥抱。两个人心里都想着老子问心无愧，却难免掺了几分心虚。他们一边在心里衡量自己的心虚，一边无声地愤怒痛斥对方的过错。电梯上行，数字变化，四四方方的空间里，两个人一人靠一边扶手，眼睛盯着鼻子，装陌生人，彼此赌气。

许子诠家住高层，出了电梯，他率先迈步。唐影昂首跟在他身后，维持着冷漠的表情。

　　男人很少主动收拾家里，许子诠往常习惯每周叫一次保洁。每次保洁一走，家里又会迅速变回杂乱的样子。他记得这次出差前出门迟了，收拾行李时手忙脚乱，现在家中应该混乱一片。

　　万万没想到，推开家门，看到的却是这幅景象——

　　房子显然被用心打扫过了，十分整洁。他记得出门前因为着急，把几件需要洗的衣服随手扔在了沙发上，那几件衣服现在已经消失。茶几干干净净，上面放着两本画册和一瓶鲜花。花瓶也是陌生的。远一点的柜子上新添了一台小小的香薰机，"噗噗噗"往外吐着蒸汽。香薰机后边是新添的一盆琴叶榕和一盆日本吊钟。窗户开着，晚风将白色纱帘吹得鼓起。

　　他怔了片刻，转头看身侧已然一脸高傲的唐影，愕然。"你……你不是昨晚还住林心姿家吗？"

　　"嗯。"她凉凉地应了一声，先昂首屈身踢了鞋，再昂首拽紧了身侧的包，骄傲地走进自己的房间，借着许子诠的愧疚，"砰"的一声关上了门。

　　原来是书房的地方如今也被收拾成了卧室，一张木床靠窗摆着。许子诠出差的这几天，唐影没事就往这里寄快递，寄的要么是家居饰品，要么是性感内衣。她每天趁着午休时间溜过来布置，昨晚得知许子诠要回来，今天中午还特地叫了保洁来打扫，新买的红酒和伊比利亚火腿还藏在冰箱里，是欢迎他回家的小小仪式。她本满心欢喜地打算开启同居生活，而此刻，久别重逢的柔情蜜意却化作一句脏话。

　　她重重地将自己埋进被子里，脑子里反复上演半小时前的舞台剧。她简直想哭。

　　十分钟后，许子诠过来敲了敲门。唐影没应。他只好声音低低地补了一句："我们谈谈？"

　　唐影接着沉默。许子诠想再说些什么，但又不知道说什么好，在门外安安静静地待了几分钟。过了会儿，门外响起渐远的脚步声。

　　唐影起身出房门，已经是两个小时以后的事了。

　　她换了一身家居服，宽宽松松的卡通纹样棉质连衣裙，看起来很休闲，却藏了心机——裙子的领口是宽松且歪的，举手投足间不经意就能露出半块香肩，再搭配单纯表情，谁都能做纯欲女郎。

　　她出房门的时候，许子诠正在客厅装模作样地看电视，好死不死看的还是《创造营》，几十个少女在屏幕前蹦跳，青春洋溢。唐影"啧"了一声，走到厨房，打开冰箱，拿出了事先准备的红酒。

　　许子诠赶紧跟上来。

　　他探着脑袋问："新买的？"

唐影点点头。

许子诠殷勤地递上开瓶器，又问："打算和我一起喝的？"

唐影面无表情地接过，利落地开了酒，拔开塞子。许子诠正开了柜子找杯子，就见唐影直接拿起红酒瓶对嘴"咕咚咕咚"喝了两口。

渣男目瞪口呆。"这么野？！"

唐影瞥他一眼。"这是喝闷酒。就这么野。"

许子诠被噎住了，干脆伸手抢过红酒瓶，也对嘴猛喝一口，擦擦嘴对她说："哦，那我也要喝闷酒。"

唐影又转身打开冰箱，从里面拿出火腿，扯开包装，拍在厨房旁的小小吧台桌上。她掌心托着下巴，上半身重心往一边倾斜，领口温顺下滑，看似无心地露出雪白肩膀，肢体在勾引，脸上却冷漠，她像招呼小狗一样拍了拍桌面，对许子诠说："来，我们谈谈吧。"

许子诠呆了两秒，然后说："好。"

"你先谈谈你的桃花？"

吧台桌不到半米宽，两人各占据一边，再加上身体都微微向前倾着，脸与脸几乎凑在一起。灯光从头顶打下，目光也变得缠绵。

一周未见，许子诠认认真真地看了唐影一会儿，才想到要回答："……哦。是……是认识很久的一个姑娘，以前一起吃过几顿饭，也偶尔会聊天。她大部分时候在上海，这次我在上海见几个朋友，刚好她也在……"

唐影拿过酒瓶喝了一口。

许子诠见了，心里涌上求生欲。"但我们之前真的就是普通暧昧，手都没拉过！我也不知道她昨天怎么就莫名其妙地对我表白了！"说到这里，他自己也觉得苦恼，转为抱怨的语气，"她还追到北京来。我的天，我今天在飞机上看见她时都要吓死了。"

"你们还一起坐飞机了？！"

许子诠赶紧摇头。"还好我坐的是经济舱！这大小姐要给我升舱来着，我说公司报销麻烦，宁死不从。"

唐影点点头，心里发涩，想了一会儿问："她很有钱吗？从上海追到北京，她不用工作吗？"

许子诠耸耸肩。"她就是个大小姐，不知道每天在做些什么，一天到晚就知道玩，哪儿有什么正经工作？"

他想起于川川莫名其妙的举动，觉得烦躁，伸手要拿酒，唐影却不给，拽着瓶子又喝了一口。她眉头皱着，一脸不高兴，像个小动物。许子诠看了她一会儿，知道她这是吃醋了，伸手屈指刮去她唇角的红酒。

　　手指与唇的相遇也是久别重逢，唐影的心软了下来。她没有抗拒，低头撕了一份火腿，装作漫不经心地问："她……她好看又有钱，你之前为什么不和她在一起啊？"

　　许子诠感到好笑。"要在一起早就在一起了啊。我之前肯定是没想过和她在一起嘛。"

　　这个答案显然不能让人满意，唐影仰头问他："你没喜欢过她吗？"

　　"没有。"许子诠摇头，答得流畅。

　　女人的直觉是最精妙也最准确的测谎仪，唐影认真地看了许子诠一眼，判定结果为真。但她嘴上还是抱怨："又好看又有钱，穿得还少，我要是男人，肯定会心动。"

　　许子诠伸手推她的头，用嫌弃的语气说："是啊，你最肤浅。"

　　唐影抬头反驳："肤浅才会喜欢你。"

　　明晃晃的灯光照在近在咫尺的唐影的脸上，两人喝了酒，彼此交错的呼吸都带了醉意。许子诠低头看唐影，目光从她的脸转到露出的半个肩膀。他眸色变深，低下头，更贴近她的脸，轻声问："不是说谈谈吗？怎么突然表白？"

　　两人之间的距离不过咫尺，他也放低声音，暧昧地看着他："我以为，你喜欢听姑娘向你表白。"

　　他摇头，用目光描摹她沾了红酒的唇。"你错了，我只喜欢听你向我表白。"

　　两人距离更近。

　　就在许子诠忍不住低头吻下去的时候，唐影忽然后退一步，拿起红酒喝了一口，骂他："哼，何书桓！"

　　"谁……谁？"他一愣。

　　"琼瑶小说的男主角，21世纪的公认渣男，对待不喜欢的女人也温柔得要死。女二号向他表白，他拒绝了，女二号号啕大哭，结果你猜他做了什么？"

　　许子诠还没反应过来，呆呆地想了几秒，问："做了什么？"

　　"紧紧拥抱她。"

　　他又被噎住。

　　"你既然不喜欢那个姑娘，也拒绝了她，为什么要抱她？"唐影严肃地瞪他。

　　渣男想了一会儿，才皱着眉想出答案。"她……她说给她一个拥抱她就能放手。我想着这个成本也不高，省得她再来烦我，就抱了……"

　　"成本？"这个用词让唐影一愣。

　　许子诠点点头，手指叩叩桌面，招呼唐影过来，认真讲解知识点。"对啊。就抱一下，花三秒，她就能放我走了，省得她在楼下要死要活地纠缠我十几分钟。三秒钟换取自由清净。这样一对比，是不是理性人都会考虑同意她的要求？只是我没想到她会耍赖。早知道不抱了。"说完他还叹了一口气，一脸做小本生意却被坑的郁闷表情。

从经济学的角度解释类似何书桓的行为，角度奇特，唐影一下子没能转过弯来。她想了一会儿又问："那……那如果人家提出的要求不是拥抱呢？要是她让你吻她，你也吻？"

许子诠果断地摇头。"这个付出与回报明显不成正比。抱一抱不喜欢的人，我还能忍受，吻可不行。"他撕了一块火腿塞到唐影嘴里，想了想，"当然，如果她哪天兽性大发把你绑架了，借此向我索吻，我可能会考虑为了你的性命献身……"话还没说完，他就被唐影捏住了嘴，捏成扁扁的鸭嘴形状。

"许子诠，你真的好自恋哟。"

一瓶红酒过半，后劲涌上，两人隔着吧台站着，似乎此刻才意识到现在是小别重逢。许子诠将唐影的手从自己的嘴上拿下来，握在掌心，过了一会儿，又改为十指交扣。

他忽然低头对她笑起来。"其实还有一个更自恋的问题没有问你。"

"什么？"

许大渣男今夜第一百次让目光从唐影的半块肩膀上滑过，滑到她的脸上。他想问她："你这件裙子，嗯……到底，是不是故意的？"

可话到嘴边才想起什么来。他皱了皱眉头，下一秒，用另一只手捏了捏她的脸，盯着她的眼睛，问出口的却是："来，到你了。说一说，你是更喜欢我，还是更喜欢你的白月光？"

第五章

伪 装 里 找 到 真 爱

01

酒还剩下小半瓶。

唐影被许子诠捏着脸，这个表情实在不方便勾引。她想了想，回答："这个问题，问得似乎不够严谨……你是要纵向对比，还是横向对比？"

她也想用知识点糊弄过去。

却没想到许子诠不吃这一套，手指更用力地掐了掐她，挑起眉毛。"哦？看来两个答案还不一样？"

她赶紧摇头。"如果你问的是'纵观我的人生，我最喜欢的是他还是你？'，这就涉及纵向对比，相对复杂，需要选取不同时段里对你们的喜欢程度的最高点，再换算成数值，然后比较谁的数值高。但如果你问的是'我现在是更喜欢他，还是更喜欢你？'，这就是横向对比了。"

她叽里呱啦说了一大串话，然后一脸讨好的表情，得出结论："横向对比的结论很简单，现在当然是你！"

许子诠哼了两声，松开手，勉强算是满意。他揉了揉她脸上被他捏红的地方，想到什么，又问："那你这纵向对比的结果，什么时候能出？"

"这……纵向对比有一个难点，我需要找到人生中最喜欢你的那一刻才行……"她撕下一片火腿，分给他一半，语气为难。

"现在还没有找到？！"他的眼神又变得危险。

"当然没有！"唐影拍了拍他拿过火腿的手，伸手钩住他的脖子，贴近了他一点点，眼睛在灯下闪闪发亮。她对他说："显而易见啊，我在之后的每一天里，都只会越来越喜欢你。"

这番表白用足了铺垫，许大渣男显然满意了，勾着嘴角没说话，手揽上她的腰。

就在唐影以为成功蒙混过关的时候，她忽然被他从怀里扯了出来。

咂摸出不对劲的许子诠皱起眉头。"等等，你别扯这些有的没的。纵向对比的结果现在还不能告诉我……"他用手指叩了叩她的脑门，"是因为你此时此刻对我的喜欢，还不及曾经对他的喜欢吧？"

唐影被噎住。

许子诠凉凉地看她一眼，拿着酒转身坐回沙发。他一只手拿酒瓶，另一只手扶着沙发靠垫，仰头"咕咚咕咚"喝着，喉结上下滚动，颇有侠士喝酒一般的豪情万丈。

唐影赶紧捧着火腿跟了过去。

"许子诠……"她窝在与他一侧的沙发上，试图解释，"那是初恋。初恋嘛，最年少无知，而且爱而不得……理论上来说，肯定投入最多感情。我刚刚试了一下，百度搜索'初恋为什么刻骨铭心'，有足足 889 万个结果，足以证明这件事情是很正常的，你不要挂心。"

"哦。"渣男又喝了一口酒，得出结论，"所以他让你刻骨铭心。"

"……不不不，我绝对没有这个意思！"

许子诠只盯着电视屏幕。电视上放完了《创造营》的正片，开始播放各种花絮。他面无表情地看着，吝啬地留给唐影半张冷硬的侧脸。

唐影忽然忘记她有没有对他说过，她一直觉得他的侧脸也生得好看。从额头到鼻梁到唇到下巴，连着喉结，是一条曲折而分明的线，他脸本就小，侧脸更显立体。他的五官不算完美，可就连缺点都撩拨人的心弦。此刻因为不悦，他的唇抿得紧紧的，唇角的形状像一只精致的小钩子，让人想用指尖触碰钩尖。他的嘴沾了红酒，染上车厘子色，模糊晕开了边界。

她忍不住直勾勾地看着，目光灼灼燎到他。他也不自在起来，想问"你一直看着我做什么"，但苦于精神包袱太重，按捺着不肯开口。

于是他继续严肃冷漠地盯着屏幕，而她继续看他。半晌，她才怔怔地说了一句："许子诠……你不说话的样子，好像烂俗言情小说里的霸道总裁啊！"

"啊?！"

"真的。"她点头，又凑近了一点点，"尤其是手上还拿着一瓶红酒，像是那种因为情场失意，所以不得不深夜买醉，用尽手段伤害自己的悲情总裁……"

许子诠用难以置信的眼神瞟了唐影一眼，想到什么，问："那么这种小说，接下来一般会怎么发展？"他侧过头，倾过身子在她耳边猜测道："是不是霸道总裁气急攻心，然后把女主角在城墙上挂个三天三夜，问她认错了没？"

"不不不不。这是最低端的总裁！"唐影连忙摇头，眼珠转了转，诱导，"高端一些的霸道总裁不喜欢折磨女主角……小说里，他们一般都喜欢……强吻。"

"哟，这种剧情？"他笑起来，挑起眉毛看她。

"嗯嗯。"唐影又往他身旁凑了凑，看了一眼他手上抓着的红酒瓶，摆弄领口，确保多露出一些色诱的资本，滔滔不绝，"男主角正在喝闷酒，女主角破门而入，于是男主角就会紧紧抱住女主角，霸道地用自己的嘴撬开她的嘴，接着就是小说里写的，带了酒精、欲望、愤怒以及血腥味的吻……"

"啧……"许子诠也贴近了她，他的鼻尖距离她的鼻尖不过几厘米，他低声重复，"带了酒精、欲望、愤怒以及血腥味的吻？"

距离不能更近了，他干脆伸手揽过她的腰，将她直接打横抱起。"想试试？"

唐影雀跃，搂住他的脖子，忍住欣喜。"那再好不过。"

许子诠笑了笑，抱着唐影大步走进了她的房间。此刻正是孤男寡女的夜半私语时，加上温香软玉在怀，他即将做一件所有直男都会做的事情。

他将这个女人重重地扔到床上，然后拍了拍手，关掉卧室灯，在一片黑暗里，一脸矜贵地开口："你想得倒美。"

他转身关上房门。

唐影在第二天上午将近十点时才看到程恪的微信。

这几天确实太累，她又喝了酒，昨晚愤怒地抱着手机刷了两集韩剧才迷迷糊糊睡着。周六上午的阳光从窗帘缝隙照进来，晒到枕头上。她揉了揉眼睛，打开两人的对话框。

程恪转发了一则他们公司总部的招聘启事，招聘岗位是法务总监，要求从业五年以上，待遇算是优厚。他配了一句话："如果你周围有朋友想换工作，我可以帮忙内推。"

见她没回，十分钟后他又加了一句："毕竟混了这么多年，我在公司里多多少少还是说得上话的。让你们占点便宜哈哈哈。"配上憨笑表情。

程恪的公司总部在广东，哪怕条件再好，也不太能吸引北京的律师。更何况，唐影才毕业不到两年，周围的朋友也大多是相同级别，基本不符合从业五年以上这项要求。

这是一条对唐影而言毫无价值的招聘启事。

唐影干巴巴地回了一句："厉害了。但我周围都是小朋友。从业五年以上，这要求也太高了。实在遗憾。"

没想到程恪秒回："你毕业多久了？"

"将近两年。"

程恪接着说："差不多！如果你想来，我可以安排你来的。你可能觉得不可思议，但对我来说，就是几句话的事。"搭配一个机智的表情。

脑内的装腔警铃总算响起。唐影摇了摇头，得出结论——没有人会在周六的早上无缘无故替公司的招聘操心。他不过是想借一条招聘启事，对她展示他的人脉与资历而已。

形式主义的对话没有意义。唐影没再回复，扔下手机，推开房门打算去卫生间。客厅安安静静地沐浴在阳光下。除了她，只有植物在呼吸。阳光洒满房间，许子诠并不在家。她正疑惑他去哪儿了，程恪打来电话。

"怎么不回消息了？"

唐影说："我刚才洗脸刷牙呢。"

程恪笑了一声。"这么迟才起来呀，小懒虫。"唐影没应。他又问："要不要一起吃个早午餐？我刚好请教你几个法律问题。"

唐影顿了几秒，正要找借口拒绝，程恪又说："我已经在你小区楼下了。"

这是她万万没想到的。

电话那头传来程恪的轻笑。"是不是有点熟悉？十年前，你也曾经这么在楼下堵过我。"

回忆是程恪手中紧握着的武器，刀刀割向她。她忽然意识到，不是所有的久别重逢都有必要。深埋的不见天日的记忆一旦被重新挖掘出来，就像出土的文物，无论多么美好，都会在阳光下迅速氧化、损坏。时间是滤镜，总有一些人经不起第二次审视。白玫瑰，终究不免凝成了剩饭粒。

最后，伴随着"咔嗒"一声开门声的，是唐影对着电话那头不情愿地说出的一句："行……我这就下去。你等我十分……"

门被从外面拉开，许子诠站在门口，一只手扶着门把手，另一只手拎着一袋早餐。他只穿着黑色运动背心和宽松运动短裤，脖子上挂一条白色毛巾，整个人大汗淋漓地站在她面前。

唐影睁大眼睛看着他，差点把手机扔出去。"你回来了?!"

"你又要去哪儿？"他屈身脱了鞋，将早餐袋子递给她，顺便扫了一眼她的装扮，"啧"了一声，补一句，"红杏出墙？"

唐影拨浪鼓一般摇头。"没没没，程恪说要找我吃早午餐，顺便咨询几个法律问题，还说人已经到楼下了！"她认真看了许子诠一眼，郑重声明，"我真的特特特特特特特烦！"

"哦。"许子诠点点头，"反正我给你买了早餐。是吃完再走，还是直接下去找他，你自己看着办？"

唐影怔在那里。

"或者……"许子诠忽然脱了上衣，看向唐影，"你把他叫上来，我会会他？"

02

"……不……不穿衣服会他？玩这么大?！"唐影目瞪口呆，光顾着看许子诠。

许子诠睨了她一眼，将满是汗味的衣服扔到她怀里。"我先冲个澡。"

唐影想着他是要在见程恪之前迅速梳妆打扮，发挥 gay 的素质描眉扑粉抓头发，觉得好笑，脱口而出："要帮忙吗？"

"帮忙洗澡？"许子诠一愣，他已经走到卧室门口，转过身笑了笑，"等我们再熟一点？"

"……"

程恪是在半个小时后敲门的。

他手上还拎了两瓶红酒，应该是在收到唐影的微信后，到附近的进口超市买的伴手礼。他进屋前先环顾四周。唐影给他摆了一双男士拖鞋。许子诠正盘腿坐在客厅的屏幕前拿 PS4 游戏机打游戏，刚洗完的头发只随意抓了抓，一身米色家居服，看起来比实际年龄小了几岁。来了客人，许子诠却心不在焉，侧头看了一眼程恪，点点头，算是打招呼。

程恪对唐影笑了笑。"室友也在家呢？"

唐影说："嗯。"她请程恪在沙发上坐下。

客厅的沙发呈"L"形，正对着屏幕的是三人沙发，旁边有一个贵妃榻。许子诠精准地霸占三人沙发靠近贵妃榻的位置，稳稳坐在"L"字的拐点上。剩下的两个人，除非铁了心并排与他一起坐在沙发上，否则，只要有一个人坐上贵妃榻，这两个人就得隔着他说话。

程恪愣了几秒，客气地坐上了贵妃榻。唐影干脆坐在了许子诠旁边。白月光本酝酿着一堆话，此刻与唐影遥遥隔着一尊大佛，难以说出口。三人无言，盯着屏幕看许子诠玩游戏，看他控制的角色从容不迫地在城市的角落杀怪。

就这么看许子诠杀了五分钟怪，唐影有一点点失望。本以为能见证电视剧里才能看到的"二男争一女"的名场面，在等待程恪上楼的时间里，她连背景音乐都脑补好了。她脑补了一出剑拔弩张的修罗场，结果却生生演成了一出哑剧。

唐影瞟了程恪一眼，见程恪仍旧沉默，干脆掏出手机决定刷一刷淘宝。

许子诠似乎这才发现没人说话，笑了笑。"喂，你们随意聊啊。不用管我。"他举手控制角色跳跃了一下，又杀了两个怪。

唐影抬了抬眉毛，心里骂：鸡贼。

程恪在安静的时间里也没有闲着。他在打量这个家。房子不小，两个人住绰绰有余，从装修风格来看，大概是十多年前的房子。哪怕唐影介绍时说许子诠是室友，他也能大致猜到许子诠很可能就是唐影口中的男朋友——年轻白净，爱打游戏，一副刚出社会的模样。他对毛头小伙子的幼稚招数不以为意，笑笑，环顾四周，开口："这房子可以啊，采光好。我看电梯里写着物业是 Savills（第一太平戴维斯），还挺巧，我去年刚买的那套房子也是他们的。北京这块物业费一年多少？"

唐影一愣，下意识地看向许子诠。

许子诠正拿着手柄对着屏幕大杀四方，顿了顿才回答："不太清楚。"

程恪点头淡笑。果然是租户。他又对唐影说："挺好的，北上广的年轻人哪个不是租房？但这几年房价有所缓和，其实早点买房比较好，做长远一点的打算。我在广州买的那套，比这套大一点，南北通透，天晴的时候能看到小蛮腰[1]，你下次什么时候来，我带你转转。"

唐影瞄了许子诠一眼，点头说："好，有机会就去。"

程恪十指交叉放在膝盖上，接着说："北京的房价确实高，你们这儿租金不便宜吧？从这个角度看，确实广东好一些。广东房价低，不过这几年也涨了，我十年前买的两套房，现在单价都要 5 万块左右，也算是，哈哈，投资小有所成。"

许子诠仍旧打着游戏，耳边是程恪侃侃讲解的发家故事与投资之道。他只比程恪小两三岁，但皮肤白净，又因为骨子里爱玩而充满少年感，看起来比实际年龄小好几岁。稚气未脱的男孩总能激发老男人倚老卖老的冲动，程恪说了一会儿，终于口干，停下来喝了口水。

许子诠干脆关了游戏。

"不玩了？"程恪露出微笑。

"玩游戏不如听你讲话有意思。"许子诠挠了挠头，"你说得有道理，看我，就没什么商业头脑……"

程恪打断："哎呀！年轻人，很正常的，可以慢慢学。有些人年轻的时候就喜欢玩，可能我有点特殊，我在像你们这么大的时候，就喜欢研究一些投资的书，还差点考了 CFA（特许金融分析师）。这几年还想考司法考试来着……"他看了唐影一眼。

唐影哑然。"搞互联网的考什么司法考试？"

程恪耸耸肩。"你们可能不太懂，我比较喜欢提升自己。考证对我来说，也是自

---

[1] 广州塔，广州的地标建筑，俗称"小蛮腰"。

我充实的一部分。我喜欢读书、看电影、钻研艺术，这些都能带给我别样的人生体验。人生在世其实很简单，就是八个字：逆水行舟，不进则退！"

见唐影不说话了，他又看向许子诠，语重心长地说："比如小许你，其实在这个年纪，就可以学一些投资了。玩游戏太浪费时间。男人嘛，肩上有重担。"

"哦。"许子诠弯弯嘴角，没忍住笑起来。

"怎么了？这不是开玩笑。"程恪看了一眼唐影，又看许子诠，也露出微笑，"比如小许，你目前有什么投资计划吗？哥帮你参谋参谋。"

许子诠摇摇头。"早年确实有一些，但都不算成功，不提了。"

"比如？"程恪追问，一脸愿闻其详的表情。

"比如……几年前买的这套房子。"许子诠环顾四周，一脸遗憾，"那时候单价只要 5 万块，现在涨到了 15 万块。这么多年来，我一直后悔没有多买两套。我那时候如果聪明点，像你一样多买几套，现在就不需要累死累活地上班了，你说是不是？"

程恪一愣。

几秒后，他耳根发红，看向唐影。"我……我以为，你们是合租？"

"对。"唐影干巴巴地扯了扯嘴角，"是……我租他的房子。"

"原来如此。"程恪苦笑着摇摇头，想为自己挽回尊严，"怪我，误会了。"过了几秒，他又想到什么，看向许子诠。"不过这房子的物业费……"

程恪一年交一次物业费，金额不低，他不信许子诠身为业主真的不知道物业费的价格。

许子诠掏出手机。"哦，去年开始，似乎有个面向老业主的活动，我绑定了支付宝，每个月从信用卡里扣除物业费就行，所以我确实没在意价格，你这么问的话，我还得查查明细……"

"哈。哈。这样。"程恪干巴巴地笑了笑，点点头，感叹，"啧，富二代。"他瞥了唐影一眼，话锋一转。"小许一看就是现在最讨女孩喜欢的那种类型。又爱玩，又有钱，难怪桃花不断。"

他轻描淡写地唤起唐影脑海里昨天那场舞台剧的记忆，女主角漂亮又跋扈。程恪继续说："昨天晚上那个女孩，就很漂亮可爱。"

唐影本来作壁上观，听程恪提起于川川，皱了皱鼻子，瞪了许子诠一眼。

许子诠被噎住，赶紧和于川川撇清关系。"漂亮可爱吗？我不觉得。哈，原来你喜欢这个类型。"

程恪浅笑着摇了摇头说："我不喜欢。而且我对不喜欢的女孩从来都干脆拒绝，不会拖泥带水，更不可能当街拥抱。"他看了唐影一眼，轻声问："是不是？你知道的。"

许子诠往沙发上靠了靠，挨近唐影，侧头看了她一眼，摸了摸她的头发，说：

"也是，我记得这家伙告诉过我，你当时直接拉黑她，害她哭了十年。实在心狠。"

哪儿有哭十年?! 唐影刚要反驳，程恪就笑起来，眼神亮亮地看着唐影。"哭十年? 是不是骗我?"

许子诠侧身挡住程恪的目光，抬了抬眉毛。"好在她后来遇到我，眼泪被我止住。"

程恪摇摇头。"可惜，昨晚见了男朋友和别的漂亮姑娘在大街上搂搂抱抱，估计又得哭了。"

许子诠也摇摇头。"伤心程度应该不及得知当年的白月光结婚生子的时候。"

唐影翻了个白眼，想说老子没有那么容易流泪。

这两个人仿佛上了《奇葩说》的辩论台，一人一句，拿捏对方的软肋：一个暗示对方桃花太多，另一个唏嘘对方离异有娃；一个佯装羡慕富二代不用奋斗只需拼爹，另一个表示对方远在广东鞭长莫及……

于是两个人洋洋洒洒聊了一上午。唐影这才发现，男人装腔的素材绝不比女人少，谈表、谈鞋、谈车、谈房，较劲完了事业，又能较量理想，比完了钱包，还能较量一番品位。

他的目光落到他手腕上的宝玑；他笑了笑，说自己新看上了一款百达翡丽。

他瞟到他放在门口的那双约翰洛布，点点头说品味不错，但话锋一转，唇齿轻启，说："上了年纪的男人，要穿 Dr.Comfort（舒适博士）才能多一分内敛稳重。"

提到男装，他摇头叹息，说："内地裁缝的技艺不如香港的熟练。"他点点头，提出建议："不如让我给你推荐 Savile Row（萨维尔街）上的小店。"

言谈间，他无意间托了托鼻梁上华为与简特慕联名的骨传导智能眼镜；而他佯装谦虚，表示："我的眼镜，都选购自溥仪。"

…………

装腔比拼是一条不归路，一旦拉开序幕，只有赔上自己的尊严与腔调血战到底。而赢得比拼后能得到的东西则虚无缥缈——属于胜者的奖励是稍纵即逝却刻骨铭心的荣耀，以及暂时因为虚荣而膨胀的内心与对对手顺理成章的几丝轻蔑。

"装王"的称呼从来是自己留给自己的桂冠，每一次成功装腔之后，胜者都会情不自禁地在深夜亲吻自己的勋章。

但失败的代价也很残酷，夜深人静时闭上眼，羞耻的一幕幕便会在眼前自动播放。"装腔"二字，对爱装之人来说，永远是一场有去无回的尊严之战。

程恪似乎早已忘记自己是来找唐影"咨询法律问题"的。装腔的赛场上没有裁判喊停，参赛选手只要永不认输，就永远不会失败。而在一个话题上失利后，可以另起一个话题继续。田忌赛马的理论千年不变，在装腔的领域里一样适用：遇到有钱的，你可以和他聊聊品位；遇到有品位的，你可以和他谈谈情怀；遇到有情怀的，你可以和他比拼阅历；遇到有阅历的，你可以和他说说梦想；遇到有梦想的，你可以劝他脚踏实地。

但程恪都输了。

许子诠比他有钱也比他有品位，有情怀也不差阅历，工资不低还该死地拥有梦想。

两个小时后，起初兴致勃勃的唐影感到索然无味，拿上 iPad 回卧室追剧。男人的战场只属于男人，程恪和许子诠已经从咖啡聊到了红酒与雪茄。许子诠想起自己去古巴时，当地的朋友送过自己一盒，干脆翻箱倒柜拿出一个雪松保湿盒。中午的阳光从 CBD 的方向柔柔照射过来，他们沐浴在光里，抽着雪茄，俯视北京。客厅里按照轴线内侧法摆放的 HiFi 音箱播放着大提琴曲。他们并肩坐在"皇帝位"上，伴随音乐，时不时聊一聊事业。

许子诠就职于顶级外资投行，拿高薪服务客户。但薪水不能代表他的价值。他看了一眼程恪，平静的言辞下暗流汹涌。"我也有梦想，我一直想要创业，等哪一天为中国的制造业做一点点贡献。"

程恪听到年轻人口中的"梦想"二字，轻轻一笑，正准备开口，却没想到许子诠接着说："当然，谁都有梦想，但不是谁都有资格追求梦想。梦想是一件奢侈品，没有条件的人，才需要在追梦的路上脚踏实地。"

程恪敲开唐影卧室房门的时候，神情难得有一点颓丧。

唐影忽然想起小时候看的武侠小说里西门吹雪与叶孤城的巅峰对决，高手之间的战斗从来无声无息，仅仅一个走位与起手，就决定胜负。

程恪懒得多环顾屋子一眼，闷闷地开口："我要走了。"

唐影放下 iPad。"我送送你？"

程恪点头。

客厅里，许子诠已经关了音箱，熄灭雪茄，窝在沙发上继续打游戏。头发总算干了，但仍然毛糙地竖着，像一只金毛犬。这副样子，放在别的男人身上是颓废，他无非仗着自己脸好看。他瞥了要出门的唐影一眼，漫不经心地笑了笑。"等你回来点餐。"

屏幕上的游戏角色手起刀落，利落地砍下怪物的脑袋。

啧，狠人一个。

楼道宽敞又长，透过远处的一扇窗户能看见窗外的蓝天，明晃晃的，像一幅画。两人沉默。

进电梯的时候，程恪才斟酌着开口："今天……都没怎么和你聊天。"

唐影摇摇头说："没关系的。"

程恪又说："其实我今天来，是有话要对你说的。"

她侧过脸看他。"我记得你要和我请教几个法律问题？"

程恪笑了笑，坦白地说："这是幌子。"

电梯数字变为"1"，唐影和程恪出了小区。正午阳光直晒，她将遮阳伞撑在头顶，等他继续。程恪又说："我过两天就要回广东了。公司打算扩展华北的业务，之后我来北京的次数会变多。也就是说，未来，我们见面的次数会变多。"

他看她，眼神传递出熟悉的暧昧滋味。

唐影听出他的暗示，感到几分不可理喻。似乎终于到了把话说清楚的时候。"程恪，我以前确实喜欢你，但那是十年前了。十年前你拉黑我……"

程恪打断她："我拉黑你也是十年前的事情了。十年后你变了，我也变了。"

变得喜欢你了。

唐影愣在那里，半晌才反应过来。"这是表白？"

他没有否认。

事情变得匪夷所思起来。她抬头看着他，试着确认。"你见过我的男朋友了，你知道他什么样，然后，下一刻，你确定你要向我表白？"

程恪反而笑了起来，双手插在口袋里，看着遮阳伞下的阴影里目瞪口呆的女孩。阴影遮住了大部分彩妆的伪装，她似乎又变回了十年前他熟悉的样子。程恪忍不住露出宠溺的笑容。"你啊，怎么还是这么固执。这个男人……"

唐影打断他："他很好，不是吗？聪明，长得好看，有腔调，每一样都是我喜欢的。"

"我知道。"程恪表示赞同，"所以，他才不适合你。"

她一愣。

只听程恪接着问："小影，我是把你当成自己看着长大的孩子，才会和你说实话。别人喜欢看破不说破，我不一样。我只问你一句——你觉得，你配得上他吗？"

03

唐影愣了几秒。

程恪耐心而安静地注视着她，看她脸上的微笑一点点僵在遮阳伞下。她动了动嘴唇，似乎想说些什么。

再次见到唐影是一场惊喜，曾经不放在眼里的小姑娘忽然又出现在眼前，亭亭玉立，好看而知性。绽开的花，谁都想采摘。之后见她有了男朋友，惊喜变成不甘。而此时此刻，刚才遭受的打击与随之而来的挫败感让那份不甘加剧。

他曾经看不上的女人，凭什么拥有他比不上的男人？

趁唐影还没缓过来，程恪继续说了下去。

"这句话可能有点狠了，但我是掏心掏肺和你说的。他是男人，我也是男人。男人最怕的是诱惑。他现在和你在一起只是因为新鲜，等新鲜感过去了呢？生活不是玛丽苏小说，凭什么高富帅放着白富美不要，只要善良温柔的灰姑娘？

"小傻瓜，男人在爱情里最现实不过。从古至今，会和穷小子私奔当垆卖酒的，都是富家千金，只有女人会被爱情绑架。男性富二代讲究的从来是门当户对，这社会上的男人看女人，先看脸，再看钱包和家底。而你呢，你站在他面前，能有什么底气？"

他语速缓慢，喋喋不休，像是唐僧念经，而金箍套在唐影的心口，他每说一句话，金箍就缩紧一下。唐影终于露出不耐烦的神色，难得粗声粗气地说："我知道，我又不是没脑子。行了，请你讲课是十年前的事情了，你现在说再多我也不付学费。"

程恪抿了抿嘴，低下头，细致观察她恼火的神情。

程恪的一连串操作终于激起了唐影的怒火，她深吸一口气，将伞柄斜支在肩上，露出脸，仰视程恪。"配得上怎么样？配不上又怎么样？现在他就是和我在一起，只喜欢我，只想我，脑子里全都是我，爱我爱疯了呢！你觉得我配不上他？哈，好笑，可我偏偏就有这个本事。"

程恪没见过伶牙俐齿的唐律师，顿了顿，干笑起来。"是是是，你啊……你长大了……"

"是。长大了，和十年前不一样。我曾经喜欢过你，并不代表我还会喜欢十年后的你。同样，十年前你拒绝过我，也不代表十年后我一定看得上你抛来的橄榄枝。你说男人最怕诱惑，没错，但你别忘了，女人也怕诱惑。而现在，许子诠对我的诱惑远远大于你，我每天见到他年轻美好的肉体就开心，吃饭走路加班爬二十层都有劲。对当代女性来说，泡嫩仔的快乐远远大于给人做后妈。这一点，你了解吗？"

"不是……肉体……嫩仔……你……"程恪对她的用词感到惊讶。

"对了，还有新鲜感。你说他和我在一起是为了新鲜感，是就是呗，难道我不是？2020年的男人和女人恋爱难道是为了结婚吗？不！是为了快乐。你有什么好担心的?！也许我的新鲜感比他散得更快，也许到时候我先甩了他。谁还不是个渣男渣女了，我光是追韩剧，一年就能换三个老公！"

她语速极快，被程恪打压后的愤怒转为高昂的情绪，说这番话时声音也不自觉地变大。话音刚落，她忽然想起什么来，风险意识极强地往四处看了看。周围寂静无人。还好，许子诠不在。

程恪没注意唐影的小心思，摇了摇头，流露出黯然的神色。"这话说的……我有点不懂你了。你以前不是这样的。我印象里的那个小傻瓜一旦喜欢上一个人，就会坚定不移地喜欢。我还记得你当时写给我的信，你问'山有木兮木有枝，心悦君兮君可知？'，还说'愿得一心人，白头不相离'。我还是觉得那时候的你比较可爱，爱得傻里傻气，无比痴心。"

"唐影，你变了。"他叹一口气，"你知道吗？现在的你，让我有一点点失望。"

"失望？"唐影怔了怔。

"对。"程恪深深看她一眼，"如果非要选择，我更喜欢的，还是十年前的那个小女孩。"

一成不变的阳光，照着此刻久别重逢的白月光。

她承认，她曾经是想从他的眼中看到一份认可的。他是她挂念了十年的人，是她每次在 KTV 听到悲伤情歌时脑海中浮现的人，是少女心中遥不可及的梦，是游子的乡愁……她曾多么想在重逢的那一天亲耳听他对自己说："唐影，你变得好看了。唐影，现在的你让我惊讶。唐影，你让我刮目相看。唐影，你相信吗？我好像有一点后悔了……"

可现在她发现，这些都没有必要了。他活在比开了十级滤镜的抖音视频还虚假的记忆里，本就是袖口的剩饭粒，只是因为她年少无知，才被美化成了白月光。

得到认可的的确确是一件令人开心的事情。可她现在必须认识到，这个世界上，不是谁的认可都具有价值，也不是谁都有资格认可自己。

与其为了听他承认他当年瞎了眼才没看上她而和他较劲，不如干脆承认，曾经爱上他的她，才是真正瞎了眼的那一个。

阳光照在她的脸上，可以清楚地看见她脸上淡淡的雀斑，也可以清楚地看见她仔细描摹的眉毛、睫毛和嘴唇。这是一张在十年时光里奋力生长并不断丰富的脸。女人的面庞是一幅画，曾经只有潦草的轮廓，而如今光彩照人。

她沉默了许久，才开口："如果这么说的话，程恪，这么多年不见，你也让我有点失望。"

"哦？"他一愣，干笑，"失望？哈哈。你也对我感到失望？"

"对呀。"她抬头看他，"而且，你知道你最让我失望的是什么吗？"

程恪看着她，摇摇头。

"是你竟然没变。"唐影告诉他。

当然，他也不是一点都没变。他的脸比十年前稍微圆润了些，骨感不再。被妻子妥帖照料，在温柔乡中安心发福，是已婚男人的共性。他的目光也变了，被社会打磨得混浊而不再锐利。他试图用温柔的神色看她时，却在不经意间流露出了慈祥。

但有一样，却始终未变。唐影接着说下去。

"十年前你和我说话，总喜欢有意无意摸我的头发。我做错了题，你叫我小傻瓜；我任性生气的时候，你总是叹口气，无可奈何地说一声'你啊'；我偷懒了，你叫我小懒虫……这些十年前会让小姑娘脸红心跳的方法，没想到你十年后还在不厌其烦地用。

"程恪，时代不一样了。移动网络马上都5G了，你撩小姑娘的招数却还停留在2G。如果你对我还有哪怕一点点真诚的想法，拜托，起码让我看到一点新鲜玩意儿，行不行？"

夏日的太阳热热闹闹地洒下，小区门口几棵高大的梧桐树的树叶挡住了大部分阳光，树荫的间隙被阳光晒成了亮黄色、白色，风一吹，簌簌振动，银光乍现。

几分钟后，程恪的背影化成阳光里的一颗小点，一颗普普通通的点，然后消失在唐影的视野里。

唐影依然撑着伞站在阳光下，想起十年前，他回给她的最后一条短信，只有两个字："呵呵。"那时候她忍着伤心，拼命安慰自己，"呵呵"不是骂人话。

而十年后，程恪对她说的最后一句话，也是："呵呵。"

他凉了神色，又干巴巴地快速补了一句："我走了。"他转身大步离开。程恪再次用一个"呵呵"，完成了历时十年的循环。她想，也许下一次相遇又要再等十年？但无所谓了。

毕竟，她终于对他，毫不期待。

"这个'呵呵'，得是骂人话了吧？"

本该是工作日下午的抽烟时间，王玉王却破天荒地拿出了电子烟，拉着唐影去买咖啡。两人闲聊周末时光，不知怎么扯到程恪身上。

唐影摇摇头。"不，我现在才发现，未必所有的'呵呵'都是骂人话。"

"怎么说？"王玉王喝了一口冰美式，好奇地问。

"除了表示'你傻×'的那一部分，还有很大一部分的'呵呵'与'哈哈哈哈'，只代表成年人世界里无奈地硬撑门面，是尊严扫地的时候，表示'I'm fine'（我很好）的面具。尴尬的时候，用冷笑来伴装蔑视，好像能给自己抬一抬身价。"

这段话精准又带几分刻薄，王玉王"扑哧"一声笑出来，抽了一口电子烟。

"对了，你怎么忽然打算戒烟了？"唐影好奇地问。

"……呃。"王玉王难得有一点不自在，耸耸肩解释，"我男朋友……他最近好像对烟味过敏，刚好今天下班要见他，我就抽电子烟了。"

"你在为了男人戒烟?! 你也有今天?!"唐影震惊，眼睛睁大，以至忘记确认一个更重要的事实——她的上司，什么时候偷偷有了男朋友？

王玉王愣了三秒，然后扯了扯嘴角，干巴巴地笑了笑。"哈哈哈哈。我们换个话题吧。"

两人拿着咖啡走在写字楼与地下商场的通道里，冷气从脚脖子往上蹿。唐影忽然开口："其实，我虽然掉了程恪，但我知道，他的一些话确实说得有道理。"

"比如？"

唐影转过头看着王玉王，语气有几分认真："比如，他说男人是现实的生物；再比如，他说，许子诠比我有钱，长得也比我好看。和一个样样比我强的男人站在一起，我确实需要底气。"

电梯早已到达办公室楼层，她们躲到楼梯间里将咖啡喝完。

"在爱情里的底气……"王玉王耸耸肩，"这个道理，讲得功利一点，就和律师拿下客户一样。律师的底气是实力，一方面是硬实力，另一方面是软实力。而爱情里，也讲究实力。硬实力或许是相貌、身家，那么……软实力呢？"

唐影一脸愿闻其详的表情看着她。

"其实啊，爱情里的软实力是一种玄学。"王玉王摇了摇头，比如她，也想不清自己为什么偏偏会爱上严吕宁。

可或许就是因为脱离了逻辑，爱情的本质才显得迷人而神秘。

"但从另一个角度来说——"王玉王看着唐影，拍了拍手，推开楼梯间的门，留下总结性的一句，"许子诠绝对不是傻瓜，既然在所有硬实力都比你高一截的前提下，他还能爱上你，亲爱的，你应该想想，你是不是有什么了不得的软实力？"

04

唐影下班回家的时候，许子诠还在加班。

她特意没有问他下班的时间，而是点了外卖，回房间一边吃外卖一边看综艺。刚刚交往不久的情侣同住一个屋檐下的感觉有一些奇怪。一方面，他们刻意想要保持距离，防止过于亲密的接触损耗新鲜感；而另一方面，他们又无法抗拒彼此之间的相互吸引。

她想起今天早上，许子诠的手机扔在客厅，八点整，闹钟响个不停，生生将她从梦中震起。她一脸愤懑地从床上爬起来，抓着他的手机四处寻人，发现这厮从主卧卫生间里出来，穿戴整齐，难得一身西装笔挺。

唐影愣了愣，递上手机，没好气地说："管好你的闹钟！"

他却笑了，没接过手机，伸手挠了挠她睡得乱七八糟的头发，用看小狗一样的眼神看她，有些好奇地说："原来你刚睡醒时是这个模样啊？"

没等她说话，他直接将她抱起，像扛沙袋一样将她扛到她卧室的床上，又给她盖上被子。"今天突然有会要开，起得比往常早了，你再睡会儿。晚上见。"

唇上被轻轻一点，唐影还维持着被他抱着时的发蒙表情，迷迷瞪瞪还没睡醒，直到客厅传来开门与关门声，才知道他已经出去。

上班偷懒的时候，她给林心姿发消息讲了这段经历，林心姿大惊。"许子诠太厉害了！我可见识过你的起床气有多可怕，普通人不死也得丢半条命。"林心姿随即啧啧叹息，"轻轻松松美男计，让你醉倒在他的温柔乡里。"

唐影放下手机，在工位上双手托腮，回忆上午的事，脸上挂着笑容，也痴痴叹息。"确实。当场就没脾气了。"

花痴完了，她不忘问林心姿一句："欸，你觉得许子诠喜欢我什么呀？"

林心姿秒回："这你要问他啊。男人爱上一个人的理由千奇百怪。"

唐影好奇地问："那你呢，你会好奇一个男人爱上你的什么吗？"

"不好奇。"林心姿直白地说，"99% 的情况下只有一个理由——脸。"

许子诠下班回来时，已经将近晚上九点。

他打开门，见唐影穿着睡裙坐在客厅地毯上，对着电风扇吹半干的头发。屋里一半是月光，一半是昏暗灯光。风扇一浪一浪，将她的头发吹起，也将洗发水、护发素、护发精油的植物混合香气吹到许子诠的鼻子前。

香橙小姐。一开始的记忆，变成一场暧昧邀约。

她换了一件睡裙。这次是简简单单的真丝吊带裙，被风吹动得鼓出一块。风扇停止的时候，她的头发顺势垂了下来，裙子的吊带也垂下。她似乎才发现许子诠回来了，回头看他，笑着说："你回来啦？"

许子诠一直站在玄关看着室内风景，见她转过头，这才动了动眉毛，走到她身后坐下，手臂环绕她的腰，指控道："你这是蓄意勾引。"

她抬手解他领口的扣子，摇头。"是你先勾引我的。"

"我哪儿有？"他感到冤枉，嘴唇吻上她的脖颈，一只手揽上她的腰，却恨她的手太慢，干脆自己动手用另一只手解扣子。

唐影在他耳边抱怨说："你的存在，对我而言，就是勾引。特别是你穿着西装……"

他心头一动，顺从地开口："得，那我脱了。"

衣衫褪尽后，他想抱她上床，她却摇头，眼睛亮亮地问："就在客厅行不行？"

她的目光掠过身下的地毯和沙发，遥遥飘到落地窗前。

他的手顺着她薄薄的后背向下游移，到她的腰，再往下滑，是浑圆的水蜜桃。他忍不住掐了一下，咬她耳朵，说："姑娘，你花样倒是不少。"

这一次，她踌躇满志，试着开始统筹大局。"这次，我们要不要多一点姿势？"

"有哪一款是你特别喜欢的吗？"

唐影摇头，像逛奢侈品专柜似的，一只手钩着他的肩，另一只手的手指指尖沿着他的喉结、锁骨一路往下，她告诉柜员："我要都试试才知道。你呢，有没有推荐？"

在这个领域里，许子诠的确是最称职的柜员。他径直扳过她的人，说："我可懒得推荐，不如带你一个个试试。"

所有的温柔带了颜色，最终演变成直白的冲撞，仿佛有滂沱的暴雨砸下，将他们淋湿、浇透。她本是聪明的学生，他有意引导，身体本身就是一种语言，恋人们用最原始的方式交流。默契的时候，他们像在完成一场探戈，跟随韵律起伏，缠绵交颈，在切磋中厮磨。

最后他还是抱着她回到了床上，冷气温度开得低，对着两人直吹。许子诠拉被子给唐影盖好。他看着她精疲力竭的样子，半开玩笑嫌弃她体力太差。

唐影不安分地拿指尖在他的喉结上刮来刮去。他说话的时候喉结上下移动，她的指甲盖追着它跑，状似心不在焉，像是想开口，却又归于无声。

"怎么了？"他注意到她的欲言又止。

"许子诠……"

越是让她心里没底的问题，她越倾向于选择一个最有可能得到想要的答案的时机询问。比如此刻，他搂着她，而她趴在他的怀里，他们是彼此眼中的唯一。

她斟酌了一下，终于在三秒后开口："那个，你……喜欢我什么呀？"

他没想到是这个问题，想了想，最后给出模糊的答案。"因为……感觉吧？"

"感觉"是所有答案里最不能让女孩满意的字眼。它不讲逻辑，也毫无预兆。而毫无预兆地降临的一切，都有毫无预兆地消失的风险。

唐影只表露出一点点警惕，她继续问："那……那你哪一天对我没感觉了怎么办？"

他熟练又深情地给出标准答案："不会有这一天的。傻瓜。"

唐影不满，捏他的嘴。"说实话。"

"这个问题很难回答。"许子诠皱起眉头，两只手握着她的一缕垂在肩上的头发玩，"这就像是在问，如果有一天我出意外了怎么办？如果我喜欢你的理由是感觉，那么当有一天这个理由消失，我当然不能继续喜欢你了。"

实话与逻辑，从来不浪漫。

唐影被这个答案震得目瞪口呆，忍不住乱拳打他。"许子诠！这是在床上！你竟然和我说这么冷酷的话。"

"要推己及人啊。"他抓着她的手，问，"比如你呢，你为什么喜欢我？"

唐影干脆地回答："美好的肉体！"

他被噎住，忍住骂人的冲动。"行。那要是有一天我变成了三百斤的胖子，生活不能自理，你还喜欢我吗？会一生一世守在我身边照顾我吗？"

"……"唐影愣住，几秒后，试探性地提议，"要不——我们换个话题？"

她在很久之后，都有些后悔自己问出了这个问题。程恪的话激起了她一直怀着的隐隐的不安全感，好在她善于伪装。所谓底气，是守护并维持一段感情的保险丝。可惜她的恋爱经历为零，而许子诠又将王玉王口中的"软实力"归纳为更加玄妙的"感觉"。爱情的本质是数千年来经久不衰的话题。她想不透在这段爱情里，他爱她的理由。最后她只好求助于另一段感情，比如，她好奇他曾经爱上过怎样的女人。

她犹犹豫豫，换了个话题，开口问许子诠："要不，你和我说说你的前女友吧？"

"前女友"这三个字本身就代表了一段故事，或者即将搞出一个故事。再没有什么比这三个字带有更多天然的哀怨与暧昧，这三个字是世界上最言简意赅的微小说。"人不如旧"这四个字，将"前女友"这三个字牢牢锁定为另外两个人的新一段感情的天敌。

"你说什么？"他睁大眼，确认道，"这可是送命题。"

唐影有点认真。"我就想听听你们是怎么在一起的，又为什么分开。"顿了顿，她补充，"我就想多了解一点你的过去。"

她一脸"我的内心足够强大"的表情看着许子诠，这表情充满说服力。

"她啊……"许子诠想了想，"她是在中央音乐学院学音乐剧的学生。那时候我刚工作不久。几个朋友介绍我们认识。"

"那你为什么喜欢她？"她的内心不如她想象的强大，才听了开头，她鼻子已经发酸。

他撇撇嘴。"那时候年轻嘛。就因为她长得好看。"

"有多好看？"她简直自寻死路。

"第一次见面的时候，那时候在北京，我记得是初夏，刚刚下过雨。我们几个人从咖啡厅里出来，雨过天晴，门口的天边正好有一道彩虹，特别大。那些朋友又刚好都是玩音乐的，大家起哄，一下子来了兴趣，正好带着吉他什么的，起了个和弦说要听她唱歌。"许子诠神色变温柔，回忆起来，"她也不怯场，直接就在咖啡厅前的草坪上，一边唱一边跳。唱到一半，天上又开始下毛毛雨，彩虹还挂着。雨落在她身上，她反而更开心，转过头来对我笑了笑。那一刹那，我好像掉进了一部电影，她就像雨中的精灵一样。"

听这样的故事，简直要心梗。

"所以你……你就对她一见钟情，爱上她，追她，结果还真的追到了？"

"嗯。"许子诠没有否认。

"那……后来呢？"她声音干涩，顿了几秒，又补一句，"你……你们为什么分手？"

许子诠想到什么，收了笑，摸了摸唐影的头发。"在一起之后才发现不太合适。她……太没有安全感。"

"有多没安全感？"她迫不及待地想听一些缺点。

"就……我记得那一阵，但凡我出门，必须报备。只要不是见她，就要用微信视频将桌上所有人拍一圈。半个小时没回短信，她的电话就追来。她要定期看我的手机，下班回家迟一分钟她都疑神疑鬼……就有点受不了。"

女版徐家柏。

唐影本以为安全感来源于漂亮脸蛋带来的底气，但此刻却发现，安全感似乎与底气无关。

她往被窝里缩了缩，酸溜溜地冒出一句："但人家是雨中精灵嘛。你牺牲一些自由也是应该的。又不是哪个男人都能做董永娶七仙女。"

许子诠不回答了。

"所以，最后你受不了她的疑神疑鬼，提出了分手？"

"分手确实是我提的。"许子诠顿了一会儿才说，"但却不是因为受不了她。"

雨中精灵在爱情里折腾，为了消除不安，想到向许子诠提出结婚。许子诠没有答应，却在几个月后，发现她在手机里藏了好几个蓝颜知己，日日亲密交谈，互道"晚安"与"爱你"。她与他们的聊天记录编织成一顶绿帽子，扣在他的头顶。

"啊?!"唐影感到惊讶。这是什么反转？

许子诠点头，撇嘴。"她说她没有安全感，日日患得患失快要疯掉，所以与其等我哪一天出轨，不如先下手为强。"

"虽然她很奇葩，但会不会是你的不对？比如，身为她的男朋友，你为什么不能给她足够的安全感呢？"

许子诠换了个抱唐影的姿势，反问："我已经按照她的要求报备、回消息、拍视频，她想让我做的我都做了，她却还是没有安全感。我还能怎么样？我后来才明白，感情里的安全感只能来源于自己，另一半无论做多少，都没办法弥补。"

"所以那时候……你真的没有暧昧的对象？没有藕断丝连的其他朋友？"她替他的前女友审问他。

许子诠干脆地摇摇头。"没有。单身的时候我确实不回避暧昧，但既然进入一段感情，就应该足够认真。毕竟精力有限，如果想要多线发展，就没必要让一段稳定的关系束缚自己。"

这话掷地有声，唐影吐了吐舌头。她想到什么，又从被窝里钻出来一些。"那分手以后呢？你们没再联系了？"

"还留着联系方式，但几乎没再联系过了。她后来结婚了。去年她小孩满月，我还给她包了红包，送了一堆婴儿用品。"

她摇摇头。"你这做派太像备胎了。"

"哪儿有？"许子诠笑起来，"我只是觉得又不是什么深仇大恨。当初她希望我原谅她，我一开始确实有点生气，久了也就释然了。"他揪了揪唐影的耳朵。"可能她只是犯了大多数没有安全感的女人都会犯的错误？她虽然不适合我，但也值得幸福。"

"那我们呢？"想了一会儿，唐影忽然仰起头看着许子诠，问出一个特别不浪漫的问题，"我们分手以后，也能做朋友吗？或者，以后我嫁人生小孩了，你会给我包红包吗？"

许子诠的目光落在唐影的脸上，四目相对，他一点一点变得严肃起来，习惯上扬的嘴角往下撇了撇，似乎有几分委屈。最终，他将她仰着的脑袋摁进怀里，她的耳边是他咚咚作响的心跳。他很认真地告诉她："现在的你，不可以问我这样的问题。光是想想和你分手这件事情，就会让我很不高兴。"

屋子里没有开灯，月光像薄纱，温柔地铺在床上。

这句话的每一个字都轻轻敲进她的心里。她安抚他道："我只是假设。"

"我不喜欢没有意义的假设。"他的手环住她的腰，紧了紧，"三十岁的我比二十多岁的我聪明，不太容易在感情上做错误的选择。"

此刻他的目光与话语，似乎终于给了她底气。她过了很久才说——像是对许子诠说，也像是对自己说："小时候，我一直觉得自己不够好看。其实，现在我也依然觉得自己不够好看。美是最显而易见的天赋，也是实力，可惜我没有。我有没有说过？我一直挺羡慕林心姿的，有漂亮脸蛋就够了，所有人都理所当然地爱她、宠她。我曾经以为，漂亮，是女人在爱情里最大的底气。可是现在我才发现，女孩光靠漂亮的长相，未必就能拥有完美的爱情，林心姿如此，你的雨中精灵也是如此。好看的皮囊，从来不是理所当然地被偏爱的理由。"

在她说话的时候，许子诠用手指慢慢梳她的发。

沉默了一会儿，他才开口："说实话，长得好看这件事情，年轻的时候确实重要。哪个男人不喜欢美女？但再好看的脸，看久了也觉得平淡。一开始你愿意为那个人牺牲一切，但到后来，看腻了那张脸，你愿意付出的只会变少。"

"我知道的，边际效益递减嘛。"

"是这样。"许子诠捏了捏她的脸，"无论是漂亮还是别的什么，那些显而易见的理由太外在了。它们或许可以提高一个人被爱上的可能性，但不可能成为一个人真正爱上另一个人的原因。就像你愿意为了一件漂亮衣服豪掷千金，但不可能为了它赴汤蹈火。美丽的确让人想要占有，可爱情的本质是付出，必须触及灵魂与内心深处才能得到。"

"所以，你说这是一种感觉？"唐影问。

"当然了。如果我能一条一条地说出喜欢你的理由，那说明我一定没有对你走心。"

唐影满意了。

她看了他一眼，将脑袋窝进他的怀里，想了一会儿，皱眉。"唉，完了，可是我却能一条一条地说出喜欢你的理由。比如你长得好看，有腔调，聪明，身材还好，哦还有，脑袋又大又硬……"

她掰着指头列举。

许子诠听着受用，却仍然没好气地瞥她一眼。"我早就知道你这小丫头肤浅。"他想到什么，又半开玩笑地说，"刚才你说你只喜欢我美好的肉体，也让我很没有安全感。"

唐影眨眼，问："没安全感？那你要不要也查一查我的手机？"

许子诠笑起来，逗她："真的让我查？不怕我知道你最近又给几个猛男点赞了？"

唐影果真翻身去床头摸手机。两人的手机是同款，只有颜色不同。他们忘记方才纵情欢爱时把各自的手机丢到哪里了。黑暗中，她从床边随手翻出来一部，摁开了屏幕，才发现是许子诠的。

微信提示："你有两条未读消息。"

她将手机递上去。许子诠接过手机，顺势吻了吻她的手掌心，不以为意地当着女朋友的面解锁屏幕。

微信界面上，两条未读消息都来自于川川。

"你今天的西装好好看。明天再穿西装给我看好不好？"

"才分开几分钟就想你想你。笨蛋许子诠。"

05

许子诠的表情在下一秒变得难看。而他不用看也知道，唐影的表情只可能会更加难看。

　　汹涌的情绪总是来得缓慢。大脑需要一键暂停，然后迎接风险。等唐影意识到这两条消息意味着什么的时候，她已经摔开被子以及被子上许子诠的手，利索地从地上捡起睡裙穿上，然后昂首离开了房间。

　　许子诠迅速堵在门口。"你听我解释！"

　　唐影低头瞄了他一眼。"你先把衣服穿上。这样解释不太严肃。"

　　许子诠赶紧说"好"，可转身找衣服的瞬间，唐影就敏捷地从他的身体与门框之间的空隙穿过，"嗖"地溜进自己的房间，再"砰"的一声重重关上门。

　　许子诠好不容易才穿戴整齐，在门口敲门。"唐影，你听我解释。"

　　男人遇到误会时的台词只有这一句，实在太蠢。在电视剧的耳濡目染下，任何女人都会在听到这句话的下一个瞬间脱口而出："我不听我不听我不听。"

　　许子诠叹了一口气，隔着门喊："你不听我也会解释。"

　　唐影不说话了。她当然想听。

　　"是那女的今天来我单位楼下堵我。我防不胜防！"

　　房间里没有动静。许子诠顿了几秒，又赶紧补充："没拥抱！没牵手！没任何亲密接触！我今天回来得迟，真的是因为加班。我见了她撒腿就跑，真的，我发誓。"

　　过了会儿，门打开，唐影钻出半个脑袋。

　　"她怎么知道你的单位在哪里？"

　　"她闲的啊。"许子诠痛斥。

　　"你刚刚还对我装来着，说你对待感情足够认真，一旦进入恋情，绝对不搞暧昧。"

　　"这不是装，这是实话。我才不想和她搞暧昧。"许子诠赌咒发誓。

　　"那你还留着她的微信？"

　　许子诠一愣。只要没什么深仇大恨，他从不删除别人的微信。这会儿求生欲涌起，他拿起手机，询问："那我现在拉黑她？"

　　唐影"啧"了一声，看了他一眼，晃了晃自己的手机，提示道："你再犹豫会儿？反正我已经在 App Store（应用商城）上下载交友软件了，并打算用周末你给我拍的香艳私房照做头像。"

　　那张照片是她扎着哪吒头，穿着家居短袖短裤，勾着腿趴在沙发上加班的时候，许子诠偶然路过顺手拍的。他拍照时悄无声息，等到唐影上班时，他才将照片发给她，配上四个字："可盐可甜。"

　　"你敢?!"渣男听了这句话，劈手就夺她的手机，迅速举到她够不着的地方，瞪她，"喂喂唐影，你找死呢？"

　　"大哥，这是外交上的对等原则。你怎么对我，我就怎么对你。你还留着纠缠你的小姑娘的微信，那我也要找个小哥哥不清不楚。"

许子诠冷笑一声，眼明手快翻出于川川的名字拉黑，又抓过唐影的脸对准她手机的屏幕，解锁她的手机，将正在下载的社交软件迅速删除。最后，许大渣男将手机扔回唐影怀里，恢复理直气壮的语气："行，我把她拉黑了。你给我老实点，别想找借口和别的小哥哥不清不楚！"

唐影不说话了，过了会儿又问："拉黑是一回事，那她再来找你怎么办？"

"她来找我，我就跑啊，我都拉黑她了，她怎么可能还找……"

话没说完，就被电话铃声打断。来电显示是一串陌生号码，号码所属地是上海。

可想而知是谁，许子诠和唐影对视一眼。尖叫一般振动着的手机握在手中，如烫手山芋。

"我……应该接吗？"

"你也可以挂了。"唐影眯起眼。

接电话的结果是送命，挂电话则代表心虚。"叮叮当当"重复着的旋律如同在催命。好在许子诠临危不乱，思考三秒之后，脑中灯泡"噌"地亮起，原本有几分慌乱的神色变得郑重。他看向唐影，郑重其事地将手机递了过去。

"亲爱的，你接。"

"啊？"唐影一愣。

在大作的铃声中，许子诠点点头，一脸同仇敌忾的表情。"对啊，你来亲自处理这个试图挖你墙脚勾引你男朋友的狐狸精！"

"你接了?!"

林心姿一脸不可思议，漂亮的眼睛瞪圆。大美人最近刚搬到新家，胡哥替她租的短租公寓到期，她千挑万选后，租了百子湾附近的自如公寓。距离单位不远不近，不算最佳选择，可在林心姿看来，这里租金便宜，生活与文化气息浓厚，更重要的是北京的"脚部"艺人与网红聚居此处，周围人的平均颜值颇高。平日里混在漂亮的人中间，有利于身心健康。

唐影周末带了甜品来给闺密暖房，两个姑娘守着北京将暗未暗的天边，接着八卦。

"对啊。我接了。"唐影盘着腿坐在软垫上，咬一颗樱桃，"我原来以为修罗场应该刀光剑影，但其实不是，真正的修罗场看起来一片平静。"

毕竟年纪轻轻，阅历有限，谁也没送上门做过几次小三，也不是谁都有机会直面小三。

但好在这些年涉猎了颇多狗血小说与电视剧，接电话前，唐影深深吸气，特地清了清嗓子，端出正室专用嗓音，柔柔说了一声："喂？"

这个"喂"字也有讲究，比如要足够文雅，但也要足够妩媚。文雅是为了显示端庄，而妩媚能让第三者自觉撤退。一旁的许子诠听了也很惊讶——呵，这个女人和我打电话时用的从来不是这个嗓音。

电话那头顿了三秒，被一个"喂"字生生噎住，像是本来准备好了一腔骚话，却没想到接电话的也是个骚人。

唐影就这样出其不意地先发制人。她拿出耐心，接着说了声："喂？"尾音依然妩媚。

对方总算缓了过来，意识到大敌来临，音调突变。"啊——是你啊。"于川川恢复了滑腻的声音。"是你啊"这短短三个字，也有讲究："是你"两个字体现了然；而一个"啊"，尾音拉长，流露出三分不屑。

"哦，你知道我？"唐影笑了笑，瞥了许子诠一眼，低头接着说，"许子诠就在我身边，可他好像，不太想接你的电话。"

女性情敌对话时，仿佛在用声音比美。但既然是在对峙，比美的同时，内心都有几分犯怵。

那头的声音冷了下来。"我不信。"

唐影耐心地说："人总要接受现实。"

电话那头安静了。过了一会儿，于川川用一贯的诱惑嗓音问："对了，许子诠没和你说过我是谁吗？你知道我和他认识了多久，之前经历过什么吗？而且今天我们还……"

唐影摇了摇头，打断她的滔滔不绝，对着电话说："你不重要。"

于川川愣住。

"你想想，他哪怕有一点点心疼你的想法，都不可能把电话给我，任你跳梁小丑般蹦跶。"

唐影说这话时，许子诠已经懒得旁观，转身打开 PS4 游戏机，连上屏幕，兴致勃勃地开始杀怪。果然是冷血无情大渣男，唐影内心吐槽，又对着已经发蒙的于川川加了一句："所以，还要继续吗？"

大小姐利落地挂了电话。

"一记绝杀！"林心姿听了唐影的叙述，高举双手鼓掌，夸奖闺密，"这些年的小说没白看！"

唐影抬了抬眉毛。"以其人之道还治其人之身，谁不会？"

"然后呢？"林心姿又问。

唐影挂了电话，将手机扔给许子诠的时候，许子诠在游戏里激战正酣，没碰自己的手机，却伸手一把拉住唐影圈在怀里。

唐影皱眉问："干吗?!"

"消气了吗？"他用胳膊环着她，微微低头凑过来嗅她的发，眼睛仍盯着屏幕，没等她回答，又问一句，"这是什么洗发水？这么好闻。"

唐影窝在他怀里，换了个舒服姿势，只回答第二个问题。"小众斩男香。专杀各类大渣男。"

她侧过头，又问他："杀你吗？"

"杀。你的一切都杀我。"他的声音很低。

"喂！我不是要听这个！"林心姿本来想问八卦的后续，却不料被塞了一嘴狗粮，愤怒平息后，又好奇地问，"那个女的会这么容易放弃吗？她有没有可能再次找上门来？"

唐影想了想，摇头。"大概率不会。"

按照许子诠的说法，于川川是个骄纵的白富美。这样的女孩突然对他感兴趣，不过是喜欢刺激，不是图这个人，而是贪图掠夺的快乐。而解决的方法也很简单，让她体会不到快乐就行。

爱情里的外来者是经久不衰的话题，针对不同类型的入侵，对症下药才是明智之举。世界上的男人那么多，为何她们偏偏就盯上你的男人？不同类型的女人有不同的目的，弄清楚目的，才能釜底抽薪。

唐影掰着指头算。"在我看来，入侵者的类型可以大致分为三种。第一种是为了爱情，其典型是伤春悲秋的文艺女青年，仰慕才华，吃露水生存，相信至纯至真的爱，一旦爱上一个人，恨不得跟他同生共死，礼义廉耻与道德更不在话下，通通不是阻碍。代表人物是琼瑶早期小说里的女主角，名言是：'我是来加入这个家，不是来拆散这个家。'"

林心姿大笑。

"还有第二种，为了钱与生存。这种类型的入侵者大多出现在中年男人身边，情况多半是夫妻一起奋斗半生，男人总算事业有成，表面上幸福美满，实际上内心骚动不安，好死不死碰上了出身贫寒又有些姿色的小秘书小助理或者女大学生。她们怀揣着逆天改命的愿望，想走捷径，攀上了男人就像抓住了救命稻草，死都不会放弃。"

林心姿"啧"了一声。"这种类型是不是最可怕？"

"确实如此。第一种女人虽然激进，但敢和她们混在一起的男人也数量有限。大多数男人务实，为了爱情乌托邦而要死要活抛妻弃子的戏码不符合他们的价值观，他们一旦遇上这种女人，很可能敬而远之。而第二种女人，求的是生存。她们一无所有，所以才敢抓住机会孤注一掷，失败了大不了从头再来，成功了就能一步登天。既然是为了生存，当然手段花样百出，精神百折不挠，这的的确确是最可怕的一种人。"

林心姿对这个理论深感震撼。

唐影笑笑。她这几天着实做了一番研究。她接着说："剩下的第三种入侵者，其实是最无聊的。她们勾搭非单身男人，不过是为了证明自己，为了在现实生活的打怪升级中了却自己做狐狸精的夙愿。这种类型的女人往往条件尚可，极其自恋，将裙下之臣的数量当作人生 KPI 来认真完成，把俘获男人或者从别人手中抢夺男人当成荣耀。她们骨子里不把男人当人，而是把男人视为战利品，如果可以，恨不得将他们做成勋章挂在胸前。”

林心姿得出结论：“那个于川川，明显就是第三种？”

“嗯哼。”唐影宛若给客户讲解最新行业规范，理论扎实加上成功实践，赋予她挥斥方遒的气势。她喝了口水，接着分析：“她属于第三种，并且还是第三种下再细分的白富美型。这种类型的入侵者来势汹汹，但其实最好打发。她们拥有太多，所以在意名声；自尊心太强，因而不能接受侮辱。另外，她们条件太好，周围也不乏追求者，她们凭什么要在一棵树上吊死？”

“这种人的入侵往往基于一时的心血来潮，就像暴雨倾盆，转眼就消失。打压她，再拖一拖，把她追求刺激的耐心耗尽，基本就能解决。”唐律师自信一笑。

“分析透彻！”林心姿恨不得起立鼓掌，对于川川嗤之以鼻，“那个女的也够奇怪的，看着正经，却偏偏有夺人所爱的恶趣味。”

唐影耸耸肩。谁知道呢？毕竟“奇葩”两个字，从来不会写在脸上。

时间在女人的交谈间飞速流逝，从窗户看过去，天边的最后一缕光被夜色吞并，城市缓缓沉入黑暗里。

林心姿新租的家依然是老旧的二居室，地段更偏。她只租其中一间，每个月的房租在 3000 元以内。她说徐家柏带来的阴影让她决定开始攒钱，洗心革面，做独立女性。现代人的社交方式就是哭穷。林心姿在国企就职，平均下来每个月到手的钱不过 8000 元，但所谓寒酸只是表面上的。单位带给她的除了北京户口，还有逢年过节时的各项福利，补贴优厚的员工食堂和超市，更重要的是，指标确定，明年此刻就能分一套好房。

刚搬家不久，林心姿的大部分行李还杂乱地堆在房间四处。另一间房空着，据说已经租出去了，但租客尚未入住。

此刻两个人看着楼下与周遭升起的点点灯火，那是这个城市在暗中睁开的眼睛。照亮屋子的是林心姿新买的落地灯，依然是性价比很高的宜家产品。

时间不早了。

唐影从坐了许久的软垫上起身，拍了拍手，准备回家。她替林心姿收拾了小桌上的零食，想到什么，忽然问：“对啦，你最近怎么样？”

问的当然是爱情。

林心姿低头收拾桌上残骸的手顿了顿，闷闷地说：“就那样呗。”

“胡哥呢？你之前搬家，他有没有来帮忙？他分明说过他是高效温柔。”唐影调侃。

大美人没回答，一只手抓着垃圾桶，另一只手套着一次性手套，粗暴地将桌面上的残屑哗啦啦刨进垃圾桶里，过了会儿才答："哦，他在忙呢。"

"忙什么啊？还有什么比追妹子更重要？"

林心姿哼了一声，将装满了垃圾的垃圾袋从垃圾桶里拿出，狠狠地在上面打了个死结，抬起眸子看了唐影一眼，语气嘲讽地说："他啊，在忙着谈恋爱。"

06

"这鲷鱼，应该不是日本进口的。"

"哇！这你都能吃出来？"

"日本北海道附近的鲷鱼入口后味甘甜，而这家的却后味平淡，少了一份鲜美，应该是天津附近养殖的鲷鱼。"

"你……你也太厉害了吧?!"

小美人的大眼睛里闪着光，纯真又惊喜，彩瞳片在灯下泛着湛蓝色，将所有的倾慕泡在这片海里。

胡哥笑了笑，侃侃而谈几句就能被这样的星星眼追逐，任何男人心中都受用。他瞥了远处的林心姿一眼，又笑盈盈地看着眼前的小美人。"哪儿有。我就是对吃的比较感兴趣。"

"可我好喜欢吃呀！"小美人搂着胡哥的袖子，用甜甜的声音说，"胡哥你以后多带我吃好不好？"

小美人叫谢可欣，是新入职的应届毕业生。她以笔试第一的成绩考进来，面试那天就引起部门轰动。大家纷纷来找林心姿，闲扯几句后递上谢可欣的照片，接着赞叹说："以后咱部门终于有人的颜值可以媲美你了。"

林心姿第一眼看到谢可欣就觉得不喜欢。那种不喜欢，类似女人撞衫时的烦躁心情，源自追求独一无二的人对"同款"的憎恶。谢可欣太像她了。

一样皮肤白皙，面容清秀，脖子细长，腰背笔挺。谢可欣更善于示弱，习惯半抬着头看人，像是盛夏剥了皮的杧果，汁液甘鲜，*丝丝缕缕都是甜*。

更令人讨厌的是，谢可欣比她年轻，年纪不到二十五岁，连护肤品都用的是另一套生产线的，不像她，皮肤已经成了"初老肌"，需要格外注意保养。

　　更重要的是，谢可欣还单身。

　　曾经热衷于给林心姿介绍对象的领导纷纷倒戈。毕竟任审美如何变化，对相亲市场上的女性来说，年轻才是唯一的硬通货。

　　谢可欣却拒绝了所有相亲对象。部门领导胡哥问起原因，谢可欣用漂亮的眸子哀怨地看他一眼，再哀叹一声："心有所属呗。"

　　那时候的胡哥也心有所属。他依然殷勤对待刚刚恢复单身不久的林心姿。

　　吃腻了食堂，偶尔部门里几个人结伴出去吃饭，他总会走在林心姿身侧，将步调调整得和她一致，随口扯几句时事政治与花边新闻当作谈资，或者讲新看到的网络段子逗她开心。

　　胡哥善于珍惜自己的温柔，油腻中流露的骄傲忌讳"备胎"二字。他对尚未在一起的女人的付出有限，毕竟他认为相恋之前的付出只是为了示好，过度付出只会换来感动。自信的男人相信，吸引力才是开启一段感情的唯一动力。

　　但林心姿反应平淡。面对吸引力不足的男人，她还是希望对方再多表露一点点诚意。

　　两人僵持。

　　直到谢可欣的出现打破他们的僵持。

　　如果将人类也按照生物分类学予以划分，界、门、纲、目、科、属、种，谢可欣与林心姿是属于同一科的女人。她们美丽，自知美丽，并且善于运用自己的美丽。唯一不同的是，林心姿只想仰仗自己的美丽，而谢可欣除了美丽，还拥有魄力。

　　谢可欣给自己规定的嫁人年龄与林心姿一致，二十七岁。剩余时间不短也不长，距离满二十七岁还有两年时间，刚好谈一段稳当恋爱。于是她想好了，这段感情决不能错付，遇到合适的人选时，她要迅速敲定，并主动出击。

　　比较身家，比较品性，比较靠谱程度，最后比较结婚的可能性……她也差点列了和林心姿一样的幻灯片。可她的眼光更实际，家境优渥与细心体贴，在她心里远胜过貌比潘安与八块腹肌。

　　入职的第一个月，她就迅速观察并为自己筛出了最佳人选。

　　部门领导胡哥年轻有为，还才华横溢，玩转胶片与光影，摄影水平精湛。当然，有才华的男人她见识过不少，但胡哥的才华却暗藏不为人知的底蕴。她拼凑他社交账号中关于家庭与童年的蛛丝马迹，留意到他的父亲早年留洋，之后回国任职于著名外企，他的母亲是大学教授，在他的父亲留洋时与之相识。是书香门第。他曾在上海工作过几年，也只有她才会去仔仔细细翻他早年照片中的每一个细枝末节。她反复确认其中一张照片中的露台的视角，发现那房子分明就是汤臣一品的。

　　越是有资本的人，越有低调的资格。谢可欣为自己的发现而惊讶，流连于他在朋友圈晒出的风景照片，在心里默默叹息。

哦！那绝不是油腻，而是独属于艺术家的才气。

女人的直觉向来准确，胡哥对待林心姿不同寻常，而林心姿却对他嗤之以鼻。爱情世界是一个循环的鄙视链，你不屑一顾的人，或许正被另一个人视若珍宝。

谢可欣表达爱意的方式简单又直接。聚餐时胡哥提到的餐厅，她第二天就在大众点评上标记；胡哥说自己最近在看《平原上的摩西》，她当晚的朋友圈配文就是那本书里的经典段落。月底发了工资，她开开心心说要请大家喝奶茶，拿着外卖 App 一个个问大家喝什么，唯独漏了胡哥。胡哥调侃道："哟，没我的份？"她眨着眼说："不用问你也知道，杨枝甘露加糖。"

"哎哟。我们和他工作了小半年都不知道他爱吃什么！"一群同事忽然起哄，"这谁受得住啊！"

胡哥也笑着摇头，不复往日的油腻。"受不住，当然受不住了。"

他们说这话的时候，林心姿正在手写一份文件，指尖突然用力，不小心划透了纸面。

"不是难过，当然不是，我就是……有点不爽。当然，只有一点点。"林心姿事后解释自己的心情。

林心姿恢复单身后，工作日下班后以及周末，胡哥会约她吃饭，她偶尔赴约。他也渐渐倦怠，于是邀约的频率从一周四次降低到一周两次。等到谢可欣入职，就连微信上胡哥的头像闪动的次数都变得屈指可数。"喜欢"从来不是一个虚词，胡哥对林心姿的喜欢，肉眼可见地在减少。

直到有一天，林心姿想起胡哥已经好久没有给自己发过私信了。

那天部门聚餐，十多个人围着同一张桌子吃韩国料理，炸鸡、啤酒还有部队火锅。大家挤在一起，难免磕碰，席间林心姿的手机被旁边同事的胳膊肘从桌面上撞落。

"哎，心姿，抱歉抱歉！"

"没事的。"林心姿说着俯下身去，在捡起手机的那一刻，无意间看见桌子对面并肩坐在一起的胡哥与谢可欣在桌下紧紧交握的手。

她怔了大概三秒，然后若无其事地起身。饭桌上，胡哥依然对着部队火锅侃侃而谈。谢可欣坐在一旁，小鸟依人，面色酡红，眸子里盛着满满的爱意。

"没事。意料之中。"林心姿这样对自己说。

"就……就这样被小姑娘掳走了啊?!妈呀！这样的男人不要也罢。"唐影拍案而起，想了会儿，依然愤愤不平，"那后来……胡哥有没有对你说什么？"

"有啊。后来我们在茶水间里碰见过一次。"林心姿早已平静下来，一边八卦，一边将垃圾袋提到门口，想起什么，翻了个白眼，"他对我说了一个谐音哏。"

"啊？什么玩意儿？"唐影睁大眼睛。

　　那天茶水间里没有其他人。胡哥似乎是看见林心姿进去才跟了进去，手上还拎着一只新买的星巴克猫爪杯。

　　"喀，心姿……"他似乎不知道怎么开口，最终还是坦诚地说，"我……那个，恋爱了。"

　　"我知道啊。你们也没有隐瞒，大家应该都看得出来。"她手上没停，眸子低垂，目光落在眼前的咖啡机上。

　　胡哥被噎住，顿了几秒，不自在地将手插进兜里，又拿出来。"我觉得，还是应该和你说一声。算是……算是一个完整的告别。有始有终嘛。"

　　随着坦白，他的语气一点点变得轻松，到最后一句话时，已然恢复往日的油腻。

　　咖啡从机器里流到杯子里。林心姿总算侧过脸看向胡哥，看似一脸轻松。"没事的，可欣很好，祝你们幸福。"

　　胡哥挠了挠头，总算将手中的星巴克杯子递了过去。"那个……这个给你。"

　　"啊？"美人没反应过来。宣布恋爱，还有伴手礼？

　　"给你一杯子……"胡哥拉过她的手，强行将袋子塞到她手上，"'给你一杯子'谐音'给你一辈子'。我曾经真的想给你一辈子的。但现在，我已经决定把我的一辈子许给另一个女孩，所以，心姿，我……我给你一个杯子吧……"

　　"……"

　　"噗哈哈哈哈哈！什么鬼！"唐影又好气又好笑，目光落在林心姿放在客厅门口的星巴克袋子上，确认道，"就是这个杯子？"

　　林心姿走过去，拿起杯子，一脸无奈。"你要不要？送你？"

　　自如公寓总能将破败的房子翻修出小清新的气息，空荡荡的客厅里，胡哥的杯子十分引人瞩目，又十分平凡。这段过了气的感情，也终究变成了记忆里的摆件。

　　小小房子的客厅明亮，另一扇门紧紧锁着。

　　唏嘘完了胡哥，唐影打算回家，到了门口，忽然好奇地问："对了，这间屋子的租客是？"

　　"男的。我见过一次。好像是明天搬进来。"林心姿抬了抬眉毛，手指勾了勾，示意闺密凑近，"很帅。"

　　"帅"这个字，难得从林心姿的嘴里说出。用大美人的话来说，周围的男人最多算是长得凑合。娱乐行业与网红经济火速发展的今天，但凡颜值过硬的人，都被卷入了娱乐圈，与素人之间有一道墙。

　　唐影的眼神变得暧昧起来。"哎哟。旧的不去，新的不来。"

　　林心姿耸了耸肩。"我没有别的想法。长这样，不是网红就是艺人，总之是混娱乐圈的，和我们不在同一个世界里。而且他才二十岁，毛头小伙。"

　　唐影替她惋惜。"唉，这听起来，不是结婚的料……"

林心姿也笑了。"是啊，我还是很功利的，一切以结婚为目的。"

林心姿送唐影下楼的时候，已经将近晚上九点。大概是因为白天下过雨，八月的晚风灌在脖子里，莫名有些冷。林心姿抱着胳膊搓了搓手，叹道："时间过得好快，这个夏天就要过去了。"

而那时候她绝对不会想到，属于她林心姿的夏天，才刚刚开始。

07

周日中午，唐影和王玉玊来到励骏酒店二楼的自助餐厅。她们来参加律协举办的知识产权新兴法律问题专题大会。参会人员众多，会议专题复杂，会议时长又长达一整天，主办方便统一安排参会人员中午在二楼的自助餐厅用餐。

励骏酒店规格不低，奈何本次会议的主办方经费有限，支付场地租金等已经开销不少，只好暗暗降低餐饮规格。不大的自助餐厅里挤满了参会的律师、法务以及来报道会议的记者。唐影和王玉玊身处其中，一边八卦闲扯，一边抱怨食物不佳。

唐影忽然想到什么，对王玉玊说："姐，我发现选男人其实也和选食物一样。越好吃的食物，越不容易吃到。受欢迎的男人就像美味的食物，表面看着诱人，其实要么热量爆表，要么糖分超标，要么吃了伤胃伤肠。他们潜在的缺点很多，和他们在一起时会遇到很多麻烦，承受很大压力。就像许子诠，他看起来哪里都好，可骨子里自我又骄傲，有数不完的桃花债，有时候不是特别体贴，内心不强大的女生和他在一起，分分钟就崩溃……"

王玉玊好奇，问："那你崩溃过吗？"

唐影点点头。"当然啊。可幸好我还挺能装的，哪怕再不安，都不会在他面前表现出来，永远一副万事都掌控得住的平和表情。男人嘛，也是矛盾体。他们表面上大男子主义，希望你常常依赖他，可骨子里却害怕累赘。女人在他们面前既要知道什么时候该示弱，又要知道什么时候该坚强。简直累死！"

说到这里，她看了王玉玊一眼，却见王玉玊一脸若有所思的表情，想了会儿，反问她："真的是这样？"

"当然啦。"唐影敏锐地嗅到八卦气息，问上司，"怎么？你有故事要和我说说吗？"

"就是……"王玉玊难得抚了抚眼角，"有人总嫌弃我太独立，不够依赖他。前几天我们还吵架了。"

唐影只在上次聊天时知道王玉王有男朋友，可这位男朋友太神秘，她从来没见过。她好奇什么样的男人会让王玉王动心，凑近脑袋建议道："那你就试着多依赖一下他嘛。"

"但男人还真挺矛盾的。"王玉王往椅子背上靠了靠，瞥唐影一眼，"这个人，以前又说过喜欢我独立自信的样子。这不是很矛盾吗？我如果依赖他了，那还怎么独立?!"

唐影感到好笑，一手托腮，想了想，对王玉王说："我觉得是这样。他喜欢的独立，应该是指你经济独立，思想独立，有自己的生活方式和节奏，不需要依赖任何人也能过得精彩；而他说希望你依赖他，不是指让你放弃你的独立，而是……"

"是什么？"王玉王问。

唐影难得能给上司讲解知识点，有几分得意，用食指指尖挠了挠下巴，说："他说的依赖，应该是指恋人之间的情趣吧？比如，拧不开瓶盖让他帮忙啦，嘴上沾了什么东西让他帮忙擦一擦啦……你懂吧，就是那种让男人做起来没有压力，可却能让他们充满成就感，能满足他们虚荣心的事情。"

"这样啊……"上司点了点头，像是还在消化。

见王玉王似乎也没了食欲，唐影索性放下叉子建议道："得，离下午的会开始还有一个小时，我们还是去吃悠航吧？"

王玉王仍旧一副思索的表情，身体顺从地跟着唐影站起，过了会儿，似乎想到什么，骂了一句："×，太难了！我估计这世界上还没有发明出我拧不开的瓶盖！"

悠航就在灯市口附近，从励骏酒店出发，步行一千多米就能到。悠航号称自家汉堡是北京最好吃的汉堡。经典款汉堡中除了肥美牛肉还掺了酥脆薯条，每一口都是酥脆口感。门面拥挤，高峰期往往需要排队半小时以上。许子诠曾带着唐影吃过一次。

这会儿，唐影和王玉王站在励骏酒店门口，唐影掏出手机就要叫出租车。

王玉王一愣。"一千多米，走路去不就行了吗？"

唐影看了看脚下新买的 SW 高跟鞋，又瞄到王玉王蹬着的那双——一看就是罗杰·维维亚的经典方扣，还是真丝缎面，娇贵得仿佛一次性单品。

她目瞪口呆地看着王玉王。"穿着这鞋走一千多米？路上都是碎石子，你忍心下脚吗？"

王玉王这才低头看了看两人的鞋，好奇地问："你穿鞋不走路，那还穿它干吗？"

唐影摇头。"我是算准了今天只在酒店待着，来回都打车，绝不会多走一步，才敢穿这双新鞋出门的。这鞋是我上周刚买的，还没贴鞋底呢，比我的命都贵，死也不走水泥路！"

"那我们骑车也行啊。"

唐影更加坚决地说："不，共享单车的脚镫子还是太粗糙。"

上司无奈地笑起来。"行，那就打车呗。"

唐影这才点头，叫了一辆滴滴，唏嘘道："还是有钱好。我也想哪天穿着大几千块的鞋走路遛弯骑单车。"

王玉玉哼了一声，凑过来。"不过，你怎么知道我这是大几千的鞋？"

"罗杰·维维亚吗不是？"唐影抬了抬眉毛看她。

只见王玉玉勾了勾手指，抬了抬脚，一脸得意地告诉唐影："我这双鞋只要 200 块。"

"啊?!"

"高仿。"王玉玉嘻嘻一笑，"淘宝买的，这家店是我这几年最喜欢的店铺，啥牌子的高仿都有，又真又像，要不要推荐给你？"

"不是……"唐影太过惊讶，仍半张着嘴，看了看王玉玉身上的衣服和包，用颤抖的手指了指，"那……那它们呢？"

"哦。这些是真的。"王玉玉有点沮丧，晃了晃手上的包，"之前我没有找到足够逼真的高仿包，只能买真的了。不过我倒是有一家爱马仕 A 货货源，他们的货看起来和真的一模一样！是之前的客户的老婆推荐给我的。那个富太太最近痴迷买 A 货，一箱箱往家里搬，一个凯莉也就 10000 块出头。你要不要？"

唐影的表情已经不能用惊讶来形容了，她像是傻了，半晌才问出一句："都这么有钱了，为……为什么还要买假货?!"

她知道王玉玉工资的大致范围，应该是她的两倍左右，加上年终奖，金额可观。王玉玉在房价还未飞涨的时候就在北京偏一些的地段买了小一居，这些年一直做包租婆收租金，收入足够每个月毫无顾忌地买一双新鞋。

"有人可能是因为恶趣味？"王玉玉耸耸肩，"但对我来说，好一点的鞋子嘛，四五千块一双，上下班坐地铁走路一折腾，很容易就会穿坏的。奢侈品向来娇贵，但我们做这一行，为了体面，又不得不穿。高仿货便宜不说，而且质量真的好，通勤穿坏了也不心疼。"

正说着，唐影叫的车来了。王玉玉拉开车门，一只手扶着车门让唐影上车，眨了眨眼，撂下最后一句："再说了，反正我在这个位置上，又拿这个工资，哪怕穿假的，别人也只会以为是真的。"

奢侈品是最看人下菜碟的东西。社会对你的身份和背景的认可，远远高于对你的服装的认可。有底气随意消费奢侈品的人，才敢大大方方地买假货，将收集高仿视为乐趣。

唐影这才发现，用 logo 作为武器包装自己，是最吃力不讨好的选项。奢侈品的昂贵之处从来不在于它的价格，而在于它所需要的与之相符的闲散优渥的生活与社会地位。当你的收入支撑不起你的欲望，无论花多少钱，都只能买到他人眼里的

"假货"。

二十四小时守着手机待命，背着电脑挤地铁的社畜少女更应该投资的是自己的阅历、技能与专业，没有人会因为你的鞋子而高看你一眼。

"精致穷"只会让人觉得用力过猛。分期付款与花呗从来不能提高你的社会地位，超前消费累积的不是腔调，而是虚荣。真正的腔调，是有足够的硬资本将"假货"穿成别人眼里的"行货"。

王玉王摸了摸唐影的头，笑了笑。"展示赚钱的能力，远比展示花钱的能力更有说服力。"

当你本身足够昂贵，无须品牌加持，你也可为任何一件单品赋魅。

王玉王和唐影从悠航回到励骏酒店会场的时候，已经将近下午两点。两人溜出去吃了汉堡，又点了啤酒，在周末的下午微醺。

这类会议大多是学术交流，未必涉及每一个领域，绝大多数参会人员抱着提升专业技能、收集行业资讯的美好愿望前来，可不一会儿就被过于理论、枯燥的分享劝退，加班、玩手机、打哈欠，更过分一点的，坐在后排静音开一局游戏。

唐影本来想唆使王玉王一起直接偷溜回家，奈何王玉王非要回到会场，只说有事，又不说原因。唐影掏出手机看了看下午的会议安排，改变主意。

"行吧，回去就回去。这会儿回去刚好轮到严吕宁讲。好久没见这位大神了，不知道他有没有又变帅。"

王玉王本来都掏出了电子烟，听到这三个字，似乎有些烦躁，又把电子烟塞回了口袋。

一周前，她和严吕宁吵了一架。严吕宁抱怨她总将工作摆在他的前面，而她直接回以一句"我就这样，你不接受那就分手"，将他气到差点呕血。吵架第二天，严吕宁便去德国开会，两个人都忙，冷战的日子里，微信聊天记录几乎是空白的。昨天半夜，他下飞机，只发给她一句："已落地。"

她早晨醒来，依然没有回。她骨子里好强，不善于对男人低头，相比一个生气的男人，她更愿意哄一个梨花带雨的女人。

"但相爱嘛，本来就要互相服软，互相迁就与磨合，才能将彼此打磨成最独一无二的样子。"会议室里，唐影这么告诉她。

王玉王没说话。

台上的严吕宁的目光若有若无地掠过王玉王的脸。王玉王斜斜靠在椅子上，面前是一台电脑。她一只手轻轻叩着桌面，另一只手托腮，目光从面前的屏幕遥遥飘到讲台上的人的脸上，再不紧不慢地落回屏幕。

身边的唐影也不是太专心，看着严吕宁啧啧感叹道："严教授最近好像有点憔悴？"

王玉王的心因为这句话紧了紧，她迅速又看他一眼。

唐影忽然侧过头来，好奇地问："欸，你说严教授喜欢男人还是女人？"

王玉王睨了唐影一眼。"怎么？他看起来很 gay 吗？"

"太斯文太白净了……浑身一股禁欲气息。"唐影歪头又认真打量了一番严吕宁，扭过头换了肯定语气，"我赌 20 块钱，他喜欢男人！"

王玉王不搭理唐影了，低头认真回一封邮件。

严吕宁的分享不长，他下台后，紧接着上来的是一位上了年纪的北大教授，唐影在读书时选过这位教授的课，一下子来了精神，换了个坐姿，抱着电脑坐直了仔仔细细听教授讲课。她听得过于入神，以至过了许久才发现身边的位置空了。王玉王的电脑和包还在桌上放着。

"人呢？"唐影一愣。

王玉王和严吕宁面对面站着。下午的阳光从酒店大堂的窗外照进来。严吕宁刚出卫生间就看到了她。她总是一脸凌厉又神采飞扬的样子，此刻正抱着胸站在从卫生间到会议室必经的走廊上，一只手拎着一瓶矿泉水，却像握着武器。

他当然知道她的意图，尽管她站在那里的姿势看起来一点也不像女朋友来和谈，反而更像情敌在叫板。

严吕宁只在见到她的刹那动了动眉毛。他面无表情地点了点头，叫了一声："王律师。"

王玉王想，这个男人真是别扭又讨厌，忍住抢起矿泉水瓶的冲动，只好也点点头，回一句："严教授。"

两人这么站了一会儿，谁也没说话，却谁也不想走。过了一会儿，远处开始喧哗。另一个会议室的会议结束了，人群拥了过来。

大家看见严吕宁和王玉王，有几分惊喜，倒也没多想，几个相熟的法律工作者过来攀谈，商务客套此起彼伏。两人被不知情的群众团团围住，调整表情，露出笑容来应对。

严吕宁瞥了王玉王一眼。她也看他。等周围人的注意力从他俩身上转移到别处，大家散开各自寒暄的时候，王玉王总算开口。

她清了清嗓子，尽量帅气自然地捋了捋头发，递上手中早已准备好的道具，本应柔情似水的语调因为过于别扭而显得有些粗声粗气。她说："喀，严教授……你，那个，帮我拧一下瓶盖吧。"

唐影大概就是在这时候，从二楼会议室外的走廊往下望去，从人堆里找到王玉王的。

她看见她的上司手上拿了一瓶矿泉水，递给严吕宁，张口说了一句什么，表情别扭。

严吕宁似乎有些惊讶地看了王玉王一眼，而后接过矿泉水，利落地拧开瓶盖，又把矿泉水放回王玉王手里，眼里全是笑意。

王玉王喝了一口水，正要盖上瓶盖时，严吕宁抢过她的水，也喝了一口。

"我 × ？什么情况?!"

唐影一脸震惊。她睁大了眼，换了个姿势躲在隐蔽处，好奇地看着这两人。

而更加令唐影震惊的是，几分钟后，她看到，她眼中禁欲且十有八九喜欢男人的严吕宁忽然揽过王玉王的腰，趁周围人不注意，在王玉王的唇上，轻轻印了一个吻。

08

"所以，你的王玉王姐的男朋友是学界大佬？"许子诠笑。

"对啊。"唐影点头，"没想到吧？"

她又想起那天看见的王玉王和严吕宁。他们本就样貌出众，从她的角度看去，这对男女在人群中格外显眼。唐影从没见过那样的王玉王。当然，距离太远，她看不清王玉王的脸，但远处那个身材高挑的人，不仅五官与表情因为距离而显得模糊，连惯常凌厉的气场也溢出温柔。

"我那天一脸姨母笑地看了他们好久。"唐影转过脸对许子诠说，"我想起来玉姐曾经为了排解独居生活的寂寞而养了三只猫……而现在，严教授算不算是第四只？"

许子诠笑起来，摸了摸唐影的头。"也未必。也许她会变成严教授的一只猫。"

恋人相遇，就像小王子与玫瑰，彼此驯养，成为世间独一无二的存在。

今天难得不忙。唐影刚刚完结了手头的项目，许子诠出差回来，恰逢旧项目完结而新项目尚未开启的间隙，这是忙碌的生活中偶有的喘息机会。下班后，他来她写字楼下接她一起回家，两个人索性都不背电脑。白领难得能在下班时刻看到夏日黄昏快要散去的晚霞，但凡有哪一个工作日心无挂碍，可以把手机放在口袋而不怕客户来袭，便会感到这样偷闲就像是在过节。

他们牵手走在马路边。下午刚刚下过一场暴雨，地面湿漉漉的。傍晚的北京亮起稀稀疏疏的霓虹灯，踩着亮亮的水洼前行，地面上都是 CBD 的倒影。车辆的红色夜灯首尾连接，在高峰期堵成一串血红色珠子。路边走着的大部分是背着双肩包或托特手袋的上班族，行色匆匆。

唐影忽然感叹道："标准的社畜其实更像乌龟，电脑就是背上的壳，二十四小时都得驮着，哪天卸下了，才觉得自己是自己。"

和许子诠住在一起以后，家离律所更近，是步行就能到达的距离。她开始只穿运动鞋或者"踢不烂"上班，这会儿肆无忌惮地踩踏路边的一汪汪水洼，只觉得开心。

前两天她珍惜地护理了以前买的昂贵的鞋子，然后把它们全部整整齐齐地塞进鞋盒里，珍惜地供起。她也没有问王玉王那家高仿淘宝店的网址，毕竟现在的她年纪轻轻，资历摆在那里，无论穿真的还是假的，路人都会投来几分怀疑的目光。

所以还是穿耐克好了，看起来踏实精干，搭配时刻不离身的 ThinkPad 笔记本电脑，一副任劳任怨的女律师的形象。

许子诠顺着她的逻辑提问："那背着电脑的时候你是什么？"

"唐律师。乙方。客户与老板忠诚的狗腿子。"她答得流畅。

"狗腿子？"许子诠轻声重复了一遍，抬手摸摸她的头安慰道，"不过你说得也对。你以为是给每个员工配一台电脑，其实是给每台电脑配一个员工，人是机器的工具，这是 2020 年的赛博朋克。"

"是啊。"唐影一只手牵着他，另一只手指着国贸高楼的小小玻璃窗说，"我刚来A 所实习的时候，每天下班，都会仰着头看这几栋大楼的玻璃窗。你知道的，律所的窗户是身份的象征。那时候我总是问自己，要奋斗多少年，才可以在这里拥有属于我的一扇窗户？"

摩天大楼的窗户是这个城市的一双双眼睛，拥有的眼睛越多，从这个城市能看到的风景就越多。可更多时候，这些眼睛或睁着或闭着，安静注视的不过是穿梭在钢筋水泥的都市森林之间的车辆，与一无所有又步履匆匆的蝼蚁。

"后来呢？"

"后来啊，我工作了两年，发现这个目标好难实现。"

她看过太多电视剧。观众喜欢变化，而编剧喜欢人物弧光。故事开始时怀揣梦想进入大城市闯荡的少女，会在二十集的时长里飞跃成部门主管人上人。她们有奇遇有艳遇，遇上的男人也是贵人，好像一杯酒、一双大腿、一脸浓妆都可以变成名利场上的敲门砖。她们保持天真，坚持底线，还能幸运地收获爱情。

可惜电视剧里的"成功"只是开了金手指的个例，电视之外，二十集的时长过去，曾经怀揣梦想的废柴少女，大多丢了梦想，不再是少女，只剩下废柴。

所谓奋斗的岁月里，大多数人在一两年内值得称道的成功，不过是拥有一份爱情，变瘦，再变美一点点，银行卡里五位数存款的金额再多一些，负责的项目变多一些，给客户处理完文件能够不经过上级律师审阅而直接发送，炫耀每年年底工资增加15%。就连端午节收到客户指名寄来的一箱粽子或奖励的额外红包，都是职业生涯中值得铭记的高光时刻……她不得不承认，属于她的成功，不过是在日复一日的时间中，每向前迈进一步时收获的微小幸福。

"我以前自命不凡，总害怕自己成不了大气候，但后来想通了。这个世界也就这么大嘛，哪里容得下那么多'大气候'？"

他们此刻正站在建国门外大街最高的那几座楼下，周围车水马龙，人潮汹涌。唐影抬了抬下巴示意许子诠看那些楼，接着说："每年有那么多毕业生，新入职的员工无数，但你看，这些楼在这里立了几十年，可窗户，却一直只有这么多。许子诠，你有没有想过，剩下的那些挤不进窗户里的人，都去了哪里？"

许子诠怔了怔，他倒真的没想过这个问题。"辞职？回老家？换一个城市？"

也许早就放弃，被生活打倒；也许仍在努力，坚持排着望不到尽头的队伍。

唐影摇了摇头。"我也不知道他们去了哪里。工作了两年，我才明白，成功与英雄梦想只属于少数人，大多数人拥有的只不过是疲惫的生活。比起获得成功，普通人遇到的最大挑战，应该是接受平凡。"

"那你接受平凡了吗？"许子诠低头看她，握着她的手紧了紧。

"这倒是还没有。"唐影侧过脑袋看他，"但我想通了，平凡其实没有那么可怕，失败也没有那么可怕，没有腔调当然也没有那么可怕。很多我曾经迫切想要的东西，我忽然就没那么在意了；很多我曾经害怕失去的东西，我也忽然不再担忧失去。以前我骄傲又拧巴，但现在，我好像'佛系'了许多。喂，许子诠，我是不是老了啊？"

"嗯，可能吧……"他笑了笑，"但更可能是因为你拥有的越来越多了。"

顿了顿，他又得意地补充一句："变得像我。"

唐影和许子诠同住一个屋檐下的时间被慢慢拉长。刚入秋，北京的雨变多，一场秋雨一场寒。唐影记得有一天晚上她在家加班，眼前的玻璃窗被雨一点点打湿。夜色低沉，她望向窗户，看到的一半是玻璃上映出的荧光屏幕前的自己，另一半是湿淋淋的夜，浮着一团团缓缓移动的红灯，低空中是一排排晶黄小灯，笔直划割黑暗。在雨珠的笼罩下，如果你有一盏灯，北京也会偶尔温柔。

但生活从不处处温柔。和许子诠住在一起后她才知道，他的工作比她想象中忙碌许多。她说他像鸭子，看起来悠闲，背地里却奋力扑腾。

他瞪她。"哪儿有男人喜欢被形容成鸭子？"

他又说："我只是看起来忙，其实游刃有余。"

她笑笑，将脑袋拱进他怀里。"你怎么有时候比我还爱装？"

但他也有不装的时候，比如喝醉时。

投行前台多应酬，他除了出差，应酬也不断，大多数时候是陪吃饭陪喝酒。迟回家的夜晚，他整个人变愣，却喜气洋洋地散发着酒气。

每个人的故事里都有不公正的老板、甩锅的同事以及难缠的客户。酒精剥去人的伪装，许子诠喝醉的时候话会变多，大着舌头拉着她叽里呱啦一通说。

唐影轻轻拍他的头说："不容易啊。"

他点点头说："是啊。"他伸手将唐影揽在怀里，又说："但确实，人生嘛，本来就是负重前行。要是一帆风顺，也没有意思了。"

他们一起坐在沙发上。伴随着他的呼吸与说话声，她闻到淡淡酒气。她想到什么，忽然侧过头来。"许子诠，你喝醉的时候是不是不太会撒谎？"

他一愣，反应慢半拍。

唐影换了个姿势逼近他，忽然问："许子诠，你谈过几次恋爱啊？"

"啊？"

她尽量用无真无邪的眼神望着他，诱导道："说说呗。"

他摸了摸她的头，想了想，说："嗯……三次？一次是我爱的人不爱我，一次是爱我的人我不爱，幸好还有最后一次，是爱我的人，我正好也爱。"他熟练地露出深情的眼神注视她。

唐影一愣。

许子诠又问："你是不是还想知道，我这辈子最爱的女人是谁？"

她被噎住。

他深情款款地继续回答："当然是，陪我共度余生的那个女人。"

唐影白眼翻上天。"你喝的到底是酒还是油？"

他像是恶作剧成功，哈哈哈大笑起来，捏她的脸。"我也没有你想象中那么醉。"

她有些失望，撇撇嘴。"我以为能听到你酒后吐真言。"

许子诠弯弯嘴角。"才没有酒后吐真言，倒是有酒壮尿人胆。男人狡猾，喜欢借着酒演戏。酒也不过是人用来伪装的面具。想听实话，我清醒的时候就能告诉你，当然，现在也行。"

"比如呢？"

许子诠认真地看着她说："比如，我从来不相信这个世界上有唯一，有天造地设。两个人能在一起，不过是因为偶然相遇，而两个人能否相遇，受限于各自的视野、经历和能力。这个世界上有七十多亿人，可能存在几万个灵魂、性格都和你百分百匹配的人，也存在几万个灵魂、性格都和我百分百匹配的人。当然，他们的其中一部分在欧洲，在美国，在日本，说着我们听不懂的语言，也许我们一辈子也无法遇到他们。但至少也有几百个这样的人在北京，我们还没遇到他们，或者已经遇到，但还没有机会了解他们。你于我，只是其中一个；而我于你，也只是其中一个。"

他停了几秒，看向唐影，见唐影嘴角沉了下去。

他伸手捏了捏她的下巴。"不是要听实话吗？"

唐影以为会听到浪漫的告白，没想到他却说出这一串大实话。否认唯一就像是在否认爱情，一想到他暗示北京还有几百个潜在的与他天作之合的小姑娘，她就来气。她拍开他的手，扯了扯嘴角干巴巴地说："你接着说。"

许子诠却忽然不说了，侧过头看她。"你生气了？"

"没有。好着呢！"

他弯弯嘴角。"你要是生气了，不高兴了，应该告诉我。"

唐影不吭声。

他拉住她的手。他的手比她的大，他的左手拉着她的右手，十指交错，叠放在一起的是一对卡地亚戒指，曾经的友谊之戒。

"除了刚才那些实话，还有别的实话。比如，给你买戒指那次，其实是我第一次给姑娘买戒指。"他顿了顿，又看看周围，"而且，我也是第一次让一个姑娘和我同住一个屋檐下。很奇怪是不是？"

唐影看了许子诠一眼。许子诠的酒劲来得快去得也快，他的脑袋变得清醒，脸上依然有两坨红晕，眼眸亮闪闪的。他当初拉她去卡地亚的店里时就是这副神情，那时他要死要活地买了戒指。戒指是约束，而指尖连心，从此将他们拴在一起。

她皱了皱鼻子，嫌弃地说："我看你刷卡刷得那么熟练，以为你家里早就收藏了几百个友谊之戒了。"

"第一次。"他微微弯起嘴角看着她，"和你做的许多事情都是第一次。"

他接着说："尽管现实是，这个世界存在成千上万个和我们天造地设的人，他们都有可能与我们厮守终身；但浪漫的是，我只遇见了你，而你也只遇见了我。"

唐影却摇了摇头。"可还有一个现实。虽然我们现在相遇，但以后的时光还很长，我们还要走很远的路，去很多地方，这个城市的人那么多，如果哪一天，我们各自遇到了另一个和自己天造地设的人，那该怎么办？"

他说："这不一样的。"

"哪里不一样？"

"尽管我们的相遇是巧合，尽管在相遇的刹那我们只是彼此的几万分之一，但我们一起经历过那么多事情，对彼此的了解，彼此的改变，在一点一滴中，将我们变成了彼此的唯一。"他扣住她的双手，告诉她，"唐影，浪漫的从来不是相遇，浪漫的是我们。"

而爱上你，是一个持续的过程。

雨夜漫过星光，窗外的雨珠稀稀疏疏拍打在玻璃窗上。他们一起窝在客厅的长沙发上，周围只点着一盏落地灯。许子诠的眼睛里是她，心里也是她。

他看了唐影许久，忽然问："你现在是不是不生气了？"

唐影摆出扑克脸否认道："不，我一直都没有生气。"

他点点头，说："我有没有说过？我特别喜欢你的一点就是，你……特爱装。"他笑起来。

因为能装，所以表面上永远镇定；因为好强，所以咬死绝不认输。她像一株劲草，总有办法让看似弱小的自己屹立不倒。

"装"这个字，在世俗的语境里从来不是褒义。网上的解释很清楚："装腔"，是指以获取虚荣心的自我满足甚至欺骗性质的行为，向别人表现出自己所不具备的气质。

唐影撇了撇嘴问："那你是不是觉得我很虚荣？"

许子诠哼了一声，伸手不轻不重地拍了她的脸一下，像是惩罚。"我知道你曾经试图傍大款。"

唐影敛住笑，有些紧张地解释："那不是傍，我就是追他你知道吗？提供情绪价值，跟捧哏似的哄着他。比当乙方还累。而且我一点都不喜欢他。我当初就是财迷心窍！所以你也不要吃醋……"

许子诠不想听她再提起别人，伸出两只手分别掐住她的左右脸，不让她说话，一本正经打断她，说："我没有吃醋，我当时只是觉得你特别笨。"

"为……为什么？"嘴被掐住，唐影的声音也变得扁扁的。

许子诠白了她一眼，越回想越来气。"有钱了不起吗？年纪大了不起吗？我就是想不通那个老男人有什么好的啊，那种大款你都傍？！也就你会这样，周围有我这种好货，你竟然还会喜欢他？！"

他"喊"了一声，声音变小："……明明，老子也是大款。"

唐影想笑，但脸被许子诠拉扯，只好使劲将笑容憋在心里，笑意却从眼睛里流露出来。她的眼睛笑成弯弯月牙形，漫出来的快乐像流星滑过，也滑进了他的心里。

许子诠愣了愣，松开手，揉了揉她的脸。

唐影探过脑袋。"喂，所以你很早就喜欢我了？"

"还行吧。"

渣男转过脸，不看她。酒劲早已在不知不觉间散去，让脑子混乱发热的，从来不仅是酒精。似乎担心被她发现心思，他又赶紧不怕死地补充了一句："我对周围的女孩都挺好的。"

她皱着鼻子看了他一眼，小声抱怨："许子诠，你也超爱装。"

他断然否认道："不……不如你爱。"

尽管是意思偏消极的词，但在唐影看来，"装"依然有它的积极意义。

不是所有的伪装都是为了标榜自我，也有些伪装可能是为了给自己勇气。

也不是所有的伪装都与真诚无关，"设防"本来就是陌生人之间的安全线。

更不是所有的伪装都烦人又可恨，还有许多伪装，可爱得让人想掐一下它的脸。

在这个世界上，我们终归需要戴着面具过活。不要去期待无理由的坦白、诚实与纯真，而要做好人性本就复杂的心理预期。伪装、虚荣和隐瞒从来就是人性的一部分，学会接纳并包容人性当中的缺点，恰恰体现了人性的闪光点。

雨还在一直下，夏天已经过去。雨声似乎更大了一些，噼里啪啦敲打着窗户。唐影和许子诠牵着手走到窗边，一起望着窗外。其实也望不到清晰的窗外风景，外面是浓如黑檀的夜色，屋子里有光，他们看到的只有窗玻璃上映出的客厅，以及客厅里的自己。

两个人都没有说话。他们的目光从窗外红黄闪烁的城市灯火转移到室内，再转移到窗玻璃上映出的自己。他们对着窗玻璃看了会儿自己，又看看对方，最后目光又都回到了窗玻璃上的自己身上。唐影忽然觉得自己的头发有点乱了，忍不住伸手捋了捋。许子诠也觉得自己的头发似乎有些长了，拿手拢了拢。

做了这么一番动作后，他们不由得都将目光从窗玻璃上的自己身上移回窗玻璃上的对方身上，再然后，与窗玻璃上的对方对视。

"其实，我们俩都挺爱装的。"唐影忽然说。

停了几秒，许子诠理所当然地点了点头，俯身将她箍进怀里。

"所以，我们才般配。"

（正文完）

彩蛋

比 腔 调 更 有 腔 调

黑暗舞台。只有一盏顶灯从屋顶照下。摄影师不在，四周是黑的。

舞台中央站着一个人，衣着在正式中透露几分随意。她也懂得一点点装腔的调调，比如，越是紧张，就越要装作漫不经心。

但显然，台下坐着的人都不简单。他们看出台上的那个人有一点紧张，笑了笑，与邻座的朋友对视。眼神的含义远比语言丰富。

台上站着的是今晚的主持人，姑且叫她 L 好了，毕竟她的名字不太重要。这是一场很随意的活动，请来了一群看似随意却不简单的人，他们才是这次活动的主角。这十来个人就坐在场下，一张张椅子随意摆放，他们各自结伴坐着，有一些熟识的人紧紧挨在一起，有一些则坐得远了一些。大部分灯光都打在了主持人的身上，场下漆黑，除了周围的人，他们只能看到影影绰绰的身影。但显然，在场的大多数人都彼此认识，有交好的，当然也有交恶的，涌动的亲昵气氛间偶尔也混杂了尴尬。

舞台不大，灯光师吃了盒饭便偷偷溜走。这个打光让人面部全是阴影，显得人丑。也没有摄影师，更没有茶点小吃服务员，连椅子都是最普通的塑料椅……总之，这是一场简陋的会面，对腔调稍微有一点点要求的人都会好奇——我怎么忽然就来了这里？

时间差不多了，主持人 L 深深吸了一口气。她害怕露怯，于是在拿起话筒的瞬间就努力挤出三分讥笑的神情，强行在心里重复一万遍"呵，我看在座的都是垃圾"，为自己壮胆。

不过，在瞥见面前坐着的第一个男人的瞬间，她的讥笑神情就不由自主地收敛了下去，害羞的神情慢慢浮了上来。她知道，那个男人叫许子诠。

许子诠没注意到 L 的神色，而是在侧头和身边的人说话。哪怕已经并肩坐着了，他还是牵着身边姑娘的手。他拉着她的手放到自己大腿上，勾了勾手指，摩挲她的手心。

唐影抬起眸子看许子诠一眼，小声提醒："马上开始了。快看主持人。"

许子诠摇摇头。"不看，她又不好看。"他索性另一只手也捉了她的手来玩，嘴上还不满意。"如果不是你要来，我才不会坐在这里。"

唐影旁边坐着的是林心姿。美人刚入场时就嫌弃座位太硬硌得慌，她新交的男朋友夏天直接将外套脱了，铺在椅子上当她的坐垫。

林心姿挪了挪椅子靠近夏天。她笑盈盈地抱着男朋友的胳膊，问："这样冷不冷？"

"不冷。"年轻男人伸出另一只手，很认真地理了理美人额前的头发。

林心姿很开心，用小小的声音接着撒娇："确实不冷，谁叫你是我的夏天？"

另一边坐着的唐影听到这句话，鸡皮疙瘩四起，与许子诠对视了一眼。

还有别人注意到了林心姿和夏天。那是坐在稍微远一些的座位的一对夫妻。他们过早步入婚姻的围城，但似乎婚姻并没有给他们太多惊喜。男人紧紧盯着容貌出众的林心姿，以及她身旁颜值逆天的夏天。

男人叫陈默。身旁妻子的脸在这对艳光四射的情侣的衬托下变得暗淡。而事实也是如此，哪怕没有这对情侣，妻子的脸也已经暗淡了许久。

唐影第一个注意到了陈默，用手臂捅了捅林心姿，扬了扬下巴示意道："你看。"

"谁？"大美人侧过脸望了过去，露出好看的下颌线，目光落在陈默身上，第一反应是有点诧异的。大概是看惯了自家男朋友的脸，再看普通的男人，多少觉得别扭。陈默在与林心姿对视的那一瞬间下意识地移开了目光，可心仍眷恋，目光才离开，又黏了上来。

"怎么了？"旁边的茉莉注意到陈默的异常。女人直觉敏锐，下一秒，茉莉也发现了不远处的林心姿，僵了僵。于是两个人都朝林心姿望了过来。

大概等的就是这一刻。大美人抬了抬眉毛算是打了招呼，再扬起嘴角，对他们明艳张扬地一笑，然后将脑袋枕到了身旁夏天的肩上，不再看那两个人一眼。

先表示不屑，再展示幸福。这是与旧情人邂逅时不落下风的秘诀。

"啧，他们输了。"旁观的唐影感叹。果然，茉莉和陈默表情各异，没过多久就离了场，好像他们黯然而来，就是为了看一看林心姿如今过得多么幸福一样。

"这活动还可以离场的？"另一个清冷声音问了一句。

王玉王一身凌厉装扮，梳低低的马尾，刚刚入秋，她穿着黑色开司米小立领无袖羊毛衫、工装裤子，腿上还架着电脑，一脸不耐烦。"我也想走。"

身边的严吕宁摇了摇头，低声解释："我问过主办方了，不是所有人都能走，特定的才行。"

"无奈了。"王玉玉叹了口气，蹙起眉头看了台上的主持人一眼，催促道，"劳驾，快点开始吧。"

一个坐在后排的中年男人也附和了一句："辛苦了，我们的时间确实有点宝贵。"

主持人 L 已经有些慌了，她认出了说话的这个中年男人——马其远。大佬啊。他长得比她想象的严肃一些。

"好，好。"L 点点头，紧了紧话筒，让大家安静，"各位各位，麻烦看我一下——"

这话说得慌张，大家投来嫌弃的目光。

L 接着说："好，大家都很忙，我理解，时间确实宝贵。但因为今天是《装腔启示录》的完结日，所以想请大家来聚一聚，聊一聊，之后我们这本书就可以正式杀青。我保证，这次聚会不会影响大家日常的工作、生活，也绝对不会耽误大家的时间！"

L 说完环顾四周，没有人说话，但大家隐隐有些不耐烦。就在 L 有些尴尬的时候，角落传来一个声音："好啦。聊什么好？"

是表姐。旁边坐着章以文。她变胖了许多，肚子滚圆。婚后生活甜蜜，她正孕育一个新的生命。

"都行都行。毕竟这本书叫《装腔启示录》，其实首先想听听大家对腔调的理解。"难得有人接话，L 有些开心，对表姐说，"比如，我们可以先彼此聊聊近况，大家随意一点。"

"嗐，我有什么好聊的？我嘛，现在就做太太怀孕生孩子，平安喜乐咯。因为以文在北航嘛，刚分了房子，以后宝宝上学不用愁了，就算宝宝笨一点，从北航的附属幼儿园读到大学，这一点还是可以保障的。"

已婚人士喜欢以婚姻为傲，这段话明贬暗褒，一方面含蓄地展示家庭幸福，即将迈入人生新阶段；另一方面体现教育资源优势，暗示赢在未来；最含蓄的一层，是宣布自己新拥有了一套价格高昂的海淀学区房，还是免费得来的。

这是经典的装腔法门，符合表姐的一贯水准，可在此刻，却只算是抛砖引玉。

"啧。"角落里的 Michelle 叹了一句，"又玩凡尔赛文学？现在有点老土了好不好。"

大王也点了点头。"凡尔赛文学确实过气了，我们做网红的，看起来轻松，但其实每天都在汲取知识，与时俱进。尤其是 KOL（关键意见领袖），最大的忌讳就是说过气的段子。"她看了看身边的 Michelle，十分礼貌地问，"我目前主要做美食视频，既然有缘坐在一起，又是一个圈子的，要不要互关一下？"

Michelle 随意瞟了大王一眼。她从来不喜欢脖子又短又胖的女人，这样的女人会让她想起减肥前的自己。她神态慵懒，嘴上甜甜地说"好哇好哇"，却死活没掏出手机。

大王咳了一声，说："我的账号叫'大王喊我来做饭'。"

下一秒，Michelle 睁大了眼。"我 × ?! 是大大?！"

不到一年的时间，这个账号就从万千美食视频账号中脱颖而出，在全网狂吸千万粉丝，如今签了著名 MCN，背后有专业团队打理，风头正盛。

Michelle 的表情迅速变化，反倒让大王脸上浮现出几缕玩味的笑意。等 Michelle 殷勤地递上手机表示想要和大王互关并且加个微信的时候，大王只是淡然地摇了摇头，扬了扬短短的脖子，告诉她："抱歉，不想加了。"

"这才叫装腔！"L 点头赞叹。

"呵。我不太喜欢装腔，也不太喜欢腔调。"程恪坐在后排，对眼前的闹剧有些不满，他看向 L，侃侃而谈，"我觉得这些都没有意义。我希望大家务实一些。装腔是很虚荣的事情。奢侈品也是。钱更是身外之物。我想，人生在世，应该追求更精致一些、更持久一些的东西，比如音乐，以及其他艺术。"

这话说得一本正经，细想却有几分鸡贼。让自己立于不败之地的方法，无非是站在道德的制高点，将所有听起来对的话都堂而皇之地说一遍。

唐影抬了抬眉毛，转过脸问许子诠："你怎么看？"

"呵。"许大渣男对曾经的手下败将不屑一顾，声音凉凉的，"他不配说这话。只有赚够了钱的人，才有资格说钱是身外之物。你都没尝够钱带来的好处，哪儿来的资格看不上钱？"

"我同意！"非要挤在许子诠身边的于川川点了点头，撩了撩头发，又用滑腻的声音说，"而且，程恪不知道？音乐之类的艺术才是最烧钱最奢侈的东西。比如我……"她抿了抿唇，挑衅地隔着许子诠看唐影一眼。"我小时候学钢琴，请顶级音乐老师上门来教，一节课 800 美元，光是学琴，就花了一套房子的钱。别的就更别说了。"

"哇。花了一套房子的钱。"唐影啧啧叹气，"喂，是不是你太笨了？稍微聪明一点的，可能花一辆车的钱就行？"

许子诠"扑哧"一声笑出来。

于川川瞪了唐影一眼，知道从她身上讨不到好处，昂着头挪着椅子坐远了。

"不是我说，"旁观了半天，王玉王已然不耐烦到了极点，"认真谈论什么叫腔调，这种行为本身就很没有腔调。"她嫌弃地看了一眼台上的 L，顺手从裤子口袋里摸出电子烟，摇头。"这主持人水平不行。"

严吕宁没应，只伸手夺过她的烟，提醒道："室内不允许抽烟。"

王大律师一愣，抗议道："喂，这是电子烟。"

"反正我不允许。"

随着自由讨论，现场十多张嘴的话语声已经沸腾一片，不耐烦的、打瞌睡的、低头说悄悄话的……夏天已经掏出手机打了一局王者荣耀，状态难得好，超神加MVP（最有价值玩家），数据喜人。少年有几分得意，晃了晃手机，侧头问林心姿："要不要来一局？哥带你。"

"乱了，乱了……"L心下大慌，做了半天思想斗争，总算鼓足勇气，气沉丹田，重重咳嗽了两声，"各位！各位！麻烦再看我一眼!! 马上结束了，不会耽误大家太长时间的!! "

场馆安静下来，所有人的目光总算又回到了台上平平无奇的主持人身上。

L松了一口气，努力将大家的注意力拉回活动流程。"我们进入下一个环节。作者柳翠虎构思这部作品的时候，曾经想过做一个装王排行榜，也就是把各位按照腔调排序，然后选出这本书里最有腔调的角色。不过，这个想法后来没能实现。"

话音刚落，场下的人都露出不耐烦的神色。"我的天，不是吧？装王这称号一听就很low（低端）啊。"

王玉王扯了扯嘴角，看严吕宁一眼。"我真的想去加班了。"严吕宁睫毛长长的眼睛在镜片后眨了眨，他轻轻拉了拉她的手。"耐心一点。"

角落里的表姐则闭眼笑了笑，一副看破红尘的姿态，转头对章以文说："你信不信？这种东西都是有黑幕的，选来选去，装王称号最后不是给男一号，就是给女一号。笑死个人了。像我们这种小配角，呵！再有腔调也没用啊。"

章以文搂了搂妻子，小声安慰道："你不是小配角，你明明是女三号。而且，你还是我心里的女一号。"

这话说得妥帖，表姐脸上的刻薄神情散了些，她半抬起头偷偷瞥了王玉王一眼，对章以文说："是吧？我也觉得我是女三号，我的戏份确实比那个王玉王多一点，出彩程度也比她高一点，对吧？"

"当然。"老公永远都会给她捧哏。

等大家议论的声音渐渐变小，L接着说："选择装王只是一种娱乐啦，毕竟我们这是一本关于装腔的小说，而大家也确实都非常非常优秀。所以，在最后的环节，希望大家推荐自己心中的装王，然后我们一起愉快地结束，好——不——好？"

没有人回答"好"。

大家都心知肚明，真正有腔调的人，绝对不会回答一句拉长音调的、带了煽动意味的"好不好"。顺从从来无法体现自己的态度。

不知什么时候入场的胡哥突然开腔了，他施施然站起，摸了摸头发。"那个，既然是娱乐，那我自荐一下吧。理由是，我……嗯……"他忽然耸了耸肩，勾唇一笑，接着说，"别的不说了，含蓄点吧——汤臣一品。"

话毕，他如愿听到场上的抽气声。身边坐着的谢可欣害羞地低头一笑，眉眼间藏着几缕巴菲特式的春风得意。试问谁能如此利落投资，稳赚不亏呢？

唐影瞪大了眼睛，看了林心姿一眼，嘴里啧啧赞叹道："够牛够牛。"

却没想到身边的男人笑了笑。"三十多岁的男人还在炫耀父母买的房子，这件事听起来有没有腔调我不知道，但其实有点尴尬吧？"

正中靶心。

胡哥一愣，脸上青一阵白一阵。

原本神情惊讶的大家此时露出意味深长的眼神，空气里飘出了几缕快活的气息。

"你好毒舌啊。"唐影仰头看许子诠。嗔怪的话语，却是用撒娇的语气说出的。

许子诠抬了抬眉毛，伸手捏了捏她的脸，撇撇嘴说："我就是……忍不了别的男人在你面前装。"

又有一个声音响起："如果选装王的标准是家底，并且是自己挣出来的家底，那现场的人选只有一个咯。"声音滑腻，是Michelle。

随着她的话，大家不约而同看向在角落里低调地坐着的马其远。他始终在低头打电话，似乎事业繁忙，心不在焉，完全不关注落下其他人。

所谓腔调，要有足够的阅历、眼界以及金钱来支撑，而奋斗半生在事业上取得成功的企业家，似乎是装王的最好人选。

大家安静下来，没有反对。就在L决定宣布这部小说的装王就此诞生的时候，忽然从角落传来一阵冷笑。

"这年头，最后什么都归于钱。果然，有钱就是爹。那别选什么装王了，你们大家直接叫爸爸得了。"

说话的是程恪。他冷冷撂下这句话，当着众人的面起身离场。跟着他一起出门的还有一个男人，唐影隐约认出是徐家柏。徐家柏一声不吭，始终躲在暗处。

"他们怎么也可以走了啊？"王玉王好奇地看向男朋友。她已经被这个无聊的活动搞得很不耐烦。严吕宁推了推眼镜，安抚道："应该是因为他们戏份比较少吧。"

王玉王撇撇嘴。"你戏份也不多啊，怎么还不走？"

严吕宁当然早就可以走了。他用看傻子的表情看了她一眼，叹了口气。"为了陪你。"

众口难调，装王还是没办法选出。提名有钱的，大家痛斥"带资进书"；提名戏份多的，大家冷笑着说有黑幕；提名微不足道的正能量小角色，大家抛出疑问："就这？谁啊？不认识！"……

大家嘴上对装王称号不屑一顾，骨子里却认为谁也无法担当此荣耀。

最后连主持人L也感到疲惫，摇了摇头。"累了，随便吧。要不这样，今天最后在场的所有人共同分享这个称号可以吗？每个人，都是装王！！"

主持人煽动的语气又不出意外地遭到大家的鄙视。

"喊——""行吧。""终于结束了。"

可大家起身准备离场的时候，嘴角分明浮现出满意的微笑。

窸窸窣窣的衣服摩擦声、挪动椅子时椅子腿与地面摩擦的声音、脚步声、大家相约吃晚饭的谈话声此起彼伏。大家陆续离场。

唯独唐影和许子诠落在了最后。

"喂。两位留步。"L叫住他们。

"怎么了？"先转过头的是许子诠。L愣了愣，仔仔细细看了他一眼，有点害羞，递上钢笔与本子，说："那个……你给我签个名吧？"

许子诠没想到L会提这个要求，用征询的目光看了唐影一眼。唐律师笑笑。"签呗。"

"你叫什么？"许子诠拔出笔。

"你写'柳翠虎'就行。"L捋了捋头发。

"嗯。"他笑了笑，写下这个名字，"名字还挺有意思。"

"你喜欢这个名字吗？"柳翠虎欣喜，拍了拍脸，心里小鹿乱撞。

下一秒，许子诠递上本子，回答她："不喜欢。"

"……"

"欸不对，柳翠虎这个名字——"唐影忽然想起什么，拍了拍脑袋，指着L问，"你是柳翠虎?！所以……你是作者吧?！"

场馆里的人差不多走光了，只剩下作者与男女主角。顶上的灯光直直往下照着，因为人少，氛围忽然变得有些萧条。

"啊，对——"柳翠虎挠了挠发红的耳朵，"对，我是作者。"还是个对男主角有点非分之想的作者。

唐影点了点头，鼓励道："你写得还行。"

"你们满意吗？"

"还行吧。"男女主角对视一眼，笑了笑。

柳翠虎点了点头，流畅地继续说："那，如果你们都满意的话，能不能给我一个拥抱？如果唐影不方便，让我抱抱许子诠就行！"

"啧。"两人察觉柳翠虎的险恶心思，对视一眼。唐影冲许子诠埋怨道："你确实招桃花，连作者都不放过。"

许子诠耸耸肩。"怪我？这不是她自己搞的人设吗？"他俩牵着手直接往门口走去，没有再搭理以权谋私的作者。等他们快走到门口的时候，柳翠虎忽然喊了一句："喂！有读者想看你们的婚后生活来着！"

两人止步，回过头来看她。

柳翠虎接着喊："你们什么时候结婚啊？"

许子诠看了唐影一眼，而正巧，唐影也在看他。两人对视，笑了笑，嘴角弯弯勾起，过了会儿才想起要回答些什么。

"听她的吧。"许子诠笑，露出一排白牙。

"我啊——"唐影歪了歪头，神情有几分羞赧，最后笑了起来，挥挥手回答，"还是先把恋爱谈够吧！都市女子，不轻易步入围城！"

而后，唐影笑嘻嘻地拉着许子诠跑出了那道门。

但柳翠虎记得，这对没良心的情侣从她的视野中消失之前，还是丢下了一句话。他们说的是："再见啦，柳翠虎；再见啦，大家。"

随着他们离开，那道门缓缓扣上。

一切又重新归于安静。

柳翠虎忘了自己在这片空旷的舞台上待了多久，也许很久，也许没有多久。最后，她挠了挠头，走到舞台边上。那里有一个开关，还藏着一扇门，她就是从那扇门进来的。在出门前，她伸手摁下开关。

"啪嗒"一声，顶灯熄灭，整个舞台暗了下来。

她挥了挥手，也说了一句："再见啦，《装腔启示录》。"

不是所有的伪装都是为了标榜自我，也有些伪装可能是为了给自己勇气。

也不是所有的伪装都与真诚无关，"设防"本来就是陌生人之间的安全线。

图书在版编目（CIP）数据

装腔启示录 / 柳翠虎著 . -- 长沙：湖南文艺出版社，2021.12

ISBN 978-7-5726-0466-9

I.①装… II.①柳… III.①长篇小说 – 中国 – 当代 IV.①I247.5

中国版本图书馆 CIP 数据核字（2021）第 237529 号

上架建议：言情小说

ZHUANGQIANG QISHI LU
装腔启示录

作　　者：柳翠虎
出 版 人：曾赛丰
责任编辑：刘雪琳
监　　制：毛闽峰
策划编辑：周子琦
特约编辑：黄秋展　王雪婷
文案编辑：朱东冬
营销编辑：刘　珣　焦亚楠
封面设计：介末设计
版式设计：梁秋晨
出　　版：湖南文艺出版社
　　　　　（长沙市雨花区东二环一段 508 号　邮编：410014）
网　　址：www.hnwy.net
印　　刷：河北鹏润印刷有限公司
经　　销：新华书店
开　　本：680mm × 955mm　1/16
字　　数：428 千字
印　　张：22.5
版　　次：2021 年 12 月第 1 版
印　　次：2021 年 12 月第 1 次印刷
书　　号：ISBN 978-7-5726-0466-9
定　　价：48.00 元

若有质量问题，请致电质量监督电话：010-59096394
团购电话：010-59320018